Une amitié

Du même auteur,
chez le même éditeur

D'acier, 2011
(et « Piccolo » n° 88)

Le Lynx, 2012
(Piccolo inédit n° 90)

Marina Bellezza, 2014
(et « Piccolo » n° 123)

La Vie parfaite, 2018
(et « Piccolo » n° 148)

Silvia Avallone

Une amitié

Traduit de l'italien
par Françoise Brun

LIANA LEVI piccolo

Traduit avec le concours du Centre national du livre

Ce livre a été traduit grâce à une aide du ministère
italien des Affaires étrangères et de la Coopération internationale
Questo libro è stato tradotto grazie a un contributo
del Ministero degli Affari Esteri e della Cooperazione
Internazionale italiano.

Titre original : *Un'amicizia*

ISBN : 979-10-349-0720-5

www.lianalevi.fr

À mon père

« À quoi sert la vie ?
– Je ne sais pas.
– Je ne sais pas moi non plus. Mais je ne pense pas que le tout soit de gagner. »

Jonathan Franzen, *Les Corrections*

LES JOURNAUX INTIMES

Bologne, 18 décembre 2019, 2 heures du matin

Le noir, c'était ce qui m'effrayait le plus, enfant. Il suffisait de descendre au garage sans appuyer sur l'interrupteur, de laisser entrebâillée la porte de la cave, et il était là, muet et dense. À l'affût.

N'importe quel danger pouvait s'y tapir. Sorcières, bêtes effrayantes, monstres sans visage, ou même, rien : le vide. Je crois que c'est pour cette raison que j'ai dormi avec ma mère jusqu'à un âge insensé, que j'ai honte de dire.

Et aujourd'hui, à trente-trois ans, je regarde le fond obscur de ma chambre, avec la sensation d'entendre crisser mes journaux intimes d'autrefois dans la cachette où je les ai enterrés vifs, après t'avoir perdue. Cinq ans de lycée et une année d'université résumés d'une écriture voletante, au feutre à paillettes, réduits au silence et au repos comme dans un vieux réacteur abandonné.

Depuis que nous ne sommes plus amies, j'ai cessé de noter des traces de ma vie.

Je m'assieds sur le lit. Dans un élan de sagesse, je comprends que le moment est venu de se souvenir, et de me confronter à toi. Sinon, je ne pourrais prendre aucune décision sage te concernant.

Je prends l'escabeau dans le débarras, je monte deux marches et je m'arrête, comme une voleuse. Voleuse de quoi ? De mon propre passé ?

Arrivée en haut, j'ai le cœur qui cogne. Je tends les bras dans la poussière qui recouvre l'armoire et j'attrape les six cahiers, là-bas dans le noir.

Je les emporte sur ma table de nuit, à la lumière. Les voir là, tout près de moi, c'est un coup de poing à l'estomac. Devant ces couvertures roses, à fleurs, dorées, je sens qu'une chose est claire : pas de paix possible entre nous deux, Beatrice.

Je pose la main sur la couverture lilas de mon agenda 2000-2001, tentée, sans savoir si je vais l'ouvrir. Mais pendant cette lutte contre moi-même, mes doigts échappent à mon contrôle, se glissent d'eux-mêmes entre les pages. Le journal s'ouvre et il en tombe un Polaroid décoloré, un de ceux que mon père avait faits de nous.

Je le ramasse, l'approche de la lumière plus vive de la lampe. Je me reconnais petite, les cheveux coupés courts ; mon sweat des Misfits, mon sourire craintif. Et je te reconnais, toi, mon exact contraire. Ta chevelure magnifique, ton rouge à lèvres, tes ongles violets, et tu me serres dans tes bras en riant aux éclats. J'ai du mal à nous regarder.

Je retourne la photo. Derrière il est écrit : *Amies pour la vie.* Une date : *14 juin 2001.*

Je ne sais pas depuis quand ça ne m'était pas arrivé, mais j'éclate en sanglots.

PREMIÈRE PARTIE

Avant que tout le monde ne la connaisse
(2000)

1

Le vol du jean

Si cette histoire devait avoir un début, et il faut bien qu'elle en ait un, je partirais du vol du jean.

Peu importe si la chronologie n'est pas respectée, puisque cet après-midi-là nous nous connaissions déjà. Mais c'est là que nous sommes nées, le jour de la fuite à scooter.

Avant, je dois préciser quelque chose. Qui me coûte et m'agace, mais il ne serait pas correct de faire comme s'il s'agissait d'une Beatrice parmi tant d'autres. Le lecteur commencerait tranquillement puis, en découvrant qu'il s'agit de toi, ferait un bond sur sa chaise en disant: « Hein, cette Beatrice, c'est *elle*?! » Et il se sentirait floué. Je ne peux malheureusement pas faire l'impasse sur ce que cette toute jeune adolescente est devenue: un personnage public, et du genre encombrant. D'ailleurs je pourrais dire que dans le monde, personne n'est plus encombrant que toi.

La Beatrice dont je parle, en effet, c'est Beatrice Rossetti.

Oui, *elle*.

Mais avant qu'elle ne soit connue sur toute la planète, et qu'on sache à toute heure du jour et de la nuit où elle est et comment elle est habillée, Beatrice était une fille normale, et mon amie.

Ma meilleure amie, en fait, la seule que j'aie eue. Mais comme on ne me croirait pas, je me suis toujours bien gardée de le dire.

Je parle d'il y a pas mal d'années, quand le monde n'était pas submergé de photographies d'elle et que son nom, à seulement le prononcer, ne déclenchait pas des discussions, disputes féroces et débats sans fin. Les pôles magnétiques, les océans, les terres émergées ne vibraient pas dès qu'elle offrait au public un regard papillotant, un tailleur, un dîner romantique avec un beau garçon au sommet du Burj Khalifa. D'ailleurs, pour l'écrasante majorité d'entre nous, Internet n'existait pas.

Je n'ai jamais manqué au vœu de secret que j'ai posé sur notre amitié. Et si je m'en dégage maintenant, c'est pour mieux me comprendre moi-même. Bien évidemment, cet aveu naît et meurt ici, dans cette chambre close et privée que l'écriture a toujours été pour moi.

Je n'irais jamais en parler, ou pire, m'en vanter. Qui me croirait, d'ailleurs ? Une simple allusion à des collègues, comme : « La Rossetti, je la connais, on était dans la même classe », et je sais qu'ils ne me lâcheraient plus, avec toutes leurs questions malsaines. Ils penseraient tout de suite que ce n'était pas allé plus loin qu'un « ciao », un échange de regards en passant : allons, jamais une fille comme *elle* et une fille comme *moi* n'auraient pu devenir complices.

Ils essaieraient d'obtenir des détails piquants, ou pire, embarrassants, de ramener sa divinité au niveau du péché, du faux-semblant : « Alors, c'est vrai qu'elle est toute refaite ? » « Elle a baisé avec qui pour devenir *aussi célèbre* ? »

Mais je ne serais pas la bonne personne pour leur répondre, parce que je n'ai pas connu « *la Rossetti* » : ce que je sais, moi, c'est qui est Beatrice. Les blancs des biographies, les questions éludées des interviews, les vides et les pertes dont il ne reste aucune trace, je les ai conservés. Avec nos bonheurs puérils et scandaleux, qui n'intéresseraient personne, mais qui me donnent encore aujourd'hui la chair de poule.

Après elle, d'ailleurs, j'ai cherché d'autres amitiés, mais sans m'engager. Je savais intérieurement que cette magie de secrets, de tanières où se cacher et de serments solennels ne pouvait jaillir qu'en première année du lycée, entre moi, Elisa Cerruti, une parfaite inconnue, et Beatrice Rossetti, qu'on ne pourrait imaginer plus célèbre. Qu'est-ce que cela change, pour moi qui l'ai perdue, si tous les autres l'idéalisent, l'encensent, la crucifient, la détestent et, dans tous les cas, croient la connaître ?

Ils ne savent rien de rien.

Parce qu'elle était ma meilleure amie, *la mienne*, en des temps ignorés. Et j'ai passé une nuit blanche à lire mes cinq journaux du lycée et le premier de l'université. Puis j'ai regardé longuement le bureau face à la fenêtre, l'ordinateur qui ne m'a servi jusqu'à présent que pour travailler. Je suis restée debout à le regarder, avec angoisse. Parce que j'étais persuadée depuis l'enfance d'être douée pour écrire, j'avais même cru que je deviendrais écrivain. Mais j'ai manqué mon but. Alors que Beatrice est devenue *un rêve*.

La Bea que personne ne connaît, je la sens pousser pour sortir. J'ai gardé ce vide en moi pendant si longtemps que je me moque complètement de savoir si je suis ou non à la hauteur. Je ne veux rien prouver. Juste raconter. Admettre que pour moi, en 2019, rien n'a encore passé : la déception, la colère, la nostalgie. Et je ne sais pas si ce sera une défaite ou une libération. Je ne le saurai qu'à la fin.

Pour le moment, je voudrais seulement retrouver le début.

Je disais donc, le vol du jean.

Le 11 novembre 2000 – c'est ce qui est marqué dans le premier cahier – un samedi oppressant, avec la pluie qui battait contre les vitres de la fenêtre et cet impératif catégorique, pour moi comme pour tous ceux de mon âge, de sortir, m'amuser et me faire plein d'amis, je restais enfermée dans ma chambre à déprimer sans rien faire. Beatrice, à l'époque, aussi absurde que cela paraisse aujourd'hui, ne jouissait pas elle non plus d'une grande popularité. Elle devait même avoir encore moins d'amis que moi puisque vers deux heures et demie de l'après-midi elle alla jusqu'à téléphoner à la maison.

J'étais son dernier recours, en fait. J'habitais dans cette ville depuis un peu plus de quatre mois, et non seulement je ne m'étais pas intégrée, mais je ne voulais rien entendre : tout ce que je voulais, c'était mourir.

En rentrant du lycée, j'avais déjeuné avec mon père en silence, comme d'habitude, puis je m'étais réfugiée dans ma petite chambre, j'avais enfilé dans mes oreilles les écouteurs de mon walkman et recommencé à rédiger une liste d'adjectifs – « solitaire », « fauve », « ancien » – pour le platane au milieu de la cour. Puis, lasse de chercher des mots, j'avais jeté mon journal par terre. J'étais là, assise les jambes croisées sur mon lit, pleine de rancœur contre le monde entier, quand papa frappa. Bien sûr, je ne répondis pas. J'éteignis la musique. Il attendit. Puis frappa de nouveau et de nouveau je ne répondis pas. C'était une sorte de compétition, à qui s'entêterait le plus. Jusqu'au moment où il entrouvrit la porte, se pencha le strict nécessaire pour ne pas me déranger : « Il y a une de tes camarades de classe au téléphone, elle s'appelle Beatrice. »

Mon cœur fit un bond.

« Vite, elle attend », dit-il pour m'encourager puisque je ne bougeais pas.

Il était visiblement content : il croyait sans doute que je commençais à me faire des amies, mais il se trompait. Avant ce coup de téléphone, Beatrice et moi n'étions pas amies. Elle m'en avait donné l'illusion une fois, pour me snober ensuite. Au lycée, elle faisait semblant de ne pas me voir. Pire que ceux qui se moquaient de moi : l'indifférence totale.

« Tu viens avec moi en ville ? » me demanda-t-elle à peine avais-je posé l'oreille contre le combiné. J'aurais dû dire non et raccrocher. Au lieu de cela, je capitulai.

« Quand ?

– Dans une demi-heure, une heure ? »

Marcher ensemble sur le corso Italia devant tout le monde, j'aurais tellement aimé. Ne te fie pas à elle, m'avertissais-je en serrant plus fort le combiné. Réfléchis : tu ruinerais son image, il y a un piège, forcément. Et puis : c'est quoi ce culot de m'appeler ? J'étais en colère. Mais j'étais aussi, malgré moi, émue.

« Et on fera quoi en ville ? » Je tâtais le terrain.

« Je ne peux pas t'en parler au téléphone.

– Pourquoi ?

– Parce que c'est un secret.

– Dis-le-moi, ou c'est non.

– Oui, et comme ça tu peux te défiler… »

Je gardai le silence, je savais attendre. Elle hésita mais finit par ne plus y tenir et me chuchoter : « Je veux voler un jean. Je sais déjà lequel. »

J'en avais le souffle coupé.

« Je n'y arriverai pas toute seule, j'ai besoin de quelqu'un pour faire le guet, admit-elle. Mais t'as pas idée : c'est pas n'importe quel jean… Il vaut quatre cent mille lires ! » Je l'imaginais tenant la main contre sa bouche pour qu'on ne l'entende pas, là-bas, chez elle. « Si tu viens, j'en vole aussi pour toi. Promis. »

De la cuisine où il débarrassait, papa se pencha dans le couloir pour jeter un coup d'œil sur moi, toute raide à côté de la tablette du téléphone. Il aurait donné n'importe quoi pour me voir sortir, prendre mes marques dans cette ville qui m'était hostile. Alors que je ne voulais que repartir, retrouver ma vie d'avant et ne plus jamais le revoir.

Je le détestais, même s'il ne m'avait rien fait. Et c'était justement ce rien, la question. Les murs nus de la chambre repeints en blanc pour mon arrivée. Le lit vide dans lequel je restais chaque nuit les yeux grands ouverts, cherchant une de leurs mains, un de leurs genoux, en vain. Cet appartement sans leurs bavardages, sans leurs disputes, sans leurs cris pour m'appeler, où ils s'obstinaient à ne pas être.

« D'accord », finis-je par répondre.

Je perçus le sourire de Beatrice : elle me devinait. Aux yeux de tous, voler était bien la dernière chose dont une fille comme moi aurait été jugée capable, mais pas aux siens. J'ai dit qu'elle était à l'époque une fille normale, et c'est vrai, pourtant elle avait un don : elle savait lire. Pas à la surface ni même à l'intérieur, mais dans le cœur. Le cœur des mots, des gestes, des vêtements. Elle savait, elle qui allait faire fortune avec les apparences, que la vérité des êtres, comme des livres, se tient dans ce qui n'est pas dit ; ce qui reste secret.

« Trois heures et demie à la Plage de fer. Tu sais où c'est ?

– Oui. »

Elle raccrocha. Et moi, le fil de téléphone entre les mains, moi qui ne voulais pas, qui ne lui faisais pas confiance et qui étais morte depuis quatre mois, je revins à la vie.

La Plage de fer c'est trop loin, pensai-je en m'habillant à toute vitesse, avant de murmurer à papa un « ciao » sans autre explication et de sortir.

On l'appelait la Plage de fer à cause de la couleur du sable, venu d'une ancienne mine, et elle était assez loin du centre-ville. Je m'y étais retrouvée par hasard en juillet, un des nombreux après-midi passés à circuler au hasard en scooter. Elle m'avait frappée parce qu'il n'y avait jamais personne, même en plein été. C'était une anse entre des rochers où l'eau devenait vite profonde, avec un air triste d'abandon, de petite plage dédaignée des touristes dont je m'étais aussitôt sentie proche. Mais ce samedi de novembre, tandis que je roulais sous la pluie qui trempait mon pantalon et ma parka, je ne comprenais toujours pas pourquoi Beatrice m'avait donné rendez-vous précisément à cet endroit.

Elle a honte de moi, bien sûr. Ou alors c'est une farce et elle ne viendra pas.

Il n'y avait ni maisons ni magasins dans cette portion de la côte, sans même parler de jeans à quatre cent mille lires. À chaque feu, je m'arrêtais net, me retournais, et la tentation logique me venait de faire demi-tour. Mais je continuais, incapable de résister.

J'étais « l'étrangère ». On m'appelait comme ça au lycée, dans mon dos mais assez fort pour que j'entende. Comme si je venais d'Argentine ou du Kenya, alors que je venais seulement d'une autre région. J'entrais en classe et on me dévisageait, commentait mes chaussures, mon cartable, mes cheveux. Dès que je prononçais un *e* ou un *z* différemment, on ricanait. Beatrice aussi. Elle n'avait jamais pris ma défense, n'était jamais venue me voir à la récréation. Et que voulait-elle de moi, maintenant ? Que je fasse le guet pour elle ?

Quelle conne je suis.

Je zigzaguais dans les virages du promontoire, laissant les bâtiments derrière moi, le cœur aussi lourd que mes pensées. Peu à peu la pluie cessa, des pans de ciel livide apparurent entre de gros nuages noirs. Les rues, les villas, les plages : tout était détrempé. Impossible qu'une fille comme elle veuille devenir mon amie.

Elle se maquillait, semblait toujours sortir de chez le coiffeur. Et moi ? N'en parlons même pas. Quelqu'un aurait dû m'apprendre à accorder de l'importance à l'apparence extérieure, mais ça n'avait pas été le cas.

Quand j'atteignis le croisement au sortir de la ville, je m'arrêtai au stop et me sentis tellement invisible, même à mes propres yeux, que je me penchai sur le rétroviseur pour me voir. J'aurais pu, peut-être, mettre un peu de blush, du fond de teint, s'il y avait eu de quoi se maquiller dans cette maison, si quelque trace de féminin y était restée, mais rien. Mon visage était pâle, couvert de taches de son. Je pris la route vers l'extrémité venteuse de la falaise et j'en eus la certitude : c'était une blague. Je me retrouverais seule, là-bas, plus seule que je ne l'étais déjà, et je me jetterais du haut des rochers. J'étais une nulle, incapable d'être autrement.

En fait, elle était là.

Assise sur son SR Replica neuf. Elle m'attendait sous le ciel gonflé couleur anthracite, son casque à la main, dans un imperméable foncé qui la recouvrait entièrement, et d'où ne dépassaient que des bottines à talons aiguille si hauts que personne, quel que soit son âge, n'aurait pu rouler en scooter avec, surtout un jour de pluie. La fureur du vent faisait danser ses cheveux, longs jusqu'à la taille, qui n'étaient en 2000 ni bruns ni frisés mais châtain, les pointes éclaircies comme on faisait alors, et lissés au fer. Elle n'avait pas menti, ne m'avait pas joué de tour : c'était bien avec moi qu'elle avait l'intention de sortir.

Je ralentis puis, à quelques centimètres de son SR, serrai les freins de mon Quartz d'occasion barbouillé d'autocollants trop voyants. Mon père n'aurait pas pu trouver pire : un majeur pointé au-dessus du feu arrière, des bull-dogs à crête, le A de Anarchie, souvenirs d'une époque punk, mais qui n'avaient rien à voir avec moi.

Cœur et poumons bloqués, jambes et bras flageolants, j'ôtai mon casque, levai les yeux sur elle, et j'ai encore son visage gravé en mémoire, près de vingt ans plus tard. Pas celle qu'elle est aujourd'hui, en millions d'affiches publicitaires collées sur les immeubles, en couverture des magazines, partout sur Internet. Mais celle qu'elle était en ce jour perdu de mon adolescence, le seul jour où je l'ai vue dehors sans maquillage. Sur le gravier du parking de la Plage de fer, avec personne alentour, elle et moi face à face.

La peau de son visage était pâle, rougie, et elle avait de l'acné. Le menton et le front, surtout, étaient marqués par des tentatives d'extraction et des constellations de points noirs. Cela ne nuisait pas à sa beauté insolente, mais sans sa couche habituelle de fond de teint, ses traits étaient imparfaits, ronds, tristes même. La bouche fermée sur une légère moue, aux lèvres crevassées par le froid, devenait anonyme sans rouge à lèvres. Mais ses yeux, eux, restaient uniques, d'un vert émeraude qui n'existe pas dans la nature, avec de longs cils qui se passaient très bien de mascara, et son regard muet, scellé dans son mystère ; ces yeux que le monde entier connaît, ou croit connaître.

« Ta bécane est moche, mais tu sais quoi ? J'aime bien les autocollants. » Elle sourit, ses dents blanches bien alignées, des fossettes au milieu de ses joues, comme elle savait le faire pour vous désarmer.

« C'est pas moi qui les ai mis, répondis-je sincère, c'est mon frère. » D'ailleurs c'était pour cette raison que je les avais laissés.

« Je t'ai menti, tout à l'heure, mais juste parce que sinon tu ne serais pas venue. On ne va pas en ville, on va à Marina di S. et ton scooter se repère de loin : tu dois le laisser ici.

– Ici ? » Je regardai autour de moi. C'était une lande désolée de bruyère et de genévriers courbés vers le sol par le mistral. Il n'y avait que la mer, farouche.

« Je ne viens pas, ça fait au moins dix kilomètres.

– Douze, précisa-t-elle.

– On peut pas aller jusque-là avec un cinquante centimètres cubes. Mon père appellera la police si je ne suis pas rentrée avant le dîner. »

C'était faux : si j'étais rentrée à minuit, papa aurait juste pensé que j'étais une fille de quatorze ans comme les autres, et il aurait été content.

« Le mien fait du quatre-vingts, qu'est-ce que tu crois ? J'arrive pas de Biella, moi. Si on se bouge, à sept heures on est de retour ici. Ça fait des jours que je prépare mon plan. Pourquoi t'as pas confiance ? »

Parce que tu ne peux pas rouler à quatre-vingts sur douze kilomètres avec des talons pareils. Et parce qu'un jour tu as posé ta main sur mon épaule, et puis tu as disparu. Et quand tu es revenue, tu m'as ignorée, tu as ri aux plaisanteries des autres.

Le pire pourtant, c'était que je lui avais déjà pardonné.

« Allez, monte », ordonna-t-elle en avançant vers le bout de la selle pour me faire de la place.

Je descendis de mon Quartz, hésitante : c'était un vieil engin, oui, mais je n'en avais pas d'autre, et papa, qui n'en avait rien à faire de l'apparence extérieure, n'allait sûrement pas m'en racheter un plus beau.

« Quoi ? T'as peur qu'on te le vole ? s'exclama-t-elle en riant. Qui ça, les mouettes ? »

Je grimpai derrière elle. Beatrice partit comme une fusée sur son SR, trafiqué en effet, elle n'avait pas menti. Elle descendit par le sentier plein d'ornières, longea l'observatoire astronomique et le phare, slaloma dans le maquis à l'odeur de sel, de terreau humide, d'animaux sauvages cachés dans les chênes verts.

Je m'agrippais à elle, surmontant ma gêne, le buste plaqué contre son dos. Beatrice ne protesta pas, elle savait que j'avais peur. Une telle vitesse m'était inconnue. Les roues glissaient sur l'asphalte détrempé, et elle accélérait. C'était comme si nous étions sans cesse au bord de tomber.

Nous prîmes la route départementale : une ligne droite à deux voies bourrées de camions, de voitures, sans aucun scooter. Nous foncions à soixante-dix à l'heure en dépassant tout le monde, comme le train régional aux fenêtres éclairées, là-bas dans le Nord, où était restée ma vie.

À l'ouest, par-delà la pinède, le soleil perçait les nuages et tombait incandescent sur la mer. À l'est, les collines éventrées par les carrières étaient déjà sombres. Nous filions, à cheval sur la ligne continue séparant les deux voies, avec les automobilistes qui nous faisaient des appels de phare et klaxonnaient pour nous avertir que ce n'était pas bien de rouler aussi vite, qu'il était interdit de monter à deux sur un cinquante centimètres cubes. Je fermais les yeux, me reprochais d'être sortie de chez moi, de l'avoir écoutée. Alors Beatrice ôta la main gauche du guidon.

De cette main enveloppée d'un gant de laine, elle prit ma main nue. Elle la serra.

Nous ne savions quasiment rien l'une de l'autre, je ne connaissais pas ses souffrances et elle ne connaissait pas les miennes, mais nous en avions sans doute perçu quelque chose car ses doigts se glissèrent entre les miens, les caressèrent, et je caressai les siens. Ce fut peut-être pour cette raison, ou à cause du froid, que mes yeux commencèrent à pleurer en cachette.

La boutique s'appelait Scarlet Rose. Je suis sûre qu'elle est fermée aujourd'hui depuis des années, mais cet hiver-là, à Marina di S., elle était bel et bien ouverte, avec ses six vitrines étincelantes sur le cours principal et ses décorations de Noël avant tout le monde. On aurait dit un vaisseau spatial, tant elle émettait de lumière.

Beatrice et moi restâmes quelque temps devant, à nous geler. À regarder les touristes venus de Florence, et même de Rome, secouer leur parapluie, et entrer, des millions de lires sur eux.

Autour de nous, Marina di S. était prise d'assaut comme pendant les week-ends ou à la haute saison. L'affluence était telle qu'on ne passait pas. De partout surgissaient des charrettes de pop-corn, des vendeurs de ballons, des joueurs d'accordéon dans le chapeau desquels les gens, essoufflés et chargés de paquets, jetaient une pièce.

J'ai toujours trouvé tristes les stations balnéaires touristiques, sans autre justification que la proximité de la mer. Marina di S. était exactement cela : un assemblage de maisons autour d'une rangée de boutiques, avec un petit port modeste comme un supermarché, des lieux qui n'ont pas d'histoire ; un endroit anonyme qui, à certaines périodes, se donne des airs et sent le beignet, le nougat, la pizza à la découpe. Pourtant, cet après-midi-là, cet endroit me parut magnifique.

Beatrice me tenait, me collait à elle. Peut-être avait-elle peur que je ne change d'avis au dernier moment, mais comment aurais-je pu ? Je sentais une telle ivresse d'être là, au milieu de cette avenue, un samedi : c'était la première fois ; avec une fille de mon âge, bras dessus bras dessous, et complices. Je savais que c'était seulement parce qu'ici personne ne nous connaissait, et que Beatrice était exceptionnellement sans maquillage, cachée sous une grande houppelande noire et non pas enveloppée d'une nuée de paillettes, car c'était l'objectif : rester incognito, invisibles et vite oubliées. Sa capuche rabattue sur la tête, son imperméable fermé, elle faisait appel à tout son courage. Merveilleux, quand j'y repense : nous sommes les seules à savoir ce que fut cet instant.

Quand elle se fut décidée, elle m'entraîna devant la troisième vitrine: au milieu scintillait, baigné de lumière, ce qui était, je l'avais compris, le fameux jean. Tout incrusté de Swarovski, fuselé et ajusté comme la queue d'une sirène. Le reste du mannequin était nu, évidemment: qu'ajouter à un jean pareil?

«Ma mère ne veut pas me l'acheter, m'expliqua-t-elle en le regardant fixement, même pas pour Noël, même si c'est la seule chose dont j'aie envie. Elle est trop conne.» Elle se tourna vers moi: «T'imagines pas à quel point elle peut être conne ma mère, personne n'a idée.»

Je restai silencieuse, ce sujet était devenu tabou pour moi. Je compris que ce devait être pareil pour elle car elle n'ajouta rien. Mais après quelques instants de réflexion, elle me regarda droit dans les yeux, avec une détermination que je n'ai jamais oubliée.

«Un jour, me jura-t-elle, j'entrerai ici et j'achèterai tout le magasin. Avec mon argent, celui que j'aurai gagné moi, toute seule. Je prendrai tout, je saccagerai tout, je viderai la boutique. Je le jure devant toi. Je n'ai jamais volé, je ne volerai plus jamais. Mais aujourd'hui je dois le faire, pour marquer le coup, tu comprends?

– Oui», lui dis-je. J'avais compris que le vol de ce jean était une question de vie ou de mort, et je me promis de l'aider, quitte à être arrêtée, fichée et traduite en justice. Pour une fois, mon père viendrait me récupérer, moi et pas mon frère. Je pourrais lui crier: «T'as vu où j'en suis arrivée? À quel point je vais mal, à quel point je suis malheureuse ici? S'il te plaît, ramène-moi à Biella.»

Beatrice ôta son imperméable, le plia dans son sac, réarrangea ses cheveux. Et comme par prodige, elle changea complètement d'apparence.

Nous entrâmes. Les vendeuses étaient toutes affairées, ce qui n'empêcha pas l'une d'elles de nous remarquer, glisser sur Beatrice, et poser un regard étonné, puis contrarié, sur moi. Je serais incapable de dire, dans ce moment si chargé d'adrénaline, comment j'étais fagotée. Ce n'était pas seulement ce jour-là, j'attrapais toujours n'importe quoi dans l'armoire, sans autre but que me couvrir et me faire disparaître. Sauf que dans ce genre de boutique, l'effet était inverse. Beatrice me regarda et se rendit compte un peu tard que j'étais, comme mon Quartz, une anomalie.

Mais nous étions entrées dans la danse. Et personne au monde, personne, ne sait danser comme Beatrice. Elle posa ses lèvres contre mon oreille et chuchota: « Fais semblant d'être sourde et muette. »

Je dois dire d'abord comment Beatrice était habillée. Pas seulement parce que tout son avenir, sa célébrité et sa richesse lui viendront de cette habileté de magicienne à se servir des vêtements pour masquer ses traces. Mais parce que cette histoire de vol, la possibilité même de le réaliser, reposa tout entière sur ce travestissement.

Elle portait un manteau de sa mère, couleur crème, court et serré à la taille par une somptueuse ceinture incrustée d'ivoire, qui lui conférait un tel air de dame qu'on aurait pu lui donner au moins cinq ans de plus.

Et puis les bottines dont j'ai parlé, en cuir noir, brillant et souple.

Enfin, pour couronner le tout, une longue jupe en velours qui lui tombait presque jusqu'aux pieds, noire elle aussi, pleine de volants et de bandeaux d'organdi, je ne sais plus de quel styliste mais la vendeuse qui nous avait repérées le savait, et elle tomba dans le piège. Elle s'approcha de Beatrice dès qu'elle eut terminé avec l'autre cliente, pour lui dire que cette jupe était une pièce magnifique et que si elle cherchait quelque chose qui puisse s'y assortir, elle était au bon endroit. Beatrice s'empressa d'ajouter qu'elle l'avait achetée à Florence, où elle habitait, avec moi : sa petite, sa pauvre petite sœur.

La vérité est que ce jour-là nous avions toutes deux quatorze ans, sauf qu'elle semblait en avoir vingt et moi dix. D'emblée il fut établi que c'était elle la protagoniste, une loi qui décida de tout notre avenir. Même de cette étape ultime qui me voit ici, cachée pour écrire, tandis qu'elle est là, au centre du monde, au centre des conversations.

La vendeuse nous guida entre les présentoirs. Beatrice commença par dire qu'il lui fallait peut-être un chemisier. Ôtant son manteau, son sac, elle me les donna. Elle tendit la main sur la table où étaient exposés des chemisiers, des corsages et de petits hauts. Ses yeux, je m'en rendis compte, étaient devenus verts et rapaces, comme ensorcelés.

« Je vais tous les essayer », conclut-elle, et elle se dirigea vers une cabine.

Je la suivis en restant devant le rideau, obéissante. J'apercevais son corps qui se déshabillait : un bras, une épaule. Une main tendue vers l'extérieur : « Celui-là non, il ne me plaît pas ! s'écriait-elle. L'autre maintenant ! » Avide, impérieuse. Puis elle sortait. Allait droit vers le miroir. S'admirait. « Non, ça ne me va pas. » Furieuse.

Elle se fit apporter d'autres chemisiers, chandails, cardigans, pull-overs. « Ah ! fit-elle ensuite derrière le rideau. Auriez-vous des jeans un peu originaux à me montrer ? »

La vendeuse en avait la tête tournée. Beatrice avait accumulé une montagne de vêtements dans la cabine et à l'extérieur. Elle ne cessait de parler de son père, un journaliste connu, de son oncle qui était à Paris dans la haute couture, et quant à moi, disons que j'avais cette maladie rare qui faisait que je ne grandissais pas, ne parlais pas, et notre mère en avait même frôlé la dépression. Elle brodait, rajoutait des fioritures, excellente pour raconter des histoires. Enfin, on lui apporta, de la vitrine, le fameux jean.

« C'est le dernier 38 qui nous reste. »

Beatrice se tut, posa les yeux sur les bras de la vendeuse où était déployé le jean, telle une créature vivante. Son regard s'était obscurci, comme le fond nocturne d'un bois.

« Non, trop voyant, décréta-t-elle.

– Croyez-moi, il vous ira à merveille. Vous pourrez le porter au Jour de l'An, même avec un simple chandail il fera son effet. »

Je fus très frappée que cette dame la vouvoie, qu'elle la traite en égale. À moi ce n'était jamais arrivé, dans aucun magasin.

Un temps s'écoula.

« Si vous insistez… », dit Beatrice, comme si elle se forçait.

Elle s'en empara et tira le rideau. La vendeuse à peine éloignée, elle passa une moitié de visage et me fit signe d'entrer.

Elle était presque nue. En soutien-gorge et en string. J'éprouvai un sentiment fort, confus, à la fois malaise et attirance. Mais elle n'en eut pas conscience. Elle me tendit l'étiquette du prix : quatre cent trente-deux mille lires.

« Tu as vu ça ? fit-elle, les yeux brillants d'excitation. Tu te rends compte ? »

J'étais muette, sortie du jeu. Pas à cause du prix, mais parce que le corps de Beatrice ainsi dénudé était un spectacle cru, et puissant. Comme la Niké de Samothrace, la Daphné du Bernin, et aussi comme de la lave, de la terre, quelque chose de sale. Je n'avais jamais pensé que la beauté puisse faire mal.

Elle enfila le jean en baissant les yeux, et attendit. Comme mon père attendait avant de retourner les Polaroids : il les laissait se créer, éclore des formes du néant et dévoiler leur vérité, ou leur mensonge. Elle réussit à tenir vingt secondes les yeux fermés devant le miroir. Puis elle les ouvrit. Et je le lus sur son visage : le plaisir.

Sous l'éclairage a giorno du spot blanc, dans le secret de la cabine, l'image qui venait de naître, en jean et soutien-gorge, était un aimant.

Je ne pouvais en détacher mes yeux, comme hypnotisée.

Une fille comme elle ne pouvait pas se heurter à des refus. Être abandonnée, ou ignorée. Elle ne pouvait qu'être aimée et enviée de tout l'univers.

Comme devinant mes pensées, Beatrice dit : « Je les agace tous, tu as vu ? En face, ils me font bonne figure, mais en fait ils me détestent, ils ne m'inviteront jamais à sortir avec eux. Si j'arrivais un matin en classe habillée comme ça, ils se mettraient tous à montrer les dents. Même ma mère aurait du mal à l'avaler, parce que moi je suis jeune et elle non, et je suis plus belle qu'elle. Tu comprends pourquoi c'est si important ? »

Je ne comprenais pas, mais je voulais être son amie.

Elle me prit les mains, comme à une jeune épouse.

« T'es prête ?

– Je suis prête. »

Elle me sourit, me regarda dans les yeux.

« Alors maintenant fais semblant d'avoir un malaise. »

Gardant le jean, elle enfila rapidement sa jupe par-dessus, remit ses autres vêtements puis se mit à crier : « Elisa, mon Dieu ! »

Que savait-elle de mon passé ? Rien. Pourtant elle venait de me demander de faire ce que je connaissais le mieux : ne plus sentir l'air dans mes poumons, le sol sous mes pieds ; mon cœur battre la chamade comme s'il allait s'arrêter. On appelle cela des crises d'angoisse, mais pour moi c'étaient des crises de solitude ; elles avaient commencé un certain matin de mon enfance, que je pourrais raconter si ce souvenir n'était pas un supplice.

Je sortis de la cabine en suffoquant. Beatrice criait, semant la panique dans toute la boutique. Je tremblais. On m'entoura. Quelqu'un accourut avec un verre d'eau.

« De l'air ! De l'air ! » supplia Beatrice en m'entraînant vers la sortie. Elle pleurait. Une voix proposa d'appeler une ambulance et elle répondit, désespérée : « Oui, tout de suite ! Maman, papa ! », invoquant nos parents imaginaires. J'étais bleue à force de ne pas respirer. Discrètement elle enleva ses chaussures, les glissa dans son sac et ouvrit la porte en grand. Après, je sais seulement que nous nous sommes mises à courir.

À courir de toutes nos forces, à perdre haleine dans l'avenue où une foule se pressait, à bousculer les gens pour passer, puis à dévaler des ruelles sombres, derrière des voitures en double file, en rasant les murs. Au bord de l'infarctus, nous arrivâmes à son scooter garé au début de l'Aurelia.

Beatrice mit son casque, me tendit le mien, replia la béquille et éclata de rire.

« T'as été grandiose, Eli, grandiose ! »

Elle m'avait appelée *Eli.* Comme si nous étions filles de la même histoire, tellement intimes : des siamoises. J'étais fière de moi, de nous. Même quand j'étais sortie de l'école primaire avec « Excellent » partout, puis du collège avec « Excellent et tableau d'honneur », je ne m'étais jamais sentie aussi bien.

Nous fonçâmes dans la nuit éclairée par les phares des voitures, dans ce samedi soir qui était, comme dans les films, le lieu exact de la vie. Un arrêt rapide pour prendre de l'essence, et de nouveau à soixante-dix à l'heure, ou plus, quand c'était possible. Nous arrivâmes à la Plage de fer qu'éclairaient seulement la côte et la mer. Le ciel était si pur qu'on pouvait y distinguer les constellations du Taureau et des Gémeaux.

Je descendis de son scooter, remontai sur le mien.

« Désolée de ne pas avoir pu voler un deuxième pour toi, dit-elle en éteignant le moteur. Je te prêterai le mien. »

Elle souleva sa jupe pour me le montrer. À la lumière froide de la nuit, les Swarovski prirent feu.

« *Bea,* lui dis-je, l'appelant ainsi pour la première fois. Je ne peux pas porter ça.

– Pourquoi ?

– Tu m'as regardée ? » Je souriais, comme pour m'excuser.

« Tu dis n'importe quoi, me répondit-elle, sérieuse. Lundi après le déjeuner tu viens chez moi, 17 via dei

Lecci, et je te montrerai quelque chose que personne n'a jamais vu.

– Je ne sais pas si je peux…

– Tu peux. »

Il était tard. Nous nous lançâmes dans la descente sans rien ajouter, elle devant, moi derrière. Comme il en serait pendant longtemps : devant et derrière le miroir, l'appareil photo, l'ordinateur, elle dans la lumière et moi dans l'ombre, elle qui parle et moi qui l'écoute, elle qui prend forme et moi qui la regarde.

Mais ce soir-là nous faisions simplement la course, en jouant à nous dépasser. Elle sur son SR flamboyant, moi sur ma vieille bécane. À tressauter en passant dans les ornières, éviter les racines des pins qui soulevaient la chaussée, pousser des cris et des hurlements. Nous étions folles.

Il était neuf heures passées quand nous fûmes de retour en ville. Au rond-point de via degli Orti, elle tourna à droite et moi à gauche. Nous nous saluâmes d'un coup de klaxon, le fil de cette promesse qui nous tenait encore liées : à lundi, après la classe.

Puis le rêve prit fin. Je sentis de nouveau le cafard au ventre en me garant devant chez moi. La lampe de la cuisine allumée à l'entresol, où seul mon père m'attendait.

2

Deux étrangers

Je trouvai la porte de l'immeuble puis celle de l'appartement entrouvertes, comme si mon père avait reconnu le bruit de mon scooter, ou pire, guetté mon retour par la fenêtre pendant tout ce temps.

Si j'avais eu un autre endroit où aller, je l'aurais fait. Cet appartement sombre avec ses pièces abandonnées au silence, toutes sauf une, me rappelait à quel point nous étions seuls.

Je parcourus le couloir en pesant mes pas, comme font les invités dans les maisons des autres. Il flottait dans l'air une odeur engageante de sauce au poisson et j'avais faim. Dans la parka héritée de mon frère et avec mes chaussures boueuses, je me présentai à la porte de la cuisine.

La table était bien mise, avec soin, pas à la manière brouillonne de maman. La nappe était propre et repassée, les assiettes creuses sur les assiettes plates, et des serviettes en tissu, au lieu de feuilles de papier absorbant posées à côté. Sur le feu baissé au minimum de l'eau bouillait, les spaghettis déjà pesés prêts à cuire. La télé diffusait un épisode de *Superquark* que papa suivait attentivement.

Il était dix heures moins vingt.

Il se tourna tranquillement vers moi et me demanda : « Je mets les pâtes ? »

J'acquiesçai.

Sa bonne éducation m'énervait, sans parler de son hygiène. Dans ma vie d'avant personne ne m'avait jamais dit de me laver les mains. Mon frère tripotait son argent pour la fumette, ramollissait son shit entre le pouce et l'index au-dessus de la flamme de son briquet, puis plongeait ces mêmes doigts dans le paquet de chips. Paquet de chips qui constituait d'ailleurs parfois son dîner.

Je m'approchai de l'évier, pris un peu de produit à vaisselle et me frottai rapidement les paumes et les doigts. Sans quitter ma parka, ni mes rangers violettes, avec des semelles à bout ferré, qui me donnaient en marchant des allures de Charlot : c'était du 40 et je faisais du 36, mais elles avaient appartenu à Sebo, le meilleur ami de Niccolò, et elles me tenaient compagnie.

« Écoute ça. » Il désignait l'écran sur lequel passaient des images de planètes et de nébuleuses. « C'est intéressant. Au lycée classique on n'étudie l'astronomie qu'en troisième année[1], c'est dommage. »

Je ne savais pas quand on étudierait l'astronomie, je venais de commencer le lycée. Ses tentatives de dialogue, qui plus est sur des matières scientifiques, m'agaçaient encore plus que ses bonnes manières.

« Ça me fascine de penser que nous ne connaissons que dix pour cent de l'univers, continua-t-il en tournant

1. Le cursus du lycée classique italien est de cinq ans. (*Toutes les notes sont de la traductrice.*)

les pâtes, et que la majeure partie de ce qui existe reste un mystère. »

Malheureusement, je l'écoutais. Et même je l'épiais, exactement comme il m'épiait. Je passais devant son bureau en y jetant un regard en coin. Quand je l'entendais parler au téléphone avec un collègue, je m'approchais pour entendre. Je n'en tirais pas grand-chose, en réalité. Mais lui encore moins, parce que je ne parlais avec personne, la porte de ma chambre était toujours fermée et, quand j'allais dans la salle de bains, non seulement je donnais deux tours de clé mais je faisais couler tous les robinets.

Nous étions père et fille, et deux parfaits inconnus. Avec quatorze ans de retard, c'était un peu difficile de commencer une relation.

Ce soir de novembre 2000, je m'étais rencognée sur une chaise à côté du radiateur bouillant, toujours en parka. Retranchée dans une bulle d'intolérance et de rancœur qui refusait d'éclater. En fond sonore, le journaliste expliquait la différence entre une galaxie elliptique et une spirale. Mon père goûta un spaghetti.

« Le web s'organise déjà de cette façon, commenta-t-il, la partie accessible ne représente pas plus d'un pour cent. » Il vérifia de nouveau, décida d'égoutter les pâtes. « Pourtant imagine combien ce un pour cent va changer la vie sur la planète. Ils vous l'ont expliqué en cours, n'est-ce pas, ce qu'est le web ? Cette source infinie d'informations ? »

Pour moi, durant ces mois-là, c'était surtout une source d'agacement : quand il se connectait à Internet, je ne pouvais plus téléphoner. Je me fichais de ses forums, de ses sites. Ce qui me touchait, en revanche, c'était qu'il me prépare des spaghettis *allo scoglio* à dix heures du soir. Ça m'attendrissait. Donc ça m'énervait. Dîner avec lui était une torture.

« Un de ces jours, j'aimerais bien t'ouvrir une boîte de courrier électronique, Elisa », dit-il en faisant revenir les spaghettis avec les fruits de mer. Je me raidis car je n'avais aucune idée de ce que voulait dire courrier électronique, rien que le terme, déjà, était antipathique. « Ce serait bien, poursuivit-il. D'ailleurs à mon avis il est grand temps que tu aies une adresse mail. » Il s'approcha de la table, remplit nos assiettes, laissa la poêle vide sur la cuisinière. « Vous pourriez vous écrire tous les jours, vous sentir plus proches, ta mère et toi, sans devoir attendre le facteur.

– J'en ai pas besoin, lançai-je aussitôt d'une voix dure et mal assurée.

– Pourquoi ? Tu verras à quel point c'est utile, et rapide aussi.

– On a déjà le téléphone », répliquai-je, survolant le fait qu'il ne sonnait presque jamais. Mon père enroula une bouchée de spaghettis sur sa fourchette. « Bon appétit », me dit-il. Je goûtai. C'était bon mais je ne le dis pas. Je ne détachais pas mes yeux de la table.

« Je crois que ça pourrait être une solution pour essayer de communiquer à nouveau, calmement tous ensemble. Qu'en dis-tu ? »

J'eus envie de me lever, jeter mon assiette, tout casser, le tuer.

« Le téléphone n'est pas le moyen le plus pratique pour nous. Parler, à l'évidence, nous met mal à l'aise. En nous écrivant, ce serait différent. Nous pourrions prendre notre temps pour choisir les mots, les préciser, les changer si nécessaire. »

Mais comment tu te permets ? Qu'est-ce que tu sais de l'écriture, toi l'ingénieur de merde ?

« L'ordinateur est là, poursuivit-il, tu peux aller dans mon bureau quand tu veux, avec toute l'intimité et le temps qu'il te faut. Je crois que je vais en offrir un à ta mère pour Noël. »

J'eus une quinte de toux, avalai ma salive de travers, sentis venir la nausée. C'était juste une stratégie pour ne pas montrer que j'avais envie de pleurer. Maman et Noël dans la même phrase, ça faisait court-circuit. Papa me tendit un verre d'eau. Il se leva, vint près de moi. M'enleva la parka de Niccolò et caressa mes cheveux trempés de sueur. Puis retira sa main. C'était trop affectueux comme geste.

« Je te promets que nous passerons un bon Noël. Je ferai en sorte qu'ils viennent ici, de les persuader de rester jusqu'à l'Épiphanie. Au pire, c'est nous qui irons là-bas. Tu ne dois pas t'inquiéter. »

Au pire, je m'enfuirai et tu ne me retrouveras jamais. J'irai me cacher dans la Palazzina Piacenza[1], pour toujours.

Dès que j'aurai dix-huit ans.

L'idée me calma. Mon frère aussi ça le calmait, de penser à la majorité. C'était un but, la preuve qu'il fallait tenir le coup, patienter, mais qu'à la fin nous serions débarrassés des décisions absurdes de nos parents.

Papa retourna s'asseoir et je levai la tête pour le regarder. Je devais avoir l'air bouleversée. Je le compris à son air triste.

Il se donnait du mal. Cet homme de quarante-sept ans en face de moi, les cheveux et la barbe poivre et sel, des lunettes à grosse monture noire, un air typique de crack en informatique, avait à cœur de remuer les

1. Bibliothèque de Jeunesse à Biella.

casseroles, nettoyer, ranger, pour sa fille. Il avait pris six mois de disponibilité à l'université pour s'occuper de moi et jouer les hommes d'intérieur.

Sauf que moi je n'en voulais pas, de l'amour d'un étranger. Je voulais l'amour de maman qui ne me téléphonait pas, de Niccolò qui s'abrutissait à toujours fumer des joints. Pas de ce père cultivé, qui s'intéressait à tout, qui était là à mendier un sourire, un signe d'ouverture. Ce pauvre type qui s'était retrouvé de but en blanc à vivre avec une fille adolescente.

Une fille comme moi, en plus.

J'avais les cheveux coupés comme un garçon, rouge carotte comme ma mère. Même mes taches de rousseur me venaient d'elle, comme mes yeux noisette. Je n'étais pas bien grande et je ne pesais pas plus de quarante-cinq kilos, bref pas grand-chose. Je n'avais pas de hanches, pas de poitrine, si bien que je pouvais sans peine porter ce qui n'allait plus à mon frère ou que les filles des copines de ma mère avaient mis de côté en rangeant leurs armoires. Le résultat était que je me baladais en jeans larges tachés exprès à l'eau de Javel et chemisiers à petit col rond comme à l'école primaire, en sweat Sex Pistols deux tailles trop grand et en jupe écossaise plissée. J'étais, à l'évidence, décalée. Mais ils l'étaient tous dans ma famille, chacun à sa façon.

Le téléphone sonna et je tressaillis. Mon existence, à cette époque-là, était littéralement déterminée et rythmée par cet appareil gris et blanc marqué *Telecom Italia.*

À la première sonnerie je bondis de ma chaise et me précipitai dans le couloir. Je savais que c'était elle : qui d'autre aurait appelé à cette heure-là un samedi ? Je me lançai à la vitesse de l'éclair sur le combiné.

« Maman ? » m'écriai-je.

Je m'étais laissée tomber sur le carrelage, l'écouteur tellement collé à l'oreille qu'il ne faisait plus qu'un avec elle. Je tenais le combiné à deux mains, les lèvres collées dessus. Je m'y accrochais. J'étais tellement heureuse qu'elle ne m'ait pas oubliée.

« Chérie, comment tu vas ?

– Bien, mentis-je, avant de l'assaillir de questions. Qu'est-ce que vous avez fait aujourd'hui ? Il a neigé ? Tu es passée dire bonjour à Sonia et Carla pour moi ? » Je voulais tout savoir de Biella, de leur vie là-bas sans moi. « Il est là Niccolò ?

– Non, mon trésor, il est au Babylonia. »

« Le Baby », je fondais rien qu'à entendre ce nom, transportée aux nuits que nous avions passées là-bas, Niccolò dans le hangar à danser le pogo, et maman et moi dehors, dans la voiture, à l'attendre. Les sièges rabattus, un plaid sur les jambes, maman qui fume et boit une bière à la bouteille ; autour de nous, les rizières.

« Il a neigé, mais seulement au-dessus d'Andorno, dit-elle. Les montagnes sont toutes blanches. »

À travers sa voix je les revoyais. Le Cresto, le Camino, le Mucrone. Pour moi, ces montagnes étaient comme des personnes. Et j'étais torturée de nostalgie.

« La bibliothèque, tu y es allée ?

– Comment j'aurais pu ? S'il y a des livraisons, le samedi, je travaille aussi, tu sais bien. »

Je ne savais rien, en vérité, de son nouvel emploi à la fabrique de chapeaux Cervo. J'étais peinée d'en être exclue, moi qui lisais autrefois pendant des heures dans le parking de la manufacture Liabel et connaissais ses collègues, ses horaires.

« Et toi, qu'est-ce que tu as fait ?

– Rien.

– Rien, ça n'est pas possible.
– Je suis sortie, avouai-je.
– Ah, en voilà une bonne nouvelle ! Avec qui ? »
Sa joie me blessait, ça voulait dire qu'elle n'était pas jalouse.
« Avec une camarade du lycée, Beatrice.
– C'est important les amis, Eli, ne l'oublie jamais. Tu peux me passer ton père un instant, s'il te plaît ? »
Déjà ? Mon cœur se serra. Se brisa.
Pourquoi tu m'aimes si peu, maman ?
J'appelai papa, la lui passai. Il avait raison : le téléphone n'était pas un bon moyen de communiquer, pour notre famille. Parce que nous n'étions pas du tout une famille.
Je n'avais pas envie de les entendre discuter comme si je n'existais pas, et je m'enfermai dans ma chambre.
Il restait encore par terre, contre le mur, des cartons du déménagement, fermés avec du scotch. Ne pas les ouvrir me donnait l'illusion que ma présence ici n'était que temporaire, et que ma mère et mon frère allaient revenir me chercher, un jour. Je me laissai tomber sur le lit et j'attrapai mon walkman. C'était encore une pacotille abandonnée par Niccolò, comme les parkas et les sweats. Il me l'avait donné parce qu'il s'était acheté un lecteur portable de CD, sinon il l'aurait jeté. Mais moi j'enfilais mes doigts dans les bobines des cassettes et je m'amusais à sortir le ruban magnétique. Ne pouvant pas le caresser lui, je caressais *Enema of the State* de Blink-182.
Je cherchai dans l'armoire le roman que je n'avais jamais rendu à la bibliothèque avant de partir. Le pyjama à petits cœurs subtilisé dans la valise de ma mère avant son départ. J'entassai tout cela, que je serrai

contre moi, expérimentant le pouvoir énorme qu'ont les choses de restituer les odeurs et les voix dont elles se sont imprégnées. De rendre présents les souvenirs.

Je n'avais plus rien, plus rien.

J'emportai le walkman, le roman et le pyjama sous mes draps, comme un naufragé les dernières choses de toute une vie. Je n'avais même pas de photographie de nous trois, une preuve que nous avions été heureux. Tout ce que je possédais, c'était mon journal fermé par un cadenas, où je m'exerçais à fixer une impression, un sentiment, afin qu'à travers les mots quelque chose me reste.

Je sortis la clé de sous le matelas et ouvris le cadenas.

Où en étais-je ? Je feuilletai les pages. À « ancien ».

Mais est-ce qu'on pouvait dire ça d'un arbre ? J'avais fait une liste de cinquante-deux adjectifs pour le platane en face de la fenêtre, en le fixant pendant des heures et des jours, et pourtant je n'aurais pas su quel adjectif choisir.

Comment est-il ce platane, Elisa ?

Je ne sais pas.

Si tu devais le décrire à quelqu'un qui ne peut pas le voir, qu'est-ce que tu dirais ? Qu'il est triste, pensai-je. Il est tout sec, presque sans feuille, il est là tout seul, dans la cour derrière, planté dans du ciment.

Il est triste, oui. Ou bien c'est toi ?

Qui sait si Beatrice tenait un journal elle aussi, me demandai-je. Ce qu'elle voyait de sa fenêtre, où elle dormait, à quel étage ? J'allais le savoir lundi. Mon cœur se serra et se remit à battre. Je me levai pour prendre le plan de T et chercher le 17 via dei Lecci dans l'enchevêtrement des rues. Je la trouvai dans un quartier éloigné, sur la colline. Je dessinai au stylo-bille le trajet de chez moi à chez elle, et il me vint un sourire. J'avais un projet, maintenant. Ça calmait ma souffrance. Pas beaucoup, mais au moins ça l'allégeait.

Je recommençai. «Jauni». «À moitié dénudé». Ou plutôt: «seul». Personne en classe ne m'avait jamais demandé: «C'est où, Biella? Il y a quoi de spécial là-bas?» Ils disaient que c'était une bielle de moteur, j'avais dû couler une bielle, les plaisanteries débiles des gens qui ne savent rien. Je levai les yeux de mon journal, écoutai le silence qui provenait des autres pièces. Papa avait raccroché brusquement, exaspéré. Le coup de fil était terminé. Maman n'avait pas demandé à me reparler. Je regardai les murs vides à la lumière de l'abat-jour: on aurait dit des barreaux, la boîte fermée d'un orphelinat.

Comment tu as pu me laisser ici?

Emmener Niccolò avec toi et m'abandonner, moi?

Maman, pourquoi?

3

Adieu à la vue

Nous avions déménagé dans la ville de T, au départ, tous les trois, ensemble. Le 29 juin 2000 nous étions partis dans l'Alfasud, avec trois valises et quatre grammes de shit. Parce que maman avait perdu son travail chez Liabel et décidé, à l'instant même, de recommencer avec papa.

Enfin, parler de décision dans le cas de maman est inapproprié : elle fonctionnait plutôt par impulsions. Elle rentra à la maison un après-midi d'avril, ou peut-être de mars, se laissa tomber sur le canapé du salon où j'étais en train de faire mes devoirs et Niccolò de dessiner le dragon qu'il aurait voulu se faire tatouer. Je me la rappelle parfaitement : sa coupe au carré impertinente, un casque rouge carotte sans un seul cheveu blanc, son petit nez retroussé et ses taches de rousseur, ses yeux jaunes maquillés de violet comme les gamines. On lui aurait donné la moitié de son âge, avec ce corps mince tout en nerfs et saccades. Elle alluma une cigarette et dit : « Les enfants, on s'en va. »

J'étais en dernière année de collège, mon frère en dernière année de lycée. Sur le moment, impossible de comprendre de quoi elle parlait.

« Ils m'ont licenciée », nous informa-t-elle en soufflant la fumée. « À cause d'une paire de culottes. » Elle souriait, étonnée. « Ça a l'air d'une catastrophe, mais on va transformer ça en opportunité. »

Puis elle se leva, fila droit dans le couloir, et nous derrière, ahuris et déjà alarmés. Elle au contraire euphorique, comme si elle venait de trouver la clé du bonheur. Elle attrapa le combiné, composa le numéro. Tout se passa sous nos yeux.

« J'ai réfléchi, dit-elle d'emblée, donnons-nous une autre chance, Paolo. On est encore jeunes, on le mérite. Nos enfants ont besoin de nous, moi j'ai besoin de toi. De changer d'air, de changer de vie. S'il te plaît. »

Elle voulut nous passer papa, qui n'avait jamais été qu'une voix au téléphone, au mieux une apparition taciturne à Pâques et à Noël. Elle agitait le combiné sous le nez de Niccolò puis le mien : « Allez, dites-lui quelque chose ! » Et nous, bouleversés, n'avions pu que bafouiller le résumé habituel : « Tout est OK, en classe tout est OK. »

La vérité, c'est que quand maman avait pris sur un coup de tête la décision de nous obliger soudain à interrompre notre vie, quitter la ville où nous étions nés, la maison où nous avions grandi, pour déménager à plus de cinq cents kilomètres, alors que nous n'avions aucune idée de qui était notre père. C'était l'homme qui envoyait l'argent, qui téléphonait le dimanche matin, qu'en théorie nous aimions bien, quoi d'autre ?

Il ne nous avait jamais manqué.

Nous ne savions pas grand-chose non plus de la ville de T : la plage où nous passions deux semaines ennuyeuses une fois par an autour du 15 août, quand maman nous envoyait chez lui et que chaque petit déjeuner ou dîner était un calvaire ; la promenade avec les palmiers et les lauriers-roses desséchés ; la vieille ville avec ce bastion éternellement en restauration. À T, nous avions en tout et pour tout deux-trois adresses de copains à qui nous n'avions jamais écrit, qui se transformaient tellement d'une année sur l'autre que chaque été ils redevenaient des inconnus. Mais ce qui nous atterra plus que tout cet après-midi-là, ce fut l'idée de maman et papa *ensemble*. Impossible de comprendre comment un homme réservé, un professeur d'université, avait pu tomber sur notre mère, lui avoir fait deux enfants, et lui laisser encore une seconde chance. Pas avant, quand les enfants étaient petits et auraient peut-être aimé avoir un père qui vienne les chercher à l'école, mais maintenant.

Nous nous révoltions. De toutes nos forces.

Niccolò, toujours plus direct que moi, balança le téléphone contre le mur. « T'es folle ! J'ai mes copains ici, j'ai le basket, j'ai *tout* ! s'écriait-il. Je passe mon bac dans même pas un an et tu me fais changer d'école ? T'as pété les plombs ? Vas-y toi-même, vivre avec *ce type* ! Je suis plus un gamin que tu peux trimballer ici et là. Va te faire foutre, maman ! »

Il renversa la chaise, se barricada dans sa chambre, cessa de manger avec nous, d'aller en cours, fut recalé. Je me limitai à jouer le silence : une question et je me taisais, une tentative de conversation et je me taisais. Je gagnais à chaque fois.

Quelques jours plus tard, je pris mon lit – sommier, matelas, oreiller – que je tirai toute seule de la chambre de maman, où j'avais toujours dormi, dans celle de Niccolò. Je n'arrivais pas à m'endormir sans son odeur, sans son souffle, j'en aurais pleuré tellement elle me manquait. Mais je résistais. Niccolò rentrait tard toutes les nuits, il sentait le shit, se cognait aux meubles, me réveillait. Le matin, je me levais et il ronflait. L'appartement se transforma bientôt en entrepôt de cartons, et nous serrés comme des sardines, en grève du ménage, de la parole, de la gentillesse. Maman voulait nous embrasser et nous nous écartions. Jaloux, fous de jalousie.

Je me souviens d'un samedi soir : mon frère avait refusé de venir, et maman et moi étions à la pizzeria devant la gare. Comme souvent quand elle n'avait pas envie de faire la cuisine. Assises à une table dans la petite salle fumeurs, face à face sous un poster de Naples datant de Maradona. Maman me versa deux doigts de vin. Écartant sa frange, elle dit : « Eli, de toute façon, c'est pas juste que vous ne viviez jamais avec votre père. Je ne vous le dis pas pour maintenant, mais parce qu'après, quand vous aurez un manque, il sera trop tard. Vous avez besoin de construire une relation avec lui : un rapport vrai, au quotidien. Même si vous n'en avez pas conscience, vous en avez *désespérément* besoin. »

Je bus les deux doigts de vin et aussitôt la tête me tourna. C'est pas vrai c'est pas vrai c'est pas vrai, protestais-je intérieurement.

« Tu n'es pas curieuse de voir comment ça va marcher ? Nous quatre ? »

Moi muette, plus que muette. J'engloutis ma margherita les yeux baissés, continuant à ruminer. Qu'on n'avait pas besoin d'un intrus. Qu'elle le préférait à nous. Qu'à trois on était très bien. Et que T était une ville de bord de mer bourrée l'été et vide en hiver, et moi je ne voulais pas y aller.

On était comme chez nous, à la Lucciola. On y avait fêté tous les Jour de l'An. Maman, Niccolò et moi : inséparables. Je n'arrivais pas à croire que je ne reverrais plus les tables à nappe rose et les chaises assorties, les salières avec des grains de riz à l'intérieur, les tableaux du Vésuve et du golfe de Naples, qui faisaient si exotique ici, en haut du Piémont. C'était tellement injuste que j'aurais voulu hurler.

Mais je restai fidèle à mon silence.

L'école se termina et les examens de fin de premier cycle commencèrent. L'appartement avait sombré dans la désolation : un dépôt de paquets en attente d'expédition, les traces des tableaux enlevés des murs, les choses entassées dans des cartons, sauf dans notre chambre, à Niccolò et moi – aucune valise faite, les mêmes draps depuis deux mois.

Jamais été aussi soudés qu'à cette période, tous les deux : un mur, que maman traversait avec légèreté, en petite culotte et soutien-gorge, les bras chargés de vêtements. « À votre avis, ça va nous servir des manteaux là-bas ? »

Une partie des meubles fut témérairement vendue, l'autre recouverte de grands plastiques. Je perdis d'un coup tous les jouets de mon enfance. Maman en fit un tas et les offrit en bloc à la Caritas. « Il est temps de grandir, Elisa. » Mais c'était le dernier de mes désirs.

Vint le jour des résultats des examens, et j'allai les voir avec elle. Moi raide à côté d'elle, dans une colère noire. Mais contre qui ?

Je n'avais pas d'amies. Si quelque lien ténu s'était noué, le passage au collège l'avait balayé. J'étais timide. Les filles de mon âge se promenaient sur la via Italia, les lèvres fardées de violet et des piercings dans le nez, parlant de choses qu'elles voulaient faire avec les garçons auxquelles je ne comprenais rien. Je n'avais plus de grands-parents, pas d'oncle ou tante dans les parages. À la différence de mon frère, je n'étais dans aucune équipe. Personne ne m'avait inscrite dans un cours de musique, de théâtre. Le seul lieu que je fréquentais en dehors de la maison était la bibliothèque pour enfants. Avant d'être l'« étrangère » à T, j'avais été l'« asociale » dans les écoles de Biella.

Ce jour-là, à l'entrée du collège Salvemini, nous trouvâmes une armée compacte de parents, à un centimètre de nous et pourtant à des années-lumière. Pas un ne nous fit l'aumône d'un bonjour. C'était compréhensible : les mères des autres portaient des tailleurs d'été couleur pastel, des chemisiers en soie, des rangs de perles ; la mienne un jean déchiré aux genoux et des Converse. Les pères souriaient et plaisantaient avec leurs enfants pour tromper l'attente ; le mien était un trou au milieu d'eux. Il devait bien y avoir des parents mal fagotés, négligés, fatigués, mais je ne les voyais pas.

Quand les surveillants ouvrirent les portes et nous firent entrer, les feuilles venaient d'être affichées sur les tableaux. Tout le monde se pressa pour voir sa note, la comparer à celle des autres, dire que ce n'était pas juste, qu'ils auraient mérité plus, ou moins.

Et moi ? J'y étais, tout en haut. Moi l'« asociale », oui, avec sa mère folle, ses pantalons à carreaux et ses mocassins, celle que personne n'invitait jamais aux anniversaires, la seule qui n'ait jamais embrassé un garçon. Mais la seule à avoir un « Excellent avec mention spéciale ».

Ma mère se pencha pour me faire une petite caresse.

« Qu'est-ce que tu veux comme cadeau ? T'en as mérité un gros. »

Je réfléchis. Je n'avais envie de rien. Que savais-je des cadeaux, des objets qu'on garde, qu'on peut posséder ? Je vivais de livres empruntés, de vêtements hérités des autres que je n'avais pas besoin de choisir. De la réalité, je n'aimais que les lieux : les baies vitrées de la Lucciola d'où l'on voyait le rectangle jaune de la gare, le parking de la manufacture Liabel où j'attendais que ma mère ait fini de travailler, notre appartement au troisième étage via Trossi et, plus que tout, la Palazzina Piacenza.

Je crois que je faillis pleurer : pourquoi on ne te suffit pas, nous ?

« Quoi que ce soit, dis-le ! » insista-t-elle.

Je brisai la grève du silence.

« Rester ici », répondis-je.

Le sourire s'effaça de son visage, son regard s'assombrit et je me figeai car je savais ce qu'annonçait ce genre de signes.

Elle m'attrapa violemment par le coude, sous les yeux de tous, comme si j'avais été recalée. Elle me tira jusqu'à la voiture puis dans l'escalier, puis dans cette merde de chambre où nous étions réduits à dormir. Elle sortit mon frère du lit, lui balança des claques. Me saisit par les cheveux. Nous essayâmes de nous rebeller, mais ce fut inutile. Elle avait perdu patience. Elle nous plaqua le visage dans les valises, comme grand-mère le museau des chats quand ils avaient fait pipi sur le tapis. Elle nous griffa. Nous obligea à prendre toutes nos affaires, les sales et les propres, à les enfiler dans les sacs. Tout de suite, et vite. En nous criant des choses que je ne peux pas, que je ne veux pas répéter, pendant ce qui fut le premier et le pire déménagement de ma vie.

Avant de continuer, je dois affronter le souvenir le plus déchirant.

Je n'en ai jamais parlé à personne, même pas à Beatrice ou à mon père. Mais, puisque j'ai pris cette décision, celle de tout écrire, quel sens cela aurait-il de garder un secret avec moi-même ?

J'ai une certaine familiarité avec les personnages littéraires : je lis énormément. Entre leurs pages j'ai rencontré beaucoup de petites filles orphelines, malchanceuses, victimes des pires brimades, mais laissées intactes par le mal : lumineuses, pleines de talent, clairement destinées à s'en sortir. La tentation de me décrire ainsi, comme une de ces petites héroïnes, me vient, je l'admets.

Mais je connais mon avenir, maintenant, et pour ce qui est de la délivrance, on en est loin. D'ailleurs je n'écris pas un roman. Qui je suis, je veux le regarder de près, sans me raconter d'histoires. Si je me demandais à brûle-pourpoint : Pourquoi, Elisa, la rencontre avec Beatrice, quand elle se produisit, a-t-elle été si décisive, a-t-elle conditionné toute ta vie ?

Honnêtement, je devrais répondre : Parce qu'avant elle, j'étais seule.

Il faisait noir, c'était tôt, c'était l'hiver. Avant-dernière année de l'école maternelle. Niccolò prenait le petit déjeuner dans la cuisine, j'avais la grippe et je tremblais, maman ne savait pas à qui me laisser. Je la revois nettement, suspendue au téléphone pour appeler les uns et les autres, pleurer, supplier : « S'il te plaît, juste pour ce matin ! Elle dormira tout le temps… » Chaque fois, elle raccrochait, contrariée. Puis, découragée, elle eut une idée : « Viens, sortons. »

Elle m'emmitoufla : deux gros pulls, une doudoune, un bonnet, une écharpe. Et moi qui brûlais et mourais de froid. Elle me prit dans ses bras, nous descendîmes dans le garage, avec Niccolò qui s'arrêtait tous les trois pas pour faire des boules de neige qu'il nous lançait, et maman se mettait en colère. Elle m'installa sur le siège à côté d'elle. Il protesta mais se résigna à monter à l'arrière. L'auto mit un temps fou à démarrer. Il avait recommencé à neiger. Les rues étaient couvertes de sel et de verglas.

Elle déposa mon frère à son école. Puis elle conduisit jusqu'à la piazza Lamarmora, se gara en face d'un immeuble que je n'avais jamais vu. Elle attendit que les lumières du premier étage s'allument, me souleva et m'emporta dans l'escalier puis par une porte aux vitres dépolies. À l'intérieur il faisait une chaleur étouffante, les néons m'éblouirent. Maman m'installa sur un coussin, m'enleva l'une après l'autre les couches de laine, me donna une dernière aspirine. Elle me fit : « Chut », le doigt posé sur les lèvres.

« Je vais au travail, toi tu restes là bien tranquille, je reviens à une heure. »

Je le sens encore en moi, ce cœur qui cogne et se vide.

L'abandon qui remplit la cage thoracique, l'inonde, les jambes qui tremblent de peur, la sensation infinie de vulnérabilité.

Je ne pus même pas pleurer. Je me recroquevillai, la tête plongée dans les mains, les muqueuses de la gorge enflammées, mes pensées et mes émotions prises dans un gel terrible.

La bibliothèque était déserte parce que tous étaient en classe ou malades, chez eux mais soignés par quelqu'un. J'étais sûre que ma mère ne reviendrait pas.

Je n'ai aucune idée de ce qu'elle inventa pour les bibliothécaires, comment elle les persuada. Au bout d'un temps indéfini, la plus âgée posa la main sur mon front pour sentir si ma fièvre avait baissé, elle me demanda si j'avais soif ou besoin d'aller aux toilettes. Je ne voulais rien. Quand l'aspirine fit effet et que je trouvai la force de m'asseoir, je regardai autour de moi et me mis à les détester, tous ces livres.

Que croyaient-ils ? Qu'ils pourraient remplacer ma mère ?

Carla et Sonia, auxquelles ensuite j'allais m'attacher, revinrent avec un recueil des contes de Basile. Et un élan de tendresse m'assaille, aujourd'hui, à la pensée que Sonia avait tout au plus la quarantaine, n'avait jamais voulu avoir d'enfant et ne savait par où commencer avec une petite fille de mon âge. Carla, elle, qui avait soixante ans et s'occupait de temps en temps de ses neveux et nièces, souffrait de sciatique et boitait. J'avais été débarquée chez elles à l'improviste, de but en blanc, au beau milieu de leurs heures de travail. Mais au lieu d'appeler les carabiniers, elles m'avaient donné le recueil de Basile.

Je le feuilletai quelques instants sans savoir qu'en faire : je ne savais pas lire. Les illustrations étaient minuscules, les mots énormes, ennemis. Je le refermai, mais m'y accrochai des deux mains parce qu'il n'y avait rien d'autre pour m'empêcher de tomber.

La panique ou mieux, la solitude, est un état primitif et très simple, dans lequel il y a d'un côté le monde immense, menaçant, inconnu, et de l'autre il y a toi, qui n'es rien. Sans une mère, personne ne peut survivre. C'est une vérité dont j'ai fait assez souvent l'expérience, dont je porterai à jamais les cicatrices. Pourtant maman, ensuite, y prit goût.

Je ne sais pas comment elle avait découvert l'existence de ce lieu, peut-être par un prospectus, ou par ouï-dire. Je ne suis pas sûre qu'elle ait beaucoup fréquenté les bibliothèques. Mais ces pièces colorées avec des tapis et des coussins, des tables et des chaises à mesure d'enfant devaient lui avoir semblé le parking idéal, et surtout, gratuit: la solution à tous ses problèmes. Ainsi, elle brodait des excuses, interprétait des drames, et s'éclipsait en douce. Je crois que Carla et Sonia l'avaient bien cernée, et elles avaient eu pitié de moi, renonçant à avertir les assistantes sociales, parce qu'au fond cette drôle de femme qui avait l'air d'une gamine revenait, me couvrait de baisers. Peut-être qu'elle m'aimait.

Mais ce n'était pas toujours le cas. Au bar, quand elle sortait avec ses copines, elle installait Niccolò devant les jeux vidéo et moi sur un tabouret à côté d'elle, et je jurais, en croisant les doigts derrière mon dos, que je n'écoutais pas leurs conversations. Chez le coiffeur, au supermarché, je pouvais la suivre. Mais parfois je tombais malade, ou bien elle devait aller quelque part. Seule ? Avec quelqu'un ? Je ne l'ai jamais su. Alors venait le moment où elle se garait devant la Palazzina Piacenza.

Si mon frère réussit à se sauver, en partie, et à mener une adolescence normale entre copains et sport, ce fut seulement parce qu'il avait un système immunitaire d'acier et que c'était un garçon. Sa capacité à aimer dépendait d'elle, mais pas son identité.

Pendant des mois, je ne les ouvris même pas, ces livres.

Je passais les matinées à fixer, de l'autre côté des vitres, le mont Cresto et le Bo, le Mucrone et le Camino: la seule présence physique qui restait toujours là, à la même place. Sonia et Carla, dès qu'elles le pouvaient, venaient s'asseoir à côté de moi sur le grand coussin et me désignaient une lettre, puis une autre. Ça c'est le A, ça c'est le O, le C, le D, le M. Et moi, fermée comme un hérisson, je commençai à m'ouvrir peu à peu.

J'appris à lire, et le temps commença à courir, la réalité à s'effacer. J'étais libre de m'oublier, d'être pirate, ogre, sorcière, princesse. La solitude cessait, un écureuil ou une fée venait toujours à mon secours si j'étais en difficulté. Quand ma mère mettait le clignotant et ralentissait sur la piazza Lamarmora, j'étais presque contente maintenant.

Je l'attendais en lisant. Pendant des heures, des années. Les autres grandissaient, les corps s'allongeaient, les voix s'enrouaient, mes camarades de classe avaient leurs règles. Moi, j'étais arrêtée, comme prise dans un sortilège. Au-dehors c'était toujours moi, mais à l'intérieur se produisaient des métamorphoses prodigieuses. Je n'étais l'amie de personne, mais celle de centaines de personnages imaginaires. Mon existence était fantomatique, mes rêves incandescents. Seul l'invisible arrivait vraiment, seul dans les mots quelqu'un me parlait. C'est pour cela que des années plus tard, quand je verrais Beatrice, je la reconnaîtrais aussitôt. Non pour son apparence, mais *de l'intérieur.*

Parce que ma mère m'abandonnait à la lecture.

Et moi je voulais ma mère, j'aurais donné n'importe quoi pour rester analphabète.

La littérature fut, au fond, le seul moyen qui se présenta à moi pour combler ce vide. Est-ce qu'une passion peut exister si elle n'est pas précédée par un vide ?

Je devrai me rappeler cette question, quand Beatrice deviendra célèbre.

« Je n'en veux pas au printemps / d'être venu à nouveau. / Je ne lui tiens pas rigueur / de remplir comme chaque année / ses obligations.

Je comprends que mon chagrin / n'arrêtera pas la verdure. / Et le brin d'herbe s'il hésite un instant, / c'est sur le souffle du vent. »

Ainsi commence *Adieu à la vue* de Wislawa Szymborska et ainsi meurt mon enfance. Un matin d'il y a vingt ans, avec la lumière rasante de l'aube, les vitres levées parce qu'il faisait encore froid dehors.

La nausée, l'estomac vide. Mon frère, assis à l'avant, écoutait *Enema of the State*, face A et face B, sur son walkman, en regardant la route d'un œil mauvais. Personne ne parlait. Le mont Cresto et le Bo, le Mucrone et le Camino s'attardèrent une demi-heure, magiques dans la lunette arrière, avant de disparaître.

Pelotonnée sur la banquette de l'Alfasud, je comprenais que ce petit bout de muraille alpine resterait là sans moi, et continuerait d'exister. Je ne l'acceptais pas. Tandis que ma mère m'arrachait de force à mes montagnes, je serrai contre ma poitrine *Mensonge et sortilège*, emprunté à la bibliothèque et jamais rendu ; même pas lu, d'ailleurs, juste commencé plusieurs fois.

Quand je tournai la tête pour essayer de regarder en arrière, ce jeudi de fin juin, Biella n'était plus visible. La plaine coupée en deux par l'A26 me parut plate et monotone, indistincte. Le reste de la planète défilait de l'autre côté des vitres, étranger.

Grandir, c'est perdre.

Maman conduisait en souriant. À la hauteur d'Ovada elle obliqua vers une station-service. « Un petit en-cas ? » s'exclama-t-elle en éteignant le moteur. Joyeuse, comme si nous étions en balade. « Vous la voulez à la crème ou au chocolat, votre glace ? »

Niccolò ouvrit grand la portière, s'extirpa de la voiture. « Ton enthousiasme à la con, tu peux te le foutre au cul. » Il claqua la portière le plus fort possible.

Après, au comptoir, nous échangeâmes un long regard, mon frère et moi, tout en dévorant les brioches qu'elle nous avait achetées : assise sur un haut tabouret, en mini-jupe, elle mastiquait un chewing-gum comme une gamine et tout le monde la regardait. Elle n'arrêtait pas de vérifier son visage dans son miroir, qu'elle sortait constamment de son sac. Elle se remaquillait les lèvres, arrangeait ses cheveux, se préparait pour papa. Et nous étions si rouges et si pleins d'amertume que nous aurions pu exploser et nous désintégrer.

Avant de sortir, Niccolò me retint. Tourné vers moi mais à l'intention de maman, il dit : « Je vais aux toilettes. »

J'inventai : « Moi aussi. »

Nous descendîmes les escaliers au pas de course, entrâmes dans les toilettes pour hommes. Il me fixa dans les yeux. « On s'enfuit.

– Quand ?

– Maintenant.

– Et on va où ?

– On rentre à Biella. C'est l'été. »

Un emballement merveilleux me saisit le cœur : c'était possible.

« Je me fais prêter une tente, poursuivit-il, de toute façon il fait chaud. On va dans la vallée du Cerf, comme ça on peut se laver.

– Mais il fait froid, c'est un torrent.

– On s'en fiche ! Il y a des raves, des kermesses. On trouvera toujours de quoi manger, fumer, on sera jamais seuls. Et en octobre j'aurai dix-huit ans, j'irai bosser au Babylonia et tu pourras rester avec moi sans problème. »

Des hommes entrèrent et nous regardèrent de travers : moi parce que j'étais une fille et Niccolò parce qu'il était assis les jambes écartées sur le bord du lavabo, et s'apprêtait à s'allumer une cigarette.

« Oui mais où ? Où on dormira l'hiver ?

– On squattera une maison, celle de grand-mère.

– Sans chauffage ?

– Il y a des radiateurs à butane. On fera bouillir des marmites d'eau. »

L'espace d'un instant, un seul, cela me parut faisable : traverser l'autoroute en courant, aller jusqu'à l'Autogrill dans l'autre sens, monter dans un camion. Vivre de chasse et de pêche dans la vallée du Cerf. En septembre, occuper l'ancienne maison de grand-mère, tellement en ruine qu'elle n'avait jamais été vendue ni louée, et l'État italien me laisserait vivre et aller au lycée de cette façon : sans surveillance. Ce ne serait pas la première fois, d'ailleurs.

« OK, répondis-je.

– Parfait, dit mon frère en allumant sa cigarette.

– Gamin, tonna une voix. On peut pas fumer ici. Éteins-moi ça. »

L'homme, d'un âge moyen, venait vers nous. Niccolò réagit en riant et en lui soufflant la fumée à la figure. L'autre aurait pu hésiter, mais il ne le fit pas.

« Espèce de mal élevé, ton père te l'a pas appris, le respect ? »

Comme toujours dès qu'on touchait ce sujet sensible, le poing de Niccolò partit. D'autres hommes entrèrent.

Je m'écartai. J'avais assisté à cette scène des centaines de fois, pourtant je ne m'y habituais pas. Les bagarres étaient fréquentes, et le dimanche on allait récupérer Niccolò à la caserne des carabiniers après un trouble à l'ordre public, une garde à vue, une agression. Chaque fois, je le regardais, lui et ses airs insolents, je regardais ma mère se démener pour plaider sa cause indéfendable, et je sentais entre mes jambes une impression bizarre, comme si ma vessie allait se vider d'elle-même, car je n'avais de pouvoir sur rien.

Dans le restoroute, ce matin-là, les cris durent atteindre l'étage supérieur puisque plein de gens accoururent ; y compris maman.

Je la regardai, notre projet de fugue avait clairement échoué au seuil même des toilettes. Je la vis s'élancer avec fureur dans la cohue : « Laissez mes enfants, espèce de salauds ! » Ses traits doux altérés au point d'être méconnaissables.

J'ai souvent eu honte de ma famille. Je l'ai tirée derrière moi comme un boulet. Des années durant.

Nous fûmes priés tous les trois de nous en aller, et nous remontâmes en voiture : mon frère qui pestait, ma mère décoiffée, moi pleurant. Maman démarra sur les chapeaux de roues, faisant s'emballer le moteur et hurler l'embrayage. « Donne-moi la cassette que tu écoutais. » Elle tendit la main, impérieuse, à Niccolò. Elle glissa la cassette dans l'autoradio, lançant une chanson que je ne serai plus jamais capable d'écouter. *All the Small Things.*

Oui : nous n'étions pas grand-chose, à la dérive dans cette Alfasud.

Mon frère sortit du papier à rouler, un briquet, un bout de shit et commença à l'effriter. Je pensai : ça y est, on a dépassé toutes les limites. Maman le regarda de travers mais ne se troubla pas : « Je ne suis pas sûre que ça te fasse du bien, ce truc. Moi, une fois, ça m'a fait m'évanouir.

– Tiens, fume. »

Niccolò lui passa le joint. Maman secoua la tête : « T'es pas fou ? Je suis en train de conduire ! » Elle tira quand même une bouffée. Et aussitôt après une autre. Comme si « ce truc » n'était pas si loin d'elle qu'elle voulait le faire croire.

« Allez, Eli, fume toi aussi. » Mon frère se retourna vers moi.

« Tu rigoles ? » lui répondis-je.

Je n'avais même pas essayé les cigarettes.

« Qu'est-ce que tu veux que ça te fasse ? C'est juste un petit joint ! »

Si bien que je fumai, toussai, faillis vomir. Mais nous continuâmes à nous passer le joint, jusqu'au filtre.

Je renversai la tête contre le dossier et me dis en riant : On est tellement superflus. Si on s'écrasait contre le rail de sécurité, personne ne s'apercevrait de notre absence. Celle de Niccolò peut-être, parce qu'il avait une petite amie et un tas de copains. Mais ils étaient restés à Biella, et il les avait déjà perdus. Quant au basket, il n'y jouait plus depuis longtemps. Il préparait son sac, faisait comme s'il partait à la salle de sport mais tournait au coin pour aller jusqu'au parvis de la petite église de via Italia, et s'étendre là, sur le flanc comme dans un pré, à fumer des dizaines de pétards avec les punks. Niccolò ne ferait rien de sa vie, c'était déjà clair. Moi ? J'étais bonne à l'école, j'aurais pu aller à l'université, un jour. Mais j'avais quelque chose qui n'allait pas, je ne plaisais à personne. Et maman ?

Elle avait dû voler, en quinze ans, je ne sais combien de petites culottes à son travail.

Lui non plus, il ne nous aimera pas, pensais-je, il ne pourra pas nous sauver. *Lui*, Paolo Cerruti, professeur d'Ingénierie en software, à l'époque où le mot de *software* ne disait rien à la plupart des gens.

Nous étions si heureux tous les trois sous la couette, le dimanche jusqu'à midi. Avec maman qui nous serrait contre elle comme si nous étions encore enfants. Faire des miettes dans le lit, vider des sachets de pop-corn, regarder la télé sur MTV pendant six heures d'affilée. Heureux d'une manière spéciale, que personne n'aurait pu imaginer dans une famille aussi ravagée et problématique que la nôtre. Et maintenant que je sais où elle nous a emportés, notre histoire, je le redis : ce bonheur n'était pas une mise en scène, il était vrai. Et sur la banquette arrière j'étais désespérée, parce que je sentais que cette chose trouble et lumineuse qui nous unissait serait terminée, une fois que nous serions à T.

Puis, à Gênes, la mer nous surprit.

Un croissant bleu à la sortie d'un tunnel.

Elle s'ouvrait toute grande, prenait tout l'horizon. Nous passâmes hébétés sur le pont qui aujourd'hui n'existe plus, les vêtements imprégnés de shit, Blink-182 dans l'autoradio, complètement à la dérive. Mais la mer nous arracha un sourire.

Le reste du voyage, nous avons dormi, Niccolò et moi, indifférents à sa conclusion. Nous pouvions arriver à destination ou nous pouvions mourir, c'était pareil.

4

La chambre aux portraits

Lundi 13 novembre, après la classe, le ciel était si limpide qu'on aurait dit l'été ; mais « l'été, froid, des morts », comme dans le poème de Pascoli, avec les passants serrés dans leur manteau et les arbres squelettiques. Le soleil était haut dans l'air bleu, et même tiède, quand je débouchai pour la première fois dans la via dei Lecci.

C'était une rue résidentielle tranquille, en impasse, avec deux rangées blanches de pavillons mitoyens qui resplendissaient dans la lumière de l'après-midi. J'y entrai au point mort, ralentissant pour lire les numéros sur les grilles, toutes identiques. Quand j'eus trouvé le 17, je me garai en face, près d'une haie derrière laquelle on entrevoyait un jardin de dimension modeste et un garage. Je fus déçue : je m'étais imaginé Beatrice habitant je ne sais quelle villa imposante, pas une petite maison ordinaire à étage.

J'éteignis le moteur. La paix qui émanait de ces habitations neuves, certaines encore en vente, m'enveloppa. Autour il n'y avait rien, seulement des collines. J'ôtai mon casque. Le cœur légèrement battant, je m'approchai de l'interphone. Il y était écrit : *Avv.*

Ricardo Rossetti. Je sonnai, la grille s'ouvrit. Je traversai la petite allée et frappai à la porte avec le plus de politesse possible.

Je n'avais vu qu'une fois la famille de Beatrice, réunie autour d'une grande table dans un restaurant cher, et elle m'avait fait grande impression : comme si je voyais les Clinton. Je me rappelais leurs habits élégants, l'auto noire propre comme un miroir dans laquelle ils étaient montés. Mais en attendant, personne ne venait m'ouvrir. J'allais frapper une seconde fois, plus fort, quand une femme tenant un chiffon de ménage écarta le battant. J'entrai.

Et je tombai au beau milieu d'une dispute.

Il n'y avait pas de vestibule, de couloir ou de bas d'escalier où se cacher. On arrivait chez Beatrice et on se retrouvait tout de suite au centre de la scène, dans un grand salon rempli de tableaux, de tapis, de coussins. Je me sentis incongrue, trop visible. Mais je me trompais : personne ne me prêtait attention.

La mère était furieuse. Paralysée, je la regardai, habillée, maquillée et coiffée comme si elle devait présenter le journal télévisé. Impossible de rencontrer une femme pareille dans la réalité : un kilo d'or, de fond de teint, de rimmel, de laque, sur un corps à l'évidence façonné par les régimes et les salles de sport. Elle criait en continu sur sa fille : « Je t'ai posé une question, réponds-moi ! Tu as mis de l'eau oxygénée ? C'est ça ? Tu sais que tu te les es brûlés ? Qu'il va falloir te les raser maintenant ? Mon Dieu, cette couleur ! Pourquoi faut-il toujours que tu me déçoives ? »

Je repérai Beatrice dans un coin, sur le seuil, appuyée contre un montant de porte. Elle avait une cape de plastique sur les épaules, les cheveux barbouillés d'une couleur qui semblait fuchsia ou orange – on ne comprenait pas bien – et lui gouttait sur le front, sur le jean, partout.

« Maintenant il va falloir que j'appelle Enzo, en le suppliant de nous trouver un trou avant ce soir. Parce que tu ne vas pas sortir comme ça. Je ne peux même pas te regarder ! »

Elle se pencha pour chercher le téléphone parmi les revues, les colliers et autres objets éparpillés sur une grande table en verre. Non loin de là, étendue sur le canapé, la sœur aînée de Beatrice, Costanza, souriait d'un air aimable et un peu perfide. Un manuel de physique ouvert sur les genoux, en col roulé et fuseaux noirs, un chignon blond au sommet de sa tête. « Maman, laisse tomber, c'est un cas désespéré. » Puis, s'adressant à Beatrice : « T'es vraiment affreuse. » Satisfaite.

Sur le canapé lui aussi, Ludovico, leur frère de onze ans, était assis devant la télévision, très concentré, occupé à faucher une troupe de zombies à la mitraillette. Hormis la gouvernante, qui me jeta plusieurs fois un regard en frottant les vitres, personne ne me salua ni ne se préoccupa de savoir qui était entré.

Quand elle posa son regard sur moi, Beatrice avait les yeux pleins de larmes. Elle me fit signe de venir et, m'armant de courage, je traversai le salon. Sa sœur daigna alors me jeter un coup d'œil explicite : « C'est quoi cette pouilleuse que tu nous ramènes, Beatrice ? », semblait-elle dire. Leur mère, debout à côté du téléphone, me toisa rapidement sans me voir. Elle téléphona en tambourinant des ongles sur la table, supplia Enzo, son coiffeur de confiance, de sauver le jour même ce qui pouvait encore l'être, disant que la situation était désespérée, tragique. Je remarquai que ses iris n'étaient pas verts comme ceux de sa fille mais foncés, normaux, comme ceux du frère et de la sœur. En revanche, elle faisait de grands gestes avec ces ongles vernis de rouge, longs de plusieurs centimètres, qui empêchaient qu'elle manipule autre chose qu'un téléphone. Je me demandai quel travail pouvait bien faire une personne qui avait de telles mains. Sûrement pas ouvrière comme ma mère. Dommage qu'elle soit défigurée par la colère car elle était très belle. Je ne comprenais pas comment elle pouvait être à ce point furieuse pour des cheveux qui n'étaient pas les siens.

« Bonjour, murmurai-je quand elle eut raccroché.

– Elle s'appelle Elisa, c'est elle qui vient de Biella, me présenta Beatrice, on va faire nos devoirs ensemble.

– Jusqu'à quatre heures, ensuite il faut aller chez Enzo. » De moi, son regard se déplaça vers Beatrice. « Comment as-tu pu faire une chose pareille avant le casting ? Tu es horrible. »

Beatrice prit ma main pour me tirer dans l'escalier. À l'étage, au fond d'un couloir avec une tapisserie à fleurs et de la moquette grise, il y avait sa chambre. Elle la ferma à clé. M'entraîna dans sa salle de bains personnelle et, par prudence, tourna là aussi la clé.

« Je la déteste », dit-elle.

Elle ouvrit le robinet, renversa la tête au-dessus du lavabo ; ses cheveux étaient vraiment entre orange et fuchsia. La teinture partait avec l'eau, mais la couleur restait, formant des taches.

Beatrice tamponna ses cheveux avec une serviette, les secoua devant le miroir. « Je voulais la même couleur que toi », me dit-elle en souriant.

Je me dis en moi-même : *Toi*, tu voulais être comme moi ? Tu es folle ?

« J'ai mélangé les deux teintes et ça a loupé. » Mais elle n'avait pas l'air de le regretter.

« Mes cheveux sont moches, répliquai-je, les tiens étaient magnifiques.

– C'était pas les miens. Les miens sont frisés, crépus, châtain, une couleur qui ne ressemble à rien. Depuis le collège Enzo me les étire au fer à lisser et me change de couleur à partir des couvertures de *Vogue*. »

Elle brancha le sèche-cheveux, jouant avec les siens comme Demi Moore dans ce film qui plaisait tant à mon frère, *Striptease*. Je m'assis sur le bord de la baignoire pour la regarder, stupéfaite. C'était vrai : elle était frisée. À mesure qu'elle les séchait, ses cheveux se transformaient en un buisson incontrôlable qui n'avait rien à voir avec la chevelure disciplinée que je lui avais vue tous les matins en classe. Sans compter qu'elle était toujours maquillée à la perfection. Je veux dire, pas ce barbouillage habituel des filles de notre âge mais un masque soigneusement dessiné qui allongeait l'ovale de son visage et remontait ses pommettes, agrandissait ses yeux, affinait son nez et lui donnait une apparence hautaine et sans âge. Bien sûr, pas l'ombre d'un bouton.

« Tu sais que quelquefois je dors avec ? »

Je tressaillis, elle avait encore une fois répondu à mon silence.

« Pour ne pas me réveiller le matin en étant obligée de me détester dans le miroir. Je laisse tout : le fond de teint, le rouge à lèvres. Si tu mets du mascara waterproof et que tu fais attention à rester immobile la nuque bien sur l'oreiller, ça ne s'effrite pas, ça résiste. »

Je compris quel signe de confiance cela avait été de se montrer à moi sans maquillage l'après-midi du vol. Je sentis d'instinct un élan d'affection, mais je le retins.

Elle alluma une petite stéréo en haut d'une étagère. Dans les haut-parleurs explosa une chanson que mon frère aurait jugée sans hésiter : une « merde ». Cette salle de bains était si remplie de produits de maquillage et de parfums, de crèmes, d'huiles de bain, que je me demandai à quoi servait tout ça, moi qui en tout et pour tout n'avais qu'une brosse à dents et du dentifrice.

« Regarde-moi, dit-elle en attrapant un tube de déodorant qu'elle approcha de ses lèvres, tu ne trouves pas que je ressemble à Paola ? » Elle fit semblant de chanter : « *Vamos a bailar, esta vida nueva ! Vamos a bailar, nai na na !* » Elle esquissa une danse sensuelle, vint frotter ses fesses contre mes genoux. Elle tenta de m'entraîner dans la ritournelle, de me faire lever en me chatouillant à la taille. Je m'écartai : je n'aurais jamais pu me laisser aller à quelque chose d'aussi stupide.

« Tu n'aimes pas Paola & Chiara ?

– Non, reconnus-je.

– Alors qu'est-ce que tu aimes ? On les entendait partout cet été ! »

Jamais je ne parlais de moi. J'étais sûre de n'intéresser personne. Des années plus tard, une psychologue tenterait de me convaincre qu'on pouvait voir sous une telle mésestime de soi la patte de ma mère. Je sais seulement que ce jour-là, dans cette salle de bains, maman était à des centaines de kilomètres, et j'eus envie de faire confiance. Je sentais que Beatrice aurait pu me comprendre : non tant sa version exhibitionniste, mais celle d'avant, dans le salon, qui avait dû encaisser un coup aussi injuste.

« À Biella, lui racontai-je, il y a un endroit qu'on appelle le Babylonia, où les garçons et les filles ont les cheveux bleus, ou verts ou orange et fuchsia comme toi, mais rasés sur les côtés avec une crête au milieu, et ils chantent du Offspring en pogotant et en fumant et en faisant un doigt d'honneur à tout le monde.

– Ça veut dire quoi pogoter ?

– Que tu ne danses pas. Tu es juste un corps qui rebondit au milieu des autres. Tu te prends des coups de tête, des coups d'épaule. Rancid est venu y jouer, au milieu des rizières de Ponderano. Biella, ça n'a rien à voir avec T, conclus-je.

– Et c'est qui tes chanteurs préférés ?

– Offspring. Mais aussi Blink-182.

– Ton frère, il les écoute ? dit-elle avec malice. Il est mignon ? Comment il s'appelle ?

– Niccolò.

– Je veux faire sa connaissance. Tu me ferais sortir avec lui un de ces soirs ? »

J'acquiesçai vaguement. Je n'avais pas le courage de lui dire qu'il était parti. Le dire à voix haute aurait été comme l'accepter. Et puis si Niccolò s'était trouvé face à Beatrice, il lui aurait dit qu'elle était une potiche de merde, une petite-bourgeoise de merde, n'importe quoi mais de merde.

« T'as raison, il n'y a pas de punks à T. On est tous banals, débiles.

– Mais tu n'es pas banale, toi. Pas du tout. Et te voilà presque punk, maintenant. »

Elle éclata de rire : « J'aimerais avoir la crête et un piercing dans le nez et m'enfuir là-bas, au Babylonia, pour danser le pogo.

– Alors on ira, dis-je, heureuse tout à coup.

– Tu parles.

– Pourquoi ?

– Tu vas comprendre. »

Elle m'entraîna hors de la salle de bains, dans ce couloir où nos pas ne faisaient aucun bruit. Sa famille était encore en bas, nous entendions leurs cris. Nous passâmes devant les chambres ouvertes de sa sœur et de son frère, celle fermée de ses parents. Beatrice ouvrit la dernière porte et nous fit entrer dans une chambre si froide et si sombre qu'on aurait dit que quelqu'un venait d'y mourir après une longue maladie. Je marchai à tâtons en suivant sa silhouette et, quand elle leva le store déroulant, je restai le souffle coupé.

Partout sur les murs étaient accrochées des photographies, comme dans un musée ou dans une chapelle votive. Des agrandissements géants, des portraits, des collages de Polaroids encadrés, sous verre. Là où il n'y avait pas de cadres il y avait des étagères bourrées d'albums numérotés, chacun marqué d'un nom : Costanza, Beatrice, Ludovico. Beatrice l'emportait largement.

« Ludovico a fait quelques défilés mais ça l'a vite barbé. Et puis papa s'y est opposé : "un garçon ne fait pas ça", et maman a dû céder. »

Elle était allée s'asseoir sur le rebord de la fenêtre, à contre-jour. « Costanza est jolie, mais elle n'a pas des yeux comme les miens et elle n'est pas assez grande. Elle en a fait plein, des publicités, quand elle était petite. Comme celle des Mini Pony, je ne sais pas si tu t'en souviens. De toute façon, quand elle a eu ses règles, et de l'acné pire que moi, et des hanches larges, plus personne n'en voulait. » Elle se rongea une petite peau, suça un minuscule point de sang. « Bref, il n'y avait plus que moi. »

Elle dit cela d'un ton ambigu, comme si c'était une condamnation mais aussi une élection. Je ne comprenais pas si cette avalanche d'images d'elle qui tapissaient la pièce la rendait malheureuse, ou si elle en était fière.

Elle était là, avec ses cheveux en laine de verre, regardant ses portraits comme s'ils étaient ceux d'une inconnue. Bea avec tresse et diadème, gentiment enfantine, le regard étonné et les joues roses de fard dans une publicité de mode. Beatrice les cheveux auburn, douze ans peut-être, en maillot de bain sur un podium. Lisses, les cheveux, évidemment. Et ce sourire qu'elle avait déjà : semblable à celui de la Joconde, énigmatique, indéchiffrable, aujourd'hui décliné à l'infini dans les pages du net. Mais ces images que je suis seule à avoir vues, accrochées au mur par des punaises, étaient fanées, immobiles, comme mortes. C'était cela peut-être qui m'inquiétait, ces murs qui ressemblaient à ceux d'une niche mortuaire. Je les regardais fixement et je commençais à comprendre pourquoi sa mère était si furieuse.

« Est-ce que tu tiens un journal ? demandai-je.

– Comment ça, un journal ?

– Un journal intime, où tu écris tes pensées, tes journées.

– Je n'écris jamais. »

Il y avait aussi des photos des trois enfants ensemble, d'autres seulement de sa mère, d'autres de la famille réunie à Noël, à Pâques, à Paris, aux Maldives. Mise au point parfaite, en premier plan, avec la lumière juste, et les yeux ouverts ; nets, souriants, outrageusement heureux. Je ne pus m'empêcher de faire la comparaison. Je me rappelais les quelques tas de photos de la mienne, de famille, jetées en vrac dans un tiroir. Cadrage approximatif, avec des têtes coupées, flash déclenché au mauvais moment, qui nous donnait des airs de hiboux effarés, les yeux rouges. Des images qui me serraient le cœur, que personne n'avait jamais envie de regarder. Où il manquait toujours mon père, ou ma mère ou moi ou mon frère, où il y avait toujours des trous.

« Elle fait quoi comme travail, ta mère ? » Je n'avais pas pu m'en empêcher.

« Rien. »

Je la regardai, interrogative.

« Elle est femme au foyer, répondit-elle avec un sourire ironique, même si je ne l'ai jamais vue repasser, nettoyer ou faire la cuisine. Elle a remporté le titre de Miss Latium en 1968. Au paléolithique elle a été quelqu'un, pendant deux ou trois mois. Ensuite elle a épousé mon père, elle s'est vouée à lui comme une sainte et lui, en récompense, il l'a cocufiée avec toutes ses collègues et secrétaires. »

Nous n'ouvrîmes aucun manuel, ce jour-là. Même moi, je n'aurais pas été capable de me concentrer. Je sentais mes pensées écrasées par le poids de cette pièce, dont Beatrice n'a d'ailleurs jamais parlé plus tard, dans aucune interview, dans aucun talk-show télévisé.

Quand nous descendîmes au rez-de-chaussée, sa sœur avait disparu, son frère aussi, il n'y avait plus que leur mère, Mme Ginevra dell'Osservanza, sur le canapé, feuilletant une revue. La lumière lasse du crépuscule arrivait droit de la fenêtre et frappait son visage, découvrant ses rides sous le fond de teint, sa fragilité, ses cinquante-deux ans.

Cette vision m'attendrit ; elle dut avoir le même effet sur Beatrice car elle s'approcha et s'assit près d'elle, en se serrant comme pour se faire pardonner. Sa mère caressa sa chevelure dévastée : « On va tout arranger. » D'une voix douce, comme si elle était devenue quelqu'un d'autre.

Je ne m'étonnai pas, j'avais l'habitude. Je savais qu'il y avait en une mère deux extrêmes et qu'elle passait sans sommation de l'une à l'autre. Tu avais beau la détester, revenait toujours le besoin physique d'être prise dans ses bras, acceptée. Toi, dérisoire, elle gigantesque, une différence impossible à combler qui – comme pour Beatrice et comme pour moi – compromet parfois toute ton existence.

Elles restèrent un long temps collées ainsi, leurs deux corps encastrés, comme si je n'étais pas là. Les regarder me faisait mal mais je les regardais quand même, avec la sensation d'un manque si douloureux que je me sentis devenir tout à coup orpheline. Je le savais, parce que la mienne était partie. Sans m'emmener, je veux dire. J'imaginais sa vie à Biella. Son soulagement, sa liberté retrouvée. Ce que je ne comprenais pas, c'était pourquoi elle m'avait mise au monde.

Beatrice et sa mère se détachèrent. « Bon, les filles, il faut y aller », dit Ginevra en se levant. Et, s'adressant à moi avec une soudaine gentillesse : « Tu veux venir avec nous ? Elisabetta, Elena ?

– Elisa, maman !

– Elisa, veux-tu rencontrer Enzo ? Il pourrait t'arranger toi aussi.

– Non, merci, je dois rentrer chez moi. »

En même temps et avec les mêmes gestes, elles enfilèrent des chaussures et des manteaux magnifiques, attrapèrent des sacs de marque en cuir fin. « Alors au revoir, Elisa, tu seras la bienvenue chez nous quand tu voudras. Beatrice, attends-moi devant le portail, je vais chercher la voiture. »

Nous sortîmes et Beatrice m'accompagna jusqu'à mon scooter. Alors que j'allais enfiler mon casque, elle bloqua ma main. « Je t'ai révélé pas mal de secrets aujourd'hui, mais toi, tu ne m'as presque rien dit. Si nous voulons être amies, ça ne va pas. Il faut l'égalité absolue. »

Je la regardai avec angoisse, je ne comprenais pas où elle voulait en venir.

« Tu ne m'as pas dit si tu avais un petit copain. »

Le casque m'échappa des mains et roula sur le trottoir.

Je crois que j'ai rougi, ou pâli.

Bea se mit à rire : « Donc il y en a un.

– Pourquoi tu me demandes ça ?

– Tu es transparente, je vois. Dis-moi qui c'est.

– Non, il n'y en a pas. »

Sa mère arriva en BMW et klaxonna.

La parenthèse de tendresse refermée, elle était pressée, maintenant, de nouveau nerveuse. Bea me quitta à contrecœur : « Tu me le diras, de toute façon. » Elle se résigna à s'installer sur le siège passager et je la regardai disparaître au bout de la rue dans cette grosse voiture noire.

Je démarrai mon scooter. Au lieu de rentrer, je zigzaguai à travers les petites rues perpendiculaires et parallèles de ce quartier qu'on avait commencé à construire sans jamais le terminer, avec ses grues immobiles, ses fondations à ciel ouvert, tellement vide. Je le laissai derrière moi avec une sensation de libération. Je descendis le long du belvédère, adossé à des collines couvertes de chênes verts et de genévriers. Au croisement devant le Cercle des Travailleurs, je pris à droite et traversai la ville nouvelle : un immeuble carré, un centre commercial, un petit jardin public, encore un immeuble carré, et je mis les gaz dans ces rues sans noms ni souvenirs, si étrangères que je ne venais peut-être pas du Piémont mais d'une de ces îles du Pacifique qui n'ont jamais eu de contacts avec le reste du monde.

Je me retrouvai sur le port. Pendant une heure je roulai en longeant la côte, aussi mélancolique que moi en hiver.

Un garçon, oui.

Il y en avait eu un.

La mer était agitée, la lumière illusoire de l'après-midi s'éteignait de l'autre côté des môles, des navires cargos, des ferries qui avaient repoussé leur départ pour l'archipel. Il faisait froid. J'étais de nouveau seule.

Je m'arrêtai au bout d'un quai. Les vagues se brisaient contre la barrière de rochers. Le vent me fouettait la figure, froid, salé.

J'avais le souvenir violent de ce garçon.

5

L'été du milieu

L'été entre mes deux vies, je l'avais en grande partie passé à le chercher, en faisant de multiples tours sur le littoral, au hasard et sans signification. Je parcourais des yeux une plage vide : rien. Je repartais, m'arrêtais un peu plus loin en face d'un établissement balnéaire : toujours rien. Assise sur mon Quartz sous le soleil de juillet en jean long et chemise à carreaux, je scrutais des chaises longues, des serviettes de bain, des cabines, des douches. Je m'enlisais dans le corps des autres.

La pointe d'un mamelon, des poils ; le relief dissimulé dans les slips des garçons. Devant moi passaient des gamins ou des vieux, dans la lumière pleine qui marquait leurs cuisses musculeuses ou fanées, ruisselants d'eau au sortir de la plage ou nus et impatients d'y descendre. « Qu'est-ce que tu regardes, espèce de dégueulasse ? », « Ringarde, vicieuse ! » Quand j'étais découverte, je démarrais et je m'enfuyais, sans casque.

Je voulais le revoir. Là-bas, avec les parasols, les copains, les filles. Mesurer la distance qui me séparait de lui et de ce monde où les filles de mon âge se promenaient au ras des vagues, le maillot volontairement coincé entre les fesses, les ongles vernis, des bracelets porte-bonheur aux chevilles, léchant des Chupa Chups ou des cornets Algida d'une manière suggestive. Ces choses inconnues, dont je n'aurais pas été capable. Pourquoi un garçon comme lui aurait-il dû me préférer à l'une de ces filles ?

Survivre à la fois à l'adolescence et à ce déménagement, me disais-je, ce serait impossible. Mais avant, je dois revenir en arrière.

La nuit de notre arrivée à T, maman et papa nous séparèrent. Chacun ayant sa chambre dans ce nouvel appartement, ils installèrent Niccolò à droite du couloir et moi à gauche. « Vous êtes grands », avait dit maman en souriant à papa, enlacée à lui comme une gamine de mon âge, les doigts glissés dans son pantalon. Eux étaient allés se coucher ensemble. En sortant de la salle de bains, je les avais entendus étouffer un rire de l'autre côté de la porte. Ensuite, je n'avais pas réussi à fermer l'œil.

Je fixais l'obscurité, terrifiée à l'idée de les entendre encore. Entendre quoi ? Ne pas savoir augmentait mon angoisse. Je tendais l'oreille à chaque grincement, en alerte, comme une proie dans les broussailles. La fenêtre à demi fermée laissait entrer la mer. Je n'entendais qu'elle : la respiration sourde des vagues.

À quatre heures, peut-être cinq, je ne résistai plus et allai dans la chambre de mon frère.

« Tu dors pas ? »

Il fit signe que non de la tête, assis contre le mur au milieu du lit, sur ces draps si neufs qu'on y voyait encore les plis d'usine. « On est où, là, Eli ? J'y crois pas. »

La lumière faible de l'abat-jour tremblait à chaque souffle de sirocco, me rappelant cette berceuse : « La flamme a trembloté, la vache à l'étable est rentrée», que maman me chantait enfant. Et maintenant.

Maintenant nous n'avions plus de maman.

«Fait chier cet endroit.» Niccolò s'alluma une cigarette, le shit était fini. La chambre se mit aussitôt à puer la Marlboro, comme à Biella. «Je peux pas dormir avec ces foutues vagues, et avec cette chaleur de merde on peut même pas fermer la fenêtre.»

Je montai sur son lit d'une place et demie, cerné comme le mien, plus petit, de valises et de sacs pas ouverts.

«Et où je vais trouver du shit, demain?

– Si tu veux, je t'aiderai à en trouver.»

Niccolò se mit à rire. Il était en boxer et tricot de corps. Lui, je l'avais vu nu des milliers de fois, dans la baignoire avec moi, à m'éclabousser de mousse avec sa sarbacane. Je touchai ses pieds du bout des miens, comme quand on était petits. Il me donna un baiser dans l'oreille pour me chatouiller. Une heure passa, deux peut-être, à élaborer des plans. S'enfuir en train: enfermés dans les toilettes pendant six ou sept heures, sans billets, c'était faisable. Le tuer: ça ne devait pas être si difficile de tuer quelqu'un, un coussin sur le visage pendant son sommeil, ou un choc anaphylactique, si on arrivait à trouver à quoi il était allergique. Jusqu'au moment où on entendit un bruit de savates, et nous fonçâmes vers la porte. Niccolò l'ouvrit juste assez pour voir: notre père. Qui s'éclipsait de la chambre conjugale. L'air endormi et coupable, en pyjama. Quels souvenirs avais-je avec lui? Pas de câlin, pas de promenade sur ces épaules que je voyais s'éloigner vers la cuisine.

Nous l'entendîmes faire cliquer l'interrupteur, se préparer une cafetière dans ce que j'imaginais la seule lumière de tout le quartier. Niccolò referma et nous retournâmes au lit sans un mot. Nous écoutions encore : le robinet de la salle de bains, le jet de pisse dans la cuvette, la chasse d'eau. Est-ce que vraiment nous allions vivre avec lui ? Quand il sortit pour prendre le train régional de 6 h 30 et se rendre à la dernière session d'examens universitaires avant les vacances, nous pûmes enfin nous endormir. Enlacés sous les draps, avec le jour qui filtrait déjà derrière le store et faisait des taches dans la chambre. Trois ou quatre heures à peine. Puis maman vint nous réveiller.

On aurait dit une autre femme. Elle insista pour que nous fassions tout de suite un tour dans la ville, employa des expressions comme « Visitons-la ! », « Faisons-la nôtre ! » avec points d'exclamation et voix claironnante.

« Vas-y toi, répondit Niccolò, nous on a d'autres projets.

– Lesquels ? » fit maman en beurrant une biscotte.

Notre père nous avait préparé la table, comme à l'hôtel. Des biscottes, des confitures, des fruits déjà épluchés et coupés en morceaux, il avait même enlevé les pépins du raisin. Niccolò et moi avions eu du mal à cacher notre stupeur.

« Alors, quels projets ? redit maman en ajoutant de la confiture.

– Un dealer, si tu veux tout savoir. »

Elle ne mordit pas dans sa tartine, qui resta en l'air et qu'elle pointa vers lui : « Ça suffit maintenant, Niccolò. Ton père n'est pas au courant. Il sera furieux, très en colère. Contre moi.

– Si tu savais ce que j'en ai à foutre.

– Ça ne te fait pas de bien. À la longue, ça pourrait t'abîmer le cerveau.

– T'es en train de jouer à la mère normale ? Tu dépenses de l'énergie pour rien.

– Vous disputez pas », dis-je alors, épuisée par cette nuit sans sommeil, décidée à défendre ce qui était peut-être notre dernière journée ensemble, tout seuls. « On peut concilier les deux, la balade et le dealer. »

Maman dévisagea Niccolò, à nouveau : « Si tu te fais attraper défoncé par ton père, je te jure que je te tue. »

C'était toujours nous, avec nos règles, nos habitudes. On est de passage, me racontai-je. C'est juste un été débile, voilà tout.

Nous laissâmes les assiettes et les tasses empilées dans l'évier, les miettes sur la table et par terre. Nous nous lavâmes tous en même temps dans la salle de bains. Moi les dents, maman sous la douche, Niccolò se tartina les cheveux de gel. Vêtements et chaussures enfilés à la va-vite, et en route dans l'Alfasud. Les vitres baissées et le vieil autoradio qui grésillait : « *The cruelest dream, reality* ».

« Si tu vois un punk, maman, tu t'arrêtes », dit mon frère qui regardait dehors, désabusé. En progressant tant bien que mal dans la circulation du bord de mer, nous comprîmes vite : nous ne trouverions pas de Babylonia ici, ni les Murazzi[1] de Turin, ni de maisons des jeunes, de musées du cinéma, de hangars livrés aux rave parties. On ne voyait pas d'industries dignes de ce nom, pas de street art, pas de A de Anarchie. T était une ville immobile, emprisonnée dans son anonymat.

J'exagère : c'était un gros village. Avec une belle mer et pas un seul hôtel de luxe, beaucoup de parasols

1. Arcades et quais le long du Pô, haut lieu de la vie nocturne à Turin.

plantés au hasard et peu d'établissements balnéaires bien ordonnés ; et ce fameux bastion avec ses échafaudages autour. Mais ne me demandez pas où elle se trouve ou d'écrire son nom en entier. Beatrice y est née, sa biographie est partout. Mais la T que je raconte est la mienne. Personne n'a le droit de dire : « cette rue n'est pas là », « il n'y a pas de drogue ici », « les filles ne se déshabillent pas aussi facilement par chez nous ».

C'est dans mon âme que vous entrez.

Maman gara l'Alfasud piazza Gramsci, nous descendîmes en claquant les portières. Et, je m'en souviens comme si c'était hier, les vieux assis au bar, la serveuse, le kiosquier, les caissières et les clients de la Coop, tout le monde se tourna pour nous regarder.

Mon frère avait une crête verte, une dizaine de piercings sur la figure et les oreilles, il portait un collier pour chien orné de clous et un T-shirt déchiré. Moi, à cause d'un stock détourné par ma mère, je ne mettais que de grandes chemises d'homme qui m'arrivaient aux genoux. Maman portait une combinaison lilas, à moitié transparente, sans soutien-gorge.

Nous débarquions à T comme tombés d'une soucoupe volante.

Mais la surprise, ou l'incompréhension, furent réciproques. J'ignore pourquoi, à cinq cents kilomètres de distance, et pourtant toujours en Italie, les gens s'habillaient de manière différente, faisaient des gestes différents. Et nous ne les avions pas encore entendus parler !

À cette heure de la matinée, les jeunes devaient être tous à la plage, ou alors ils avaient émigré. Les touristes étaient rares, hormis quelque famille allemande pâlichonne. Les localités voisines étaient plus célèbres et mieux équipées. Restaient les vieux qui jouaient aux cartes et nous lançaient des regards.

Au bout d'une dizaine de mètres, Niccolò s'arrêta, abasourdi : « Il y a une salle de jeux vidéo ! » On n'en voyait plus à Biella depuis des années. Il examina les clients dans l'espoir d'y repérer un revendeur, mais aucun n'avait plus de douze ans. Maman nous prit tous les deux sous le bras, et nous obligea à nous promener entre les palmiers jaunis du corso, les glaciers encore fermés, les friteries, les boutiques de bimbeloterie. Quand le corso fut terminé commencèrent les ruelles. Nous nous y aventurâmes. Une toile d'araignée de pierres humides, des constructions si resserrées que la lumière du jour n'y filtrait pas. Des bruits de casseroles aux fenêtres, des conversations privées depuis les balcons.

Nous débouchâmes à l'improviste en plein soleil, sur une vaste place qui finissait directement sur la mer, dans un enchevêtrement de barques tirées au sec où dormaient des chats roulés en boule. Et tout en haut, dominant la mer Tyrrhénienne, un bâtiment rongé par les intempéries, trois étages et des siècles d'air salin à ses fenêtres. Il se tenait là-haut comme un fortin abandonné.

Je lus la pancarte : « Lycée d'État ».

Je relus. « Lycée d'État Giovanni Pascoli ».

Incrédule, je m'approchai. Le mistral fouettait.

« Giovanni Pascoli ». Je n'arrivais pas y croire.

Qu'à partir de la mi-septembre, ce serait mon lycée.

Que j'allais finir là-dedans. Et que d'une certaine façon – mais je ne le comprends qu'aujourd'hui – je n'allais plus jamais en sortir.

Je détournai le regard, mais le ramenai aussitôt sur le bâtiment : quel étage, quelle fenêtre ? Quel genre de camarades allais-je trouver là, quels professeurs ? Qui pourrait devenir mon ami dans un endroit pareil ?

Maman et Niccolò ne s'étaient aperçus de rien. Ils se montraient les vendeurs ambulants du petit port avec leurs sacs et leurs CD piratés étalés par terre. Je n'avais pas eu le temps de leur dire que cette ruine, là-haut, c'était le lycée classique et que non, je ne voulais pas y aller, qu'ils se prirent par la main et s'éloignèrent. Tranquilles, sans moi. Ils ne pensèrent à m'appeler qu'une fois devenus tout petits là-bas sur le quai, à piétiner des cordages et essayer des lunettes.

« J'arrive ! », répondis-je en criant, ou en chuchotant à peine.

Quelle différence ?

Bien des années ont passé, et je l'ai accepté : cette famille, qui a été tout pour moi, était aussi – et presque surtout – des fiançailles entre eux deux. Mon frère et ma mère. Niccolò a toujours été attirant, et sulfureux, en plus : le summum pour une femme comme maman. Il était son fils, son premier enfant, celui qui était arrivé tout de suite pendant le voyage de noces. Et moi ? J'avais été un peu comme cet été : une tentative ratée de mes parents pour se remettre ensemble. Bien sûr, pas uniquement cela, autre chose aussi. Mais quoi ?

Grandis, Elisa.

Je leur tournai le dos, remontai piazza Marina, levai les yeux vers le lycée, lui fis un doigt et poursuivis ma marche. J'avais envie de pleurer, mais je marchais. Je les aimais, j'aurais voulu les haïr et je n'y arrivais pas. Je continuai. Cent mètres, deux cents mètres encore. Puis il se passa quelque chose.

Ma virginité, je la perdrais des mois plus tard. L'hymen qui se déchire, la douleur nouvelle, le sang entre les cuisses: tout cela était encore à venir. Mais l'ingénuité des sentiments, le dernier fil têtu qui m'enchaînait à l'enfance, je peux dire qu'il s'est cassé ce jour-là, quand je trouvai tout à coup devant moi, sans m'y attendre, la bibliothèque municipale de T.

Je franchis la porte, l'odeur des livres usagés me saisit aussitôt, et me calma. C'était une grande salle, rien à voir avec la Palazzina Piacenza. Les murs gris, les étagères métalliques, le sol de granit: ça ressemblait à des archives, ou à un tribunal. Mais il y avait une salle réservée à la lecture, et avec mon flair pour les tanières je la repérai vite.

Je l'avais aperçue à travers une porte vitrée: isolée, silencieuse. Je m'y glissai. Elle était plus grande que je ne l'avais cru, faiblement éclairée, avec de longues tables en merisier, des lutrins ici et là, et déserte. Je me laissai aller sur une chaise comme si elle était la mienne. J'admirai les parois de bois encastrant les livres à consulter sur place, et je souris. Je crains même d'avoir dit quelque chose de ridicule du genre: «Ah là là!» en croisant mes rangers sur la table. Je lançai un regard vers l'autre côté de la salle et je me sentis mourir.

Je n'étais pas seule.

Quelqu'un était assis là-bas et me regardait.

Je corrigeai aussitôt ma posture, baissai les jambes. Je détachai mon regard de cette personne avant même de l'avoir bien vue. Embarrassée, agacée: moi qui savourais d'avance l'exploration des rayons, j'allais devoir, une fois levée, me diriger avec componction et lenteur vers une étagère, consulter les index en surveillant mes mouvements de hanches, mes fesses.

Être l'objet de l'attention d'autrui, je n'y étais pas prête. Maladroite, inadaptée, j'étais encombrée de mon corps. Rien à voir avec la Rossetti, parfaitement à l'aise en lingerie devant des millions de témoins. Moi je n'arrivais même pas à être un peu spontanée devant une seule personne.

Je cherchai parmi les rayons la lettre P de Poésie.

Mon regard échappa à mon contrôle et effleura sa tête.

C'était un garçon. Comme il avait repris sa lecture, le visage penché caché par ses cheveux blonds, je n'arrivai pas à deviner son âge.

Peu importait. Je cherchai le P de Penna.

Il n'avait pas l'air mal habillé ni moche ni même l'air d'un marginal. Qui, à part moi, pourrait bien venir dans une bibliothèque un 30 juin ?

Je trouvai Penna et le recueil de toutes ses poésies.

Je revins à ma chaise. J'aurais pu en choisir une autre, qui lui tournerait le dos, deux ou trois tables plus loin, mais je ne le fis pas.

J'attaquai une page, un vers : « Légère tombe sur le bien et le mal. »

Je ne lisais pas. Je le sentais m'étudier, la pénombre de la salle vibrer, le papier se froisser dans le silence, la poussière tomber. Je ne voulais pas, je ne pouvais pas, mais je le regardai moi aussi à la dérobée.

Nous échangeâmes un coup d'œil.

Je revins immédiatement au poème.

« Légère tombe sur le bien et le mal / leur douce hâte de jouir. »

M'imposant de rester immobile, fondue dans le décor, comme si mon corps était une cachette, alors qu'il était en flammes. Ultra visible. Vu.

Je me demande bien ce qu'il lit.

Va-t'en, Elisa.

Mais si je m'en vais maintenant, j'aurai l'air de partir à cause de lui.

Résiste encore cinq minutes. Puis sauve-toi.

Je fixai la porte. Maman et Niccolò doivent me chercher, pensais-je. De nouveau je l'épiai. Ses pommettes, ses mollets, son T-shirt. Ce n'était pas la première fois que je voyais ce genre de garçon : athlétique, profil régulier, lèvres bien dessinées. J'en avais croisé des dizaines, à l'école, dans la rue, et cela ne m'avait jamais touchée. J'étais convaincue de rester vieille fille toute ma vie (avec ma mère ?). Mais un garçon comme ça dans une bibliothèque, je n'en avais jamais rencontré. La coïncidence me bouleversait car, sans me l'avouer, je me l'étais imaginée des millions de fois.

Impossible de me concentrer. Je l'examinai de nouveau, puis, tout de suite, l'embarras. « Leur douce hâte de jouir. » Sans comprendre.

Lui aussi continuait de se tourner un peu, lentement.

Il finit par se lever en prenant son livre et j'étais sûre qu'il s'en allait, mais il fit le tour de la table et vint s'asseoir à côté de moi.

« Tu n'es pas d'ici, toi. »

Je ne bougeai pas. Je découvris à cet instant, de sa bouche, comment on parlait à T, comment on ouvrait les voyelles.

« Je n'ai jamais vu une seule personne de moins de soixante ans ici, surtout en été. »

Au-dehors, je parvenais à demeurer imperturbable.

Mais dedans c'était le chaos. J'étais chamboulée d'émotion, et la nature de cette émotion m'échappait.

Tracassée par la chemise que je portais, qui certes cachait les seins et les hanches que je n'avais pas, mais qui sait à quoi je ressemblais avec. Je devenais idiote. Et futile, préoccupée par des choses futiles.

« Qu'est-ce que tu lis ? » Il me prit mon livre. « Ah, Penna. »

Il le connaissait.

« Et tu parles ? »

Non, je préférais écouter. Des années à jouer toute seule, à lire toute seule. Mon pupitre à l'école avait toujours été une île. Quand on m'appelait au tableau, ma voix sortait rauque, engorgée, tellement déshabituée que j'étais impressionnée moi-même de l'entendre.

Ce fut la même chose ce matin-là, quand je dis : « Je m'appelle Elisa.

– Moi, Lorenzo. »

Il effleura ma main de la sienne pour se présenter. La mienne ne réagit pas, elle resta là sur la table, comme une pierre. Mais quand il la retira, le désir irrationnel me traversa qu'il le fasse encore, et d'arriver cette fois à soulever les doigts, frôler les siens.

« Je suis de Biella, une ville du Piémont.

– Je sais où c'est, j'y suis allé une fois avec mon père, je l'accompagnais pour un déplacement professionnel. Je me souviens d'Oropa. »

Je crois avoir souri.

« Mais toi, tu fais quoi à T, tu es en vacances ?

– J'ai bien peur que non.

– C'est-à-dire ? »

Elisa, lève-toi : c'est sûrement l'heure du déjeuner, maman va être furieuse.

« Tu es en vacances ou pas ? insista-t-il.

– Non. Mais je n'ai pas envie d'en parler. »

Maintenant il va s'en aller, me dis-je. Il comprendra qu'il n'y a rien de spécial en moi, et il me dira au revoir.

Mais il resta. « D'accord, changeons de sujet. Tu es venue ici pour étudier ? »

Je secouai la tête.

« Pour lire ? »

J'acquiesçai.

« Et quels livres tu aimes ?

– La poésie. »

Il sourit : « Regarde. »

Il me montra la couverture du sien : Ossip Mandelstam.

« Je ne connais pas.

– C'est un Russe, il a été déporté et il est mort à Vladivostok, dans la neige. »

Il avait les yeux bleus et de longs cils blonds, couleur de miel comme ses cheveux. De larges épaules de nageur, des bras avec des veines en relief. Il était bronzé comme s'il allait tous les jours à la mer. Ses mains étaient grandes. Je regardais son corps, et en même temps je sentais le mien exister.

Du néant me monta l'idée de l'embrasser. Pas de façon normale, mais comme le racontaient mes camarades de classe dans les toilettes du lycée : « Il a mis sa langue dans ma bouche, il me l'a mouillée de salive, j'ai senti ses dents. » Ces vantardises qui m'avaient un peu dégoûtée, à présent je les voulais.

Nous restions muets, englués dans un silence qui n'était pas un vide. C'était comme s'il s'était aperçu de ce que je pensais. Et que cette pensée lui plaisait.

« Toi aussi tu préfères la poésie au roman ? »

Je fus sincère. « Chez moi j'ai *Mensonge et sortilège*, je l'ai commencé mille fois mais je n'arrive pas à continuer. Je bloque. Alors qu'avec Leopardi ça ne m'arrive jamais. Ni avec Antonia Pozzi. Saba. Sereni. »

Lorenzo semblait fasciné.

« Quel âge tu as ?

– Quatorze. Et toi ?

– Quinze. Personne ne connaît Sereni. Toi, si.

– *Les Instruments humains* », dis-je. Me gardant bien de révéler que tout le mérite en revenait à Sonia, la bibliothécaire de Biella, et non à moi. Elle faisait une fixation sur la poésie italienne : elle-même écrivait, s'auto-éditait, envoyait ses recueils à tous les poètes vivants en espérant que l'un d'eux lui répondrait. Mais elle avait seulement creusé son découvert à la banque.

Pourtant il n'y avait plus de Biella, l'avant n'existait plus.

« *Un lieu de vacances*, continuai-je à citer, avec effronterie, *Frontière*, comme si, au lieu de parler, je me déshabillais, *Étoile variable*.

– C'est impossible que tu connaisses tous ses recueils. »

Tu vois, maman, que les livres ça sert ?

« Et quelle musique tu écoutes ? »

Je souris, indécise. Mais j'étais entrée dans le jeu, et j'y avais pris goût.

« Métal, rock et punk hardcore, dis-je en exagérant.

– Hardcore ? » Il eut l'air perdu.

« Offspring, Green Day, Blink-182. Et Marilyn Manson.

– Tu lis Sereni et tu écoutes Marilyn Manson ? »

Nous étions seulement en train de nous regarder, mais ce n'était pas vrai. Tout était défait, les boutons des boutonnières, les ceintures, les fermetures éclair. Nous étions nus. Semblables.

« Lis-moi un poème de Penna », me demanda-t-il.

J'ouvris au hasard. « "Passent les bœufs lourds avec la charrue / dans la grande lumière. Enferme-moi dans un baiser."

– Un autre. »

J'obéis. « "Comme boit à la fontaine le bel enfant / ainsi nous avons péché et n'avons pas péché."

– Relis-moi celui d'avant. »

Je le regardai et ne lus que la fin : « Enferme-moi dans un baiser. »

Je crois que nous entendîmes nos cœurs, l'un de l'autre, battre.

« C'est peut-être parce que je lis Mandelstam depuis deux heures et que ça m'a enivré, c'est peut-être la faute de Penna, je ne sais pas, mais je dois te le dire. J'ai toujours imaginé qu'un jour j'entrerais ici et je trouverais une fille comme toi, seule, en train de lire. Je ne me la représentais pas physiquement comme toi, comme tu es, mais… Tu es là pour de vrai. C'est arrivé. »

J'avais le souffle coupé.

Lorenzo se pencha vers moi. J'eus l'idée de reculer, de m'écarter. Sauf que mon corps restait là, et même : attendait. Que Lorenzo arrive à un millimètre de mon visage. Qu'il fasse cette chose avec la langue dont je n'avais pas encore compris si on restait enceinte ou pas. Je m'en fichais complètement. J'aurais couru n'importe quel danger. Stupide, inconsciente.

Il effleura ma bouche. Nos lèvres se touchèrent. Elles s'ouvrirent. Se refermèrent l'une dans l'autre. C'était comme si toute ma vie était là, et moi tout entière, en ce point étrange et chaud.

Lorenzo se détacha brusquement. « Excuse-moi. » Il se passa la main dans les cheveux, baissa les yeux. « J'ai dû avoir un coup de folie. »

Il se leva. Il n'arriva même pas à me dire au revoir.

Ce fut lui qui s'échappa. Moi, je restai là, sur la chaise. À tâter ma bouche, la salive, sans l'essuyer. À repenser à l'inconnue qui était en moi, si hardie, si différente de ce que je croyais être.

J'avais embrassé quelqu'un. Un inconnu. Quand je sortis, j'étais étourdie. Le soleil au zénith m'aveugla, me fit vaciller. J'entendis une voix s'écrier: « Madame, madame ! C'est elle la jeune fille ?

– Où ?

– Là, devant la bibliothèque ! »

Je fis le point sur la scène: un homme me montrait du doigt. Du bout de la rue ma mère et mon frère venaient vers moi en courant. Je ne regardai pas Niccolò, seulement elle. Elle arriva tel un missile. Elle devint proche, encore plus proche. Elle m'envoya une grande claque. Une seule. Qui me tordit le visage.

« Ne me fais plus jamais ça. Plus jamais ! » hurla-t-elle.

Elle se tut. Nous revînmes à la voiture dans le mutisme le plus total. À notre retour, je sautai même le déjeuner. Chacun alla, de son côté, s'enfermer dans sa chambre: ce n'était jamais arrivé.

Vers la fin de l'après-midi, Niccolò vint toquer à ma porte et me dit combien de temps j'avais disparu: presque trois heures. Ils ne savaient plus où me chercher, à qui demander. « Maman avait l'air d'une folle, elle arrêtait tout le monde dans la rue, elle criait "Elisa" tellement fort que les gens se mettaient aux fenêtres. On est revenus en arrière vers la salle de jeux vidéo.

– Papa, vous l'avez averti ?

– Non. Maman voulait appeler la police, puis elle s'est dit que tu t'étais peut-être cachée dans une bibliothèque. Mais on a dû aller à l'office du tourisme pour savoir où c'était, parce que le buraliste disait une chose, le glacier une autre, un bordel. »

Elle me connaissait si bien, ma mère, que les larmes me vinrent aux yeux. Je lui appartenais, mon amour pour elle était irréparable. Et pourtant.

Je n'étais plus vierge.

Je pensai à lui tout le dîner, tandis que papa, rentré de sa dernière session d'examens, vantait les plages blanches et les oasis naturelles de la région, et promettait à maman de lui faire visiter aussi le chef-lieu et l'université où il enseignait, et elle, elle relevait ses boucles, les plaçait autrement, jouait avec les couverts, se mordillait la lèvre inférieure : on aurait dit moi le matin face à Lorenzo ; Niccolò, pour ne pas les voir ni les entendre, mangeait la tête plongée dans son assiette, les écouteurs aux oreilles.

Après, le lave-vaisselle mis en route, papa finit de nettoyer la plaque de la cuisinière et proposa à maman de sortir. Elle dit oui tout de suite. « Et vous, ajoutèrent-ils ensuite, vous voulez venir ? On va juste en bas prendre une glace. »

Il était évident qu'ils désiraient y aller seuls, que la glace était un prétexte. Mon frère était violet. Aucun de nous ne répondit.

Nous écoutions à la porte, en revanche, quand ils se déshabillèrent et se rhabillèrent dans leur chambre, échangeant de petites plaisanteries. Nous leur fîmes un vague signe de tête quand ils vinrent nous saluer dans la cuisine, tirés à quatre épingles. Elle habillée comme le matin mais avec talons hauts et rouge à lèvres. Lui très voyant : il avait fait un effort, mais ce gilet sans manches au-dessus d'un bermuda n'était pas du meilleur effet.

Ils étaient si mal assortis, si heureux. « À tout à l'heure ! » et ils partirent, lui le bras autour de ses épaules et elle qui riait.

Dès qu'ils eurent fermé la porte, Niccolò donna des coups de pied dans une chaise, la fracassa. Il me regarda et dit : « Eli, je ne reste pas cinq minutes de plus dans cet endroit de merde. Je le déteste, je les déteste, qu'ils aillent se faire foutre. On va à la gare et on regarde les trains. »

Il avait raison, mais je ne bougeai pas. C'était un endroit affreux, mais moins de vingt-quatre heures après mon arrivée il m'était arrivé cette chose inouïe, fabuleuse... Je sais qu'il peut paraître incroyable que tout cela arrive en un seul jour. Mais à quatorze ans c'est ainsi que la vie fonctionne. Le temps, on ne le sent pas, tellement il va vite. Les événements se succèdent en continu comme des feux d'artifice. Il suffit d'un instant pour changer d'idée.

Je ne voulais plus m'enfuir.

6

L'heure de poésie épique

Beatrice entra en classe la dernière, au moment de la cloche de 8 h 20, nous jetant à la figure ses nouveaux cheveux longs : roux, frisés.

Elle se dirigea vers ma voisine de table, une pauvre fille dont j'ai oublié le nom, timide, avec un nez aquilin et un défaut de prononciation. Elle lui ordonna de changer de place, c'était elle maintenant qui s'asseyait à côté de Biella.

Ce fut un moment de gloire pour moi. Parce qu'il eut lieu devant tout le monde, toute la classe incrédule tournée vers nous : et parce qu'il marqua nos débuts en public de meilleures amies. Je la critiquerais souvent par la suite, je ne partagerais pas nombre de ses choix, mais je dois le reconnaître : elle a toujours eu du courage.

Elle se débarrassa de son sac, de son manteau. Une fois assise, elle lança à la cantonade un regard de défi : « Eh bien, surpris ? »

Nous étions officiellement Barbie SuperCasque et l'Immigrée.

Je touchai ses cheveux, impossible de résister : si souples et si brillants, comme ceux de la poupée que j'avais eue moi aussi en primaire. Je me rappelai le crin filandreux de la veille et lui demandai : « Comment il a fait ton coiffeur pour les transformer comme ça ? C'est magique.

– Non, c'est une perruque, répondit-elle. Enzo a dû les couper. Et je dois garder sur la tête un traitement à l'huile reconstituante, pendant au moins deux semaines. Je suis *imprésentable*, d'après ma mère. Elle en a même pleuré. » Bea se mit à rire.

La classe continuait de la regarder à la dérobée, mi-agacée, mi-admirative. Elle s'était passé du fard à paillettes sur les paupières, comme si elle s'apprêtait à sortir en boîte. À cette époque, sans paparazzis à l'affût, elle arrivait au lycée et elle déchirait, juste pour le plaisir. Elle n'a jamais porté, dans mon souvenir, les mêmes chaussures que les autres, les mêmes doudounes à la mode. Si elle avait envie de ressembler à une Barbie de 1993, avec la bénédiction de sa mère, elle devenait Barbie.

« T'as vu comment ils me regardent ? » Elle approcha ses lèvres de mon oreille, mit sa main devant. « Ça ne te chatouille pas, mes cheveux ? »

Non. Ce qui me faisait de l'effet, c'était son souffle contre mon oreille, son genou contre le mien, et qu'elle soit passée aussi théâtralement de mon côté.

« Je voulais avoir ta couleur carotte, j'ai tellement insisté. Mais maman et Enzo ont refusé et j'ai dû me replier sur le rouge cerise. »

La professeur Marchi arriva et nous cessâmes de parler. Elle s'assit derrière le bureau, capta le changement de place et de cheveux, mais se contenta de dire : « *Odyssée*, page 220, livre VI. »

Elle était sévère, sans familiarité : « Je ne suis pas une de vos amies, mais votre enseignante d'italien, latin et grec. » Elle avait trente ans, elle en faisait cinquante.

Beatrice et moi cherchions la page, obéissantes. La Marchi commença à lire et nous suivions avec attention : « Nous vivons à l'écart et les derniers des peuples, en cette mer houleuse, si loin que nul mortel n'a commerce avec nous. »

Pour souligner, je me servais d'un crayon aiguisé, ne m'arrêtant que sur les vers qui me frappaient. Bea, en revanche, utilisait un marqueur de couleur qu'elle passait sur toutes les lignes : titres, texte, exégèse, elle marquait tout. J'ignore comment elle faisait ensuite pour se débarrasser des parties non essentielles. Mais j'étais euphorique de me sentir à côté d'elle, de jeter un coup d'œil dans sa trousse, de reconnaître dans l'air son odeur de crème à la pêche.

« Vous n'avez devant vous qu'un pauvre naufragé. Puisqu'il nous est venu, il doit avoir nos soins : étrangers, mendiants, tous nous viennent de Zeus. »

La Marchi interrompit sa lecture, attendit que nous levions la tête et nous regarda en face : « Il n'existe pas, dans l'Antiquité, de devoir plus important que l'hospitalité. C'est une obligation, qui n'est ni morale ni politique mais religieuse. Nausicaa voit Ulysse nu, affreux, croûté de sel, les servantes se sauvent mais elle le reconnaît, au-delà de son apparence, comme un don de Zeus. »

Ricanements : « Biella, un don de Zeus ! Croûtée, c'est sûr ! » Je savais jusqu'où les élèves pouvaient aller, je détestai Marchi d'avoir choisi ce passage. Derrière ma chaise : « À poil, à poil ! » Rien de neuf, mais j'eus honte : pas d'eux, de moi-même. Je détournai les yeux pour regarder par la fenêtre.

Le lycée Pascoli était laid, décrépit, humide, il serait d'ailleurs fermé cinq ans plus tard pour insalubrité et manque d'élèves. Mais il avait l'avantage d'occuper un emplacement unique, le meilleur de toute l'Italie peut-être. De tous côtés on voyait la mer.

Mon regard s'y perdait. Quand le cours ne m'intéressait pas ou que les autres se moquaient de moi, je m'échappais dans la mer. Elle était entrée dans ma vie, occupant un vide, et donnait une forme à l'abandon que je sentais planté là, entre le sternum et le cœur. La relation d'objet, apprendrai-je plus tard, qui nous fait placer dans un objet ce que nous ne pouvons pas nommer.

Beatrice posa la main sur mon manuel pour me faire revenir au cours. Discrètement, elle écrivit dans un coin de la page : « C'est qui ? »

Je ne comprenais pas. La Marchi avait repris la lecture de la rencontre entre Ulysse et Nausicaa. Bea s'impatienta et ajouta : « Le garçon ! C'est qui ? »

Il me fallut toute l'heure de poésie épique pour réfléchir. Cela me coûtait, ce n'était pas simple. Je n'avais jamais eu d'amie. Et je ne me serais jamais aventurée jusqu'à rêver d'une amie comme celle-là, comme SuperBarbie. À présent, elle était assise près de moi : je devais la mériter, je devais le lui dire.

Sur la page du manuel de Bea, en petit, tout petit, j'écrivis : « Je te le montre à la récré. »

Les récréations, je les avais passées jusque-là seule dans la classe avec un biscuit, le front contre la fenêtre et la main sur le radiateur. Ces dix minutes me pesaient plus que les cinq heures de cours. Quelquefois ma voisine de table restait aussi : elle faisait semblant de réviser, la tête penchée, triste. Je me voyais en elle, elle se voyait en moi, et nous ne disions rien.

Mais, ce mardi-là, Beatrice me sortit de la marge pour m'entraîner au centre, avec elle. L'émotion que j'éprouvai à sortir bras dessus bras dessous avec elle dans le couloir fut énorme et libératoire. Je découvris le reste du bâtiment : les escaliers, les étages. Bea voulait inspecter chaque recoin, y compris les toilettes, jusqu'à ce que nous ayons trouvé *le garçon.*

« Raconte-moi tout », ordonna-t-elle. Et moi, en grignotant mon biscuit au pas de course, derrière elle qui restait toujours à jeun, j'obéissais. Les élèves, intrigués ou contrariés par ma présence, et de toute façon hypocrites, se retournaient pour lui dire bonjour : « Super les cheveux, ça te va trop bien ! »

Je commençai à comprendre qu'elle n'était guère appréciée. Elle mesurait déjà un mètre soixante-quinze, la taille si mince et le ventre si plat, les fesses si fermes, les jambes si longues et si fuselées qu'elle n'avait sûrement jamais rien mangé à la récréation. Elle brillait trop, elle écrasait tout le monde. Elle les faisait chier, je le lisais sur la figure des autres, prêts dans ce trou paumé à s'extasier devant les jolies filles qui passaient à la télé, mais qui, s'ils en avaient une sous les yeux, une des leurs, n'hésitaient pas à la massacrer.

Dans la file devant le distributeur de boissons, Bea n'arrêtait pas de me demander : « Il est là ? Tu le vois ?

– Non », répondais-je, soulagée.

Elle glissa une pièce dans la machine, appuya sur le bouton du café serré. Elle le but sans sucre. « Il est peut-être resté chez lui ?

– Son scooter était là ce matin.

– Bon, s'il n'est pas ici, il est sorti. »

Je compris qu'elle était sérieuse et je la retins par la manche. « Laisse tomber. » Il restait peut-être trois minutes avant la fin de la récréation. Bea ignora mes réticences et m'entraîna vers une porte secondaire dont elle poussa la barre de sécurité. Nous sortîmes dans une cour intérieure, abritée du vent, où des élèves plus grands fumaient en cercle ou assis sur les barreaux des échelles d'incendie. Elle me fit monter sur l'une des échelles et me dit : « Cherche-le ! »

Il faisait froid, nous étions les seules à ne pas avoir de veste. Perchées là-haut, à en avoir mal aux mains, rousses l'une et l'autre.

Je regardai dans un groupe puis dans un autre, et je le reconnus. J'indiquai sa tête blonde à Beatrice : « C'est celui-là.

– Tu rigoles ? cria-t-elle presque. C'est Lorenzo Monteleone ! »

À présent je connaissais son nom de famille. Et ça ne m'avançait pas à grand-chose.

« Famille très *en vue*. On a même dîné une ou deux fois chez eux, et ma mère n'en pouvait plus de baver. Son père a été maire de la ville, maintenant il est à la Région. Sa mère est juge ou un truc dans le genre. Il est fils unique. Quoi d'autre ? Il habite piazza Roosevelt… »

Que d'informations, pensai-je, de quoi remplir tout à coup des mois de rêveries silencieuses, d'attentes à faire le guet. C'était donc un « fils de », au lieu du Robin des Bois que j'imaginais. Orphelin, élevé par un vieux libraire, tout un roman à la Dickens déjà écrit dans ma tête. Mais la réalité était bien différente, et pouvait se résumer en quelques mots : une apparition fugitive d'un été. Comme apparaissent les divinités aux mortels : pour s'accoupler avec eux sous la forme d'un cygne, avant de disparaître.

Après le baiser, j'étais retournée tous les jours à la bibliothèque. J'y étais allée le matin, l'après-midi, en voiture accompagnée par mes parents, à pied. Entêtée, révoltée comme une bête sauvage: «Je dois y aller, je *dois* y aller!» Alors qu'on me faisait remarquer, perplexe, que c'était dimanche et que ce serait fermé. Ce fut peut-être pour cette raison que mon père se hâta de me trouver un scooter.

Je m'étais inscrite, j'avais fait mettre de côté deux mois de suite les poésies de Mandelstam. Je les avais lues, relues, apprises par cœur. Tout le mois de juillet, tout le mois d'août. Levant les yeux à chaque grincement de la porte en espérant que ce serait lui.

Mais rien.

Plus rien.

Alors je me levais et je partais le chercher dehors, là où vivaient les garçons normaux qui prenaient le soleil en jouant au foot sur le sable mouillé. Je priais pour le trouver, et aussi pour ne pas le trouver. Ne pas le surprendre au bar avec ses copains, du sable collé sur les pieds, ou enlacé à une fille derrière les rochers. Je battis toute la côte. J'étais même allée jusqu'à la Plage de fer. Puis les cours avaient repris.

Mi-juillet, papa avait trouvé pour moi je ne sais où – «sur Internet», disait-il, mais j'ignorais à l'époque ce que pouvait bien être Internet – un Quartz. Un 50cc lourdaud qu'on ne fabriquait plus depuis 1997, en raison de son manque de succès. Le jour où je me garai pour la première fois devant le lycée, je vis aussitôt qu'il n'y avait pas d'autre Quartz et je me sentis mal, furieuse contre mon père: Tu ne vois donc pas comment je suis habillée, et que je suis nouvelle, qu'ils se moquent tous de moi, et toi tu me refiles un vieux clou comme celui-là?

Je crois qu'il ne s'était pas rendu compte. Pour lui, la façon dont les gens s'habillaient, se coiffaient, leur moyen de transport n'avaient aucune importance. Ce qui comptait c'était l'intelligence, ce que les gens savaient et ce qu'ils avaient à dire. Tu devrais leur expliquer ça, papa, à eux tous ! Puis Niccolò, toujours pour mon bien, était allé acheter un bloc d'autocollants et, croyant lui mettre des pansements, lui avait donné le coup de grâce en le transformant en scooter punk.

C'est précisément au moment où je ralentissais dans le parking que j'avais revu Lorenzo, un matin de septembre, à cheval sur un Phantom noir. Je l'avais reconnu avant même qu'il ôte son casque. Il m'avait reconnue aussi, avait stoppé. Le regard triste, il avait levé deux doigts en guise de salut. J'avais fait demi-tour, j'étais allée chercher une place à l'autre bout. Pour qui j'avais souffert, pour quoi ? Est-ce que je le connaissais ? Non. J'avais juste fantasmé sur son nom. Le temps avait passé, la déception n'était même plus là.

« … et je suis désolée de te le dire, il a une petite amie.

– Ça explique tout », répondis-je à Beatrice en regardant Lorenzo rentrer en classe avec les autres. La cloche avait sonné. « Sérieux, ça n'a pas d'importance.

– Mais tu disais que vous vous êtes embrassés !

– C'était pas vrai. »

Elle me donna un coup de coude. « Valeria, c'est une conne. Sa copine, je veux dire. Lui je le connais, c'est pas un garçon méchant : il est juste bizarre, il joue un peu les poètes. Elle, elle mérite bien de porter des cornes. »

Je ne savais pas qui était cette Valeria. Je ne m'y connaissais pas en cornes. Quand ma mère et mon frère étaient repartis à Biella sans moi, j'avais cessé d'y aller, à la bibliothèque. Les après-midi interminables après les cours, mes devoirs terminés, avant qu'il ne fasse nuit, je mettais cinq mille lires d'essence dans mon Quartz, juste pour cesser de penser. Je m'arrêtais encore devant les plages, mais elles étaient vides maintenant.

Tous les élèves étaient rentrés en classe sauf nous, et les cours avaient repris. Nous hériterions d'une mauvaise note dans le cahier, ce matin-là, Bea et moi.

« Si tu veux quelque chose, me dit-elle, il faut t'organiser. Comme on a fait avec le jean. Il faut que tu gagnes.

– Gagner quoi ? » Elle me faisait rire.

Elle m'examina. Sérieuse, concentrée. Sur l'échelle d'incendie de la cour intérieure du Pascoli, elle me demanda : « Qu'est-ce que tu sais faire ? »

Je n'en savais rien.

« Qu'est-ce qui te plaît ? »

Je réfléchis.

« Pas ce que tu es, ni comment tu crois être ou comment tu crois que les autres te voient, mais toi, dans la vie, qu'est-ce que tu veux ? »

Je restai muette. Nous étions trop inégales sur cette échelle : moi incapable de répondre, elle avec ce feu en elle. Je me souviens : combien elle était capable de brûler et savait, à quatorze ans seulement, deviner les désirs les plus cachés des autres.

« Écrire, non ? Tu as dit que tu tiens un journal. »

J'éprouvai un embarras si fort que c'était comme si on avait arraché de force mes vêtements devant toute la classe.

« Écris-lui une lettre, alors. » Entre-temps, les surveillants envoyés à notre recherche nous avaient enfin retrouvées, et nous faisaient signe de rentrer « tout de suite, vite ! », elle me promit : « Je t'aiderai. Tu me la fais lire d'abord, et je te donne un coup de main. »

Nous commençâmes ainsi : sur des pages arrachées à des cahiers. Pas de mail, pièce jointe, disquette, CD ni clé USB : feuille de papier et stylo.

Ce jour-là, je rentrai chez moi comme possédée. Je déjeunai avec mon père, plus ombrageuse encore que d'habitude. Je m'enfermai dans ma chambre, n'ouvris pas un livre de tout l'après-midi. Clouée à mon bureau, la feuille blanche devant moi. Je ne traçai qu'un seul mot : « Lorenzo », et ce fut comme une digue qui se rompait.

Je croyais l'avoir oublié, mais il était toujours là. Larvé, en incubation. Lui, peut-être, ou le désir d'écrire, d'avoir, à moi et seulement à moi, un destinataire absent à qui tout raconter.

Au début je fus sincère, impudente. J'avais tellement envie de me dépouiller de tout, me laisser aller, dire. Le stylo-bille courait sur la page, sans marges. Je lui écrivis de quoi étaient faites mes journées : de silence. Les déjeuners, les dîners, les dimanches. Moi dans ma chambre et papa dans son bureau. Je lui décrivis Biella : les montagnes, la manufacture Liabel, la Palazzina Piacenza. Je transpirais en écrivant, je m'étonnais : j'en étais capable. Je lui racontai nos excursions sur le Sesia l'été, à Oropa l'hiver. La luge lancée sur le Pré des Oies enfoui sous la neige, mon frère et moi collés l'un à l'autre, ne faisant qu'un. Maman qui riait, son verre de vin chaud qui lui réchauffait les mains. Le vide lancinant de l'abandon.

Sans relire, je glissai la lettre dans une poche de mon sac de cours. Le lendemain matin, je l'apportai à Beatrice, sûre de moi, fière. Elle la déplia et la dévora.

« Non, conclut-elle en relevant les yeux. C'est plein de fautes, de répétitions. C'est pathétique, on aurait presque envie d'appeler le Téléphone Bleu[1]. Tu ne dois pas tout lui raconter, contrôle-toi. Sélectionne. »

Je sentis une pointe de douleur physique. Le sentiment dévastateur d'un refus, parce que c'était de moi qu'il s'agissait. Pas ma façon de m'habiller, mon accent quand je parlais, ma coupe de cheveux. Moi.

Pourtant, j'obéis. Le deuxième après-midi, je me remis à mon poste. Des décennies plus tard, je suis obligée de reconnaître le pouvoir que Beatrice avait sur moi. Et, ce qui est paradoxal, que sans elle je n'aurais jamais eu le courage de me lancer dans l'écriture.

Je tentai de sélectionner, cette fois, de me contrôler, de ne pas être dans la jouissance. Je me tenais raide sur ma chaise, travaillant la sobriété. J'écrivais un mot et je le raturais, un autre et je le raturais. Un gâchis de papier, une fatigue inouïe. Tout le vocabulaire italien me semblait dangereux, excessif, inadapté : c'était *moi* qui l'étais.

Le vendredi matin je donnai à Beatrice une demi-page concise.

« C'est quoi ? » Elle me rendit la page. « Tu n'as rien écrit. Tu passes d'un extrême à l'autre. Tu dois le séduire, pas l'ennuyer. »

Le troisième après-midi, je compris et commençai à mentir. En me réfrénant dans la première version, puis je relus et déchirai. Je réécrivis en mentant un peu plus. J'ouvris *Mensonge et sortilège* : je n'étais jamais allée au-delà de la page 30, mais je le pillai. Au hasard, en copiant des mots, ou des phrases entières : comme ça, parce qu'elles sonnaient bien.

1. Numéro d'appel pour enfants et adolescents maltraités ou abusés.

J'inventai dans mon passé des épisodes jamais vécus. Je transfigurai l'appartement de Biella : de la via Trossi, en banlieue, je le déplaçai en centre-ville. Ma mère, d'ouvrière et voleuse, devint une peintre tourmentée. À Niccolò j'ôtai la crête, les piercings et je l'habillai en noir, avec un pardessus en cuir, des cheveux longs et un visage peint en blanc, parce qu'à mon avis les métalleux étaient plus fascinants. J'y pris goût, je perdis tout scrupule. Je passai le samedi et le dimanche à transformer ma vie.

« Tu dois le séduire », avait dit Beatrice. J'écrivais et je n'étais plus Elisa. Je me glissai dans une autre peau, me masquai, abondai en adjectifs. J'extrapolai sur ma lingerie et autres détails que je ne peux répéter. Je me faisais passer pour une experte en certaines choses dont je n'avais aucune idée : je n'expliquais pas, je laissais cela suspendu entre les blancs, je me contentais d'allusions. Pourtant, en me libérant de la timide Elisa et en me faisant passer pour une fille qui l'avait déjà fait plein de fois, j'accédais à une partie de moi, insoupçonnable, qui était peut-être la vérité.

Ce qui est sûr, c'est que Beatrice fut la meilleure école d'écriture que je puisse fréquenter. Même si elle dit partout aujourd'hui que lire est une perte de temps, qu'elle a un empire à diriger et que les romans ne sont que des bêtises. Elle ment. Comme je mentis aussi. Et rien n'est plus érotique que le mensonge.

Le dimanche, au lit, je relus pour la dernière fois le fruit de six jours de travail. Je fus émue comme si ce n'était pas moi qui l'avais écrit. Et en effet : qui l'avait écrit ? La réponse m'excitait. Je sortis pieds nus dans le couloir pour téléphoner. Je n'y tenais plus. En soulevant le combiné, j'entendis, à la place du signal de ligne, le grincement métallique d'Internet. Papa était en train de télécharger je ne sais quel putain de dossier universitaire de milliards de bytes. Je me mis en colère. Ouvrant sa porte, je lui criai : « Débranche ce machin, je dois téléphoner ! »

La littérature, j'avais déjà l'impression d'en faire partie. Surmontant ma crainte, j'appelai Bea chez elle à neuf heures du soir, improvisai à propos d'une urgence scolaire, et dès que sa mère me l'eut passée, je la suppliai : « À sept heures et demie, demain. On se retrouve au lycée avant, s'il te plaît ! C'est vital ! » Je raccrochai, et ne réussis pas à dormir.

Le lendemain, le lycée était désert, il n'y avait que Bea et moi dans le hall, avec nos sacs de cours et nos vestes. La lettre entre nous deux. Pendant qu'elle lisait, je l'observais. Passant d'un pied sur l'autre, je frémissais, sursautais au moindre changement sur son visage : un sourcil, une lèvre. J'étais à l'agonie.

« C'est beau, me dit-elle à la fin. C'est vraiment beau, Elisa. »

Ses yeux brillaient, j'étais si immensément heureuse que je frôlais la béatitude.

Bea replia la feuille, demanda un stylo à un surveillant, écrivit quelque chose sur l'enveloppe, monta l'escalier. Moi derrière. Sauf qu'elle n'alla pas vers notre classe mais monta à l'étage au-dessus.

« Qu'est-ce que tu veux faire ? » lui demandai-je, inquiète. Elle ne répondit même pas. Les autres élèves commençaient à arriver, les uns après les autres. Au deuxième étage, Beatrice traversa le couloir de droite et fonça vers la salle du fond.

Je l'arrêtai : « Non. » Je voulus lui arracher la lettre.

Elle leva le bras et il me fut impossible de l'atteindre. C'était trop haut pour moi. L'envie me vint de pleurer. « Je ne veux pas qu'il la lise !

– Pourquoi tu l'as écrite, alors ? »

Pour elle. Pour qu'elle me dise que j'écrivais bien.

Pour moi. Pour me prouver que je valais quelque chose.

Lui, il existait, il était réel. Il n'avait rien à voir avec ces mensonges.

« Non, s'il te plaît. »

Beatrice me fusilla du regard : « Alors on n'est plus amies. »

Je fus pétrifiée.

« Décide : ou on la met sur son pupitre, ou je te jure que je ne t'adresserai plus la parole, je retournerai m'asseoir où j'étais avant et ils recommenceront à te faire chier. »

La salope.

La salope avait montré le bout de son nez.

Comme le jour de la rentrée des classes, comme toutes les fois où elle avait ri de Biella la déboulonnée.

La salope entendait gagner. Pas question de scrupules d'ordre moral, social, ou de correction. L'amitié : rien à battre. Ce qu'elle voulait, c'était obtenir un résultat.

Et elle l'eut.

Nous entrâmes dans la salle des deuxièmes années. Elle s'était déjà informée, organisée, elle savait où aller : dernier rang, côté fenêtre. La table était gravée d'inscriptions, il y traînait un livre oublié. J'eus le temps de voir la couverture : « Vittorio Sereni, *Étoile variable* ». Un courant froid, je sentis ma peau se rider sur mes bras, mes jambes. Beatrice laissa l'enveloppe *Pour Lorenzo* à côté du livre.

Et nous prîmes la fuite.

7

Ferragosto, quand B. me sauva la vie

« Et ils se dévorent des yeux, ils se / tendent les mains / en cachette sur la toile de la table. » Ce n'est pas Lorenzo et moi, même si ces vers viennent du recueil *Étoile variable*. Les deux qui se cherchent et se dévorent des yeux, essaient de s'en cacher mais y arrivent mal, ce sont mes parents.

Cette poésie s'intitule *Dimanche après la guerre*, et elle pose une question : « Pour deux qui se retrouvent / par un dimanche après la guerre / peut-il refleurir alors, le désert de la mer. »

Ma mère refleurissait, c'est sûr. Mon père s'enferma moins dans son bureau et prit même un peu de couleur. Après sept ans de mariage et onze de séparation – ils s'étaient quittés alors que je commençais à dire mes premières phrases ayant un sens –, en cet été stupide et dévastateur de l'année 2000, ils connurent une seconde adolescence.

Les fugues du soir pour prendre une glace devinrent une habitude. Le temps passant, ils nous épargnèrent la formalité du « Vous voulez venir ? ». Quand papa en eut fini avec ses obligations universitaires, il n'y eut plus un seul jour où ils ne partirent pas à la mer. Chaque fois une plage différente, une nouvelle oasis naturelle. Après le déjeuner mon frère et moi allions nous coucher, moi sur mon lit pour lire, lui sur le sien pour dormir, déjà assommé par la marijuana. Eux deux en revanche sortaient, parfumés de crème solaire : ma mère avec un chapeau de paille et une lumineuse robe bain de soleil jaune, mon père avec une casquette de base-ball, un roman de Stephen King sous le bras, ses inséparables jumelles à son cou pour observer les oiseaux.

Ils étaient toujours en vadrouille dans la crasseuse Passat paternelle, le coffre rempli de tout leur bazar : l'équipement pour observer et photographier les oiseaux, le Polaroid pour qu'il la prenne en photo, à quoi elle ajoutait le matelas gonflable, la chaise longue, les draps de bain.

Que se disaient-ils ? Impossible de l'imaginer. Maman ne savait rien des rolliers d'Europe, des pluviers et des courlis, n'avait jamais montré d'intérêt pour les animaux. Internet et software ? Absolument rien. Les galaxies ? Déjà pas mal quand elle savait dans quelle région d'Italie elle était. Papa avait eu son diplôme universitaire avec la note maximale et les félicitations du jury, sa thèse de doctorat avait été publiée aux États-Unis, et maman n'avait pas le moindre diplôme. Si elle essayait de lire, même un heddomadaire sur les programmes de télévision, elle n'allait pas au-delà de quelques phrases. Un désastre. Mon regard d'adulte sur elle, avec son impulsivité, son italien truffé de dialecte, n'est pas moins impitoyable que celui que je posais sur elle cet été-là. Pourtant, que ne donnerais-je pas pour la revoir aussi heureuse ?

Pas en photo, mais un après-midi quelconque de juillet ou d'août 2000, son sourire quand elle descendait pour aller à la plage. Toute menue, avec ses taches de rousseur, sa frange en désordre qui retombait sur ses yeux. Légère et insouciante, comme son prénom. Annabella.

Parfois, après sa sieste de l'après-midi, Niccolò émergeait de son état comateux et venait me chercher ; ou bien je finissais ma énième relecture de Mandelstam et j'allais frapper à sa porte. On s'asseyait dans la cuisine, seuls, pour grignoter quelque chose, dépoussiérant nos anciennes, nos pires habitudes de Biella : MTV, chips et pieds sur la table. Pendant que par les lattes du store nous arrivait la clameur vive de T, prise par des compétitions de plongeon du haut des rochers, des défis à la raquette sur le sable mouillé.

Nous, blancs, furax. Nous hasardant seulement après cinq heures à mettre le nez dehors, comme les vieux et les nouveau-nés. Et tandis que je continuais à faire la navette comme une âme en peine entre la maison et la bibliothèque, et que Niccolò se défonçait au shit et aux amphètes avec ses misérables nouveaux copains, maman et papa prenaient du bon temps.

Je ne veux pas les faire passer pour ce qu'ils n'étaient pas : insensibles, dénaturés. Ils s'inquiétaient pour nous. Ils voyaient les pupilles dilatées de Niccolò, mon air découragé. Mais, et je ne le comprends que maintenant, qu'auraient-ils pu faire ?

Ils étaient amoureux.

C'était leur moment, pas le nôtre.

Ils essayaient de temps en temps de nous entraîner, papa surtout. Un matin il voulut nous montrer comment fonctionnait le 586 Olidata qui trônait dans son bureau, un parallélépipède gris plus encombrant qu'un téléviseur, avec un écran bombé qui ferait rire aujourd'hui, mais qui avait à l'époque un processeur Pentium 3, et papa ne cessait de répéter à tout le monde : « J'ai un Pentium 3 », les yeux illuminés par le futur. Ce jour-là il s'enthousiasma, s'échauffa. Je dois dire qu'il fut un bon pédagogue, de ceux qui restent dans le cœur de leurs élèves. Mais on sait bien qu'avec ses propres enfants ce n'est pas pareil : ils n'écoutent pas. Il faisait glisser la souris, cliquait avec précision pour nous montrer comment nous connecter à Internet, nous ouvrir au monde. Il nous écrivit sur un bout de papier un identifiant, un mot de passe, un numéro de connexion : un vrai parcours du combattant. Nous, muets, figés, nous résistâmes à peine dix minutes.

Alors il fit un essai avec son autre grande passion : les oiseaux. Nous pourrions assister au spectacle extraordinaire des balbuzards en vol et des pluviers en amour dans le parc naturel de San Quintino, à condition de nous réveiller à l'aube, et nous munir de bonnes chaussures et des jumelles adaptées. Nous tuâmes ce projet dans l'œuf en quittant aussitôt la pièce.

Maman avait changé, elle ne nous regardait plus comme avant. Elle était prise par lui, par la mer, par l'euphorie de la liberté retrouvée.

« Tu as un sacré paquet d'arriérés », disait-elle à papa en riant, sans rancune, et elle était contente. Pour une ou deux heures, une matinée. Puis à treize heures elle rentrait, les bras chargés de courses, les cheveux pleins de sable, une fois même avec des taches vertes sur son short, comme si elle s'était roulée dans un pré, et chaque fois elle trouvait la table mise, son ex-mari aux fourneaux, ses enfants plantés devant la télévision. Blancs comme des cierges.

Ils ne s'embrassaient jamais devant nous, à peine se frôlaient-ils. Mais tout était évident. Deux êtres qui avaient si peu d'intérêts en commun devaient forcément se tourner vers autre chose. Leur chambre était la dernière au fond, la plus éloignée des nôtres. Maman fermait maintenant à clé la porte de la salle de bains, elle ne nous laissait pas entrer. Elle était toujours parfumée, maquillée, coiffée. Elle se séparait de nous, parce que ce « nous » à présent n'existait plus. Ce qui existait, c'était « eux ».

Mais revenons à la question posée dans le poème : « Peut-il refleurir, le désert de la mer ? » La réponse, à trente-trois ans, je l'ai, et c'est non.

La première alerte que l'idylle de maman et papa était destinée à finir apparut le 15 août, la nuit de Ferragosto, celle où je fis la connaissance de Beatrice. Plus qu'une alerte, d'ailleurs, ce fut un roulement de tonnerre effrayant, assourdissant, du genre qui précède, dans certaines zones côtières, un tsunami.

Pour l'occasion, ils n'avaient pas suggéré que nous sortions avec eux, ils nous l'avaient imposé : nous irions dîner tous les quatre dans un restaurant chic avec terrasse sur la mer. Papa avait dû téléphoner un mois avant pour réserver une table. « Par conséquent, nous allons bien nous habiller, nous attendrons le feu d'artifice et nous nous amuserons beaucoup. » Maman avait dit cela sur un ton comminatoire, avec un air annonciateur de claques.

J'ai toujours détesté les fêtes. Ce n'est pas original, je sais que toutes les familles, sinistrées ou problématiques ou normales, se font du souci pour les jours de fêtes. Pour nous, Noël avait toujours été un calvaire : à Biella, notre père sonnait à l'interphone, embarrassé et importun, avec son panettone et ses efforts pathétiques pour trouver les mots.

Ferragosto était un peu pareil, avec en plus cette année-là la chaleur humide et le fait d'être à T. Et maman, maintenant qu'elle jouait à l'épouse, se prodiguait en préparatifs. Les fêtes, jusque-là, lui importaient peu. D'ailleurs, aussitôt le déjeuner fini, quand notre père partait, elle était ravie de se mettre en jogging, laisser la cuisine en désordre, et chanter Manu Chao avec nous sur le canapé. Là, au contraire, elle m'emmena avec elle chez le coiffeur.

« La coupe punk pour toutes les deux.

– Pardon ? » demanda-t-il.

Ce n'était pas Enzo, j'irai bien plus tard dans son salon « super branché » – comme aurait dit Beatrice –, un salon de coiffure qui coûtait les yeux de la tête et où on vous offrait même le café. Non, celui où ma mère m'emmena était spartiate, orné de photos délavées de coupes démodées, avec des dames d'un certain âge alignées sous les casques.

« Court et un peu hardi, traduisit maman. L'important, c'est que vous nous fassiez la même coupe, à ma fille et à moi. »

Assises l'une à côté de l'autre, nous nous tenions la main. Une petite parenthèse de bonheur, modeste et illusoire. Le miroir reflétait deux images semblables : deux carottes. Maman me faisait des clins d'œil et souriait, tandis que deux filles donnaient des coups de ciseaux bien nets dans nos boucles ; son pouvoir sur moi était tel, quand nous étions ensemble et qu'elle était affectueuse, que j'en oubliais la possibilité d'un garçon, d'un amour, du futur, de lire et écrire ; je voulais seulement redevenir une petite fille.

Les hommes de la maison, à notre retour, nous accueillirent à l'unisson d'un « Waouh ! », d'accord pour une fois. Et papa en profita pour s'enthousiasmer, cherchant le regard de mon frère, et mon frère eut honte et détourna les yeux. C'est vrai que nous étions mignonnes, elle et moi.

Nous avions même fait du shopping. À la parfumerie, dans des boutiques et pour finir dans une chaîne d'habillement : un stock de petites culottes, soutiens-gorge, une bonne dizaine de vêtements neufs pour une vie nouvelle. Munie de la carte Visa de papa, maman était attendrissante. Habituellement, nous entrions dans les magasins bon marché. Mais à T, maman s'excitait, s'emballait, voulait me faire essayer de petites sandales à talon et des robes crayon de vamp, noires, argentées, dorées, qui ne seraient allées à personne, même pas à Beatrice, à laquelle tout va, comme on sait.

Le soir de Ferragosto, à vingt heures, nous étions prêts. C'est un vrai hasard qu'il existe une photo de famille de ce jour-là : plus qu'habillés pour un dîner, nous avions l'air déguisés pour le Carnaval. Maman, dans son long fourreau rose flashy, n'aurait pas détonné à un mariage dans les Balkans. Papa, engoncé, en costume et chemise, ne se ressemblait plus. Sur l'insistance de maman, il avait conduit sa Passat au lavage automatique. Niccolò était toujours Niccolò : s'ils s'étaient risqués à lui dire comment s'habiller, nous nous serions retrouvés dans la rubrique des faits divers. Et moi, bon Dieu, je portais réellement un fourreau en lamé or décolleté et fendu sur le côté.

Tandis que nous roulions vers le restaurant, je fis une prière pour ne pas rencontrer Lorenzo, qu'il ne me voie pas ainsi attifée.

Nous ne le savions pas, mais nous courions à la catastrophe. Papa conduisait prudemment, respectueux des limitations de vitesse. Nous roulions sur une mine de guerre enterrée : allions-nous sauter ? Oui, non.

Nous écoutâmes *Basket Case*. Je me rappelle certaines paroles prophétiques « *Grasping to control / So I better hold on* ». Maman fredonnait, papa tentait de trouver du positif dans cette musique, lui qui n'aimait que Mozart. Embouteillages dans les rues, feux de camp sur les plages avec des jeunes autour qui se passaient des joints avant le traditionnel bain de minuit. Le sirocco et l'électricité pénétraient l'habitacle par les vitres baissées. J'avais réussi à refuser les talons et à garder mes rangers. Niccolò serrait ma main pour surmonter sa nervosité. Étions-nous déjà montés à l'arrière avec maman et papa devant ? Jamais.

Un jour, l'idée lui viendra d'engager quelqu'un pour écrire sa biographie – je parle de Beatrice. Ce n'est pas à moi qu'elle le demandera : il y a plus de treize ans que nous ne nous sommes pas parlé. Et je n'imaginerai même pas le faire : je me souviens parfaitement de notre dernière dispute, celle qui fut définitive. Mais je sais que je serais la seule personne à pouvoir l'écrire.

Nous franchîmes ensemble, tous les quatre, la porte du restaurant La Sirena, ce soir de Ferragosto, intimidés, mais forts de notre réservation. Traversant la salle déjà pleine, nous allâmes vers la terrasse sur la mer, en effet époustouflante.

Les étoiles tremblotaient dans les reflets de l'eau ; le mouvement calme des vagues, joint au brouhaha des convives, était le seul fond sonore ; chaque table était dressée avec une nappe damassée et des couverts en argent ; au-dessus de nos têtes, la voûte nocturne et de jolies lanternes en papier suspendues à une pergola.

Maman fut extasiée, Niccolò écœuré. Ce qui m'impressionna, moi, ce fut une fille avec d'extraordinaires cheveux brillants, châtain clair avec des pointes dorées, des yeux émeraude, en robe blanche de communiante, entourée d'une famille parfaite.

Pourquoi me frappa-t-elle ? Se peut-il que dans un restaurant bondé jusqu'à la dernière chaise le seul visage sur lequel je m'arrêtai fût le sien ?

J'avais beaucoup lu, et parmi des milliers de descriptions de personnages invisibles et légendaires, je l'avais reconnue. Elle était magique, sans l'ombre d'un doute : son regard rayonnait du pouvoir des enchanteurs, son sourire ensorcelait. Et à l'instant même je la choisis.

J'ignore combien de temps je restai à la regarder, pendant que mes parents attendaient qu'on nous conduise à notre table et que les serveurs semblaient n'avoir d'attentions que pour cette famille : la mère, le père et trois enfants, installés à la table du milieu, la seule table ronde, un peu éloignée des autres, avec la meilleure vue, une apothéose de fleurs, du spumante dans un seau.

La mère était élégante mais sobre : en robe noire, à col mao. Les cheveux rassemblés sur la nuque en une coiffure raffinée. Seuls les bijoux étaient excessifs : diamants au cou, aux oreilles, aux doigts, aux poignets. Elle rivalisait avec les princesses de Monaco et les femmes de président que j'avais vues en feuilletant les magazines people chez le coiffeur. Le père, lui, avait vraiment la pose d'un battant. Épaules droites, main pliée pour soutenir le menton pendant qu'il recevait les confidences de ses enfants. Cravate et chemise portées avec naturel, sans cette contrainte que je sentais chez mon père. Tous les deux souriants, conscients d'être observés, fiers de leur progéniture. Le plus jeune avait les cheveux blonds et une coupe à la Petit Lord. La fille aînée reprenait son frère qui se salissait, mais avec grâce ; impeccablement habillée et maquillée elle aussi – seule transgression : un petit brillant à la narine droite. Enfin Beatrice, très jeune, encore en devenir. Mais tous ceux qui répandent aujourd'hui la rumeur qu'elle a été refaite auraient dû la voir, ce soir-là.

Était-elle réalité ou fiction, cette famille, je ne le découvrirais qu'après. À ce moment-là, j'étais fascinée par tant de beauté. « Enviez-nous », semblaient-ils dire par leurs gestes d'affection et leur gaieté. Les enfants plaisantaient avec les parents, tous étaient amis, à cette table.

En m'asseyant avec les miens à la nôtre, sur le côté, carrée, sans fleurs, je nous regardai de l'extérieur, notre famille et l'autre, et la comparaison fut si impitoyable que j'en fus humiliée. Nous n'avions rien à nous dire, nous étions moches. Papa, que je connaissais à peine, maman qui ne cessait de tripoter sa serviette, sa fourchette, jubilant comme une petite fille. Nous étions décalés : profondément, à la racine. Pour l'habillement aussi : des clowns. La robe me remontait sur les cuisses, je tenais ma main sur le décolleté pour le couvrir.

Tout était trop, ici : les prix sur le menu, les plats, le piano-bar à mi-soirée. Nous n'avions pas l'habitude. Je crois que maman, papa et Niccolò se sentaient eux aussi décalés, sous pression. Ce fut peut-être là le piège.

Je dînai en gardant les yeux sur cette fille fabuleuse. Quel âge as-tu ? lui demandai-je en silence. Dans quelle école tu vas ? Qu'est-ce que tu lis ? Est-ce que parfois tu es triste ? Je la suppliais de me distraire, de me sauver, quand tout s'écroulait à ma table.

Maman força sur le vin, c'est un fait. L'autre fait est que Niccolò se leva aussitôt après les hors-d'œuvre et resta une éternité aux toilettes. Ce fut alors que nous commençâmes à éveiller l'intérêt des autres : quand maman éclata d'un rire vulgaire, racontant d'une voix forte des anecdotes embarrassantes, et que Niccolò revint en chancelant des toilettes, le visage cireux.

Papa commença à comprendre.

« Chérie, ne bois plus, s'il te plaît, lui dit-il calmement.

– Laisse-moi m'amuser, pour une fois », protesta maman.

Quand Niccolò se rassit, papa s'adressa aussi à lui : « Je suis sérieusement inquiet. »

Comme mon frère restait sans réaction, papa se tourna à nouveau vers maman : « Annabella, tu m'avais parlé d'un joint de temps en temps, mais j'ai l'impression que la situation est en train de dégénérer et qu'il va falloir s'adresser à un spécialiste. »

Au mot de « spécialiste », maman et Niccolò se ressaisirent et éclatèrent de rire à l'unisson. À gorge déployée, pliés en deux. La salle tout entière nous regardait maintenant. Papa devint pâle. Dans mon estomac, sous le sternum, je sentais l'angoisse monter. Je ne mangeais plus, aucun de nous ne mangeait plus. Seule maman continuait à boire.

« Je ne crois pas qu'il y ait de quoi rire. » Papa tenta de ramener l'ordre. « La drogue a de graves répercussions, elle compromet les facultés cognitives, dit-il en haussant le ton. Niccolò est en train de mettre sérieusement son avenir en danger, et toi, tu me l'as caché. »

Maman se reprit, voulut répondre quelque chose qui fût à la hauteur. Je la vis fouiller dans son cerveau à la recherche d'un sens, d'une direction, d'un signifiant, même vide, mais qui sonne italien. Elle se donna du mal mais ne parvint qu'à exploser de rire à nouveau. « Paolo, ce que tu es ennuyeux. C'est un adolescent, c'est *sain* de transgresser, à son âge !

– Et au tien ? » Une vieille rancune venue d'une zone oubliée, et gardée sous clé jusque-là, reflua à la surface, emportant tout. « Tu as toujours été comme ça : inconsciente, égoïste, immature, d'aussi loin que je me souvienne. Mais tu as quarante ans maintenant, Anna.

– Arrête, allons faire l'amour quelque part. » Maman regarda autour d'elle comme si elle cherchait un endroit. Elle fit un clin d'œil à papa : « Ça te calmera les nerfs. »

Papa, au lieu de la regarder, me regarda moi. Sérieux, gêné. Je crois avoir réussi, à grand-peine, à retenir mes larmes. Nous nous ressemblions, c'est vrai. Nous étions à cette table les seuls sobres, et les plus seuls. Il m'enseignerait, l'hiver suivant, quand nous ne serions plus que tous les deux à T, que le 0 et le 1 sont les bases de la révolution informatique. Un vide, un plein. Tu es là, tu n'y es pas. Tu peux compter sur moi, tu ne peux pas compter sur moi. Maman et Niccolò étaient comme ça : un zéro, un manque, une déception plantée dans mon cœur. Pas uniquement cela, mais cela aussi : *aussi.*

« Je crois qu'il vaut mieux partir, conclut papa.

– Pourquoi ? On n'en est qu'au second plat. Moi, je veux voir le feu d'artifice.

– Niccolò a besoin d'une bonne nuit de sommeil, si ce n'est d'un passage aux urgences.

– Mais arrête ! Il va très bien ! »

Mon frère était tassé sur lui-même, présent par instants. Il divaguait. Maman ne pouvait s'empêcher de crier, gesticuler, se donner en spectacle. Tout le monde nous regardait, encore plus intensément. La famille parfaite de la table du milieu s'était retournée elle aussi, avec politesse, plaignant la malheureuse qui s'écroulait: moi.

«Je t'ai laissée bousiller mes enfants.» Même papa perdait le contrôle. «J'aurais dû m'opposer à la décision du tribunal: tu es incapable de t'occuper de toi-même, a fortiori des autres. Je vais revoir tous les accords, menaça-t-il, je t'empêcherai au moins de la détruire, elle», et il me désigna.

Je compris: c'était ma faute.

«Alors pourquoi tu m'as dit que tu m'aimais?» Maman fondit en larmes. «Que tu ne m'avais pas oubliée, que...» Elle n'arriva pas à finir sa phrase. «Salaud!

– L'amour, c'est être responsable. Mais regarde-les, regarde à quoi tu les as réduits.»

À travers les brumes de l'alcool, maman nous localisa. Niccolò d'abord, puis moi. Son regard me fit mal. Qu'y avait-il dedans? Rien. Mais il aurait mieux valu qu'il n'y ait pas aussi de l'affection, cet amour qui se manifestait d'une façon imprévisible, confuse, anarchique, exagérée. Mais responsable, non: ça, jamais.

Je la vis rassembler ses pensées, son énergie, arranger ses cheveux.

«Et toi, t'étais où?» lui renvoya-t-elle, le maquillage barbouillé, les taches noires des larmes sur sa robe. «Tu te plains du résultat, il ne te plaît pas? Mais toi, qu'est-ce que tu as fait? C'est *moi* qui leur ai donné à manger, *moi* qui les ai emmenés à l'école, *moi* qui leur ai mis le thermomètre dans le derrière, *moi* qui me suis échinée les samedis et les dimanches.

Je les ai embrassés, je leur ai donné des claques, je les ai supportés, je les ai aimés. Toi, tu as seulement fait carrière à l'université, fumier. »

Papa se tenait raide, sa serviette à la main. Il la serra jusqu'à la transformer en chiffon. Je voyais sur son visage les sentiments de culpabilité, d'injustice, d'impuissance. Il ouvrit la bouche pour se défendre, mais à ce moment-là arriva un serveur qui nous demanda, mal à l'aise : « Tout va bien, messieurs-dames ? »

Je me levai d'un bond, renversant ma chaise. En larmes, dans cette robe qui m'entravait et me faisait trébucher sous les regards apitoyés de l'assistance – en réalité, je n'en sais rien car je me couvrais le visage, de honte –, je me précipitai dehors.

Les enfants. Je pris une direction au hasard le long de la mer à la recherche d'un endroit où me cacher. C'est toujours à cause des enfants. Je voulais me glisser dans un trou et disparaître. Je franchis un muret, me retrouvai sur la plage, dans une partie sombre et déserte, loin des guitares, des feux de camp, du bonheur des autres.

Je m'assis sur le sable, serrai mes genoux contre moi en sanglotant. Peut-être que les parents, sans les enfants, ne se disputeraient jamais, ne se quitteraient pas.

Je voulais mourir. Avec lucidité, en pleine conscience. Personne ne peut s'en sortir sans une famille, et je n'en avais pas, je ne méritais pas d'en avoir une. Il n'y avait pas d'avenir devant moi, à part la mer.

Entrer dans l'eau comme Virginia Woolf, pensais-je. Revenir en arrière, à rebours, ne plus marcher, ne plus parler, ne pas respirer, ne pas naître, rester à l'intérieur du ventre, s'échouer au fond de la mer.

Mais je sentis une main se poser sur mon épaule.

C'était elle.

Quand je relevai la tête et que je la vis, je restai bouche bée. Un vieil insomniaque, quelqu'un de malintentionné, papa venu me chercher, j'aurais pu m'y attendre. Mais la fille de la table du milieu, non.

« Ne pleure pas », me dit-elle avec un sourire doux et blanc, deux petites fossettes au creux des joues qui donnaient tout de suite envie d'approcher son doigt pour les toucher: elles disparaissaient, réapparaissaient dès qu'elle bougeait les lèvres. La lune lui donnait un reflet argenté. Elle était descendue de sa planète pour venir connaître la mienne.

« Ils se réconcilieront », me dit-elle d'un ton rassurant, un mensonge.

Elle défit ses sandales, s'assit à côté de moi et glissa dans le sable ses pieds nus aux ongles vernis de rouge. J'avais froid. Elle s'en aperçut et prit ma main entre les siennes.

Pourquoi? lui demandai-je silencieusement. Tu as quitté ta famille magnifique pour venir me rejoindre dans ce coin sombre? Ça n'a aucun sens.

«Je te comprends, me répondit-elle. Les miens ne feraient jamais une scène pareille dehors, ils les font à la maison: d'abord ils ferment toutes les fenêtres, et après tu n'as pas idée de ce qui arrive.

– Mais s'ils ne se disputent pas en public, répliquai-je, c'est déjà ça.

– Et nous, avec mon frère et ma sœur, on n'est pas un public? Ils s'insultent devant nous, salope, coureur de putains, ils se griffent, et que nous on les voie, ça n'a pas d'importance. Mais les autres, c'est différent, ça, ça leur importe, et comment. »

Elle avait les cheveux rassemblés en queue de cheval, deux émeraudes pendaient à ses oreilles, identiques à ses yeux : dans le noir, je les voyais scintiller. Son expression renfermait un secret. Un instant elle semblait triste, l'instant suivant triomphale.

« Toi, tu peux sortir sans que tout le monde te juge au premier regard comme la fille de deux fous, éclatai-je, tu n'as pas à avoir tout le temps honte : à l'Autogrill, au restaurant. Tu es libre.

– Moi, je fais semblant. »

Cela sonnait juste : se donner une contenance, cacher ses tempêtes intérieures. Paraître meilleur, et tant pis pour la vérité.

« Tu ne sais pas ce que j'aurais donné, avant, pour être assise à ta place, lui avouai-je, pour échanger ma vie contre la tienne.

– Ah oui ? Comme ça tu les sentirais tomber, les gifles de ma mère. » En riant, elle se toucha la joue. « Une fois elle m'a fait un bleu ici, j'ai dû me passer du correcteur puis du fond de teint. J'étais en dernière année de primaire. La maîtresse m'a vue maquillée et m'a grondée : "Tu te crois à Carnaval ? Va vite te débarbouiller !" Mais si je l'avais fait, ça aurait été pire.

– Alors, tu as fait quoi ?

– J'ai essayé de m'enfuir.

– De l'école ?

– Oui, mais c'était impossible. Alors j'ai appelé ma mère du téléphone des surveillants et je lui ai dit de venir me chercher. Elle m'a acheté une Barbie. »

Je fus frappée par cet épisode mais surtout par le ton de sa voix : détachée, sans rancœur.

« La mienne aussi passe d'un extrême à l'autre. » Je me tournai pour lui montrer dans mon dos une cicatrice que j'avais depuis longtemps.

« Ça fait un joli tatouage », commenta-t-elle.

Comment pouvions-nous parler ainsi sans nous connaître, je l'ignore. Peut-être que tous les adolescents font ça, soulever leurs vêtements pour comparer les blessures infligées par leurs mères et s'en vanter.

« Elle est peut-être folle, mais elle est sympathique, me fit-elle, amusée. Tu sais ce que ma mère a dit à mon père quand vous êtes arrivés ? » Elle imita la voix de sa mère : « "Ricky, même ici il y a des gitans !" » Nous éclatâmes de rire toutes les deux. « Ton frère aussi il est rigolo. Je vous ai regardés pendant tout le dîner. Je n'avais jamais vu un drogué en vrai.

– Toi, tu nous regardais ?

– Quand tu arrêtais de nous observer, c'est moi qui vous espionnais. »

La mer en face de nous était noire et dense comme du pétrole. Au loin, des jeunes se déshabillaient et faisaient la course pour plonger. Nus, cheveux mouillés, ils s'embrassaient dans l'eau. C'était le mois d'août, le ciel nous inondait elle et moi « d'un pleur d'étoiles ».

« Tu es belle, lui dis-je d'instinct.

– Toi aussi, mais ta robe est affreuse ! »

Elle eut un nouvel éclat de rire, enthousiaste.

Je ne voulais plus mourir.

« Serre-moi dans tes bras », lui dis-je.

Je me demande aujourd'hui comment j'ai bien pu prendre une telle initiative. Moi qui ne m'étais jamais laissé même effleurer par quelqu'un d'autre que ma mère ou mon frère, à Biella en tout cas, et qui avais la terreur du contact physique. À T, il m'était venu une envie de grandir.

Il faut dire que Beatrice était une créature magique et – comme l'héroïne orpheline d'un roman – je l'avais compris. Elle arrivait d'un conte, elle était descendue sur terre pour me sauver. Touche-moi, pensai-je, exauce mes vœux. Elle écarta les bras, les jambes, comme pour dire « Viens ici ». J'y allai. Je m'y réfugiai. Elle se referma autour de moi, me serra. Son menton posé sur mon épaule, elle dit : « Attendons une étoile filante. »

Nous restâmes ainsi dix minutes, un quart d'heure peut-être : silencieuses, à attendre. Puis un petit point lumineux tomba, la flamme d'une allumette dans l'univers, qui s'éteignit en un instant. Nous avions tressailli toutes les deux, fermé les yeux, pensé très fort, et rouvert les yeux en criant « Ça y est ! ». Je ne sais pas quel vœu elle avait fait mais le mien, je peux le révéler, puisqu'il n'a pas été exaucé : que nous soyons amies, pour toujours.

Ce fut une parenthèse. Comme toutes les épiphanies, les cadeaux inespérés, les surprises, elle dura l'espace d'un souffle. Quand le feu d'artifice commença à être tiré, elle se leva et dit qu'elle devait y aller.

« Comment tu t'appelles ? lui demandai-je, plus pour la retenir que pour savoir.

– Beatrice. Et toi ?

– Elisa.

– On se reverra, Elisa, je te le promets. »

Au lieu de cela, elle disparut, comme avait disparu Lorenzo.

Elle était retournée sur sa planète lumineuse, je ne la revis pas.

Jusqu'au 18 septembre.

8

Étoile variable

« Variable » : changeant, instable, inconstant.

Le premier jour dans mon nouveau lycée fut terrible.

Anxieuse, je ne dormais plus depuis une semaine. Même si maman et Niccolò habitaient encore à T et que je ne soupçonnais pas qu'ils allaient me quitter le mois suivant, la vie à la maison s'était détériorée.

Maman et papa ne faisaient que se chamailler. Plus en grand style, avec des scènes et des cris, mais de façon oblique, à bas bruit : petites piques, soupirs, venin. Et moi, j'étais jalouse. Pas de papa mais de Niccolò, parce qu'il pouvait rester tout le temps avec elle sur le canapé, pendant que j'étais obligée de sortir et d'affronter le monde menaçant des adolescents de T.

J'arrivai angoissée piazza Marina, le 18 septembre, certaine d'être repérée et marquée dès le départ. Et en effet : à peine avais-je franchi le seuil du lycée Pascoli qu'un gamin haut de deux mètres avec trois poils au menton fut plié de rire. « Eh, les godasses qu'elle a celle-là ! » en montrant à ses copains mes rangers violettes trop grandes de quatre pointures. Je cherchai ma salle de classe en traversant les couloirs tête basse, évitant le regard des autres. Quand je l'eus trouvée et que je me fus assise – un rang neutre, ni devant ni au fond – personne ne vint s'asseoir près de moi.

Les autres élèves entraient. Ils se connaissaient depuis la maternelle, ils avaient joué, nagé, dansé ensemble, étudié ensemble au collège. Et moi rien, j'avais un T-shirt avec le logo des Misfits. Ils se disaient bonjour, se faisaient la bise, ricanaient : « C'est qui celle-là ? » Ça me rappelait « *Perdido en el corazón / De la grande Babylon / Me dicen el clandestino* ». Je priais qu'arrive un autre étranger. Encore plus différent, plus paumé, qu'ils pourraient prendre pour cible à ma place.

Mais ce fut Beatrice qui entra.

Beatrice !

D'instinct je lui souris, me précipitai vers elle.

« Salut », lui dis-je en m'arrêtant à un pas d'elle, émue.

Et elle, elle fit semblant de rien.

Elle me regarda comme si elle ne m'avait jamais rencontrée, jamais parlé de sa mère, du bleu qu'elle avait eu, jamais prise dans ses bras. Elle passa à côté de moi et me tourna le dos. Elle alla faire trois bises à celles qu'elle connaissait déjà et s'asseoir à un rang éloigné du mien.

« Variable » : incertaine, lunatique, capricieuse. Non, une salope.

C'était juste le début, la première des mille vexations qu'elle allait m'infliger. Une étoile variable, c'est une étoile noire. Elle a un côté opaque, éteint. Elle est déjà morte, proche de la disparition. Mais en attendant elle brille, brille. Parce que l'autre côté est si lumineux qu'il éblouit, il trompe. Je les connais bien, ces deux côtés.

Deux mois plus tard, quand elle alla jusqu'à menacer de ne plus me parler si je refusais qu'elle pose ma lettre sur la table de Lorenzo, je me sentis trahie si profondément, et sans raison, que je décidai de rompre toute relation avec elle. Dès que la cloche d'une heure vingt sonna la fin des classes, je me levai bruyamment, m'habillai, remplis mon sac à toute vitesse et sortis sans lui dire au revoir.

Elle me rattrapa. Marcha à côté de moi. Le déni, c'était sa méthode. Elle me demanda en souriant: « Alors, je viens chez toi aujourd'hui pour réviser ? »

Effacer. Glisser. Elle te jouait un mauvais tour, et le faisait disparaître de l'histoire. Ça laissait un vide, qu'elle remplissait aussitôt par quelque chose de sympathique.

« Je ne suis jamais allée chez toi, on prépare le contrôle de latin ? »

La solitude, les fantômes, mon argent de poche versé dans le réservoir de mon scooter pour rouler au hasard ou ma énième relecture de Sereni, tout me paraissait préférable, moins dangereux. Mais pouvais-je revenir en arrière ?

J'en avais assez de vivre dans les livres.

Papa but sa dernière gorgée de café, prit la télécommande et interrompit Britney Spears qui chantait *Oops !... I Did It Again.*

Moulée dans une combinaison en latex rouge, les seins comprimés, les lèvres provocantes : elle avait seulement quatre ans de plus que moi. Et moi, en mélangeant mon yaourt, je faisais celle qui attendait l'arrivée des punks, des métalleux et des musiciens sérieux. Pendant ce temps j'étudiais ses œillades, ses sous-entendus, réalisant qu'un corps féminin pouvait aussi être ça. Mais mon père fit irruption dans mes pensées pour me dire : « Je dois faire un saut à la pâtisserie. »

Je le regardai sans comprendre, agacée par sa mainmise sur mes horaires de télévision.

« Pour que vous ayez des biscuits, ou peut-être quelque chose de salé. »

Je compris et je rougis comme une mèche allumée. « C'est pas un goûter d'anniversaire pour les enfants, Paolo. » Je l'avais appelé Paolo. Le ton empreint d'une telle méchanceté, d'une telle volonté d'étouffer son enthousiasme, d'humilier, de faire mal, que ça disait tout. T'es jamais venu à mes anniversaires, alors qu'est-ce que tu veux maintenant ? Te rattraper ? C'est un peu tard.

Sur son habituel ton compassé, il objecta : « Vous allez bien manger quelque chose au goûter, non ? Réviser, ça donne faim. »

Il me rappelait la mère d'un camarade de classe en primaire. Sa vie était un désastre : divorcée, sans travail, un fils qui se battait avec tout le monde, et pourtant elle attendait impatiemment les fêtes pour se faire de petits revenus. Persuadée qu'à force de fourrer des gâteaux, planter des cure-dents dans des toasts, gonfler des ballons, elle comblerait les gouffres.

« Pourquoi t'es pas à l'université ? lui demandai-je avec hargne.

– Je vais y aller, Elisa. » Il posa sa cuillère. « Je voulais seulement vous rapporter des mini-pizzas, pas la peine de m'agresser. »

Maman ne rapportait rien, même pas des serviettes en papier. Elle oubliait l'argent des sorties scolaires, c'était les maîtresses qui payaient pour moi. Elle avait bien autre chose à penser, elle. Ce qui ne l'empêchait pas de piaffer pour monter sur le podium des mères. Lui, il était pareil.

« Tu crois qu'elle va les manger, Beatrice, tes mini-pizzas ? Elle n'avale rien, même pas une pomme.

– Bon. Elle a des intolérances à certains aliments ?

– Elle ne doit pas grossir ! » lui criai-je en renversant mon yaourt.

Papa haussa un sourcil derrière ses lunettes : j'avais dépassé les limites. Il se leva, posa sa tasse dans l'évier, l'emplit d'eau à ras bord pour que le sucre ne colle pas. Mets-toi en colère, le suppliai-je en silence, qu'on se dispute. Au lieu de cela, il s'essuya les mains au torchon. « De toute façon, je vais faire quelques courses. La cuisine, tu peux la ranger, pour une fois. »

Je n'avais jamais levé le petit doigt : à Biella parce que c'était le chaos, à T parce qu'il faisait tout. Je contemplai la flaque de yaourt sur la table, l'évier plein et le lave-vaisselle, objet inconnu. Aujourd'hui, en plus, me dis-je. Je fermai les yeux pour dompter l'incendie qui me dévorait.

Je l'entendis sortir en fermant la porte plus fort que d'habitude. Je t'ai agressé, c'est vrai, mais tu sais quoi de moi ? Je le regardai traverser le parking, avec l'allure gauche de celui qui fait un mètre quatre-vingt-dix et n'a jamais pu s'y faire ; il monta dans la Passat en se penchant pour ne pas se cogner la tête ; c'était un homme normal, naïf même. Non, papa, tu ne sais pas qu'à une fête de Carnaval tout le monde était déguisé sauf moi, et que la mère de De Rossi, en me regardant, a fait une grimace pour feindre la compassion et dit à voix haute : « Certaines femmes ne devraient pas avoir d'enfants. »

Tu n'étais pas là.

Je me décidai. Remplissant l'évier d'eau et de détergent, je laissai la vaisselle se laver toute seule. J'attrapai le balai, poussai les miettes sous la porte du garde-manger. La nappe, je la secouai par le balcon sur le capot d'une voiture et la roulai en boule dans un coin. J'allai m'asseoir par terre, les jambes croisées devant la porte d'entrée, en attendant que Beatrice sonne et franchisse le seuil en s'exclamant: « Oh, que c'est triste ici ! »

J'entendis le moteur de son scooter arriver, s'arrêter. Peu après, je sursautai à la sonnerie de l'interphone. Je fis comme si je n'étais pas là. Mais mon Quartz était garé en bas, bien en vue. Difficile de tromper Beatrice: elle insista. J'ouvris. Elle apparut sur le palier en bas résille et mini-jupe, le nombril à l'air, un 20 novembre. Elle piétina le paillasson. Leva les yeux avec stupéfaction sur les murs de l'entrée: « Tous ces livres ! »

Ce que j'avais apprécié moi aussi, après le long voyage depuis Biella. Des bibliothèques, il y en avait partout, y compris dans la cuisine et la salle de bains, des volumes jusqu'au plafond. Beatrice s'approcha des étagères avec curiosité: « Chez moi, ils ont *Le Nom de la rose*, Oriana Fallaci et un autre que j'ai oublié. » Elle vint à la porte du salon: « Mais ici aussi c'est plein ! Ils sont à qui ?

– À lui. »

Elle jeta un coup d'œil dans la cuisine: « J'y crois pas ! » Elle avait l'air de s'amuser. « *À lui* qui ? Le toxico ? » Elle passa la tête dans ma chambre, puis dans celle qui, pendant guère plus de trois mois, avait été la chambre de Niccolò. Insatiable: « Et là, qu'est-ce qu'il y a ?

– Non, n'ouvre pas, c'est le bureau de mon père. »

Beatrice ouvrit aussitôt et appuya sur l'interrupteur. «Waouh!» Elle était stupéfaite.

La première rencontre entre elle et l'ordinateur fut foudroyante, comme on peut l'imaginer a posteriori. Les livres la faisaient rire, mais l'assemblage autour du processeur Pentium 3 lui imposa instantanément admiration et respect.

«Ça c'est un vrai ordinateur, pas comme celui de mon père.

– Ben, le mien il travaille dessus.

– Le mien aussi.

– Non, rétorquai-je avec une vibration incontrôlable de fierté dans la voix, je voulais dire que c'est justement l'informatique son travail. Il est ingénieur en software, il enseigne à l'université.

– Vraiment?» Beatrice se tourna vers moi pour me regarder avec intérêt.

C'était la première fois que j'éprouvais de la fierté et non de la honte à propos d'un membre de ma famille. Dommage que ce soit précisément celui que j'accusais de tous les maux.

«Je voudrais m'en faire offrir un, j'aimerais ça en avoir un.

– Et qu'est-ce que tu en ferais?» lui demandai-je, sceptique.

Beatrice ne répondit pas: elle n'en savait rien.

«On l'allume! dit-elle tout excitée.

– Non, non.» Je voulus me mettre entre elle et la machine.

Bea m'écarta, s'assit au bureau de mon père, examina le clavier en caressant les touches. Comme s'il s'agissait d'aller aux Caraïbes ou sur la Lune, elle insista: «Allez viens, on va sur Internet!

– Arrête ça», dis-je d'un ton sec. J'éprouvais une véritable aversion pour cette grande boîte grise, et j'étais énervée que Beatrice soit à ce point séduite.

Elle appuya sur le bouton d'allumage. Le PC, avec une lenteur de pachyderme, se mit en route. L'écran passa du noir à la lumière et à ma grande stupeur les pixels dessinèrent un premier plan de maman : flou, au bord de la mer, les cheveux ébouriffés par le vent sur ses épaules nues. Était-elle seins nus ? « Éteins ! »

Bea tendit le doigt vers les taches de rousseur sur le visage de ma mère. « Voilà ce que je peux faire avec, y mettre toutes mes photos, ça ne se décolore pas dans un ordinateur. »

Elle manœuvra le curseur à l'aveuglette. Son instinct, ou la prédestination, la conduisit rapidement sur le E d'Explorer. On nous avait expliqué, en classe, à quoi servait Internet : un professeur de chimie qui en savait encore moins que moi, et personne n'avait rien compris.

Beatrice cliqua deux fois. Une fenêtre apparut, dans laquelle il fallait écrire le nom de l'utilisateur et le mot de passe. « Dis-moi que tu les connais, Eli, je t'en supplie !

– Oh, c'est sur un bout de papier, va savoir où…

– Trouve-le, trouve-le ! »

Elle me suppliait. Impatiente, comme s'il en allait de sa vie. Aucune de nous ne le savait, mais c'était bien cela, en effet.

Irritée, je me levai pour chercher le post-it où papa nous avait écrit les instructions des mois plus tôt, à Niccolò et moi. Je n'allais sûrement pas le retrouver, c'est ce que j'espérais. Mais il était là, sous mes yeux, collé à une étagère.

Je lui lus: « Nom d'utilisateur: Ghiandaia[1]. Mot de passe: Marina. Numéro de téléphone: 056… »

Bea finit d'écrire, appuya sur la touche « Entrée » et le modem prit vie, allumant tous les voyants en rouge, puis l'un après l'autre en vert, avant d'émettre un mélange de sons effrayants évoquant des tuyaux qu'on débouche. Des bruits comme le vieux fax du tabac derrière le lycée, le décollage d'un missile, puis un *biiip biiip biiip* qui nous fit sursauter.

Le tout dura trente secondes, suivies du silence. Sur l'écran apparut une petite fenêtre: « Vous êtes connecté. » Et sur le visage de Beatrice un sourire, comme une lueur venue du plus profond d'elle-même, comme un savoir secret. Je répète qu'on était en 2000, que nous vivions à T et que mon père était un des rares à avoir chez lui une connexion 56k. Lui et quatre autres péquins de l'université, ils construisaient des sites web qu'ils étaient les seuls à consulter. Ça a fait dix-neuf ans avant-hier, mais c'est comme si on parlait des tombeaux étrusques. Je me souviens avoir regardé la page d'accueil de Virgilio[2] comme on regarde le manga d'un camarade de classe un peu marginal, avec la supériorité et l'arrogance d'une adolescente de quatorze ans qui lit déjà Sandro Penna. Je ne soupçonnais pas une seule seconde que j'avais devant moi la révolution, l'époque à son grand virage, la fin irréparable d'un monde.

Bea, au contraire, cet après-midi-là, flirta aussitôt avec l'Histoire. Elle la pressentit, s'en empara.

---

1. Rollier d'Europe.
2. Site de connexion italien qui existe depuis 1996.

« Bon, allons réviser. » Je lui arrachai la souris des mains et appuyai sur le bouton d'arrêt comme pour l'enfoncer dans la table. Je me demandais pourquoi, alors qu'ils s'étaient quittés au plus mal, mon père gardait cette photo de maman qu'il avait devant lui tous les jours. Je basculai la chaise de Beatrice, la forçant à se lever.

« Eh, j'ai compris, dit-elle en levant les mains en signe de reddition, mais il va falloir que je demande à ton père de m'apprendre. Le mien, tu parles, s'il rentre du bureau à dix heures du soir c'est déjà trop tôt pour lui.

– Demande-lui, il sera content. Mon frère et moi on s'est sauvés chaque fois qu'il a essayé.

– Ton frère, il est où ? » dit Beatrice avec un petit sourire. Elle se tourna à droite et à gauche, avant de comprendre. « Où ils sont, tous ? »

L'absence, tel un démon qu'on vient d'invoquer, résonna du fond de chaque pièce. « Ils sont partis », répondis-je. J'éteignis la lumière dans le bureau de papa, attendis qu'elle sorte pour refermer la porte.

« Comment ça ?

– Mon père est allé nous chercher à goûter. Ma mère et Niccolò sont repartis vivre à Biella. »

Beatrice me regarda mais ne dit rien. Je lui en fus reconnaissante. Elle ramassa son sac laissé dans le couloir, me suivit dans ma chambre, je tournai la clé sans y penser, ou bien je crus l'avoir tournée. J'avais laissé s'ouvrir un manque dans notre après-midi, un manque trop grand pour deux adolescentes. Gênées, nous enlevâmes nos chaussures, nous installâmes sur le lit face à face, jambes croisées, nos grammaires de latin ouvertes sur nos genoux.

Bea prit la situation en main : « Tu commences ou je commence ?

– Toi, dis-je, les noms masculins en -us.

– *Lupus, lupe, lupum,* égrena-t-elle, *lupi, lupo, lupo.* »

Personne ne le sait, mais Beatrice Rossetti était méthodique dans son travail scolaire. Mathématiques, grec, géographie : aucune différence. S'il lui fallait un 8 sur 10, elle l'avait. Elle ne tergiversait pas, ne perdait pas son temps comme moi à regarder un arbre en cherchant des adjectifs. Elle ne tenait pas un journal, mais un agenda : salle de sport, esthéticienne, séance photo, défilé. Elle dormait six heures par nuit quand tout allait bien, et sa moyenne, comme la mienne, fut toujours la plus haute de la classe. Mais elle n'a jamais dit qu'elle était à la fois jolie et forte en thème. Les gens n'aiment pas les contradictions. En cela, elle était comme moi, qui écoutais Marilyn Manson et lisais Sereni. Ni elle ni moi, en fait, ne pouvions plaire.

« *Lupi, lupi, lupos...*

– Il est comment, ce platane ? l'interrompis-je.

– Quel platane ? »

Elle me regarda, éberluée.

« De l'autre côté de la fenêtre. Donne-moi un adjectif, un seul. »

Bea fit une grimace, mais joua le jeu. « Triste », décréta-t-elle.

Je souris : nous voyions le monde de la même façon.

Elle me glaça aussitôt : « Tu l'as déjà fait ?

– Quoi ?

– L'amour. »

Je cessai de sourire. « Faire l'amour », la seule fois où je m'étais servie de ces mots, c'était dans la lettre. Mais l'écrire sans savoir ce que ça voulait dire était une chose, c'en était une autre de les dire, de les entendre, comme si c'était réel.

« Montre-moi comment tu es faite, me demanda Beatrice. Enlève ta culotte, j'ai besoin de savoir si tu es pareille que moi.

– T'es pas folle ? répondis-je, déconcertée.

– S'il te plaît. Comment je fais pour savoir si je suis normale ou pas ? Aide-moi. Tu le sais, tu l'as écrit. » Elle ne plaisantait pas. « J'ai posé pour des centaines de photos en maillot de bain, je sais l'effet que je fais. Mais toute nue ? On le voit, que je suis vierge ?

– Je peux pas.

– Pourquoi ? On est amies. Si on fait ça, on devient des meilleures amies. *Meilleures*, répéta-t-elle. Ça veut dire qu'*après* on est inséparables, on peut tout se dire, c'est comme un pacte de sang qu'on ne pourra jamais briser. *Après.* »

Elle me fixa. Toujours très forte, Bea, pour pincer la bonne corde et vous vendre quelque chose. J'étais tentée, mais ça me paraissait cher payé. Rassemblant mon courage, je répondis : « Comment je peux te faire confiance ? Ce matin encore tu me menaçais.

– Je te jure que Lorenzo tombera amoureux de toi quand il te lira. »

J'avais des doutes.

« Écoute. On ne fera rien, juste regarder. »

Je me levai. Debout, je me sentais encombrée par mon corps, par sa présence : mystérieuse, dangereuse. Je défis mon jean avec lenteur, réticence, d'abord le bouton, puis la fermeture éclair. Pour la énième fois je lui cédai. Ou peut-être que j'avais simplement envie de le faire.

Beatrice se leva et baissa sa mini-jupe, l'enleva. Attentives à ne pas nous croiser du regard, nous accomplîmes les mêmes gestes. Elle ôta son collant, moi mes chaussettes. Elle son string, moi ma petite culotte. Puis elle me prit par la main, comme si nous devions nous jeter d'un très haut plongeoir. Elle me conduisit jusqu'à la glace rectangulaire qui n'avait jamais été fixée sur le mur, juste posée sur le sol. Retenant notre souffle, nous nous présentâmes face à notre reflet.

Deux chimères. À moitié vêtues, bien sages, se tenant bien droites. Deux filles. Et l'autre moitié ? Qu'y avait-il dans cette autre moitié ?

« On est presque pareilles », conclut Beatrice en serrant ma main plus fort. Elle se tourna vers moi. « Toi, tu l'as rompu, ton hymen ? Moi j'ai essayé de le faire toute seule, mais j'y suis pas arrivée.

– Et comment tu as essayé ?

– Avec un tampon hygiénique de ma sœur. »

Que nous ayons ça à l'intérieur, toutes les deux, cet endroit inconnu et barré, ce problème à résoudre sans même savoir pourquoi, me fit me précipiter brusquement près d'elle, tout près.

J'allais le lui dire, que c'était possible. Que dans la lettre j'avais menti, et que j'avais tout à apprendre. Que nous devions nous allier et nous en débarrasser, de cette pudeur. Nous étendre, trouver la bonne position, comprendre comment nous fonctionnions. Je m'apprêtais à le lui proposer quand nous entendîmes frapper, et vîmes la poignée de la porte s'abaisser brusquement : « Je peux ? »

Nous tressaillîmes. Je fixai la clé avec terreur. Elle vibra mais tint bon, et nous sauva. Nous fonçâmes sur nos vêtements, attrapant nos culottes, que nous enfilâmes à l'envers. « Un instant, un instant ! » criai-je à mon père. Collants, chaussettes, jean, mis n'importe comment, en proie à la même montée d'adrénaline que lorsque nous nous étions enfuies du Scarlet Rose avec notre butin de quatre cent trente-trois mille lires. Voilà comment Beatrice me faisait me sentir. Fille de personne. Donc libre. Moi.

Incroyable, quand j'y pense, comment ils s'étaient trouvés instantanément, ces deux-là.

Encore aujourd'hui, mon père n'arrête pas de suivre sur Internet les succès de Beatrice. Et je le comprends : il a été complice. Mais il persiste à me parler d'elle chaque fois que je l'appelle, et ça me dérange. Nous vivons éloignés l'un de l'autre, nous avons des choses importantes à régler – pour sa santé, par exemple – mais il en revient toujours là, à Beatrice. Qui était à Tokyo hier, à Londres aujourd'hui. Alors je perds patience, on finit par se disputer, je suis obligée de lui redire que je me fiche complètement de tous ces voyages à la con, que nous ne sommes plus amies, de lui rappeler qu'autrefois il ne s'occupait que de lectures critiques et de questions à approfondir, tandis que maintenant il court après le glamour. Mais il vaut mieux que je me calme et que je revienne à ce jour-là.

Quand j'allai lui ouvrir, et que papa put se pencher par la porte avec les sacs des courses, il vit Bea écarlate avec sa jupe à l'envers, deux mètres de jambes enveloppées de fines résilles, et il en fut peut-être troublé, peut-être surpris. Avec chaleur, il mentit : « Elisa m'a tellement parlé de toi, sois la bienvenue.

– Bonjour, lui répondit-elle d'une voix séductrice. Savez-vous que les ordinateurs m'intéressent beaucoup ? Vous m'apprendriez ?

– Quand tu veux ! » Papa leva triomphalement les sacs de courses. « En attendant, voici des vivres, les filles ! »

Je crois que ce fut une histoire d'instinct : Bea en a toujours eu en quantité industrielle, et mon père aussi. Ils vivaient dans le futur, ils n'avaient pas peur des changements. Alors que moi, avec mes livres de poésie et mon journal fermé à clé, à quatorze ans je m'étais déjà cachée. Derrière les mots, sous le papier. Je restais en retrait, avec crainte et respect, à les regarder par un trou de serrure. C'était mon destin.

« Laissez-moi une minute, ensuite vous viendrez dans la cuisine. »

Papa referma la porte et Bea commenta : « Il est vraiment super. »

Arrête de minauder ! J'aurais voulu le crier mais je me retins. Nous allâmes dans la cuisine. Il était assis sur le plan de travail, un sourire généreux au milieu de la barbe et, en face de lui, la table dressée pour la fête d'anniversaire que je n'avais jamais eue.

Beatrice étouffa une jubilation enfantine. La scène qui suivit ne se répéterait pas : elle prit un biscuit qu'elle fourra tout entier dans sa bouche. Attrapa une tranche de plum-cake qu'elle termina en deux bouchées. Elle passa au salé : deux mini-pizzas. Une poignée de chips. Je la vis les joues gonflées, les yeux brillants de plaisir. « Ne le dites à personne », marmonna-t-elle en mâchant. Puis elle s'arrêta, comme assagie. Elle s'essuya les lèvres et le menton avec la serviette, gênée. Elle dit qu'elle devait aller dans la salle de bains et s'y précipita. J'imagine qu'elle a tout vomi.

Je restai seule avec papa. Je regardai vaciller sur le gâteau la flamme d'une bougie imaginaire. Maman, me dis-je, tu ne m'as pas appelée depuis une semaine. Papa s'approcha de moi, je compris qu'il voulait me prendre dans ses bras. Je piquai une chips et retournai dans ma chambre.

Quand Beatrice réapparut, son maquillage, ses vêtements et ses cheveux étaient arrangés au millimètre. Nous reprîmes nos révisions, sérieusement cette fois. Comme presque tous les après-midi après le lycée, pendant les cinq années qui suivirent : cheveux remontés par des épingles, dictionnaires éparpillés sur le lit, les doigts tachés par l'encre du stylo-bille. Nous passâmes deux bonnes heures sur *lupus, lupi,* et sur les masculins en *-er*, les masculins en *-ir*, les neutres en *-um.* Puis, avant son départ, je lui demandai à brûle-pourpoint : « Comment il s'appelle ?

– Qui ?

– Celui avec qui tu veux le faire. »

Bea venait de ranger sa grammaire latine dans son sac à dos. Elle réprima un mouvement de surprise. « Personne.

– Je ne te crois pas.

– Je ne peux pas avoir de petit copain, ma mère ne me lâche pas. D'abord les photos de mode, les études. Elle a raison, sinon je finirai comme elle : à jouer les épouses en province.

– Mais tu veux perdre ta virginité.

– C'est nul d'être vierge à quatorze ans. »

Je pris mon temps, la laissai s'agiter pendant qu'elle se préparait, hésitait et n'arrivait pas à fermer le zip de la poche externe de son sac.

Quelle est la première règle pour devenir écrivain ? Lire. La deuxième ? Observer. Avec minutie, précision, les vibrisses tendues jusqu'au spasme, pointées comme un radar vers ce qui est derrière, dedans, vers le détail qui trahit.

« Qui a trafiqué ton scooter ? »

Je la vis devenir blanche.

« Tu es diabolique. »

Et ça, c'était la règle numéro trois.

Dans sa famille, on n'était pas du genre à aller fouiner dans les casses automobiles. Des amis, elle n'en avait pas, les rares fausses connaissances qui fréquentaient sa maison échangeaient avec elle du fard à paupières, pas des tuyaux d'échappement. Je lui souris, satisfaite. Bea, tu m'en apprends beaucoup.

« On a enlevé nos culottes, lui rappelai-je, ça fait partie du pacte de sang. »

Tu dois me le dire : ce que les autres ne devront jamais découvrir, ce qui nous fait honte et nous plaît à en mourir. La vérité, le mauvais coup enfermé dans mon journal. La vie, effrayante, sous les bonnes manières. Là, sur ce point précis, le destin de Beatrice et le mien se sépareraient à jamais. Mais cet hiver-là, celui de la première année de lycée, nous étions toutes les deux engluées dans les mêmes secrets.

« Si mes parents l'apprennent, ils me tueront.

– Son nom.

– Ma mère m'enfermera toute la nuit à la cave, elle en est capable.

– Son nom. »

Elle se tortura les ongles, les petites peaux. Elle ne voulait pas me le dire.

« C'est lui qui a trafiqué ton scooter ? »

Elle acquiesça.

« Il est au lycée ?

– Non, il fait du moto-cross.

– Et les études ?
– Il ne fait pas d'études.
– Quel âge il a ?
– Vingt et un.
– Ouh là là ! » Je m'amusais.

« Non, t'as pas compris à quel point c'est dangereux. Ça ne doit pas se savoir, sinon je ne sors plus de chez moi, mon père me passe au lance-flammes. »

Elle était réellement effrayée. Je la vis faible, désarmée. Elle m'attendrit. Je me sentis puissante. Je pouvais avoir le dessus. J'étais salope moi aussi, si je voulais. Nous pouvions nous faire du bien et du mal, nous nous étions chacune donné les clés pour entrer dans la fragilité de l'autre. Et les clés, c'étaient les garçons.

« Comment il s'appelle ? » J'exigeais.

Beatrice écorna du bout des dents le vernis à son index, un fragment rouge tomba sur une dalle blanche. Elle capitula.

« Gabriele. »

9

Destinataire absent

Les jours passèrent. Chaque matin je parcourais le parking des élèves et je tournais, tournais, tournais ; avant de me garer, je traînais encore. Un vide à l'estomac, un fourmillement inconnu qui me tenaillait des tempes jusqu'à l'aine. J'inspectais du coin de l'œil les scooters des autres, est-ce que le sien était là ? C'étaient des journées limpides, comme il y en a souvent l'hiver dans les localités de bord de mer. Le littoral calme hors saison, la lumière froide et claire posée avec grâce sur le promontoire. Dans la surface de ma vie, pas de fêlures : horaires, trajets, rien n'avait changé. Les salles de classe et les pupitres étaient toujours à la même place.

Mon cœur battait la chamade à l'entrée ou à la sortie du lycée. La peur me serrait les côtes quand j'allais aux toilettes, où je ne risquais pourtant pas de le rencontrer. J'évitais soigneusement le second étage et la cour des fumeurs, et je ne voulais qu'une chose, le voir. C'était une pensée constante. Mes sens en alerte jusqu'à l'épuisement. Beatrice me poussait du coude pendant les cours, me taquinait en écrivant des points d'interrogation dans mon cahier : « Alors ? »

Alors rien. Avais-je vraiment cru que ma lettre pouvait déclencher quelque chose ? Lorenzo ne l'avait peut-être même pas eue. Les femmes de ménage l'avaient trouvée avant lui et jetée. Ou bien il avait ouvert la lettre, déplié la feuille et éclaté de rire dès la première ligne. Il s'en était débarrassé : poubelle ! Pire : il l'avait lue à toute la classe. Ses copains arriveraient d'un instant à l'autre devant la porte de la salle pour me chanter : « La pute ! La pute ! » Et me démasquer.

Bon Dieu, quel risque j'avais pris !

Mais rien n'arriva. Lorenzo passa de nombreuses fois, mais pas devant la porte de ma classe, dans la salle des profs pour discuter de politique, dans la cour des fumeurs avec la même bande sur les échelles de secours. Des informations obtenues clandestinement par Beatrice qui, contre ma volonté, le prenait en filature, écoutait aux portes, demandait ici et là. À treize heures vingt il sortait, s'envolait avec insouciance sur son Phantom noir. Mardi, mercredi, jeudi, vendredi et samedi.

Je passai le dimanche au lit à me traiter d'idiote. À me demander où il était, ce qu'il faisait, avec qui. Pendant que mon père nettoyait avec soin ses jumelles pour le retour des rolliers d'Europe, qui n'arriverait que dans trois mois, j'étais terrée dans ma chambre, j'écoutais *Adam's Song*, je fixais le plafond et mon corps brûlait.

Ce n'était pas le personnage d'un livre, Lorenzo, un ami imaginaire. Il était réel, il avait une petite amie. En ce moment, peut-être, ils se promenaient ensemble sur le corso, amoureux, officiellement fiancés. Ou bien ils s'étaient cachés derrière un rocher, sous un drap, dans une chambre. Que faisaient-ils ? Ils se déshabillaient ?

À cette idée je devenais folle. Pas moi mais mon cœur, mon ventre, mes jambes étaient traversés par une impatience, par une nécessité absolue de le voir.

Je me levai, inventai pour mon père un rendez-vous fictif avec Beatrice. Je montai sur mon scooter et partis à sa recherche. Sur le bord de mer. Sur les plages de sable envahies par les algues. À la Plage de fer. Sur le port. M'arrêtant au coin des rues latérales qui débouchaient sur le corso où se retrouvaient les jeunes de mon âge. Je les regardai se balader de long en large, tenter maladroitement de se draguer ; occupés à piocher dans les cornets gras de la friterie, les premières cigarettes tenues avec gaucherie. J'étais derrière un mur, exclue. Je n'étais la petite amie de personne. Je priais pour le voir. Seul, sur un banc. Si cela arrivait, je jurais de trouver en moi le courage de m'asseoir à côté de lui, de l'embrasser, n'importe quoi pour qu'il ne revienne pas vers cette Valeria. Qu'est-ce qu'elle lui faisait, elle ? De quoi était-elle capable ? Que de bêtises il me passait par la tête. Je roulais et l'air glacé pénétrait sous la visière, me brûlait les yeux. Si je croisais un Phantom noir, je me sentais vivante, trop vivante. Un arrêt à la station d'essence, quelques litres de super sans plomb, et je repartais, les larmes aux yeux, tout ça pour quelqu'un dont je ne savais rien, à part qu'il lisait Sereni.

Ce soir-là, je rentrai à la maison tellement tendue que mes règles arrivèrent en avance. Je courus dans ma chambre prendre une serviette hygiénique : je les cachais dans mon panier à linge sale. Je n'en avais plus. Je revins dans le couloir, où j'avais laissé mon sac, j'ouvris mon portefeuille : vide. J'avais tout dépensé en essence. Combien d'heures avais-je roulé ?

Papa sortit de son bureau. Il me vit dans tous mes états. « Il s'est passé quelque chose ? » J'aurais pu simplement lui demander : « Tu peux me donner de l'argent ? – Pour quoi faire ? » J'aurais pu lui dire la vérité : « Je dois aller à la pharmacie acheter des serviettes hygiéniques. J'ai quatorze ans, j'ai mes règles. Eh oui, évidemment, j'ai quatorze ans, je ne suis plus la petite fille que tu as connue. »

« Rien », répondis-je sans le regarder. Je partis m'enfermer à clé dans la salle de bains, où je me confectionnai une serviette avec plusieurs couches de coton, entourées de mouchoirs en papier, que j'installai du mieux possible dans ma culotte.

Maman. Je l'invoquai sur le siège des waters. Ici c'est le bordel, j'y arrive pas.

Quand je sortis dans le couloir je regardai le téléphone, le combiné. Je ne le soulevai pas. Si jamais elle ne me répondait pas, je ne passerais pas la nuit.

Je la passai. Le lundi, je fus sûre que les surveillants l'avaient trouvée, ma lettre. C'était aussi bien : rien de plus pathétique qu'une lettre cachée dans son pupitre. Le genre de bêtise que fait une fille qui n'a plus sa mère, et n'a qu'une amie méchante comme Beatrice. Le papier était un véhicule fragile, les mots un moyen trompeur. Quelle raison aurait un garçon comme lui, délégué de classe, fils d'une famille en vue, d'écouter une fille comme moi ? Je repensai à Britney Spears qui bougeait des hanches et des fesses. Moi, j'avais une serviette artisanale entre les jambes.

Une autre semaine passa. Bea cessa de me poser la question et de pister Lorenzo à la récré. La tempête était passée : un événement météorologique dévastateur mais uniquement intérieur, guère plus qu'un rêve.

Le premier décembre je m'attardai jusqu'à la fermeture, une heure et demie pour finir une dissertation. Pointilleuse, je voulais relire deux fois. Je la remis à la Marchi, qui m'avait fait la faveur d'attendre : « Tu écris beaucoup, Cerruti ? J'ai compris ce que tu veux faire plus tard. » Elle le savait, moi pas. Je sortis la dernière. Il n'y avait plus que mon Quartz sur le parking. Je pris la clé dans ma poche et vis, de loin, quelque chose de blanc glissé sous la bande de la selle. Mon pas se ralentit. J'avais deux sacs de sable à la place des pieds. Mon cœur, sans que j'y puisse rien, commença à résonner comme dans une cage thoracique vide.

J'espérais. Je n'osais pas espérer.

De tout mon être, je le voulais. J'en avais la terreur. C'était une enveloppe. Fermée.

La vue embuée par l'adrénaline, le souffle réduit au minimum, les mains tremblantes, je l'ouvris. C'était un petit mot.

Écrit au crayon, en lettres penchées, il disait :

Demain à 15 heures

Au bout de la via Ripamonti, il y a un sentier. Laisse ton scooter là et continue à pied. À un certain moment tu trouveras une clairière, avec un grand chêne au milieu. Je t'attendrai là.

Lorenzo

Je refermai l'enveloppe. La glissai au fond de mon sac de cours, montai sur mon Quartz, démarrai, accélérai. Je n'entendais rien, je souriais, c'est tout. Les collines et la mer glissaient à côté de moi comme si elles n'existaient pas. Je planai ainsi dans les rues de T pour rentrer à la maison comme si je traversais le paradis.

« Il m'a répondu. »

Au bout du fil, Beatrice exultait : « J'en étais sûre. Qu'est-ce qu'il te dit ? »

Recroquevillée sur le sol, fermée comme un hérisson sur le combiné pour que pas un seul son n'arrive là-bas, dans le salon où mon père était en train de lire, je chuchotai : « Il veut qu'on se voie, demain. »

Je glissai sur le lieu.

« Comment tu vas t'habiller ? »

L'idée ne m'avait même pas effleurée.

« Eli, ce que tu vas mettre sera déterminant.

– Mais je n'ai rien.

– Tu ne peux pas t'habiller comme d'habitude en orpheline. C'est un langage, tu communiques par les vêtements que tu choisis. »

J'avais déjà du mal à communiquer avec ma voix.

« Comment je dois faire ? »

Je n'avais ni rouge à lèvres ni string ni talons hauts. Tout à coup, le rendez-vous me parut impossible. La réalité et moi étions deux catégories trop inégales. Je réalisai que la seule raison pour laquelle Lorenzo voulait me voir, c'était les mensonges dans ma lettre : il avait mordu à l'hameçon, il était convaincu que j'étais une experte, sans préjugés, que j'étais prête. La catastrophe.

« Il faut que tu passes chez moi avant d'aller chez lui. Je vais te changer en un coup de baguette magique.

– Je n'irai pas... » Le désespoir me donnait du courage. « Je suis vierge, rien n'était vrai dans ce que je lui ai écrit. »

Je l'entendis soupirer. Elle resta silencieuse. J'imaginais à quel point il serait déçu de découvrir que c'était du bluff. Il partirait en me plantant là pour toujours. Je ne sortirais plus de chez moi.

« Tu y vas de toute façon, menteuse, m'ordonna-t-elle. Tu es moins bête que tu veux le faire croire. Tu trouveras un moyen. Et puis tu n'imagines pas ce que je suis capable de faire, moi. Il en restera sans voix. La Valeria, tu vas l'exploser. »

Elle était comme ça, il lui fallait tout transformer en compétition, trouver l'adversaire à humilier et anéantir. Pas étonnant qu'elle ne soit sympathique à personne. Ça ne s'appliquait pas à moi, je n'étais pas dans la course. Pourtant cet après-midi-là, en parlant de Valeria, elle me convainquit. Que je pouvais vivre moi aussi, comme elle, comme tout le monde. Essayer.

Elle me donna rendez-vous le lendemain à quatorze heures dix. « Une demi-heure. Tu entres en ringarde, tu sors en diva. » Elle me le garantissait.

Moi, pourtant, je voulais ma mère. Je l'avais eue au téléphone la veille, et j'avais senti que quelque chose n'allait pas. Elle parlait d'une manière vague, en phrases décousues, comme si elle avait bu. Papa aussi était sorti en miettes de cette communication, aussi inquiet que moi. Il lui avait arraché quelque chose : « Et à Noël, vous viendrez ? Ce serait important pour Elisa de le passer avec vous. Vous pourriez rester jusqu'au Jour de l'An, ou à l'Épiphanie, autant que vous voulez. S'il te plaît. »

« Qu'est-ce qu'elle a dit ? avais-je demandé à papa aussitôt après.

– Oui, peut-être », avait-il répondu pour tenter de me rassurer, s'efforçant de sourire, mais son sourire était triste.

Je m'accrochai au oui en ignorant le peut-être. C'était dur, j'avais besoin d'elle. J'avais la sensation physique de son absence entre mes côtes, dans mes reins, il me semblait parfois que le sol se dérobait sous mes pieds. Si j'avais pu entrer dans le salon et la voir là, étendue sur le canapé à zapper avec la télécommande, lui aurais-je parlé de Lorenzo ? Demandé des conseils ? Il m'aurait suffi de m'asseoir sur ses cuisses et nouer les mains autour de sa nuque. « Tu m'aimes ? » Entendre sa voix prononcer une affirmation claire, sans équivoque.

Mais elle n'était pas là.

Beatrice, elle, était là.

Le 2 décembre, je m'accroupis derrière le conteneur à déchets verts, à l'angle du garage, selon les instructions, et j'attendis. À quatorze heures dix, le volet roulant se souleva juste assez pour me permettre d'entrer à quatre pattes et redescendit aussitôt après. Bea m'attendait en peignoir, le visage couvert d'un masque d'argile verte. Elle était très pressée. Elle me fit signe de la suivre, doucement, sans faire de bruit, car il y avait une grande agitation chez elle en prévision d'un départ. Nous allâmes nous enfermer dans sa chambre, je fus ahurie en voyant l'intérieur de sa penderie, bourrée comme si on y avait entré de force le contenu de deux boutiques. Elle me fit asseoir sur une chaise devant un miroir. Elle n'avait pas de bureau, mais une table de maquillage. Pour gagner du temps, elle avait déjà aligné par dizaines du fard à paupières, du fond de teint, des crayons, des tubes de rouge à lèvres.

« Je ne veux rien », dis-je d'entrée.

Bea me montra mon reflet. « Tu t'es vue ? Tu n'as pas un seul bouton. Déjà tu devrais remercier la chance pour ça et apprendre à te maquiller comme il faut. Ne reste pas cachée, sors à découvert ! Tu dois te dire : “Je suis la plus belle. Lorenzo, regarde-moi et tombes-en de ta chaise.” »

Je lorgnai mon visage insignifiant, les couleurs éclatantes des rouges à lèvres. Sceptique, j'objectai : « J'aurai l'air d'un clown, je ne suis pas comme toi, moi.

– Tout le monde peut être moi. »

Je dois m'arrêter sur cette phrase. Beatrice l'a vraiment dite, c'est écrit là, dans mon journal. Il me semble la voir encore, la figure tartinée de vert, et cependant pleine d'autorité, ferme, en prononçant cette phrase qui, après coup, me paraît être le mensonge le plus éhonté.

Tout le monde peut être toi, Beatrice ? Tu plaisantes ? Les as-tu jamais comptées les milliers de filles dans le monde qui t'imitent et te suivent, et infailliblement échouent ? Les petites filles qui rêvent de te ressembler plus tard, et n'y arriveront jamais ? Dommage que tu n'aies pas eu l'occasion de me voir essayer de prendre un selfie. Sache que j'y ai toujours renoncé, parce que la comparaison avec toi était trop impitoyable.

Mais je reviens à cet après-midi. Je rentrai les épaules, raide contre le dossier, mains serrées sur les accoudoirs. « Je ne veux pas changer, je veux juste savoir si ça va à peu près.

– Ça ne va pas du tout. Il te faut du blush.

– C'est quoi ?

– C'est ça. » Elle le prit, me le montra. « Ça ne va pas te mordre, c'est juste de la poudre à passer sur les pommettes. » Elle s'impatientait. « Ça c'est du gloss, ça du rimmel : c'est le strict minimum, si tu veux sortir avec un garçon. Sinon, autant rester à moisir dans ta chambre.

– Je vais le tromper.

– Pourquoi ? C'est pas ce que tu as fait dans ta lettre ? »

Je capitulai, fermai les yeux et la laissai faire. Elle s'activa sur mes lèvres, mes joues, mes cils. D'en bas montaient des discussions sur qui était obligé d'accompagner sa sœur et qui pouvait rester à la maison, sur le sac à main qui convenait, sur la Playstation à éteindre. Protestations, insultes, accès de colère : « Bea, toujours Bea, c'est pas juste qu'on perde tous nos week-ends à courir derrière elle. » Ça ne devait pas être facile non plus, dans cette maison, de vivre.

« Vas-y, tu peux te regarder. »

Je ne m'attendais à rien, j'avais seulement obéi aux caprices de mon amie. Pourtant, quand je me vis, j'éprouvai une grande stupeur.

« Je suis douée, non ? dit Beatrice avec un clin d'œil. Dès la première fois que je t'ai vue, tu te rappelles ? Au restaurant. Je l'ai su tout de suite : cette fille, elle a *quelque chose*. Eh bien le voilà, ce quelque chose. »

Quel âge avais-je maintenant ? Dix-sept ? Dix-huit ? Mes lèvres étaient devenues presque aussi allusives que celles de Britney Spears, mes yeux bistrés avaient perdu tout reste d'enfance. On aurait vraiment cru que je disais : « C'est moi la plus belle. »

« Occupons-nous du reste, parce que dans deux minutes je dois rincer mon masque. Lève-toi et montre comment tu t'es arrangée. »

Je me mis debout. Bea me tira devant le grand miroir, sous une pluie de lumière crue. Elle s'assit devant moi pour tout examiner. « Le sweat, tout compte fait, il ne me déplaît pas.

– C'est celui des Pennywise.

– On s'en fiche. C'est agressif, je te le passe. Mais le pantalon, non. » Elle se leva, tourna autour de moi. « On ne voit pas ton cul, et le cul c'est décisif. Tu ne me laisses pas le choix. »

Je n'oublierai jamais la scène : la figure couverte de ce masque qui s'était craquelé entre-temps autour de la bouche et sur le nez, Beatrice prit la chaise, la tira devant la penderie, y monta, commença à enlever de la dernière étagère des pulls dans des housses, une combinaison de ski datant de son enfance, le body brillant de son cours de danse. Et enfin elle le sortit.

« Non, tu ne peux pas, dis-je pour l'arrêter.

– Je te l'avais promis.

– C'est à toi, il ne va qu'à toi. »

Beatrice me scruta : « Tu seras la première à le porter, c'est justice. »

Elle étala notre butin sur le lit. Nous l'admirâmes en silence quelques instants. Il nous éblouissait, nous étourdissait, nous unissait jusqu'à l'intérieur de nos viscères, là où nous étions en train de changer.

Une voix impérieuse monta du bas de l'escalier. « Beatrice, tu es prête ?

– Oui maman », cria Bea. Et, s'adressant à moi : « Allez, mets-le ! »

Je cessai de m'opposer. J'ôtai mon pantalon de Biella, le laissai sur le sol, enfilai le fameux jean. La métamorphose se produisit.

Beatrice approuva. Elle était Frankenstein, moi la créature.

Elle me prit par le poignet pour me faire doucement descendre, ouvrit la porte du garage, me poussa dehors. Je m'enfuis, rasai les grilles, les haies, rejoignis mon scooter garé trois maisons plus haut car il était apparu entre-temps que sa mère n'était pas ravie à l'idée que nous soyons amies. Je détournais sa fille de ses objectifs. Je ne savais pas m'habiller ni me coiffer. Quelles raisons louches se cachaient derrière mon déménagement ici ?

Notre amitié, en entrant dans la clandestinité, était devenue encore plus définitive. Et moi qui n'ai même pas dit merci, me dis-je en m'asseyant sur la selle.

Un hangar, une petite villa isolée, et plus rien : des bosquets et des champs. J'avais cherché sur le plan où était la via Ripamonti, je l'avais appris par cœur : à la limite de la ville, le dernier carrefour.

Quand j'y arrivai, je pris le virage en apnée. Accélérant, ralentissant, je remontai la rue, qui gravissait une colline. Chênes verts, genévriers : c'était l'hiver, il n'y avait pas de fleurs. Juste l'odeur piquante des feuilles tombées. Je n'étais pas sûre d'être sur le bon chemin. En me rappelant tout cela, je regrette cette sensation d'aventure, le fait d'être injoignable, pas de GPS, pas de caméras, personne qui puisse vous appeler et interrompre votre fugue.

La rue prenait fin sur une esplanade abîmée par les intempéries. Et au milieu, parfaitement réel, son scooter.

Je me garai, éteignis le moteur, descendis. Peut-être est-ce là que je réalisai que la vie à son meilleur, avec ses dangers et ses risques, est comme une petite mort.

Je vis le sentier et commençai à marcher avec le jean Swarovski au milieu des broussailles, mes cheveux courts que je m'entêtais à ne faire couper qu'à Ferragosto, et maquillée comme une adulte. Je m'enfonçai dans la végétation basse, dense et emmêlée, sur un sentier mince comme un trait de crayon. Que crois-tu qu'il va se passer, Elisa ? Que veux-tu ? Il était encore temps de faire demi-tour, de renoncer. Mais je devais la perdre, cette virginité. C'était tout ce que je savais. L'amour était une abstraction, une affaire obscure que je devinais compliquée et tourmentée. Mon corps était ici, en revanche, et ça c'était concret.

Le maquis s'écarta. S'ouvrit une clairière ensoleillée, escarpée, à l'abri du mistral qui soufflait fort et me faisait frissonner. Je reconnus aussitôt le chêne. Un chêne vert vigoureux, si haut qu'il devait avoir cent ans. Dessous, dos appuyé au tronc, Lorenzo.

Il me vit et ne bougea pas.

Moi non plus.

Je perçus la consistance de son regard, malgré la distance, tel un doigt qui effleure le bord d'un vêtement, le relève, comme ce matin-là à la bibliothèque. Sauf que maintenant, il n'y avait personne à des kilomètres.

J'étais libre de disparaître. Loin de lui, avec lui.

Lorenzo se leva, vint à ma rencontre. « Je croyais que tu ne voulais plus me voir », dit-il quand il fut devant moi. Cinq, six centimètres d'air entre nos deux souffles. J'étais vivante, tellement que s'il m'effleurait j'allais exploser. Et il m'effleurait, fermait sa main sur la mienne. « Viens. » Il m'emmenait avec lui, dans l'herbe laissée haute, jusqu'au chêne.

Il avait étendu un plaid à côté des racines. Tout autour, il y avait un sac à dos de montagne, une couette enroulée, une bouteille de vodka à la pêche et deux verres en plastique.

« Je sais, ça n'est pas très romantique », dit-il, la respiration coupée, une rougeur soudaine, quelques boucles de cheveux collées par la sueur sur ses tempes. Avait-il vraiment employé ce mot : romantique ?

Il s'assit, allongea les jambes, les croisa. Je connaissais son embarras, il était égal au mien. La même terreur de se tromper, de repousser au lieu de séduire. J'étais restée debout, sans voix.

« S'il te plaît parle-moi, aujourd'hui. » Il me sourit en tentant de ne pas apparaître désarmé. « Et assieds-toi, sinon tu vas me faire sentir mal à l'aise. »

Je regardai le plaid écossais, les feuilles tombées dessus, deux fourmis qui grimpaient sur le bord.

Je parvins à m'asseoir. Lorenzo me désigna à l'ouest les contours de la colline. Je regardai et je vis la mer. Un tout petit bout de mer, agité, bleu foncé. Mes mains tremblaient, je les cachai sous mes fesses. Les Swarovski piquaient mes paumes.

« Excuse-moi de t'avoir répondu aussi tard. C'est que tu m'as bouleversé avec ta lettre, je me suis senti con. J'en ai commencé mille, mais aucune n'était à la hauteur. Je les ai toutes déchirées.

– Ça ne fait rien », dis-je, me repentant aussitôt. Je ne devais pas parler : dès que je le faisais, il me venait des banalités énormes.

Son coude heurta le mien, sans le faire exprès. Je sentis le déplacement d'air pendant qu'il se tournait, ses yeux posés sur mon oreille. Je me tournai moi aussi et tentai de lever mon regard jusqu'à lui.

« Tu écris bien, tu sais ? » J'avalai ma salive. « Je t'ai enviée. Je pensais être assez doué, avant de te connaître. Tu as brisé mes rêves. » Il rit, puis se tourna de nouveau vers la mer. « Ce n'est pas ta faute. Mon père me le répète chaque jour, qu'écrire n'est pas un métier. »

C'était douloureux. Être là, ne pas se connaître. Tous les mots du monde soudain plats, inutiles. Je voulais lui poser des questions sur son père, sur sa mère, si eux aussi ils se disputaient. Mais en même temps, ça ne m'intéressait pas. Qu'il me touche, voilà ce que je voulais. Qu'il aille plus loin, pour apaiser mon besoin insensé de l'avoir près de moi. Qu'il soit lui.

« Allez, j'ouvre la vodka. »

Lorenzo s'allongea pour l'attraper. Je n'en avais jamais bu, mais j'avais souvent vu mon frère et ses copains se mettre dans des états pitoyables en avalant ça. Il me tendit un verre d'une main mal assurée. Il était rempli à plus de la moitié. J'approchai mes lèvres, l'odeur seule me retourna l'estomac. Pendant les vingt ans à venir, je ne serais même plus capable d'approcher le rayon des vodkas dans un supermarché, surtout à la pêche, mais ce 2 décembre 2000 à quatre heures de l'après-midi en haut d'une colline, j'y goûtai, laissant échapper une grimace. Lorenzo sourit pour m'encourager. J'attendis qu'il boive d'abord, puis j'essayai de nouveau et pris une seconde gorgée, plus écœurante. Et je continuai, et Lorenzo aussi. Et après dix gorgées peut-être je me laissai tomber sur le dos en riant aux éclats.

Je n'avais pas mangé, à cause de la tension. Lorenzo se coucha sur le côté et se pencha sur moi. Il y avait encore du soleil, la lumière se diluait entre les branches, devenait liquide, orangée. « Tu es si belle. » Son visage obscurcit ma vue. « Tu l'es », il mouilla son doigt avec sa salive, le passa sur une de mes paupières, une pommette, sur les lèvres, « même sans tout ce maquillage. »

Je voulus me défendre. « Pourquoi tu m'as demandé de venir ici ? »

Lorenzo se rassit. Sérieux, il me répondit : « Je voulais revenir et te demander pardon pour la façon dont je m'étais sauvé, mais je n'y suis pas arrivé. J'y suis passé plein de fois, devant cette bibliothèque, puis j'ai commencé à remarquer un Quartz garé là et j'ai compris tout de suite que c'était le tien. Je t'ai suivie quand tu faisais le tour des plages, je t'ai même raccompagnée chez toi certains soirs. Mais je te jure que je ne suis pas dangereux. »

Je l'imaginai roulant derrière moi tandis que je le cherchais.

Cette révélation faillit me faire pleurer.

Je parvins à me retenir. « Pourquoi ? » insistai-je.

Alors Lorenzo prit un verre, le mien ou le sien, ça n'avait pas d'importance, avala toute la vodka qui restait. Il m'obligea à m'asseoir et à faire pareil. J'obéis et j'en eus le souffle coupé, la gorge en feu, le ciel et les arbres bougeaient comme un décor de carton-pâte.

« Parce que tu es différente, me répondit-il, ivre. De toutes les filles de T et de celles que j'ai connues en vacances. Parce que tu lis, que tu as les cheveux courts et des rangers à bout ferré. Parce que tu m'attires, mais tu me fais peur aussi, et avec toi je n'arrive pas à me contrôler. » Il prit ma main, la pressa contre son entre-jambe. Ce n'était pas mon frère qui jouait avec son zizi. Celui-là était gros, dur. Je le touchai.

« Tu es fiancé.

– Oui. »

Je retirai ma main. Je respirais fort. Je me souvins de ce qu'ils disaient dans les films.

« En fait tu veux baiser. »

Lorenzo me fixa, hésitant. Je compris qu'il y avait du vrai dans mon accusation. Il était plus vieux, il avait une pomme d'Adam, une barbe blonde rasée, la fermeture éclair du jean bombée. Choses que je n'avais pas, que je ne connaissais pas, qui m'impressionnaient, et pourtant m'attiraient.

« Baiser n'est pas le bon mot », dit-il en essayant de m'embrasser.

J'avais déjà décidé, « sans doutes ni remords », de me donner, de devenir un lieu où il pourrait se perdre, et moi, changer. Dommage, je n'avais pas encore lu *Mensonge et sortilège.*

« J'ai menti, avouai-je. Je ne l'ai jamais fait. »

Son visage s'illumina : « Moi non plus. »

Le soleil commençait à se retirer vers la Corse. Le vent se levait. Lorenzo mouillait ma bouche de salive et j'étais effroyablement heureuse. D'être la première. De jouer à armes égales. J'enlevai ma parka, mon sweat. Je les lui enlevai aussi. Quand il toucha mes seins, sa main ouverte là où personne n'était encore jamais allé, je me sentis libre.

« Je prends la couette, dit-il. Finissons la vodka. »

Je le regardai se lever, attraper la bouteille, sortir quelque chose d'une poche de son sac. Nous étions d'accord. J'étais ivre, mais en éveil. Nous avions passé un pacte, en silence. Parce qu'il était un garçon et moi une fille. Nous étions différents, nous devions faire un effort. Mais je sentais aussi ce vide, à l'intérieur, en bas, qui n'était pas un sentiment pour une fois mais un besoin. Et lui, il devait entrer là. M'enlever ce poids. Je ne voulais plus être une petite fille, ni être différente, marginale. Je pensais à tout cela, quand Lorenzo revint et déroula la couette sur nous.

J'appelai ma mère le soir même.

De retour à sept heures et demie, je fonçai à la cuisine sans me laver, même pas les mains, j'ouvris le garde-manger. J'y trouvai un pot de Nutella, un paquet de biscottes. Je dînai ainsi en m'empiffrant sur la table sans nappe, la télé éteinte, les yeux fixés sur le motif à fleurs des rideaux. Et papa qui n'arrêtait pas de me proposer des pâtes, une daurade, un repas décent. Moi, absente.

Ma faim apaisée, je revins dans le couloir. Les vêtements encore tachés de terre et d'herbe, je pris le combiné, composai le préfixe 015, suivi du numéro. La ligne était libre, je comptai les sonneries : huit.

« Allô ?

– Bonjour maman.

– Mon amour, comment tu vas ?

– Mal.

– Comment ça ?

– Je veux que tu reviennes. Ou c'est moi qui viens, je m'en fiche. Je veux que tu sois là, qu'on vive ensemble. »

Silence.

Papa s'appuya au chambranle de la porte de la cuisine et resta là, aussi impuissant qu'un balai. Ça m'était égal. Qu'il entende.

« Je rentre à Biella demain.

– Mon trésor, ton père et moi nous en avons déjà parlé. Nous avons pris cette décision pour ton bien.

– Mon bien ? Tu parles.

– Elisa, tu es là-bas pour tes études, c'est important pour ton avenir. Tu dois avoir une vie normale, tranquille, avec quelqu'un qui te suive pour tes devoirs… »

Je l'interrompis : « Tu m'as laissée, tu t'es débarrassée de moi. Même pour Noël tu ne veux pas venir. Pourquoi ? Pourquoi tu m'aimes pas ? » J'éclatai en sanglots.

Mon père essaya de s'approcher, je l'arrêtai d'une main.

« Je t'aime, Elisa, tu n'imagines pas à quel point. Tu crois que c'est facile pour moi de ne plus te voir circuler dans cette maison ? Que ce n'est pas une souffrance d'allonger mes jambes sur le canapé et de ne pas te sentir là, assise à ta place ? De ne pas t'acheter tes chips préférées, de ne pas regarder nos émissions préférées avec toi ? Tu crois que tu ne me manques pas ? On faisait les courses ensemble, on dînait ensemble, ou bien je te sentais à côté, plongée dans ta lecture. Ton frère n'est jamais là, je suis toujours seule.

– Pas autant que moi, répondis-je avec rage. Tu ne peux pas te mettre au même niveau que moi. Toi, tu es ma mère.

– Je n'ai pas été bien comme mère. » J'entendis son demi-rire, amer, à cinq cents kilomètres de moi. « Je t'ai causé des tas de problèmes sans m'en apercevoir. En tout cas, c'est ma faute. Je ne veux pas gâcher aussi tes années de lycée. Ton père est la personne qu'il faut pour t'aider à grandir.

– Ah, c'est pratique ! » J'étais furieuse. « Tes claques, je m'en fiche ! Ça fait deux mois qu'on s'est pas vues.

– Je descends pour Noël. Je te le promets.

– Ça suffit pas. Tu ne peux pas refuser d'être ma mère. »

Je l'entendis pleurer.

Mon père vint me serrer dans ses bras.

10

Une fille normale

La beauté, pour Beatrice, à l'époque dont je parle, n'était pas un choix personnel. La nature l'avait favorisée, mais la perfection exigeait un travail de chaque jour. Elle ne pouvait pas s'habiller de vêtements confortables ni risquer de laisser voir ses boutons – je me rappelle qu'à l'inverse d'aujourd'hui elle évitait de s'exposer à la lumière frontale, en particulier celle des fenêtres. Elle se sentait coupable dès qu'elle s'accordait une heure de liberté, une seule. À quatorze ans, elle croulait sous les cosmétiques, les soins esthétiques et les vêtements à la mode, tellement qu'elle aurait pu diriger *Cosmopolitan.* Peut-être, et j'insiste sur le peut-être, puisqu'elle me l'avait confié au début, et nié ensuite, sa mère l'avait-elle emmenée en Suisse en juin 2000 pour qu'on lui refasse le nez, opération que son médecin avait d'ailleurs déconseillée à cet âge. Mais Mme Ginevra dell'Osservanza était ambitieuse, elle avait mis au monde Beatrice dans le but précis de couronner son rêve : une villa blanche, une BMW noire, un mari avec une belle carrière, une famille unie, et une fille magnifique qui deviendrait une étoile grâce à sa maman. À ce rêve, Bea ne pouvait pas échapper.

Je cherche à justifier Beatrice, mais il est clair que c'est mon inconscient qui parle. Car moi, je ne pardonne pas. Je ne partage pas son absence de scrupules professionnels, son égocentrisme forcené, sa prétention à ce que le monde entier tourne autour d'elle, de ce qu'elle porte, ses dîners, ses interviews, au lieu de penser à la planète en ruines, aux crimes et aux inégalités.

Pourtant je suis complice. Quand je repense à nos années d'amitié, je me reproche d'avoir joué le rôle de la petite sœur, celle qui nous avait porté chance au Scarlet Rose, et de ne m'être jamais rebellée. Et je ne me suis pas limitée à ce rôle passif, j'ai contribué d'une certaine façon à faire de Beatrice Rossetti cette divinité qu'elle paraît être – ou ce monstre, comme certains voudraient parfois l'appeler.

Pourquoi ? Parce qu'elle m'aimait, elle.

Elle me défendait, me serrait dans ses bras, me révélait un secret, et ainsi m'embobinait. Le jour du seau d'eau, par exemple, quand était-ce ? Je feuillette mon journal, celui qui a un cadenas. L'avant-dernier mercredi précédant Noël. À la sortie des cours, nous fûmes surprises, Beatrice et moi, par une délégation d'amazones du lycée scientifique. Cette histoire, personne ne la connaît. Mais c'est écrit dans mon journal, et même souligné en rouge.

Elles étaient cinq, à cheval sur des scooters étincelants, visières baissées, cheveux longs lâchés dans le dos. Elles avaient surgi de nulle part pour nous barrer la route, et nous encerclaient.

« Où tu crois aller ? » me lança une fille aux airs de caïd, qui éteignit son moteur. Étonnée, j'interrogeai Beatrice du regard.

« Toi, Rossetti, dit une autre, tu peux partir. Mais la pute, elle reste. »

La pute, c'était moi. Personne ne m'avait jamais jusqu'ici attribué autant d'importance. Les élèves du classique, notre lycée, au lieu de récupérer leur scooter et rentrer chez eux, avaient flairé que quelque chose se passait. Ils se rassemblèrent en petits groupes de spectateurs, mais à bonne distance.

Beatrice lança à la fille : « Fais gaffe à ce que tu dis. Traite encore une fois mon amie de pute et je te refais le portrait à coups de baffes. » Elle me prit par la main, tenta de se glisser entre une roue arrière et un pare-chocs, mais les amazones serrèrent les rangs et ôtèrent leurs casques.

« Écartez-vous », ordonna-t-elle. Les filles ne bougeaient pas. Elle les passa en revue, d'un air de mépris : « Vous devriez mettre du Topexan. C'est bon pour l'acné. »

J'aurais voulu dire à Beatrice qu'envenimer les choses n'était pas une bonne idée. La tension vibrait dans l'air. J'avais peur.

« Rossetti, je sais pas comment tu fais mais tu deviens de plus en plus salope avec le temps. Depuis que je te connais, tu te la pètes comme si t'étais Miss Italie, mais c'est pas encore gagné. » La fille était noiraude, en surpoids, avec des sourcils fournis et de gros traits d'eye-liner. « Je te préférais quand tu faisais la pub du Crystal Ball. »

Éclats de rire : des cinq, mais aussi, plus loin, des filles de notre classe, la main devant la bouche, et des autres, les hypocrites et les lâches, qui n'auraient jamais eu le courage d'insulter Beatrice en face, mais pas difficile d'imaginer ce qu'elles disaient par-derrière.

Inquiète, je me tournai vers Bea. Elle était très calme.

Le clocher de la cathédrale sonnait treize heures trente, et le parking des élèves était encore plein. Seuls les professeurs avaient l'air d'être partis. Les volets aux fenêtres des immeubles étaient fermés. Le sirocco balayait des papiers sales et des sacs plastique depuis les quais, alourdissait l'air d'humidité, la mer était mugissante et couverte de brume, on ne voyait même plus les îles. Sur la place, il n'y avait plus que des adolescents, comme dans un roman d'apocalypse.

« J'ai compris qui tu es, dit Beatrice en s'illuminant soudain. T'es la fille qu'a un gros cul, avec une mère et une sœur aussi grosses que toi, t'es celle qui s'est tellement empiffrée de petits gâteaux à la fête de l'école il y a deux ans qu'elle a roulé en bas de l'estrade. » Elle sourit. « On ne t'a plus vue sur la piste de danse, comment ça se fait ? » Le public vacilla, et passa du côté du plus fort. Beatrice le sentit. « T'es la copine à gros cul de Valeria Lodi. »

Ce nom me glaça. Je vis la fille offensée descendre de son scooter, se jeter sur Beatrice qui, plus agile, l'esquiva, avant de lui balancer en pleine joue une claque sèche, puis une autre et encore une autre, avec une cruauté qui me fit peur. Je regardai ailleurs. Dans la rue, je reconnus la Marchi s'apprêtant à monter dans sa Twingo. Elle était toujours la dernière prof à sortir : mettre la table et préparer un repas qu'elle mangerait seule ne devait pas être facile, même après tant d'années. Elle s'arrêta, abasourdie, et se dirigea aussitôt vers nous. Intérieurement, je l'en remerciai. En la regardant courir, pourtant, le visage rouge, dans ses bas couleur tourterelle, je ne pus m'empêcher de me demander si elle était vierge ou non.

Elle calma la bagarre à l'instant : « Vous, vous n'êtes pas élèves au Pascoli. Qu'est-ce que vous êtes venues chercher ici ? » Les amazones bredouillèrent quelques réponses et commentaires à mi-voix, les yeux baissés. Elle se tourna vers Beatrice : « J'ai vu ce que tu as fait, tu auras un avertissement.

– Pourquoi ? En dehors du lycée, je fais ce que je veux.

– Ah oui ? » Marchi haussa les sourcils, intéressée. « Voyons ça, qu'est-ce qui t'y autoriserait ?

– Ne réponds pas, s'il te plaît, soufflai-je à Beatrice.

– Écoutez, vous aussi », cria Marchi au public debout contre le muret, ou assis sur des bancs à fumer. « Ce qui se passe ici est une leçon exceptionnelle d'éducation civique ou, si vous préférez, de philosophie morale. »

Le gros des élèves disparut. Il se faisait tard, le déjeuner allait refroidir, la philosophie morale, ou pire, l'éducation civique ne les intéressait pas autant qu'une bagarre de filles.

« Tu penses être au-dessus de la loi, Rossetti ? »

Beatrice lui opposa un visage de bronze : « La loi interdit de balancer des claques ? Vous devriez dire ça à mes parents alors, parce qu'ils sont pas au courant. Quant à la piazza, mon père l'a payée lui aussi, avec ses impôts. »

Marchi la considéra en silence, avant de dire : « Il y a des lois écrites, comme la Constitution, le code civil, le code pénal. Et il y a la morale non écrite qui gouverne non seulement la société, mais le sens de nos vies.

– Si on ne la voit pas, lui lança Beatrice comme un défi, elle n'existe pas.

– Alors nous lirons demain *Antigone*, mais avant tu passeras au bureau du proviseur. »

Elle s'en alla d'un pas vif sur ses talons bas. Sa jupe sous le genou, son petit manteau ordinaire d'enseignante sous-payée disaient sa solitude : elle me parut tellement impuissante. Elle ouvrit sa portière, la referma, mit le contact. Beatrice commenta : « Si au moins elle y baisait de temps en temps, dans sa Twingo. »

L'assistance ricana, même la noiraude aux cinq doigts restés marqués sur sa joue. Ça me déplaisait : je me reconnaissais en elle, je me voyais pareille dans vingt ans. Elle était pour moi un modèle de ténacité, de force d'âme, l'incarnation que le fond devait toujours triompher sur la forme. Pourtant, je n'eus pas le courage de prendre sa défense.

Bon, me dis-je, au moins tout est fini.

Mais à treize heures quarante-cinq, Valeria arriva.

« Salope », dit-elle d'emblée en descendant de son scooter.

Les amazones m'avaient désignée du doigt : C'est celle-là. J'avais à peine eu le temps de les repérer, elle et son Typhoon bleu marqué *Vale 83* au-dessus du phare avant. Je me surpris à calculer qu'elle avait deux ans de plus que lui, et trois de plus que moi. En même temps, je m'efforçais de ne pas courir à toute vitesse vers mon scooter pour partir le plus vite possible, même au risque de passer pour une froussarde.

Valeria Lodi avait vraiment la tête de la fille comme il faut. À ce que j'ai appris récemment, elle a fait des études de médecine à Pise et elle est aujourd'hui urologue à l'hôpital de T. Mariée, deux enfants. On comprenait déjà en 2000 qu'elle aurait tout bon dans la vie. Maquillage léger, cheveux attachés, petit pull rose et jean propre sans déchirures ni extravagances, sous un manteau beige. Pourtant, ce jour-là, elle avait perdu la tête.

« Il me l'a dit, siffla-t-elle en m'attrapant par l'épaule pour m'obliger à me retourner, ce que vous avez fait sous le chêne, il me l'a dit. C'était moi, ça aurait dû être moi, c'était notre endroit. Et toi, tu as tout détruit ! » Ses larmes retenues à grand-peine, ses traits enlaidis par la haine : elle avait dix-sept ans et connaissait déjà la douleur de la femme trompée. Elle me fit de la peine, j'étais désolée pour elle mais fière aussi, dans un coin lointain et inavouable de moi, d'avoir été l'élue.

« Je n'ai rien détruit, dis-je pour tenter de la calmer, je t'assure. »

Mais elle n'avait pas l'intention de m'écouter. « Pourquoi tu repars pas d'où tu viens ? T'as vu comment t'es fringuée ? Regarde-toi. T'as l'air de sortir d'une maison de correction !

– Doucement ! intervint Beatrice. Elle, c'est mon amie. »

Je me disais qu'à T ils avaient des manières bien théâtrales, qui ne seraient jamais passées à Biella.

« Toi, c'est pas ton affaire », lui répondit Valeria.

Bea poursuivit : « Je comprends pas pourquoi tu as la rage comme ça. Lorenzo est amoureux d'Elisa. Laisse-les tranquilles.

– Il est pas amoureux de moi », objectai-je, mais Valeria ne prêtait plus attention qu'à Beatrice qui, imperturbable, sous les yeux des renforts du lycée scientifique et des derniers spectateurs du lycée classique, avait plaisir à continuer : « Tu crois que t'es excitante ? Tu t'habilles comme les gamines qui font leur communion, et c'est peut-être la première fois de ta vie aujourd'hui que tu dis un gros mot ? T'es parfaite pour être présentée à maman, pas pour le faire bander. Alors qu'Elisa elle est punk, c'est évident que Lorenzo a baisé avec elle et pas avec toi. »

Je compris qu'il valait mieux ne pas avoir Beatrice comme ennemie.

Elle allait étudier Kant et la loi morale qui est en nous, Antigone qui s'oppose à Créon au nom de la *pietas* familiale : chaque fois, elle aurait 8 sur 10. Mais de pitié, elle n'en avait pas. L'acte gratuit, la capacité à se mettre à la place d'autrui, le pardon, ce n'était pas son affaire. Beatrice savait, contrairement à la Marchi et à moi, que sous la culture il y a la nature, et que la nature est pulsion, violence, satisfaction face au malheur d'autrui. C'est moi qui gagne, et je t'emmerde.

Valeria la fixa longuement sans pleurer. J'éprouvai un élan de solidarité envers elle, mais ce que je pouvais dire ou pas n'avait aucune importance. Il n'était déjà plus question de moi. Beatrice ne me laisserait pas le rôle principal.

Valeria descendit la place en courant jusqu'à la mer. Elle trafiqua quelque chose avec un objet ramassé sur le môle. Quand elle remonta, on comprit qu'elle tenait un seau d'eau rempli à ras bord, si lourd que son cou se tendait sous l'effort et des gouttes tombaient sur ses baskets.

Elle ne se dirigea pas vers le groupe de ses copines ni celui de nos camarades qui avaient pris le risque, comme chacun de nous, de rentrer à deux heures passées et se retrouver face à des parents furieux, leur assiette recouverte d'une autre, mais se dirigea vers nous deux : Beatrice et moi.

« Qu'est-ce que tu veux faire ? » lui demanda Beatrice quand Valeria, en m'ignorant, arriva devant elle avec son seau.

« Voir ce qu'il y a derrière, répondit Valeria dont les mains tremblaient. Voir ta tête sans ces kilos de maquillage. Voir ce que tu es vraiment. »

Et elle le fit, elle lui lança un seau d'eau de mer d'au moins quatre litres en plein visage. Les grands du lycée scientifique accoururent, même ceux qui allaient partir revinrent, incrédules, excités comme des hyènes par l'odeur du sang.

Son rimmel résista, il était waterproof. Mais le crayon à sourcils et les dizaines de nuances de fard à paupières se mirent à couler. Le gloss disparut. Les yeux et la bouche rapetissèrent. Des cernes profonds et violacés se formèrent, comme si elle avait été battue. Le pire fut le fond de teint : base correctrice, illuminateur, blush et poudre disparurent, entraînant le grossissement du menton, l'aplatissement des pommettes, et la révélation des boutons. Sans compter que ses cheveux, enfin libérés de la perruque, et de nouveau brillants, lissés à la perfection, avaient retrouvé avec l'humidité les frisures de cette masse indisciplinée que je lui avais vue un jour chez elle.

Comme la marée abandonne en se retirant des bouteilles en plastique, des tampons hygiéniques et des restes de goudron, ce seau jeté révéla, de Beatrice, l'irréductible normalité.

Valeria s'en alla sans commentaires, la laissant en pâture aux autres qui jouaient des coudes tels des passants derrière les rubans d'une scène de crime ou les ruines d'un tremblement de terre. Beatrice restait là, les épaules droites, la tête haute, perdue dans ses pensées. Sa doudoune et ses cheveux trempés, elle les laissait tous s'acharner sur elle.

Elle commença bientôt à avoir froid. Tous disparurent, je restai seule avec elle, bouleversée : « Pourquoi tu es allée jusque-là pour me défendre ? »

Elle ne répondit pas. Regard pointé sur la ligne floue qui séparait l'eau de l'air, là où était peut-être la Corse, peut-être Capraia.

« Un jour, dit-elle, tous ceux qui étaient là aujourd'hui, y compris Valeria, auront un travail et une famille tristes, une vie insipide. Pendant que moi, je te le jure, Elisa, je ferai quelque chose d'extraordinaire qui sera connu partout dans le monde, on parlera de moi, et ces pauvres imbéciles, où qu'ils aillent, m'auront toujours sous les yeux, et ils m'envieront. Tellement qu'ils n'arriveront plus à être heureux. »

Le lendemain, elle ne vint pas en cours. L'absence de Bea fut la seconde nouvelle qui se propagea à tous les étages et rejoignit toutes les classes. La première avait été que Lorenzo Monteleone avait dépucelé Biella.

Enfermée dans le périmètre de mon pupitre, je m'imposai de ne pas voir ni entendre les bavardages et les ricanements. Que je sois la seule de la classe à n'avoir jamais embrassé un garçon ou la première de toutes les classes de première année à perdre sa virginité, c'était pareil : je restais inacceptable.

La Marchi entra dans la classe, Sophocle sous le bras, vit à côté de moi la chaise vide. Elle attaqua tout de même un panégyrique sur la signification de la loi qui nous demande de faire ce qui est juste, non par intérêt mais par sens moral. En l'écoutant, je pensais : qui croyez-vous donc changer ? Ces gens assis autour de moi ?

Mais elle lisait *Antigone*, et je m'identifiai. Seule, bannie, prisonnière au fond d'une grotte. Je n'avais rien accompli d'extraordinaire, moi, mais je savais contenir en moi une désobéissance, dont j'avais hérité. Ma mère, une nature discordante, hors norme. Et pareil pour Beatrice. C'était comme si nous portions derrière nous une faute secrète, pourtant visible par tous.

« Je n'ai pas dû, par crainte des ordres d'un seul homme, mériter d'être châtiée par les dieux. Je savais que je dois mourir un jour, comment ne pas le savoir ? »

« Je n'allais, pas moi, céder à la crainte qu'inspire un homme,

« Quel qu'il soit, et devoir en répondre devant les dieux.

« Je savais qu'il me fallait mourir – comment l'ignorer ? – Même si tu n'avais fait aucune proclamation.

« Je ne pensais pas que les décrets d'un mortel comme toi eussent assez de force pour prévaloir sur les lois non écrites, œuvre immuable des dieux. Celles-ci ne sont ni d'aujourd'hui ni d'hier ; toujours vivantes, nul ne sait leur origine. Devais-je, les oubliant, par crainte des menaces d'un homme, encourir la vengeance des dieux ? Je savais qu'il me faudrait mourir ; eh ! ne le devais-je pas, même sans ton décret ? »

Quelle femme, capable de répondre ainsi au pouvoir. Mais pouvais-je lui ressembler ? Moi aussi j'aurais enseveli avec tous les honneurs mon voyou de frère, je l'avais déjà aidé à acheter du shit. Mais le courage d'aller contre la société pour défendre ce qui me passionnait, ce en quoi je croyais, l'aurais-je eu ?

Sophocle m'emportait en Grèce, il me permit de survivre pendant deux heures. À la récréation, je demandai à la Marchi de me prêter le livre, qu'elle me donna avec une satisfaction évidente, et je passai le reste de la matinée à lire ses tragédies en feignant de prendre des notes de mathématiques ou de sciences. Les autres étaient entrés jusque dans ma culotte avec leurs jugements, me critiquer là où je ne pouvais pas me défendre. J'étais morte de honte et, en même temps, l'angoisse ancienne de n'être rien, celle qui me bloquait la gorge pour empêcher l'air de passer, revenait me visiter. Et ce n'était plus du carrelage que j'avais sous ma chaise, mais un cratère. J'attendis que les élèves de la classe sortent avec la dernière cloche, puis je me levai et allai jusqu'à la fenêtre.

Je l'ouvris, m'accoudai au rebord, regardai un pétrolier. Où allait-il, à Gênes ? Un ferry rapide le dépassa. Des nuées de mouettes suivaient les routes des bateaux qui allaient jusqu'au Giglio ou en revenaient. Comme si tout avait un trajet et le suivait, tandis que je restais immobile. J'aurais voulu ne plus être moi, être pareille aux autres. Je me penchai un peu plus, posai l'estomac sur le chambranle, soulevai les pieds du sol.

Et je le vis.

Le parking vide, avec seulement mon Quartz et son Phantom noir. Les yeux bleus de Lorenzo, assis sur la selle, étaient levés vers moi.

De la tête, calmement, il me fit signe que non.

Non ? répondis-je en silence. Qu'est-ce que je dois faire alors ? Continuer, me détester toute ma vie ? Vivre, c'est quoi ? Plaire ? Être aimé ? Se sentir le droit d'être un peu heureux ?

J'étais une adolescente, pas une héroïne grecque. Comme tout le monde à cet âge, j'avais un penchant marqué pour le drame, et la mort me semblait une alternative simple et immédiate face à un avenir insupportable.

Mais je ne pouvais pas me jeter par la fenêtre devant lui.

Je la refermai brusquement, contrariée. J'enfilai ma doudoune, mon sac de cours sur mes épaules et je me précipitai dans l'escalier. Quand je sortis, j'allai à mon scooter en passant devant Lorenzo sans un regard. Nous ne nous étions plus écrit ni cherchés depuis ce fameux après-midi. J'enfilai mon casque, démarrai le moteur. Il aurait été impossible pour lui comme pour moi d'échanger un seul mot. Je partis, poussant les gaz dans l'entrelacs des ruelles, débouchai sur la piazza dei Martiri, descendis vers le bord de mer. Soudain j'aperçus dans le rétroviseur que Lorenzo me suivait. J'accélérai, il accéléra. Je tournai à droite, il tourna aussi. Je pris vers le belvédère. La montée, les virages : il me talonnait de près, pour que je le voie. Voulait-il que je m'arrête ? Comment l'aurais-je pu ?

Voilà ce qui était arrivé, sous la couette. Nous étions nus du nombril jusqu'en haut et j'avais peur. « Je veux te regarder », avais-je dit en écartant le tissu de nos têtes. J'avais vu réapparaître ses traits, ses lèvres, j'avais senti l'instinct de les lécher. Parce que c'était moi, et ce n'était plus moi. Je voulais m'enfuir, et en même temps qu'il me mange.

Il m'avait enlevé le jean, le Swarovski, l'avait lancé dans l'herbe comme un vulgaire chiffon. Je l'avais regardé quelques instants, surprise : Je le fais avant toi, Bea, tu t'imagines ?

J'avais senti les mains de Lorenzo descendre ma culotte. Un geste que personne, sauf ma mère quand j'étais petite, n'avait jamais fait. Mais quelle importance l'enfance, les Noëls, les disputes, les caresses avant ce moment-là ? Il m'avait demandé de lui montrer comment je me touchais. Honteuse, j'avais essayé de le guider. Il était trop rapide, maladroit, mais il était là :

avec moi, ensemble. Il m'avait demandé de faire la même chose avec lui et je n'avais pas réussi, j'avais failli tout gâcher, ou peut-être pas.

Je n'étais pas douée pour parler, encore moins pour me servir de mon corps, qui m'était étranger mais qui existait, désirait, exigeait. Lorenzo était si beau que je lui aurais tout pardonné, ma bouche était pleine de confessions exagérées. Je me serais vendue, anéantie, pour qu'il m'exauce.

Je voulais être comme les autres filles. Et même, plus et mieux que les autres. Était-ce un désir impardonnable ? Il avait tendu le bras pour récupérer un préservatif dans sa poche de jean. Cette interruption m'avait fait douter. Je m'étais demandé : Tu es sûre ? Il le fallait. Alors Lorenzo était entré, il avait poussé. Et moi, renversée sur le sol, tout ce ciel au-dessus de ma tête, le poids de son corps qui m'écrasait, j'avais éprouvé une douleur tellement forte, tellement injuste.

J'avais senti des larmes couler le long de mes tempes.

Je me souvins de tout en roulant sur mon scooter. Combien j'avais été nulle. Je ne valais rien. Il s'était aperçu qu'il me faisait mal, malgré mes tentatives pour le dissimuler, et ça n'avait pas été agréable pour lui non plus.

Je m'étais sauvée. Cachée derrière un arbre, j'avais vomi la vodka, avec un tel dégoût de moi que j'aurais pu me jeter du haut d'un rocher, sous un train, mais pour finir j'étais remontée sur mon Quartz, comme d'habitude, et j'avais recommencé à me perdre dans la ville, comme je le faisais si souvent. Mais le jean de Beatrice était taché de sang.

Je vérifiai dans le rétroviseur, Lorenzo me suivait encore. Il était deux heures : cette fois, mon père allait être en colère. Je ralentis, il ralentit aussi. Je m'approchai du trottoir, me garai. J'allai m'asseoir sur le dernier banc du belvédère. Je mis les bras autour de mes genoux, regardant vers l'Elbe.

« J'ai quitté Valeria », dit-il en s'asseyant près de moi.

Je ne me tournai pas vers lui.

« Je l'ai quittée pour toi. »

Je me dis que je l'aimais. Et peu importait si ce verbe était excessif, et si je ne savais pas ce que ça voulait dire. Le corps n'avait rien à voir, ou pas seulement. C'étaient les mots, cette idée d'éternité que nous appelons l'âme, pour laquelle on écrit des poèmes, on accomplit des gestes. Je l'aimais pour toujours, de tout mon être, je n'avais besoin de rien savoir d'autre ni qu'il me promette quoi que ce soit et recevoir quelque chose en retour. Je l'aimais.

« On ne peut pas être ensemble », répondis-je.

Pendant ces mêmes heures, dans un deux-pièces qui donnait sur la piazza Padella, à un dernier étage sans ascenseur, Beatrice perdait sa virginité avec Gabriele.

Elle n'aurait pas pu attendre plus longtemps : douze jours après moi, c'était déjà un affront. Et j'ai envie de rire quand je repense aux petites piques venimeuses des élèves qui insinuaient qu'elle n'était pas revenue en cours à cause de la honte, de l'humiliation. Bea ? Même pas en rêve ! Elle avait séché pour se glisser dans les ruelles humides de la vieille ville, appuyer sur le nom « Masini » écrit au stylo sous l'interphone et rejoindre son premier, et peut-être unique amour dans la mansarde qu'il louait, avant qu'il ne parte au travail.

Je me rends compte, à présent, que j'ai révélé des informations si sensibles que n'importe quel journal people italien, français, américain ou russe serait prêt à payer des fortunes pour les publier. Je ne les céderai jamais. Même dans l'espace privé de cette page, je ne veux écrire qu'une poignée de souvenirs utiles au récit. En oubliant les fragilités et les tendresses, les détails intimes que Bea m'a racontés : ils lui appartiennent et je veux continuer à les préserver. Parce que contrairement à elle, et comme la Marchi, je tiens la culture pour une libération miraculeuse de la nature, et ce qui n'apporte ni l'argent ni la célébrité est utile, plus utile que le reste.

Il y avait huit volées d'escalier plus une. Des marches de pierre, des murs tachés de moisi. Beatrice avait couru un grand risque à monter ces marches, et après cela, le risque serait son habitude préférée.

Gabriele y habitait avec son frère aîné, dans ce vieil immeuble de pêcheurs mal éclairé, aux murs rongés de sel. Les jours de temps clair, on voyait par la petite fenêtre de sa chambre jusqu'à l'îlot de Montecristo. La lucarne de la cuisine en revanche donnait sur la place, qui est, je crois, la plus petite d'Italie : grande comme mon salon, si à l'écart qu'il fallait habiter là pour la connaître. Les habitants l'avaient décorée de plantes en pot et d'étendoirs à linge. Je l'adorais. Plus tard, nous organiserions des dîners fabuleux tous ensemble dans ce minuscule appartement là-haut, et nous y passerions les plus beaux samedis dont je me souvienne. Avec Gabriele qui grattait sa guitare en chantant *Albachiara*, et Salvatore, son frère, qui faisait la carbonara et remplissait les verres de vin rouge. Mais j'ai déjà sauté une année.

Ce matin du 14 décembre, comme il est écrit dans mon journal, Bea frappa à la porte et Gabriele alla lui ouvrir pieds nus, en boxer et T-shirt, comme s'il venait de se réveiller, une cigarette au coin gauche de la bouche parce qu'il fumait dès son réveil. Beatrice était folle de lui. Sept ans de différence : il aurait pu se faire arrêter. Mais Gabriele était un garçon correct. Il prépara un petit déjeuner pour eux deux, j'imagine qu'il était neuf heures du matin, et ils regardèrent quelques dessins animés japonais, enlacés sur le canapé, *avant*.

Il était de Livourne, et prononçait les *c* en les aspirant si fort que chaque fois j'avais envie de rire. À seize ou dix-sept ans, il en avait eu marre des études et il était venu habiter chez son frère aîné à T. Leurs parents n'étaient pas vraiment des gens exemplaires, je crois qu'ils avaient rompu les relations avec leurs deux fils. Il avait les mains percées et se retrouvait toujours sans une thune. Certaines factures de gaz, les frais d'inscriptions à certaines compétitions, Beatrice les payait car, bien que mineure, elle gagnait déjà bien sa vie. Je la comprenais : Gabriele était beau à faire se retourner dans la rue. Brun, des yeux noirs, des lèvres sensuelles, la peau si mate qu'on aurait pu le prendre pour un Arabe ou un Nord-Africain. Il fumait constamment, comme mon frère. Il se voyait devenir champion de motocross, mais, pour vivre, il était ouvrier dans une usine qui, aujourd'hui encore, malgré une production réduite, fabrique des bandes transporteuses et des courroies dentées.

Ginevra aurait tué sa fille pour beaucoup moins.

Je me rappelle qu'à une période Beatrice, imaginant qu'elle pourrait le rendre crédible aux yeux de ses parents et avoir un avenir avec lui, essaya de le convaincre de devenir mannequin. « J'ai des contacts, disait-elle, un bout d'essai et c'est tout, on te fait deux-trois photos, il faut juste rester sans bouger. » Et lui, rien. « J'aime les chattes, pas les culs », s'excusait-il en riant. Il parlait comme ça. Et c'était précisément ces atouts-là qui plaisaient à Beatrice. Les murs de l'appartement étaient tapissés de motos et de paires de seins. Salvatore travaillait sur les navires, lui aussi se sentait toujours en manque. Il y avait des femmes nues partout, dans toutes les positions. Mais avec nous, je le répète, ils furent toujours gentils.

Après avoir regardé un bout de *Mon voisin Totoro* – Gabriele faisait une fixation sur les films de Miyazaki – ils allèrent de l'autre côté, dans sa chambre. Son frère était parti, en mer. Dans une vie parfaite, ils auraient pu passer une semaine ensemble, mais c'était déjà bien. Ils s'étaient déshabillés tous les deux, dans la lumière du matin. Il l'avait attendue pendant des mois, avec patience, sans la forcer. Et Beatrice était devenue spectaculaire, elle n'avait pas l'intention de se cacher sous les couvertures, au contraire.

Tout le monde était au travail ou en classe, le silence des maisons alentour les enveloppait comme si c'était dimanche. Seule quelque voisine à sa fenêtre qui arrosait ses fleurs, au loin l'essorage d'un lave-linge, l'arrivée du facteur, un coup de téléphone au retraité de l'étage en dessous. Ils avaient un peu rapproché les volets, le moment venu. Ensuite ils n'avaient pas quitté le lit, s'étaient fait livrer une pizza, qu'ils avaient mangée assis sur les draps. Ainsi jusqu'à quatre heures de l'après-midi, quand elle m'avait appelée d'une cabine : « Aujourd'hui, j'étais chez toi, d'accord ? Je pars de chez toi maintenant. » Et elle avait raccroché.

Les choses s'étaient mieux passées pour elle. Pas trop, pas de façon idyllique, mais Gabriele était plus expert que Lorenzo, et Beatrice savait se servir de son corps ; elle avait cet impératif catégorique pointé sur la tempe de devoir plaire, encore et toujours. Elle avait enlevé exprès la tache du jean. Elle ne l'avait pas donné à la gouvernante ni laissé dans le panier à linge sale. Elle l'avait frotté elle-même au savon de Marseille et laissé s'égoutter dans la baignoire. Elle voulait le mettre elle aussi pour cette première fois, ôter ma tache et ajouter la sienne. C'est à cela qu'a servi, au bout du compte, le vol du jean.

Par la suite, il me semble que ce jean à quatre cent trente-deux mille lires retourna au fond de la dernière étagère, où il resta enfoui.

11

La manufacture Liabel

Je vérifie l'heure : deux heures. Je n'ai pas rangé la maison ni fait les courses, je n'ai même pas déjeuné. Écrire m'a fait me perdre dans ce lieu qu'est le passé, et en me levant de ma chaise, je suis si désorientée que je ne reconnais pas ma vie.

Je regarde les arcades et les passants par la fenêtre, sans les voir. Nous nous étions vraiment bagarrées pour Lorenzo, au lycée ? Et les filles du lycée scientifique étaient bien venues en force pour venger Valeria ? Je m'entends rire toute seule. Je crois voir dans la pièce les scooters tourner en rond, les cheveux voler derrière les casques, les autocollants sur les pare-chocs. En venir aux mains pour un garçon, se battre comme des lionnes affamées… Je secoue la tête, cherche dans l'armoire de quoi m'habiller pour sortir. Pourtant, d'instinct, je regarde l'ordinateur ouvert.

Ne pas raconter quelque chose n'empêche pas que c'est arrivé. C'est arrivé, et comment. J'ai bien conscience, depuis le début de ce récit, d'avoir évité un chapitre. J'y ai fait allusion, puis j'ai glissé à autre chose. C'est lui qui décide à ma place, lui le plus fort. Assez, maintenant. Si je me dépêche, je m'en débarrasse en une heure, et j'aurai peut-être le temps de m'arrêter au Baraccio prendre un toast avant d'aller travailler. Plus légère, peut-être.

Ce n'est pas seulement absurde, malheureusement, c'est tragique que des femmes – et moi la première – s'affrontent et se déchirent pour un homme. Lequel, fatalement, reprend sa route, indemne, libre de vivre sa vie. Et nous restons là, couvertes de cicatrices, la main serrée sur une poignée de sable.

Maman et Niccolò avaient quitté définitivement T le matin du 6 octobre 2000, un vendredi, je crois, à dix heures.

La veille, en fin d'après-midi, maman s'ennuyait tellement que l'idée lui vint de lire. Niccolò n'était pas là, nous étions seules dans le salon, moi à réviser et elle, sur le canapé, dans ses pensées. À un moment elle se leva pour aller regarder les étagères, à la façon de quelqu'un qui n'a jamais lu un livre et ne sait pas où poser ses yeux. Et parmi la centaine de volumes alignés par ordre alphabétique, elle choisit *Le soleil se lève aussi.*

Hemingway était là, à moitié caché, dans une vieille édition de poche jaunie, et il y serait resté si maman n'avait pas eu l'idée d'aller l'en dénicher. Elle l'emporta sur le canapé, l'ouvrit, et un Polaroid tomba sur ses genoux.

Voilà pourquoi je déteste les photographies.

Car sur ce Polaroid, plus fané encore que le livre où on l'avait oublié, ou caché, il y avait une jeune fille avec des tresses, et les seins nus. Elle était datée du 23 avril 1981, soit cinq mois avant le mariage de maman, avec une inscription derrière : *À P., mon amour, ta R. qui est à toi.*

Je révisais l'alphabet grec, quand j'entendis maman s'écrier : « Le salaud ! » Je me retournai et la vis toute pâle, les yeux écarquillés sur la photo. À quoi sert d'enfermer un instant de la vie dans une image qui sera peut-être mal interprétée ? Il faudrait le demander à Beatrice Rossetti.

Je ne révélerai pas l'identité de cette R., ce serait lui manquer de respect. C'est aujourd'hui une chercheuse connue dans le domaine des ondes gravitationnelles. J'ai su plus tard que mon père et elle étaient camarades d'université, et un peu plus, évidemment.

« Le 23 avril on était déjà fiancés depuis deux mois. Et il sortait encore avec cette fille ? »

Dans cette période de son séjour à T, après la dispute spectaculaire de Ferragosto, elle s'était comme éteinte, l'ivresse adolescente de juillet s'était évanouie, la laissant en suspens, à quarante-deux ans, dans une ville qui n'était pas la sienne. Ils avaient tenté de recoller les morceaux, d'arrondir les angles, comme on dit, mais nous sommes tous faits d'angles et d'arêtes, et nous nous heurtons les uns aux autres. Ils continuaient d'aller sans nous au restaurant ou le dimanche dans quelque oasis protégée, mais chaque fois ils rentraient en se querellant sur le même thème : les enfants.

« Évidemment, commenta maman, qu'est-ce que je m'étais imaginé ? Moi j'étais le cul et les nichons, et elle le cerveau. »

Papa voulait que Niccolò s'inscrive dans une école : une école privée, ou même des cours du soir. Maman rétorquait que ça ne servirait à rien : elle le connaissait bien, *elle*. Elle savait que s'il n'arrivait pas à trouver sa voie, c'était parce qu'il avait toujours manqué d'un modèle paternel. Papa encaissait, se décomposait, se mordait la langue puis contre-attaquait : « Où veux-tu qu'il aille, sans diplôme ? Il continue à se droguer. Pourquoi tu ne veux pas lui faire voir un psychologue ? – Toi et tes luxes *de gauche* ! » Elle se moquait de lui, lui faisait des reproches. Ils poursuivaient leur dispute pendant des heures dans la chambre à coucher, sans dormir. Puis maman trouva la photo.

« Regarde-la, Elisa : ça a des centaines de diplômes mais ça reste une pute. »

Elle me tendit le Polaroid. Je détestais que ma mère soit grossière. C'était humiliant. Embarrassée, je regardai le portrait. Je n'avais aucune envie de voir des seins nus, mais elle insista. « Je lui avais dit pourtant : "Pourquoi tu me choisis moi ?" Quand on s'est fiancés, j'étais pas enceinte, alors pourquoi il la quittait ? J'étais sûre qu'il me prenait pour une conne, et en fait, j'avais raison. »

Je posai la photo, retournée, sur la table, en évitant le regard de maman, à qui je ne savais pas quoi dire. Sa vie sentimentale ne pouvait pas être un sujet de conversation entre nous, je n'avais pas envie de tout savoir, mais elle se répandait en détails qui me faisaient rougir.

Je l'ai dit, je déteste les photos. Il y en a très peu de moi sur le Net, c'est comme si je n'avais jamais existé. Dès qu'un collègue ou un ami veut en faire une, je me défile et je me cache. Chaque fois que je vois cette R., aujourd'hui en lunettes et les cheveux gris coupés courts, passer au journal télévisé ou dans une émission scientifique, je repense à ses tresses de hippie, à ses mamelons, et malgré mes efforts je ne parviens pas à la prendre au sérieux.

J'avais bien compris que la relation entre maman et papa était fragile. Et qu'ils étaient unis par une attirance mal placée et infondée. Je n'avais jamais souhaité qu'ils se remettent ensemble mais à présent que nous habitions tous à T, nous formions presque une famille, et je n'acceptais plus l'idée qu'ils se quittent.

Prise de désespoir, je lui dis : « Maman, papa t'aime. »

Elle éclata de rire.

Quand il rentra de l'université, elle le bourra de coups de poing. Je n'avais pas encore ouvert certains de ses tiroirs privés, retrouvé des souvenirs de son passé inimaginables pour moi, mais je la revois aujourd'hui se jeter sur papa, et je réalise combien d'énergie rock il y avait dans ses coups. Son ressentiment d'avoir dû renoncer à ses rêves pour vivre avec lui, qui partait à Paris ou à Berlin, pendant qu'elle restait à la maison avec les enfants à faire tourner des machines. Ce n'était même pas une vie normale, c'était une vie triste. Leur couple n'y résista pas. Papa décrocha une chaire à l'université et elle un travail d'ouvrière à la manufacture Liabel, ce qui était déjà mieux que rester enfermée toute la journée avec comme seule perspective de venir nous chercher à l'école.

La bassiste qui jouait Led Zeppelin sur scène : l'idée me brise le cœur. Comme cette photo débile avait brisé celui de maman.

« Je peux tout supporter, mais que tu en aies toujours aimé une autre, non, lui lança-t-elle ce soir-là. C'est trop gros ce mensonge, ça veut dire que vingt ans de ma vie n'ont été qu'une arnaque. »

Papa la regardait, effaré, impuissant. Comment lui dire que c'était la photo qui mentait ? Son visage disait qu'il aurait préféré tomber amoureux de R. : tout aurait été plus tranquille. Alors que cet amour-là l'avait floué, le flouait encore.

« Annabella, c'était juste un vague flirt d'étudiants. Si la photo était là, c'est qu'elle n'avait aucune importance. Elle a dû me la donner en souvenir, je n'en sais rien ! C'est absurde. »

Mais maman refusait de l'écouter. Que R. ait fait une grande carrière, alors qu'elle, elle n'était personne : cette différence-là pesait trop. Si je rapproche aujourd'hui leur dispute et cette photo, et que je la compare à mon conflit avec Valeria et plus encore à celui, infiniment plus grave, qu'il me faudra bien finir par raconter, j'ai conscience de la niaiserie des querelles autour d'un homme : elles ont ruiné ma vie. Combien de questions sur nous-mêmes restées sans réponse, combien de renoncements qui se sont enlisés.

Il n'y eut pas de dîner. Niccolò rentra tard. Eux se disputaient encore. Il me demanda ce qui s'était passé, je racontai et il répondit qu'il allait s'enfermer dans sa chambre, sinon il pourrait le frapper.

Nous nous retrouvâmes mon frère et moi dans la cuisine à minuit – ce n'était pas la première fois –, pris de crampes de faim tous les deux. Maman était sortie à onze heures avec papa et ils avaient pris la voiture. Ils avaient disparu. La maison avait sombré dans un silence angoissant.

« J'ai bien peur qu'ils ne reviennent pas, dis-je à Niccolò pendant que nous nous partagions une boîte de biscuits Buondì.

– Papa n'est pas du genre à la tuer, répondit-il. Ça serait plutôt l'inverse. »

Le souvenir que j'ai de la suite, c'est un sommeil mille fois interrompu. Je me réveillais en sursaut et je courais dans la cuisine écarter le rideau, priant de voir la Passat de nouveau garée sous notre balcon. À une heure, à deux heures, à trois heures. Rien.

Ils furent de retour à six.

J'entendis la voiture, puis le cliquetis des clés, les pas dans le couloir, la porte de leur chambre qui s'ouvre et se referme, et j'allai aussitôt coller mon oreille à la porte.

Leurs voix étaient épuisées, comme s'ils avaient passé la nuit entière à se crier dessus contre le vent, d'un rocher à l'autre. Je me souviens très bien de ce que papa dit à maman, pour finir, je l'entendis distinctement : « Elisa doit se détacher de toi, vous avez une relation malsaine, ça l'empêche de grandir. Elle a besoin d'un climat serein, de s'ouvrir aux autres, qu'on la stimule à se faire une culture. Niccolò, nous l'avons perdu, nous ne pouvons pas la perdre elle aussi. »

À ces mots, je me sentis mourir, une voix désespérée criait en moi : Non, maman. Refuse, je t'en supplie !

Mais je l'entendis répondre : « Tu as raison. »

À dix heures du matin je regardai disparaître derrière la haie l'Alfasud chargée à la va-vite, les valises à moitié fermées, des sacs entassés contre la lunette arrière. Maman était au volant, Niccolò à côté d'elle. M'arrachant à la fenêtre de la cuisine, je me réfugiai dans ma chambre, serrant contre moi le pyjama à petits cœurs que je lui avais volé.

Je lui avais pourtant crié qu'elle ne pouvait pas me faire ça. Je m'étais plantée entre elle et sa valise jetée sur leur grand lit. « Me laisse pas toute seule ! » Je la vidais à mesure qu'elle la remplissait. « Je pars avec toi !
– Non ! » m'avait-elle répondu en me regardant fixement, les traits tendus. Je lui avais arraché des mains

une poignée de soutiens-gorge et je l'avais jetée par terre. Elle m'avait envoyé une de ses grosses claques, ferme et définitive. J'étais partie me recroqueviller dans un coin pour pleurer, sur la chaise où papa oubliait toujours ses pantalons. Mais mes larmes n'avaient pas entamé sa décision de rentrer sur-le-champ à Biella.

« Toi, tu restes ici ! » avait-elle crié, comme si elle me punissait. Et tout ce que j'avais été capable de trouver pour limiter les dégâts avait été de voler sous son oreiller ce pyjama qu'elle avait porté quelques nuits.

Enfermée à clé dans ma chambre, je plongeai mon nez dans l'étoffe de la veste, là où le coton reste en contact avec la nuque. Les yeux brouillés par les larmes, je lus l'étiquette : *Liabel.*

C'était un vendredi. Je n'étais pas malade, mais je n'allai pas en classe. Papa avait annulé ses cours à l'université. Je n'arrivais pas à croire que nous n'étions plus que nous deux. Dehors, il y avait de la chaleur, de la lumière, des gens descendaient même encore se baigner. Je me sentais si peu à ma place dans cette matinée, dans cet endroit. Quel mot mon père écrirait-il demain dans mon cahier pour justifier mon absence ? *Indisposée*? *Grippée*? Aurait-il pu écrire : *Abandonnée*?

Le soleil qui inondait ma chambre me gênait. Les travaux dans l'immeuble d'à côté, les voisins sur le balcon, les merles qui sautillaient sur les haies : tous ces signes de vie me tapaient sur les nerfs. Je descendis le store, enregistrant au passage la présence du platane dans l'arrière-cour. Un carré de béton qui ne servait à rien, limité sur deux côtés par la copropriété et sur les deux autres par un grillage à pic au-dessus d'un ravin. Cet arbre, je l'avais vu mille fois, et jamais jusqu'à ce jour je ne lui avais prêté attention : il était tellement superflu. Je laissai retomber le volet sur mon alter ego, sur le monde entier, comme si j'abattais une hache. J'appuyai sur l'interrupteur, la lampe basse consommation jeta sa lumière froide dans la pièce, la transforma en bunker. C'était ce que je voulais.

Je regardai la penderie blanche quatre saisons, à boutons de porte roses, style chambre romantique pour petite fille, fabriquée en série, avec des compartiments de chaque côté et en haut. Qu'allais-je faire de toute cette douleur ? Je ne pouvais pas la garder en moi : elle m'explosait dans la gorge. J'ouvris la penderie et en jetai tout le contenu à grandes brassées. Pulls, chemises, jeans. Je renversai chaque tiroir : débardeurs, petites culottes, pyjamas, tout en vrac. Quand il n'y eut plus rien dedans, je contemplai la montagne de vêtements entassés sur le lit et trouvai, enfin, un apaisement. J'enfonçai le bras, pêchai au hasard, du bout des doigts, un pantalon de jogging.

« C'est bien, Elisa, regarde si tu trouves la veste qui va avec. – D'accord, maman. » Je plongeais le bras jusqu'au coude, fouillais à tâtons, trouvais une petite culotte. « Non, ça on n'en a pas besoin, cherche encore. » Il me semblait sentir à nouveau l'odeur de la manufacture. J'avais reproduit exactement l'éclairage au néon de ce hangar sans fenêtres. La joie des samedis après-midi au magasin de l'usine, les heures à chercher la bonne taille, les chutes d'échantillons, maman et moi pliées en deux comme des repiqueuses de riz, plongées dans ce qu'elle appelait « les corbeilles à farfouille ».

J'avais vécu là une grande partie de mes bonheurs d'enfance, à fouiller dans ces grandes corbeilles. Aujourd'hui encore, quand je passe à Biella, je me gare sur le parking devant la manufacture Liabel, j'inspire et j'entre. Même si je n'ai besoin de rien, je soulève un body pour enfant, un débardeur de laine, pour faire renaître cette perfection : maman et moi. Sans papa, sans Niccolò, sans aucun homme. Inséparables.

Beatrice, un jour où elle était triste, m'a avoué que les vêtements sont pour elle bien plus qu'un masque : un refuge, ce qui la sauve. Quand elle était survoltée, elle ouvrait sa penderie et en cherchant des accords entre les vêtements les plus disparates, elle se sentait comme une sorcière qui prépare ses potions et ses charmes.

Pour mon père, les habits ne comptent pas, c'est un élément de la vie comme un autre.

Pour moi, ils sont l'ombre des mains de ma mère, le tissu du temps avec elle.

Je ne me souviens pas du nombre d'heures que j'ai passées ce matin-là à jouer au jeu des corbeilles. Longtemps sûrement car papa est venu frapper à ma porte, en disant que « malgré tout » il fallait manger, et que ce serait peut-être bien de « parler ». Ah oui ? Et de quoi ? Décidée à laisser l'arrachement dans l'innommé, je voulais rester là, dans ma chambre, à toucher les tissus du bout des doigts, vérifier la qualité du coton, comme si maman n'était pas partie. « La bonne affaire, il faut chercher la bonne affaire ! »

Papa insista tant que je finis par ouvrir. Il écarquilla les yeux sur toute cette pagaille. Je n'avais pas envie d'expliquer, ni lui de poser des questions.

Ensemble, sans un mot, nous remîmes tout en place.

12

Noël 2000

Deux mois et demi plus tard, samedi 23 décembre, papa et moi étions assis en silence sur un banc du quai 2, vérifiant plus souvent que nécessaire, sur le tableau lumineux, l'heure d'arrivée de l'Intercity en provenance de Gênes.

Il faisait noir comme si c'était déjà la nuit, le thermomètre de l'enseigne de la pharmacie marquait un degré. Les quais de la gare de T étaient juste un peu plus fréquentés que d'habitude, et une odeur de mini-pizzas chaudes venait du bar, me rappelant la Lucciola.

De l'autre côté de la gare, des enfants jouaient au ballon sous la lueur d'un réverbère. J'entendis une voix de femme crier d'une fenêtre: « Te mets pas en nage, Tito, il fait froid! » Maman ne nous avait jamais dit ça. Les autres mères le disaient sans cesse, et je m'étais toujours demandé comment il fallait faire: rester immobile? Courir doucement? Comment on fait pour ne pas transpirer? Quand maman nous emmenait au jardin public, elle ne voulait plus rien savoir de nous. « Allez, disait-elle, laissez-moi respirer. » Elle s'étendait au soleil et ne nous regardait plus, ne parlait pas avec les autres femmes occupées à surveiller leurs enfants et à leur brailler des interdictions. Elle rêvait, peut-être, pendant que je jouais à la balançoire et que Niccolò, lui, se mettait en nage.

« Intercity 503, arrivée 17 h 47 », il restait onze minutes. J'avais peur que le train disparaisse à l'improviste, ou qu'il arrive mais vide. Je ne savais pas quoi faire de mes mains, de mes pieds, de mon angoisse. Papa feuilletait le *Corriere*. Ça ne devait pas être facile pour lui non plus. À quel titre l'attendait-il ? Ex-mari, père de ses enfants, amoureux secret ? Avait-il peur lui aussi qu'au dernier moment ils ne soient pas partis ?

Nous étions la moitié ennuyeuse d'une famille qui n'avait jamais existé. Mais nous nous étions donné du mal. Dans les derniers après-midi précédant les vacances, nous avions dépoussiéré les bibliothèques, lavé les rideaux, commandé à la poissonnerie le menu de Noël et à la pâtisserie un panettone sans fruits confits, parce que maman ne les aimait pas. Ensemble, nous avions travaillé dur pour préparer ces deux semaines, les rendre plausibles, discutant même de l'emplacement des lits.

Je m'étais informée tout de suite : « Elle dort où maman ?

– Dans ma chambre, avait répondu papa, moi je peux m'installer sur le canapé.

– Non, avais-je répliqué. Elle dort avec moi. Et Niccolò va dormir dans son ancienne chambre. »

Il avait secoué la tête. « Tu as presque quinze ans, Elisa. »

Oui, mais je ne l'avais pas vue depuis soixante-huit jours. Il était 17 h 39. Papa faisait mine de consulter la météo. Le haut-parleur annonça un retard, qui heureusement ne nous concernait pas. Je reconnus à distance, accrochés sur le kiosque à journaux, le fameux *Cioè*, le bi-hebdomadaire pour les jeunes que j'avais demandé plusieurs fois à maman de m'acheter dans le passé, pour comprendre ce que voulaient dire les autres filles quand elles parlaient de « petting », et à cause des tests qui te disaient qui tu es d'après ton maquillage préféré. Le rimmel ? Romantique. Le fond de teint, peu sûre de toi. Le rouge à lèvres ? Déterminée. J'avais étudié ces pages comme s'il s'agissait d'un traité sur l'adolescence et, à la fin, c'était toujours maman qui me les volait pour faire les tests. Elle adorait cocher les cases, puis me lire le résultat : « Tu trouves que j'ai l'air peu sûre de moi ? » Nous en savions si peu sur nous-mêmes.

À 17 h 44, je cessai de regarder les gamins qui jouaient au ballon, le visage tendu de mon père, les garçons blonds et souriants des couvertures de *Cioè*, qui me rappelaient Lorenzo. Tournée vers le nord, les yeux fixés sur le tunnel où les rails se perdaient, je commençai à compter comme dans mes nuits d'insomnie : 1, 2, 3, pour ne pas sombrer dans le vertige des questions, des souvenirs. J'étais consciente d'avoir une histoire, sans savoir comment en sortir. 120, 121, et les phares de l'Intercity percèrent l'obscurité. Le museau vert, la dizaine de voitures salies par les projections de boue. Vieux et ferraillant, il me parut pourtant immense, et même majestueux. Comme le premier train auquel elle m'avait fait dire bonjour, en 1987 ou 1988, en me portant dans ses bras, à la gare de Biella.

Il y a deux mois, vers la mi-octobre, j'ai découvert par hasard, en rangeant sa chambre via Trossi, que de ses dix-huit à vingt-deux ans maman, à l'état civil

Annabella Dafne Cioni, avait joué de la basse dans un groupe de rock.

Non seulement je l'ignorais, mais je ne l'aurais jamais imaginé.

Si je devais résumer sa biographie, j'écrirais quelque chose comme: « Fille unique d'un couple âgé qui n'a jamais échangé de marques d'affection, du moins en présence de nous, leurs petits-enfants, Annabella avait grandi à Miagliano, la deuxième plus petite commune d'Italie. Élève peu brillante qui ne s'intéressait à rien, elle quitta rapidement l'école pour se marier et fonder une famille, aussi désastreuse que l'avait été sa famille d'origine. »

J'imagine ses après-midi d'ennui dans la petite chambre qui donnait sur la rue, à Miagliano, ses dimanches sur la place avec les autres enfants de la paroisse, à faire quoi? Lancer des cailloux? Refusée au lycée puis à l'école normale d'institutrices, elle s'inscrivit dans un lycée privé, sans aller jusqu'au bac: à dix-huit ans, elle avait explosé, abandonné les études, et ses parents, peu à peu, avaient cessé de lui adresser la parole.

Grand-mère Tecla était folle, au sens littéral. Un autre personnage qui me suggère l'existence d'une tare, d'une malédiction lancée par on ne sait qui sur les femmes de notre famille. Mais grand-père Ottavio était pire: instituteur dans la petite ville voisine, radin au point de n'avoir jamais fait un seul cadeau ni à moi ni à mon frère, n'avoir jamais emmené sa femme et sa fille au bord de la mer, jamais permis à ma mère de sortir le soir. Fêtes, bals populaires, pizzerias: interdits. Sur une seule chose il n'avait pas lésiné, sa marotte: les leçons de musique. Solfège, guitare, piano. Dès l'âge de cinq ans, maman suivait les cours de l'école de musique de Mme Lenzi, à Andorno. Il avait même acheté un piano à queue pour qu'elle s'exerce à la maison. Il voulait à tout prix que sa fille soit musicienne, et le résultat fut qu'elle se vengea dès sa majorité, en jouant AC/DC et Led Zeppelin en soutien-gorge, bandana et pantalon à pattes d'éléphant dans les fêtes de Camandona, Camburzano et Graglia.

Mais je ne l'ai appris que cette année, en 2019, en ouvrant son dernier tiroir.

Le groupe, entièrement féminin, s'était baptisé « Violaneve », Violette des Neiges. D'après les articles du *Biellese*, de *L'Écho de Biella* et de *La Stampa* conservés dans un classeur, j'ai pu me faire une idée du scandale que les quatre filles du groupe ont semé partout dans les vallées : décomplexées, plutôt dévêtues, mais, aux dires de certains chroniqueurs, talentueuses, innovantes et « promises au succès ».

J'ai trouvé des centaines de photographies et de négatifs rangés dans une boîte à chaussures. Beaucoup sont floues, mal cadrées, avec un bout de doigt qui traîne sur l'objectif. Mais sur d'autres, professionnelles, les premiers plans de ma mère frappent par sa beauté et cette aura surnaturelle qui appartient aux gens célèbres. Dans l'une d'elles, maman pose ses lèvres sur le micro pendant qu'elle joue et son sourire est plein, heureux, un sourire que je ne lui ai jamais vu. Dans une autre, elle est collée contre un type barbu et chevelu, et ils s'embrassent en levant des bouteilles de bière.

En découvrant tout cela, je me suis assise par terre, profondément troublée. Incapable de détacher mon regard de cette fille rebelle, plus jeune que moi, qui se tenait là sur scène, sous les projecteurs, comme si c'était normal pour elle. Une inconnue qui aurait pu être Courtney Love ou Janis Joplin, et qui était ma mère. Je suis tombée aussi sur une dizaine de cassettes vidéo avec les dates et les lieux des concerts, mais pour l'instant je n'ai pas eu le courage de les regarder.

Parce qu'elle était peut-être douée. Et que peut-être, si les Violaneve ont pu se produire en 1980 au concert du Premier Mai à Turin, maman aurait pu devenir quelqu'un, vivre une vie qui reste, au lieu de disparaître derrière nous. Elle n'en a jamais parlé mais avec ces photographies, ces articles et les lettres de ces quatre années de 1976 à 1980, je me suis rendu compte de l'importance que cela avait eu dans sa vie. Elle si désordonnée, elle avait rangé chaque souvenir de cette parenthèse dans un tiroir, avec soin, sans une once de poussière.

Mais quand je la vis descendre de l'Intercity, l'avant-veille de Noël 2000, savoir qui elle était ne m'intéressait pas. Tout ce que je voulais, c'était l'avoir à moi. Je voulais la certitude qu'avant moi il n'y avait rien, que ma naissance était l'événement le plus important de sa vie. Je courus vers elle et lui sautai au cou. J'étais tyrannique et sans pitié.

Maman me serra dans ses bras, fort et longtemps. Niccolò descendit en traînant deux lourdes valises et papa, empoté, essaya de l'aider. Je les ignorai. J'ouvris le manteau de maman, posai la tête contre son pull, l'oreille collée à écouter son cœur. Nous avions la même taille, désormais, deux corps à égalité séparés par des histoires différentes, mais elle m'avait bercée, changée, donné son lait, et ce passé entre nous était un lieu, comme la Lucciola, le Mucrone, la Palazzina Piacenza, la manufacture Liabel.

Je me dis à présent que sa décision de rentrer à Biella, elle l'avait vraiment prise pour mon bien : m'obliger à rester loin d'elle, éviter que je pourrisse collée à elle, me faire naître à nouveau. Mais ces pensées, à ce moment-là, ne pouvaient pas m'effleurer.

Je me souviens du bruit de ferraille de l'Intercity qui repartait pour Rome, des enfants qui abandonnaient la cour en poussant leur ballon, et nous qui nous dirigions vers la Passat en riant et en nous faisant des chatouilles, avant de nous serrer à trois sur la banquette arrière.

Papa conduisit de la gare jusqu'à la maison en nous observant dans le rétroviseur, comme un chauffeur de taxi.

L'après-midi de la veille de Noël, nous le passâmes aux fourneaux. Empruntés au début, nous heurtant sans le faire exprès en ouvrant un placard ou un tiroir, nous excusant tout bas, gênés de nous retrouver à nouveau tous dans cette cuisine. Moi, j'étais heureuse. Les trois autres beaucoup moins, mais bientôt, avec l'aide de la musique de Rancid à plein volume et d'une bouteille de vin débouchée à trois heures – l'idée était de maman : « Allez, on fait la fête ! » – tout le monde commença à se détendre.

Le menu était composé de risotto *alla pescatora* et de friture de poisson. Papa se donna beaucoup de mal, dirigea les travaux, mélangeant là, remuant ici, ajoutant du sel et du piment. Maman s'occupa de vérifier les coquilles des palourdes, si elles étaient ouvertes ou pas. J'obtins la charge de préparer la pâte pour la friture, je mis de la farine et du blanc d'œuf partout mais on ne m'en fit pas reproche. Niccolò, à la surprise de tous, voulut collaborer : en pogotant et en chantant

« *I'm a hyena fighting for lion share* », il me vola mes œufs, enfila un tablier et prépara une pâte pour un gâteau de carottes.

Nous n'avions pas fait l'arbre. Inutile de le cacher : à quatre heures de l'après-midi, nous étions déjà saouls. Peut-être, compris-je en m'arrêtant pour observer papa, maman et Niccolò qui s'amusaient presque, ne pouvions-nous être bien que de cette façon : en déraillant, en étant autre chose qu'une « famille ». Au dîner, le riz était trop cuit, la friture était molle, mais personne n'eut l'idée de s'en plaindre. Nous débouchâmes le spumante, mangeâmes tout le panettone, nous retrouvant pour la première fois à parler jusque très tard. Du jour où maman nous avait perdus dans le magasin A&O et nous avait fait appeler par le haut-parleur, alors que nous étions déjà sortis, avec des paquets de biscuits Pan di Stelle sous nos blousons. De quand Niccolò, en cours moyen à l'école primaire, était tombé par terre à force de prendre des coups de pied au cul et s'était cassé le bras, et de la comédie pour lui faire porter un plâtre. Du jour où maman était venue me reprendre à la Palazzina Piacenza : « Je l'avais laissée deux minutes, tu vois, pour chercher une place », et moi je lui avais écrit sur une feuille « Maman je t'aime » sans faire de faute, à quatre ans et demi. Papa écoutait, les yeux brillants, cette vie qu'il avait ratée. Mais il était là maintenant, avec nous, et je me rendis compte que je pouvais peut-être lui pardonner.

Le lendemain, c'était Noël, et nous nous levâmes à midi. Faire le repas traditionnel à cette heure-là n'avait aucun sens, d'autant que dehors il y avait du soleil, le ciel était bleu sans un seul nuage. Une collation rapide expédiée, nous étions dans la Passat avant même d'avoir décidé où aller. Au premier feu rouge, je dis tout à coup: « Et si on allait à la Plage de fer ? » Papa répondit que c'était une excellente idée.

Nous y fûmes à deux heures. Tout le monde était à table, et nous dans ce renfoncement perdu, à l'abri du vent. Nous étendîmes un grand drap de plage sur le sable en nous enfouissant comme des os de seiche, couchés dans la lumière sans rien dire, dans un état de torpeur et de félicité que je crois, finalement, nous méritions.

Niccolò et moi nous débarrassâmes bien vite de nos chaussures, chaussettes et jeans pour faire la course en slip et culotte vers la mer, où nous entrâmes jusqu'aux genoux avant de ressauter rapidement sur la plage car l'eau était glacée. Le sable, lui, était tiède et nous nous en jetâmes dans les cheveux, la bouche, sur le dos, pendant que maman et papa se parlaient de choses à eux en nous souriant et en nous regardant jouer de loin, comme font les parents normaux avec leurs enfants, même si nous n'étions plus des enfants.

Je crois que ce fut le plus beau Noël de ma vie. Il me consola de tous les précédents, peut-être.

Au retour, nous étions si affamés que nous avons dîné à six heures et demie, après avoir pris dans le réfrigérateur tout ce qu'il y avait: des restes, de la charcuterie, une mozzarella, et deux portions chacun du gâteau de carottes qu'avait fait mon frère, en commentant le goût qu'il avait, même s'il était bon. « Qu'est-ce que tu as mis là-dedans, une épice ? – Mais oui », répondait mon frère, de bonne humeur.

Depuis qu'on l'avait engagé au Babylonia, il s'épanouissait. Il détachait les billets, ouvrait les bières et, comme il aimait répéter: « On me paie pour voir jouer les Misfits ! » Il retournerait à Biella quelques jours pour la « grande rave du Jour de l'An ». Il s'était remis avec son ex et avait fait tatouer son prénom sur le cœur du dragon qui, après des dizaines de dessins préparatoires, avait fini par devenir réel. Il avait attendu ce soir-là pour nous le montrer : il se leva de table à la fin du dîner, enleva son T-shirt, et c'est là que papa eut son premier, mais fugace vertige.

Le dragon crachait du feu, il était rouge et violet, et partant de l'épaule gauche il finissait avec sa queue sous l'élastique du slip. Maman, qui l'avait déjà vu, en était enthousiaste. Je le trouvai excessif mais je dis qu'il était beau. Papa rajusta ses lunettes sur son nez et parvint seulement, en se forçant, à plisser le front et acquiescer.

En débarrassant, j'eus la sensation que je marchais sur des œufs. Il me sembla que nous étions tous un peu ahuris : nous trébuchions, laissions tomber les couverts, échapper des rires sans raison. Mais ce fut seulement quand nous allâmes dans le salon nous installer devant la télé parce qu'à vingt et une heures commençait *Pinocchio*, que nous accusâmes les véritables symptômes.

Jiminy Cricket ouvrit le livre, attaqua le récit de la nuit de pluie pendant laquelle il s'était glissé sous la porte de Geppetto, et tout à coup Jiminy Cricket était là, puis là, il bougeait sur l'écran et parlait du plafond. Interloqué, papa se pencha vers Niccolò, et lui demanda d'un ton vaseux : « Mais qu'est-ce que tu y as mis, dans ton gâteau ? » Les yeux ronds comme des billes, il était aussi incapable de se mettre en colère que de reprendre ses esprits. Et mon frère, hilare, au comble de la joie, lui répondit : « Profite bien du voyage, papa. Il y avait sept grammes de super skunk – il se baisa le bout des doigts –, fabuleuse. »

Chez Beatrice, les fêtes se passèrent bien autrement. Un après-midi avant les vacances, à une heure où il n'y avait personne chez elle, elle m'avait dit de venir la retrouver et j'avais pu voir de mes propres yeux l'arbre de Noël haut de deux mètres, les branches saupoudrées de blanc chargées de décorations, et un déluge d'illuminations dans le salon et le jardin. J'étais restée époustouflée. « Quel beau Noël vous allez passer... »

Bea s'était laissée tomber de tout son poids sur le canapé, en soupirant: « Pas vraiment. » Elle m'avait demandé de venir m'allonger près d'elle, de poser ma tête sur ses jambes: elle était douée pour faire des massages, et elle allait me le montrer.

« Chaque année elle met les mêmes disques, m'avait-elle déclaré en exécutant de petits mouvements circulaires derrière mes oreilles. *Stille Nacht* et Pavarotti. Si je pouvais les jeter au feu ! La veille, on va tous se faire coiffer chez Enzo, y compris papa et Ludo, et le matin du 25 on se réveille à sept heures, comme à la caserne. Tu vois ces vêtements où tu ne te sens pas à l'aise, les derniers que tu voudrais porter chez toi ? Eh bien, on est obligés de les mettre. Du velours rouge et de la laine bouillie, avec le chauffage tellement à fond, ça se transforme en sauna. Elle nous met en rang dans le salon près de la porte d'entrée pour accueillir la famille avec le sourire. En plus, elle en déteste la moitié, elle aussi. Et il faut s'efforcer de parler aimablement, sinon maman nous fait la peau, mais parler de quoi ? »

Je l'écoutais, j'aurais bien aimé avoir moi aussi tout une famille, et je le lui dis: des cousins à qui me confier, des tantes et des oncles jeunes et joyeux qui me distrairaient des disputes de mes parents; respirer ce climat de famille nombreuse, où tout le monde s'aide pour les assiettes avec des allers-retours dans la cuisine.

« Oui, dans la cuisine il y a Svetlana. Ça me fait de la peine qu'elle ne puisse pas passer les fêtes avec ses enfants en Ukraine, mais au moins je peux vider mon sac avec elle pendant qu'elle prépare le repas.

– T'exagères, dis-je en riant.

– Il y a les cappelletti[1], les lasagnes, le rôti, et j'ai le droit de "picorer". C'est comme ça qu'elle dit, ma mère, picorer ! À table, entre elle et la tante Nadia, c'est à qui a les plus beaux enfants, les plus doués, les plus sportifs, les plus intelligents, ce genre de bobards… »

J'aimais l'écouter, sentir ses doigts sur ma nuque, l'entendre désacraliser la famille parfaite de Ferragosto. « Tu n'imagines pas l'enfer que c'est pour tout le monde, à part ma mère. »

Je dois reconnaître que je n'avais pas de sympathie pour cette femme. Le premier jour, elle m'avait invitée à revenir déjeuner, et non seulement elle n'avait pas tenu parole, mais elle avait dit à Beatrice que j'avais l'air d'une fugueuse. J'étais donc bannie. Aujourd'hui, je me demande si elle n'était pas un peu jalouse. Et en effet, je la lui prenais, sa fille : chaque fois qu'elle le pouvait, Beatrice venait réviser chez moi. Ou alors elle avait peur que je puisse la distraire de la construction de son avenir exceptionnel. Combien elle se trompait.

« Tu vas pas me croire, avait continué Bea ce jour-là, le 20 ou le 21 décembre, mais ce que je déteste le plus à Noël, c'est le moment des photos. Sa manie, c'est – cessant de me masser, elle m'avait fait asseoir,

1. Petits raviolis en demi-lune cuits dans un peu de bouillon, entrée traditionnelle à Noël.

pour avoir toute mon attention –, c'est de les prendre toutes avec son Canon à un million de lires, elle en fait genre huit ou neuf rouleaux. La famille de mon père a le droit d'en prendre trois ou quatre, juste pour sauver les apparences, mais elle met toute la gomme sur nous. Elle nous place devant la cheminée, nous fait asseoir devant le sapin, ou même dans le jardin s'il y a eu de la neige. Ou les santons de la crèche à la main, bougies allumées, bougies éteintes. Jamais contente. Et toujours avant le repas, sinon le rouge à lèvres s'en va et on voit nos ventres bombés. Et ça dure, et on est tous morts de faim. Après c'est papa qui doit la photographier, et là, bonsoir : on ne mange pas avant deux heures, deux heures et demie. »

Beatrice m'avait fait ce récit d'un ton plus amusé que sérieux, et j'en avais conclu que ses Noëls, malgré tout, étaient meilleurs que les miens. Nous avions décidé de laisser passer le gros des fêtes et de nous voir après la Santo Stefano[1], pendant ces jours morts d'avant le Jour de l'An. De nous retrouver sur la place du bastion ou de faire une balade sur la plage, avec ma mère, qui voulait absolument la connaître.

Mais le 26 décembre elle me téléphona le matin, à neuf heures et demie.

Elle appela pile au moment où mon père hurlait à tue-tête : « Tu te rends compte que tu nous as drogués ? *Drogués*, nom de Dieu ! » Et mon frère, assis à la table de la cuisine, biaisait en jouant avec les biscuits du petit déjeuner, essayant même d'enfiler les écouteurs de son lecteur de CD, que papa lui arracha et balança contre le mur. Je ne l'avais jamais vu aussi furieux. Pendant ce

1. Le 26 décembre, jour férié en Italie.

temps, maman, à l'écart près de la fenêtre, se rongeait les ongles, indécise sur le parti à prendre.

Quand le téléphone sonna, j'étais donc la seule en mesure de répondre. À peine avais-je dit Allô que Beatrice me coupa: «Il faut qu'on se voie. – Aujourd'hui?» répondis-je, surprise, et pressée de retourner dans la cuisine pour éviter que maman ne recommence à se disputer avec papa, et décide de retourner à Biella sur-le-champ.

«Tout de suite, c'est *urgent.*»

Je ne l'avais jamais entendue employer ce mot. Et si tu me disais tout de suite ce qu'il y a, pensai-je, ici aussi on est dans une urgence. Mais je dis oui: entendre le ton de sa voix m'avait suffi.

Nous nous retrouvâmes un quart d'heure plus tard au belvédère. Quand j'arrivai, son scooter était déjà là et je la reconnus de dos, coiffée avec une queue de cheval, assise sur le dossier du dernier banc au fond. Celui où nous avions failli nous mettre ensemble, Lorenzo et moi.

Je la rejoignis et m'immobilisai aussitôt. Son visage était défiguré, elle avait un bleu près de la tempe. Le fond de teint et le petit peu de rouge qu'elle avait mis étaient des expédients incapables de faire illusion. Ses yeux étaient si gonflés qu'elle n'avait pas réussi à les maquiller. Visiblement, elle avait pleuré toute la nuit.

«Qu'est-ce qui s'est passé?» demandai-je en restant debout.

Elle m'ignora. Ses yeux étaient fixés sur l'ouest, là où de gros nuages noirs jetaient sur la mer des ombres larges comme des îles. Le front froid arrivait, il soufflait un vent fort, à courber les branches.

« J'aurais dû le comprendre tout de suite, me dit-elle, parce que papa et les grands-parents elle les a carrément ignorés au moment des photos. Nous aussi, elle a dû nous faire trois ou quatre clichés, sans même régler les objectifs. Elle a refusé que papa la prenne en portrait, elle voulait juste une photo d'elle avec nous. Elle nous a serrés contre elle et j'ai eu l'impression qu'elle avait les larmes aux yeux. Mais tu sais, quand tu ne veux pas voir ? Je me suis tapé la tête contre le mur pour arrêter d'y penser. »

Elle parlait d'une voix calme, presque neutre, comme si elle énumérait des faits sans importance, une histoire arrivée à quelqu'un d'autre. « Papa avait presque rangé le Canon, mais tout à coup elle en a demandé une autre avec moi. » Elle se tourna et me regarda. « Elle et moi, toutes les deux. »

Je repense aujourd'hui à tout ce qu'a signifié cette dernière photo, à son poids dans l'histoire de Beatrice.

Je m'assis près d'elle sur le dossier du banc. C'était déchirant de la regarder. Elle si impressionnante, belle même humiliée, non maquillée, normale, pour la première fois elle me faisait de la peine.

J'effleurai sa main, elle la retira.

« Elle a insisté pour qu'on débouche du champagne au lieu du spumante, et avant qu'on porte un toast, elle a tenu à faire elle-même le discours des vœux de Noël. Elle a dit qu'elle nous aimait plus que tout, que les enfants c'est ce qui compte le plus, ça vous console de tout, qu'elle était sûre que nous allions devenir des personnes importantes parce que nous étions spéciaux. Elle a à peine touché la nourriture, elle n'a pas adressé la parole à la tante Nadia, et… » Elle s'interrompit.

« Dis-moi. » J'étais angoissée.

« À six heures ils étaient tous partis, même Svetlana, et on est restés sur le canapé à regarder la télé. Maman a pris la télécommande pour baisser le son et nous a demandé : “C’était une belle journée, n’est-ce pas ?” Personne n’a répondu. »

Beatrice avait du mal à raconter, maintenant. J’ai même pensé : Va te faire foutre, toi et ta journée de merde.

« Puis elle a baissé encore le son, et papa et Ludo ont protesté. Elle nous a regardés tous et elle a dit : “Je dois vous dire quelque chose.” Ses larmes ont coulé mais elle continuait à sourire. “Je ne voudrais pas, mais je suis obligée de vous le dire.” Elle a ajouté : “Excusez-moi, j’ai une tumeur.” »

Je sentis une fissure s’ouvrir en moi, à la hauteur de mon estomac.

« Elle a dit ça, “excusez-moi”. Et qu’elle a cette tumeur au sein, maligne, que demain on l’opère pour lui enlever, et après elle fera une chimiothérapie, des rayons… » Beatrice fondit en larmes. « Et qu’elle a attendu avant de nous le dire, pour ne pas nous gâcher Noël. »

Je compris, avec le sixième sens des adolescents, que plus rien ne serait jamais pareil. C’était la mère de Beatrice, pas la mienne ; c’était leur vie qui était bouleversée. Mais l’amitié, c’est quoi ? Je n’avais pas de lien de sang, ni de lien juridique, ni droits ni devoirs, j’étais seulement là avec elle, sur ce banc, à m’effondrer. J’essuyai ses larmes, je tentai de contenir son désespoir tandis qu’elle se rebellait : « C’est pas juste, Elisa », dit-elle en couvrant son visage avec ses mains et en les mordant pour détourner la douleur. « Elle est en train de mourir.

– Non, tout va bien se passer », dis-je pour essayer de la rassurer, consciente de mentir. Parce que c'est à ça que servent les mots : à espérer, à tromper, embellir et améliorer, mais la réalité est autre : elle se fiche de nos désirs.

Je serrai Beatrice contre moi comme pour amortir le choc, la protéger avec mes muscles et mes os, lui faire sentir qu'elle pouvait s'accrocher à moi : j'allais l'empêcher de tomber, j'allais dégringoler avec elle. Je promis en silence que je ferais tout pour la revoir heureuse, un jour. C'est peut-être ça, l'amitié, cette promesse d'être là.

« Elle s'est déjà acheté une perruque, elle en a trouvé une très belle. Et cet été elle sera tellement en forme qu'on retournera à New York. Et pour l'hôpital elle ne veut que des peignoirs en soie, pour faire tourner la tête des infirmiers, mais c'est des conneries. Elle ne guérira pas, je le sais, je le sens. »

Elle me bourra de coups de poing, se leva et fit tomber son scooter puis le mien, avant de s'affaler. Parce que le pire ne viendrait pas plus tard, il était déjà là : le savoir, attendre. Attendre quoi ? Ce qu'on ne peut même pas nommer. Les fenêtres fermées, l'odeur de médicament, le silence dans lequel sombrent les pièces autour d'une maladie, la joie qui peu à peu se vide.

C'est toujours une nouvelle qui brise la vie. Et on peut prendre une grande respiration et se remettre sur pied, croire ensuite qu'il y a des marges d'espoir, lire dans les analyses des améliorations de zéro virgule quelque chose, se convaincre que la solution peut encore arriver d'une énième sommité consultée, parce qu'il n'est pas possible que la vie soit si moche.

Pourtant, elle l'est.

Et ce matin venteux de Santo Stefano, au belvédère, avec la mer sombre et les ferries qui s'efforçaient de rejoindre l'île d'Elbe, Beatrice et moi avions quatorze ans mais nous savions déjà que le futur est un temps qui ôte et n'ajoute pas.

DEUXIÈME PARTIE

Malheur et perception (2003-2006)

1

Un trésor pour toujours

Il s'est passé deux jours depuis la lecture de mes journaux intimes, et qu'est-ce qui a changé dans ma vie ? Rien. Pourtant aujourd'hui, j'ai inventé un prétexte pour quitter le travail en avance, sans raison, juste parce que j'en avais envie. Puis je suis passée devant la teinturerie sans y entrer, alors que j'avais deux vestes à retirer. J'ai même laissé passer le délai de règlement d'une facture sans me sentir hors la loi.

Ce n'est pas moi, je ne suis pas du genre à désobéir. En fait, je ne pense plus qu'à nous deux gamines, dans le T du début des années 2000. Je les ai étouffés si longtemps, ces souvenirs, qu'ils jaillissent à présent comme un geyser. Et ils ne sont ni fanés ni confus, au contraire : ils sont trop vivants.

Au lieu de prendre le chemin pour aller chez moi, je fais des détours et je perds le cap. Je me sens audacieuse, et je poursuis vers des endroits de la ville où je ne vais jamais. Sans m'en rendre compte, j'arrive au plus étranger de tous : la galerie Cavour. Je m'arrête devant des vitrines aux prix exorbitants, je regarde scintiller les robes et les bijoux. J'entrevois à mes côtés le reflet de Beatrice, qui désigne d'abord un sac et lève un sourcil dubitatif, puis une écharpe qui, celle-ci, la convainc.

Je passe devant un bar à vin, l'envie soudaine me vient d'acheter une bouteille pour trinquer. Avec qui ? À quoi ? Aucune idée. Mais il est cinq heures et demie, j'ai le temps. Je pousse la porte, je demande un pinot blanc, un bon, je paie, je sors, je m'émerveille des décorations de Noël, et à nouveau je souris.

Bien que je n'aie pas d'amis avec un grand A, je peux toujours compter sur trois voisines qui partagent l'appartement au-dessus du mien et qui me sont sympathiques. Je décide de le boire avec elles, ce vin, et je reviens sur mes pas. Sans téléphoner, sans réfléchir. Je me sens devenir impulsive comme ma mère.

Je sonne, et c'est Debora qui m'ouvre.

« Vous alliez sortir ? Je vous dérange ?

– Nous, sortir ? Tu nous connais mal ! »

Je les fréquente depuis qu'elles ont emménagé ici, en 2016 ou 2017.

Nous avons commencé par nous dépanner pour du sucre, un œuf, une chose qui manquait un dimanche soir, quand les magasins sont fermés. Ensuite nous avons bavardé, découvert que nous venions toutes d'ailleurs, que nous étions des provinciales, et cette proximité nous a réunies.

J'enlève mon manteau, je la suis dans le couloir long et sombre, typique de ces appartements anciens du centre historique, généralement loués à des étudiants ou à des jeunes qui ont du mal à joindre les deux bouts. Debora fait des études d'anthropologie en candidate libre et travaille à temps partiel dans une agence immobilière. Je crois qu'elle a vingt-sept ans. Elle doit être rentrée depuis peu car elle a encore sa casquette Nintendo sur la tête.

Nous allons dans la cuisine, où nous trouvons Claudia et Fabiana assises autour de la table, en jogging et chaussons, comme toujours à la fin d'une journée de travail. Démaquillées, les cheveux retenus par une pince et devant elles une tisane fumante.

J'annonce : « Les filles, j'ai apporté du vin. »

Elles s'animent. Claudia vide aussitôt sa tisane dans l'évier, ouvre le buffet, sort des verres.

« Qu'est-ce qu'on fête ? » demande-t-elle. Là, je bloque parce que je n'en sais rien. À vrai dire j'ai écrit cent pages ces dernières quarante-huit heures. Cent ! Ça me paraît impossible, du jamais vu. De vieux comptes que je règle avec moi-même, je le sais. Et pourtant.

Je bredouille : « Rien. C'est presque Noël...

– Le pire des Noëls. Je n'ai même pas un jour pour descendre chez moi. Ils me font travailler même le 26, ces négriers », commente Fabiana.

Claudia me passe un tire-bouchon. J'ouvre, je verse : « Pars, cherche un autre boulot. » Ça m'a échappé. Ce n'est pas mon genre de donner des conseils risqués, mais aujourd'hui je suis une autre Elisa : je dynamite. « Envoie tout promener, repars dans les Pouilles, réinvente-toi. » Elles me regardent un peu surprises, toutes les trois, et ne disent rien. Se réinventer ? À trente ans, avec l'Italie telle qu'elle est ? Qu'est-ce que je raconte ?

La télé est allumée à faible volume. Nous trinquons, à nous et à notre survie.

« Je déteste mon chef, déclare Claudia, qui se détend.

– Moi hier j'ai rêvé que je l'enfermais dans la chambre frigorifique. Je préférais quand je travaillais à la charcuterie avec cette mégère, dit Fabiana, au moins elle, elle me matait pas les seins. »

Debora apprécie le vin, s'aperçoit qu'elle a toujours sa casquette Nintendo sur la tête, l'ôte et la balance contre le mur au fond de la cuisine. Elle étend les jambes sur le canapé. « Moi par contre je voudrais tuer mon ex. Il like avec des petits cœurs toutes les photos de mes copines.

– Oui mais toi, tu te négliges, reproche Claudia. Depuis qu'il t'a plaquée regarde comment tu t'habilles ! T'as même un trou dans ton legging.

– Et alors ? Je suis pas la Rossetti. »

Je devrais y être habituée : dans chaque conversation à laquelle il m'arrive de participer, notamment ici, dans l'appartement n° 4, il est inévitable que son nom soit lâché, à un moment ou un autre. Et moi, systématiquement, je baisse les yeux, je me mords la lèvre pour cacher le frisson d'embarras qui me parcourt et, bien sûr, ça passe. Mais c'est comme si, il y a des décennies, j'avais commis un hold-up (le jean ?) et que j'aie peur d'être découverte. Une peur absurde, mais une peur constante. Car partout, chaque jour dans le monde, quelqu'un parle de Beatrice. On la prend comme exemple, bon ou mauvais, peu importe. Ils savent ce qu'elle a dit, ce qu'elle a fait, comme s'ils étaient personnellement concernés.

Tout à coup Debora bondit du canapé et monte le volume. Fabiana et Claudia écarquillent les yeux face au téléviseur. Un jeune homme bodybuildé est apparu sur l'écran, un certain Daniele, bronzé, avec une barbichette bien taillée et des cheveux sculptés par le gel. Il est assis dans le fauteuil de l'invité de je ne sais quelle émission, et parle d'une voix rauque.

« Excusez-moi, je n'ai pas bien compris, le coupe la journaliste, est-ce vrai ou pas que vous deviez vous marier ? »

Le garçon nous regarde, nous les spectateurs. Ému, il révèle : « Je ne l'ai jamais dit à personne, jamais, Barbara, vous devez me croire. Mais à Ferragosto, à Formentera, je lui ai demandé de m'épouser.

– Et elle ?

– Elle a dit oui. »

« Menteur ! explose Debora.

– Un mois, deux mois ? renchérit Fabiana. Ça fait combien qu'ils sont ensemble, la Rossetti et lui ? Et il se prétend fiancé avec elle sur toutes les chaînes de télé. »

Elles connaissent parfaitement les noms de tous les fiancés et simples flirts de Beatrice. Et moi, qui n'en connais qu'un, je pense soudain à Gabriele.

Il n'aurait jamais fait ça, lui, venir sous les projecteurs raconter des bains de minuit sans maillot, des journées entières passées dans une chambre d'hôtel. Depuis tout ce temps Gabriele n'a jamais révélé à la presse ni, que je sache, à personne qu'il avait été avec Beatrice. Pas un mois ou deux, mais des années. Et encore moins qu'il avait été le premier. Comme moi il a gardé un silence absolu, il a veillé sur ce secret. Et il me monte à la gorge une vague de nostalgie, de complicité, d'appartenance telle que je me lève de ma chaise sous prétexte d'un dîner urgent à préparer.

Tandis que je m'enfuis, laissant mon verre à moitié bu, je pense à tous ces mensonges que je dis, ces derniers jours. C'est comme si j'avais tout à coup un amant.

J'ouvre ma porte et jette manteau, sac, écharpe en vrac sur la commode. Je me précipite dans ma chambre, m'assieds aussitôt à l'ordinateur et tape « Gabriele Masini » sur plusieurs réseaux sociaux. J'ai des profils moi aussi, bien sûr, mais vides : pas une photo, pas une phrase. Ils ne sont pas là pour qu'on me trouve, juste pour mieux me cacher et débusquer les autres.

Aucun « Gabriele Masini » de T n'apparaît, pas de « Gabri Masini » non plus. Ni un seul qui ait, je calcule, quarante ans. Ou qui soit passionné de moto – l'a-t-il encore, d'ailleurs ? Ils sont tous trop vieux ou trop jeunes, blonds, châtain, poivre et sel. Le temps me manque, et rien, je ne le trouve pas. Je suis contrariée, mais pas surprise.

Gabriele a toujours été indifférent au paraître. Il ne s'est jamais fait faire par Bea un double de ces photos de casting auxquelles elle tenait tant. Il était beau comme le soleil, cent fois plus que ce Daniele. Pour tout dire : bien avant que Beatrice ne devienne sous toutes les latitudes *la Brune* par excellence, dans les ruelles de la vieille ville de T, il avait été lui-même *le Beau Brun.* Celui qui sortait de chez lui en bleu de travail, et mères et filles se taisaient et le suivaient des yeux. Il lui aurait suffi de claquer des doigts pour monter sur une scène ou passer à la télévision. Il aurait pu avoir toutes les filles du monde, briser des mariages, se faire entretenir par de riches Milanaises en villégiature sur les plages de Toscane. Mais il restait dans son coin à fumer des pétards en regardant des films de Miyazaki, satisfait de cette vie impossible à copier ou à reproduire, sans mensonges ni sortilèges, avec une fille qui, bien qu'époustouflante, n'était quand même au début qu'une pucelle de quatorze ans. Je ferme Internet et j'ouvre Word. Je retourne auprès de mon amant à moi. J'en ai un, c'est vrai : ce que je suis en train d'écrire.

Que je ne sais pas nommer – déversoir, journal, roman – mais qu'importe.

Je me rappelle un de ces après-midi, quand « la Rossetti » restait encore à venir et qu'il y avait seulement Bea en bikini, étendue près de moi sur la plage vide, car la saison n'avait pas commencé. Elle prenait le soleil pour « sécher ses boutons » et moi, fagotée dans un de mes T-shirts large et long comme une chemise de nuit, je révisais Thucydide. La mer agitée grande ouverte face à nous, les îles et les bateaux à l'horizon, l'Histoire qui, fidèlement écrite, devient « un trésor pour toujours ». Mais j'avais fini par me lasser d'étudier *La Guerre du Péloponnèse* pour le contrôle du lendemain, et je lui avais demandé : « Comment vous avez fait pour vous rencontrer, Gabriele et toi ? »

Bea avait ouvert ses yeux légendaires, vert pomme translucide dans l'intensité de la lumière. « Tu vois le garage de Damiano ? L'été dernier j'avais un problème de freins sur mon scoot et je l'ai porté à réparer. Maman était restée à m'attendre dans la voiture, sans couper le moteur. En entrant je me suis retrouvée devant ce mec trop cool, Eli, *beau à tomber.* Torse nu, il était là, les mains pleines de cambouis, couché sous une moto, à aider Damiano. Alors je me suis débrouillée pour échapper à la vue de ma mère. »

Comme c'était facile à quatorze ans. Tu entrais quelque part – atelier, bibliothèque, c'est pareil – et aussitôt une histoire d'amour commençait, de celles qui te dévastent à vie.

Gabriele, avec son italien bourré de fautes et ses vagues années de collège, avait deviné d'instinct que cette gamine avait quelque chose. Bea m'avait dit qu'ils s'étaient regardés et « le monde avait cessé de tourner ».

Après quoi elle avait brodé, exagéré, inventé des détails, parce que raconter simplement les faits elle ne pouvait pas, mais en faire un roman, si, et comment !

Ce dont je me souviens bien – peut-être le seul élément de vérité dans cette histoire – c'est que sa mère, Ginevra la sorcière, était là en embuscade derrière ses vitres teintées, avec la climatisation au maximum, sa mise en plis parfaite et sa hâte de redémarrer vers sa boutique préférée. Bea le savait, il fallait saisir l'instant, et elle s'était glissée dans le bureau de Damiano pour arracher une feuille à un bloc-notes. Elle avait marqué son nom, le numéro chez ses parents, en précisant : « Quand tu appelles, dis que tu es Vincenzo, du studio photo Barazzetti », et elle lui avait donné rendez-vous le lendemain sur la plage, derrière la barrière de rochers où nous allions.

« Attends, c'est toi qui lui as donné rendez-vous ? » avais-je dit, étonnée.

Beatrice s'était assise et m'avait regardée d'un air sérieux : « S'il y a quelque chose qui brille à portée de ta main, pourquoi il ne faudrait pas sauter dessus ? »

Mais je me perds, Gabriele m'a fait dériver. Je dois mettre un peu d'ordre dans ce récit. Retrouver ma boussole,

« Sélectionne », dirait Beatrice. C'est vrai, je ne peux pas me mettre à raconter 2001, 2002, notre adolescence tout entière.

Elle m'ordonnerait : « Séduis. » Mais je suis seule ici avec moi-même, je n'ai personne à séduire. Je rouvre mes journaux, je les feuillette rapidement. De ce terrible lendemain de Noël au belvédère jusqu'au printemps 2003, rien ne s'est passé qui soit digne d'être noté. En ce qui me concerne, j'ai juste appris à grandir sans ma mère.

Beatrice était là qui compensait ce vide, le masquait. Parce que Beatrice – et m'en rendre compte m'émeut – m'empêchait de vivre à l'écart comme j'avais toujours vécu, et comme j'ai recommencé à vivre après notre grande dispute. J'étais sûre que je la détestais. Je la déteste encore.

Pourtant, je me surprends à espérer avoir été pour elle, surtout pendant cette malheureuse année 2003, la force de gravité qu'elle fut pour moi.

2

Le retour des rolliers d'Europe

Je t'en supplie, fais qu'il soit là.

Je savais combien c'était improbable mais j'avais espéré, un instant avant de sortir du lycée, tomber sur lui. Appuyé contre le coffre de sa voiture, cigarette pendue aux lèvres. Je fermai les yeux, franchis la porte de sortie en retenant ma respiration. Je descendis deux marches et me dis que, *peut-être*, il y avait une chance.

Je les rouvris, et ce fut mon père que je vis.

Je détestais le 11 avril, qui me rappelait chaque année combien j'étais insignifiante, et que mes désirs ne se réaliseraient jamais.

Papa était le seul quinquagénaire. Les autres étaient des jeunes qui venaient d'avoir le permis et n'avaient qu'une hâte, embrasser leur copine avec la langue. Il était garé comme eux en double file, warnings allumés, mais il avait les cheveux argentés et portait une barbe à la Ben Laden, pas l'idéal à l'époque. Un gros bouquet de roses à la main, et sur le visage le sourire de quelqu'un qui doute de l'effet de sa surprise.

À la gêne que j'aurais éprouvée n'importe quel jour s'ajouta cette autre déception, amère, furieuse. Je fus tentée de filer tout droit sur mon scooter, en l'ignorant.

Mais le pouvais-je ? Il était là, figé dans sa voiture, sans défense au milieu de toute cette jeunesse. Il m'attendrissait presque.

J'allai vers lui. « Qu'est-ce que tu fais ici ? » Ulcérée.

« Je t'emmène quelque part, répondit-il en me tendant les fleurs, c'est ton anniversaire, quand même. »

Oui, sauf que je ne voulais pas le fêter. En aucune manière. J'avais insisté. Pas de bougies, de pizzeria, de liste d'invités qui ne seraient jamais venus. Je pris les roses en évitant de les regarder. Elles étaient rouges.

« Je te l'avais dit : pas de fête pour mon anniversaire.

– Justement, ce n'est pas ça. »

Je me tournai pour voir qui nous regardait : personne. Mais au beau milieu de mon adolescence, je vivais avec l'idée fixe que tout le monde à chaque minute m'observait. Je ne comprends pas aujourd'hui comment je parvenais à concilier un tel égocentrisme avec la conviction que je ne valais rien.

Les filles de la classe se dispersaient pour le déjeuner : les unes radieuses avec leur petit copain, les autres en scooter au ralenti. Aucune n'avait vu les fleurs, ni ne m'avait souhaité mon anniversaire.

« Un déjeuner dehors et une surprise ensuite ? » insista mon père.

À vrai dire, je n'avais pas le choix.

Je montai dans la Passat, posai les roses sur la banquette arrière et remarquai une petite carte, que je ne lus pas. Papa démarra et je baissai la vitre : c'était une magnifique journée ensoleillée. Pour me changer les idées, j'allumai Radio Radicale.

Depuis que j'ai interrompu cette histoire, ce n'est pas qu'il ne se fût rien passé pendant ces deux ans et quatre mois. Le 12 septembre 2001, j'étais descendue au kiosque à journaux dans l'intention, pour la première fois, de m'informer. La veille, j'avais découvert tout à coup l'Histoire, et que j'en faisais partie. J'avais vu les Boeing 767 viser les flancs des Tours Jumelles, des corps se lancer dans le vide du centième étage, et le ciment et l'acier se pulvériser en même temps dans une énorme colonne de fumée. Ceux qui n'étaient pas nés chercheront les vidéos sur Internet mais ceux qui y ont assisté, comme moi, qui abandonnai mon journal intime, furent projetés d'un coup dans une réalité gigantesque et effrayante, qu'il était difficile au début de ne pas prendre pour un film.

Je n'avais jamais lu de quotidien, avant, et je ne savais pas lequel choisir. J'avais donc pris *Il Manifesto*, à cause de son titre : « L'Apocalypse ». Et depuis, j'entrai en classe tous les matins avec un exemplaire sous le bras, qui me faisait me sentir adulte et me valait même quelques regards. Je lisais chaque jour les nouvelles et les analyses avec attention. Et le 11 avril 2003, pendant que mon père m'emmenait hors de la ville fêter mon dix-septième anniversaire, j'écoutais Radio Radicale et plongeais dans le débat sur la guerre en Irak, Bush, Saddam Hussein et la possibilité d'exporter la démocratie, en pensant avec émotion que l'an prochain je pourrais voter. Les pieds sur le tableau de bord et sans ceinture, je jouais discrètement avec le piercing que j'avais maintenant au bout de la langue.

J'avais changé. Pas radicalement, un peu. Et si je passe quelques années sous silence, c'est seulement, je le répète, parce que l'écriture et la vie ne coïncident pas. Et que le roman, comme Beatrice me l'avait enseigné, n'a pas de patience avec les jours qui semblent vides, avec la lente gestation des événements, les modifications des corps qui se comptent en millimètres, en grammes. Il exige l'accélération, la tension, la grande scène.

Ma mère, j'y arrive bientôt.

Papa se gara devant Da Cesari, une trattoria réputée sur la plage, du côté de Follonica. J'éteignis la radio, attendis qu'il descende puis me penchai vers les roses et décidai de lire la carte.

Tous mes vœux, chère Elisa. Ton papa.

Je m'arrêtai sur « chère » et sur « ton », sur la peine qu'impliquaient ces deux mots. Ça ne plaira peut-être pas au roman, mais nous avions passé des heures côte à côte sur le canapé, lui et moi, à regarder la télévision ; et à la saison du raisin, papa m'en épluchait qu'il laissait pour moi sur la table avant de prendre son train ; il y avait eu beaucoup de caddies remplis ensemble au supermarché, les infos commentées pendant le dîner, avec un seul verre de vin rouge chacun, et des semaines et des mois pendant lesquels il ne s'était rien passé, mais dont la somme avait peut-être produit quelque chose d'extraordinaire, puisque cette carte réussit à m'émouvoir autant.

Je la mis dans ma poche et courus le rejoindre. J'entrai dans le restaurant, je le vis de dos qui demandait une table pour nous et, l'espace d'un instant, l'idée me traversa de l'entourer de mes bras. Nous nous installâmes dans un coin avec vue sur la mer. Les établissements balnéaires étaient fermés, ils ne rouvriraient qu'à Pâques. La plage était nue et vide, sans parasols. Je jetai un coup d'œil aux autres tables : uniquement des couples et des familles. « Et nous, on est quoi ? » me demandai-je.

« Merci », dis-je en désignant la voiture où étaient restées les roses.

Papa haussa les épaules et feignit de lire le menu.

Nous commandâmes la même chose : spaghetti *alle vongole* et bar cuit au sel. Papa nous servit de l'eau et nous restâmes en silence un moment, lui à faire des plis sur la nappe et moi à émietter un gressin. Puis il se décida.

« J'aimerais que nous parlions de ton cadeau.

– J'ai besoin de rien. » Je lisais *Il Manifesto*, mes positions vis-à-vis de la société de consommation étaient très sévères.

« Au contraire, il est peut-être temps de changer ton scooter. »

J'écarquillai les yeux et le fixai : je n'aurais jamais imaginé qu'il me proposerait une chose pareille. Je répondis : « Non, ça n'aurait aucun sens. Dans un an je passerai mon permis.

– Mais il est déjà tombé en panne trois fois ! »

Un sourire m'échappa. Ce fut peut-être la petite carte, peut-être le fait d'avoir dix-sept ans, quoi qu'il en soit je lâchai : « Tu m'as dégotté le seul Quartz qui restait à T, le plus moche, si bien que tout le monde se moquait de moi, et tu ne t'en es même pas aperçu. »

Papa sourit aussi : « C'était une excellente affaire, il était robuste et sûr. »

Je repensai à cet après-midi d'une moiteur accablante. Nous étions à T depuis peut-être deux semaines, quand il était venu frapper à ma porte en annonçant qu'il avait une surprise pour moi. Maman était Dieu sait où, Niccolò dormait. Je ne m'étais résolue que par ennui à le suivre dans l'escalier puis dans la cour. Tout fier, il m'avait montré le Quartz. J'avais regardé le pare-chocs cabossé, le tuyau d'échappement rouillé, et j'avais trouvé ce scooter d'une laideur stupéfiante.

« Tu m'avais répondu : "Merci mais je n'en veux pas, personne n'en a à Biella." Heureusement ton frère est descendu et il t'a convaincue de l'essayer, dit-il en riant, lui il était emballé. »

Les spaghettis arrivèrent. Je me penchai sur l'assiette et réalisai que maintenant nous avions des souvenirs communs, papa et moi.

« Je veux pas en changer », dis-je pour conclure. Ce vieux clou avait marqué le début de mon indépendance. « C'était toi qui avais raison. »

Il toussa, passa la serviette sur les coins de ses lèvres. Mais j'avais eu le temps de voir qu'il était ému.

Après le repas, nous repartîmes en voiture. Papa conduisit plus d'une heure vers le sud en s'obstinant à ne pas me dire où nous allions. Il quitta l'Aurelia, s'engagea sur une petite route défoncée. Des maisons, des granges, des pompes à essence. Puis toute trace d'humanité disparut et il ne resta plus qu'une plaine aride de chênes verts. Quand le paysage se transforma en marais, je m'inquiétai : « Où tu m'emmènes ?

– Fais-moi confiance, on y est bientôt. »

Dix minutes plus tard apparaissait une grande pancarte marron qui annonçait le parc naturel de San Quintino.

Les bras m'en tombèrent.

« J'ai pensé à tout », dit papa en éteignant le moteur.

Je comptai deux malheureuses voitures sur le parking, en plus de la nôtre.

« Je t'ai acheté des jumelles 8×42, une casquette à visière et une tenue de camouflage pour éviter de les déranger.

– Déranger qui ?
– Les oiseaux. »

C'était une plaisanterie ? À l'époque, je voyais le monde tout noir ou tout blanc : poésie contre mathématiques, nature contre culture. J'ai beau parler souvent, aujourd'hui, des contradictions, j'étais alors la première à ne pas les accepter. C'était mon avant-dernière année de lycée et je considérais les sciences comme une matière de pauvres types qui collectionnaient des insectes, alors que les poètes, eux, avaient tout compris.

Papa me tendit une casquette neuve marquée *bird watcher*, comme la sienne. Je m'insurgeai : « Vas-y toi, je t'attends ici et je travaille mon grec. »

Papa descendit, fit le tour de la voiture et vint ouvrir la portière de mon côté : « Allez, dit-il d'un ton sérieux, j'en ai assez de tes "non" perpétuels. Tu es fermée, tu as une mentalité fermée, ça ne va pas. »

Je sortis lentement, avec un soupir. Il ouvrit le coffre et me donna un pantalon et un sweat avec l'étiquette encore attachée, une paire de chaussures de trekking neuves elles aussi ; le tout vert kaki, comme la casquette.

Je ne bougeais pas. Papa achevait ses préparatifs, résolu. « Déjà, ce n'est pas la bonne heure, nous avons peu de chances de voir un rollier d'Europe. Change-toi et vide ton sac de cours, prends seulement les jumelles et la gourde, et j'insiste, laisse tout le reste dans la voiture. Allez, zou ! »

Le birdwatching le rendait fanatique. Je regardai autour de moi : ni toilettes ni bar où me déshabiller. Je m'escrimai donc à enfiler ces vêtements neufs, coincée entre les sièges. Pas question de me montrer en petite culotte à mon père.

Je sortis de la voiture habillée en parachutiste. Papa me coiffa de la casquette, m'ordonna de parler doucement, à la limite du chuchotement, et surtout de ne pas faire de bruit. Puis nous pénétrâmes dans la forêt de chênes-lièges. L'air était lourd et humide. L'espèce-cible, dans le jargon, était ce fameux rollier d'Europe revenant d'Afrique pour se reproduire et nidifier. L'amour allait les pousser à oublier la prudence et sortir à découvert : il fallait se poster et attendre. C'était tout.

Je préférais de loin les chats aux oiseaux. Au moins ils se laissaient caresser et venaient si on les appelait. Ces fameux rolliers en revanche étaient bien cachés, à croire qu'ils n'existaient pas. Nous passâmes une demi-heure debout, silencieux, sous un myrte. Papa l'oreille tendue, jumelles sur le nez, en concentration maximale. Il reconnut un pluvier, un courlis, me chuchota : « Vite ! Regarde ! » Et moi qui avais *dix-sept* ans, j'aurais dû être ailleurs, à faire tout autre chose. Je ne savais même pas comment les tenir, ces jumelles. L'espace d'une fraction de seconde, je réussis à faire le point sur une tache.

À six heures et demie, après une éternité tapis sous les myrtes, nous n'avions toujours pas vu l'ombre d'un rollier et je ne voulais rien d'autre que rentrer, mais papa était pris d'une telle ferveur que je n'osai pas le lui dire.

Nous allâmes ensuite nous cacher dans une cabane pour photographier les oiseaux. Il sortit de sa besace son appareil photo tout neuf, un Contax N digital – qui jouera un rôle clé par la suite – et immortalisa des dizaines de volatiles rares en voie d'extinction, sauf un : le rollier d'Europe.

Nous revînmes au cours d'eau. Je n'en pouvais plus d'écouter ces piaillements, ces glapissements, ces bourdonnements d'insectes. Ne jamais dire un mot m'anéantissait, sans même parler de la boue ni des piqûres de moustique. « C'est un classique, se fixer un objectif et le manquer », dit-il en s'arrêtant sur la rive.

Il aperçut une fleur et rangea son Contax pour prendre son Polaroid, celui-là même qu'il utilisait à la belle époque pour immortaliser ma mère. Il mit plusieurs minutes à choisir le bon angle et la bonne lumière. Je l'entendis compter, comme si cette pauvre fleur pouvait se rebeller. Il appuya sur le déclic. La pellicule sortit, incolore. Il la prit, la rangea dans son carnet. Elle mettrait plusieurs minutes à se développer mais il attendrait encore : une fois rentré, il s'enfermerait dans la grande chambre où depuis longtemps il dormait seul, s'assiérait sur la chaise où s'entassait une bonne douzaine de pantalons, comme chez les divorcés qui s'entêtent à ne pas refaire leur vie, et là, il retournerait le Polaroid. En priant pour qu'il soit réussi.

« On rentre, maintenant ?

– Attends, je vais en prendre une autre.

– Non ! »

J'avais perdu patience. « C'est mon anniversaire, pas le tien ! »

Papa s'immobilisa et me regarda, réalisant peut-être qu'il était tard.

« C'est bon, on rentre. »

Nous nous étions à peine retournés qu'un froissement d'ailes nous surprit. Un appel, une réponse d'un arbre voisin. Papa se précipita sur les jumelles, zooma. Un sourire d'extase se dessina sur son visage, et il balbutia : « Eli, des rolliers ! Un mâle et une femelle. »

Je zoomai à mon tour, difficilement. Immobile, cessant même de respirer, je distinguai au fond des lentilles le plumage bleu, le bec noir, l'œil vigilant d'une beauté étrangère, et mystérieuse. Je pris conscience du prodige.

À cet instant, mon portable sonna.

Comme un coup de fusil, il fit le vide autour de nous.

Je me précipitai sur mon sac, m'échinai pour tenter de l'arrêter.

« Bordel de Dieu ! » s'écria mon père. C'était la seconde fois, après le gâteau à la marijuana, que je l'entendais jurer. « Il fallait te le dire, d'éteindre ton portable ? T'aurais pas pu y penser toute seule ? Merde ! C'est une obsession ce truc ! »

Je ne le trouvais pas. Dans la poche externe, dans la poche interne, où est-ce qu'il était passé ? Le rollier était parti depuis longtemps. Disparu si vite qu'on pouvait croire l'avoir seulement imaginé. Je le trouvai. Papa me fixait, profondément déçu. J'avais le téléphone en main et il sonnait encore.

« C'est Beatrice, dis-je pour me justifier, je dois répondre. »

Je courus me cacher derrière un arbre.

« Allô ? » Ça captait mal. « Bea, tu m'entends ?

– Où tu es ? Je t'entends à peine. »

Nous ne nous étions pas vues, le matin : elle n'était pas venue en cours, comme cela lui arrivait souvent à l'époque.

« Ma mère dit qu'elle veut te parler.

– Hein ? » Je crus n'avoir pas compris.

« Maman – elle appuya sur ce mot interdit. Demain après-midi. Viens, s'il te plaît. »

Cela me paraissait incroyable.

« Bien sûr que je viens. »

Elle avait oublié mon anniversaire : j'y pensai, et aussitôt me sentis coupable. Avec tout ce qu'elle traversait. Elisa, tu devrais avoir honte.

« Bon anniversaire, me dit-elle, la journée a été lourde mais j'ai pas oublié. Je t'ai même fait un petit cadeau. »

J'eus les larmes aux yeux.

« À demain, promis-je.

– À trois heures, à la tanière ?

– OK. »

Je raccrochai. Vérifiai si j'avais reçu un message, rien. Niccolò ne s'en était pas souvenu. Maman m'avait envoyé un SMS à huit heures, avant de commencer le travail, puis un autre au moment du déjeuner : elle raffolait des SMS, m'écrivait sans cesse qu'elle m'aimait. *JT'M, je t'aime.*

« Range ça », m'ordonna papa quand je revins de mon arbre. Évidemment, il détestait les SMS.

« Éteins-le, ajouta-t-il avec rancune, maudit soit le jour où je te l'ai acheté ! »

Je ne protestai pas, ce qui le fit taire. C'était un Nokia 3310, de ceux que tout le monde avait. J'avais demandé à papa de m'en offrir un, je l'avais imploré. Je me faisais passer pour punk, mais il me manquait le courage d'être différente. Et lui, pourtant opposé, il avait cédé au Noël précédent. Et maintenant nous nous disputions.

J'en fus contrariée. Sur le chemin du retour, nous n'échangeâmes pas un mot. Papa ne repéra plus rien, la page de son carnet contenant ses observations resta à moitié vide pour ce jour-là. Je m'en sentis responsable.

Dans la voiture, je n'osai pas allumer la radio. Je gardai mon portable dans ma poche, inerte. Je le tâtais discrètement et y lançais de temps en temps un coup d'œil : s'il pouvait s'éclairer… Un message, ou même juste un bip ! De *lui.* Pourquoi papa ne comprenait-il pas que c'était *indispensable* pour moi, au moins le jour de mon anniversaire, de garder la sonnerie allumée ?

Dès notre retour, je m'enfermai dans ma chambre. Avant tout, avant d'ôter ces chaussures boueuses et ce sweat trempé de sueur, de laver mes mains sales et d'étancher ma soif, j'allumai l'ordinateur. Le mien. Autre prodigieux cadeau de papa.

Impatiente, j'attendis que l'écran se remplisse. Chaque dossier qui apparaissait me causait de la douleur et du plaisir, de l'espoir et de la peur. Voilà ce que je faisais maintenant, tous les soirs, jusqu'à minuit. Je finissais mes révisions, dînais avec mon père, regardais la télé avec lui. Puis je partais me cacher. Mais je n'étais plus seule.

La partie « Documents » contenait de multiples fichiers Word emplis d'adjectifs grandiloquents, de substantifs tombés en désuétude, de métaphores, plus ou moins embarrassantes à lire aujourd'hui, mais qui certifiaient alors à mes yeux que j'étais un écrivain. Je m'en enveloppais, me travestissais, m'enivrais. Je n'avais rien compris à l'écriture, mais je croyais m'en servir pour séduire. Et puis il y avait un dossier secret. Protégé par un mot de passe. Il s'appelait *Épistolaire.*

J'ai dit que j'avais changé : j'étais devenue technologique, je n'écrivais plus à la main sur du papier. J'étais même connectée à Internet par l'ADSL, qui ne faisait pas de bruit et ne coupait pas la ligne du téléphone, même si plus personne déjà n'utilisait les fixes. Mais je ne surfais pas. Je restais immobile. Mon ailleurs, c'était le passé, pas le futur. Et pourtant une boîte de courrier était apparue dans ma vie. De courrier électronique.

Mon père, un dimanche, m'avait persuadée de choisir un pseudo et m'avait enregistrée sur Virgilio. De tout le web, à présent, je ne fréquentais plus que cette adresse, où une seule personne me rejoignait.

Nous nous écrivions chaque nuit.

Des choses impossibles à répéter, dangereuses.

Et si l'autre ne répondait pas aussitôt après, les bips vibraient sur les téléphones. Sous l'oreiller, à côté du lit, il continuait à biper jusqu'à trois, quatre heures pour dire que nous ne pouvions pas dormir, que nous ne pouvions que penser à l'autre, nous lever, nous écrire encore. Et ce Nokia était un instrument de torture.

Pendant la journée nous savions parfaitement nous ignorer. Mais à vingt-deux heures trente nous attendions chacun le mail de l'autre. Et tout, derrière l'écran, devenait admissible : toutes les déclarations, tous les actes. Nous arrivions, par les mots, à un point où il devenait impossible de dormir. Et nous devions continuer. Avec le téléphone, avec l'ordinateur.

Comme une trace lointaine, l'adresse mail remonte à ma mémoire, et je souris de tendresse : moravia85@virgilio.it.

J'étais morante86, et j'avais des seins.

Depuis qu'ils avaient grossi, au lycée on m'appelait Elisa.

En deux étés j'avais grandi de cinq centimètres. Dans les jeans de mon frère pointaient sans équivoque mes hanches et mes fesses.

J'ajoute qu'en 2003, à T, personne n'avait de piercing sur la langue. Je pouvais sortir le mien, m'amuser à le taper contre mes dents et me sentir particulièrement cool. Aux blagues peu originales, toujours les mêmes, des garçons – « Tu dois être sacrément bonne, maintenant, pour sucer » – je répondais d'un air hautain par une moue méprisante et un doigt d'honneur. Je me maquillais, je lisais *Il Manifesto* et Enzo m'avait coupé les cheveux au carré, diminué la frange. Bea jurait que je ressemblais à Uma Thurman dans *Pulp Fiction*. La révolution !

Pourtant, j'étais toujours moi.

La Palazzina Piacenza plantée au cœur, le sang extravagant de ma mère, notre histoire boiteuse, pleine de trous : les seins ne résoudraient rien, les piercings non plus.

Je restais la ringarde qui passait ses après-midi sur un rocher à lire *Ainsi parlait Zarathoustra* en faisant semblant d'y comprendre quelque chose, puis qui rentrait à la maison. Au lieu de sortir le soir, danser jusque tard devant la scène, me saouler, m'enfermer dans les toilettes à fumer des joints ou embrasser quelqu'un. Pas quelqu'un : Moravia. Je tourne autour, mais on a compris de qui il s'agit.

Au lieu de devenir la petite amie de Lorenzo, je l'avais regardé revenir vers Valeria, se mettre avec une autre, la tromper à son tour, et je n'avais pas bougé le plus petit doigt pour entrer dans la ronde. Je rêvais, rêvais et rêvais, au port, au bout de la barrière de rochers, sur un bloc de granit haut et plat. Le vent dans les pages, dans les cheveux, comme une héroïne romantique. Fuyant désespérément le réel.

J'étais sûre de ne pas pouvoir dépasser le désastre de deux ans plus tôt sous le chêne, la honte, le manque d'assurance, la faute indéracinable d'être moi. Je ne vivais rien de ce que j'aurais désiré : en voiture avec lui au belvédère, sa langue dans ma bouche, mes cuisses qui s'ouvrent, les mains qui fouillent, les doigts enfilés. Et que tout le monde le sache.

Il baisait maintenant, oui, avec les autres.

Mais c'était à moi qu'il écrivait tous les soirs.

Et tous les soirs je lui répondais.

Il était Moravia, moi la Morante.

Qu'entre parenthèses, nous n'avions même pas lus. Nous ne les avions choisis que pour l'aura de passion qu'évoquaient les images des deux écrivains ensemble. Des photos ! Un comble… Nous jouions à être des lettrés. Dans une saison du web où les autres s'appelaient « gattina86 » ou « lore84 », nous nous pensions différents, les seuls à avoir accès à la vérité. Nous étions lourds, je le sais, et même un peu ringards.

J'ouvris mes mails, ce 11 avril, morte de soif et d'envie de faire pipi, sans pouvoir attendre une minute et encore moins qu'il soit vingt-deux heures trente.

Dieu, je t'en supplie, fais qu'il m'ait écrit. La page se chargea avec la lenteur insupportable d'alors. Le cœur dans tous ses états, je me penchai sur l'écran : *Vous avez 1 message NON LU.*

Il s'était souvenu. Je sentis une décharge de bonheur violent. L'heure du mail était 15 h 50, l'objet : *Bon anniversaire, mon amour.*

Il ne s'était pas arrêté à la porte du lycée pour m'attendre, il ne m'avait pas emmenée dans la Golf que ses parents lui avaient offerte pour ses dix-huit ans. Et pourquoi donc l'aurait-il fait ? Tel était le pacte scélérat que j'avais imposé : les mots, pas les corps.

3

Gin

Beatrice et moi avions un endroit, désormais : notre « tanière ». Une petite villa saisie ou mise sous séquestre, je ne sais pas, abandonnée à la poussière au fond de la via dei Lecci. Personne ne pouvait y entrer, sauf nous.

Quand j'arrivai, le 12 avril, je la trouvai assise sur le canapé, dont il ne restait que la mousse, à nu. Elle était penchée sur son portable, qu'elle tenait simplement entre les mains. Elle attendait, c'est tout.

Elle avait changé elle aussi, tellement que j'ose à peine l'écrire parce que je veux la préserver d'une description impubliable, et par hostilité envers ce monde où il est si facile de feindre. Prendre la pose, sourire. Aux Maldives, à un mariage ou quand un enfant naît. S'exhiber et envoyer cette image à la face du monde. Mais les autres jours ? Les peurs, les maladies, les funérailles, comment l'humanité prévoit-elle de s'arranger ? Je suis peut-être une ratée rabat-joie, mais laissez-moi le dire : la vie a besoin de la littérature.

Je dirai donc comment Beatrice était devenue : laide. Le fond de teint ne cachait plus rien, ni l'acné ni les nuits d'insomnie ni le plus haut degré de souffrance, dépassé depuis longtemps. Elle avait grossi, à force de manger debout devant le frigo maintenant que plus personne ne contrôlait son alimentation. Finie la salle de sport, abandonnée la danse, Enzo déserté depuis des mois. Elle cachait ses kilos sous des sweats et des jeans larges, ne portait plus que des baskets. Je ne sais combien de gens seraient ravis de l'imaginer dans cet état, mais les mots ne sont pas comme les images, ils ont de la pudeur et de la pitié.

En m'entendant entrer, elle leva les yeux vers moi et dit : « Ils ont commencé la morphine. Hier soir. »

Je restai debout. Il y avait une table dans cette pièce mais pas de chaises, la moitié du divan qui n'était pas défoncée ne suffisait pas pour nous deux.

« Mais elle ne le sait pas, continua-t-elle, pragmatique. Alors, s'il te plaît, elle doit croire qu'elle va guérir. »

Je restais immobile.

Bea regarda encore une fois son portable. « J'attends que l'infirmière me dise qu'elle est réveillée, comme ça on pourra y aller. »

À côté, il y avait une cuisine, avec ce qu'il restait d'une cuisinière et d'un placard solitaire, et la trace d'une hotte. Dans la salle de bains, il manquait le bidet et les parois de la douche, et quelqu'un avait oublié deux brosses à dents dans un verre sur le lavabo.

« Tu as peur ? Je me demande bien ce qu'elle veut te dire.

– Bien sûr que j'ai peur de ta mère. »

Bea sourit. Elle noua avec un élastique ses cheveux négligés, redevenus frisés, auparavant toujours férocement domestiqués. « Moi, j'ai seulement peur qu'elle meure ; et c'est absurde, puisque je sais bien qu'elle va mourir. »

Je restais… Je ne savais rien faire d'autre que *rester*: dans la même position, inerte, silencieuse. De la mort on ne savait que faire, à dix-sept ans surtout : le pire des malheurs, de la culpabilité, du vide. Beatrice en avait conscience, et elle essaya d'éluder la question. « On va là-haut ? »

J'acquiesçai et la suivis dans l'escalier. Détail que j'ai oublié de rapporter : un cheveu blanc lui était venu, au milieu du crâne. Un seul, mais qui ressortait parmi ses cheveux châtain foncé, comme la mèche d'une vieille dame. Je me demandais comment elle avait pu ne pas le remarquer mais je n'osai pas le lui dire.

Il y avait deux chambres à l'étage, dont une intacte, la plus grande. Il ne manquait que les vêtements dans la penderie. Beatrice ouvrit en grand la fenêtre sur l'arrière, et fit entrer l'air et le soleil. Nous laissions toujours fermée celle qui donnait sur la rue : si quelqu'un avait remarqué du mouvement à l'intérieur, il aurait peut-être appelé la police.

Elle était excessive, notre amitié. Nous nous laissions tomber sur le lit en nous tenant par la main, enfonçant le nez dans les oreillers et soulevant des tonnes de poussière, nous glissions sous la courtepointe en satin, dans des draps qui avaient servi mais qui étaient devenus les nôtres. Que sentaient-ils ?

Je m'arrête, mains levées au-dessus du clavier, je ferme les yeux pour oublier le bureau, les murs bien rangés qui m'entourent, et retrouver les rayons de lumière de cette chambre, cette brume poussiéreuse, comme la neige en plastique dans les souvenirs, mon cœur qui chaque fois battait la chamade.

Ça sentait les années. Les spores entrées par les fissures, le pollen des plantes, le moisi et d'antiques molécules d'adoucissant, la paix après la dispute, l'amour ignoré des autres, le silence où s'en vont finir les choses, le shampoing de Beatrice.

Nous nous enlaçâmes. Je glissai un genou entre ses jambes, elle la tête entre mon épaule et mon menton. Nous aurions pu rester ainsi, fermées l'une sur l'autre pour nous protéger de la brutalité du monde, pendant des heures. C'était notre maison, au « numéro zéro, rue des Fous ». Là, tout était juste. Parfois nous faisions nos devoirs, d'autres fois nous nous endormions, parce que je restais tard devant l'ordinateur, et elle assise sur une chaise, près du lit médicalisé de sa mère ; d'autres après-midi, je préfère les laisser dans le secret, que la tendresse ou l'indécence de ces moments vieillissent avec moi, se désagrègent avec moi, sans témoins.

Ce jour-là, Beatrice éclata en sanglots. Elle cacha son visage dans ses mains. Je les écartai et me penchai pour lui donner un baiser.

« Ça veut dire quoi qu'elle va mourir ? » Elle essuya ses larmes. « Je n'arrive pas à imaginer l'avenir. Mon frère, ma sœur, papa : qu'est-ce qu'on va faire ? Il n'y aura plus rien pour nous tenir ensemble.

– Je serai là. »

Elle ne m'écouta même pas. « Je ne suis pas prête, c'est trop tôt. »

Elle se tourna pour regarder le mur, en se mordant la lèvre. J'écoutais les pensées qu'elle n'avait pas le courage de dire : « Elle ne sera pas là le jour de mon bac, de ma soutenance, elle n'y sera pas le jour de mon mariage, à l'hôpital si j'ai des enfants. Je verrai toujours un cratère à sa place et je ne serai plus jamais heureuse. »

« Papa paiera Svetlana pour qu'elle s'occupe de tout, lui de toute façon il vit déjà au bureau. Costanza ne rentrera plus de l'université, même pas pour les fêtes. Et Ludo, il a quatorze ans. »

Nous nous assîmes, face à face.

« Je suis là », répétai-je en lui prenant les mains. Mais pour Bea ce n'était pas suffisant.

« Tu sais ce que ça veut dire, *vraiment*, qu'elle meure ? » Elle me fixa de ses grands yeux, d'un vert contre nature. « Que je vais être seule. » Elle exigea de moi une parole vraie : « Celle qui écrit c'est toi. Alors dis-le-moi. Je deviens seule, c'est bien ça ? Tellement que je n'ai plus rien, je ne sais plus quoi faire à Noël, et je n'ai plus aucune raison d'aller en cours, plus personne pour qui ça compte que j'aie une bonne note.

– Pas seule, non. Orpheline. » Je cherchai dans mon vocabulaire des mots pour dire le courage, et, je continuai : « Tu ne peux pas penser aux Noëls, aux dimanches, que tu vas la retrouver chez toi pour lui dire que tu as eu un 8. Tu ne peux pas comparer. Parce que c'est vrai qu'en te retournant, tu ne verrais plus rien derrière toi. Mais devant, tu as tout, Bea. Toute ta vie qui est là, à prendre. »

Ses yeux se remplirent à nouveau de larmes.

« Pas à prendre, à perdre. »

Les miens aussi se remplirent de larmes.

« Un jour tout changera. Je te le jure, tu auras ta revanche.

– Non, Eli, dit-elle en secouant la tête. C'est ma maman. »

C'était arrivé début novembre. Sa mère, Ginevra dell'Osservanza, était brusquement tombée dans l'allée, en rentrant avec deux sacs de courses, sans avoir buté sur rien. Tombée comme un sac de pommes de terre, et elle s'était cassé le fémur.

À cinquante-cinq ans.

La première chose qu'on lui avait demandée aux urgences, c'était si elle suivait un traitement, et pour quelle tumeur, et elle avait répondu : « Oui, au sein. Mais tout va bien maintenant. » Ils avaient continué tous, elle, son mari et ses enfants, à se dire que la douleur aux jambes dont elle se plaignait sans cesse était due aux effets secondaires des médicaments. D'ailleurs, l'opération s'était bien passée, la tumeur avait été enlevée, les cycles de chimio et les rayons étaient terminés, les examens étaient bons : ça ne pouvait être que les traitements.

Jusqu'à ce qu'un matin, aux urgences, une résonance magnétique trouve la vérité : des métastases, à un stade si avancé qu'elles lui avaient rongé la hanche et beaucoup d'autres os. Le fémur avait été pulvérisé. Deux sacs de courses avaient suffi à la faire s'écrouler comme la première Tour le 11 septembre.

Elle ne pourrait plus se lever.

Guérir, encore moins.

Beatrice devint folle, comme le reste de sa famille. Ils s'étaient fait des illusions, ils avaient cru à un dénouement heureux, mais la réalité adore briser les rêves, ou se moque bien de les briser. Je me rappelle ma course à l'hôpital, accompagnée par mon père, pour rejoindre Bea. Le couloir froid du troisième étage, peint en jaune. Notre étreinte, jusqu'à nous faire mal, et de l'autre côté les visages ravagés de Riccardo, le père, Costanza et Ludovico.

Ils l'avaient peut-être dit, à Ginevra, que j'avais été une bonne amie. Que pendant toute la durée de son hospitalisation, un mois, j'étais venue tous les jours m'asseoir devant sa chambre, sur un siège en plastique fixé au mur, m'informer sur son état et aider Beatrice pour les devoirs. Et aussi que, même si je continuais à ne pas être invitée chez eux, je m'étais présentée à la grille du 17 de la via dei Lecci chaque fois que c'était nécessaire, quels que soient l'heure et le service à rendre. Et c'était peut-être pour cette raison que le 12 avril, pendant ce qui fut sa dernière semaine de vie, Ginevra demanda à me parler.

Pour me pardonner. Ou me condamner.

Je n'en savais rien, j'étais terrorisée mais en même temps contente qu'elle me reconnaisse un rôle, que nous ayons cette occasion. Puisqu'à l'époque, à être aussi folles de Beatrice, il n'y avait au monde qu'elle et moi.

« Quelle idiote, il faut que je te donne ton cadeau ! » Bea se secoua, nettoya avec un mouchoir en papier le mascara qui avait coulé et se leva. Elle ouvrit l'armoire et se mit à chercher. « Je l'ai caché ici, quelque part, je ne sais pas si ça va te plaire… »

Elle le retrouva, me le tendit : un petit paquet plus enveloppé de scotch que de papier, sûrement fait par elle.

« Oh, je suis désolée d'abîmer un si bel emballage !

– Ouvre-le, méchante. »

Il me fallut l'ouvrir avec les dents. À l'intérieur il y avait aussi un papier, puis un autre, et un autre encore.

« Il y a quelque chose, ou c'est juste une blague ?

– Tu n'arrives pas à faire confiance, hein ? »

Non, et en y repensant, j'avais raison. Même pendant cette période tragique et agitée, où les frisottis marron étaient desséchés par les teintures, le blush tartiné ici et là sur les joues, je sentais que, tout au fond de cette douleur, la créature magique était là, enfouie mais aux aguets, porteuse d'un pouvoir inextinguible et capable de se réveiller d'un coup et de reprendre les commandes.

Je continuais de défaire les papiers et, à la fin, un piercing : vert phosphorescent, magnifique. Je lui sautai au cou, ravie.

« Je suis allée jusqu'à Marina di S. le chercher pour toi.

– Merci.

– Et tant qu'à faire, j'en ai pris un nouveau pour moi aussi. Regarde ! »

Elle releva son sweat, son T-shirt. Sur son ventre moins plat et moins bronzé que l'été d'avant, un petit brillant fuchsia étincelait à son nombril.

« Fantastique ! » Je l'ai touché.

« Change le tien aussi, maintenant. »

Nous nous précipitâmes à l'étage en dessous, dans la salle de bains où il n'était resté qu'un bout de miroir, mais c'était suffisant. Bea m'aida à me laver les mains, si on peut dire, au-dessus du lavabo, avec une petite bouteille d'eau. Je dévissai la boule de mon vieux piercing en acier chirurgical, l'enlevai, le regardai un instant dans la paume de ma main.

Nous l'avions fait à Ferragosto. Parce que le 15 août 2002 était le deuxième anniversaire de notre rencontre. Beatrice avait choisi de se faire percer le nombril : elle a toujours été à l'origine des modes les plus répandues ; moi en revanche le bout de la langue, comme les Mayas et les Aztèques. À Marina di S., dans la seule boutique de piercing à des kilomètres, en cachette de nos parents. Nous avions discuté des endroits du corps que nous pouvions leur cacher mais montrer au lycée. L'aiguille nous avait transpercées, nous avions senti le choc de la douleur. Encore du sang, après celui de la rupture de l'hymen, je veux dire. Notre amitié, évidemment, impliquait le recours à la douleur, quelle qu'elle soit. « Maintenant oui, on est punks », lui avais-je assuré en remontant sur son scooter. Elle avait démarré. À deux et à soixante-dix à l'heure sur la route, comme le jour du vol du jean.

Nous nous étions arrêtées au McDonald's. Le soir, nous étions allées sur la Plage de fer voir les feux d'artifice, là où personne n'avait l'idée de venir. Puis nous étions rentrées sur la pointe des pieds, et nos parents ne s'étaient aperçus de rien, ni le lendemain ni les jours suivants. Mais à la reprise des classes, en septembre, nous avions fait une entrée triomphale. Elle avec un top ultra-court qui montrait son ventre, et moi qui n'arrêtais pas de lui tirer la langue. Tout le monde en était resté bouche bée.

Quand j'insérai mon nouveau piercing et me regardai dans le triangle de miroir, je me dis que les autres pouvaient bien crever, mais pas nous. Que nous étions peut-être destinées à quelque chose de grand, qui passerait à la postérité. Ou alors quelque chose de minuscule, et que nous finirions vieilles filles dans une maison de retraite, oubliées mais *ensemble.* Gagner, perdre : aucune différence, pourvu que nous soyons toujours ensemble.

J'allais le lui dire, quand son téléphone sonna. Je le détestai de sonner juste à ce moment. Mais apparemment Beatrice n'attendait que ça car elle s'en empara à l'instant et répondit : « Oui, on arrive. »

J'entrai sans bruit, comme s'il y avait là un enfant endormi que je ne devais pas réveiller. Seule, puisque c'était ce que voulait Ginevra.

Les stores étaient baissés, des médicaments posés presque partout, l'air imprégné de l'odeur âcre des corps qui ne se lèvent pas, ne bougent pas. La chambre des portraits était devenue la chambre du cancer.

Elle était couchée sur le côté, cachée par les draps et les renflements de l'oreiller. J'allai vers elle. Elle se tourna avec difficulté pour regarder mon visage. Je la regardai à mon tour et mon cœur s'arrêta de battre.

Ginevra était méconnaissable.

Squelettique, la peau flétrie et d'une pâleur spectrale. Quelques cheveux blancs ébouriffés sur son crâne nu, comme si elle avait vieilli de cent ans d'un seul coup. Il ne restait plus rien de la femme élégante et forte que j'avais connue, dans ce corps : la maladie l'avait humilié, à un point tel qu'aujourd'hui j'ai encore du mal à l'accepter. Pourtant ses yeux se mirent à briller quand je m'approchai d'elle, d'impatience et d'ardeur.

« Eh, tu t'es fait toute belle. »

Je m'efforçai de sourire.

« À ta tête, en revanche, je vois que je suis devenue horrible.

– Pas du tout... répondis-je d'une petite voix étranglée.

– Écoute, faisons tout de suite un pacte : pas de mensonges entre toi et moi. On m'en dit déjà tellement ici, et moi je fais semblant de les croire. Pas pour moi, pour eux, pour qu'ils se sentent mieux peut-être. Mais toi tu es intelligente et je ne veux pas devoir regretter de t'avoir fait venir. Je n'ai pas voulu de prêtre non plus, sache-le. » Elle reprit son souffle. « Maintenant, assieds-toi. »

J'obéis. J'entrevis du coin de l'œil les murs tapissés de cadres, les portraits souriants et lumineux de Beatrice et de la famille tout entière. Je détournai les yeux.

« On ne s'était pas comprises, nous deux. Mais maintenant tout a changé. » Elle essaya de se pencher. « Je n'y vois plus très bien mais j'ai l'impression que tu as mis du rouge.

– Oui, mentis-je.

– C'est bien. Ce n'est pas de la bêtise, comme certains le croient. C'est de la *dignité*. Il faut se présenter sous son meilleur jour, en toute circonstance. »

Je savais qu'elle ne distinguait plus les couleurs. Dans un jour ou deux, elle serait complètement aveugle. Les métastases avaient migré des os jusqu'au cerveau, et dévoraient à présent le nerf optique.

« Je n'irai pas par quatre chemins : tu dois t'occuper de Beatrice. »

J'avalai ma salive.

« C'est *toi* qui dois t'en occuper, sans moi personne ne s'occupera d'elle. Il ne faut surtout pas qu'elle se retire du circuit, il faut qu'elle s'affirme. Tu dois t'assurer qu'elle étudie, qu'elle continue à travailler dans la mode, à faire des défilés, des castings, des publicités. Après le lycée il faut à tout prix qu'elle aille à Milan. Milan, Elisa. Tu dois me le promettre.

– Je vous le promets.

– Je te sens hésitante.

– Non, non... » Je me sentais juste infiniment mal à l'aise.

« Je te donne ma confiance, en un moment comme celui-ci. Tu ne dois pas la trahir. »

Sa voix, je jure qu'elle résonne encore aujourd'hui dans mes oreilles : quand je me distrais, que je lève la tête d'un livre et que je m'absente, ou quand je prends une douche et que je ferme les yeux sous l'eau bouillante ; parfois en pleine nuit, si claire qu'elle me réveille.

Son corps était à bout, anéanti, un spectacle à faire pleurer et, de fait, je ne cessais de renifler et de tousser pour tromper ma peine, mais sa voix était son âme, intacte. Elle contenait une détermination, une férocité dont seule Beatrice a hérité et qu'elle a dans ses chromosomes, plus encore que dans son ADN.

« Tu as vu comment elle est maintenant ?

– Oui…

– Moi aussi j'ai perdu ma mère tôt, je sais comment on se sent. Beatrice est capable, elle est forte, elle est comme moi. De toute cette bande, là – elle leva la main et fit tourner son index en l'air –, elle est la seule qui ait le courage de vider mon bassin. Mais elle ne doit pas finir comme moi. Elle ne doit pas épouser un type qui l'emmène vivre dans un endroit comme T, où il n'arrive jamais rien, et à la fin on s'évapore et on disparaît. Un type qui te demande d'arrêter de travailler pour te pousser ensuite dans un coin et te faire archi cocue. Elisa, jure-moi que tu ne la laisseras jamais le faire. Je ne le supporterais pas.

– Je vous le jure.

– Tu vois, moi j'ai échoué. Je faisais des photos, plus jeune, magnifiques. Extraordinaires. Rien à voir avec ça – elle montra les photos sur le mur avec mépris. Tous les photographes de Latina me disaient : Gin, toi tu feras la couverture de *Vogue*, de *Elle*, de *Glamour* sur toute la planète. Tu défileras à Paris, ta vie sera un film, un roman, elle fera envie. »

Il y eut un silence de quelques instants. J'observai de nouveau ses portraits photographiques d'épouse et de mère, distinguai derrière les images les frustrations et les renoncements invisibles.

« Emmène-la se faire coiffer par Enzo, s'il te plaît, après mon enterrement. Elle restera affreuse pendant quelque temps, au début, mais toi, tu lui feras reprendre son régime. Oblige-la à se maquiller, accompagne-la aux castings, passe les coups de fil. Il est là, mon agenda, là. » Elle désignait un tiroir, je l'ouvris et pris l'agenda. « Il y a tous les contacts dedans, les photographes, les agents : c'est le travail de toute une vie. Le seul. Tu les appelles. Si Beatrice te semble vouloir laisser tomber, tu interviens. Dure, efficace. C'est si facile d'envoyer tout promener, ah oui c'est facile, j'en sais quelque chose ! Mais elle, non, elle doit triompher. Parce que moi je la regarderai, de là-haut... » Elle fondit en larmes. « Et je veux... » elle mangea quelques mots « libre, célèbre ». Avec ses dernières forces, elle s'empressa de sécher ses larmes puis reprit sur ce ton qui n'admettait pas de réplique : « Si ça n'arrive pas, je m'en prendrai à toi. »

Puis il lui devint impossible de poursuivre. Elle était épuisée. Elle avait donné toute l'énergie qui lui restait dans cette conversation. C'était trop injuste d'avoir élevé une fille dans les règles pour la faire devenir quelqu'un, et de mourir avant.

Je me levai, voulus la prendre dans mes bras. Je ne saurais pas dire pourquoi, mais je l'aimais bien. Son corps était si fragile que je ne savais pas comment faire. Gauchement, je lui donnai un baiser. Elle fut émue, confuse, me caressa la joue.

« Tu peux revenir me voir, me dit-elle avant que je sorte de la chambre, peut-être que j'aurai encore le temps de te raconter quelques petites choses sur cette Gin, la fille des photos que j'ai brûlées. Ma fille me dit toujours que tu es douée pour écrire. »

J'étais si étonnée que je ne réussis, désespérée, qu'à sourire.

« Je n'ai aucune envie de me confesser, je n'ai pas besoin du pardon céleste, dit-elle avec un rire. Mais j'ai envie que Beatrice sache quelque chose de moi, quelque chose que je ne lui ai jamais dit. Bon, tu apporteras un cahier la prochaine fois. »

4

Morante et Moravia

Je rentrai bouleversée. Mon père était sorti. J'allumai dans la cuisine et m'assis à la table, l'agenda de Gin dans les mains.

Je caressai la couverture de cuir rouge, le marque-page qui dépassait à la moitié. Mon premier instinct fut de l'ouvrir, le second de le jeter. Le futur de Beatrice crépitait sous mes doigts et je me sentais effrayée, puissante.

Immobile sur cette chaise, je continuai à me débattre, jusqu'à ce qu'il fasse sombre. Les scooters klaxonnaient déjà sous les lignes de réverbères, dans la cour de l'immeuble s'étaient réunies quelques filles de treize ans toutes maquillées, impatientes de se faire accompagner par leurs parents pour aller je ne sais où.

Alors je pris la décision. Attrapant l'agenda, j'allai dans ma chambre, grimpai sur un tabouret et, sur la pointe des pieds, je le poussai au sommet de l'armoire, le plus au fond possible, contre le mur. L'ensevelissant sous des flocons de poussière.

C'était un samedi soir. J'étais la pire des amies ou, peut-être, la meilleure.

Je regardai ma montre. À la même heure, Beatrice allait monter sur son SR pour s'enfuir chez Gabriele.

C'était cela qui lui faisait du bien : les dix kilos de trop, l'acné, les cheveux ternes. Un refuge de bonheur provincial avec un ouvrier qui, j'en étais sûre, ne la tromperait pas. Ginevra, lui dis-je à distance, je ne suis pas d'accord avec vous. J'adressai un dernier regard à l'armoire : rien ne se voyait. Si vraiment ça doit dépendre de moi, me jurai-je, Beatrice sera libre. De s'inscrire à l'université de Naples, de Turin, dans une école d'ingénieurs ou en médecine, de se marier avec Gabriele, de lui faire dix enfants et de n'être personne.

Imaginez le gâchis, si c'était arrivé.

Ou l'émouvante poésie.

En tout cas, elle avait un copain et pas moi. Je retournai dans la cuisine en quête de quelque chose à manger. Mon père lui-même avait été invité à un dîner ou à un enterrement de vie de garçon. À cinquante ans, était-il en train de retomber amoureux ?

Je tentai de lire le journal en grignotant un gressin.

Et maman, est-ce qu'elle avait un amoureux ? Impossible de le savoir, à tant de kilomètres. Mais depuis quelque temps, elle téléphonait moins le soir. Niccolò m'avait dit l'avoir surprise riant, un verre de génépi à la main, dans un pub en haut de la vallée, de ceux où l'on boit sec, seule femme à une table où il n'y avait que des hommes ; et une autre fois, l'avoir vue descendre d'une moto en bas de l'immeuble, faire une bise à un homme qui n'avait pas enlevé son casque.

Je continuais de feuilleter *Il Manifesto,* essayant de me distraire. J'y mis du cœur, mais rien : les guerres et les conséquences du pétrole, les grappes de bombes et les désastres écologiques ne marchaient pas le samedi soir. La rumeur du monde était trop forte. Elle me soufflait : Si tu ne sors pas, comment penses-tu exister ?

Et ça prenait. Mon Occident coupable, avec son capitalisme assassin, affligeant et en déclin, luisait encore. « Pourquoi tu ne vas pas t'amuser, Elisa ? T'es lourde, sois légère. À quoi tu crois que ça sert, la vie ? »

Papa m'avait laissé des aubergines à la parmesane que je découvris dans le four et dont j'allai déguster une portion au salon en regardant *Striscia la notizia*, juste parce qu'il me l'avait interdit : aussi bien de dîner sur le canapé que de regarder des bimbos. Je les regardais fixement, la brune et la blonde, secouer leurs cuisses et leurs fesses. Je les implorais de ne plus me faire penser à moi et mes problèmes. Mais avec tous leurs cheveux et leurs seins, elles ne faisaient que me ramener là-bas, dans la chambre du cancer, à la toile d'araignée sur le crâne de Ginevra, sa peau grise, ses os saillants, les cellules mauvaises qui se multipliaient follement dans son corps et le massacraient.

La première chose à mourir est la beauté, elle n'a donc pas de valeur. Mais la dernière ?

Ce fut alors que je me souvins de *ce roman*.

Des années s'étaient écoulées mais j'éteignis la télé pour le chercher de toute urgence, ouvrant des tiroirs et des portes d'armoire.

Pourquoi lit-on ?

Parce qu'il ne reste rien d'autre.

Aucune noble vocation ne se niche dans le geste d'ouvrir un livre. Pour être clair : quand on a pu choisir librement de devenir Beatrice ou Elisa, protagoniste ou témoin, célèbre ou inconnue, choisir de passer son samedi après-midi en fugue avec un garçon ou oubliée dans une pièce, c'est qu'on n'a jamais eu de doutes. Pour lire il faut la nécessité et le désespoir : c'est quelque chose qu'on fait en prison, dans la solitude, dans la vieillesse, en marge de la société; quand ni la télévision ni Internet n'arrive à te distraire du fait que dans la vie on perd, et on perd tout; et ceux que tu connais te semblent heureux et tu les envies à mourir; quand la seule solution est d'en finir et de devenir un autre.

Ainsi, en ce tiède soir d'avril, derrière la seule fenêtre éclairée de l'immeuble, je compris que le moment de *Mensonge et sortilège* était arrivé.

Je le retrouvai sous le lit, dans le dernier carton resté du déménagement, enfoui parmi des cassettes audio, le walkman, mes rangers violettes. Je passai le doigt sur le numéro de classification et d'emplacement. Comment un tel roman pouvait-il se trouver dans une bibliothèque pour enfants? Il avait été mis là par erreur, pour moi.

Une énième fois, je l'ouvris, mais avec une détermination nouvelle. La poésie en exergue me sembla comme souvent obscure. Je m'efforçai de continuer et ce fut pénible car la narratrice m'était antipathique. J'eus l'impression de la connaître; quand je découvris qu'elle s'appelait Elisa et se définissait elle-même comme une «vieille enfant», je compris pourquoi. Et, une fois dépassée la déstabilisation du premier chapitre, le roman commença à agir.

Il me vida de moi-même, de mon histoire, chassa mes préoccupations, m'insuffla de nouveaux désirs. Je fus transportée ailleurs, dans une autre famille, dans un autre siècle.

Le soir vira à la nuit, je me retrouvai en sueur dans mes draps avec le livre. Papa ne rentrait pas, personne ne me regardait. Je pourrais dire que la lecture et le sexe sont la même chose, mais qui y croirait? En 2019? Que pour jouir on a besoin d'être invisible?

Je traquais Anna, la mère d'Elisa, assistais à ses rencontres inconvenantes avec Edoardo, guettais son excitation, fourrais le nez dans ses désirs les plus honteux : se faire marquer, dépuceler, abîmer par cet Edoardo qui était blond comme Lorenzo, les mêmes yeux bleus que Lorenzo, bref qui *était* Lorenzo. Je commençai à sauter des phrases, à tourner des pages, en proie à un besoin physique d'aboutir. Les mots d'Elsa Morante – la vraie, celle de la photo au dos du livre – étaient si directs qu'ils ne me protégeaient pas de mon corps, me faisaient sombrer. Mon sexe, mes reins, je les sentais s'enflammer et prendre le pouvoir. J'arrivai à la page cent quatre-vingt-douze, puis je n'y tins plus.

Je fermai le livre et attrapai mon portable.

Je parcourus mon répertoire. Je le trouvai à M : Moravia.

Maintenant je n'avais plus à prendre mon scooter pour le chercher dans toute la ville, avec la certitude de le rater ; j'avais cette chance éhontée de vivre le temps des sortilèges.

Il suffisait de deux mots : « Voyons-nous. »

Et d'une touche, envoi.

Aussitôt après, je laissai tomber le téléphone sur mon lit, étonnée moi-même. Je courus à la fenêtre en me mordant les doigts : Qu'est-ce que j'avais fait ? Je regardai le platane, la lune était pleine et l'éclairait a giorno. Il ne répondra pas, qui sait où il peut être, qui sait avec qui. Le samedi nous avions convenu de ne pas nous écrire. Parce qu'il sortait, vivait sa vie, et pas moi. Mais le téléphone émit quelques notes et je sursautai.

Je me retournai. Était-ce possible ? L'écran était éclairé ? Je m'approchai, remplie d'effroi. « Vous avez un message. »

Il m'avait répondu : « Quand ? »

Je tapai, en me trompant plusieurs fois : « Maintenant. »

Moins d'une minute passa : « Où ? »

Une folie me passa par la tête : me sauver de chez moi. Puis une autre, bien pire. Luttant contre le nombre limité de caractères pour conserver ma prose tant aimée avec toute sa ponctuation, je lui écrivis : « Chez moi, viens en scooter, pas en voiture, et passe par l'arrière. Tu trouveras une fenêtre à l'entresol, avec des rideaux bleus : c'est la mienne. »

Deux minutes et la sentence : « J'arrive dans une demi-heure. »

Je m'affolai. Regardai mes mains, mes pieds, moi tout entière dans le miroir : j'étais moche. J'enlevai mon jogging, mon soutien-gorge, ma culotte : horrible. Qu'est-ce que j'avais conclu quelques heures plus tôt à propos de la beauté ? Qu'elle était sans valeur. Connerie : elle était *tout*. Je mis du rouge à lèvres, dénouai mes cheveux. Je me mis du vernis sur les ongles, ce rouge que Beatrice m'avait prêté, mais ma main tremblait et je dépassais les contours. J'ouvris l'armoire, la suppliai : Donne-moi quelque chose de magique qui me fait devenir une autre. Et à ce moment-là mon père rentra.

Merde, malédiction. J'éteignis la lumière, me glissai sous les draps. Un instant plus tard papa entrouvrit la porte pour se pencher. Merde, me dis-je encore. Je fermai les paupières et fis semblant de dormir. Qu'est-ce que je m'étais imaginé : qu'il allait me laisser la maison libre pour la nuit ?

Dès qu'il eut refermé, je regardai l'heure : une heure moins le quart. Je me levai et allai tourner la clé dans la serrure. Les stores étaient restés relevés. La lune éclairait la chambre, me permettait de m'orienter sans me cogner ni faire du bruit. Je collai l'oreille contre la porte pour comprendre où était mon père dans le couloir. Va te coucher ! Et il approchait. Je l'entendis prendre des livres. Ne lis pas, va dormir ! Mais il repartait dans la cuisine, ouvrait le frigo, se versait un verre d'eau. Mon sang battait si fort à mes tempes, je m'étais fourrée dans un tel guêpier. J'attrapai mon portable et j'écrivis à Lorenzo : « Ne viens pas. » Puis je fis une chose inouïe : je l'éteignis.

Je fourrai la tête sous mon oreiller, tentai de me calmer en me répétant : de toutes façons il ne viendra pas, t'imagine pas qu'il va venir, il ne peut pas venir. Et cela marcha car, épuisée, je m'endormis.

Je me réveillai en sursaut une heure plus tard à cause d'un cauchemar. Les cheveux trempés de sueur, transie de froid, nue. Dans ma tête encore cette silhouette noire agrippée à la fenêtre, qui me fixait. J'écarquillai les yeux : par la fente entre les rideaux, quelqu'un m'observait.

« Elisa », chuchota-t-il, en frappant doucement à la vitre.

Je me couvris du drap.

Il frappa de nouveau.

Assise sur le lit, j'étais paralysée, le fixant à mon tour.

Moi éclairée par la lune, lui le dos à sa lumière.

Je distinguais ses contours : étrangers, familiers.

« Elisa. »

La terreur me vint que papa l'entende, et je me levai d'un bond, le drap enroulé autour de mon corps. Arrivée à la fenêtre, je l'ouvris doucement. Le visage de Lorenzo était à un pouce de moi.

Il se tenait des deux mains au parapet, les pieds pointés sur le mur.

« Comment tu as fait pour grimper ?

– J'ai grimpé sur mon scooter et j'ai sauté, tu ne vois pas ? Mais le scooter est tombé et maintenant je n'en peux plus, laisse-moi entrer.

– Mais mon père est là, lui criai-je à mi-voix.

– Je t'en supplie, j'ai mal aux mains et des crampes partout. »

Je vis ses yeux briller, ses cheveux argentés par la lune. Je sentis cette odeur qui m'égarait et m'empêchait de raisonner.

J'ouvris la fenêtre en grand. Lorenzo fit un bond par-dessus le rebord, fut à l'intérieur. Je reculai. Je le regardais, réel et vivant, la nuit, dans ma chambre.

« Il est quelle heure ?

– Deux heures, répondit-il en se dégourdissant les bras.

– Depuis quand tu es là ?

– Un quart d'heure, je crois. J'ai dû t'appeler trente fois mais ton téléphone était toujours éteint. Même le bruit de mon scooter ne t'a pas réveillée.

– Parle doucement. »

Lorenzo fit un pas vers moi.

« Il n'entendra pas, je te le jure. »

Il m'avait regardée dormir. Il était ici.

« Va-t'en.

– C'est toi qui m'as dit de venir, Morante. Et je t'aurais attendue jusqu'à l'aube, si tu ne t'étais pas réveillée avant. »

J'avais ce drap jeté sur moi, des restes de rouge à lèvres.

« Avec qui tu étais, qu'est-ce que tu faisais ? »

Il ne répondit pas, regarda autour de lui : le jogging roulé en boule dans un coin, les livres sur les étagères, le flacon de vernis sur le bureau, la carte du Piémont et l'affiche d'un concert de Rancid au Babylonia accrochées au mur.

Je lui rappelai notre accord : Tout se dire sans rien exiger.

« J'étais dans la queue pour entrer au Sox. J'ai fait demi-tour tout de suite, j'ai laissé la voiture chez moi et j'ai pris mon scooter, comme tu m'as dit. J'ai même planté mes amis qui étaient à pied à Follonica.

– Pour moi ?

– Pour toi. »

Il fit un autre pas, je reculai encore.

Lorenzo montra l'ordinateur. « J'en ai marre, Elisa. Ça fait plus d'un an qu'on s'écrit. On s'est dépucelés ensemble et tu m'as dit d'aller me faire foutre, tu as disparu. Ensuite tu as trouvé mon mail et tu es réapparue. Tu m'as dit que tu m'aimais, qu'on pouvait rester ensemble à condition d'être séparés par un écran. Mais dans un an je passe le bac et je pars.

– Où ? demandai-je en cachant mon inquiétude.

– Loin, à Bologne. » Tout à coup je recommençais à souffrir. Une année, c'était comme après-demain, la semaine prochaine, tout de suite, comparé à l'éternité que j'imaginais.

« Et je reviendrai le moins possible ici, je déteste cette ville. Ne t'en fais pas, on ne se verra plus. »

Je me serrai dans mon drap : « Alors ça n'a pas de sens que tu sois venu. »

Il perdit patience : « Tu sais te servir des mots uniquement pour te défendre, ou pour faire croire des choses, ce qui revient au même. Mais je ne veux plus que tu me prennes pour un con. Je resterai ici jusqu'à ce que ton père se réveille, et je reviendrai toutes les nuits jusqu'à ce que tu te décides à me dire la vérité. Tu me la dois. »

À la pensée qu'un temps viendrait où je ne le croiserais plus par hasard dans les couloirs du lycée, où je ne l'observerais plus dans la bibliothèque ou à la plage, sachant qu'il lisait mes mails remplis de mensonges, à quelques kilomètres de distance, pas à moi et pourtant à moi, je me sentis tout à coup m'effondrer, me fendre en deux. Je croyais que le présent allait s'arrêter, comme dans la *Belle au bois dormant*, pendant cent ans. Et qu'un jour lointain il s'inscrirait à l'université de la province, qu'il ferait les allers-retours en train comme mon père, que je ne le perdrais jamais vraiment. Je m'étais défendue, oui, mais seulement parce qu'il était beau, et la beauté est un mur, une frontière infranchissable, militaire.

« Alors tu es là pour me dire adieu.

– Non. Mais ce que tu m'écris, je veux le voir maintenant sur ton visage. Je veux que nous gardions les yeux ouverts, tous les deux. »

Il écarta le drap, je le resserrai. Je le fixai avec un courage soudain : il était si grand qu'il me surplombait, avec ses yeux bleu ciel, ses longs cils, sa barbe rasée, déjà un homme, et tous les princes des contes, les héros de roman, l'Idiot de Dostoïevski et l'Edoardo d'Elsa Morante, Bel Ami et Edmond Dantès. Défilèrent dans ma tête les livres que j'avais lus ces dernières années, j'étais moi aussi non seulement l'Elisa de Morante mais téméraire comme Emma Bovary, folle comme Anna Karénine, fragile et têtue comme Lucia Mondella[1], toutes ces femmes à la fois, grande et puissante.

1. Le personnage féminin des *Fiancés* de Manzoni.

« Je veux être la seule », dis-je. Et je l'embrassai. « Plus, ajoutai-je en m'écartant, je veux que tu m'épouses. »

Lorenzo écarquilla les yeux. Il se retint, puis éclata de rire. Je lui fermai la bouche, la lui caressai. « Je ne plaisante pas.

– T'es folle, dit-il en touchant mes seins et mes hanches.

– Tu ne peux pas venir ici, prendre mon âme et mon corps, tu ne peux pas me connaître et t'en aller, vivre ta vie comme si de rien n'était.

– J'ai dix-huit ans, toi dix-sept.

– Tu dois me le jurer.

– Mais quoi ? »

Je laissai le drap tomber par terre, pris *Mensonge et sortilège*, l'ouvris aux pages où je m'étais arrêtée. Nue, assise sur le lit, je lus pour lui à voix basse : « Ne t'imagine pas qu'en m'épousant tu seras heureuse. Une fois que nous serons mariés, je pourrai aller me promener, me rendre à des réceptions, à des fêtes, et voyager à travers le monde, mais toi, il faudra que tu restes à m'attendre, enfermée à la maison. » Je levai les yeux pour voir son visage : il n'avait pas du tout l'air frappé. Je tapai du doigt sur la page : « C'est de nous deux que ça parle ! » Et je poursuivis : « Ne crois pas que, quand tu seras grosse et vieillie, je t'aimerai moins ; au contraire. Cette laideur sera à moi, plus que ta beauté, et pour cette raison elle me fera devenir fou d'amour. »

Je levai la tête et le regardai.

Il commenta : « C'est terrible. »

Je fermai le roman. Comme si je l'avais lu entièrement plusieurs fois, et même étudié pendant des années, avec l'insolence désespérée de qui joue le tout pour le tout, je le défiai : « Tu peux t'en aller où tu veux, à Bologne, à Rome. Tu peux te mettre avec qui tu veux, comme tu le fais déjà. Mais Lorenzo, je suis comme Anna dans ce livre. Je t'attendrai toujours. Et je suis aussi comme Edoardo, parce que ce ne sont pas les choses superficielles de toi qui m'intéressent, celles qu'elles voient toutes» comme je mentais! «mais les secrets que tu n'as écrits qu'à moi. Si tu devais rester blessé dans un accident, ou si tu tombais gravement malade, ou quand tu vieilliras et que tu deviendras forcément laid, je t'aimerai de toute façon, et même plus. Et je garderai tes lettres toute ma vie.»

La nuit était bleue, pas noire. Elle était pleine de bruits: la mer, les feuilles dans le vent, les animaux nocturnes. Lorenzo était troublé à présent, il ne s'était pas attendu à une telle déclaration, aussi littéraire, aussi héroïque, qui aujourd'hui, des dizaines d'années plus tard, d'un côté me fait sourire – c'était vraiment une fanfaronnade de gamine –, mais de l'autre, me fait mal. Parce que cette Elisa stupide qui s'immolait pour retenir son premier amour était un pressentiment.

«Si tu restes et qu'on le fait, l'amour ou juste la baise, peu importe: ça reste un mot qui ne rend pas compte de ce qui est en jeu. Tu devras toujours me revenir, à trente ans, à soixante. Parce que j'ai été la première. Et si maintenant nous risquons d'avoir un enfant, de ruiner notre vie, si nous nous regardons dans les yeux comme tu as dit, après nous ne devrons plus avoir d'échappatoire.»

Lorenzo se leva pour m'embrasser. Je compris que je l'avais impressionné. J'avais été brutale, oui. Mais il n'y avait rien de plus brutal pour moi alors que le désir, les corps, cette énigme compliquée, redoutée et voulue qu'était le sexe. Je voulais dépasser le souvenir du grand chêne vert, l'anéantir. Prouver que je n'étais plus l'immigrée tout juste arrivée à T de l'époque où nous nous étions connus, que j'avais changé, mûri. Ignorant que c'était justement la magie indélébile de notre rencontre à la bibliothèque, rêvée depuis l'enfance par tous les deux, qui nous tenait encore liés l'un à l'autre, face à face maintenant.

Je m'étendis. Lorenzo ôta ses vêtements et son dos me recouvrit. Dans mon lit, avec mon père qui dormait deux pièces plus loin, il me jura, le plus bas possible, qu'il m'épouserait. Il le redit, encore et encore.

La dernière chose à mourir, c'était quoi ?

Je le savais maintenant : la marque irréversible que tu imprimes dans un corps, le mot qui reste écrit.

5

Une rose est une rose

Elles ne devraient jamais mourir, les mères. Quand elles le font, tu regardes derrière toi et c'est comme si tu n'avais plus d'histoire, plus de place, rien.

Ginevra s'en alla cinq jours après notre rencontre. Il n'y eut pas de « prochaine fois » où revenir avec papier et stylo prendre des notes sur la mystérieuse Gin des photos brûlées.

Son enterrement eut lieu le samedi 19 avril, par un matin parfumé de magnolias et bourdonnant d'abeilles, sous une grande lumière, un ciel bleu qui jurait impitoyablement avec les tenues noires, le corbillard, ce cercueil d'acajou sombre chargé dans la voiture funéraire avant le départ au cimetière.

Quand Beatrice se jeta dessus et l'enveloppa de tout son corps, j'étais là. Je vis ses yeux rouges et gonflés, le mascara qui coulait sur la couronne de roses blanches, la morve à son nez, les sanglots obscènes qui déformaient son visage, et je restai près d'elle. Son père, sa sœur, son frère, le reste de sa famille en arrière, et moi à côté d'elle, sa seule vraie famille.

La Mercedes devait partir, mais Beatrice l'en empêchait. Elle aurait voulu avoir de sa mère un ongle, un cheveu, n'importe quoi qui fût une présence tangible, qu'elle pût serrer contre elle. Personne n'osait rien lui dire, ni le chauffeur ni le prêtre ni les nombreuses personnes présentes : des connaissances du mari, mais aussi notre classe au grand complet accompagnée de la Marchi, Lorenzo, Gabriele, Salvatore et mon père. À l'écart, émus, ils la regardaient se débattre furieusement et refuser de se séparer d'elle, de la laisser partir.

Je posai la main sur son épaule. Il me fallut lui parler longtemps, doucement, mais elle finit par m'écouter. Elle détacha sa joue, puis ses bras, son buste. Vola une rose sur la couronne et la mit dans sa poche.

Tout fut une torture. Au point qu'à ce souvenir la force de raconter me manque. Et avant de parler du reste, je veux revenir encore un peu dans mon lit, avec Lorenzo, en ces premières heures de lumière ou ces dernières d'obscurité qui sont une cachette à l'intérieur du temps : les autres dorment, personne ne te voit ni ne t'entend, tu es pleinement libre d'être.

Sur la page de son journal, à la date du 13 avril, la jeune fille de dix-sept ans écrivait : « Ce fut la nuit la plus heureuse de ma vie »

Lorenzo resta jusqu'à sept heures, puis nous entendîmes papa se lever, s'enfermer dans la salle de bains, et nous nous dîmes au revoir. Sur le rebord de la fenêtre il me donna un baiser en disant : « On est fiancés. » Il se laissa tomber à terre, releva son scooter et se sauva.

Appuyée contre la vitre, j'écoutai le Phantom s'éloigner jusqu'à ce que le silence revienne dans le dimanche. Étonnée, je me répétais cette phrase, la gardant sur mes lèvres meurtries par les baisers : *On est fiancés, fiancés, fiancés*, en boucle.

C'était dit, à partir de ce jour *tout* allait changer : nous irions nous promener sur le corso Italia aux yeux de tous ; au lycée, nous entrerions et sortirions en nous tenant par la main ; nous nous donnerions des rendez-vous secrets dans les toilettes entre deux cours, en essayant de faire l'amour vite, pour revenir en classe les cheveux ébouriffés et l'air insolent. Chaque vendredi et samedi il viendrait me chercher en Golf pour sortir dîner. Enfin j'allais connaître le monde : les restaurants, les boîtes de nuit, les parkings où se réfugier derrière les vitres embuées, les plages où nous enfouir dans le sable sous une couverture.

Nous n'allions plus jamais nous écrire.

J'entendis mon père entrer dans la cuisine, poser la cafetière sur le feu, et je mis mon pyjama. J'examinai les draps : ils étaient sales. Je résolus de m'en occuper plus tard, me sentant pour la première fois non pas une enfant qui laisse ses affaires à laver, mais une femme qui sait gérer et préserver son mariage. Je me dis : si je suis enceinte, on le gardera. Je décidai : on l'élèvera ensemble à Bologne, tout en allant à l'université. Puis je revins me coucher parce que papa aurait eu des soupçons à me voir levée si tôt, et parce que je tombais de sommeil.

Nous avions parlé toute la nuit, nos bouches proches à se frôler, et recommencé à faire l'amour, doucement, sans hâte, nous racontant et nous dépouillant de tous nos secrets.

Ce fut cette nuit-là que Lorenzo me parla pour la première fois de son frère, Davide.

J'étais surprise, puisque je me rappelais que Beatrice, sur l'échelle d'incendie du lycée, m'avait parlé de lui comme étant fils unique.

« C'est ce que les gens croient, en tout cas ceux qui ne nous fréquentent pas depuis longtemps. Parce que mes parents ne prononcent même plus son nom, ils font comme s'il était mort. Mais moi j'ai son numéro de portable et en cachette on se téléphone.

– Il a quel âge ? demandai-je, intriguée.

– Trente ans.

– Si vieux ? Et il vit où ?

– Ici ou là. Il a passé deux ans en Inde, un an au Brésil. Mais son port d'attache c'est Bologne : il a laissé tomber la fac juste avant le dernier examen pour son diplôme mais il a gardé des tas d'amis là-bas.

– C'est pour ça que tu veux y aller toi aussi ?

– Il était en Lettres classiques. Ça a toujours été un enfant prodige. Quand il était encore au lycée. Il pouvait te réciter tout *Œdipe Roi* par cœur, en grec, il se promenait dans les rues déguisé en Socrate, et il arrêtait les gens pour leur poser des questions philosophiques. T'imagines, un gamin avec un drap en guise de tunique qui entre dans les bars du port et demande aux anciens dockers : "C'est quoi le bonheur ?" » Il éclata de rire, et je compris combien il était fier de son frère. « Eux, ils répondaient des trucs comme "gagner le gros lot", ou bien "une belle paire de nichons". Alors il s'asseyait parmi eux et leur expliquait Platon. » Son sourire s'effaça : « Quand j'ai dit à mes parents que j'avais choisi Bologne, ma mère a quitté la cuisine et mon père a pété les plombs. Alors j'ai dû promettre de m'inscrire en Ingénierie. Électronique, énergétique, je n'ai pas encore décidé.

– Mais c'est injuste, protestai-je, tu voulais faire Philologie. »

Il se mit à rire : « De toute façon, l'écrivain c'est toi. »

La chambre s'emplissait peu à peu de lumière, le visage de Lorenzo retrouvait ses couleurs et ses détails : un grain de beauté sur la pommette, une petite croûte sur la lèvre. Je ne comprenais pas comment à dix-huit ans il pouvait ainsi se laisser faire.

« Pourquoi tes parents lui en veulent autant ?

– À cause des pétards.

– Si c'est ça, mon frère aussi…

– Et le fait qu'il vadrouille avec des hippies, comme ils disent, de l'autre côté du globe. Alors que lui, il s'est battu contre des hommes de main et des narcotrafiquants, il a appris à écrire aux enfants analphabètes dans les villages. Mais surtout ils ne lui pardonnent pas d'avoir été mis en examen, à tort selon moi. Davide ne ferait de mal à personne, il refusait même de tuer les araignées ou les mouches. Tu penses s'il aurait pu aider des anarchistes révolutionnaires à faire un attentat à la bombe ! »

Je levai la tête, le fixai avec étonnement.

« Mais les parents ont dû payer les frais du procès, et l'affaire s'est retrouvée dans les journaux. Il a été, il est peut-être encore anarchiste. À Gênes, il y a deux ans, il était en première ligne contre le sommet du G8 et je ne sais pas si tu le sais, mais mon père est président de la Région. Ils ont arrêté Davide pendant sa campagne électorale, ils l'ont libéré tout de suite mais ça a fait un scandale faramineux. On a passé des jours, chez moi, que je ne souhaite à personne. En plus, ma mère est magistrate. Jamais ils n'auraient imaginé avoir élevé un fils qui les humilierait à ce point. Et lui, il ne leur a jamais pardonné de ne pas l'avoir cru. De s'être souciés uniquement de leur réputation. »

Je commençai à comprendre d'où lui venait ce côté sombre : un fond de docilité. Dans ses yeux. Condamné à être le bon fils venu après le mauvais fils. « Donc tu n'as pas droit à l'erreur », dis-je.

Lorenzo secoua la tête. « Non.

– Et tu ne peux pas te rebeller.

– Je me sentirais coupable. »

Je lui caressai la joue, le menton, je repassai l'index le long de ses traits, réalisant que j'aurais, pour ses rêves, sacrifié les miens. Sentant en moi, irrationnelle et puissante, cette vocation féminine au martyre qui vient sans doute de millénaires d'esclavage et d'un corps conçu précisément pour supporter, entre lacérations, grossesses et accouchements, le poids du bonheur des autres.

Sauf que Lorenzo était vraiment la bonne personne, et qu'il n'attendrait jamais de moi qu'une seule chose : que j'écrive. Dans les moments durs, il me pousserait à lire, à étudier, à devenir moi-même. Et je n'ai rien à voir avec un résultat de l'évolution biologique ou de l'Histoire, qui a toujours laissé les femmes de côté. J'essuie mes larmes, je sauvegarde cette page et j'éteins l'ordinateur. Parce que Lorenzo, comme Beatrice, est un amour qui m'a blessée et qui n'a jamais passé.

Le cimetière où Gin est enterrée est celui, petit et solitaire, qui est à pic sur la mer près du sanctuaire de la Madone des Pêcheurs, sur ce bout de côte haut et venteux, sans constructions, qui aboutit à la Plage de fer.

Pendant que les employés des Pompes funèbres ensevelissaient le cercueil, à midi, ce 19 avril, Beatrice ne serrait pas de mains, n'écoutait pas les condoléances et n'adressait la parole à personne, pas même à Gabriele.

Elle ne pleurait plus.

Beaucoup de ceux qui avaient assisté à la cérémonie étaient partis, y compris mon père, Lorenzo et nos camarades de classe aussi, en signe de respect, je crois, pour l'intimité que requiert la fermeture d'une tombe. N'étaient restés que les parents et les amis les plus proches, qui marchaient dans les allées de gravier.

Je remarquai alors, à l'écart dans un coin, un petit groupe de personnes assez mal habillées, de manière un peu excentrique, les cheveux noirs et brillants, en vêtements sombres mais ornés de paillettes et en chaussures à talons vertigineux. Ce fut plus fort que moi : je feignis d'avoir oublié mon portable dans mon scooter, d'être obligée de revenir en arrière, et je m'approchai d'eux. Je les écoutai parler, distinguai un lourd et indéniable accent du Latium. Mon cœur s'arrêta.

Oui, c'étaient eux. Je les reconnus les uns après les autres : le frère malingre accro aux machines à sous, les deux sœurs aînées, « plates et envieuses », le père cheminot à la retraite qui fumait et toussait à cause de sa bronchite chronique, la cousine esthéticienne aux sourcils dessinés et les neveux adolescents, un garçon et une fille, qui jouaient assidûment sur leur portable.

Je me souvenais des quelques rares anecdotes que Beatrice m'avait racontées sur la famille de Gin. Cachée derrière la grille du cimetière, je laissai couler les larmes que je n'avais pas versées à l'église pendant l'homélie, ni chez moi deux jours plus tôt, quand j'avais appris la nouvelle. Tout ce que sa fille avait pu rassembler de la vie de sa mère en écoutant des conversations téléphoniques à mi-voix et les plus violentes disputes de ses parents, c'était ceci : Ginevra avait grandi au premier étage d'un immeuble, dans un quartier « pas vraiment en banlieue mais presque », un appartement de quatre-vingts mètres carrés avec une seule salle de bains où il fallait se serrer à six. Jeune fille, elle était devenue « la Gin » des concours et des défilés. Et il y avait eu les fameux « étés à Fregene », ceux que son mari lui reprochait : « tes étés à faire la pute », et elle, de son côté, retrouvait dans la colère la violence de ses inflexions de *ciocciara* pour contre-attaquer : « Y avait des gros bonnets de Rome, des politiciens, des producteurs, des animateurs de télé, tous là à me faire la cour et à me promettre la lune. Comment ça se fait que je me sois retrouvée avec un type comme toi, un petit avocat de province ? »

Elle était la plus jolie, celle sur qui toute la famille comptait pour « s'en sortir », celle que la nature avait destinée à un futur de gloire, comme Sophia Loren : il suffisait de choisir l'homme adéquat. Mais l'homme en question s'était révélé une erreur.

Je l'examinais, ce Riccardo Rossetti. La messe finie, il s'était prodigué en salutations et au revoir, avec une douleur contenue, en nœud de cravate et costume bien repassé, parce que la vie reste un événement mondain où ce sont les plus forts, ceux qui savent nouer des alliances, entretenir leurs relations qui comptent. Mais à présent, seul à côté du cercueil, il en prenait conscience et il pleurait.

Je revins vers Bea et lui dis : « Il y a tes oncles et tantes, et ton grand-père. »

Elle se tourna à peine dans leur direction : « J'ai vu.

– Tu ne veux pas aller les saluer ?

– Non, je ne les connais pas », répondit-elle avec un mépris que je jugeai cruel. J'insistai : « Ta mère te l'a raconté, combien ça lui pesait de ne pas pouvoir les inviter à Noël parce que ton père disait que c'étaient des ploucs ? De ne pas pouvoir t'emmener les voir à Latina pour te montrer où elle avait grandi ? » Je trouvai même le courage de lui dire : « Elle aurait été contente que tu ailles les saluer. »

Beatrice me fusilla du regard : « Alors ça va être comme ça, maintenant ? » Il y avait du vent là-haut, des nuées de cormorans planaient au-dessus de nos têtes, suspendus dans les airs comme des cerfs-volants. « Faire comme ma mère aurait voulu ? »

Ses yeux, pourtant secs, se mirent à briller.

« Viens, allons les saluer. » Je la pris par le bras et l'entraînai.

Les croque-morts mettaient un temps fou à préparer la tombe. Beatrice se laissa tirer jusqu'à mi-chemin. Ses parents, la voyant arriver et se sentant enfin considérés, se laissèrent aller à l'émotion, lui souriant d'un air dévasté, s'essuyant les yeux avec leur mouchoir. Mais Beatrice, au lieu d'aller jusqu'à eux, se retourna brusquement, tournant le dos définitivement à l'histoire de Ginevra dell'Osservanza, dont le vrai nom de famille, nous devions le découvrir plus tard, était Raponi.

Il nous fut impossible d'en savoir plus. « S'il n'y a pas de trace écrite, il ne reste rien », me répétait toujours Carla, en traversant les étroits couloirs entre les rangées d'étagères de la Palazzina Piacenza. Et ce silence est peut-être pire que la mort.

Ce jour-là, Beatrice regarda le cercueil descendre dans la fosse en ciment, la truelle étaler la chaux, la dalle qu'on reposait. Le caveau fut refermé. Ginevra avait disparu.

Tous s'en allèrent. Nous restâmes seules dans le cimetière, Beatrice et moi, jusqu'au coucher du soleil. Son père avait insisté je ne sais combien de fois pour qu'elle rentre avec eux mais elle avait refusé, comme le matin, avant l'enterrement. Nous étions venues toutes les deux en scooter. Ainsi nous étions libres de rester là, à veiller sur la mer et sur les murs du cimetière.

« Je peux venir habiter chez vous ? me demanda-t-elle, assise jambes croisées sur une tombe. Je ne veux plus y vivre, dans cette maison.

– Je crois que ton père, ta sœur et ton frère Ludo ont encore besoin de toi.

– Je t'ai posé une question. »

Elle était sérieuse, en mille morceaux mais déterminée. « À ton avis, est-ce que je peux me lever tous les jours, descendre dans la cuisine et ne pas l'y retrouver ? Ouvrir un meuble et voir à l'intérieur la tasse dont elle se servait, ou sentir le parfum Yves Saint Laurent qu'elle ne voulait jamais me prêter ? Entrer dans n'importe quelle pièce et y sentir ce vide, me rappeler chaque minute qu'elle n'est plus là ?

– D'accord, répondis-je.

– Ou bien on va toutes les deux vivre à la tanière.

– On est mineures, je ne crois pas qu'ils nous laisseraient faire. »

Voilà ce que je lui avais répondu. Même dans un moment pareil, je n'arrivais pas à désobéir.

Le cimetière était désert. Les fleurs sur les tombes étaient en plastique, décolorées et poussiéreuses, ou n'étaient plus que des tiges sans pétales. Le sirocco soufflait, il faisait humide et chaud. Nous nous étendîmes ensemble sur la tombe que Beatrice avait choisie, celle d'une femme dont j'ai oublié le nom, mais qui était née en 1899. Nous regardâmes longtemps, silencieuses, les nuages passer, et le caveau avec vue, sans nom ni photographie.

Bea me dit : « Moi aussi je suis morte. »

Je la serrai dans mes bras et dis : « Pas entièrement.

– Je ne veux plus aller au lycée, je ne veux plus voir Gabriele.

– Et qu'est-ce que tu feras ?

– Je me laisserai partir. »

Qui sait tout cela aujourd'hui, Bea ? Il y avait toi et moi, la mer agitée en bas des rochers et le ciel au-dessus de nos têtes. Ce jour-là ne serait écrit nulle part et n'a que les morts pour témoins. Aucun vivant n'aurait eu l'idée d'apporter ici un appareil photo, et plus jamais tu n'en parlerais. Pourtant, ça reste un des jours les plus importants de notre vie.

Ils pensent te connaître, les autres, tout savoir de toi, et tu les laisses le croire, parce que ton travail est comme la littérature : mensonge – c'est toi qui me l'as appris – et sortilège. Mais la réalité, c'est qu'ils n'ont aucune idée de qui tu es, ils se contentent du scintillement en surface, et à moi reste toute la face sombre. Ils te suivent sur Internet, mais moi, je me souviens. Ils ont tes photos, moi je t'ai, toi.

Sur une seule chose, en effet, de ce que tu fais aujourd'hui – tes fêtes débridées, tes voyages d'un continent à l'autre, tes robes à des milliers d'euros – nous sommes d'accord : silence absolu sur la vérité, sur le passé et sur moi. Je suis heureuse que tu aies voulu préserver ta mère, notre amitié, les années du lycée, la Plage de fer, la piazza Padella des commentaires et des critiques. Ou cette omission n'est-elle qu'un oubli ?

De toute façon, il est bon que nos souvenirs restent ici, dans le seul endroit sûr que je connaisse : un livre. Parce que cette histoire n'est pas une fable.

C'est notre vie.

Nous rentrâmes à l'heure du dîner. Nos scooters garés côte à côte dans la cour de l'immeuble, nous montâmes les escaliers, filant dans la salle de bains nous laver les mains. Papa ne nous posa pas de questions. Il ajouta une assiette, un verre, une chaise, et Beatrice resta vivre avec nous, pendant plus d'un an.

Peu avant de venir à table, elle avait téléphoné à son père et lui avait dit qu'elle ne reviendrait pas : une décision qu'elle n'aurait jamais pu prendre du vivant de sa mère. Elle lui avait dit qu'elle avait besoin d'être loin des objets, des photos, des souvenirs parce que les avoir toute la journée sous les yeux était pour elle une torture insupportable. Son père avait fini par céder, également parce que Ginevra n'était plus là. Sans elle, ils étaient devenus tous un peu plus libres, et un peu plus seuls.

Après le dîner, papa sortit de l'armoire des draps et des serviettes propres, prépara le lit de la chambre de Niccolò, qui deviendrait la chambre de Beatrice. Je lui prêtai un pyjama et quelques culottes, ma brosse à dents et mon peigne, parce qu'elle était comme un naufragé nu en pleine mer. Mais ensuite, cette nuit-là et pendant presque un mois, elle se glissa dans ma chambre à peine les lumières éteintes et nous finîmes par dormir ensemble. Dans son sommeil elle pleurait et m'enlaçait.

Elle fut très dure, au début, ou plutôt de plus en plus dure à mesure que les jours passaient, répétant la même absence. Que la vie continue, c'est un mensonge. Bea prenait son portable, parcourait son répertoire jusqu'au numéro de sa mère et réalisait qu'aujourd'hui non plus elle ne pourrait pas l'appeler, ni demain ni après-demain : jamais.

Elle mit deux semaines à revenir au lycée. Le matin, elle refusait de se lever et de prendre le petit déjeuner, mais je l'y obligeais. Ensuite je me maquillais, exprès pour qu'elle se maquille aussi, j'employais mon temps et mon énergie à choisir des vêtements, parce que je voulais qu'elle en fasse autant. L'agenda de Gin restait caché en haut de l'armoire ; je ne l'avais jamais ouvert ni même regardé, il était comme un objet radioactif qui devait rester enfoui, sous peine de désastre. Mais les autres promesses, j'allais les tenir toutes.

Pour le régime, il n'y eut pas besoin d'insister : elle perdit en très peu de temps les dix kilos qu'elle avait pris pendant la maladie de Ginevra. Le plus difficile fut de la convaincre de manger et de sortir, d'aller chez Enzo se faire couper les cheveux, de revoir Gabriele et de reprendre les entraînements à la salle de sport.

Tous les dimanches, je l'accompagnais voir son père, qui ne faisait que s'abrutir : il passait tellement d'heures devant la télévision qu'il en oubliait de se raser et de se regarder dans la glace. Ses vêtements étaient toujours repassés et amidonnés grâce à Svetlana, mais son visage était négligé et avait pris une expression sauvage. Ludovico était devenu un cancre et serait renvoyé à la fin de l'année scolaire. Costanza, au lieu de ne plus jamais revenir de la fac comme Beatrice l'avait prévu, s'était réinstallée à la maison, interrompant ses études. Après un déjeuner pénible et quelques conversations, Beatrice montait dans sa chambre et récupérait quelque chose : un CD, un livre, un jean, un T-shirt. Elle entrait dans la chambre aux portraits et ôtait un album des étagères. « De toute façon, m'avait-elle dit un jour, qui les regarderait à part moi ? » Nous prenions le café avec eux et rentrions via Bovio.

J'avais perdu une mère et un frère, mais j'avais gagné un père et une sœur. Et je dois dire que lorsque le deuil se fut adouci, la chose commença à me plaire. Cela m'amusait de me disputer avec Beatrice pour la douche : elle y passait des heures ; d'aller faire les courses ensemble au supermarché en déchiffrant la liste écrite par papa ; d'étudier côte à côte jusque tard ; de faire le ménage de nos chambres à deux ; de débarrasser ensemble ; regarder la télé ensemble. Nous ne nous séparions que le vendredi et le samedi, où chacune sortait avec son petit ami. J'avais été bannie de chez elle, et à présent, chez elle, c'était chez moi. Ce fut une période douloureuse mais belle aussi, mystérieusement, qui nous unit d'une façon que je croyais sans retour.

Avec le temps, et surtout grâce à une idée de mon père, je vis Bea recommencer à étudier avec sérieux, se réinscrire au cours de danse et, comme je le disais, sortir de nouveau avec Gabriele. Et pourtant.

Il y avait cette rose qu'elle avait arrachée à la couronne de sa mère, avant que l'abattant de la voiture funéraire ne soit fermé. Une rose blanche, qu'elle attacherait à un fil et enfermerait dans l'obscurité de son armoire pour qu'elle y sèche et y demeure : tangible, cachée.

Ce fut la seule chose que Beatrice photographia pendant des années. La fleur s'était raidie, n'était plus qu'un squelette, mais elle remplit plusieurs albums de Polaroids flous, toute une galerie fanée représentant la même rose. Avant de se faire photographier des dizaines de fois par moi, avant aussi que son visage et sa plastique en haute définition n'envahissent la planète – sourires et regards identiques, immuables comme cette fleur – sa racine était là, dans cette armoire. Elle y est peut-être encore.

6

Le blog

Ce fut pour la distraire, je crois, que papa eut soudain l'idée du blog. Voir Beatrice vautrée toute la journée sur le canapé à regarder des films en noir et blanc, fermée à toute proposition de revenir à la vie, était douloureux pour lui aussi.

Quand les vacances d'été commencèrent, nous nous retrouvâmes face à une montagne de temps vide, inerte. En juin nous avions fini les versions de grec et de latin, la liste des romans à lire dictée par la Marchi, même les exercices de physique et de mathématiques. Après quoi il nous restait encore deux mois, pendant lesquels toute l'Italie fut enfermée dans l'anticyclone venu du Sahara.

Ce n'était pas un gros problème pour nous : Beatrice refusait de sortir, le 30 juin nous étions pâles comme des Suédoises, et nous n'étions même pas allées jusqu'à la mer. Mais j'imagine que tout le monde se rappelle cet été 2003. À certaines heures de l'après-midi il fallait s'étendre tout mouillé sur le carrelage pour trouver de la fraîcheur. C'était la preuve que *Il Manifesto* du 12 septembre 2001 avait eu raison : l'apocalypse avait commencé, et se poursuivait inexorablement.

À la mi-juillet, Bea accepta de descendre sur la plage, mais uniquement à sept heures du matin, quand il n'y avait personne. Je me souviens de nos longues nages jusqu'à la dernière bouée, nos brasses qui brisaient le silence et l'eau immobile, encore propre avant l'assaut des baigneurs. Agrippées au flotteur, nous reprenions notre souffle en regardant sans un mot les îles se cristalliser dans l'air humide. À neuf heures les établissements balnéaires commençaient à se remplir, et nous disparaissions dans l'appartement.

Je ne quittais jamais Beatrice. Je me disputais avec Lorenzo parce qu'il voulait m'emmener au Giglio, ou à l'Elbe, mais je ne voulais pas me séparer d'elle. Nous nous retrouvions tous les deux en bas de chez moi, une demi-heure, une heure, comme si j'étais assignée à résidence. Puis je remontais m'ensevelir avec Bea des journées entières. Portes et fenêtres fermées pour ne pas laisser entrer la canicule, stores baissés, comme s'il faisait toujours nuit: je n'ai jamais autant lu que dans cette période, et je dois dire que Bea aussi s'y était mise.

Des romans d'une longueur moyenne comme *L'Éducation sentimentale*, nous les avalions en deux jours. Il nous en fallut neuf pour terminer *Guerre et paix*. Nous lisions l'une face à l'autre sur le canapé, les jambes entrecroisées et les ventilateurs tournés vers nous. En petite culotte et soutien-gorge, nous coulions de la même sueur. Un livre fini, nous nous l'échangions, s'il nous avait touchées, nous en discutions jusqu'à minuit. Pourtant, malgré ma seule foi politique et religieuse, les livres, il me faut admettre qu'ils ne sauvaient pas Beatrice.

Elle les dévorait, oui, mais uniquement pour éviter de penser. Elle ne les laissait pas égratigner sa cuirasse, insinuer en elle un doute, un changement. Comme si elle avait décidé a priori qu'il n'y avait dans ces pages que des élucubrations, et que la vérité était ailleurs : dans les actes, dans ce qui a un impact concret et si possible énorme sur les autres. Dans ce qui se voit.

Pour moi, passer l'été ainsi était normal : les autres à moitié nus s'exhibant sur la plage, et moi enfermée, cherchant mon salut dans l'art. Pour Bea l'été avait toujours été le temps des concours sur la côte, des défilés en bikini, des flashes et des entrefilets dans les journaux locaux. Avec sa mère étaient morts ses contacts avec le petit monde de la mode en province. Et surtout, la motivation et le désir. Bien sûr, j'avais pensé – ne me sous-estimez pas – à aller chercher l'agenda pour briser cette léthargie. Mais j'espérais en fait que, sans sa mère, elle commencerait à me ressembler.

Le mois d'août arriva, les romans laissèrent la place aux DVD. Beatrice se pelotonnait pour consulter je ne sais quelle histoire du cinéma : il lui était venu la marotte du classique, de l'éternel. Peut-être avait-elle besoin d'un langage plus structuré, après que la vie l'avait si durement frappée. Ou peut-être qu'en réalité son plan n'avait pas changé, et que cela faisait aussi partie de son parcours de formation. De son instinct d'autodidacte géniale : pour créer l'esthétique qui l'intéressait, celle de l'icône, elle devait se confronter à des « trucs sérieux ».

Elle m'envoyait louer chez Blockbuster des westerns de Sergio Leone, les films de Fellini et les chefs-d'œuvre du néoréalisme italien, et je filais après le déjeuner dans les rues désertes, en maillot de bain sur mon Quartz, l'asphalte chauffé à blanc, la lumière assourdissante qui cognait sur mon casque. Je rentrais chaque fois avec trois films que nous regardions tout de suite, l'un après l'autre.

Ça ne pouvait pas continuer ainsi.

Deux jours avant Ferragosto, papa entra d'un pas déterminé dans le salon, mit *Mamma Roma* sur pause et lança en direction du canapé une question d'apparence inoffensive: « Pourquoi vous ne créez pas un blog? »

Je ne tournai même pas la tête. Je soufflai, peut-être, roulant mes globes oculaires vers le haut, avec cette suffisance que je réservais aux trouvailles de mon père. Mais l'animal magique qui dormait en Beatrice détacha les yeux du plan sur le visage désespéré d'Anna Magnani et les posa sur lui. « Un blog? C'est quoi?

– Une sorte de journal, lui répondit-il avec enthousiasme, mais qui ne vise pas à se cacher et à se replier sur soi-même. Ça sert à se raconter aux autres, à se connaître et à créer des réseaux: à s'ouvrir au monde. »

Bea perdit aussitôt tout intérêt: « Moi, j'aime pas écrire. »

Je me levai pour reprendre la télécommande et remettre le film. Les choses auraient pu en rester là. Beatrice aurait parfaitement pu ne pas devenir le phénomène planétaire qu'elle est aujourd'hui. Réparer sa douleur, oui, mais autrement, et rester mon amie.

Mais papa s'entêta: « Tu n'as pas besoin d'écrire de la poésie lyrique. Vous pourriez l'ouvrir ensemble, parler de vous, de votre ville, des films que vous regardez, et échanger des conseils avec d'autres filles qui vivent ailleurs.

– Papa, s'il te plaît. » Et je remis le DVD en marche.

Il masqua l'écran en se plantant devant nous: « Vous pourriez nouer des amitiés avec des gens qui vivent en Sicile, en Californie, en Chine! »

Beatrice et moi ne l'écoutions plus. Anna Magnani avait repris sa promenade dans la nuit sans fin, entre deux rangées de réverbères, de plus en plus seule. Alors mon père prononça *le* mot : « On peut aussi publier des *photos.* Je le fais, dans mon blog sur les oiseaux. »

Cette fois, l'animal magique ne se limita pas à une lueur dans le regard de Beatrice mais ressurgit tout entier, majestueux et terrible comme le monstre du Loch Ness, comme Charybde et Scylla. Elle se redressa. « Montre-moi. » Elle se tourna vers moi : « Ce truc, on va le faire ensemble. » J'aurais voulu répondre : « Non, n'y pense même pas. » Mais ses yeux étaient redevenus étincelants, comme après le vol du jean.

Nous entrâmes dans le bureau. « Moi je regarde, c'est tout », répétai-je un nombre incalculable de fois. Papa installa Beatrice sur le siège à roulettes, devant le nouvel ordinateur, un portable. Il l'alluma. Je me tins en retrait : par la porte restée entrouverte, j'entendais les pleurs de *Mamma Roma.* Puis papa alluma le premier, et peut-être à l'époque le seul portail Internet de la ville, et cette énigme que toutes les filles cherchent à résoudre en consultant les moteurs de recherche, ce rébus dont les journalistes s'épuisent à trouver la solution, prit forme.

« Comment elle a commencé, Beatrice Rossetti ? »

Le commencement fut, personne ne le sait, le blog *Bea&Eli.*

Dès que papa eut fini d'enregistrer le blog et de construire la page d'accueil, Beatrice reprit couleur, sa voix redevint vive, impérieuse, et elle ne cessa de le bombarder de questions : « Comment on fait ça ? », « À quoi ça sert ce truc ? » La mécanique du désir avait recommencé à faire *clic-clic*, en même temps que la souris.

Ce blog, *Bea&Eli*, je l'avais volontairement refoulé, mais si je me concentre un peu je me rappelle à quel point il était moche : un fond triste jaune paille, des caractères lilas délavé, il arborait même un sous-titre qui se voulait sympathique : « Deux amies qui passent leur temps à se disputer. » Papa fut bon pédagogue : pour nous illustrer le but d'un blog, il nous montra non pas le sien mais ceux de ses amis, profs ou informaticiens, qui parlaient généralement de leurs enfants, des nuits sans dormir, du sevrage. Je continuais à ne pas comprendre le but de ce blog. Il nous montra ensuite le « journal » public d'un homme qui racontait, jour après jour, sa maladie. Enfin il migra vers un blog consacré à l'écriture : « Ça, c'est pour toi, Elisa. » Il s'enfiévrait à nous expliquer comment de ce blog-ci on pouvait passer à mille autres blogs, interagir, commenter, ajouter des liens. Parce que c'était ça l'âme d'Internet, disait-il : créer des liens.

« Comment on fait pour mettre des photos, l'interrompit Beatrice, impatiente. Et des blogs de mode, il y en a ? »

Papa la regarda, hésitant : « Je suppose que oui. »

Nous la vîmes courir dans sa chambre, revenir chargée d'albums. Elle les feuilleta avec ardeur, et trouva ce qu'elle cherchait : un portrait où elle frappait par son maquillage excessif, un bandeau de concours de beauté sur la poitrine. Elle le sortit de son enveloppe plastique, le tint en l'air comme un drapeau et s'aperçut seulement alors qu'elle ne pouvait pas l'enfiler tel quel dans l'ordinateur.

C'était avant-hier, mais c'est avant le Déluge. Papa dut prendre son appareil photo numérique, faire un cliché de la photo, brancher des câbles, charger l'image, la réduire, et toute une suite d'opérations que je vous épargnerai mais que Bea et moi, pendant les mois à venir, allions exécuter des milliers de fois.

Cet après-midi-là, au bout d'une demi-heure, je crois, mon père réussit à placer le portrait de Beatrice dans l'espace du blog intitulé « Qui nous sommes ». Il lui demanda par quelle phrase elle souhaitait se présenter et elle répondit, candide : « Dix-sept ans, têtue, signe particulier : très belle. »

J'éclatai de rire. Papa modéra la formule : « Je chercherais plutôt une définition plus sobre.

– Alors on va dire… Signe particulier : désinhibée ! »

Je vis papa en sérieuse difficulté.

« Mais si je veux capter l'attention… » rétorqua-t-elle, qui avait déjà tout compris, à la différence de mon père, ce grand professeur d'Internet. « Paolo, synthétise-moi comme ça : "La plus belle et la plus enviée du lycée". Et sous la photo d'Elisa, tu écris : "La bûcheuse". »

– Eh, pas question que je mette une photo, intervins-je, furieuse. Et "bûcheuse" t'as qu'à l'écrire pour toi, vu que t'as toujours 9 sur 10. » Quant au fait qu'orpheline de mère et sans autre amie que moi, elle ne pouvait pas être « la plus enviée » du lycée, j'évitai de le dire.

« Pourtant, c'est amusant, on est deux amies qui se disputent, non ? On est différentes, on est à l'opposé ! »

Parce que tu trahis et pas moi.

« Je ne suis pas ton jouet, je ne suis pas d'accord pour le blog de la super nana et de la pauvre fille ! »

Papa prit la situation en main, la convainquit de se rabattre sur un plus doux : « J'ai dix-sept ans, je suis au lycée classique et ma passion est la mode », en m'obligeant à publier au moins, à la place de mon visage, une image floue de ma bibliothèque avec cette explication laconique : « J'aime lire » qui, jetée là, sonnait comme une publicité d'intérêt public.

Qu'écrivions-nous dans ce blog ? Je ne me souviens pas : des sottises, sûrement. Je ne disais rien de moi, j'avais déjà mon propre journal, mais j'aidais Bea à farcir ses mensonges de métaphores, tandis qu'elle s'escrimait chaque jour sur le PC de papa, accompagnant toujours ses faux secrets d'une photo d'elle.

Au début, elle se servit des photos prises par sa mère mais ensuite, dans la plupart des cas, les photos furent prises par moi. Avec l'argent de poche que maître Rossetti lui versait généreusement, elle recommença à aller chez le coiffeur tous les trois jours et à s'acheter de nouveaux vêtements pour poser devant l'objectif du Contax que mon père nous avait prêté, en m'ordonnant : « Tu comptes jusqu'à trois et tu m'immortalises. » Mais ce n'était pas assez : elle s'adressa aussi à des photographes de T pour des shootings sur la plage ou en studio, en bikini ou en robe du soir. Et ils étaient stupéfaits qu'elle leur demande, au lieu de les développer, de les mettre sur un CD.

Il nous fallait des heures pour les charger l'une après l'autre sur *Bea&Eli*, un *Bea&Eli* que personne ne visitait, où les posts restaient sans commentaires, et quand quelqu'un tombait dessus par hasard, la question la plus fréquente était : « Pourquoi on voit seulement Bea ? Elle est où Eli ? » ou bien : « Eli, tu aimes lire quoi ? Comment tu fais pour rester amie avec cette idiote ? » Aussi étonnant que ça paraisse, les blogs, quand ils commencèrent à se répandre, étaient un territoire de conquête non pour des filles comme

Beatrice, mais pour des filles comme moi. En 2003, ceux qui naviguaient se fichaient bien de la beauté et des vêtements : c'étaient des aspirants-écrivains, ou des passionnés de quelque chose, comme mon père, désirant communiquer avec d'autres passionnés, des gens en quête d'explorations et d'amitiés. Le mot d'ordre était la découverte, pas l'exhibition.

Que *Bea&Eli* soit destiné à échouer était prévisible. Mais Bea ne perdit jamais son enthousiasme.

On la vit même renaître. Le traitement était trouvé, et il fut efficace. Peu lui importait le petit nombre de visiteurs ou les accusations de narcissisme qu'elle recevait, de temps en temps, en lieu et place du silence. Elle était comme emportée, ensorcelée par ce dialogue secret avec l'écran, qui m'apparaissait alors aussi obscur que ridicule, et qu'aujourd'hui encore j'ai du mal à comprendre. Cherchait-elle sa mère ? Ou se cherchait-elle ? La Beatrice que je m'étais employée de toutes mes forces à étouffer, en ne lui donnant pas l'agenda, en la noyant sous les romans russes et les films d'auteur, avait-elle trouvé un moyen de revenir à la surface ?

Seuls mon père et moi pouvions être assez naïfs pour croire que c'était là un passe-temps innocent. En fait, c'était une arme létale.

Il allait suffire à Bea que les blogs soient supplantés par des médias bien éloignés de la presse d'autrefois pour s'emparer du monde. Attendre que la technologie la rejoigne.

« Comment on devient Beatrice Rossetti ? »

En s'entraînant avec quinze ans d'avance.

Mais revenons un instant au jour de la création du blog. Quand nous quittâmes le bureau de papa, il faisait nuit. Bea s'enferma dans sa chambre pour parler avec Gabriele, tout excitée. Plus d'une heure après, elle se précipita dans la mienne et m'annonça : « On s'est remis ensemble. On va tous chez lui pour Ferragosto, invite aussi Lorenzo. »

Et en dépit de *Bea&Eli*, voilà que surgit maintenant un de mes plus beaux souvenirs, et je me demande : comment tout cela a-t-il pu arriver ? La journée suivante, nous la passâmes tout entière en haut des rochers, enduites d'huile à bronzer, exposées au soleil comme des tellines. Nous nous brûlâmes. À notre retour, nous nous promenions les seins nus dans la maison, enduites de crème réparatrice, avec papa qui s'efforçait de ne pas nous regarder. Il nous fut impossible de dormir. Le matin du 15, nous commençâmes tout de suite nos préparatifs : compresses, masques, mixtures ; l'usage de la salle de bains fut interdit à papa pendant plusieurs heures. Nous nous étions barricadées à l'intérieur, et Bea s'occupa autant de son corps que du mien, s'engageant à fond dans la tâche de restaurer notre « splendeur ». Après nous être limé les ongles, épilé les sourcils, nous nous passâmes une éponge entre les omoplates, les fesses, les aisselles, encastrées toutes les deux dans la vasque, collées l'une à l'autre.

À huit heures du soir nous montions sur nos scooters pour nous envoler enfin sur le front de mer. Slalomant entre les autos, montant parfois sur les trottoirs, nous allions à toute vitesse et dépassions tout le monde. Elle devant, moi derrière. Je voyais tourbillonner sur ses épaules ses cheveux de nouveau lissés à la perfection, son dos nu, ses coups d'œil vers moi dans la glace du rétroviseur. Je poussais les gaz pour essayer de la rejoindre, sans y parvenir, convaincue que la vie serait, à jamais, cette course.

Arrivées à la piazza Padella, nous laissâmes le Quartz et le SR, montâmes quatre à quatre les neuf volées d'escalier. Après toute cette mort que nous avions respirée, nous avions faim. La porte était ouverte, dans la cuisine il y avait Salvatore, Gabriele et Lorenzo, torse nu et en shorts. La table était encombrée de bouteilles de vin, les moules s'ouvraient sur le feu. C'était Ferragosto, notre jour. Beatrice et moi ôtâmes nos chaussures et nos vêtements, et nous précipitâmes en maillot de bain vers nos chéris.

Au début ce fut étrange, pour moi comme pour Lorenzo, de nous embrasser devant eux, et pour eux aussi, je crois, devant nous. Il ne nous était jamais arrivé d'être tous ensemble, et Lorenzo et Gabriele n'auraient pas pu être plus différents. Pourtant, ils semblaient déjà amis. Et puis il y avait tout ce vin : deux trois verres suffirent à nous faire oublier toute pudeur, à Bea et moi.

Avant le dîner, je me souviens de m'être mise à la fenêtre qui donnait sur le petit port. Dans la vieille ville, toutes les fenêtres étaient grandes ouvertes, les lumières allumées, les tables dressées dans les cuisines ou sur les balcons. Je vis des enfants courir entre les draps étendus sur un toit, un cercle de femmes qui s'éventaient, la blouse ouverte sur leurs cuisses, des familles inconnues tirer des chaises pour se réunir. Mon regard revint sur les jetées du port, celles où maman et Niccolò étaient allés trois ans plus tôt chercher du shit, et je m'aperçus que tout avait disparu. Leurs deux fantômes et ma nostalgie. J'appartenais désormais à T.

La sonnette de l'interphone retentit et je revins à l'intérieur. C'était Sabrina, la petite amie de Salvatore, caissière à l'Upim, qui avait plus de trente ans, une *vieille*, pour nous. Elle nous trouva tout de suite antipathiques, Beatrice et moi, et à juste titre : nous étions saoules, agaçantes et exhibitionnistes. Nous nous passions des glaçons entre les seins pour amuser les garçons, feignions de perdre notre haut de bikini alors que nous défaisions les nœuds en cachette. Des idées qui venaient de Bea, et que j'imitais. Je la suivais, dans l'ivresse de lui ressembler.

À la moitié du dîner, ils se levèrent, Gabriele et elle. Sans chercher de prétexte, ils s'enfermèrent dans la chambre. Je regardai Lorenzo en me levant à mon tour et il me suivit dans la salle de bains. Parce qu'une amitié absolue exige cela : qu'on fasse l'amour au même moment, séparées par un mur.

Ce fut alors, contre ces carreaux verts, qu'une pensée me traversa : Ce serait bien si on restait à T pour toujours, sans terminer le lycée. Si on tombait enceintes toutes les deux et qu'ensuite les garçons nous épousent, ce serait bien de vivre l'une près de l'autre toute la vie, toi dans l'appartement du dessous ou l'inverse. Ne pas partir, ne pas écrire, ne rien tenter. Nos enfants qui grandissent ensemble comme frères et sœurs, et nous deux toute la journée à la maison sans rien faire. Inséparables, plus même : identiques.

Après, quand nous étions tous assis sur le toit pour regarder les feux d'artifice, au lieu de la main de Lorenzo je cherchai celle de Beatrice. Je la serrai. Le quartier historique, les îles, le bastion s'illuminaient par intermittence de vert et de rouge. J'étais heureuse. J'approchai mes lèvres de son oreille et lui demandai : « On est inséparables toi et moi, hein ? »

Elle ne répondit pas. Peut-être n'avait-elle pas entendu, il y avait un tel boucan.

Quand nous revînmes dans la mansarde prendre nos serviettes pour le bain de minuit, alors que nous étions prêts à sortir, elle prit son portable et dit à l'improviste : « On se prend en photo pour *mon* blog ! »

Tout le monde se figea. Gabriele, Salvatore et Sabrina ne savaient pas ce que c'était, un blog. Lorenzo, dans les grandes lignes. Aucun de nous, hormis Beatrice, ne possédait de téléphone qui prenne aussi des photos. C'était le dernier cadeau de son père, ou plutôt sa dernière tentative désespérée pour renouer un lien avec elle. Elle jugea que la personne qui resterait en dehors, ce serait moi. Ça me mit mal, si mal que je me reproche aujourd'hui encore de n'avoir pas compris.

Comment tout cela a-t-il pu arriver ? C'était évident. J'avais tous les éléments devant les yeux, mais je ne voulais pas voir.

J'ai retrouvé sur Internet les performances de ce portable : 0,3 mégapixel. L'image qui en sortit était une nébuleuse. Mais elle voulut la publier quand même, le lendemain, sur *son* blog. Ce serait la troisième image qu'elle publierait après les deux portraits pris par Ginevra.

J'allai me défouler sur mon journal en racontant pis que pendre sur *Bea&Eli*, dont la vie heureusement fut brève. Mais ce « & » commença à nous séparer.

Je m'arrête un instant sur celle que j'étais à dix-sept ans, celle qui espérait vieillir à T avec Bea, déformée par les grossesses et ne faisant rien, et je ne sais si je dois ressentir de la colère ou de la tendresse.

Bien sûr, ce n'est pas facile de réaliser son rêve. Je le sais bien, puisque j'ai failli au mien.

Mais aujourd'hui j'ai un travail qui me plaît, je suis une femme indépendante et j'en suis fière. Ce rêve de s'enliser à T en sacrifiant toute ambition n'était qu'une suggestion littéraire à trois sous, si ce n'est la preuve que j'ai grandi, comme tout le monde, dans une société où ce sont les hommes qui gagnent. Il a fallu que je devienne adulte pour réaliser qu'une femme a une valeur en soi, qu'elle a une voix.

Mais quelle est la mienne ?

Je me lève, je vais jusqu'au miroir de l'entrée, je m'examine. Je suis quelqu'un de si ordinaire, je ressemble vraiment à la Marchi. J'ai le front large, le nez fin, des taches de rousseur estompées et une peau devenue d'une pâleur lunaire. Même mes lèvres sont fines. J'essaie de sourire : j'ai des dents normales, plutôt droites mais petites ; je n'ai pas de fossettes, de grains de beauté, aucun signe particulier. Je suis toujours sérieuse.

J'écris depuis des jours comme une damnée, et je n'ai pas eu le temps de me maquiller. Mais même quand je me maquille, c'est juste un voile, parce que sinon j'ai peur de ressembler… à qui ?

J'ai les cils et les sourcils roux comme mes cheveux. Et mes cheveux, eux, se remarquent. Je les porte longs jusqu'aux épaules, ils sont épais et ondulés, d'un roux si reconnaissable que je me demande soudain avec amertume : N'était-ce pas aux rousses que revenait le rôle de personnage spécial ? De sorcière, de fée, de reine ?

Non, parce que j'ai quelque chose de gris. La magie a toujours été pour Beatrice. C'était elle qui en me côtoyant me rendait intéressante. Elle qui irradiait d'une lumière d'étoile. Je me souviens alors de ce jean, étincelant comme une baguette magique. Il a été si important pour moi, dans ma tête, et qui sait où il a fini : à la poubelle ? À la cave ? Donné à quelqu'un ? Ou est-il encore là, sur la dernière étagère, via dei Lecci ?

Même si je l'avais ici, à portée de main, je ne pourrais plus rien changer.

Avant de fermer ce chapitre, il y a encore un souvenir de ce Ferragosto 2003 que je veux noter, pour mémoire.

Nous plongeâmes, Lorenzo et moi, dans une crique sombre, loin des réverbères et des autres. Il était deux ou trois heures du matin. Il me prit la main et, dans l'eau noire, me dit exactement ceci : « Comment tu fais pour avoir confiance en elle ? Tu ne vois pas comment elle te traite ? Elle t'humilie, elle se sert de toi. Elle se prend pour je ne sais qui alors que toi, tu vaux cent, mille fois mieux qu'elle. Ce n'est qu'un phénomène de foire. »

7

Restitution d'une vue

À la fin de l'été, mon frère me téléphona.

« Assieds-toi », commença-t-il.

Je n'en fis rien mais j'eus peur. « Qu'est-ce qui s'est passé ?

– Elle est devenue folle, elle a perdu la tête, elle a pété un câble.

– Niccolò, dis-moi ce qu'elle a fait.

– Elle va se marier. »

Je m'assis, cette fois, ou plutôt je m'effondrai ; mon corps tout entier, mes pensées, mon âme sombrèrent. Mon frère continuait à parler mais je ne l'entendais plus.

Je réussis à lui demander : « Papa est au courant ?

– Bien sûr que non, maman veut que ce soit toi qui lui dises.

– Moi ? Mais quand, quand va-t-elle…

– Dans deux semaines, le 13 septembre. Tu n'arrives pas à me demander avec qui, hein ? T'as raison. Je prépare déjà mes cartons : pas question de vivre avec ce type, plutôt mourir. Bon, je dois y aller, ciao. »

Il me planta là, à des centaines de kilomètres, sur une chaise, morte, ensevelie sous des tonnes de ruines. Maman se mariait? C'était quoi cette histoire? Pourquoi ne pas me l'avoir dit elle-même? Je restais la fille, le deuxième choix. J'avais envie de pleurer. Je pleurai. Niccolò m'avait laissée seule, assommée par cette nouvelle, et, supplice ultime, c'était à moi de le dire à mon père.

Aujourd'hui encore, chaque fois qu'il se passe quelque chose à Biella, Niccolò bondit sur le téléphone et me projette dans l'angoisse. Pour finir c'est toujours à moi, qui habite loin, de demander un congé exceptionnel, monter dans ma voiture, me précipiter pour sauver notre mère.

La dernière fois que je suis allée là-bas, en octobre dernier, je me suis mise en colère. Niccolò était une nouvelle fois au chômage, avec un énième piercing sur le visage, une crête bleue, des dents pourries. Je lui ai dit: « Tu as bientôt quarante ans et regarde-toi: le frigo est vide, l'appartement est dégueulasse, c'est pas possible. » Il m'a répondu: « T'as raison, je vais faire des courses. » À vingt et une heures passées, il n'était toujours pas de retour. J'ai pris ma voiture et j'ai fait le tour de la ville, puis des villages environnants: Pralungo, Tollegno. Je l'ai retrouvé au bout de deux heures dans un bar d'Andorno, endormi, deux sacs d'A&O, où nous allions enfants voler des Pan di Stelle, mollement déposés sous la table; dessus, deux bouteilles de vin, vides.

Mais revenons en 2003. Le matin où je reçus cette nouvelle, j'étais seule à la maison. Mon père était parti à l'aube pour l'université, Beatrice était chez Enzo. Je relus tous les SMS récents de ma mère, à la recherche d'un signe, d'une tentative de dire: peut-être avait-elle fait une allusion que je n'avais pas voulu comprendre.

Tu parles. Ses messages étaient tous de la même teneur: «JT'M ma petite souris», «Mon poussin je pense à toi», «Tu me manques», le degré zéro du langage, le vide sidéral. C'était ça notre relation: une gigantesque farce. Je n'y tins plus. J'allai dans le couloir, soulevai le combiné et appelai sur son fixe, chez elle, dans l'ancien appartement de la via Trossi d'où elle m'avait évincée pour pouvoir refaire sa vie.

Elle me répondit et je me mis à crier: «Qu'est-ce que t'attendais pour me le dire?»

Je la sentis hésiter. À l'arrière-plan je distinguai une voix masculine, autoritaire et antipathique, qui lui demanda: «Qui c'est qui vient nous casser les couilles à cette heure?» Il était dix, onze heures du matin. Pas six.

«Je suis ta fille, dis-le-lui! Il le sait, que j'existe?

– Amour, dit-elle pour tenter de m'interrompre.

– Amour mon cul! Me parle plus jamais. Je te déteste.»

Je raccrochai. J'arrachai du mur la prise du téléphone, éteignis mon portable, enfourchai mon Quartz et fonçai, désespérée, jusqu'à la Plage de fer. Là, je restai des heures à regarder les bateaux passer, me jurant que je ne mettrais jamais d'enfants au monde. Je ne rentrai que lorsque je commençai à avoir faim. Dans la cuisine, je trouvai Beatrice avec du rouge à lèvres noir, une perruque violette et des faux cils. Elle lavait une salade sous l'eau du robinet. «Qu'est-ce qui t'est arrivé?» me demanda-t-elle avec inquiétude dès qu'elle me vit.

«Ma mère continue à foutre ma vie en l'air.»

Le soir, quand papa rentra, je n'eus pas le courage de lui parler. À l'exception de rares dîners avec des collègues, il ne sortait jamais. Quand le téléphone sonnait, je savais que c'étaient toujours des communications de travail: j'avais écouté. Il passait des heures dans son bureau à préparer ses cours et rédiger des articles universitaires. Il n'en sortait que pour laisser la place à Beatrice et son maudit blog. Il s'occupait de nous, qui étions pourtant de moins en moins à la maison et refusions d'aller observer les rolliers et les pluviers. À cinquante ans il était devenu gris, et plus gros. Il était seul, à serrer le cœur.

Le lendemain soir, au dîner, Beatrice se comporta de la façon qui lui réussissait le mieux: elle n'en fit qu'à sa tête. Sans m'adresser la parole, elle se tourna vers mon père et lui demanda à brûle-pourpoint: « Paolo, dis la vérité : tu es encore amoureux de ta femme ? »

La fourchette me tomba des mains. Papa, après un instant d'égarement, se reprit: « Elle ne l'est plus, nous sommes divorcés depuis six mois. »

Il les avait comptés.

« Oui, mais tu éprouves encore quelque chose pour elle ?

– Bea, arrête.

– Non, Eli, c'est toi qui dois arrêter de le traiter comme un enfant. »

Mon père nous regardait, ahuri.

« Ou bien tu as quelqu'un d'autre. Tu aimerais tomber de nouveau amoureux ? »

Papa toussota. « Je ne pense plus avoir l'âge… » Et il perdit pied.

Il avait fait disparaître sa photo de l'écran de son ordinateur, caché les portraits d'elle dans un album secret. Il ne prononçait pas son nom, n'avait jamais rien à lui dire au téléphone. Mais elle était, je le compris à cet instant, son inguérissable maladie.

Pourquoi ? Je me le demande encore aujourd'hui, et quelque lecteur se le demandera peut-être aussi : un homme aussi posé, aussi raisonnable, un chercheur, comment avait-il pu s'égarer à courir après une folle ? Je n'en sais rien. Je peux juste faire des suppositions.

Mon père avait perdu ses deux parents en même temps dans un accident de la route, à seize ans seulement. Ce malheur a sûrement joué : c'est ce que fait un vide brutal. Les grands-parents que je n'ai pas connus, je le sais par ses récits et par les photos qu'il m'a montrées, étaient deux personnes connues. Lui un architecte jouissant d'une certaine renommée, quoique locale. Elle – ce qui me paraît une bizarrerie sur laquelle, ce livre terminé, il faudrait peut-être que je réfléchisse –, était comédienne. Une âme d'artiste, insaisissable, si insolite dans une ville sans rêves et aussi strictement piémontaise que Biella. Qui sait, peut-être le fantôme de cette femme morte si vite, son mystère ont-ils creusé en lui un espace sans défense, blessé et docile.

« Papa, lui dis-je ce soir-là d'une voix qui tremblait de rage, tu dois te l'enlever de la tête. Tu dois en trouver une autre : cultivée, intelligente, à ta hauteur. »

Il me regarda sans comprendre. Je tergiversais. Il en faut, des tripes, pour briser le cœur d'un homme qui vieillit.

« Allez, dis-lui.

– Mêle-toi de tes affaires, Beatrice.

– Me dire quoi. Vous me fatiguez, toutes les deux. »

Je fermai les yeux pour trouver les mots justes : les plus légers, les plus respectueux et calmes. Mais elle me devança et lâcha la bombe, comme les Américains le 6 août sur Hiroshima. Parce que le premier plan, le cadrage avantageux, le rôle-phare, c'était pour elle.

« Annabella se remarie, Paolo. » Et dans cet italien farci de lieux communs qu'elle emploie encore, autant en interview que sur les réseaux, elle ajouta : « L'heure est venue de tourner la page. »

J'ouvris les yeux et vis mon père pâlir, souffrir, anéanti, triturer sa serviette sans rien dire, comme il l'avait fait au restaurant La Sirena. Beatrice bondit sur ses pieds et courut le prendre dans ses bras à ma place.

« On est là, on t'aidera à aller de l'avant. »

J'eus envie de la tuer. Lui arracher les cheveux, l'étrangler.

« Et à rencontrer quelqu'un d'autre, à oublier. » Elle lui fit un baiser. À mon père, sur le front. Le baiser que je n'avais jamais pu lui donner.

Il restait immobile à l'autre bout de la table, assommé. Il me fixa et me demanda : « Avec qui ?

– Je n'en sais rien.

– Dis-le-moi.

– Je te jure, c'est vrai. C'est Niccolò qui sait. »

Papa se leva. Laissa la table telle quelle, son assiette à moitié pleine, de riz, de spaghettis, j'ai oublié. Il prit son portefeuille, les clés de sa voiture, sortit en claquant la porte sans dire où il allait ni quand il reviendrait. Me décollant de la vitre, je revins vers Beatrice et lui balançai une claque. Directe, forte, en pleine face. Elle cria. Mais je criai plus fort : « Pourquoi tu lui as dit ?

– Il est pas idiot !

– En quoi ça te regardait ? Qu'est-ce que t'en sais de lui, de ma mère, de nous ? C'est pas chez toi ici, c'est pas ta famille ! »

La main sur sa joue rougie, Beatrice blanchit de stupeur. Mais elle se reprit aussitôt. Digne, cassante, elle siffla : « Tu étais la seule famille qui m'était restée. »

Elle sortit à son tour. Prit les clés de son SR, son sac et disparut au fond de la via Bovio dans un crissement de pneus. Je débarrassai, remplis le lave-vaisselle, balayai. Puis je tirai une chaise près de la fenêtre de la cuisine. Les caprices de ma mère continuaient de nous détruire.

Je les attendis pendant je ne sais combien de temps, aucun des deux ne faisait mine de rentrer.

Alors je me sentis coupable, inutile. L'éternelle figurante dans la vie des autres. Je me persuadai qu'ils avaient une histoire, qu'en ce moment même ils étaient en train de s'embrasser, ou pire. Qui n'aurait pas voulu d'une petite amie comme Beatrice, d'une amante comme Beatrice, d'une fille comme Beatrice ?

Sur cette chaise, le front collé à la vitre, je l'imaginai enlaçant mon père et je rêvai qu'ils meurent, tous les deux ; ou que je meure, passer une corde autour de la tringle de la baignoire, et m'étrangler. Jalousie est un mot que je ne voudrais pas utiliser dans ce livre : ce serait trop commode pour elle. Mais il est vrai qu'un sentiment infernal, le pire de tous, me monta au ventre comme un tsunami, chamboula tous mes organes et eut raison de moi.

Je me traînai jusqu'à ma chambre, sombrai dans le sommeil. À trois ou quatre heures du matin, j'entendis mon père rentrer. Quelques heures plus tard, la lumière du jour envahit la pièce, je me réveillai en sursaut et courus dans la chambre de Beatrice : elle n'y était pas. Le lit intact, les vêtements accrochés aux cintres, la trousse de maquillage sur le bureau à côté des devoirs de vacances, et sur mon portable pas un message, pas un bip. J'appelai aussitôt Gabriele, sans me soucier qu'il soit sept heures du matin. Je rappelai un nombre incalculable de fois jusqu'à ce qu'il réponde : « Oui, elle est là. Mais elle ne veut plus te voir. »

Aujourd'hui où j'écris, je sais qu'il ne pouvait rien se passer entre Beatrice et papa ; ça me paraît fou de l'avoir seulement pensé. Pourtant, la pire partie de moi, sourde à la rationalité, au bon sens, s'en tient fermement à cette conviction : que cette nuit-là, entre eux, quelque chose d'irréparable s'est produit. Une alliance, un pacte secret qui scellait ma fin.

J'étais la fille de réserve. Elle, la fille du désir.

Papa attendit deux jours, puis frappa à ma porte.

« Il faut aller la chercher.

– Non.

– Elisa, j'ai passé un accord avec son père et j'entends bien le respecter. Habille-toi, je t'attends dans la voiture. »

Je fus obligée de le guider jusqu'à la piazza Padella, lui qui fixait la route sans dire un mot, moi penchée sur le siège du passager à contrôler mon portable. À l'arrivée, je m'agrippai à la ceinture de sécurité et insistai pour rester dans la voiture.

Papa ouvrit grand la portière : « Au contraire, tu viens aussi. » Il était devenu plus sombre depuis qu'il avait appris « la nouvelle ». Je ne pense pas qu'il avait appelé maman ou Niccolò pour en savoir plus ou pour s'opposer au mariage. D'ailleurs il ne souriait plus, n'écoutait plus, plongé dans un violent mutisme. Je ne le reconnaissais pas.

Il s'annonça à l'interphone : « Je suis le père d'Elisa. »

Contre mon gré, je l'escortai jusqu'au dernier étage. Il sonna et je me cachai derrière lui.

Gabriele ouvrit, sans nous faire entrer. Beatrice arriva, en soutien-gorge et en string, insolente. Elle ne me regarda même pas. Mais elle fut bien obligée d'écouter papa qui lui ordonnait: « Rhabille-toi. Tu ne peux pas vivre ici, tu es mineure. Ton père m'a fait confiance et je suis responsable de tout ce qui t'arrive. Rassemble tes affaires et viens avec nous. »

Ni elle ni Gabriele ne protestèrent. Gabriele partit en silence se faire un café tandis qu'elle enfilait son jean si collant qu'il semblait prêt à se déchirer sur ses fesses ; puis elle se brossa soigneusement les cheveux, qu'elle rassembla en queue de cheval, s'inspectant devant la glace. Nous attendions nerveusement, papa et moi, sur le palier. Le poids de ce conflit était insupportable pour moi. Beatrice était là, à quelques pas, et m'ignorait. Tout son corps exprimait manifestement sa rancune. Je la détestais, j'avais de la haine, et j'aurais donné n'importe quoi pour un seul regard bienveillant. Mais rien.

Elle fit la bise à Gabriele. « Je t'appelle bientôt. » Et elle se força à nous suivre, hautaine et triste.

Dans la Passat, elle me porta le coup de grâce.

« Paolo, emmène-moi via dei Lecci, s'il te plaît. »

Je restai la gorge bloquée. Papa ralentit, se gara contre le trottoir sans broncher. Il attendit de pouvoir faire demi-tour pour revenir vers les collines.

« Mes vêtements et le reste, je viendrai les chercher un autre jour, ajouta Bea calmement. Là, je veux juste retourner dans *ma famille.* »

Elle insista sur « famille ». Comme si ce mot était une lame de couteau, qu'elle ne voulait pas seulement me planter dans les côtes, mais tourner et retourner. J'étais assise derrière et elle devant. Je suis sûre qu'elle m'a regardée dans le rétroviseur au moment de prononcer ce mot, souriant presque, avec ces yeux d'un vert abyssal qu'il me faut aujourd'hui subir dans des dizaines de publicités pour du fard à paupières, du rouge à lèvres, de la crème de jour, et qui disaient alors : « Crève, pauvre conne. »

Nous ne nous étions jamais disputées ainsi, au point de nous séparer. Ballottée sur la banquette, je sentis un début de crise de panique qui me ramena à cet hiver, à ce matin, aux étagères rangées par genre littéraire de la Palazzina Piacenza. Je vis Bea descendre de la voiture dans la petite avenue sans se retourner, en se déhanchant dans son jean comme dans le dernier plan d'un film. Je la regardai disparaître à l'intérieur de la villa et je réalisai que sans elle, je n'étais rien.

Je me raccrochai à mon père, à sa présence. Mais je me souviens de la première semaine de septembre 2003 comme d'une des plus douloureuses de ma vie.

Maman m'appelait vingt fois par jour et je ne répondais pas. Son mariage, ou plutôt sa trahison, était passé au second plan, éclipsé par l'absence de Beatrice.

Autour de moi, l'appartement sonnait le vide, angoissant et désert comme au lendemain de leur fuite à Niccolò et elle, trois ans plus tôt. Papa était tellement démoli qu'il ne sortait de son bureau que pour manger ou aller travailler. J'avais si peu de valeur que tout le monde m'abandonnait.

Lorenzo aussi était absent : en vacances à Cortina d'Ampezzo avec ses parents. À l'entendre, dans l'hôtel de luxe dont il était prisonnier, il s'ennuyait à mourir. Mais j'étais devenue soupçonneuse, méfiante. Je l'imaginais le soir, dans le bar de l'hôtel, faisant la connaissance de filles aussi ennuyées et fascinantes que lui, pressées d'échapper au contrôle des parents pour se cacher dans un vestiaire ou un recoin de piscine. Je passais ainsi mes journées collée à mon portable, à éviter les appels de ma mère et attendre ceux de Lorenzo. Je le gardais allumé jour et nuit. À table à côté de mon assiette, au lit à côté de mon oreiller. Quand je lisais, quand je me lavais les cheveux. Dans l'attente obsessionnelle que la sonnerie fasse irruption dans ma vie déserte.

Après quelque temps, je cessai de lire, de manger, de me laver. Mon cœur livré en bloc au Nokia 3310. Je jouais à *Snake* et j'attendais, c'est tout: que Lorenzo rentre de son ascension en altitude, où il n'y avait pas de réseau, qu'il finisse de dîner au restaurant. Dans une tension continue et insoutenable avec l'ailleurs. Je mangeais mon crédit en une journée, cherchais de l'argent dans mes poches et les tiroirs, y compris ceux de mon père; je courais, je volais au bureau de tabac acheter une nouvelle recharge que je grillais aussitôt, en moins de temps encore. Tout cela pour épuiser Lorenzo avec des questions idiotes, m'imaginer que je le contrôlais. Je crois que je faillis le perdre lui aussi. Mais mon vrai désir, secrètement, c'était un message de Beatrice.

Chaque fois que je lis dans les journaux que « la Rossetti » a été prise à partie par telle ou telle concurrente, tel journaliste, ou même tel homme politique, j'ai envie de sourire parce que je sais qu'elle va – dans quelques jours, pas tout de suite – le lui faire payer. D'une façon disproportionnée et définitive. Parce que Bea est comme ça: elle aime massacrer les gens.

Elle m'a massacrée. Je ne la connaissais pas encore aussi bien qu'aujourd'hui et j'espérais que, tôt ou tard, elle m'écrirait ou me chercherait, d'une manière ou d'une autre, fût-elle obscure: un petit mot laissé sur le rebord de la fenêtre, un autocollant sur mon scooter. J'allais jusqu'à vérifier la selle, le store, à regarder sous le paillasson de la porte d'entrée, à la recherche d'un signal de capitulation. J'entrais dans sa chambre, m'étendais sur son lit, passais sur mes lèvres les rouges qu'elle n'était pas encore venue reprendre. Je tins une semaine, avant d'abdiquer.

Je parcourais mon répertoire et m'arrêtais sur son nom. Non, Elisa, ne le fais pas. Mais je le voulais. Les phrases terribles que je lui avais dites me revenaient: tout était ma faute, j'avais fait une erreur; en me condamnant moi-même je me donnais une excuse pour en finir avec cette abstinence. Un soir, je fis sonner son téléphone, une fois, un bip. Même pas un, un demi. Je n'avais plus de crédit, mais pas seulement: aucun appel, aucun SMS, aucune articulation verbale, même abrégée ou codée, n'auraient rendu l'idée de ce que je voulais lui dire. C'était un contenu impossible, indicible, scandaleux, qui équivalait très exactement à une demi-sonnerie.

Je serrais mon portable dans mes mains, à le broyer. Je le fixais en implorant une réponse: maintenant, tout de suite. Faisons la paix! la suppliais-je.

L'écran resta noir, le corps du téléphone inanimé. Cet objet me consumait, je n'arrivais pas à m'en détacher. Il était devenu le sonar de tous mes vides et de tous mes pleins, un amplificateur des oui et des non que je recevais, des zéro et des un, je t'accepte, je te refuse, je suis là, je n'y suis pas, Elisa perd, Beatrice gagne. Le silence devint gigantesque, se changea en dérision.

Elle me fit souffrir deux jours, cette sorcière. Puis, une nuit, alors que je tournais et retournais ma tête sur l'oreiller, l'écran illumina la chambre comme l'atterrissage d'un ovni. Je vérifiai : « Appel manqué ». De qui ? « Bea ». Je m'assis. Lus, relus et re-relus ce nom. Pris la mesure de son pouvoir total sur ma vie. Je lui répondis aussitôt. Elle aussi. Des bips, des bips, des bips, jusqu'à l'infini.

Nous avions fait la paix.

Elle sonna à l'interphone le lendemain matin, à huit heures et demie. Je bondis hors du lit les yeux encore fermés parce que je le savais, que c'était elle.

J'ouvris grand la porte. Nous restâmes un instant en arrêt à nous regarder, comme si des années avaient passé et que nous ne nous reconnaissions plus. Sans réfléchir je lui demandai : « Tu viens à Biella avec moi ? » Elle, en souriant, acquiesça de la tête.

Nous nous tombâmes dans les bras. Seins, jambes et bassins collés, nos lèvres se frôlant délibérément. Nous nous assîmes à la table de la cuisine, je préparai le café, elle les biscottes avec de la confiture. Nous étions épouse et épouse. Elle me tint compagnie sur le bord de la baignoire pendant que je prenais une douche. Nous séparer encore, même pour cinq minutes, aurait été impensable. Nous remplîmes nos sacs à dos jusqu'à ras bord et, sans connaître les horaires, demandâmes à papa de nous emmener à la gare.

On était le mercredi 10 septembre. Papa se gara devant l'entrée et insista pour nous aider avec nos sacs. Il nous accompagna au guichet : il y avait un Intercity qui partait pour Gênes dans vingt minutes, nous pouvions prendre celui-là, changer à Porta Principe, prendre le Régional pour Alexandrie et changer de nouveau à Novare. Un voyage interminable qui, je le comprends maintenant, fut notre façon de reprendre possession l'une de l'autre, d'inaugurer une nouvelle saison de notre amitié. La pire, mais je ne le savais pas encore.

Papa paya les billets d'aller, avec retour obligatoire le dimanche : les cours recommençaient le lundi et il n'était pas question de revenir plus tard. Il nous donna cent euros chacune « au cas où », nous acheta deux sandwiches au bar, *Il Manifesto* et *Donna Moderna.* Sur le quai, il nous recommanda : « Au moindre problème, vous m'appelez. Je prends la voiture et je viens immédiatement vous chercher. Écoute-moi, Elisa, si tu remarques quelque chose de bizarre… »

L'Intercity arriva. Il monta avec nous pour nous aider à installer nos bagages, nous donna encore de l'argent, il n'arrivait pas à nous dire au revoir, les yeux brillants et tremblotants. Enfin, dans un effort énorme sur lui-même, quand le haut-parleur intima aux accompagnateurs éventuels de descendre, il nous laissa. Les portes se fermèrent, le train partit. Beatrice et moi regardâmes papa et T rapetisser jusqu'au néant. Puis nous nous fixâmes dans les yeux.

Nous étions libres, pour la première fois.

Nous étions assises face à face dans un compartiment vide, comme dans l'incipit de *L'Idiot* : « Deux voyageurs se faisaient vis-à-vis depuis l'aurore, contre une fenêtre », je ne me souviens pas de toute la phrase, « leur désir d'engager la conversation était manifeste ». Mais nous, à ce moment-là, nous n'avions pas les mots. Nous étions pur désir. Nous éclatâmes de rire, comme des folles, d'être dans ce train sans parents, elle et moi. Un même frisson nous traversa, une frénésie, une fibrillation. Le monde inconnu de l'autre côté de la vitre, et tout ce qu'il contenait, la mer, les villages, les champs, était à nous.

Beatrice se leva, tira les rideaux. Seuls les étrangers pouvaient nous croire différentes, à juger de l'extérieur. Mais la vérité s'accomplit à l'intérieur, sans témoins. Je pensai que nous avions déjà traversé le pire, je décidai que désormais tout ne serait qu'un crescendo et une réparation. « Je t'emmènerai voir la Palazzina Piacenza, lui dis-je avec émotion, et mon ancienne école, et Oropa, et la Liabel. » L'idée que Biella et Beatrice puissent coexister avait quelque chose d'un salut. « On se fera un tatouage, un autre piercing, on fumera un pétard ! » et Bea souriait, enthousiasmée par ces projets qui sonnaient grandioses, à dix-sept ans.

Le contrôleur arriva, m'interrompit. Nous dûmes descendre du futur. Nous passâmes un temps infini à regarder silencieusement les paysages changer derrière la vitre. La Toscane se cambrer, devenir Ligurie. Le changement à Gênes fut rocambolesque : l'Intercity avait accumulé du retard et nous n'étions pas habituées aux gares, tous ces quais, les tableaux des horaires, les haut-parleurs nous désorientaient. Nous courûmes à perdre haleine, faillîmes rater notre correspondance. Puis Alexandrie, Novare. En montant dans le Minuetto, le petit autorail de deux voitures qui relie encore aujourd'hui Biella au reste du monde, nous étions en nage, heureuses, épuisées. Et je voudrais en l'écrivant retrouver l'émotion de ce voyage, m'abuser moi-même, pour le revivre. Mais la vérité, c'est que le deuil d'une amitié ne peut pas se faire. On ne peut pas le soigner, l'élaborer, le clore et aller de l'avant. Il reste là, planté dans la gorge, entre rancune et nostalgie.

Quand nous arrivâmes à Biella San Paolo, après sept heures et quatre trains, le soleil était bas dans le ciel et la lumière rose. Je descendis sans attendre Beatrice. Je sortis sur l'esplanade, revis la fontaine et la pizzeria La Lucciola de l'autre côté. Je levai les yeux vers mes montagnes et les désignai une par une en les nommant à voix haute, comme je le faisais enfant : le Mars, le Mucrone, le Camino, les Molognes. Je regardai derrière moi : Beatrice arrivait. Elle n'avait rien à voir avec mon histoire, et pourtant elle m'avait ramenée chez moi. C'était la première fois qu'elle voyait Biella, et pour moi que j'y revenais.

Je laissai tomber mon sac sur le sol.

Trois ans avaient passé.

Je fondis en larmes.

8

Sally

Christian Ramella, le deuxième et dernier mari de ma mère, s'appelait Carmelo sur les documents officiels ; mais lors d'un passage particulièrement délicat de sa vie, il avait senti que Christian serait la solution qui lui permettrait « le grand saut ». La première fois que je le vis, le 10 septembre 2003, il avait les cheveux oxygénés rassemblés en une petite queue de cheval, portait des chaussures de sport vert fluo avec des chaussettes en éponge et une chemise hawaïenne. Il avait quarante-sept ans.

Je découvrirais ensuite que sur sa carte d'identité, à la ligne « profession » il avait fait écrire « artiste ». À juste titre car c'était un chanteur de piano-bar assez en vogue dans les bals entre Cerrione et Gattinara, avec son visage bronzé sur des affichettes si criardes qu'elles en faisaient presque de l'ombre à celles de Moira Orfei et des politiciens locaux. Plus que tout, et je le découvrirais aussi, Christian aimait Vasco. *Albachiara, Siamo soli*, il les interprétait en y mettant tout son cœur, alternant pianola et guitare. Mais il ne dédaignait pas non plus le répertoire classique qui a toujours marché très fort en province : Ricchi e Poveri, Claudio Baglioni, Dik

Dik. Avec *Anima mia*, il faisait se lever les gens assis aux grandes tables communes dans les foires, il les contraignait à abandonner leurs tortellis à la moitié pour chanter à tue-tête avec lui en balançant les flammes de leur briquet.

Il n'avait à son nom, je crois, que la Harley-Davidson qu'il faisait vrombir à travers les vallées, dérangeant le sommeil des anciens, les cerfs, mettant en danger les enfants d'immigrés qui jouaient au ballon sur la route. Le reste, il le dépensait en lampes à bronzer, blanchiment des dents, chaussures de sport à la dernière mode et alcool, beaucoup d'alcool. Je suis certaine que pendant toute la durée de leur mariage ce fut ma mère qui l'entretenait, avec son travail à la fabrique de chapeaux. « Je suis un rêveur, comme il aimait à se définir, je me contente de la couverture des étoiles et de l'oreiller des fougères au bord d'un torrent. » Je ne peux pas dire que c'était une mauvaise personne. Mon frère le détestait, parce qu'il n'a jamais résolu son complexe d'Œdipe, et à cause des Cugini di Campagna[1]. Mais moi, le premier choc passé, je finis par comprendre. Et même à bien l'aimer.

Le soir du 10 septembre, de retour après tant d'années, j'ôtai mes chaussures pour sentir à nouveau le froid du carrelage de la maison. Je me mis à danser dans toutes les pièces, reconnaissant les meubles qui avaient survécu au déménagement de 2000. Je me penchai aux fenêtres où j'avais entraîné mon regard à embrasser des horizons et des détails : les champs et les tracteurs, le ciel et les nuées d'oiseaux, les toits des fabriques au loin, le chemin de fer, et plus rien. Je tirais Beatrice en

1. Groupe de pop italien qui a popularisé la voix de fausset, à l'opposé évidemment du punk.

la tenant fort par la main, comme si elle pouvait partager mon émotion devant une étagère où étaient posées, couvertes de poussière, mes fournitures d'école primaire, deux Barbie aux cheveux coupés. Enfin je sortis sur le balcon et je tombai sur lui.

En boxer. La chemise déboutonnée sur sa poitrine velue, un crucifix pendant au cou. Il buvait une bière en se balançant sur une chaise de camping, le regard perdu entre les épis de maïs et les rails qui disparaissaient à l'horizon. Je restai sans voix. Niccolò était passé à la gare un peu avant pour me donner les clés de la maison, mais il ne m'avait pas avertie que j'y trouverais le futur marié. Il détacha les yeux du dernier autorail de la journée, fronça les sourcils et m'examina attentivement.

« Bon Dieu, t'es pareille que ta mère », conclut-il. Il essaya de me sourire, bienveillant et embarrassé. Il retira ses pieds de la balustrade, voulut se lever de sa chaise instable et faillit tomber. « Enchanté, moi c'est Christian. Avec un *h.* »

Je rentrai dans la cuisine. J'avais le cœur qui cognait. Je n'arrivais pas à croire que ma mère ait pu tomber amoureuse d'un type pareil : avec des cheveux teints collés au gel, une chaîne en or de voyou et des chaussures à la mode chez les jeunes de mon âge. Il était parfaitement adapté à elle, vu de l'extérieur, mais la comparaison avec papa était sans pitié.

Beatrice hilare se mordait la lèvre inférieure pour ne pas rire. Je me souviens de lui avoir lancé un regard hargneux et demandé : « Qu'est-ce qui te faire rire autant ?

– Mais tu l'as regardé ? »

Nous étions allées nous cacher dans l'entrée pour ne pas être vues ni entendues ; pas très sûres de nous, nous parlementions à voix basse.

« Il est incroyable, il a l'air sorti de ce roman, là... C'est quoi le titre ? Celui qu'on a lu cet été.

– Arrête.

– Sa teinture, c'est tellement jaune que ça vire au vert. Allez, tu sais bien, comment il s'appelle ce livre, avec ce personnage qui roule les mécaniques...

– Graziano Biglia.

– C'est ça ! C'est le type le plus plouc que j'aie jamais rencontré dans la vraie vie. »

Pareil pour moi. Mais si maman avait décidé de l'épouser, je me sentais en devoir de le défendre : « Qu'est-ce que ça peut faire comment il se teint les cheveux ? Toi aussi t'en as, des faiblesses. T'es toujours aussi vache. »

Mon frère rentra, et s'arrêta net sur le seuil. Il portait enroulé sur son épaule le matelas gonflable sur lequel nous allions dormir, Beatrice et moi, et il avait un gonfleur à la main. À la gare, il ne s'était même pas penché par la vitre de l'Alfasud pour saluer Beatrice ni même lui accorder un regard. À présent il la jaugeait. Son regard inquisiteur additionnait les accusations : consumériste, standardisée, esclave du système. Elle, en revanche, lui lançait par en dessous des regards allusifs et complices ; il était mon frère, il avait une vingtaine de piercings sur le visage plus deux autres sur les mamelons qui affleuraient sous un T-shirt qui semblait rongé aux mites. Ça faisait un siècle qu'elle rêvait de le titiller.

« Elle est où, maman ? lui demandai-je.

– En bas, je crois. Elle arrose les fleurs. Mais aide-moi avant. »

Il me balança le gonfleur dans les bras. Nous entrâmes dans sa chambre tous les trois, écartant du pied des cendriers pleins de mégots, des bouteilles vides, des chaussettes roulées en boule, un chillum. Je l'aidai à gonfler le matelas, cherchai dans la penderie des draps propres, tentai de faire de la place, le plus loin possible de son lit à lui. Bea ne bougea pas le petit doigt et continua de le fixer en ricanant, tandis que Niccolò s'efforçait de l'ignorer.

Je partis, les laissant seuls.

L'immeuble en briques de sept étages qui avait été mon univers enfant me parut plus petit et plus vieux. Je descendis les escaliers quatre à quatre en m'accrochant à la rampe, jaillis par la petite porte en fer qui donnait sur la cour : celle, illimitée, de mon enfance, où ma solitude avait pu se changer en jeux, lectures, rêveries, puisque maman avait toujours à faire et Niccolò des copains plus vieux qui me snobaient, et qu'il n'y avait pas d'autres enfants dans l'immeuble.

Eh bien, cette cour immense était devenue un trou. Je la traversai en mesurant la distance irrémédiable que le temps avait marquée entre elle et moi. J'entrevis ici et là d'anciennes Elisa sauter à la corde, mélanger des potions de feuilles, assises sur le muret en compagnie d'un livre emprunté à la bibliothèque. Puis, au milieu de ces fantômes, je reconnus ma mère. De dos, en train d'arroser les plantes.

Depuis quand ne l'avais-je pas vue ? Depuis Pâques : plus de quatre mois. Chaque fois qu'elle m'avait demandé de venir la voir, parce qu'à cause de son travail – ou de Christian ? – elle ne pouvait pas se déplacer, le courage m'avait manqué.

Elle portait une salopette bleue, un chapeau de paille qui la protégeait du soleil pour ne pas accentuer ses taches de rousseur. Munie d'un tuyau en caoutchouc, elle donnait de l'eau aux roses et aux plants de tomates du petit potager qu'elle s'était aménagé dans la cour commune de l'immeuble. Je m'arrêtai pour la regarder : elle s'amusait à projeter l'eau en bouquet dans les airs, dessinant des cercles, l'approchant de sa bouche pour boire. Elle n'avait jamais grandi, pourtant elle me parut plus gracile, le dos un peu voûté. À bientôt trente-quatre ans maintenant, j'ai accepté l'idée que nous passons notre vie à tenter de déchiffrer ceux que nous devrions connaître le mieux : nos parents, nos enfants, tout en restant les uns pour les autres des mystères. Mais pas à dix-sept ans.

« Maman », appelai-je.

Elle se retourna, surprise. Je ne lui avais plus parlé depuis le coup de fil où je lui avais déclaré ma haine. Que j'allais venir à Biella avec Bea, je ne l'avais écrit qu'à Niccolò, deux minutes avant de monter dans le train : peut-être qu'il n'y avait pas cru. Elle ferma le robinet, courut à ma rencontre et je dus me forcer pour ne pas en faire autant. Une partie de moi aurait voulu comme avant se jeter contre sa poitrine, mais l'autre était lucide et avait la nostalgie d'une autre mère.

Une mère normale : responsable, apaisée, rassurante, qui aurait su me faire des tresses et préparer des gâteaux. Une femme qui ne serait pas une femme et qui n'aurait pas de défauts ni d'autre mission que moi : m'élever, faire tourner sa vie entière autour de ma personne. Pas de passions ni d'amants, pas de secrets ni de gouffres. Toujours et uniquement le mot juste, le sourire prêt, à mon service. Peut-on demander à un être humain pareil sacrifice ? Non, parce que c'est impossible. Pire encore : injuste. Mais en moi résistait encore un tyran effrayé, une gamine. Je la laissai me serrer dans ses bras sans bouger un seul muscle, paralysée par les contradictions. Je l'aimais, je la repoussais. Elle me causait chagrin et colère. Elle était une pauvre femme, et une divinité surhumaine.

« Merci, continuait-elle à répéter en me couvrant de baisers, je n'aurais jamais pu me marier heureuse sans toi.

– Maman, tu dois vraiment te marier ? »

Ses yeux étaient marqués de rides d'amertume que je ne lui avais jamais vues, et pourtant ses iris brillaient avec exaltation comme ceux des nouveau-nés et des poètes avant de mourir. J'ai dans mon bureau une photo de Mario Luzi en 2005 : il avait le même regard que ma mère ce jour-là, d'adhésion totale au monde, de fanatisme païen à l'égard du ciel, de la terre, des animaux et des plantes.

« Elisa, j'ai déjà renoncé à... » Elle s'émut, ne termina pas sa phrase. Je ne savais rien, à l'époque, des Violaneve mais je suis sûre aujourd'hui que c'était à cela qu'elle pensait.

« Vous êtes grands maintenant, et moi j'ai ce travail à la fabrique de chapeaux où je me sens utile. Je sais coudre les doublures à l'intérieur de la coiffe, tu devrais voir ça ! Mais ça ne me suffit pas.

– Depuis quand tu le connais ?

– Avant Noël.

– Neuf mois, tu veux dire ? lui demandai-je, déconcertée.

– Il chante et il joue tellement bien, protesta-t-elle en s'enflammant, si tu l'entendais ! Je ne sais pas vivre autrement, j'ai besoin de faire des folies de temps en temps. Sinon j'étouffe. »

Que pouvais-je répondre ? Que ses folies, ensuite, c'était à nous de les payer ?

« S'il te plaît, m'implora-t-elle, sois de mon côté. »

Je l'aidai à cueillir des tomates pour le dîner, à choisir pour le bouquet les boutons de rose les plus prometteurs, ceux qui n'étaient pas encore éclos. J'imaginai papa seul à T, désespéré. J'aurais dû l'appeler et lui dire : « Toi au moins tu as pu divorcer. Pense à moi, qui ne le pourrai jamais. »

Nous remontâmes. Maman m'entraîna dans la cuisine et voulut que Christian et moi fassions connaissance. Il était en train de regarder Telebiella en attendant qu'ils diffusent un reportage sur la foire de Graglia, où il avait chanté, expliqua-t-il, samedi dernier.

« T'as vu comme elle est jolie ma fille ? lui dit maman. Dans son bulletin de notes elle n'a que des 9 et des 10.

– C'est une fleur, répondit-il, rare et parfumée, comme toi. »

Maman rougit, posa un baiser sur ses lèvres. Je me sentis mourir, mais je résistai. Je m'installai sur la chaise qu'elle m'avait désignée : au milieu. Christian se leva pour ouvrir le frigo où les bières s'entassaient ; il en sortit une pour moi, une pour maman, et la troisième ou quatrième pour lui. Je compris vite qu'il avait un problème avec l'alcool, sans imaginer à quel point. D'autant que boire ne le rendait pas violent ou triste : il exagérait seulement dans les métaphores idiotes. Il me demanda ce que j'écoutais comme musique et si j'aimais Vasco. Je répondis que je ne le connaissais pas, les seuls CD que j'avais étaient ceux que Niccolò me passait. Il soupira : « Italienne, c'est de la musique italienne qu'il faut écouter. Aucun pays n'a autant d'auteurs-compositeurs-interprètes que nous. »

Je le pris au mot et lui demandai quels poètes il aimait. Il tergiversa, hésita puis déclara : « Neruda. » Je laissai tomber. La conversation se déplaça sur son autre niveau de compétence : les moteurs. Quand je lui dis que je roulais en Quartz, il resta interdit : « Mais enfin, il était tellement moche qu'ils ont dû arrêter la production ! » Il me dispensa en tout cas ses conseils pour en augmenter les performances.

Je regardais maman : elle était radieuse, extasiée par cette tablée à trois. Alors je me forçai à avaler des gorgées de bière Peroni, à supporter de les voir flirter, je réprimai mon embarras et mon malaise sans comprendre pourquoi je devrais la rendre heureuse, elle qui ne m'avait légué que des problèmes.

Aujourd'hui, en revanche, chaque fois que je reviens à Biella et que je la vois souffrir, et son état empirer, je suis fière du comportement que j'ai eu ce jour-là. De ne lui avoir rien reproché de ses manques, et même d'avoir compris qu'elle ne me devait rien : sa vie ne m'appartenait pas. Elle m'avait donné à manger et m'avait fourré des thermomètres dans le derrière, comme elle l'avait rappelé à papa ce fameux soir de Ferragosto ; elle m'avait consolée, et elle avait consacré la plupart de ses samedis et de ses dimanches libres à s'occuper de moi et m'offrir sa présence défectueuse.

Quand j'eus fini la bière, la tête me tournait. Où était Beatrice ? Je me levai de table et, spontanément, parce que j'étais un peu saoule, je caressai la main de ma mère. Un accès timide de gratitude, malgré tout. Elle caressa la mienne, en me souriant avec une douceur dont je me souviens encore.

Nous avions commencé à nous accepter.

Je revins dans la chambre, vis que les draps avaient été mis sur le matelas, qui avait été tiré à côté du lit de mon frère au lieu de l'emplacement que j'avais choisi. Niccolò et Beatrice étaient assis dessus, jambes croisées, trop proches, en train de consulter sérieusement, ou faire semblant, une biographie de Sid Vicious ; les Sex Pistols en fond sonore.

Nulle rougeur, les cheveux bien en place. Il lui expliquait les rudiments du punk, paraphrasait *Anarchy in the UK* et elle écoutait, l'air de s'intéresser. Je vis aussitôt les petits sourires en biais, les coudes et les genoux qui se frôlaient. Ils étaient si faux et si menteurs, ces deux-là, que je me doutais bien qu'ils avaient combiné je ne sais quoi, à mes dépens et à ceux de leurs propres copain et copine.

Est-ce que cela me contraria ? Non.

J'avais l'habitude de voir Beatrice triompher là où j'avais échoué, séduire l'un après l'autre les membres de ma famille. Je comprenais ce que mon père trouvait en elle : la curiosité, l'esprit d'initiative. Et pour Niccolò, malgré son adhésion au capital, « elle était quand même grave bonne ». Mais il restait une question sans réponse : elle, qu'est-ce qu'elle leur trouvait, au geek quinquagénaire et au punk bon à rien ? Sur le blog, elle mentait, se vantait d'avoir un copain mannequin, et non ouvrier, d'aller dans les boîtes privées de l'île d'Elbe et de Castiglioncello, et non dans la mansarde de la piazza Padella ; elle écumait les revues sur les familles royales et les célébrités pour y trouver les looks et les attitudes, mais se passionnait en réalité pour les borderlines, les ratés, toutes ces catégories de vaincus, moi la première, évidemment.

Aujourd'hui, vous ne verrez jamais la Rossetti publier une photo d'elle en compagnie de gens, je ne dis pas à problèmes, mais simplement ordinaires.

Quand elle diffuse une image qui ne montre pas uniquement son visage, vous pouvez être sûr qu'il y aura toujours à côté d'elle, et en position non centrale, un acteur d'Hollywood, un super mannequin, un metteur en scène internationalement connu. Et pourtant – c'est une des énigmes que je voudrais résoudre – la seule véritable amie qu'elle ait eue, c'est moi qui vous parle. Madame Personne.

Mais j'en étais à son histoire avec mon frère.

Le premier soir où nous dormions dans la chambre de Niccolò, je les entendis enfiler leurs vêtements à la hâte et se faufiler dans le couloir, mais j'étais si fatiguée que je me rendormis. La seconde nuit en revanche je me levai dès qu'ils eurent refermé la porte d'entrée et courus à la fenêtre du salon qui donnait sur la via Trossi. Le délit était flagrant : s'enfuir ensemble avec l'Alfasud, se bisouiller entre les sièges, partir en quatrième vitesse dans la rue déserte en direction des montagnes. La troisième nuit fut celle du mariage, j'avais donc bien autre chose à penser. Chaque fois ils rentrèrent un peu après l'aube. Le matin, ils dormaient jusqu'à midi, une heure. Je passai ainsi des heures à me promener dans Biella, en pèlerinage à la Palazzina Piacenza, au collège Salvemini, à l'école primaire San Paolo, recousant les morceaux de mon passé, m'asseyant jambes croisées sur l'herbe ou sur le bord d'un trottoir, silencieuse devant ces lieux où le temps m'avait ensevelie. Seule, au lieu d'être, comme je l'aurais voulu, avec Beatrice.

Jamais je ne lui demandai où elle allait la nuit avec Niccolò ; ce qu'ils faisaient est facile à imaginer. Je ne lui posai pas la question, pour ne pas lui faire ce plaisir. Je devinais qu'elle se servait de lui pour m'atteindre, et je le pense encore seize ans plus tard, tout en continuant à ne pas comprendre pourquoi. Mais ce qui me chamboula le plus pendant ce séjour, ce fut la rencontre entre Beatrice et ma mère.

Je ne peux pas imaginer deux personnes plus aux antipodes. Maman si débraillée, si incapable, sans volonté, et l'autre un Caterpillar, avec ses ongles longs parfaits, son ambition illimitée. Pourtant, au dîner, quand je les présentai l'une à l'autre, ce fut comme un coup de foudre. Maman intimidée par autant d'élégance sophistiquée, Beatrice attendrie par une mère qui, si elle avait été la sienne, l'aurait laissée libre d'échouer. Elles se tendirent la main, se sourirent. Sentant que ce contact formel n'était pas suffisant, elles se firent aussi une bise sur la joue.

Est-ce que j'en fus jalouse ? Oui, totalement.

J'aidai Christian à mettre la table pour n'avoir pas à les regarder s'adresser toutes sortes de compliments en répétant : « Elisa ne m'avait pas dit que tu étais aussi belle », « Elisa aurait dû m'avertir que tu étais aussi jeune », etc., etc., en un crescendo urticant pour ladite Elisa, si défaillante, si étourdie.

Nous dînâmes tous ensemble : Niccolò et Bea qui faisaient comme s'ils ne s'étaient pas embrassés un peu plus tôt dans la salle de bains sous prétexte de se laver les mains : Christian qui montait le volume chaque fois que passait sur Telebiella ou sur Telecupole un reportage sur une foire dans laquelle il avait chanté ; maman comblée, enfin, satisfaite de sa vie ; moi décalée, comme toujours.

Nous mangeâmes les pâtes au beurre et au parmesan de mon enfance – maman ne savait pas faire des gâteaux ni même une sauce pour les pâtes ou, que sais-je, une omelette – et la salade de tomates du jardin.

Nous bûmes deux cents bières. Après quoi, Beatrice, toute gentille, lança une proposition : « Annabella, laisse-moi m'occuper de ton maquillage samedi.

– Oh, s'émerveilla maman, en fait, je dois encore acheter ma robe. »

Bea n'en croyait pas ses oreilles : « Mais on va t'aider, Eli et moi ! Je connais déjà toutes les nouvelles collections. Demain matin ? Ou mieux, demain après-midi ? »

Le lendemain, c'est-à-dire la veille du mariage, maman monta dans l'Alfasud avec Beatrice et démarra. Je les regardai disparaître par la fenêtre du salon. Je n'avais pas eu le courage de les accompagner dans les grands magasins, dans les ventes sortie d'usine, au milieu des corbeilles à farfouille qui avaient été mon bonheur exclusif de petite fille. Et elles, je dois le dire, n'avaient pas beaucoup insisté : « Elisa, alors, tu viens ? » À mon second refus, rancunier, infantile, elles m'avaient, sans plus y penser, laissée à la maison.

Ma mère alla donc acheter sa robe de mariée avec elle, et pas avec moi. C'est quelque chose que je ne digérerai jamais. Bien sûr, c'est ma faute : j'aurais dû faire un effort et ne pas craindre la comparaison avec Beatrice. Mais quels conseils pouvais-je donner, moi ? Que savais-je de la façon de s'habiller ?

Pendant que Bea jouait à être moi, usurpant ma place, j'allai trouver Sonia et Carla. Je les serrai dans mes bras et les remerciai en silence de m'avoir sauvée, du moins en partie. Carla était maintenant à la retraite, Sonia avait les cheveux gris. Je me jetai sur un grand coussin, entourée d'enfants de quatre ou cinq ans, et je relus les contes de Basile.

Aussitôt rentrée, maman se précipita vers moi tout excitée et insista, avec Beatrice, pour me montrer sa robe en avant-première. Je ne cédai que pour ne pas laisser voir à quel point j'avais été blessée. Maman ferma à clé la chambre matrimoniale. Beatrice, qui s'amusait beaucoup, ouvrit la penderie avec des manières précautionneuses. Elles sortirent la robe de sa housse. Elle était verte. « Elle n'est pas obligée de s'habiller en blanc, puisque c'est un second mariage, précisa Beatrice, et le vert met en lumière son teint et la couleur de ses cheveux.

– Alors ? Tu aimes ? » me demanda maman d'une voix émue, suppliante.

Les poings serrés, je répondis, avec toute la tristesse que je me sentais dans le corps : « Oui, elle est vraiment très belle. »

Maman et Christian se marièrent le samedi 13 septembre à dix-sept heures à la mairie d'Andorno. Témoin de la mariée : moi. Du marié, un de ses copains d'aventures à moto. Une vingtaine d'invités : pas de famille, uniquement des amis. Je me souviens des robes à paillettes des dames, des jeans déchirés aux genoux et des T-shirts de certains messieurs. L'âge allait de quarante à soixante ans, et les seuls jeunes étaient Niccolò, Beatrice et moi. Mais pour ce qui est du calme et de la bonne éducation, nous passions pour les plus vieux.

Ce fut tout de suite le chahut. On lança de tout : du riz, mais aussi des bombes à eau, de la crème fouettée, du pop-corn. Les mariés étaient arrivés évidemment sur la Harley de Christian, décorée de ballons et d'autocollants en forme de cœur. Le buffet se tint dans une trattoria de Rosazza. Polenta au beurre et fromage, ragoût de cerf, accompagnés de dames-jeannes de vin rouge et rosé pétillant. Je n'ai jamais vu Beatrice s'amuser à ce point, je crois : elle discutait aimablement avec tout le monde, mangeait et buvait sans lésiner, comme si cette humanité saoule et anonyme la rassurait. Et moi aussi, malgré mes chagrins, j'admets que je m'en souviens comme d'une très belle journée.

À la moitié du dîner, Christian se leva et s'installa au synthé loué pour l'occasion. Il régla le micro : « Un, deux, trois, essai. » Il se racla la gorge et, avec solennité, demanda le silence. « Permettez-moi de dédier une chanson à ma femme. »

Elle rougit en s'entendant de nouveau appeler ainsi. Tout le monde se tut et attendit. Même le personnel qui gérait joyeusement cette entreprise familiale s'arrêta et se redressa. On baissa les lumières.

Christian ferma les yeux et entonna *Sally*.

« Sally marche dans la rue
Sans regarder par terre
Sally est une femme qui ne veut plus
Faire la guerre. »

Je n'avais jamais entendu cette chanson, et je fus émue. Bien sûr, quand je la réécoutai dans sa version originale, chantée par Vasco, je compris que c'était une bonne chanson. Mais ce soir-là Sally était ma mère, et Christian, concentré, sans se tromper d'une seule note, était le seul capable de me la révéler. Je vis maman essuyer ses larmes, le maquillage que Bea lui avait fait couler et se dissoudre tandis qu'il chantait :

« Peut-être que ta vie n'a pas été entièrement ratée. »

Cette femme, Sally/Annabella, décalée et innocente, m'attendrit. Je la voyais tout à coup se promener dans une histoire nullement facile, que je n'avais pas comprise, que j'avais négligée ou qui m'avait échappé. Les applaudissements éclatèrent, ils n'en finissaient pas. Toute la tablée se leva en même temps comme après une première magistrale à la Scala.

Puis il se passa quelque chose d'inédit, de tellement inattendu que ni mon frère ni moi, sur le moment, ne pûmes le comprendre.

Christian revint s'asseoir, embrassa ma mère avec passion, et ce fut elle qui se leva. À la stupeur générale, elle s'installa aux claviers. Visiblement émue, hésitante sans être pour autant mal à l'aise, elle tâtonna pour retrouver les bases.

Aussitôt, Niccolò et moi nous écriâmes : « Maman, qu'est-ce que tu fais ? Tu ne sais même pas jouer ! » Elle nous ignora. Caressa les touches, se laissa prendre, approcha les lèvres du micro. Elle déclara : « Je veux dédier moi aussi une chanson à mon mari. »

Christian ne sembla pas surpris. Je comprends aujourd'hui que lui, il savait. Il l'encouragea par des sifflets. Elle s'embrouillait au début, se trompa et joua faux par manque d'assurance, ou à cause des décennies écoulées. Mais ensuite elle joua une chanson en entier. *Stairway To Heaven* de Led Zeppelin, et elle chantait de mieux en mieux. Une autre Annabella, inconnue de ses enfants, complètement libre, ressurgit du passé. Elle fut applaudie avec émotion, elle pleura. On lui demanda un bis, et elle contenta son public. Niccolò sortit fumer en claquant la porte. J'allai aux toilettes, je ne me souviens plus, en tout cas je m'enfuis. Parce qu'il m'était devenu clair que ce n'était pas moi, pas mon frère ni mon père qui l'avions rendue heureuse. Il y avait toujours eu *autre chose.*

Plus tard dans la nuit, nous nous transportâmes au Babylonia. Niccolò, c'était son cadeau de mariage, nous fit tous entrer gratuitement. On était samedi : le parking était bondé de voitures immatriculées à Milan ou à Turin et la file devant l'entrée semblait interminable, comme devant la porte du musée des Offices en haute saison. J'avais l'âge pour entrer, maintenant, et quelqu'un avec qui sortir. Mon amie Beatrice paraissait sortie tout droit d'un téléfilm, les gens se retournaient pour la siffler.

Je voudrais préciser quelque chose : elle n'était pas *vraiment belle.* Sa bouche, si vous regardez certaines photos, est légèrement tordue. Ses yeux extraordinaires, s'ils ne sont pas maquillés à la perfection, sont un peu saillants. Mais elle s'est toujours comportée comme si elle l'était, et nous lui avons toujours emboîté le pas.

Au Baby, elle récolta des « Oooh ! » spectaculaires, mais aussi des moqueries. Alors que je portais comme d'habitude un T-shirt marqué du A de Anarchie, même si j'étais allée, pour le mariage, jusqu'à enfiler une minijupe et des sandales – basses – elle avait évidemment exagéré sur la hauteur des talons, la soie, le brushing : elle était complètement déplacée. Je n'arrive pas à me souvenir de la couleur de ses cheveux : avait-elle déjà les cheveux foncés, était-ce sa période blond platine ou était-elle revenue au châtain méché ?

Quelqu'un pourrait suggérer de vérifier sur l'album des photos du mariage. Mais il n'y en a pas.

Ce dont je me souviens, en revanche, c'est qu'en fendant avec moi la foule des crêtes, des chaînes et des vestes cloutées elle me sourit, électrisée : « Je crois que j'ai toujours rêvé de cet endroit. Depuis que tu m'en as parlé chez moi dans la salle de bains, quand on était en première année de lycée. » Et, regardant autour d'elle : « C'est merveilleux. »

En réalité, ce n'était qu'un hangar isolé au milieu des champs, même pas dans la ville de Biella mais à Ponderano, trois mille habitants. Pourtant on venait de Californie pour y jouer, et des voitures arrivaient des villes alentour chargées d'adultes et d'enfants qui venaient écouter Blink-182, les Misfits, les Casino Royale ou Africa Unite. Le Baby a été une légende: la preuve que même en province les désirs se réalisent, et que le centre du monde, si on le veut, peut être déplacé.

Cette année-là, c'étaient les Punkreas qui jouaient; je connaissais par cœur tous les morceaux de *Paranoia E Potere*, et je pogotai devant la scène en hurlant et transpirant comme une folle. J'aperçus Niccolò et Beatrice qui s'éloignaient, mais j'étais saoule et je m'en fichais. J'aimais tellement ça, me cogner contre les autres, chanter les chansons avec des inconnus, m'emplir les yeux de lumières stroboscopiques et les narines de la marijuana fumée en cachette dans les coins sombres. Et je regrette aujourd'hui de ne plus être capable de me laisser aller de cette manière.

Je pogotai pendant des heures, jusqu'à ce que maman m'attrape par le bras et me crie dans les oreilles: « Viens dehors! J'ai quelque chose à te dire, juste un instant. »

Encore étourdie, je la suivis. La nuit, dehors, était tiède, la campagne immobile. Le hangar du Baby semblait vibrer et battre au rythme de la musique, mais le silence, le vent et les cigales étaient plus forts maintenant.

Nous allâmes nous asseoir sur le capot de l'Alfasud, à la faible lueur de la lune. Maman sortit un joint déjà roulé de son paquet de Marlboro, l'alluma et me le passa. Je le pris, même si je ne fumais pas. Une bouffée suffit à me faire partir et me brouiller les idées. Autour de nous, les lampes de plafond allumées dans les voitures montraient des couples qui s'embrassaient, des groupes de copains qui chauffaient du shit. Maman dit : « Ça a été une journée parfaite, merci.

– De quoi ? répliquai-je en surmontant mon embarras.

– D'avoir été mon témoin même si tu es la fille d'un autre homme, et d'être venue à Biella malgré… Je sais bien que tu me détestes quelquefois.

– C'est pas vrai, je le pensais pas sérieusement quand je t'ai dit ça.

– Elisa, tu n'as rien à m'expliquer. Ta grand-mère venait me chercher dans la rue à Magliano quand je passais par la fenêtre pour aller retrouver mon premier petit copain, elle me tirait par les cheveux devant tout le monde pour me ramener à la maison. Et dès que j'avais une mauvaise note, c'est-à-dire tout le temps, elle me donnait des coups de ceinture. Les règles, c'est une copine de classe qui me les a expliquées parce que ma mère, tout ce qu'elle m'apprenait, c'était à reconnaître les champignons comestibles et les autres, et à ramasser des châtaignes dans les bois. Je sais ce que ça veut dire de considérer ses parents comme ses pires ennemis, j'ai mis des années à leur pardonner. Mais aujourd'hui je sais à quel point c'est difficile d'être mère. »

Je n'arrivais plus à fumer, je laissais la braise tomber doucement au sol et le profil de maman se découpait dans la lumière de la lune, beau comme je ne l'avais jamais vu.

« Pourquoi tu me dis ça ? »

Le fait que nous ayons bu et fumé facilita, je crois, cette conversation, qui resta un épisode unique.

« Parce qu'aujourd'hui je me sens heureuse, et je ne veux plus détester personne ni décharger mes fautes sur les autres. Et parce que je veux te le dire. »

Elle me prit le joint, tira une dernière bouffée. Elle se tourna vers moi.

« Et que je me suis souvent sentie merdique comme mère, incapable, une mauvaise mère, et que j'ai sûrement fait un tas d'erreurs. Mais je t'assure que je t'ai toujours aimée. »

À trois heures du matin, le concert terminé, commença un DJ set, tantôt des slows, tantôt de la techno. Il était resté peu de monde sur la piste et le seul couple qui était toujours enlacé, joue contre joue, c'était Christian et ma mère.

Je les observais de loin, assise sur une chaise, me souvenant des paroles de *Sally*: « Peut-être que ta vie n'a pas été / Entièrement ratée. » J'ignore où étaient Beatrice et mon frère, les invités du mariage avaient disparu. De nouveau je me retrouvais seule dans un coin, mais cette fois je ne me sentais pas vide ni en marge: j'étais témoin. Je les regardais danser, et je comprenais que ce coup de tête avait été la meilleure des décisions, que ces fins de semaine à tourner dans les bals, les pizzerias, les foires et les fêtes de l'Unità avec Christian, en le remplaçant aux claviers, étaient la compensation de toute une vie. Et que Christian, à l'inverse de papa, était l'homme qu'il lui fallait.

Et en effet, ils furent heureux pendant treize ans.

Puis, à l'automne 2016, Christian a été emporté par une cirrhose. Maman l'a soigné fidèlement jusqu'à la fin, elle a quitté son travail et s'est consacrée de toute son âme à le soigner. Mais il est mort quand même, et elle ne s'en est jamais remise.

Je dus m'occuper de l'enterrement, elle n'était pas capable de se lever. C'est là que je découvris le vrai nom de Christian sur sa carte d'identité, et sa profession d'« artiste » – en Nike Air vert fluo, avec sa petite queue blonde. Mais en repensant aux rires de maman quand elle était avec lui, combien ils s'amusaient dans les bals de Valle Mosso, j'ai envie de dire que oui, c'était vraiment un artiste et que la vie est fondamentalement injuste, puisqu'elle prend fin.

Le luxe de l'écriture, c'est de préserver, a dit quelqu'un. Ainsi, au lieu de me lever de mon bureau pour aller préparer le dîner parce qu'il est tard, je reste encore un peu à l'ordinateur, je m'attarde sur ce moment si beau où je les vois danser, lui dans une sorte de smoking, elle dans sa robe verte à volants, au Babylonia, la piste à moitié vide, les lumières de plus en plus tamisées. J'écris une phrase dans laquelle Carmelo ne peut pas mourir, ni ma mère souffrir et le temps poursuivre sa course jusqu'ici, là où je me trouve : seule, dans le silence. Le présent.

9

L'embaumeuse

« Mais comment on fait pour devenir Beatrice Rossetti ? Vous ne nous l'avez jamais dit ! » « C'est vrai, *pourquoi* la Rossetti et pas des milliers d'autres ? Qu'est-ce qu'elle a de si spécial ? » La salle de classe est pleine de filles qui ont notre âge au lycée. Elles lèvent la main, menaçantes, s'agitent sur les bancs, elles *exigent* une réponse. Puis arrive une petite aux cheveux rouges, plus maligne que les autres, qui me démasque : « Mais vous ne voyez pas ? Elle ne le sait pas elle-même ! »

Je le sais, en fait, mais je n'arrive pas à l'expliquer. La réponse est coincée dans ma gorge, je crie et ma voix ne sort pas, mes efforts sont vains. D'un gouffre sous mon sternum je sens monter la crise : ça me prend à l'estomac, ça écrase mes poumons. Les lycéennes se lèvent toutes ensemble, une masse d'Erinyes aux cheveux teints se jette sur moi. Je me réveille.

C'est mon rêve le plus récurrent depuis quelques années, je crois, depuis que Beatrice a été invitée dans une émission télévisée très suivie, et qu'ensuite on n'a plus parlé que d'elle, dans toute l'Italie. Dans les journaux, chez le coiffeur, dans les bars. À la machine à café, mes collègues allèrent jusqu'à invoquer Merleau-Ponty et *Phénoménologie de la perception.* Moi, silencieuse, étonnée d'un tel acharnement : dans cette interview, tout compte fait, Bea n'avait rien dit, ni d'elle-même ni de la politique ; pas un mot sur les migrants, les impôts, les sujets qui prennent aux tripes. Pourtant son apparition, là, en prime time, lui avait attiré des tombereaux de haine. Pas de l'envie ni de la rancune, ni des moqueries ou du mépris. Mais un agacement, bien plus profond.

À ce propos, je me souviens d'un matin dans l'autobus : deux dames distinguées, de l'âge de ma mère, épluchaient avec férocité une revue sur la couverture de laquelle trônait le visage de Beatrice. Une des deux lui planta l'index dans l'œil et commenta avec dégoût : « Qui s'intéresse à elle, à part les imbéciles ? – C'est sûr, renchérissait l'autre. Cette fille, elle n'est rien. » Elles continuèrent ainsi, en accusations et jugements, comme si elle avait assassiné quelqu'un. Je me surpris à les écouter, malgré moi, à leur répondre intérieurement. Oui, ça je pourrais peut-être le dire, à la rigueur. Mais vous, qu'est-ce qu'elle vous a fait ? « Rien, elle ne sait rien faire, elle n'a rien à dire ! » Quand elles commencèrent à l'appeler « salope », avec leur voix bien élevée, leur petit manteau, leurs mains manucurées, j'eus envie de me lever et de leur faire une scène ; la défendre, elle, ma pire ennemie. Je ne sais pas pourquoi on ne pardonne pas à ceux qui ont du succès, ceux qui ne font pas comme les autres. Ou bien je le sais, mais la peur est un sujet trop vaste et je n'écris pas un essai. Je voulais qu'elles arrêtent, qu'elles changent de ton, ne pensent pas des choses pareilles. Je voulais crier, rétablir la justice. Mais je restai muette, à m'arracher une petite peau avec les dents.

Depuis ce jour, ce *rien* qu'elle était devint mon obsession. Je devais le démonter, déjà pour moi-même. Comprendre si, derrière l'image retouchée de la couverture, il y avait encore quelqu'un.

À notre retour de Biella, le 14 septembre 2003, nous trouvâmes papa planté dans la cuisine, en pyjama, la monture de ses lunettes recollée avec du scotch. Il n'était pas venu nous chercher à la gare. Pas rasé, il avait des taches de café sur son pantalon, ses yeux étaient rouges et gonflés comme s'il n'avait pas dormi un seul instant pendant ces quatre jours.

Il poussa du pied dans notre direction un gros carton qui contenait son équipement pour photographier les oiseaux, en disant que lui, ces trucs, il ne s'en servait plus. Pas une question sur Biella, le mariage, maman, leur fils. Il ajouta seulement que nous ne pourrions plus utiliser son ordinateur ni entrer dans son bureau parce qu'il devait se consacrer à *une certaine chose à lui*, corps et âme. Mais que nous trouverions dans ce carton, ce furent ses mots, « tout le nécessaire ».

Nous transportâmes le paquet dans ma chambre et fermâmes la porte. Une fois soulevées les ailes du carton, nous reconnûmes la forme du Contax, le trépied replié, le téléobjectif. Nous retenions notre souffle. Je compris que j'aurais dû m'inquiéter, aller trouver papa, et affronter la question. Mais je n'en avais pas envie. C'est aux parents, pensais-je, de venir frapper, demander, casser les pieds : pas aux enfants. Bea, elle, était enthousiaste, extrayant des merveilles : « Regarde, il nous a même donné son ordinateur portable ! » Et en effet, ce fut précisément ce carton, ou la dépression de mon père, en même temps que le fond de teint anti-acné, le gloss à goût de miel et toutes les lampes de la maison allumées sur son visage qui firent advenir le sortilège de Beatrice.

J'oublie mon rôle : à partir de la fin septembre, pendant les deux dernières années du lycée, je pense avoir pris des centaines de milliers de photos d'elle. Et si au début, à tenir le Contax, il me venait des crampes et j'étais empotée, comme elle d'ailleurs, nous commençâmes au fil des mois à devenir assez bonnes, et même ensuite très bonnes.

Déjà, pour contrôler les éléments susceptibles d'entrer dans la photo. Dès l'hiver nous cessions de photographier au hasard, de mitrailler, poussées par l'urgence de tout voir, valider et lancer dans le cyberespace. Nous prîmes notre temps. Inaugurâmes une pratique qui, aujourd'hui encore, me fait sourire : la « réunion préliminaire », où nous discutions âprement, assises sur mon lit, les limites entre ombre et lumière, révélation et mystère. Le suçon de Gabriele : ombre. Les traces restées d'une crise de larmes – franchement excessive – pour un 7 en latin qui aurait dû être un 9 : ombre. Le volume des seins accentué par un nouveau soutien-gorge : lumière. Le « *rouge ipnotic* » sur les lèvres : lumière intense. Chaque détail devenait la pointe d'un iceberg : il ne racontait pas, il *évoquait* un secret. Et sur ce point, mon avis était décisif : « Bea, si tu penches la tête et que tu fixes le platane… Tiens, prends cette feuille comme si c'était une lettre. Voilà, tu *suggères* l'idée que tu viens d'être quittée. » Je vérifiais dans l'objectif : « Avec cette lumière, c'est très bien. – Mais ça ne va pas être trop triste ? s'inquiétait-elle. – Non, la rassurais-je, diabolique. Tu susciteras l'empathie, ils se demanderont ce qui t'est arrivé, ils se retrouveront en toi. »

Selon l'heure et la position du soleil, je déplaçais des meubles, remplaçais des posters. C'était ce qui me plaisait : pas photographier mais inventer. Bea passait sa penderie en revue, se concentrait pour trouver toujours de nouvelles associations de vêtements, puisque son père lui donnait quatre ou cinq cents euros, et non des milliards. Pendant ce temps, j'examinais les murs, j'inventais des cadrages, des ambiances parfois transgressives, parfois nostalgiques : des incipit pour le roman que je n'avais pas le courage d'écrire.

Il est vrai que je m'amusais bien. Parce qu'en cette lointaine époque expérimentale, nous formions un *team* : elle le personnage, moi l'auteur. Nous passions des heures sur la mise en scène d'une seule photo, passage non écrit d'une histoire que j'étais seule à connaître. Nos camarades de classe sortaient pour draguer, faire les vitrines, flirter, et nous, enfermées à la maison, à régler les lumières, revoir le maquillage. « Ton nez brille, remets de la poudre. » Sérieuses, professionnelles.

Notre amitié devint un chantier. Démontant les rideaux, empilant des chaises, changeant les tenues parfois jusqu'à dix fois dans l'heure, nous répétions le grand spectacle qu'allait devenir la vie de Beatrice. Nous étions dans l'excès de plumes, de vêtements cloutés. Je me souviens d'une photo de lingerie, quoique oblique et floue. Mais il nous fallait oser, et nous le pouvions, à T, province de Livourne.

Elles ne savent pas, les deux dames de l'autobus, que dans ce *rien* il y eut de la tendresse. Comme cet hiver, quand était-ce ? Janvier 2004. Des tonnes de neige étaient tombées pendant la nuit. Dès le réveil nous étions à la fenêtre, Bea et moi, muettes d'étonnement devant tout ce blanc. Tous les bruits étaient étouffés par le gel. Bea me serra dans ses bras : « Si je me mets là, en bikini et chaussures de ski, ça serait de la bombe, non ?

– Où ça ?

– Sous le platane. »

C'était notre seul arbre.

Vous direz : c'était débile. Pas tant que cela, puisque mes voisines m'ont raconté qu'une certaine Kendall Jenner, très célèbre, a eu la même idée géniale dans son jardin enneigé à Los Angeles, mais c'était quatorze ans plus tard.

Nous courûmes dans la salle de bains sans même prendre le petit déjeuner. Elle se maquilla, je nettoyai l'objectif. Nous sortîmes. Bea, à demi nue, s'enfonçait dans la neige. Elle se penchait, faisait une boule et me l'envoyait à la figure. À quoi elles jouent, ces deux-là ? À faire les idiotes.

Bien cadré, le platane pouvait évoquer Cortina d'Ampezzo ou Saint-Moritz. Bea prit la pose. Elle, statuaire, moi qui tremblais. C'était juste un jeu, le *nôtre.* Et je m'y prêtais parce que je le croyais innocent, parce que je la voyais heureuse. J'apprenais, inconsciemment, à diriger une créature irréelle, mais vivante. Anonyme, aimée.

J'étais la dernière à imaginer les conséquences de mon amour.

Le 22 février, Bea eut dix-huit ans.

À neuf heures et demie je me glissai dans son lit pour la réveiller. C'était dimanche, nous avions toute la journée pour nous.

« Laisse-moi, bougonna-t-elle en se retournant, je veux dormir. »

Elle était sortie avec Gabriele, la veille, dîner au Garibaldi. Amoureux, mais qui sait où ils étaient allés ensuite jusqu'à quatre heures du matin. Maintenant, c'était mon tour.

« Allez, aujourd'hui t'es majeure ! » Je la torturai de chatouilles. La chambre était glacée, les vitres couvertes de condensation. Je me levai pour remonter le store, ouvris la fenêtre pour faire entrer le soleil. « C'est une journée magnifique, annonçai-je, je veux t'offrir un reportage photo grandiose. »

Bea ouvrit la moitié d'un œil, me toisa : « C'est tout ce que tu vas m'offrir ?

– Pourquoi ? Il t'a offert quoi Gabriele ? »

Elle sortit sa main de sous la couette, agita son annulaire où brillait une lumière verte. « Or blanc et émeraude : trois salaires.

– Ah, vous vous êtes carrément fiancés », commentai-je sans grand transport.

Elle ouvrit enfin les yeux : « Et toi ? »

Salope, pensai-je : « Moi je n'en ai même pas un, de salaire. »

J'allai dans ma chambre, revins avec un paquet rectangulaire. Beatrice s'assit dans son lit, l'évalua du regard. « Quelle barbe, un livre.

– Ouvre-le, au moins. »

Elle déchira le papier, en sortit une édition reliée d'*Anna Karénine*, la plus belle que j'aie jamais vue, trouvée, curieusement, au fond de l'unique, sombre et poussiéreuse librairie de T, que fréquentaient seulement des retraités et des paumés dans mon genre. Il m'avait coûté un mois d'argent de poche.

« Et je suis censée en faire quoi, de ce pavé ? »

Depuis qu'elle avait recommencé à vivre, elle avait cessé de lire.

« Ingrate, regarde la dédicace que je t'ai faite.

– "À Beatrice, lut-elle à voix haute, mon amie, ma sœur, ma vie. Pour toujours." »

Elle sourit, les cheveux ébouriffés, en pyjama rose.

« Toi aussi, *pour toujours.* »

Plus tard, en scooter, nous roulâmes jusqu'à la Plage de fer. Je me le rappelle bien, car ce fut la dernière fois. Il y avait du vent, le parking était vide. Nous garâmes le SR et le Quartz, et descendîmes jusqu'aux rochers par un sentier de bruyère. Il n'y avait personne, sinon des mouettes qui planaient au-dessus de la côte, leurs ailes immobiles dans le mistral ; au loin, les ferries peinaient en direction de l'Elbe ; la lumière était parfaite.

Nous atteignîmes les mines. Je sortis de mon sac le Contax et le trépied, mais aussi une couverture en laine. Je dis à Beatrice d'enlever ses chaussures, elle obéit parce qu'elle aimait se plier à mes fantaisies. Elle me disait que j'avais quelque chose de plus que les photographes, que mes photos n'étaient pas aussi bonnes mais que je savais lui faire exprimer son *pouvoir.* Tant qu'elle me permettait de l'entraîner dans les ruines d'une usine abandonnée, d'une ancienne école, malgré les grillages, les interdictions, je pouvais faire d'elle mon Anna Karénine, mon Emma Bovary, ma Sofia Marmeladova de *Crime et Châtiment.*

« Enlève aussi tes socquettes », ordonnai-je. Je l'enveloppai dans la couverture comme un nouveau-né. Je la décoiffai, barbouillai de salive le crayon noir sur ses yeux. « Maintenant couche-toi contre ce rocher en position fœtale. Fais comme si tu étais la seule survivante.

– De quoi ?

– De Tchernobyl, d'une inondation, de la fin du monde.

– Qu'est-ce que tu peux être dramatique ! »

Elle se mit à rire : libre, grossière. Elle ne s'arrêtait plus. Et je les ai toutes gardées, ces photos, développées et impubliables, collées dans mon journal. Vieillies, comme savent vieillir les choses : à force d'être touchées, usées par les frottements.

Quand nous remontâmes sur nos scooters, il était midi. Au lieu de rentrer, nous décidâmes de déjeuner au Bucaniere. Papa, averti par téléphone, ne fit pas d'histoire. Il était complètement absent à cette période : que nous soyons là ou pas, c'était pareil ; il avait même oublié l'anniversaire de Beatrice.

Pourtant, quand j'y repense, c'était presque beau de vivre ainsi : libres et oubliées.

Nous nous assîmes toutes les deux à une table, seules, comme des adultes. Nous commandâmes une bouteille de vin, la moins chère, et deux pizzas margherita. J'étais si heureuse que j'avais l'impression que tout le passé – mon arrachement à Biella, les coups de tête de ma mère, la mort de la sienne – n'avait pas eu d'autre but que de sceller notre amitié.

Et je lui annonçai l'avenir : « On ira à Bologne, Bea. »

Elle qui souriait, perdue dans ses pensées, le verre à la main, tressaillit.

« Lorenzo ira là-bas en septembre, lui expliquai-je, mais je ne peux pas le rejoindre sans toi. Il faut que tu viennes, Bologne est une ville extraordinaire, et nous, on est inséparables. »

Elle pâlit. Mais dans mon emballement à lui imposer mes projets, je ne m'en aperçus pas. Je ne voulais pas m'en apercevoir. J'avais tellement faim de devenir adulte, j'étais si naïve: « On vivra ensemble, tous les trois, on ira en cours ensemble. Moi, je vais m'inscrire en Lettres, et toi ? Tu as décidé ? »

Son regard était creux. Elle s'était comme vidée de toute parole, rêve, désir ; elle avait régressé à une forme d'existence rudimentaire. Elle commença à se balancer sur sa chaise, comme un enfant englouti par un abandon. Son visage se ferma, ses yeux comme ensorcelés par quelque chose qui n'était pas moi, qui n'était pas de ce monde. « Tu me demandes toujours ça, dit-elle d'une voix traînante, qu'est-ce que tu veux faire plus tard ? Qu'est-ce que tu veux faire plus tard ? Qu'est-ce que tu veux faire plus tard ? Mais qu'est-ce que j'en sais. Me demande plus ça. Bergère ? Princesse ? Qu'est-ce que tu veux que je te réponde ?

– Bea ! » J'eus peur, tendis la main pour saisir la sienne, et la ramener dans le présent. Elle se reprit. But un verre de vin, haussa les épaules avec nonchalance : « Économie ? Droit ? »

On emporta nos assiettes de pizza. Comme d'habitude, elle en avait mangé à peine la moitié. J'avais cassé quelque chose : l'ambiance d'avant, intime et insouciante, n'était plus là. Je me levai sous prétexte d'aller aux toilettes, me présentai à la porte de la cuisine pour demander s'ils avaient un dessert qui ressemblait à un gâteau. Je lui arrangeai une surprise pour compenser.

Peu après, un serveur arriva avec un médaillon de chocolat porteur de dix-huit bougies. « Fais un vœu », dis-je. Bea devint sérieuse, me fixa longuement, comme si ce vœu me concernait.

Puis elle souffla, j'applaudis, me précipitai pour l'embrasser. À un centimètre de son visage, je la suppliai : « Promets-moi qu'on s'en ira ensemble.

– C'est dans plus d'un an…
– Jure. Si tu me trahis, je te haïrai toute ma vie. »
Elle sourit. « Tu n'en serais pas capable. »

Papa ne sortait plus, sauf pour aller travailler. En dehors des chemises, non repassées, qu'il s'obligeait à enfiler pour franchir le seuil de la fac d'Ingénierie avec un minimum de décence, il ne portait plus que des joggings en acétate, usés à la hauteur des coudes et des genoux, dans lesquels il se traînait. Souvent il ne se donnait même pas la peine de se changer, il restait carrément en pyjama. Sa barbe était plus longue que celle d'Oussama Ben Laden, ses ongles poussaient, son odeur changea. Il s'effondrait comme une maison inoccupée peu à peu envahie par la mousse et les insectes rampants, il s'écroulait.

Le printemps arriva, revinrent les rolliers. Mais il ne chargeait plus le coffre de sa voiture pour explorer chaque dimanche un parc naturel différent. Il jeta même ses jumelles et resta simplement là, cloîtré dans son bureau, collé à Internet. Il déblatérait sur des concepts du genre : « Le web sauvera les démocraties, il libérera les peuples de l'ignorance. » Nous étions persuadées Bea et moi qu'il travaillait, qu'il se consacrait à une recherche fondamentale sur la révolution du web et ses effets bénéfiques pour l'humanité. Tu parles. Comme je le découvrirais bientôt, il était uniquement occupé à tchater, jour et nuit, pour rencontrer des gens nouveaux, des femmes ; courir en vain après l'illusion qu'était ma mère.

Dans les faits, il nous avait laissées tomber. C'était moi qui faisais la cuisine, Bea mettait la table et débarrassait. Nous devions l'appeler des centaines de fois pour qu'il daigne sortir de son trou et s'asseoir à table avec nous. Et quand c'était le cas, il ne décrochait pas un mot. Souvent il emportait son assiette dans son bureau sous prétexte qu'il devait *travailler.* Il nous menait en bateau. L'adolescent, c'était lui, et nous étions celles qui faisaient tourner la baraque. Ses vêtements sales s'amoncelaient partout et formaient des montagnes. Il se mit à fumer, à cinquante ans, il empestait toutes les pièces. Pour finir, il nous sortit une nouvelle plate-forme de blogs et de pages personnelles qui marchait du feu de Dieu en Amérique.

Ne me demandez pas de faire de la publicité aux géants d'Internet: ils n'en ont pas besoin. D'ailleurs ça n'en vaudrait pas la peine. Quelle que soit la trouvaille à la mode en 2004, on est sûr qu'en 2019 elle sera morte, comme les choses meurent sur le web, *complètement,* sans laisser de traces dans l'âme de personne. Si les dames de l'autobus et les Érinyes de mon rêve exigent une réponse à la question: « Quel mystère se cache derrière le succès éclatant de la Rossetti ? », la plus facile est que ce fut la faute de cette plate-forme, et celle de mon père, qui proposait tous les six mois à Bea une nouvelle manière de « se faire des amis, s'ouvrir au monde, agrandir son horizon ».

Le résultat fut que nous nous enterrâmes nous aussi dans notre chambre.

Beatrice commença à me dire non: non à la Plage de fer, à la carrière abandonnée, à la tanière. Elle cessa de me servir de personnage. Parce qu'à présent les photos pouvaient se télécharger bien plus facilement, et l'espace pour les publier était tellement vaste. Les mots furent relégués au rang des accessoires, réduits à la portion congrue.

Pour Beatrice, je me rends compte que ce fut le tournant.

Elle choisit comme fond une couleur attirante, le rose pâle, et un titre de best-seller : *Journal secret d'une lycéenne.* Qui, naturellement, n'avait pas une once de secret. C'était juste un paquet d'inventions concoctées avec moi, balancées pour impressionner, piquantes, et si le ton que j'utilise paraît plein de hargne, c'est que la conséquence immédiate de ce deuxième blog fut de congédier le premier.

Bea&Eli fut condamné. Une fenêtre apparut en haut à droite avec la question : « Voulez-vous supprimer votre blog ? » Deux options, claires et nettes : oui, non. Bien sûr, dit Beatrice, je veux l'anéantir tout de suite, le désintégrer. Elle ne me demanda pas mon avis, elle cliqua, c'est tout. De toute façon je n'écrivais jamais dedans, je ne comptais pas. Elle m'élimina. Et, paradoxalement, cela me déplut.

Le nouveau blog avait plus de lecteurs, bien qu'encore un tout petit nombre. Dans les maisons italiennes, et même en province, de plus en plus de possesseurs de téléphones portables installaient des routeurs ADSL. Sur le web, on trouvait moins d'aspirants-écrivains d'âge moyen et plus de jeunes en quête de succès : à travers la musique, les provocations, en soutien-gorge et petite culotte. Bea commença à prendre en compte les réactions d'autrui, négatives ou positives, peu importait. L'essentiel était que les internautes, arrivés jusqu'à elle, cessent de naviguer. Adieu châles noirs, maquillage défait, futurisme et romans-photos.

À présent, quand elle levait la tête de ses devoirs et me demandait : « Eli, si on faisait des photos ? », je frissonnais. Parce que ce n'était plus un jeu mais une torture. J'avais déjà un mort dans la pièce d'à côté, et voilà qu'elle aussi était atteinte. Elle avait compris quel sourire lui allait le mieux, quelle expression, de profil, de face. Calculé les préférences, tiré les conclusions. Il fallait donc respecter des paramètres rigides de bonheur et de beauté, une netteté parfaite qui frôlait l'impossible.

« Bea, ça sonne trop faux ! protestais-je.

– C'est ça qui marche, pas tes conneries artistiques ! »

Les drames laissaient place à des sourires sans histoire, à de froids calculs de lumière, des discussions arides sur les vêtements associés. Au lieu d'Anna Karénine, je devais régler l'objectif sur Barbie. C'était casse-pieds, je m'ennuyais à mourir. Mais elle y tenait. Et moi ? Je l'aimais.

Bien vite, elle me demanda de faire des photos aussi devant le lycée, chez le coiffeur, au bar pendant qu'elle faisait semblant de manger une glace, qu'ensuite je finissais. Si je n'avais pas le Contax avec moi, elle me disait d'utiliser son portable et pas le mien, qui était toujours un modèle antédiluvien. Elle voyait une balançoire et s'y asseyait : « Fais une photo ! » Elle montait sur son scooter : « Allez, prends-moi ! » Elle achetait un paquet de chewing-gum, sautait par-dessus une flaque, n'importe quelle bêtise, et hop, une photo et encore une photo. Fixer sa vie en images devint une obsession.

Le soir, après le dîner, elle restait jusqu'à minuit à examiner et sélectionner les photos prises le jour même. Elle s'étudiait comme elle l'aurait fait d'une inconnue, une fille pas très fiable. Elle s'en prenait à moi : « Elle a une ombre sur le front, comment t'as pu ne pas le voir ! » « Celle-là, elle a un bout de quelque chose entre les dents ! » Et cette troisième personne, c'était elle, ou ça ne l'était peut-être déjà plus.

Moi, au lieu de stopper la maladie dès son apparition, je la laissai s'étendre. Pire, j'y mis du mien. Vous voyez l'efficacité, la précision millimétrique avec laquelle la Rossetti, où qu'elle soit et à tout moment, prend son téléphone ou celui d'un fan, le tourne vers elle et foudroie l'objectif ? Regardez bien : la rotation du poignet, la position des doigts, la hauteur du menton, la lumière, chaque élément concourt à une seule et même fin : le mythe de Beatrice. Il y faut un entraînement impitoyable. Sa spontanéité fut la conséquence de ma rigueur. Elle y était allée fort dans son jugement sur mon écriture, et je lui rendis la pareille.

Mais il y a une autre réponse, moins superficielle que le blog, je m'en aperçois maintenant. C'est en lien avec cet instant d'absence à la pizzeria : « Qu'est-ce que tu veux faire plus tard ? Qu'est-ce que tu veux faire plus tard ? J'en sais rien, qu'est-ce que tu veux que je te réponde ? »

On était le 17 avril quand, pour la première fois, Bea me demanda l'agenda.

« C'est pas à toi qu'elle l'a donné ? »

Je me figeai. La phrase était elliptique et le sujet n'avait pas été abordé depuis si longtemps que le mot était *impossible à prononcer*.

Peut-être ai-je écarquillé les yeux, j'espère ne pas avoir pâli. En tout cas, Beatrice ne le vit pas. « Je sais que c'est absurde, continua-t-elle, mais je n'arrête pas d'y penser. J'ai fouillé partout, à la maison, Eli. J'ai demandé à mon frère, ma sœur, à mon père, même à Enzo. » Elle secoua la tête. « Il a disparu. »

Je me rappelle la consistance de mon sourire, gluant.

« Elle ne peut pas l'avoir jeté, pourtant : dedans il y avait tous les contacts, les adresses, les numéros de téléphone qu'elle avait obtenus à force de fêtes, de dîners, d'invitations, de cadeaux… C'était *le travail de toute une vie* ! »

Nous étions assises côte à côte devant le PC dans ma chambre, au retour d'une séance de photos particulièrement réussie au port de plaisance de Punta Ala. Nous avions fait comme si l'un des yachts amarrés était le nôtre, et l'équipage, puisque le propriétaire russe n'était pas là, nous avait fait monter en nous donnant un coup de main pour la mise en scène.

« Tu vois celle-là ? » Elle se désigna sur l'écran. « Si elle arrivait aux bonnes personnes, je recommencerais à défiler. Et puis les concours, les pubs, je défoncerais tout. »

Je me rappelle les battements lâches de mon cœur, ma bouche pâteuse, la tentation soudaine… Je lui dis ? Je prends une chaise, j'y monte et je sors l'agenda de la poussière ? Elle te pardonnerait, Elisa, elle serait si contente. Qu'est-ce que ça te coûte ?

Non, tonnait tout mon corps. La conscience, peut-être la peur. La tension engourdissait mes mains, je balbutiai quelques banalités. Je me revois là, adossée contre le mur, minable. D'autant qu'aujourd'hui j'en suis sûre : si je le lui avais rendu, elle aurait participé à quelques défilés et ensuite plus rien. Quelques entrefilets dans les journaux locaux, un bandeau de miss à accrocher au mur dans un salon normal, payé à crédit. En tout cas, je ne dis rien.

Beatrice considéra ses cheveux méchés de rose, sa petite jupe et son haut à rayures bleues et blanches, genre marinière, ses pieds nus et son sourire léger à la proue de ce bateau qui s'appelait, si je me souviens bien, le *Black Star*. Pour finir, elle commenta : « J'ai l'air heureuse.

– Oui, m'empressai-je de confirmer, tu es très bien.

– Ça fait un an, aujourd'hui. »

Un an ? Je ne comprenais pas. Beatrice ferma les yeux, s'efforça de retenir ses larmes. Un an de quoi ? Quand je le compris, qu'elle parlait de la mort de sa mère, je me détestai. Je lui pris la main, elle était chaude, la mienne était glacée.

« Mais j'ai l'air heureuse, non ? » Elle se tourna vers moi pour que je confirme.

Ses yeux étaient noyés de larmes, à présent. Elle n'essayait plus de sourire, de dissimuler. Elle alla se jeter sur mon lit, fixa exactement l'angle droit du plafond, au-dessus de la cachette. Pour la première fois depuis l'enterrement, avec des paroles que je n'ai jamais oubliées et que je vais tâcher de rapporter intégralement, Beatrice me parla de Ginevra.

« Quand elle a découvert que papa la faisait cocue, c'était avant qu'on te rencontre à la Sirena. J'étais au collège, Costanza au lycée, Ludo – elle calcula – à l'école primaire. On était en haut, en train de jouer. C'était en juin, mais il pleuvait. Ludo avait sorti son jeu de Twister parce qu'il voulait le jeter et Costanza le lui avait arraché des mains, elle s'était mise à faire l'idiote. On confondait les pastilles bleues et les rouges, tu vois ? Et à un moment donné, on a entendu un grand bruit, des coups sourds, des hurlements fous, pas humains. Alors on a couru en bas tous les trois, et on a trouvé maman tellement… »

Le mot ne lui venait pas. « … abandonnée. Elle était tombée par terre, dans la cuisine. Elle avait les jambes tellement tordues qu'on aurait dit qu'elles étaient cassées. Elle serrait dans ses mains le téléphone de papa – Bea sourit avec mépris –, il l'avait oublié sur l'étagère de la salle de bains. Elle continuait à répéter "Je le savais, je le savais, je le savais." Elle s'était entaillé le mollet sur un bout d'assiette. Je revois encore le sang sur ses bas en nylon. Ses bas en voile fin, avec la couture derrière comme Marilyn Monroe. Elle était affreuse. »

Elle le dit et s'interrompit, étonnée d'avoir laissé échapper une telle obscénité. Elle corrigea : « Maman a toujours été très élégante, aussi bien jeune qu'à cinquante ans. Mais là, c'était comme si elle avait vieilli. Comme si son visage, ses cheveux, sa force montraient tout à coup… la vérité. Elle nous a vus et n'a rien fait pour se recouvrir, se cacher. Elle nous a même crié : "Votre père me trompe avec une fille de vingt ans, vous savez ça ? Il va baiser avec une gamine." Comme si on y était pour quelque chose. »

Beatrice s'assit. Incapable de rester immobile, elle se mit à marcher autour de la chambre, tel un animal en cage qui ne saurait pas où aller.

« Elle n'était plus elle-même, forcément. Sinon elle n'aurait jamais dit un mot comme "baiser". Je me suis sentie mourir, je crois que Costanza et Ludo aussi. Après ce mot-là plus rien n'était pareil. Bref. Maman ne nous a pas épargné les détails : les hôtels, les pauses déjeuner, les orgasmes, les fellations. Sauf que nous, on était ses enfants. Nous ne pouvions pas écouter ça, mais pas nous en aller non plus. Elle a dû nous en lire vingt, trente, de ces messages. Elle nous les a tous lus, à mon avis. Et moi je pensais : Arrête, maman, lâche ce portable. Mais aujourd'hui je la comprends : elle n'avait que nous. Pas d'amis, personne, une vie entièrement consacrée à sa famille, et nous, des fellations, on ne savait pas ce que ça voulait dire. On comprenait seulement que c'était la catastrophe. À la fin, elle s'est relevée, elle a lancé le portable contre le mur puis elle a vomi dans l'évier. Elle a pris un balai et s'est mise à nettoyer. À ce moment-là, Costanza est sortie en pleurant et on l'a entendue s'enfuir en scooter, Ludo est parti s'enfermer dans sa chambre. Et moi, je suis restée avec elle. »

Pourquoi ? pensai-je. Pourquoi c'est toi qui es restée ? Et pourquoi tu me racontes tout ça ? Moi, je te les ai épargnées, les fois où ma mère me laissait quelque part et revenait en puant l'alcool, ou quand elle a perdu la tête et m'a laissé cette cicatrice. Mais Bea, le front contre le montant de la fenêtre, regardait dehors sans regarder.

« Je lui ai demandé : "Tu veux quitter papa ?" Elle avait fini de balayer. Elle n'a pas répondu tout de suite. Elle est allée s'arranger les cheveux, se remaquiller puis, rajeunie, presque, elle a répondu : "Tu plaisantes ?" En me souriant dans le miroir. "Je suis cocue, je ne suis jamais arrivée jusqu'à faire une couverture, ni à Miss Italia. Évidemment, lui, il voulait au moins trois enfants. Mais qui sait ça, Beatrice, qui s'en doute ? On roule en Mercedes, non ? On va en vacances en Sardaigne, on a même donné un apéritif au Billionaire…" Elle a remis du rouge, elle a claqué du bout des lèvres un baiser tellement fort qu'aujourd'hui encore je m'en souviens, et elle a dit : "La réalité n'a pas la moindre importance. Ce qui compte, c'est comment on nous perçoit : comment les autres nous voient, ce que nous les laissons imaginer. J'ai l'air heureuse, non ? Un beau mariage. Et toi, quelquefois, tu me sembles même être la fille parfaite." »

Elle se tourna à nouveau vers moi. Je reconnus, vivante et informe sous le beau masque du maquillage, la souffrance. Plus ancienne que je ne l'avais cru, inscrite bien avant la naissance. Elle venait de Latina, des années cinquante, de ce film de Luchino Visconti avec Anna Magnani : *Bellissima.* Et de plus loin encore, jusqu'à Médée, jusqu'à la nuit des temps.

« Elle ne m'a jamais acceptée, Elisa. » Elle désigna, de loin, avec indifférence, sa propre image. « Je n'ai pas eu le temps de le lui dire, ni le courage, mais c'est comme ça. Quand elle me photographiait, elle me disait de rester immobile, de me taire, de ne pas respirer, de ne pas exister, et dans ces moments-là seulement je me sentais *aimée.* Ou quand elle feuilletait les albums de Noël, des vacances d'été et qu'elle disait, extasiée : "Oh, comme tu es belle !" Pas à moi, à l'autre. Et c'est qui, cette fille ? me demanda-t-elle avec rage. Un fantôme ? Une illusion sur pellicule ? Pas moi, en tout cas. Moi je suis sa vraie fille, la casse-pieds, pleine de boutons, les cheveux crépus. Alors que l'autre, c'est la fille idéale, la fille dont elle avait toujours rêvé. »

Elle se calma, comme se remettant d'un accès de fièvre. Essuya ses larmes, regarda autour d'elle pour retrouver ses marques. Puis elle revint s'asseoir à côté de moi et, en deux temps trois mouvements, posta la photo avec ses cheveux roses dans le vent sur le *Black Star.*

J'étais paralysée. Je respirais mal, mes poumons peinaient à s'ouvrir sous le poids du bloc qu'elle avait posé dessus. Elle, au contraire, fixait l'écran d'un air de défi. Elle attendait que le monde, là dehors, la canarde de commentaires, comme un chat attend les souris : tapi, à distance.

« La “réalité” n’appartient définitivement à aucune perception particulière, écrit Merleau-Ponty dans *Le Visible et l’invisible*, en ce sens elle est *toujours plus loin.* »

En l’espace d’une heure, une dizaine d’insultes arriva : « T’as couché avec qui ? », « Cul et nichons mais pas de cervelle », « Pauvre narcissique ». Elle s’en fichait complètement. Le nombre de visiteurs augmentait, ils étaient jaloux, c’était tout ce qui comptait. De toutes les régions, de tous les pays, les courants souterrains du web menaient déjà, en germe, à l’illusion, l’univers commençait à s’organiser autour du mensonge, et la vérité à rester *loin.*

Depuis – et je ne le comprends malheureusement que maintenant – Bea n’a fait que se masquer, se construire, s’embaumer. D’ailleurs, le changement d’époque, avec l’avènement des nouveaux moyens de communication, allait l’exiger de chacun de nous. Elle fut seulement la meilleure. Chaque couche supplémentaire de fond de teint, chaque nouveau vêtement ou bijou était un voile d’oubli, un brouillage, une couverture. Une pierre tombale posée pour sceller…

Ce que nous n’avons pas le courage de dire.

Dis-le, toi, Elisa, puisque tu es là, et que c’est une chose que tu connais bien.

Le rejet.

10

Un amour provincial

Il y a un certain temps que je laisse les garçons de côté, ce n'est pas juste. « Vous devez réintroduire le masculin dans votre vie, Elisa, m'a conseillé ma psychanalyste il y a trois mois, vous tournez à vide autour des mêmes figures féminines qui vous bloquent. Elles étouffent votre voix, la *vôtre*! Vous devez vous en libérer. »

C'était si vrai que je ne suis plus allée en analyse. Sur le moment, je ne voulais pas l'admettre, je remontais la via Zamboni en ronchonnant. Ils m'ont causé tellement de tort dans ma vie, les hommes. Et les cent euros que je vous donne, docteur, j'en ai besoin : je ne gagne pas des millions comme la Rossetti.

Puis est arrivé ce qui est arrivé, et me voilà à écrire. Sans les ambitions littéraires que je couvais plus jeune, uniquement prise par l'urgence de comprendre et de prendre une décision. Mais si je me penche ici et là sur les pages que j'ai abattues jour après jour, je le vois bien : Beatrice, sa mère, la mienne sont partout, elles se répandent dans tout mon être comme une plante grimpante. C'est effrayant. Je dois réintégrer les hommes tout de suite, les reprendre là où je les ai laissés : attendant que nous revenions de Biella pour commencer notre dernière année de lycée, Bea et moi.

L'infidèle, évidemment, se cacha : elle recommença à dormir le samedi soir dans la mansarde de Gabriele comme si de rien n'était, à sortir avec lui, à jouer les fiançailles. Dans les moments d'ennui, elle échangeait des textos avec mon frère. Je le sais parce que je les ai lus en cachette pendant que Bea était sous la douche. Ils étaient à la limite du pornographique : je te ferais ceci, je te ferais cela ; lui dans son langage approximatif, elle qui bluffait. « J'ai rêvé de toi… » Postures censurables mêlées à des déclarations d'amour, contrarié donc excitant. Ils en arrivèrent à s'écrire : « On se rencontre à mi-chemin, à Parme ou à Florence » – la géographie n'était pas leur fort – « et on se marie ! »

Mais il était à Biella et elle à T. Mon frère était déjà un tire-au-flanc, privé de permis pour conduite en état d'ivresse, tandis que Bea s'entraînait à devenir la fervente capitaliste qu'elle est aujourd'hui. En quelques mois, les échanges de textos se raréfièrent, les frémissements des bips nocturnes s'émoussèrent. À la fin il l'appelait et elle lui raccrochait au nez, se glissait sous mes draps en bâillant pour me donner le baiser de la bonne nuit, à moi. Et je me délectais : Qu'est-ce que tu croyais, Niccolò, prendre ma place ?

Quant à moi, en avril 2004, je me présentai au dispensaire et demandai au gynécologue présent de me prescrire la pilule. Mes dix-huit ans avaient fini par arriver sans que rien ne change : j'habitais avec papa, j'allais au lycée. Lorenzo ne m'avait pas offert de bague. Il ne me restait qu'à donner un sens à cet âge nouveau par une conquête pharmacologique et féministe qui pourtant, dans ma tête, prenait un sens opposé au progrès : garder mon petit ami.

Je comptais bien grossir, subir des conséquences violentes sur ma santé, afin de pouvoir lier Lorenzo indissolublement à moi par un sentiment de culpabilité avant qu'il ne parte à l'université. Quand je le lui annonçai, avec emphase, insistant sur la nécessité inexorable de la prendre tous les soirs sans jamais l'oublier, évoquant les risques de thrombose, il ne cilla pas. Il se contenta d'exprimer son soulagement de ne plus avoir à mettre des préservatifs et il changea de sujet. Il ne saisit pas sa valeur épique : je lui remettais ainsi l'exclusivité de mon corps. Ni l'espoir à peine voilé qu'une fois à Bologne, assiégé par des filles moins provinciales, il étouffe le désir de me tromper en se rappelant : Elisa prend la pilule, je ne peux pas.

« Je reviendrai tous les quinze jours », me promit-il.

En mai, à l'approche du baccalauréat, il m'arrivait de fondre en larmes et de l'implorer : « Pourquoi pas tous les week-ends ? Tous les quinze jours, c'est trop long ! » Désespérée : « Je veux venir avec toi, quitter le lycée, je travaillerai pendant que tu iras à la fac.

– Eli, disait-il en riant, parfois tu es complètement idiote. »

Aujourd'hui encore, quand je reviens à T, si je parle avec des gens qui ont fréquenté le lycée Pascoli ces années-là, Lorenzo est invariablement évoqué comme « le plus beau du lycée ». Le champion de natation, celui qui a eu les meilleures notes au bac mais n'a jamais joué les « grosses têtes », avec ses poésies engagées publiées dans le journal du lycée, le roi incontesté pour lancer les grèves et manifester dans la rue, blond comme Brad Pitt. Et il était *avec Biella* ?

C'était une énigme pour tout le monde, y compris pour moi. Et il n'y a rien de pire que d'être avec quelqu'un qu'on ne croit pas mériter. J'étais prête à renoncer à mon diplôme, à me réveiller à quatre heures du matin pour décharger des cageots au marché ou enregistrer les paris pour les courses de chevaux, rentrer épuisée par le travail mais assez forte pour nettoyer, faire la cuisine et l'accueillir avec tous les honneurs à son retour des cours à la faculté d'Ingénierie. Un avenir contre lequel ma grand-mère elle-même se serait rebellée, et que j'ambitionnais.

Et, à vrai dire, qu'avais-je à sacrifier ? Une éblouissante carrière ? Allons. Je n'ai jamais été Beatrice, moi. Toute cette urgence à conquérir l'attention du monde, je ne l'ai jamais sentie. L'humanité n'aurait rien perdu si je m'étais retirée chez moi pour faire du repassage. Il m'aurait suffi de continuer à lire de temps en temps, entre deux lessives, un bon roman. Lorenzo m'asticotait : « Ta copine sous-développée, elle finira dans une émission de téléréalité à montrer son cul, et alcoolique, après, quand les projecteurs s'éteindront. Elle n'a que des conneries dans la tête, et en plus elle s'est fait refaire les seins.

– Pas les seins, le nez.

– Et alors ? C'est toi, Elisa, qui as un cerveau. Tu seras la première présidente de la République. On fondera un parti, toi et moi, on fera la Révolution comme Marx et Lénine. »

Toute blague mise à part, il révisait comme un fou. Il se mit à s'enfermer tous les après-midi à la bibliothèque, samedi compris, et moi aussi, avec lui. Je ne rentrais plus déjeuner à la maison : de toute façon, qui m'y aurait attendue ? Mon père, cette momie ? Beatrice, autre momie, qui me prenait la tête avec ses photos? Fossilisés l'un et l'autre sur Internet toute la journée.

Après le lycée, Lorenzo et moi faisions une pause rapide au stand de pizzas à la découpe de la via Pisacane puis, de quinze heures jusqu'à la fermeture de la bibliothèque, nous étions penchés sur une table, coude à coude, dans la salle de lecture. Comme je finissais toujours la première de travailler, je passais le reste du temps à fouiner dans les étagères, en cherchant les romans que je demandais à la Marchi de me conseiller. C'est de là que date ma découverte que les écrivains, pour devenir bons, ne doivent pas forcément mourir. Ils peuvent aussi rester en vie, comme Philip Roth, Mary McCarthy, et surtout Agota Kristof.

Quand je commençai la *Trilogie de la ville de K.*, je me sentis aussitôt précipitée dans un lieu trop familier. La voix narrative était une première personne du pluriel. Elle exprimait une symbiose, la fusion voluptueuse et létale de deux personnes. Mon ex-analyste exulterait aujourd'hui si je revenais la voir en lui apportant cette preuve. J'ai relu je ne sais combien de fois ce roman, fascinée par la morbidité de ces deux jumeaux qui accomplissaient les mêmes gestes, pensaient les mêmes pensées, et chaque fois que j'arrivais à la page où ils se séparaient, je me mettais à pleurer. Non, Beatrice et moi, ça ne nous arrivera jamais. On vieillira ensemble, me répétais-je. Parce que voyez-vous, je la critiquais déjà alors, considérant ce qui l'intéressait – le fard à paupières, la jolie lingerie – comme purement éphémère, alors que ce qui me passionnait – l'investigation littéraire autour de l'âme humaine – était ce qu'il y avait de plus élevé au monde. Mais elle avait ce pouvoir : briller, apparaître, ce dont toutes les filles du monde rêvaient.

En emprisonnant cette part sombre que j'étais seule à connaître, et qui ressemblait à la mienne.

Vers le soir, tout cet excès de travail faisait exploser nos corps, à Lorenzo et moi. Poussés par une pulsion, nous nous levions et filions dans les toilettes nous déshabiller. Dans la bibliothèque de T, nous étions chez nous. Un endroit oublié de la société, où personne ne venait sinon quelque retraité à moitié sourd, pour feuilleter le journal. Nous pouvions même crier. Parce que septembre 2004, dans ma tête, c'était l'Apocalypse : la perspective de rester à T sans Lorenzo m'anéantissait. Je n'ai jamais cru dans l'amour à distance, surtout les amours de province, qui ont grandi dans des espaces restreints, qui se sont habitués à la frustration. La grande ville allait l'emporter, le balayer. Et plus le temps de la séparation approchait, plus j'entraînais Lorenzo dans les toilettes, lui écrivais des vers d'une passion embarrassante, je ne pensais à rien d'autre, je négligeais le reste, et pour la première fois ma moyenne de l'année fut inférieure à celle de Beatrice.

J'accompagnai Lorenzo aux trois épreuves écrites, attendant des heures devant le lycée, à cheval sur mon scooter, le visage tourné vers la mer ; certaine, sans lui, de n'avoir aucune valeur. J'assistai à son épreuve orale : une exposition brillante de son travail sur « Le communisme entre philosophie et histoire ». J'écoutai, toute fière, mon petit Togliatti[1] proclamer la nécessité d'une société libre et juste, où toutes les différences de genre, de classe seraient abolies, et où seule la créativité pourrait triompher. La politique est comme l'amour, en

1. Palmiro Togliatti, un des fondateurs du Parti communiste italien et longtemps son dirigeant.

province, une chose fragile, vraie mais naïve. Il obtint la note maximale et j'étais là, évidemment, à l'affichage des résultats, enlacée à lui comme une first lady. Ensuite, l'été s'ouvrit devant nous.

Le dernier été ensemble : j'en étais sûre.

Je me consacrai à lui, jour et nuit. Sur la plage, dans la pinède, chaque soir dans un petit village différent de l'arrière-pays : Sassetta, Suvereto. Nous passâmes tellement de temps au soleil, sans parasol ni crème solaire, que je me couvris de taches de rousseur avant de peler partout. J'avais toujours les cheveux collants de sel. Je ne rentrais plus à la maison, pas même pour dormir. Nous nous jetions sur les sièges inclinés de la Golf, qui n'était plus qu'une porcherie, le long des fossés dans les champs, les vitres baissées à cause de la chaleur, la peur que quelqu'un vienne nous épier pendant la nuit, les moustiques qui nous mangeaient vivants. Pourtant, quelle splendide maladie.

Pour finir, nous vivions en maillot de bain, lavant les quatre hardes que nous portions en nous faufilant dans les campings, mélangés aux touristes, pour utiliser des sanitaires dignes de ce nom. Nous ne repassions chez nous que pour demander de l'argent, et pour nous laver à fond. À ces moments-là, nous en profitions pour faire une razzia sur les réserves, charger des sous-vêtements dans le lave-linge. Nous vivions de pizzas mangées à même le carton et de glaces à l'eau, de bouteilles de vin rouge à deux euros. « C'est juste une année, Elisa, qu'est-ce que tu vas t'imaginer ? Après, tu me rejoindras. » Nous nous baignâmes la nuit dans les bassins chauds de Saturnia, nous nous brûlâmes à Cala Violina. Parfois j'oubliais la pilule : quelle importance, puisqu'en septembre je me tuerais ?

Le 30 août 2004, nous fîmes un tour du Latium et de la Toscane à dix euros d'essence par jour, et le premier septembre Lorenzo monta dans le train pour Bologne. Je me présentai à la maison comme si je revenais du front : en robe de plage trouée, le visage brûlé par le soleil, sur moi une odeur de rocher couvert d'algues. J'eus tout juste le temps de me jeter sous la douche, d'enfiler quelque chose de propre. Puis Beatrice nous convoqua, mon père et moi, dans la cuisine. Elle nous regarda tour à tour. Élégante, en talons hauts, les ongles vernis, le brushing impeccable. Mon père et moi, deux épaves.

« Je vais vivre avec Gabriele », nous annonça-t-elle. En souriant, elle ajouta : « Je suis majeure maintenant, personne ne peut m'en empêcher. »

Je me sentis mourir. Je me précipitai sur elle tandis qu'elle glissait dans sa dernière valise le Contax et l'ordinateur portable que mon père nous avait donnés. Je la pris par les épaules, sans savoir si je voulais la frapper ou la serrer dans mes bras. Elle m'écarta. Alors j'ouvris une des valises déjà prêtes et je la renversai sur le lit, comme avec ma mère autrefois.

« Tu ne peux pas m'abandonner ! Tu ne peux pas m'abandonner ! lui criai-je en pleurant. Pas toi aussi ! »

Très calme, elle me demanda : « Et où tu étais passée, toi ? En mai, en juin, en juillet, en août ? » Elle planta sa main devant mon visage : quatre doigts. « Je suis descendue à la plage toute seule, tous les jours. Chaque fois que je t'ai demandé une photo, tu courais le retrouver.

– Mais c'était notre dernier été !

– Tu parles. Tu m'as fait dépenser tout mon fric chez Barazzetti (le plus célèbre photographe de T) et maintenant je suis dans le rouge. J'ai dû en arriver à me prendre en photo moi-même, comme ça – elle me montra – toutes de travers, en visant au hasard comme une débile, pour alimenter le blog. Sans toi. J'allais le fermer.

– Mais Lorenzo est à trois cents kilomètres d'ici !

– Eh bien moi, à quatre ou cinq. »

Elle déménagea pour de bon. Mon père et le sien étaient furieux. Ils imaginèrent tout pour la faire changer d'avis : des vacances d'études à Londres, le plus cher des Canon, un nouvel ordinateur. Son père lui offrit plus d'argent par mois pour qu'elle revienne, chez nous ou chez lui, peu importait. Et quand il comprit qu'aucune de ces propositions ne l'atteignait, il menaça de lui couper les vivres, de ne plus lui donner un seul euro. Tout cela devant nous, car mon père l'avait appelé aussitôt en lui disant de venir tout de suite, et vite, parce que sa fille était devenue folle. Ce jour-là, Riccardo l'avait attrapée par le bras, secouée comme ces parents dégénérés qui secouent les bébés en croyant les faire arrêter de pleurer. « C'est un ouvrier, nom de Dieu ! Quel avenir tu crois avoir avec lui ? Il pue le shit, il se balade en R4, pire qu'un Marocain ! Si elle te voyait… » Il la lâcha et la regarda avec mépris : « Tu serais la honte de ta mère. »

Un froid soudain descendit : sur le visage de Beatrice, sur le mien, sur celui de mon père. Les pièces se remplirent de neige et de glace, de silence. Quelques minutes après, on entendit un bruit de moteur poussif. Gabriele garait sa vieille bagnole en bas et ouvrait les portières, le coffre. Beatrice le vit par la fenêtre, rassembla en hâte ses valises. Elle ne dit au revoir à personne, même pas à moi.

Sur cette phrase, elle coupa toute relation avec son père.

Par la suite, il essaya de réparer. Il lui envoya pendant des années de généreux mandats qu'elle renvoyait toujours à l'expéditeur. Il l'invita tous les ans à fêter Noël et Pâques en famille, sans son amant. Il essaya de lui téléphoner et lui écrivit même des lettres sur papier parfumé. Jusqu'au moment où la Rossetti devint mille fois plus riche que son avocat de père, et où les sommes qu'il envoyait devinrent ridicules par rapport à son niveau de vie : aujourd'hui elle est capable de prendre sur un coup de tête un avion pour Abu Dhabi, simplement parce qu'elle a envie de dîner au Moyen-Orient. Je crois qu'il a cessé. Peut-être même qu'ensuite c'est elle qui l'a payé, pour qu'il se taise : avec la presse, avec les médias ; qu'il ne raconte rien, si on l'interrogeait, que des histoires de bonheur familial. Mais ce sont des hypothèses, je divague.

Ce qui est certain, c'est que cet automne de 2004, Beatrice devint pauvre, très pauvre même, par choix. Elle qui, sans être née dans la richesse, n'avait jamais été privée de rien, se retrouva vivre dans une location payée par le seul salaire d'ouvrier de Gabriele, son frère Salvatore étant allé habiter avec Sabrina dans un autre quartier. Ils restèrent donc tous les deux dans la mansarde des ruelles, la partie la plus belle et la plus compliquée de la ville, la plus digne d'un roman, avec ses maisons décrépies et moisies, ses parfums de kebab, une Babel de dialectes.

Une décision folle, en apparence. Mais telle que je la connais, l'idée d'être la seule fille du lycée à vivre avec son petit ami lui plaisait sans doute trop, encore plus que les vêtements de marque. Elle savait peut-être, dans les profondeurs obscures d'elle-même, que plus tard, ces vêtements, elle en aurait autant qu'elle voudrait. Elle me l'avait juré, la première fois où nous étions sorties ensemble, devant la vitrine du Scarlet Rose. Elle pouvait vivre quelque temps dans quarante mètres carrés, faire ses courses au discount en comptant ses pièces: c'était autant d'expériences. Et jamais elle ne fit marche arrière.

Ma dernière année de lycée, donc, commença de la pire des façons. À huit heures, j'arrivais à la grille et Lorenzo n'y était pas. Mes yeux cherchaient malgré moi sa Golf sur le parking, sa cigarette au milieu du cimetière de mégots dans la cour intérieure, sa silhouette sur les échelles d'incendie. Le bâtiment m'était devenu étranger, le creuset de l'absence.

Je n'aimais pas non plus arriver en scooter sans Beatrice. Je m'étais habituée à prendre mon petit déjeuner avec elle, faire pipi avec elle, les virages du belvédère et le rond-point de la via degli Orti avec elle, tous les matins, et à présent je devais m'asseoir seule à mon pupitre. Beatrice arrivait toujours en retard, passait d'un air hautain entre les rangs, tous les regards pointés sur elle, s'asseyait à côté de moi sans dire un mot. Épiée par les lycéens, examinée des pieds à la tête. Tout le monde savait qu'elle dormait dans le même lit que son petit ami, qu'ils faisaient l'amour toutes les nuits. Comparés à elle, je crois que nous nous sentions des bébés. Je me souviens même qu'à cette période, comme pour marquer les distances, elle entrait dans la classe en tailleur. Et je me demandais où elle les trouvait, ces vestes spectaculaires, ces pantalons apprêtés, elle qui n'avait plus d'argent.

Dès la rentrée, j'ai oublié de le dire, elle était venue d'elle-même s'asseoir près de moi sur la chaise voisine, comme les quatre années précédentes. Et en la voyant s'approcher, je m'étais dit: Alors on est encore amies. Je l'avais regardée. Sans aller plus loin car j'étais devenue plus maligne, l'étoile variable m'avait déjà souvent brûlée. Elle ne répondit pas à mon regard, baissa les yeux. Posa par terre son sac de cours. Ne m'adressa pas la parole. Moi non plus. Déjà tu vis avec ton mec, mais en plus tu me traites comme une conne.

Ni ce jour-là ni les suivants nous ne cédâmes. Bien au contraire, nous passâmes des semaines à surtout ne pas nous effleurer du coude ou des pieds. Nous remplissions nos cahiers d'équations, la Raison pure et la Raison pratique, les thèses du Mouvement Novecento[1], les aoristes grecs – qu'ils soient maudits à jamais, ceux-là – et dès la première pause, tapotions frénétiquement sur nos portables. Elle, dans un but que j'ignorais. Moi pour vérifier si Lorenzo, de l'autre côté de l'Italie, avait répondu à mon énième message.

Nous avions toutes deux la tête ailleurs: la mienne était à Bologne, la sienne à la *fashion week* de Milan, comme je le découvrirais en allant sur son blog. Cela m'effraie quand j'y pense: je l'avais là, tous les jours, prenant des notes à côté de moi, je sentais la chaleur émise par son corps, le bruit de son feutre sur la feuille, et pourtant, pour savoir quelque chose d'elle, je devais déjà me connecter sur Internet.

J'emportais en classe *Glamour, Donna Moderna,* j'étudiais les défilés de mode. Puis, le soir, je la surprenais habillée sur son blog des mêmes vêtements. Elle voulait être là: sur le papier, bruissant entre les

1. Mouvement artistique né en 1922, au début du fascisme, qui prônait, contre l'avant-garde futuriste, le retour à la tradition.

pages. Maintenant, je comprends : elle s'était abonnée aux revues de sa mère, celles dans lesquelles Ginevra aurait voulu la voir un jour – ignorant que les kiosques à journaux seraient décimés, en quelques années, par le « futur » – et publiait sur son blog parce que son seul moyen d'expression, à T, c'était l'ordinateur offert par mon père, le Contax et la connexion Internet qu'elle avait obligé Gabriele à installer.

Ça ne sert peut-être à rien de le dire, mais je reste convaincue que si nous n'avions pas eu la malchance de grandir au beau milieu de la révolution numérique, nous nous serions séparées quand même, tels les deux jumeaux de *La Ville de K.* L'une aurait franchi la frontière et l'autre serait restée en arrière, mais sans que ce soit aussi traumatique. Peut-être serions-nous encore amies : pas comme à l'adolescence, non, mais comme ceux qui s'envoient de temps en temps un mail, se retrouvent pour prendre un café. Elle travaillerait dans une boutique du genre Scarlet Rose, me ferait des rabais sur mes jeans, et je lui passerais quelques bons livres. Deux femmes ordinaires, une vie tranquille. Même s'il n'y avait pas de quoi écrire ensuite un roman.

Mi-octobre, je trouvai le courage de bloquer la Marchi : « Professeur, excusez-moi, l'appelai-je à la sortie du lycée, alors qu'elle se dirigeait vers sa voiture de son pas vif. Je pourrais vous faire lire quelque chose de moi ? »

Elle s'arrêta, se retourna et me dévisagea. J'avais testé ma phrase des centaines de fois devant la glace. Je l'avais imprimée, modifiant les substantifs et les verbes jusqu'à obtenir un compromis décent entre signifiant et signifié, écartant « quelques pages », « certains textes »,

« vous montrer », « vous demander un conseil sur ». J'étais terrorisée à l'idée qu'elle les lise, mais c'étaient des mois si douloureux et si vides, sans Lorenzo, sans Beatrice, qu'il ne me restait plus que l'écriture.

La Marchi fronça les sourcils : « Qu'entends-tu par *quelque chose de toi* ? »

Je tenais entre les mains un épais dossier de feuilles A4 écrites à l'ordinateur, mal imprimées par moi, la cartouche d'encre presque épuisée. « Des poèmes », dis-je.

Elle soupira, comme si ce mot voulait dire péché, en même temps qu'ennui mortel. Je regrettai aussitôt le risque pris, et plongeai dans un grand embarras. Mais elle dit : « D'accord », presque affable. Elle tendit la main : « Donne-les-moi. Je les lirai ce soir quand j'aurai fini de corriger vos versions.

– Merci », répondis-je. D'une voix chancelante et pleine d'espoir, j'ajoutai : « C'est la première fois que je les fais lire à quelqu'un.

– Oh, ta confiance m'honore. Merci et à demain. »

Elle s'éloigna et je la suivis du regard. Je la vis monter dans sa Twingo orange, lancer mes poésies sur la banquette arrière.

Lorenzo revenait quelquefois toutes les trois semaines, au lieu de deux, nous étions ensemble vingt-quatre petites heures pendant lesquelles il pontifiait sur ses soirées dans les centres sociaux[1], les journées épiques à la faculté où ils occupaient des amphithéâtres, des bibliothèques : « Elisa, tu peux pas imaginer ! Dans le palais de l'Archiginnasio, le siège historique de l'Université de Bologne, il y a des fresques au plafond !

1. Sortes de « clubs » de jeunes des mouvements sociaux et alternatifs.

Des fresques ! À six mètres de hauteur au moins ! » Comment aurais-je pu rivaliser avec de tels récits ? Qu'y avait-il d'excitant à T ? Les algues ? Les mouettes ? Quoi de neuf ? J'avais le permis, oui, mais pas de voiture ; donc rien ne s'était passé. Mon père ne me prêtait pas la Passat. Quand nous nous retrouvions dans la cuisine, pour dîner seuls tous les deux, l'absence de Beatrice pesait. Papa m'assommait de tirades de plus en plus farfelues : « Tu verras, d'ici deux ans nous voterons aux élections d'un simple *clic*, comme ça, de chez nous. Nous aurons libre accès à toutes les informations. On téléchargera des encyclopédies, des filmographies, tout le savoir humain gratis, à la portée de tous. C'est Prométhée, le web, il nous libérera ! » Dommage qu'il ait l'air, lui, d'un prisonnier : la barbe hirsute, le jogging usé, les yeux abîmés par la lumière bleue de l'écran. Il s'était complètement extrait de la réalité, et si j'essayais de lui en faire la remarque, il m'accusait de ne pas m'intéresser au « futur », de me retrancher comme toujours derrière mes positions rétrogrades :

« Tu resteras la seule à lire sur papier, à communiquer par pigeon voyageur.

– Je ne me sers pas des pigeons, papa.

– Mais tu es la seule au monde à ne pas tchater, à ne pas avoir de blog ! »

Vous comprenez pourquoi je restai agrippée à la silhouette de la Twingo, ce matin-là, jusqu'à la voir tourner et disparaître, plaçant entre les mains d'Alda Marchi tout mon espoir de voir changer ma vie, ce complet désastre. J'avais besoin de savoir que, même sans blog, il me restait quand même le droit d'habiter ce monde.

Le lendemain matin, la Marchi m'ignora. Elle se contenta de me rendre ma version avec un 8 sur 10, sans me sourire ni me lancer de regard spécial, sans me murmurer quelque chose comme : « J'ai lu, c'est extraordinaire ! » ou même juste « Je t'attends à l'interclasse pour qu'on en parle ».

Elle me plaisait : elle avait une telle culture. Elle vous expliquait *Œdipe roi* comme si elle l'avait connu personnellement, et tenu entre ses bras au moment de sa chute. Elle ne nous faisait pas lire le classique Pirandello mais des livres transgressifs, costauds pour des adolescents, comme *Outremonde* de DeLillo. *Outremonde*, à T ! Je devais les commander à la librairie L'Incontro de la via dei Martiri, triste et repoussante comme aucune autre, et ils arrivaient au mieux quinze jours après. J'aurais donné n'importe quoi pour me retrouver dans un bar avec la Marchi à discuter de littérature, pour qu'elle devienne ma nouvelle meilleure amie et supplante l'autre, qui courait après des manteaux et des bottes à talon. Mais les jours passaient et la Marchi ne me disait rien. C'était comme s'ils n'étaient jamais sortis de ma chambre, ces poèmes, comme s'ils n'avaient jamais existé. Et Beatrice et ses frivolités me manquaient.

Pas question cette fois de la bipper : ça aurait été trop banal ; les téléphones portables étaient devenus aussi privés de sex appeal qu'une fourchette, une bêche ou un sèche-cheveux. Quant à une lettre écrite à la main, et laissée sur un pupitre, c'était bien trop excentrique, vieillot, sentimental. Et il était clair que je ne pouvais pas – moi ! – lui écrire un commentaire sur son blog.

Il ne me restait qu'une option : mon Quartz. Un après-midi de novembre, avant que la nuit tombe, je roulai jusqu'à la piazza Padella et cachai mon scooter derrière un container à ordures. Je descendis, traversai quelques rues au pas de course mais prudemment, rasant les portières et les coffres des voitures, m'accroupis en bas de chez Gabriele, derrière un étendoir à linge, et fus étonnée de voir les volets de la mansarde clos, et nulle part de SR.

Beatrice, comme moi, avait le permis et pas de voiture ; elle conduisait de temps en temps celle de Gabriele, quand il ne s'en servait pas pour aller au travail. Je cherchai son scooter dans les parages et ensuite plus loin, j'inspectai toutes les ruelles. Pourtant on croule sous les devoirs, me disais-je. Pour se présenter au bac avec cent points d'avance, il fallait absolument s'y mettre dès le début de l'année. Pourquoi n'était-elle pas rentrée pour réviser ?

Je revins chez moi, déçue. Allumer la lumière dans la cuisine, lancer le manuel sur la table, le souligner sans elle me plongeait dans une tristesse infinie. Aussi, le lendemain, tôt dans l'après-midi, je revins fouiller les environs de piazza Padella à la recherche du SR, là encore sans le trouver. J'allai même jusqu'à sonner à l'interphone, décidée à me sauver dès que j'aurais entendu sa voix. Mais il n'y eut pas de réponse. Je restai là, assommée, une dizaine de minutes, m'obstinant à sonner dans le vide. Où es-tu passée, Beatrice ?

Le lendemain, sans trop me poser de questions, je la pris en filature à la fin des cours sautant le déjeuner, lui laissai un peu d'avance et la suivis en scooter. D'abord prudemment puis désespérément. Elle roulait à sa vitesse habituelle, comme une fusée. Elle ne rentrait pas piazza Padella, elle allait dans la direction opposée. Elle me sema plusieurs fois mais, bénissant le trafic, je la récupérais toujours. Baissée derrière les camions, le sang cognant sous mon casque, je priais pour ne pas la perdre de vue. Quand elle prit la rue vers le port, je pensai : « Mais où tu vas, bon sang ? » Elle continua, traversa le quartier des grands ensembles, puis le nouveau centre commercial. En banlieue, elle tourna au milieu des entrepôts. Moi aussi. Elle ralentit. Stoppant juste à temps, je me cachai derrière une carrosserie. Beatrice s'était garée devant une grande vitrine. Elle avait enlevé son casque et, assise sur la selle, mangeait un paquet de crackers. Dès qu'elle eut fini, elle se précipita à l'intérieur comme si elle était en retard et salua la vendeuse.

Je m'approchai, troublée. Dans la vitrine apparaissaient de bizarres mannequins aux cheveux crêpés vêtus de paillettes. L'un d'eux portait une tunique hippie, l'autre une robe de mariée des plus vulgaires. Sur un autre encore, je reconnus le tailleur années quarante à damier noir et blanc que Beatrice avait porté la veille au lycée, et même dans une photo sur son blog. Alors, levant les yeux, je lus l'enseigne : DONNA VINTAGE, NEUF, SECONDE MAIN ET CÉRÉMONIE. Je jetai un œil à l'intérieur : c'était immense, bourré de vêtements, on aurait dit plus un bazar qu'un magasin. Puis je vis Beatrice réapparaître : elle avait noué ses cheveux, enfilé un gilet vert qui portait une inscription.

Je n'arrivais pas à croire qu'elle travaillait là.

Tout l'après-midi je le passai devant ces entrepôts, l'estomac vide qui gargouillait, cachée derrière les voitures, à l'épier qui enfilait des bas à un mannequin, changeait la disposition d'une rangée de chaussures, servait des clients, recevait des commandes et promptement les exécutait. Ceux qui accusent aujourd'hui Beatrice de ne pas avoir travaillé un seul jour de sa vie se trompent. Je peux vous assurer qu'à Donna Vintage elle n'arrêtait jamais. On lui confierait bientôt l'agencement de la vitrine : elle avait déjà un talent démesuré pour éblouir et attirer l'attention. Et même, par la suite, le contenu publicitaire des tracts. Mais cela, je ne l'ai su qu'après.

Ce jour-là je restai jusqu'à six heures, me familiarisant avec cet endroit: en plus de ce bazar et d'une carrosserie, il y avait d'autres lieux de vente en gros, des entrepôts de meubles et de quincaillerie, un bar qui s'appelait le Nespolo, et qui se remplissait à mesure que les employés débauchaient. Puis ce fut le tour de Beatrice. Elle sortit, repartit sur son scooter comme une fusée. Et moi derrière, à sa poursuite. Cette fois elle rentra piazza Padella. Il faisait sombre, je vis la lumière de la mansarde s'allumer, sa silhouette apparaître et disparaître derrière les vitres. J'imaginai qu'elle attaquait alors ses devoirs. Je rentrai donc chez moi pour commencer les miens, et dévorer tout ce que je trouverais dans le frigo.

En tout cas, je n'avais pas l'intention de céder la première.

Même lorsque je la vis un matin en classe pointer son crayon au milieu de passages importants, à la recherche anxieuse d'un marqueur, j'étouffai en moi le désir de lui prêter le mien.

Je lui enviais Gabriele, c'était ça le problème. L'éloignement de Lorenzo, la peur de le perdre m'avaient rendue méchante. Ce fut alors qu'un vendredi, à la fin des cours, la Marchi, à presque un mois de distance, me rendit mon dossier de poèmes et, à mon sourire stupéfait, répondit: « Cerruti, tu es une jeune fille sage, réservée, attentive, tu as des capacités d'analyse et de critique que j'apprécie et qui te seront utiles à l'université, qui te mèneront vers quelque profession importante, avec des responsabilités. Mais tu n'as pas de dons créatifs. »

Son ton était neutre. Elle faisait simplement un constat : pas malveillante, objective. « Tes compositions poétiques sont très médiocres, elles manquent totalement d'originalité. Ou elles sont grises et plates, comme celle intitulée *Un platane*, dans laquelle tu as essayé de copier Ungaretti, ou bien elles sont un ton trop haut, excessives, sans efficacité avec un lexique approximatif, comme ce poème d'amour sans intérêt. C'est uniquement du narcissisme inutile. Alors que dans tes devoirs sous forme d'essais tu peux être excellente. » Elle sourit alors avec gentillesse, ébaucha peut-être une caresse sur l'épaule. « Je ne suis pas du genre qui enrobe, plutôt de celui qui aguerrit. Mets de côté tes velléités littéraires et concentre-toi sur ton baccalauréat. »

Salope.

Espèce de vieille fille frigide.

Ça se voit que personne te baise.

Moche. Frustrée.

Crève.

Une ribambelle d'insultes sexistes, les plus violentes que je pusse trouver, explosa dans ma tête, en silence, sans que je puisse rien y faire. C'est maintenant que je comprends : j'étais déjà engluée dans la rancœur de cette tradition grégaire des rôles, les humiliations et les rêves brisés, qui finissent par nous armer férocement les unes contre les autres. Chaque syllabe sonna comme un tocsin dans mon cœur, tandis que debout, vivante en apparence, j'acquiesçais docilement, de bonne grâce. J'avalai ma salive, respirai, repris mon dossier et saluai la Marchi poliment : « Au revoir, professeur. »

La piazza Marina se vida de ses lycéens et j'étais toujours là, comme un piquet, touchée de plein fouet par une bombe atomique. Je sentais mes cellules se désintégrer une à une, jusqu'au noyau.

Quand je fus sûre qu'il n'y avait plus personne, je montai sur mon Quartz et pleurai comme je n'avais jamais pleuré. Puis je démarrai et, au péril de ma vie, sans casque et sans rien voir à cause des larmes, je roulai pour retrouver Beatrice.

Plantée en face de Donna Vintage j'attendis.

Cinq minutes et elle me vit, prit peur. Je devais être noire de mascara, les yeux gonflés comme des ballons. Elle demanda la permission à sa chef, leva le pouce comme pour dire : Juste une minute.

Elle se précipita dehors, inquiète : « Ton frère, ton père ? Ils sont morts ?

– C'est *moi* qui suis morte ! » m'écriai-je, fondant de nouveau en larmes.

Beatrice changea aussitôt de visage : « Tu es vivante, idiote, et moi je dois travailler. » Déçue et agacée : « Si tu as quelque chose à me dire, attends six heures. »

Elle repartit aussitôt à l'intérieur, en s'excusant beaucoup auprès de sa chef. Elle recommença à ranger les pull-overs. Si j'avais eu de l'argent, je serais entrée pour m'acheter un soutien-gorge ou un débardeur, rien que pour voir comment elle se débrouillait comme vendeuse. Mais je n'avais que cinq euros, et faim, malgré tout. J'entrai au Nespolo, demandai qu'on me grille un toast. Je m'affalai à une table et restai là, la tête dans les mains, jusqu'à ce que Beatrice, son travail terminé, vienne s'asseoir en face de moi.

« On n'est plus amies, me fit-elle remarquer, tu ne peux pas venir me chercher simplement parce que tu traverses une crise. Va plutôt chez un psychologue.

– Ça fait un mois que je te suis en scooter.

– Je sais. Tu croyais que je ne m'en étais pas aperçue ?

– Évidemment, qu'est-ce qui pourrait bien t'échapper, à toi, l'omnipotente ? »

Elle se leva, commanda deux Negroni, revint à notre table avec des verres débordants d'alcool et de glace. Elle m'en tendit un : « Alors, cette tragédie ?

– La Marchi m'a dit que mes poèmes sont à pleurer. Que je n'ai aucun talent pour l'écriture, je suis foutue, une merde.

– La Marchi, elle a besoin de trouver quelqu'un qui la saute, tout le monde le sait. D'ailleurs, ça sert à quelque chose le talent ? » Elle but, croisa les cuisses. Les clients du bar la regardaient, la fixaient, chuchotaient sur elle. « Ces tailleurs, là, regarde comme ils en jettent. » Elle toucha le col de la veste, tâta le tissu. « C'est de seconde main, ça ne vaut rien, au magasin ils me les prêtent : je les mets une journée, je fais des photos et je les rends. Ce qui sert, c'est ça : se battre, s'adapter, se sortir les doigts du cul. Marque ça quelque part, dans ton journal de merde, que j'ai commencé en vendant des vêtements de seconde main. Ça te servira peut-être, un jour. »

Tu as toujours eu raison.

« Et tu sais combien j'ai d'abonnés sur mon blog, maintenant ? » J'aperçus une lueur dans ses yeux, une flamme verte. « Trois mille cinq cent soixante-douze ! Presque *quatre mille*, Elisa ! »

Je pris mon Negroni, le finis en une gorgée, faillis vomir. Je me retins. « Cette idée que je suis une ratée alors que toi tu es excellente en tout, je dois dire que ça ne m'aide pas, Bea. »

Ses paupières devinrent une fente. « Tu m'as fait chier cet été. Tu n'as pas idée.

– Tu peux me pardonner ?

– Je ne crois pas.

– J'ai besoin de toi, Bea. Qu'on recommence comme au début.

– Comme au début ? D'accord. Alors va-t'en, les Negroni c'est pour moi. Mais n'éteins pas ton portable. »

Elle m'obligea à me lever. Avant d'aller payer, elle m'accompagna dehors. Je revins à mon scooter sans comprendre. Peu après mon téléphone sonna, son nom clignotait sur l'écran.

Je répondis : « Qu'est-ce que tu veux ?

– Tu viens avec moi en ville demain ? C'est samedi et je ne travaille pas. »

J'eus envie de rire. « Comme la dernière fois quand on s'est retrouvées à Marina di S. pour voler un jean ?

– Non, cette fois je parle sérieusement.

– Et qu'est-ce qu'on irait faire en ville, toi et moi ?

– Se montrer, non ? Comme toutes les filles normales. »

Elle raccrocha. Je me retournai, Beatrice était sortie du bar. Ce fut plus fort que moi : j'allai vers elle, attirée irrésistiblement, sans défense. Elle souriait : elle aimait tellement gagner.

Nous nous étreignîmes si fort que je sens encore ses bras autour de moi.

11

Les reines du monde

Il reste encore quelques épisodes sur lesquels j'aimerais réfléchir.

Après, ma chère Elisa, tu pourras dire adieu au lycée Pascoli, à la fenêtre d'où on voit la mer, aux vagabondages fous à scooter, à cette prison que tu avais hâte de fuir.

Sauf que non. Morante l'a déjà écrit : « Cela, que tu croyais un petit point sur la terre, fut tout. »

« Lisez *L'Île d'Arturo* », comme je dis toujours à mes étudiantes. « Le futur procède par soustractions successives, il n'ajoute rien, sauf la nostalgie. » Elles ricanent, je le vois, elles ne me croient pas. Elles doivent se dire : « La pauvre – comme je le pensais moi-même de la Marchi –, elle dit ça parce qu'elle n'a pas fait grand-chose de sa vie. » En effet, quand je me croise dans le miroir, je vois ma vieille prof d'italien, latin et grec. Sans m'en rendre compte, j'ai choisi les mêmes lunettes de lecture carrées, à monture verte.

Mais il est faux de dire que je n'ai pas fait grand-chose.

Je trouve ahurissant qu'il faille, pour être digne d'estime, gagner des millions, porter de la lingerie de marque et passer la journée à se photographier. Moi, j'accumule les amendes, que j'empile sur mon frigo. Je ne sais pas me garer et bien que je respecte les règles, on ne peut pas me demander de respecter toutes les interdictions de stationner : il y en a trop. Ma coupe aurait besoin d'être rafraîchie, mais qui a le temps d'aller chez le coiffeur ? Je dois vider la machine, j'ai encore trois lessives à faire. Les jours ouvrables, je me lève à six heures pour expédier le plus gros du ménage et me présenter au travail. Là-bas, je me démène. Quand je sors, je me précipite faire les courses. Je traverse la moitié de la ville à toute vitesse, quatre jours sur sept, pour être à l'heure aux entraînements et aux matches. Je trie mes mails à la lumière du stade, chose que je déteste. Je m'ennuie. J'appelle ma mère et mon père et je les écoute se plaindre : ils ont vieilli, lui est diabétique, elle en dépression, et moi, pour ce qui est des responsabilités, c'est comme si j'étais fille unique. À peine si je trouve une demi-heure pour moi : entrer dans ma librairie préférée, juste avant la fermeture, celle qui est au coin au bout de la via Saragozza, où d'ailleurs le libraire n'est pas mal. Mais je ne lui ai jamais demandé de conseils, au contraire. Je choisis un roman à l'intuition. Et dans les tribunes je suis un cow-boy de Philipp Meyer, un orphelin fugueur de Richard Ford, pendant qu'autour de moi tout le monde crie ou tapote sur son portable, j'aime tourner les pages, les caresser, sans me sentir snob pour autant. Je défends mon droit sacro-saint à m'asseoir sur les gradins du petit stade de la via Fancelli et de lire tranquillement au lieu de faire la ola comme les autres.

Mon présent est bordélique, il n'est guère brillant. On ne m'invite pas aux fêtes, je ne fréquente pas les associations culturelles. Il est rare qu'après le dîner j'aie la force de faire autre chose que débarrasser et m'écrouler sur le canapé – mise à part cette période, où j'écris. Pourtant, j'estime avoir une vie correcte.

Et puis c'est la meilleure que j'aurais pu construire après ce qui m'arrivera dans deux chapitres.

Une partie de moi voudrait mourir avant, et ne jamais sortir de l'adolescence. J'étais tellement convaincue que lorsque j'irais vivre seule, et que je ferais les études que je voulais, dans une ville digne de ce nom, tous les problèmes seraient résolus. Eh bien, grandir, ce n'est qu'une arnaque.

On est lundi, je regarde ma montre : il me reste environ deux heures. Alors j'oublie l'Elisa actuelle, son voile timide de rouge à lèvres rose, ses exactement deux cheveux blancs sur la tempe gauche. Avant qu'il ne soit sept heures et demie, je veux m'attarder un peu avec l'ancienne Eli, la Bea pas encore célèbre, là-bas, dans ce dernier petit bout de bonheur de l'année 2004.

Le rendez-vous était à trois heures au phare, sur la piazza A.

Je ne dirai pas son nom, elle est trop connue, et si je l'écrivais on comprendrait aussitôt quelle est la ville de T. Mais je dirai que c'est une terrasse à pic sur la mer, construite sur les rochers, avec des bancs de pierre éclaboussés par les vagues les jours de vent et l'archipel en face, si près qu'en tendant la main tu croirais les toucher : l'île du Giglio, Capraia, l'Elbe ; ça, je dois l'écrire, sinon on ne comprendrait pas pourquoi les adolescents de T allaient en masse là-bas se déclarer leur flamme.

C'était Bea qui avait choisi ce lieu, pour me montrer qu'elle était sérieuse. En quatre ans d'amitié, elle ne m'avait jamais emmenée dans le centre-ville, jamais exhibée. Au lycée classique, de toute façon il n'y avait pas foule, et la plupart étaient des nuls. Mais devant les vrais habitants, les beaux mecs de l'Institut technique industriel et scientifique, les filles de vingt ans qui étaient déjà à l'université et qui rentraient le week-end, les anciennes connaissances de sa mère aux ongles manucurés et au brushing impeccable, il aurait pu s'avérer contreproductif de se promener avec Biella.

Avoir gagné quelques centimètres et une taille de soutien-gorge m'avait amélioré la vie, sans la sauver. La honte d'être différente, introvertie, la seule cliente de la librairie L'Incontro à avoir moins de soixante-dix ans, ni particulièrement sympathique ni jolie ni rien, je la portais sur mon visage. Et je crains de ne jamais m'en débarrasser.

D'ailleurs, si on veut analyser cette histoire jusqu'au bout, Lorenzo lui-même ne me jurait un amour éternel que dans sa voiture, sur la banquette arrière de la Golf échouée au milieu des tournesols, des cigales, sans autre témoin que la Nature, et ne m'emmenait jamais sur le corso Italia. Des bancs de la piazza A, où se décidaient les mariages, il me tenait éloignée. Il ne m'a jamais présentée à ses amis, à sa famille : j'étais celle qu'on cache.

Mais Bea – il faudra s'en souvenir quand le moment viendra – a toujours été plus audacieuse que Lorenzo. Ainsi avait-elle établi que le 20 novembre 2004 nous ferions notre entrée triomphale dans la société, et j'étais très émue, en l'attendant avec un quart d'heure d'avance, assise sur le seul banc laissé libre par les couples qui se faisaient des papouilles : digne, enfin, d'exister sous le soleil. Un soleil bien pâle, ce samedi-là, où soufflait un sirocco terrible. Les contours de l'île d'Elbe, estompés par l'humidité, étaient presque impossibles à discerner. Les murs de la vieille ville, les églises et les immeubles émergeaient à peine, comme des bas-reliefs sous un ciel blanc et lourd. L'air sentait le sel. Les cheveux des gens, les vestes, les journaux, les sacs en plastique s'envolaient, gonflés et ondulants. Sur le fond de ce paysage incolore vaguement apocalyptique se découpa à quinze heures précises la silhouette de Bea.

Élancée comme l'Apollon des poèmes, reconnaissable à un kilomètre, point de fuite vers lequel convergeaient, magnétisés, tous les regards.

Disons-le clairement, on continuait de ne pas l'aimer, elle non plus. Elle l'aurait voulu désespérément, comme moi, mais elle se montrait plus désagréable et plus arrogante qu'elle ne l'était, sans compter la façon dont elle s'habillait… Entre elle et moi restait pourtant une différence : on la voyait, et moi pas. Bea se matérialisait dans un lieu et la température changeait. Je voulais seulement être différente de ce que j'étais, mais elle, elle était un éblouissement, ce que toutes les filles du monde, à part moi, auraient voulu être.

Quel éblouissement ? Rapidement, j'ai envie de dire : plaire, rayonner de beauté. Mais Bea n'a jamais moissonné les approbations, au contraire : elle était belle, comme tant de filles pourraient l'être si elles recouvraient leurs boutons, et avec quelques retouches. Mais où résidait vraiment son pouvoir ? Parce que c'est bien la question. C'était de se fiche complètement de l'opinion des autres, de les tenir tous par les couilles, d'intriguer et d'attirer, parce qu'il y avait en elle une énigme impossible à résoudre.

Je viens d'écrire : « toutes les filles du monde, à part moi ».

Je lève la tête de mon ordinateur et je me demande si j'ai été sincère.

Je me revois ce jour-là : petite, la capuche tirée sur la tête, mon sweat sur lequel j'avais collé au fer chaud un adhésif avec la faucille et le marteau, mes rangers aux pieds, mon jean large, car mes fesses n'étaient peut-être pas trop mal, mais j'avais honte de les montrer. J'avais honte aussi de mes seins, je me sentais coupable d'en avoir. Et peur d'être rejetée comme une fille facile si je me promenais en décolleté. Peur de tout regard qui pouvait se poser sur moi et se méprendre. Alors je me planquai sur mon banc, recroquevillée dans le sweat de mon frère pour me faire plus petite, invisible, pendant qu'elle, comme on peut l'imaginer, grandissait à chaque pas. Sublime.

Beatrice avançait vers moi et paralysait la place, comme si un projecteur était braqué sur elle et qu'elle défilait entre des rangées de caméras. Sans parler de la minijupe en cuir qui couvrait à peine le haut de ses cuisses, du chemisier en soie noire semi-transparent, déboutonné jusqu'à laisser deviner son soutien-gorge, du manteau poil-de-chameau long jusqu'aux chevilles, ouvert, naturellement, et du chapeau à larges bords d'où pleuvait une fabuleuse chevelure blond platine parfaitement lissée qui défiait l'humidité.

Elle semblait sortie d'un western spaghetti, de *Playboy* ou d'une fête scolaire de Carnaval. Au fond, elle s'habillait déjà comme aujourd'hui. Mais nous parlons de T, trente-cinq mille habitants, il y a quinze ans. Les retraités du bar Lavecchia Marina posèrent leurs cartes et se retournèrent, abasourdis, en panne d'un quelconque qualificatif.

« T'as un peu exagéré, lui dis-je aussitôt qu'elle se fut assise à côté de moi.

– Toi, à ton prochain anniversaire, je t'offrirai une armure.

– Ah, ah, ah », fis-je, mimant un rire.

Elle avait bien tenté en effet de me prêter des vêtements, de m'anoblir. Mais sans insister : j'étais une cause perdue. D'ailleurs, attifée de la sorte, je la mettais en valeur.

Elle portait une paire de bottes vernies à talons aiguilles, qu'elle admirait avec complaisance : « Mon premier salaire, Eli, regarde comme je l'ai bien investi. »

On ne pouvait manquer de les remarquer. Même moi, je les regardais avec un certain appétit, aussitôt réprimé. Je n'aurais jamais été capable de marcher avec, j'aurais eu l'air ridicule avec ces trucs, mais il y avait une autre raison : la culpabilité. Je n'y voyais pas un symbole mais une marchandise. Le temps perdu de tant de femmes exploitées, leur fatigue sous-payée, le Capital, autrement dit le mal, le mensonge qui nous fait croire qu'on doit toujours en vouloir plus, uniquement plus, sans qu'on nous apprenne jamais à perdre. Et puis ces talons suggestifs me rappelaient la soumission des femmes au désir masculin, l'esclavage millénaire de la moitié de la population mondiale.

J'ai toujours été lourde, je sais. Mais le monde aussi est lourd.

« T'es à moitié déshabillée, lui reprochai-je, comment ça se fait que tu n'aies pas froid ?

– Le froid, c'est dans la tête. » Beatrice se leva et jeta autour d'elle un regard de défi. « Allons montrer à cette foutue ville qui nous sommes. »

Nous nous mîmes en route, elle soviétique et moi penaude. Elle mettant une jambe fuselée devant l'autre, avec conviction, et moi perplexe, les yeux baissés, les oreilles tendues pour capter les ricanements. L'adrénaline avait disparu, je commençais à regretter, j'aurais mieux fait de rester cachée. Là, parmi les boutiques, dans la foule des jeunes de notre âge, c'était comme se retrouver au fond des bois, la nuit, au milieu des loups. Les garçons du lycée scientifique étaient aussi grands que Lorenzo, la barbe à peine esquissée, les jeans au ras des fesses comme la mode l'exigeait. Je leur lançais des coups d'œil, je n'osais pas plus, de peur d'être reconnue et moquée. Je m'en rends compte maintenant seulement: j'étais celle qui aurait voulu plaire, surtout aux garçons, et qui se punissait en s'habillant de façon masculine. Pour Bea, ce qui primait c'était de provoquer des réactions, d'anéantir les autres filles, l'une après l'autre, par sa *présence*, en étant « tendance » avant elles. Beatrice était en guerre, toujours et partout. Et la part épique de son âme se révéla tout entière, cet après-midi-là.

Seule avec ma mémoire, je m'assieds et, comme l'unique spectatrice d'un cinéma vide, je rembobine la pellicule: nous deux qui remontons le corso Italia. Nous ne sommes que deux gamines, l'une déguisée en diva, l'autre en cloche. Nous nous tenons par la main, nos pas mal accordés. Elle trotte devant, moi derrière. Et je ne peux pas retenir un élan de tendresse, déchirant et maternel, pour ces deux-là. Où allez-vous comme ça? voudrais-je leur dire. Et les avertir: ne passez pas devant la friterie, il y a plein de cons là-bas. Personne ne nous aurait donné une lire, même à Bea: belle, oui, mais tellement « orpheline »; et provinciale.

Nous avancions en équilibre sur les pavés, comme au front. Bea serra ma main plus fort en approchant de la salle de jeux – la dernière en activité de toute l'Europe –, du glacier Top One, rebaptisé *Topone*, le Gros Rat, des bancs où venaient s'asseoir ceux qui comptaient vraiment : les beaux garçons et les jolies filles. Elle aussi avait conscience des regards, des remarques assassines. Mais ça l'excitait, alors que moi j'aurais voulu m'enfuir. C'était l'épreuve du feu : non pas une photo à exposer aux commentaires sur son blog, mais la vraie vie, les crachats à la figure, les filles de T qui ne te l'envoyaient pas dire, que tu étais à vomir, qui te le criaient devant tout le monde.

Nous arrivâmes à la friterie, et elles se déchaînèrent.

« Eh, Barbie, pas la peine de jouer des fesses, t'as le cul trop bas.

– Super le chapeau ! Où t'as laissé tes vaches ?

– Tiens, voilà Miss Comédon ! »

Elles avaient à la main des cornets gras de frites et des mini-pizzas, et s'en prenaient surtout à Bea, hésitant peut-être à tirer sur une ambulance. Mais d'autres n'avaient pas ces scrupules : « Tu l'as trouvée où, la coco ? Là-haut, dans les montagnes ?

– Tu veux dire la plouc ?

– Ouais, la rouquine.

– La pauvre, Lorenzo le Magnifique la fait cocue avec tout Bologne. »

Et moi à souffrir, encaisser les coups en apnée, cœur et salive bloqués, sans pouvoir déglutir. Elles étaient féroces. Des années plus tard, j'essaie de me mettre à leur place : la vie en province était dure, sans ambitions, sans rêves. Elles savaient déjà, ces connes, à dix-huit ans, qu'elles passeraient leur vie à T et vieilliraient dans des mariages ratés, avec un travail précaire, pas beaucoup de sous, des fringues qui déteignent après trois lessives et les parents à l'étage au-dessus qui fourrent leur nez partout, et tout le monde qui vous juge et vous condamne sans savoir. À cuisiner chaque soir avec les enfants qui piaillent, l'ennui mortel, les disputes, les jeux à la télé, et jamais le réconfort d'une surprise qui les prend et les emporte. Je comprends qu'elles veuillent punir les filles comme Bea et moi, qui croyaient en la possibilité d'un destin meilleur.

« Oh, vous vous prenez pour qui ? nous crièrent-elles ce jour-là sur la piazza Gramsci. Vous vous croyez à un défilé de mode ? On s'en fout de vous, repartez au cirque avec les singes. »

Pendant que j'étais à l'agonie, Bea s'amusait. « Elles s'en mordront les doigts, tu verras », murmura-t-elle avec un clin d'œil une fois dépassé le gouffre de Charybde et Scylla : ce trou puant où on disait qu'ils faisaient la friture avec de l'huile de vidange. « Quand elles se précipiteront au kiosque à journaux pour lire mes interviews, quand elles allumeront la télé et qu'elles me verront occuper tout l'écran, *quand elles passeront des journées entières à me guetter sur mon blog*, ah, Eli, quelle satisfaction ! »

Elle s'en réjouissait déjà, avec bien des années d'avance, dans son manteau de troisième main qui volait de chaque côté comme une cape. Bea s'est toujours sentie célèbre, même quand elle n'était personne. Parce qu'elle avait quatre mille abonnés dans l'hyperespace, et qu'elle voulait raser cette ville à zéro, se venger de tout, je ne sais pas trop de quoi.

« Et moi, Bea ? » Je m'arrêtai et le lui demandai franchement. « Quel rôle j'aurai, moi, quand tu seras à la télé ? »

Elle s'arrêta à son tour. Interrompit le défilé de mode et me regarda avec un tel sérieux que je me sentis importante.

« Toi, tu seras mon manager, Elisa. C'est une responsabilité que je ne confierais à personne d'autre. Tu t'occuperas de tout : le fric, la com, tu géreras mon image, on l'inventera ensemble. Et puis je te promets une chose : tu auras du temps pour écrire des poésies, des romans. Tu seras mon manager-écrivain : ça, ce sera une première. »

Je la crus. Elle avait martelé cette promesse, qui était plus qu'une proposition de mariage, plus qu'une déclaration d'amour, et je lui fis totalement confiance.

« Je te couvrirai d'or, s'enthousiasmait-elle, on sera tellement riches qu'on reviendra à T en Ferrari et qu'on ira s'asseoir là-bas. » Elle désignait une table du bar Corallo, le bar chic du corso, ses yeux lisaient l'avenir. Son regard s'animait, sa voix aussi, tandis qu'elle nous décrivait : « Habillées en Versace de la tête aux pieds, avec des sacs Prada, on commandera une bouteille de Cristal et on se la fera sabrer. Après – mimant le geste de porter une flûte à ses lèvres – on le boira devant tout le monde, et ils nous prendront en photo, ils crieront notre nom, ils crèveront d'envie, et toi et moi on sera *les reines du monde.* »

Elle me le jura dans la queue pour les glaces, avant que je ne commande un cornet à la pistache et elle une petite bouteille d'eau. Je ne me voyais pas en Ferrari et encore moins sabrer le champagne, mais c'étaient des détails : je voulais seulement rester dans sa vie pour toujours.

Plus qu'une sœur, plus qu'un mari, plus que sa mère.

Devenir la source secrète de sa lumière, son miroir magique.

J'avais à peine goûté ma glace que Bea but une gorgée d'eau, revissa le bouchon, me fixa comme si nous n'avions fait jusque-là que plaisanter: « Bon. Maintenant, conclut-elle, allons faire deux-trois photos. »

Elle m'entraîna vers la mansarde. La vie et son brouhaha confus, les coups d'épaule, les bouffées de parfum à trois sous l'avaient déjà lassée. Elle pouvait archiver la question et revenir à ce qui lui faisait du bien: son propre embaumement. Nous partîmes vite et ne revînmes plus jamais en centre-ville.

En entrant, Bea laissa tomber son sac par terre, lança ses bottes dans un coin, ôta son chemisier, et se plaça devant la fenêtre pour vérifier la qualité de la lumière, qui n'était pas très bonne: le soir tombait, le soleil était blanc, noyé d'humidité.

« Pourquoi tu t'es déshabillée ? » lui demandai-je.

Il faisait froid dans la pièce. Le froid, c'est dans la tête. Tu parles: pas de radiateurs, juste un poêle mais éteint. Bea mit en place les rideaux, qu'elle tira jusqu'aux coins. « Tu n'imagines pas depuis quand je pense à cette photo. »

Elle disparut dans la chambre, ressortit avec le Contax. « Non, soupirai-je, s'il te plaît. » J'avais été bien contente qu'elle l'emporte pour son déménagement: je ne voulais plus le voir, plus entendre parler de photos. Ce jour-là, me retrouver avec cet appareil dans les mains me fit dégringoler de future manager à ma fonction habituelle: suiveuse, secondaire. Je redevins son accessoiriste.

Pendant que Bea retouchait son maquillage, j'eus le temps de regarder autour de moi. Gabriele n'était pas là: il s'épuisait en heures supplémentaires, samedis et dimanches compris, pour payer le Wifi. La cuisine et cette sorte de salon où nous étions étaient devenus un vrai bordel : un string pendait à un accoudoir, des casseroles sales s'entassaient sur la cuisinière, des couches de poussière, un manuel scolaire et un préservatif usagé sur le carrelage. Pire que le lit de mon frère avec ses draps de six mois. Bea ignora mes regards scandalisés, se contenta de mettre un peu d'ordre dans la partie de la pièce qu'elle voulait cadrer.

Elle défit son soutien-gorge.

« Qu'est-ce que tu fais ? »

Elle me répondit d'un air suffisant : « Tu le vois pas ? Une photo seins nus.

– T'as perdu la tête.

– Et toi t'es qu'une bigote.

– Qu'est-ce qu'on va dire de toi ? Qu'est-ce qu'ils vont penser de toi seins nus sur Internet, où n'importe qui te voit, sans même te connaître ? Ils diront que tu fais la pute.

– Si tu savais ce que je m'en tape, dit-elle en souriant, avec une indifférence magistrale.

– Tu ne peux pas montrer tes seins. » Je me mis en colère, posai le Contax sur la table. « Je refuse, moi cette photo je ne la prends pas. »

Bea s'impatienta et vint près de moi : « Eh, c'est pas le Bagaglino[1] que je vise, qu'est-ce que tu crois ? Je suis *raffinée*, moi. Et je ne veux pas faire penser au sexe, je veux juste gagner du fric. On doit entrevoir à peine les mamelons. J'ai déjà réfléchi : noir et blanc, floue, légèrement surexposée. Je veux me transformer en icône.

– En tout cas, ils te jugeront, et mal.

1. Grand complexe hôtelier de luxe en Sardaigne, célèbre pour avoir abrité les frasques de Berlusconi.

– Oh, ces histoires de jugement, Eli, basta ! T'es toujours là à penser aux autres. Mais c'est qui, ces autres ? Tu ne t'es jamais posé la question ? »

Je restai muette.

« Tu crois qu'ils sont tous heureux, aimés, des gens bourrés de culture avec des familles formidables ? Tu crois vraiment qu'ils sont mieux que toi ? »

Malgré moi je murmurai : « Non.

– On va tous mal, Eli, *tous*, de la même façon. » Elle ouvrit les bras, se mit à rire. « Ils diront que je suis une idiote ? Qu'ils le disent. Que je suis une salope ? Si ça les arrange. Ils ont peur de ma liberté, ils me l'envient, c'est ça la vérité. Ils penseront que je sors du lot, que je suis quelqu'un, que j'ai une vie de dingue, pour la seule raison que je la raconte avec des effets spéciaux, comme le 11 septembre. Moi, je me mets dans la lumière, regardez-moi ! » Ses yeux prirent feu. « Je suis là, je suis nue. Qui sait si je viens de baiser, ou seulement de lire un livre. Qui suis-je ? » Elle sourit. « C'est à ça qu'ils servent, mes seins. Pour l'imagination. Pour suggérer une vie qui n'existe pas mais que tout le monde veut. » Elle se retourna, ajusta le rideau qui était sorti de son embrasse. « Par conséquent, ajouta-t-elle, tu dois flouter le plus possible. »

Je la voyais, moi, nette et claire, sa tristesse. À ce moment-là je compris que je l'aiderais toujours à la cacher, et que tout ce que Beatrice ferait dans la vie ne serait, au fond, que brouiller les pistes. Rester en sécurité derrière la perception des autres. Se rendre impossible à reconnaître.

Je lui demandai : « Quel sens ça a ? »

Elle répondit : « Pourquoi est-ce que quelqu'un devrait connaître la réalité ? Personne ne le mérite, à part toi. »

Il est sept heures et demie : je dois y aller. Il n'y a rien de pire qu'interrompre un souvenir arraché à grand-peine au refoulement, mais je ferme Word et je vais à la fenêtre : le ciel est noir d'encre, et il pleut. J'imagine le trafic que je vais trouver sur les boulevards. J'enfile mon imperméable, mes chaussures, j'attrape en vitesse mes clés de voiture, toujours la Peugeot 206 Diesel que mon père m'a offerte en 2005 pour aller à Bologne et revenir plus souvent, parce que cette ville et la province de T sont très mal reliées.

Je me jette sur le siège et je démarre. Les essuie-glaces grincent, je freine toutes les cinq minutes. J'allume l'autoradio pour me distraire, mais voilà que part à plein volume le CD de Sfera Ebbasta, qui parle de fric, de Gucci, de pétards et, même si ce rappeur m'est sympathique, j'aurais bien envie de lui expliquer certains concepts de Marx et de Gramsci.

Mon portable sonne, je le tire aussitôt de mon sac, inquiète. C'est Rosanna. Je baisse la musique et réponds : « Allô ?

– Elisa, tu te rappelles qu'aujourd'hui c'était ton tour, hein ?

– Pour qui tu me prends ? J'arrive, je suis pratiquement déjà arrivée – mensonge. Profite bien de ton apéro. »

Elle rit : « En tout cas, je te dois un service. Toi aussi tu mérites de sortir de temps en temps le soir. »

Je la rassure : « T'en fais pas. Je ne sais même plus comment on fait. »

La circulation est arrêtée. Sfera chante : « Nous on est sortis de rien / On a fait du fric avec rien. » Je n'arrive pas à chasser de ma tête cet après-midi avec Bea dans la mansarde. Elle voyait loin, alors qu'à dix-huit ans j'étais déjà une vieille croûte. Je me proclamais féministe, mais quand je voyais une autre fille avec les seins à l'air, ça m'énervait et d'emblée je la jugeais. J'étais toujours cette fille frustrée et mal fagotée qui se punissait et s'effaçait pour Lorenzo, parce qu'elle ne savait pas gérer le mystère d'être née femme.

Je peste. « Et merde. » Le feu passe au vert, j'enfonce l'accélérateur et manque d'emboutir la Citroën devant moi. Bea avait raison, pas sur *tout*, mais pour les seins, oui. Et au final cette photo était si belle qu'elle en devint immortelle.

Nous restâmes à l'admirer sur l'écran de l'ordinateur pendant dix bonnes minutes, sans parler, et je finis par lui demander s'il ne fallait pas la glisser dans un fichier avec un mot de passe, la crypter, ou bien l'imprimer et l'enfermer dans un coffre-fort et oublier la combinaison.

« T'es folle, répondit-elle. On la publie, c'est clair, il faut l'exploiter. »

Nous rîmes de toutes les insultes moyenâgeuses postées sous la photo. De l'autre côté de l'écran, bras croisés, nous nous sentions les plus fortes du monde. Ces inconnus crachaient toute leur bile sur les seins de Bea et le compteur s'affolait, augmentait à vitesse supersonique, comme si le web tout entier accourait, Bea devenait Beatrice, et moi aussi je changeai.

Après cet après-midi, je commençai à choisir des pantalons à ma taille, des T-shirts moins serrés au cou. Je m'obligeai à ne plus traîner mon corps derrière moi comme un boulet mais à le considérer pour ce qu'il était : un élément, ni principal ni secondaire, de mon langage.

Je reconnais les faisceaux de lumière blanche des projecteurs qui se découpent au-dessus des toits, contre la nuit ; je suis arrivée. Sans perdre de temps, je me gare, au petit bonheur, sur une interdiction de stationner. Je ferme la portière et cours sans parapluie sur l'asphalte mouillé. Je me dis : combien d'images sur le web se perdent, venues du néant pour retomber dans le néant ? Mais cette photo seins nus est restée : elle est même aujourd'hui une de celles qui sortent en premier quand on tape le nom Rossetti dans un moteur de recherche. Trois millions cinq cent mille résultats, et cette photo est là avec ses rideaux jaunis par la fumée, son carrelage dégueulasse, son poêle rouillé, et j'ai presque envie de sourire avec orgueil, parce que c'est moi qui l'ai prise, et pas Alfred Eisenstaedt.

À dire vrai, Bea tenta de la faire disparaître en même temps que tout son blog quand elle commença à devenir célèbre. Mais cette image – mystères de l'Internet – refusa de s'effacer. Elle fut reprise par des centaines de journaux et on en parle encore aujourd'hui. La Rossetti n'est pas du genre à se déshabiller, je crois que cette photo est celle où on voit le mieux ses seins. Mais ce n'est pas seulement ça : ce noir et blanc est tellement *réel.* On devine, à l'arrière-plan, une chambre qui n'est pas l'habituelle suite de luxe mais un lieu à la modestie émouvante. Et c'est *elle* qui est visible, belle comme le jour mais pas encore réduite, simplifiée, raidie sous un masque. C'est Bea, l'anomalie de son existence qui a échappé au contrôle. C'est mon amie triste, en colère, opaque, avec ses boucles d'oreille de pacotille, ses vêtements qu'elle a empruntés.

Elle est encore une personne vivante.

J'arrive, j'ai les cheveux trempés. Le président du club se balance à l'entrée, il a l'air de ne plus attendre que moi car dès qu'il me voit, il dit : « Madame, j'ai à vous parler. »

Mais je n'ai pas envie, pas aujourd'hui. Je m'échappe : « Volontiers, la prochaine fois. J'ai un coup de fil urgent, excusez-moi. »

La pluie s'intensifie, mais sur le terrain transformé en mare de boue les joueurs continuent de courir. Je prévois déjà des lessives supplémentaires et des bronchites le jour de Noël. Je rejoins les gradins, j'avise une place isolée, loin des supporters. Personne ne me salue, j'ai l'habitude. Je n'ai pas encore appris à me faire accepter, ni cessé d'avoir peur : des autres parents, surtout. D'ailleurs je me moque bien du foot et je n'ai jamais compris ce que veut dire un hors-jeu.

Je cherche Valentino des yeux. Il s'est arrêté au milieu du terrain et me cherche aussi. Il se rappelle toujours quand c'est à moi et pas à Rosanna, la maman de Michele, de venir les chercher. Nous échangeons un signe, notre habituel sourire rapide. Pas de violonades, pas d'effusions, surtout pas.

Je sais bien ce qu'il pense : Maman ne voit pas à quel point je suis bon au foot. Et en effet : je m'intéresse beaucoup plus à ce qu'il ait de bons résultats en classe, qu'il apprenne à raisonner avec sa propre tête. S'il devait vraiment se retrouver en série A, je me ferais une raison. Mais j'espère que ça n'arrivera pas.

À l'abri sous l'auvent, je commence *La Vie mensongère des adultes* d'Elena Ferrante. Ce sont les seuls moments où je peux lire ce que je veux. De temps en temps je lève la tête, quand même, et je le regarde. Il y tient, il voudrait peut-être en ce moment un père qui lui donne des indications, l'encourage, le motive. Mais il m'a moi.

En silence, je lui dis : Tu aurais pu tomber plus mal. Une mère comme ta grand-mère, je t'assure que ça craint. Valentino finit d'écarter son adversaire, tire dans les buts, ne marque pas. Il me regarde à nouveau et ouvre les bras, tranquille. La seule chose que je crois lui avoir enseignée, c'est à perdre. Gino, son entraîneur, ne fait que répéter que son talent doit être cultivé – je pense que le président du club aussi, tout à l'heure, avait l'intention de me reparler de cet avenir prometteur que je ne favorise en rien. Je réplique chaque fois que trois entraînements et un match par semaine, c'est trop, que je suis une mère qui travaille et que je dois jongler, faire un roulement avec les autres mères pour venir les chercher, et avec ces horaires abominables en hiver, on ne peut quand même pas les laisser rentrer dans les transports en commun, tout seuls, à huit heures et demie ou neuf heures du soir. Ou sommes-nous trop anxieuses ? Qu'est-ce que c'est, douze ans ? C'est encore l'enfance ou déjà l'adolescence ?

« Mais il n'a pas de grands-parents, ce jeune homme ? Ou d'autres membres de la famille ? » m'avait demandé un jour Gino, et je me suis mise en colère : « Il m'a moi, et vous devrez vous en contenter. »

Il reste dix minutes avant la fin, je suspends ma vie et reviens dans celle de mon livre, je passe le seuil des mots et je me fonds là où tout, même la souffrance, prend un sens. Mais en même temps je réfléchis. À part Rosanna et deux ou trois autres, on ne nous invite jamais aux anniversaires. Pourtant Vale est tellement sociable. Peut-être que je fais les mêmes erreurs que ma mère. Peut-être est-ce moi, aujourd'hui, la mère que les autres mères évitent.

L'entraînement se termine, je reste sur les gradins à lire encore un peu. Il est assez grand maintenant pour prendre une douche tout seul, se rhabiller et ranger son sac. Quand il vient à ma rencontre avec Michele, parfumé de shampoing et les cheveux encore à moitié mouillés, je voudrais d'instinct le prendre dans mes bras, lui dire que s'il ne se sèche pas mieux il attrapera une otite. Mais je me retiens. Il n'a plus l'âge de supporter d'être pris dans les bras, encore moins devant son copain.

Nous montons en voiture, nous raccompagnons Michele. Tous deux allument immédiatement Sfera et se lancent dans un chuchotement intense. Quand ils se quittent, ils croisent les bras, se tapent les poings sur la poitrine, toute une ribambelle de gestes pour se dire au revoir que je ne comprends pas, puisqu'à mon époque ça n'existait pas.

Une fois seul avec moi, Valentino me demande ce qu'il y a pour dîner.

« Boh », je réponds. Le frigo est vide, l'écriture m'a happée au point que j'ai oublié de faire les courses. « Une pizza ? »

Il exulte. Il me fait penser à Niccolò et moi quand nous pouvions dîner avec des chips. Puis il devient pensif, se met à dessiner du doigt sur la vitre des hiéroglyphes hermétiques.

« Mais pourquoi – il trouve le courage de me le demander – je ne peux pas venir avec toi à Biella pour Noël ?

– Parce que c'est décidé comme ça. On sera ensemble pour le Jour de l'An.

– La barbe », souffle-t-il. Nouvelle tentative : « Le Jour de l'An je veux le passer avec mes copains, tu le sais bien. »

Bien sûr que je le sais : il ne parle que de ça depuis un mois.

« Quand tu seras plus grand.

– Mais je suis déjà grand ! »

J'éteins le moteur, l'autoradio, je sors la clé du contact. Dans la lumière jaune de l'habitacle, je l'observe et, pour la première fois peut-être, je réalise qu'il a grandi. Pas assez pour rester trois ou quatre jours seul à Bologne, mais ses traits ont changé : ils ont perdu leur enfance. Et il est plus grand que moi de dix bons centimètres.

« L'année prochaine », je lui promets, et je me laisse détester.

La rue est un torrent, nous descendons et nous traversons en courant. Nous nous engouffrons dans la pizzeria qui fait des pizzas à emporter, à l'angle de la via Fondazza. Nous commandons. Pendant l'attente, je regarde dehors par la vitrine la ville engloutie sous la pluie, tandis que Valentino va à l'écart s'appuyer contre un tabouret, et sort son portable.

J'avais réussi à l'interdire jusqu'au printemps dernier, j'ai essayé aussi de le dissuader d'aller sur les réseaux sociaux, mais il en mourait d'envie. Je le regarde faire glisser l'écran. Je voudrais le retenir de tomber, d'être appelé ailleurs, et je ne peux pas m'empêcher de me demander, le cœur en alarme, si mon fils ne va pas lui aussi consulter la page de Beatrice.

12

La mode funéraire

Il est une heure et je n'arrive pas à dormir. L'approche de Noël me met de mauvaise humeur, et puis je n'ai plus envie d'écrire. La seule idée de raconter cette première année d'université, la plus terrible, et cette aube où je m'écroulai épuisée sur un trottoir de la via Canonica en m'écorchant les genoux, me bloque. Je n'arriverai jamais à la terminer, cette histoire.

Parce que c'est la mienne.

Je m'avachis dans le canapé, j'attrape la télécommande et commence à zapper de chaîne en chaîne pour m'étourdir. Un documentaire sur les Pyramides qui me semble suffisamment soporifique et je m'y arrête, en baissant le volume pour ne pas réveiller Valentino. Il dort comme un loir, dans sa chambre qui était l'an dernier presque entièrement tapissée de dinosaures. Aujourd'hui, ce sont des photos de Sfera Ebbasta fumant un joint et l'affiche qui annonce un concert de Massimo Pericolo – concert que je lui ai interdit, mais il fait un peu comme moi à son âge avec les affiches du Babylonia : il affirme ses goûts. Avant d'aller se coucher, comme d'habitude, il m'a remis son téléphone. Je l'ai éteint et emporté dans la cuisine avec le mien :

deux armes déposées dans un surtout de table. Qu'au moins la nuit soit sacrée. Je bâille à présent, suivant par intermittence la construction des tombes sans parvenir à m'imaginer le travail. Je m'assoupis vaguement quand, tout à coup, les images montrent la Toscane. Et je revois Baratti.

Les pins maritimes au tronc courbé par le vent, les branches tendues qui embrassent le vide. Le golfe ouvert en un demi-cercle parfait, où nous avons plongé tant de fois. Populonia, son acropole où nous étions montées, telles d'antiques sentinelles étrusques, pour embrasser du regard la mer Tyrrhénienne. Les rochers de la Buca delle Fate, accessibles à travers un enchevêtrement de chênes verts si pentu et si dense que nous aurions préféré mourir plutôt que devoir le remonter en plein mois d'août, brûlées de soleil et de sel. Ces paysages défilent devant mes yeux et je fais plus que les connaître : je leur appartiens. Comme j'appartiens à mon frère, à mon père, à ma mère. À Beatrice.

Je reviens en position assise et, malgré moi, à mes souvenirs. La sortie scolaire, les tumulus, les grottes. Ce sont mes dernières réminiscences légères, lumineuses. En 2005 encore, nous allâmes voir ensemble les résultats du baccalauréat. Nous étions toutes les deux reçues avec la note maximum et les félicitations du jury, les seules de la classe sinon du lycée, et tout le monde nous en voulut à mort. Les trois seuls garçons se retrouvaient je ne sais où, et nous de crier, sauter et nous embrasser, au nez et à la barbe de nos vipères de camarades venues avec maman. De toute façon nous ne les reverrions plus. Personne ne nous avait accompagnées, nous nous suffisions à nous-mêmes. Des orphelines qui s'étaient adoptées. Le lycée était fini *pour toujours* :

nous ôtâmes nos vêtements avant de bondir en bikini sur nos scooters, filant vers les nécropoles étrusques. Aussitôt arrivées, nous nous jetions à la mer. La nuit, nous dormions sur la plage, épuisées de bonheur et d'alcool, chacune avec son copain, enfermées dans des couvertures mais à côté l'une de l'autre. Libres, enfin. Du moins nous le croyions.

Je suis réveillée maintenant. Je me dis que je pourrais, une veille de Noël, m'accorder le luxe de dormir tard. Et ne pas ouvrir le fichier intitulé « roman ». Je ne suis pas écrivain, j'ai un autre métier : les rêves et la réalité ne coïncident jamais, c'est impossible. Il y a treize ans que je refoule cette amitié, que je l'enfouis sous des giclées de ciment et me comporte comme si elle n'avait jamais existé. Ce qui est mort doit le rester : cela n'a aucun sens de l'exhumer, de me raconter que je peux la faire revivre par des mots.

J'arrête de rire, mon sang se glace.

Je cours à la cuisine, jusqu'au surtout de table où sont posés les téléphones. Je rallume le mien, je vais sur Internet, je cherche la page officielle de Beatrice, la dernière photo qu'elle a publiée : boucles brunes sauvages sous un majestueux chapeau, visage légèrement penché à gauche, sourire lèvres closes. Je parcours les photos précédentes : la première est la même, sans le chapeau, identique à une autre d'il y a six mois, et une autre encore d'il y a deux ans. Je remonte jusqu'en 2013 : Bea est toujours identique à elle-même. Comme la rose desséchée de l'armoire. Je bloque mon cerveau, le noir se fait, un court-circuit, un *clic*, et la voilà, nette dans ma mémoire, protégée par une couverture transparente, la première page de sa recherche : *La mode funéraire.*

Je me revois déçue : « Bea, pourquoi ? »

Nous pouvions choisir tant de sujets, à dix-neuf ans, quand nous étions en pleine éclosion : les échanges commerciaux avec les Grecs et les Phéniciens, la religion, l'écriture, les fresques, tellement de vies à explorer ! « Tu sais ce que j'ai découvert, Eli ? Tu sais ? »

Le souvenir jaillit tel un geyser. Je secoue la tête, incroyable : comment ai-je pu ne jamais y penser, pendant toutes ces années ? Le lien était si simple : la vie, la mort. Je vais dans le salon, j'éteins le téléviseur, j'ouvre en grand la porte de ma chambre, j'allume le lustre et je regarde le bureau, l'ordinateur. Bon sang, il va falloir tout reprendre.

Ce devait être fin mars ou début avril. Après la sortie scolaire sur les nécropoles étrusques, Bea vint chez moi écrire son mini-mémoire. Pour l'occasion, mon père sortit de la caverne dans laquelle il s'était emmuré, traîna ses savates dans la cuisine et nous surprit occupées à consulter des piles de beaux livres empruntés à la bibliothèque.

« Mais ça date du XIXe siècle, tout ça ! » éclata-t-il, en se mettant à tousser.

Il fumait deux paquets par jour. Pour endiguer la honte que me cause le souvenir de lui en pyjama à quatre heures et demie de l'après-midi, je dirais qu'à cette période papa avait atteint le comble du chagrin et de l'épuisement. Il était même tombé amoureux d'une dame de Catanzaro, Incoronata, qu'il n'avait jamais vue, mais avec laquelle il passait les nuits à tchater, comme un ado. « Papa, l'avais-je averti un jour, tu ne peux pas être amoureux de quelqu'un que tu ne connais pas. – Pourquoi ? avait-il répondu d'un ton acide.

Connaître impliquerait donc la coexistence des corps dans l'espace et dans le temps ? »

Je me levais à trois heures, puis à six heures du matin pour aller aux toilettes et je l'entendais taper sur son clavier en riant tout seul. Le fantôme de grand-mère Regina – prénom de sa mère – le poussait encore, je crois, à chercher réparation en poursuivant des femmes inaccessibles, à l'histoire mélodramatique et à l'apparence sibylline. C'est récemment seulement qu'il semble en avoir guéri, un peu parce qu'il a soixante-six ans et un peu parce que la dame qu'il fréquente depuis quelque temps est réellement une comédienne, la meilleure peut-être de la compagnie amateur « La Brigade des rêves », et qu'il peut l'accompagner aux représentations et l'applaudir, assis au premier rang.

Pour en revenir à l'après-midi du mini-mémoire, quand papa apparut, Bea le regarda en fronçant les sourcils, se demandant, j'imagine, comment il pouvait se laisser pousser cette barbe grisonnante à la Dostoïevski. Soit dit en passant, il envoyait à son amoureuse calabraise des photos de lui dix ans plus jeune, avec de belles joues lisses, et quand elle lui demandait de se voir en webcam il trouvait toujours un prétexte.

« Les filles, pourquoi vous feuilletez ces livres ?

– Parce que ce sont les plus importants travaux sur l'Étrurie », répondis-je, piquée au vif, et j'ajoutai : « Écrits par des universitaires.

– Et Wikipédia ? Et la centaine de sites, de films, de documentaires et de galeries de photos que vous pouvez télécharger ? Ce n'est pas une thèse de doctorat que vous devez écrire ; ces machins que vous consultez, ça n'est que des vieilleries de T, la plus triste bibliothèque du monde. Pour aujourd'hui, je vous cède volontiers mon bureau. »

Beatrice bondit sur ses pieds : elle n'arrivait pas à croire qu'elle allait pouvoir se servir du Mac tout neuf de papa. Elle le suivit dans son bureau, ouvrit les fenêtres pour changer l'air, vida dans la poubelle les montagnes de mégots des cendriers. Je les rejoignis, en faisant la tête. Je les regardai partir à la chasse de résumés à la provenance douteuse, bourrés de fautes de syntaxe, coude à coude, comme deux possédés. J'étais furieuse : moi il ne me laissait jamais entrer dans son bureau, ne m'aidait jamais dans mes recherches. Bea arrivait, et aussitôt il répondait présent, prévenant, passionné.

« Je peux dire au moins que l'*Histoire des Étrusques* de Mario Torelli, c'est un peu plus approfondi ?

– Ah, Elisa, toi et *la poésie du papier*, me singea-t-il, tu resteras la dernière analphabète numérique de la planète.

– Très bien, répondis-je, je fonderai une secte pour les cinq ou six survivants qui voudront encore avoir un livre pour ami. » Et je m'en allai, revenant à Torelli, Editori Laterza 1981, à ses pages jaunies, des lustres d'archéologie vivante conservés dans ces mots, pendant que les deux autres cliquaient, riaient et faisaient les imbéciles dans la pièce voisine. Le soir, Bea revint s'asseoir près de moi dans la cuisine, un paquet de feuilles imprimées à la main. Elle me les montra, extasiée : des photos de sépultures.

« Les femmes étaient inhumées avec leurs miroirs, me raconta-t-elle, leurs parfums, leurs crèmes et leurs bijoux les plus précieux, regarde. » Elle me fit voir une paire de boucles d'oreille : « Je veux trouver les mêmes, faire une photo couchée les yeux fermés et les bras croisés sur la poitrine.

– T'es folle.

– Ça sera une super photo : inattendue, choquante !

– Bea, s'il te plaît, contente-toi de chercher des informations. »

Elle m'attrapa l'avant-bras, qu'elle serra : « Tu n'as rien compris, toi. La seule information intéressante, sur mon blog, c'est moi. »

Dix ans après, je lirais dans les plus importants quotidiens du pays des analyses comme : « Au fond d'une province italienne en retard technologique chronique, la Rossetti a dessiné le futur d'Internet et s'est placée au centre de la toile. » Ou encore : « La jeune diplômée en statistiques a deviné, bien avant les cerveaux de Palo Alto, que la direction que prendrait le net ne serait pas l'accès universel à la connaissance, mais le fait de se poser soi-même comme le seul savoir plausible. » Un critique particulièrement acerbe écrivit même ceci : « Rossetti a anticipé, et d'une certaine façon inauguré cette perversion des réseaux sociaux devenue aujourd'hui dominante : la fermeture plutôt que l'ouverture, le narcissisme plutôt que la rencontre, le repli fœtal et malsain sur les (faux) moi. » Enfin, ma formule préférée : « Beatrice Rossetti est l'algorithme létal. »

Ce sont des articles que j'ai découpés et accumulés au fil du temps dans une chemise marquée BR. Parce que j'ai été là, dans l'antichambre de l'Histoire, et que je me rappelle bien Bea, quelques jours plus tard, deux couches de crème anti-acné sur le visage, de la bijouterie de pacotille aux oreilles, deux fausses pommettes empruntées à un manuel de thanato-esthétique en ligne, implorant de moi une énième photo. Qui naturellement scandalisa, surexcita, échauffa le net et emballa les compteurs.

Quelle sorte d'information es-tu ? aurais-je voulu répliquer dans cette cuisine, le Torelli à la main, pour me libérer de cet étau. Qui peut s'intéresser à la façon dont tu t'habilles, dont tu te maquilles ? En Étrusque, en odalisque, tu restes une gamine, tu n'as rien dit ni rien accompli d'extraordinaire. Tu vas au lycée, tu travailles dans un entrepôt de revente de vêtements, tu n'as plus de famille, tu es à toi seule une histoire triste.

« Est-ce que je peux te faire remarquer, lui dis-je, que le Carnaval est fini et que c'est ridicule de se déguiser en Étrusque ?

– Je me rends *iconique*, tu ne sais pas ce que ça veut dire. »

Hé oui : je n'étais pas abonnée à *Vogue*, je ne suivais pas *America's Next Top Model*. Je me disais plus concernée par Al-Qaida, Bush, Poutine et la précarité des équilibres mondiaux que par toutes ces frivolités. J'étais née de deux parents complètement antinomiques, qui avaient pourtant un dénominateur commun : l'esthétique n'existe pas. Et si vraiment elle existe, ne repose-t-elle pas sur un péché – la coquetterie, l'absence d'engagement ?

Le terme d'*iconique*, en tout cas, qui commençait à gagner le vocabulaire de la mode, évoquait, pour mon cerveau coincé dans la culture des représentations sacrées du divin, les fantômes des défunts. Et c'était bien de la mort qu'il était question, depuis longtemps, même si je ne le comprends que cette nuit.

La rédaction de *La Mode funéraire* prit à Bea une dizaine de jours, pendant lesquels elle m'empoisonna avec des détails sur la décoration fastueuse des tombes : « C'est plus que des demeures, Eli, c'est des demeures éternelles. » Sur ce qui composait les dépouilles, sur les lits mortuaires : « Très confortables. » Je me souviens qu'elle obtint un 9 +, soit un point de plus que ma *Naissance de la sidérurgie*. Elle m'avait même accompagnée à la bibliothèque pour continuer de fouiller, insatiable. Je me disais que c'était une nouvelle façon d'élaborer le deuil de sa mère. Les détails des sépultures provoquaient en elle des rires de surprise.

Je comprends maintenant : c'était un apprentissage.

Seul un simulacre peut être parfait.

Sans maladies, sans vides, sans failles.

Seule la mort peut être immortelle.

Ainsi Bea commença-t-elle à s'embaumer dès la fin du lycée, sans que nul ne s'en aperçoive. Grâce à ce mémoire, elle apprit les techniques d'inhumation et les appliqua systématiquement durant toute sa carrière. La Rossetti ne peut pas changer de couleur de cheveux, elle ne peut pas se laisser photographier, par exemple, démaquillée et en mules, ou en jogging faisant ses courses – pardon, elle *ne fait pas* les courses – ou seule à s'ennuyer dans son salon. Elle ne peut pas grossir, se risquer à parler d'un gouvernement ou d'un président ni même exprimer une opinion qui dérange. Elle peut juste oser des variations sur le même thème, ton sur ton. Jamais, réellement, changer.

Mais moi, je l'ai vue *vivante*.

Sortir de la douche couverte d'acné. Faire des grimaces devant la glace. Me regarder avec amour. Tomber en scooter. Voler. Et toutes ces Beatrice changeantes, maladroites, imparfaites, pour moi c'est *elle*.

Dans le livre que je lui avais offert pour son dix-huitième anniversaire, Anna Karénine meurt. D'une manière échevelée, désespérée. Elle meurt parce qu'elle s'était donné avant cela une possibilité merveilleuse : le droit à l'erreur. « Voilà comment nous savons que nous sommes vivants : en nous trompant », a écrit quelqu'un. Mais Beatrice n'avait nulle intention de vivre. Elle devait juste rester immobile, sourire, bloquer sa respiration pour aplatir son ventre. Comme Gin le lui avait appris et comme, en son temps, Gin avait dû l'apprendre. Qui a décidé le premier que les femmes doivent obéir à ce cliché ?

Sur les photos on ne vieillit pas, on ne parle pas, on ne se rebelle pas et on ne trahit pas sa mère. Je déteste les albums-photos : en les feuilletant, je vois seulement ce que j'ai perdu, les gens qui ne sont plus là, les instants que je ne veux plus revivre, mon rejet chronique des icônes, qui sont des fantômes, et je déteste les réseaux sociaux pour la même raison : j'ai l'impression de marcher au milieu des tombes.

Nous étions à la bibliothèque, dans la salle de lecture, assises seules à la grande table en noyer, quand je finis par trouver le courage de lui demander : « Bea, pourquoi toujours les morts ? » Elle leva la tête de son livre, eut un regard de possédée : « Tu sais ce que j'ai découvert, Eli ? Tu sais ? C'est un truc fondamental.

– Dis-moi.

– En 1857, Adolphe Noël des Vergers et Alessandro François pénètrent pour la première fois dans la tombe. Ils font tomber la pierre de l'entrée, puis éclairent l'intérieur avec des torches. Représente-toi la scène. » Elle passa une main dans l'air comme pour la recréer. « Vingt siècles d'obscurité et de silence absolus, et voilà que ces deux hommes, tout à coup, entrent et se retrouvent face à des cadavres de guerriers couchés sur des lits, exactement tels qu'ils étaient et qu'ils avaient été ensevelis : les couleurs, les vêtements, les tissus, tout exactement pareil, *parfait.* Et ensuite... » elle s'interrompit, incrédule « ...en une minute, l'air extérieur pénètre et désintègre tout, tout ! Je te lis le passage : "Cette plongée dans le passé dura à peine le temps d'un songe et la scène disparut, comme pour nous punir de notre curiosité indiscrète." Et le plus beau : "Pendant que ces fragiles dépouilles tombaient en poussière au contact de l'air, l'atmosphère devenait plus transparente. Nous nous vîmes alors entourés d'une autre population guerrière suscitée par les artistes." Les fresques ! Et c'est à partir de ces représentations qu'ils ont reconstitué toute l'histoire, Eli. La réalité se réduit en poussière, mais pas l'image !

– L'art, rectifiai-je, l'écriture, les peintures.

– Les images, Elisa. Une seule de ces représentations a plus de valeur que cinquante de tes phrases adorées. Si les Étrusques avaient eu un appareil photo, tu peux être sûre qu'ils s'en seraient servis. »

J'y suis vraiment allée ce matin, à la Sala Borsa. Après une nuit d'insomnie, le visage décomposé, je me suis présentée devant la porte de la bibliothèque à dix heures tapantes, attendant l'ouverture. J'ai passé deux heures aux archives pour chercher le titre du volume, l'auteur, je me rappelais son nom : Jean-Paul Thuillier. Quand je l'ai trouvé, une fièvre m'a saisie. Et quand, en le feuilletant comme une folle, j'ai repéré le passage précis, je me suis écriée : « Merde, c'est vrai ! » sans pouvoir me contenir. J'ai revu la main de Beatrice qui ouvre un espace dans l'air, les corps vieux de deux mille ans devenus cendres en quelques secondes. Si personne ne les avait regardés, si personne n'avait violé leur secret...

Je sors de la bibliothèque. On est le 24 décembre, je dois courir chez moi finir mon chapitre. Non, d'abord je dois acheter des tortellini pour le bouillon de Noël et préparer au moins un dîner de réveillon décent pour mon fils. Sur la piazza Maggiore, je trébuche. Quand on veut vraiment conserver quelque chose, il faut s'arranger pour que cette chose reste à jamais cachée. Si on veut la préserver, il faut qu'elle n'ait pas de spectateurs. Et c'est ce que tu as fait, Beatrice, durant toutes ces années. Tu n'as jamais révélé que ta mère est morte, que tu as vécu chez nous comme une réfugiée, puis dans cette sorte de cagibi au dernier étage piazza Padella, tu n'as jamais avoué avoir souffert d'acné, avoir été obligée de te faire refaire le nez, qu'au lycée tu n'avais pas l'ombre d'un ami. Toute ton histoire, qui tu es, tu l'as gommée de ton récit. Tu as effacé tous les témoins, y compris le plus dérangeant : moi.

Je m'arrête devant l'église San Petronio : elle est magnifique, elle brille de tout son marbre rose et blanc dans le ciel pur du matin. Je souris, je perds peut-être l'esprit. Ou je suis proche de comprendre.

Ça peut sembler fou, Bea, mais en t'exhibant tous les jours, à n'importe quelle heure, tu n'as rien fait d'autre que te cacher.

13

Via Mascarella

Le premier janvier 2006, le Babylonia ferma. Niccolò perdit son travail, le punk mourut dans le monde entier, la province cessa d'abriter le « rêve d'autre chose », et le légendaire hangar à la sortie de Ponderano, vous pouvez encore le voir là-bas qui flotte, à l'abandon, au milieu du brouillard et des champs.

Beaucoup de rumeurs ont circulé sur cette fermeture, sans qu'on ait jamais su la vraie raison. Les clients les plus assidus furent avertis par un mail d'adieu et de remerciement pour les onze ans et demi d'épopée passés ensemble. D'ailleurs, la fondation du Baby est tout aussi obscure.

Le mythe veut qu'il ait été inauguré le 14 mai 1994 précisément par Radiohead. Imaginez : Radiohead à Biella. Mais ce concert-là, personne ne le vit. Pour ouvrir il manquait un tampon, une signature : la bureaucratie italienne se moque bien des rêves. Les gérants risquaient une amende énorme, mais le groupe, puisqu'il était là, joua quand même : à huis clos, pour une dizaine de chanceux, en interdisant expressément toute forme d'enregistrement. Les sceptiques demandent encore : « Et qui a croisé Thom

Yorke et les autres à l'Hôtel Astoria ? » « Est-ce que vous les avez vus manger des cuisses de grenouille à Carisio ? » Pour ma part, je n'ai jamais douté que tout cela soit vrai. Justement parce que les preuves manquent.

J'aurais dû comprendre tout de suite que la fin du Baby marquait le début d'une extinction plus vaste, qui engloberait l'industrie, la culture, la politique, l'Occident, sans compter mon amitié avec Beatrice. Quand la nouvelle me parvint, cependant, j'étais à Bologne depuis quatre mois et je marchais, toute fière, à un mètre du sol : mon nouveau statut de première année me donnait le droit de mépriser mon passé comme un chapitre clos, archivé, à présent que *la vraie vie* avait commencé.

Je regrettai un peu, bien sûr. Mais, au fond, qui se souciait de ce vieux poulailler ? Quelle ingratitude, quand j'y pense.

Je ne suis revenue sur Internet que récemment, repentante, espérant un bout de vidéo mal filmée, un souvenir vague, le témoignage de quelqu'un qui aurait pogoté avec moi. Je n'ai pas trouvé grand-chose, évidemment. Il n'y avait pas de réseaux sociaux en Italie, entre 1994 et 2005, personne ne sortait de chez lui dans le but de s'immortaliser ou ne désirait être pris en flagrant délit de vivre sa vie. Quelquefois, j'en viens à penser que le Baby, nous l'avons rêvé, un peu comme le rollier d'Europe de mon dix-septième anniversaire.

Un autre signe que l'Histoire changeait brusquement de direction fut que mon Quartz ne trouva pas l'ombre d'un acquéreur, ni pour cent ni même pour cinquante euros. Il finit désossé dans une casse par des jeunes à la recherche de pièces de rechange, pas très loin de Donna Vintage. Ce fut un léger traumatisme pour moi, jamais compensé par la Peugeot 206 neuve et brillante que mon père m'acheta pour me faire revenir tous les quinze jours à T. Je me souviens, dans les années qui suivront, des heures passées dans les embouteillages entre Barberino et Roncobilaccio, à pester contre le énième accident, avançant au pas, tandis que là-haut, de l'autre côté du pare-brise, sur la crête des Apennins, les fantômes de Bea & Eli – pas le blog mais cette magie que nous avions été ensemble – continuaient de filer à scooter au milieu des bois, comme une seule et unique créature, libre et perdue.

Pour en revenir au Baby, ce ne fut pas le seul endroit à cesser de vivre. La librairie L'Incontro, ce boui-boui triste et poussiéreux auquel je m'étais pourtant attachée, baissa le rideau et devint une franchise d'accessoires pour portables. Le kiosque de la piazza Marina où j'aimais acheter *Il Manifesto* avant d'entrer en classe fut vidé, sans être transformé en rien. Six mois après, l'usine où travaillait Gabriele renvoya chez eux la moitié des ouvriers. Même Donna Vintage n'existe plus. Depuis quatorze ans, chaque fois que je suis revenue à T et que j'ai fait un tour sur le corso j'ai trouvé un magasin de moins, une pancarte À LOUER de plus. Une hécatombe inexorable.

Et puis il y a le lycée Pascoli, qui fut fermé par manque d'inscrits. Pas en 2006, peut-être quatre ou cinq ans plus tard. Là encore j'ai cherché des infos sur Internet et je n'en ai pas trouvé. Je me demande à quoi ça sert de faire des pieds et des mains pour se connecter, si le réseau ne retient rien de la réalité, ne la sauve pas, n'en prend pas soin, ne l'aime pas. De toute cette vie qui a tourné autour de moi pendant mon enfance et mon adolescence – un monde séculaire brusquement terminé – il n'est resté aucune trace.

Sauf une, évidemment. Gigantesque, démesurée.

Celle qui a capté toutes les sources.

La Rossetti.

Nous trouvâmes un logement fin septembre 2005, une semaine avant le début des cours, via Mascarella, au deuxième étage d'un petit immeuble rouge typique, avec des poutres en bois et un sol de grenaille, dont je tombai aussitôt amoureuse. Pour aller en cours, à pied, moi en Lettres et Bea en Science des Statistiques, nous ne mettions pas plus de quatre minutes. C'était moins bien pour Lorenzo, qui devait prendre le bus, et pouvait mettre parfois plus d'une demi-heure pour arriver en fac d'Ingénierie. Mais il ne s'en plaignait pas.

Nous étions heureux, au début.

Je sens le poids de cette phrase, je mesure sa fausseté tragique, avec le recul. Mais, à l'époque, l'enthousiasme m'aveuglait.

J'avais voulu que nous habitions ensemble, tous les trois, serrés dans la même cuisine, avec un roulement pour la salle de bains. Le quartier et l'appartement, je les avais choisis moi-même, sans égard pour les distances que Lorenzo aurait à parcourir. J'avais décidé que nous devions devenir une même et merveilleuse famille, les seuls de T à avoir émigré à Bologne, un îlot qui faisait bloc, un nombril, moi au centre, eux deux de chaque côté.

Méfiez-vous de l'ego de ceux qui semblent des losers, parce qu'un jour, après des décennies à se flétrir et encaisser, ils explosent.

Bea avait dû s'installer dans la chambre la plus petite et, à tous points de vue, la pire. Sombre parce qu'elle donnait sur l'arrière, sans horizon. Humide, parce qu'au-dessus d'une canalisation recouverte par les immeubles, qui faisait moisir la tapisserie à petites fleurs, déjà usée et jaunie. Le mobilier était composé d'un lit une place en fer forgé, d'une table de nuit vermoulue, d'une armoire où tenaient à peine trois manteaux et d'un bureau aux pieds branlants : on ne me croira pas mais Beatrice Rossetti, cinquante millions d'euros de chiffre d'affaires l'an dernier, qui a fait la couverture de *Time Magazine*, a vécu de septembre 2005 à juillet 2006 comme Raskolnikov.

Lorenzo et moi dormions ensemble dans la grande chambre : spacieuse, lumineuse, le joyeux va-et-vient des étudiants qui montait jusqu'aux fenêtres et nous faisait sentir comme pris dans une fête. Le lit matrimonial king-size, la grande armoire-penderie. Les locataires précédents n'avaient probablement pas d'enfant ; la petite chambre avait peut-être servi de débarras. Mais Lorenzo et moi avions une fille : ombrageuse, boudeuse, hystérique par moment, enfermée toute la journée dans sa chambre, scotchée à Internet. Pauvre Bea, dont le blog connut au début, et dans ces conditions, un temps d'arrêt. Elle dut se réorganiser, avec comme seul allié l'ordinateur de mon père – un modèle déjà obsolète.

J'ai écrit « pauvre » ? Pauvre, tu parles : ces mois de diète économique et sentimentale ne lui firent que du bien.

En tout cas *moi*, j'étais au septième ciel. Je me comportais *comme si* Lorenzo et moi étions mariés, chacun de nous se vantant d'avoir brillé avec tel ou tel professeur, enlacés la nuit, jambes et cheveux mêlés. Et puis j'étais celle qui rentrait le soir épanouie, comblée de s'être distinguée en levant courageusement la main pour poser une question géniale. Pendant que les deux autres me lançaient des coups d'œil en biais sans comprendre ce que je voulais dire, et tournant avec mélancolie leur cuillère dans l'assiette.

Bon Dieu, que j'étais odieuse. Je tente une absolution partielle : je voulais exister un peu, après des années d'invisibilité, me libérer des frustrations accumulées au lycée. Je me sentais enfin à ma place : j'allais à la fac, et en un mois je connaissais tout le monde. Je vivais pratiquement au 32 via Zamboni, le siège de l'Université, suivais tous les cours, lisais à la bibliothèque jusqu'à la fermeture. Je passais des examens sur Pasolini, sur Moravia, sur Antonia Pozzi. Pouvait-on appeler cela *faire des études* ?

Lorenzo détestait les mathématiques, la mécanique, la thermodynamique, les mouvements des fluides, et il ne faisait que ça. Des mots, il n'en voyait pratiquement pas, uniquement des nombres et des symboles, las et maudissant ses parents, auxquels il ne trouvait toujours pas la force de s'opposer. Quant à son frère – la vraie raison pour laquelle nous étions là tous les trois –, il était reparti au Brésil lutter contre les multinationales qui rasaient jusqu'au sol la forêt amazonienne, et on ne savait pas quand il reviendrait.

Beatrice ouvrait ses manuels avec aussi peu d'enthousiasme que Lorenzo. Algèbre, démographie, modèles linéaires : elle ne s'illuminait par instants que lorsqu'elle trouvait une corrélation directe avec le développement de son blog, des informations utiles pour étudier ses followers, les répartir en catégories, mieux répondre à leur demande et augmenter en puissance leur nombre potentiellement. Pour le reste, elle s'ennuyait à mourir. Pourtant la voie qu'elle avait choisie – Économie et Gestion – allait se révéler dans le futur une vraie manne. Pour gagner des millions il faut en payer le prix en termes d'âme et de joie. Cela vaut aussi pour Lorenzo, qui ne voyage pas aujourd'hui en jet privé comme la Rossetti mais gagne en tout cas le triple de mon traitement. Moi, je jouais à la « Bohème » le soir tard, dans les cafés littéraires, et aujourd'hui, évidemment, je me donne un mal de chien pour économiser – surtout que j'ai un enfant. Les vacances se passent toujours chez les grands-parents, les chaussures de sport à deux cents euros qu'il me demande, on les oublie.

Mais pendant ces derniers mois de l'année 2005, j'étais insolemment heureuse.

Je me perdais sous les arcades de la ville, je m'y perds encore aujourd'hui. La pluie crépite à côté de moi, qui suis à l'abri, charmée tous les dix pas par une église, une fresque, une montée de marches, une bibliothèque vieille de six cents ans. Une concentration folle de beauté qui, pourtant, à Beatrice ne parlait pas. Deux trois promenades dans la via Zamboni lui suffirent pour comprendre qu'elle s'était trompée de ville, *complètement*.

Il est connu qu'à Bologne, si tu sors enveloppé dans une toile de tente, personne ne te juge. Chacun est libre d'aller comme il veut, en claquettes ou en pyjama. Parce qu'ici, où fut fondée la plus ancienne université d'Occident, ce qui compte c'est la substance : la façon dont tu parles, ce que tu penses, pas quelles chaussures tu portes. J'ai entendu plus d'une fois Beatrice murmurer : « Eli, c'est pas possible que tu t'habilles aussi mal. » Mon père, lui, serait ici comme un poisson dans l'eau, je ne cesse de lui répéter de venir s'y installer, ce serait commode pour moi que Vale ait un grand-père pour l'emmener au stade. Il aime bien Bologne, mais il est têtu. Et puis il est trop attaché à Iolanda, à ses tournées à Val di Cornia, aux représentations dans les villages avec cinquante chaises en plastique, et à la fin, un petit verre et des bruschette. Il faut les voir quand ils se promènent tous les deux sur le front de mer, main dans la main.

En tout cas, Beatrice, à Bologne, souffrait. Le samedi, quand elle n'avait pas cours, et pas d'amis à rencontrer – le département de Statistiques étant plein de geeks auxquels elle ne savait quoi dire –, ni de parents à T chez lesquels revenir – je parlerai ensuite de Gabriele – elle allait en pèlerinage devant la vitrine d'Hermès de la via Farini. Elle grignotait une barre de céréales, mangeait une pomme – c'était tout son repas – et fixait les mannequins d'un air déterminé. Je le sais parce qu'il est arrivé que je la suive sans qu'elle me remarque, et on voyait qu'elle aurait donné un de ses poumons pour entrer. Elle dévorait des yeux les riches Bolognaises qui poussaient la porte, les touristes japonais accueillis avec tous les égards, servis et vénérés comme des nababs, leur portefeuille gonflé de cartes de crédit, et elle, même pas cinquante centimes, car elle continuait à refuser l'argent de son père, et c'était moi parfois qui l'aidais à payer sa part du loyer.

Je la revois là, debout devant la boutique, pendant des heures. Je prenais un café avec mes nouveaux amis, rentrais et la retrouvais là, immobile et le dos droit, l'obstination qui se lisait sur son visage, étudiant l'aménagement de la boutique. Elle le voulait tellement, son futur, elle le rêvait les yeux ouverts avec un tel sérieux, que sa marche vers le succès prendrait les allures ensuite du passage d'un char blindé. Il est évident que les bien-pensants de la mode, avec leurs petites piques et leur snobisme, n'auraient jamais pu faire plier la force de sa volonté.

Je reconnais que ces dernières années, quand je l'ai vue couverte de diamants à Cannes ou au Met Gala, je me suis plutôt réjouie. Inutile que ses détracteurs s'épuisent à écrire qu'elle a été poussée, pistonnée : ce n'est pas vrai. Bea était orpheline et pauvre, avec une seule amie pour l'aimer, et qui se comporta pourtant à cette période-là comme une salope. Je déteste le consumérisme, je ne crois pas que le shopping puisse relever d'un millimètre le niveau de bonheur. Mais je sais ce que Beatrice a enduré. Et même si je préférerais qu'elle dépense son argent pour reconstruire des écoles et des hôpitaux, je souris à l'idée que, si elle se présentait via Farini, elle achèterait la boutique Hermès tout entière, et les jolies vendeuses tomberaient dans les pommes en la reconnaissant.

Pendant l'hiver 2005-2006, il n'y avait rien, pas même une paire de collants, que Beatrice pût se permettre. Sa garde-robe était entièrement constituée grâce aux étals du marché de la fripe à Montagnola, et pour vivre – nourriture, eau, chauffage, et pas de futilités –, elle jonglait entre des intérims d'hôtesse à la foire de Bologne et des séances de photos pour une petite agence. J'étais émue, tous les soirs, de voir avec quel soin elle étalait ses hardes sur le lit pour tenter de les coordonner au mieux. J'étais frappée, chaque matin, par son élégance dans de grands pulls à côtes et des jeans pattes d'éléphant à cinq euros.

On le sait bien, aussi, à Bologne : la *fashion week* ne passe pas par là, mais les écrivains du monde entier, oui.

Et pendant que Bea serrait les poings et résistait, je barbotais, béate, dans ce qui était mon élément. Par une fin d'après-midi de décembre, j'aperçus par hasard, à travers la vitrine d'une librairie, une affluence de gens disciplinés et respectueux. Intriguée, j'entrai, m'approchai à petits pas pour ne pas déranger, et que vis-je sur une estrade ? Qui parlait en anglais, regard foudroyant bleu glacier, voix profonde ensorcelant le public ?

Derek Walcott ! Un prix Nobel. Vivant. Là, devant moi.

Je n'en croyais pas mes yeux. Mais ce ne fut pas tout : comme l'interlocuteur de Walcott était un professeur avec lequel j'avais tissé des liens, je me retrouvai avec eux le soir au restaurant, présentée en grande pompe au Grand Écrivain comme « une jeune lettrée très prometteuse » – quand j'y repense, je ne sais pas si je dois en rire ou en pleurer. En tout cas j'étais en face de lui, de Walcott, mangeant, buvant, en pleine extase, feignant de comprendre l'anglais.

Quand je rentrai, à minuit, ivre, je titubai jusqu'à la chambre de Bea, que je trouvai réveillée, dans la lumière bleutée de son ordinateur, sombre et amère. Alors j'allai trouver Lorenzo, courbé sur son bureau, angoissé par l'examen qu'il devait passer dans quelques heures. Insensible comme la pierre, je leur criai à tous deux que j'avais dîné avec un prix Nobel, un prix Nobel, un prix Nobel !

Rien à voir avec la librairie de T et ses livres de poche jaunis, je vivais à présent au cœur même de la Littérature ! Où que je me tourne, il y avait une bibliothèque aussi grande que le Mucrone, un reading de poésie, la présentation d'un roman.

Comme dirait mon fils, je planais.

Fin janvier 2006, une fois terminé la tournée des bals, des réveillons, des pizzerias et tous les extras que les fêtes avaient comportés, maman vint me voir à Bologne avec Christian/Carmelo.

Ils arrivèrent chargés de provisions, comme si nous souffrions de la faim : de la toma, du maccagno, de la nocetta, des canestrelli et du ratafia, beaucoup de ratafia, qu'ils voulurent ouvrir aussitôt pour trinquer à ma nouvelle vie.

Je me souviens encore de la tête de Lorenzo quand il vit ma mère pour la première fois. À cette période, elle était en grande forme. Peut-être avait-elle exagéré avec ses fleurs à l'oreille, la longueur de sa jupe, ses colliers en bois, mais elle était résolument heureuse. Christian l'était aussi, et restait fidèle à lui-même, c'est-à-dire jeune, les cheveux teints rassemblés en queue de cheval, la chemise fuchsia, les Nike flashy – et je ne veux pas repenser à lui, plus tard, cloué dans un fauteuil, avec sa perfusion dans le bras et ses chaussures vert fluo, tandis que mon fils se jette à son cou : « Ça fait peur, grand-père ! »

Pendant le premier quart d'heure, ce fut comme si Lorenzo n'arrivait pas à se reprendre. Il les regardait alternativement, sans pouvoir rassembler ses idées. Ne sachant pas quoi faire, comment se comporter. Quand maman enleva ses sandales – elle portait des chaussettes – et, assise sur le canapé les jambes en lotus, sortit un minuscule sachet à glissière rempli de marijuana, je pâlis.

« Ça, c'est la faute à ton frère, commenta Christian en désignant ma mère. Il nous refile sans arrêt de ce truc, et ta mère ne sait pas dire non.

– J'imagine », murmurai-je. Et je lançai un coup d'œil inquiet à Lorenzo.

« Maintenant que le Baby a fermé, poursuivit Christian, il s'est lancé dans la culture. Là-haut, du côté de Graglia, avec quatre autres bons à rien dans son genre. Je lui ai répété, combien de fois, hein, Annabella ? : "Niccolò, fais gaffe, ils vont t'arrêter, une serre c'est de la revente, pas de la consommation privée." » Il me fixa gravement, puis regarda Lorenzo. « Mais il est dingue. »

Maman roula le joint, l'alluma, le passa à Lorenzo en lui souriant, puis me prit par le bras et me dit : « Allez, fais-moi visiter. »

À cause de l'herbe et de la vie déréglée qu'elle menait – jamais couchée avant trois heures du matin –, les rides s'étaient multipliées autour de ses yeux et de sa bouche, sa peau avait terni mais, comme pour compenser, elle était plus enfant que jamais, éclatant de rire pour un rien, ouvrant les armoires d'autrui pour regarder à l'intérieur.

Ce soir-là pourtant, à mon grand étonnement, il arriva une chose extraordinaire : je cessai d'avoir honte d'elle.

Là, à Bologne, *chez moi* – un chez moi payé par papa – ses plaisanteries hors de propos, ses gestes infantiles, tout ce qui d'elle m'avait toujours rendue furieuse, m'amusait maintenant. C'était sa vie : les pétards, la couronne de fleurs, les boucles d'oreille en forme de soleil. *Moi*, ce n'était pas *elle*. Et *je voulais* lui pardonner.

« Tu ne me l'avais pas dit, que ta mère était si… », balbutia Lorenzo dès qu'il put m'entraîner dans un coin. « Qu'elle était si… », confus de son propre trouble, « si forte ! »

Forte? pensai-je. Tu veux rire? Il était redevenu muet. Je compris qu'il aurait voulu me demander: Comment est-ce possible que d'un personnage aussi extravagant soit sortie une personne comme toi, prévisible et disciplinée, qui n'a pas d'autres sorties que la bibliothèque? Mais il se retint, et j'en fus un peu contrariée car je lui aurais volontiers répondu que c'était précisément parce qu'elle n'avait jamais eu ne serait-ce qu'une once de sens des responsabilités, que j'avais été obligée de devenir aussi incolore.

Nous revînmes dans la cuisine. Maman avait déjà coupé la toma en petits cubes et débouché une bouteille de vin, pendant que Christian était prêt, guitare à la main, à entonner *Siamo soli*. Il commença mais s'interrompit peu après: « Elisa, tu crois que je pourrais le rencontrer, si je vais à Zocca?

– Qui, Vasco?

– Oui, tu crois qu'ils me le montreraient, où il habite? Que j'arriverais à lui demander un autographe? Sans le déranger, hein. Mais si je pouvais lui donner l'accolade, je te jure, je me mettrais à pleurer. »

Lorenzo, de but en blanc, dit soudain: « Si tu veux, je t'y accompagne. » Il prit un morceau de toma, le goûta en jouant la désinvolture. « Demain c'est dimanche, je n'ai pas à travailler. Ça me ferait plaisir, vraiment. »

Je n'arrivais pas à comprendre. Lorenzo était quelqu'un de réservé, parfois un peu suffisant. Il se prenait pour un révolutionnaire mais à l'intérieur c'était un bourgeois. Il avait un abonnement au Théâtre de la Ville, et je crois bien qu'il n'est jamais allé de sa vie à une Foire à la saucisse. Pourtant il était fatalement attiré lui aussi, déjà il les aimait bien, et j'étais à la fois contente et jalouse.

Après une bouteille de vin, maman déplaça sa chaise vers Lorenzo pour raccourcir les distances. Une autre bouteille et elle se plaçait derrière lui, glissant les doigts dans sa belle chevelure blonde : « Peigné comme ça, on dirait le Petit Lord, alors que tu es très mignon... »

Et elle commença à pétrir, ébouriffer ses boucles, jouer avec à pleines mains, et avec un plaisir évident, tandis que lui, docile, peut-être surpris, se laissait faire.

J'intervins : « Maman, n'exagère pas, c'est quand même mon petit copain. »

Elle s'interrompit alors, me regarda, au comble de l'étonnement : « Vraiment ? Ce n'est pas le fiancé de Beatrice ? »

Je ne lui avais rien dit, c'est vrai. D'ailleurs, m'avait-elle jamais écoutée ? Regardée, accordé son attention ? Je croyais qu'elle aurait pu y arriver d'elle-même. Arriver à s'imaginer que même quelqu'un comme moi pouvait se trouver un amoureux, et qui ne serait pas une brèle, qui serait même le plus beau. Mais non. Il me vint comme un coup de sang. Je l'aurais étranglée. Pardonner, et puis quoi encore ? Quand, à quatre ans, tu m'abandonnais à deux bibliothécaires inconnues ?

Je n'eus pas le temps de le lui jeter à la figure car Beatrice rentra.

En complet veste-pantalon – pas à elle, loué –, escarpins vernis, manteau posé sur le bras : élégante, très maquillée, fatiguée. Elle rentrait de huit heures de Foire pendant lesquelles elle n'avait cessé de dire « Bonjour, que puis-je pour vous ? La Tour B ? Bien sûr, de ce côté ! » et son visage disait clairement qu'elle n'en pouvait plus de personne, qu'elle exécrait le genre humain et l'aurait volontiers massacré. Mais elle vit Annabella et son visage fut transfiguré.

Elle se précipita vers elle, se jeta dans ses bras avec un transport qui m'emplit à nouveau de ressentiment et de haine. À partir de là ce ne furent plus entre elles qu'effusions, bavardages et confidences – mais à voix haute. Parce qu'elles connaissaient ça, elles, la fatigue, quand on a affaire avec le public, les gens sont vraiment des salauds parfois, ils te déversent toutes leurs frustrations, leur mauvaise humeur, et toi tu encaisses, tu ravales ta langue. C'est ça, *travailler*. Pas comme moi, qui vis dans une bulle de papier, abrutie par les livres, inadaptée à la vie réelle. J'aurais aimé que Lorenzo prenne ma défense mais il riait lui aussi, ensorcelé par ma mère, aux petits soins avec Christian qui préparait un risotto au maccagno en lui révélant les secrets du vrai risotto crémeux à la bielloise et en lui racontant sa vie de musicos et d'homme libre. «Je te jure, juste lui serrer la pince, à Vasco, ça me suffirait. Après ça, je pourrais mourir content.»

Cette nuit-là, pendant que Bea retouchait ses photos en augmentant la luminosité et en affinant ses jambes, pendant que ma mère et son mari bivouaquaient dans la cuisine, Lorenzo me tapa sur l'épaule et me ramena dans le présent. Je me retournai, agacée. Il était couché sur le côté, galvanisé, quand je voulais seulement continuer à lire. «Eli, tu as dû connaître une sacrée liberté, toi, quand tu étais petite… Je ne sais pas comment est ton père, mais s'il ressemble ne serait-ce qu'un peu à ta mère, tu as grandi dans l'authenticité.»

Je posai *Chaos calme* sur la table de nuit. Jamais titre ne fut mieux adapté à mon état d'âme, uniquement dépassable peut-être par *Fureur*.

«Lorenzo, lui répondis-je, avec *calme*. J'ai passé mon enfance à regarder deux trois montagnes pendant que ma mère sortait pour aller je ne sais où, et rentrer à deux heures du matin. Quand j'étais malade, si j'avais de la chance, elle me plantait devant la télé pendant huit heures. Sinon, je te raconte pas. Le soir, c'était mon frère qui trouvait de quoi me faire à manger. J'ai grandi à coups de pizzas et de chips. Je me suis baladée pendant des années habillée comme un épouvantail sans m'en rendre compte, et tout le monde riait de moi. Mais attends, je vais te la montrer tout de suite, l'authenticité. »

Je soulevai mon T-shirt, découvris la cicatrice muette et blanche sur le côté gauche de mon dos. « Il s'en est fallu de ça » et je le lui montrai entre deux doigts, « vraiment de *ça*, Lorenzo, pour qu'on me confie aux services sociaux. »

Lorenzo baissa les yeux, s'assit. Puis il les releva et son regard me chercha avec un sérieux que je n'ai jamais oublié. « Je comprends que ça n'a pas été facile, Elisa. Mais peut-être qu'un jour tu arriveras à écrire un livre. Alors que moi, avec ma famille unie, mes vacances-études à l'étranger, la façade à tout prix immaculée, je serai quelqu'un que je ne voulais pas être. »

Pardonnez-moi tous les deux, Lorenzo et Beatrice, de ne pas avoir compris.

Je n'aurais jamais imaginé, avant, pouvoir concevoir une phrase pareille, mais ça sert à ça, raconter : à prendre conscience.

La première session d'examens se conclut par une rafale de 30 sur 30 et félicitations du jury pour moi, et de 22 et 23 pour Beatrice. Lorenzo se cala sur une moyenne de 26 qui pour lui était un échec : le fils parfait ne pouvait pas ramener chez lui des notes aussi médiocres. D'un autre côté, le poète révolutionnaire ne pouvait pas non plus faire des études d'Ingénierie. Moravia était un lointain souvenir. Et moi, qui suis parfois géniale, j'essayais de le consoler : « Eh, c'est difficile, la physique et la métallurgie. C'est pas comme la poésie contemporaine !

– Je sais, répondit-il, sombre.

– T'auras un super boulot, *à la fin*, un super salaire, ajoutai-je en riant, alors que moi je serai au chômage. »

Cela ne le fit pas rire.

Et Bea riait encore moins.

Je crois qu'elle a vraiment frôlé la dépression pendant ces six premiers mois de 2006. Enterrée vivante dans sa chambre minuscule, pâle, maussade, les cheveux gras : elle me rappelait mon père. Elle alla même jusqu'à refuser qu'on lui parle de nouvelles photos. Elle retouchait plutôt les anciennes, en publiait une de temps en temps et se sentait comme je m'étais toujours sentie : exclue.

Elle refusait de sortir, de travailler comme moi en bibliothèque avec les autres. Elle n'avait pas envie de connaître des gens. Elle appelait chez elle toutes les trois semaines pour prendre des nouvelles de Ludovico, le seul de sa famille qui ait de l'importance pour elle, et qui n'allait pas bien du tout : problèmes à l'école, problèmes avec la drogue. Elle ne parlait même pas avec sa sœur Costanza, et elle avait posé sur son père une pierre encore plus grosse que sur le souvenir de sa mère. Elle était seule au monde. Et moi ?

Moi, je ne voulais pas voir.

J'étais trop heureuse ; je ne voulais pas me gâcher la fête à cause d'eux, qui avaient toujours été beaux, admirés, chanceux. Et que je disais pourtant aimer.

Que j'aimais.

Que j'aime.

Mais c'était mon tour maintenant. J'avais toujours tout ravalé : qu'on me laisse en profiter un peu, bon sang ! D'autant que je sentais dans mes galaxies les plus lointaines que cet état de grâce sonnait faux et ne durerait pas. Si j'étais la reine au deuxième étage de la via Mascarella, le monde, là-dehors, travaillait déjà pour Beatrice. Je l'ignorais, mais, de l'autre côté de l'océan, un certain Mark Zuckerberg était opérationnel depuis longtemps et s'occupait d'aplanir la route pour mon ex-meilleure amie. Au fond, la fange qu'elle eut à supporter dans la petite chambre de *Crime et châtiment*, l'argent compté, les nuits à pleurer, ne furent que des éléments utiles pour l'encourager à bondir, plus affamée que jamais, dans le train du succès, qui ne passe pas deux fois. Et elle le prit – oh oui ! –, le couteau entre les dents et la mitraillette au poing.

Une fille comme elle ne pouvait pas échouer. Ne me demandez pas pourquoi, mais c'était évident, et ce n'est pas une brève période de malchance qui dévie la magnifique ligne droite dont tout capitaliste rêve pour son ascension sans fin.

Le tournant était là, au coin de la rue, et il se présenta le 22 février, jour de son vingtième anniversaire, sous l'apparence d'une jeune enseignante sans scrupules dont la matière universitaire était, et est toujours, l'Utilisation Statistique des Datas. Elle s'appelle Tiziana Sella, et je suis allée personnellement l'attendre il y a quelques années, par un soir de mélancolie pluvieux et sombre, après un après-midi insolite passé à boire, pour la bloquer à la sortie du département Statistiques et l'accuser d'avoir démoli ma vie.

Je n'en suis pas fière, évidemment.

Je sais que Beatrice, Sella ou pas, aurait de toute façon suivi son chemin, en y mettant peut-être un peu plus de temps. Mais j'avais besoin d'un bouc émissaire.

Je ne sais pas ce qui se passa entre Beatrice et sa prof, également consultante pour un grand nombre d'entreprises, y compris dans le domaine de la mode. En tout cas, le matin de son anniversaire, elle se réveilla d'une humeur noire. Elle refusa le croissant piqué d'une bougie posé sur la table du petit déjeuner, se traîna dans la salle de bains pour se laver les dents et pouvoir aller « à ce cours de merde, obligatoire en plus, qu'ils aillent se faire foutre ». Quand je me présentai à sa porte, au moment où elle s'habillait, tremblante d'émotion et mon cadeau entre les mains – un cadeau extraordinaire, pour lequel j'avais économisé pendant des mois –, elle me lança un regard agressif et d'une voix pleine de méchanceté me dit : « Je n'ai rien à fêter, *rien*, tu comprends ça ? Et maintenant casse-toi », elle me poussa dans le couloir, « tout ce que je veux, c'est mourir ».

Elle partit en claquant la porte, me laissant là, à la maison, impuissante. Je posai mon cadeau sur sa minuscule table de nuit. J'enveloppai le croissant dans du papier alu. J'allai travailler dans la chambre, si triste que l'envie de sortir m'avait passé. Je m'attendais à ce qu'elle rentre à midi, mais elle ne le fit pas. Je l'attendis tout l'après-midi, et commençai à m'inquiéter : elle avait dit qu'elle voulait mourir. Parlait-elle sérieusement, ou seulement par égocentrisme ? Était-elle du genre à se suicider ? Je ne le croyais pas, mais peut-être que si. J'avais peut-être sous-estimé sa souffrance. Je ne la connaissais peut-être pas. J'appelai plusieurs fois son portable, qui restait éteint. Quand Lorenzo rentra, j'éclatai en sanglots, à cause de la tension accumulée, et le suppliai d'aller la chercher. Où ? Je ne savais pas. « Il faut faire quelque chose ! » Tout en parlant, j'enfilais mon manteau, mes chaussures. J'avais déjà ouvert la porte quand elle revint. Transfigurée. Elle sortait de chez le coiffeur, portait un trench que je n'avais jamais vu et, toute joyeuse, avait une bouteille de spumante hors de prix sous le bras.

« C'est mon anniversaire, non ? Débouchons-la tout de suite. On a un tire-bouchon ? »

Lorenzo et moi échangeâmes un regard ahuri. Beatrice sortit son téléphone, le ralluma, commanda des pizzas, que nous mangeâmes à même les cartons : le top de la vie d'étudiant.

Qu'est-ce qui s'est passé ? aurais-je voulu lui demander. Mais un champ magnétique inversé s'était formé autour d'elle qui m'en empêchait. Elle avait payé les pizzas, mais elle ne pouvait pas avoir acheté elle-même cette bouteille d'un spumante aussi cher. Ses cheveux étaient magnifiques, une nouvelle couleur, qui s'accordait si bien à son visage et à ses yeux, ce brun chocolat qu'elle n'allait plus jamais modifier. Elle était partie toute la journée. Je brûlais de curiosité mais je sentais aussi que je ne voulais pas le savoir. Qu'il y avait une faille, tout au fond de cette splendeur. Une fissure qui s'ouvrait entre nous.

Puis, soudain, Beatrice me dit : « J'ai été vraiment dégueulasse, ce matin, Eli, tu veux bien me donner ton cadeau quand même ? »

J'allai le chercher dans sa chambre. Je le lui tendis, là, dans la cuisine, sous la lumière tombant du plafond, pendant que Lorenzo débarrassait, la tête complètement ailleurs. Beatrice déchira le papier, ouvrit la boîte, en sortit le chapeau lie-de-vin et resta à l'admirer, muette de stupeur, pendant un temps infini.

« C'est la chose la plus élégante que j'aie jamais vue, dit-elle enfin d'une petite voix.

– Pur feutre, répondis-je, toute fière, je l'ai commandé à ma mère et elle l'a fait de ses mains. Personne ne l'a parce que c'est le modèle phare de la prochaine collection Hermès. Entièrement produite par la fabrique de chapeaux Cervo de Sagliano. »

Elle me serra très fort dans ses bras.

Savais-je que c'était le dernier cadeau que je lui ferais ?

Non. Je savais seulement ce que ça m'avait coûté : une folie, même à prix d'usine. Je croyais qu'elle s'en servirait, pour sortir et pour les photos.

Mais elle ne le mit jamais.

Elle ne rata pas un seul cours d'Utilisation Statistique des Datas, apprit par cœur les manuels et les articles de Tiziana Sella, alla tous les jours à des réceptions chez elle. Puis elles commencèrent à se retrouver dans un bar pour l'apéritif, et dans les meilleures trattorias pour dîner, puis le soir, ne me demandez pas où. Tout ce que je sais, c'est qu'à l'examen final Bea récolta un 30 et les félicitations du jury, et qu'elle ne fut plus jamais la même.

Elle renaquit avec une force effrayante et sauvage, des couleurs vives, et des vêtements luxueux prêtés – offerts ? – par cette hyène. Elle recommença à fréquenter les salons de beauté, les esthéticiennes, les établissements thermaux. Son agenda redevint celui de Gin à sa meilleure époque.

Mais plus qu'à l'action spontanée de la fleur, son réveil ressemblait à un programme strictement établi, centré sur des objectifs qui m'échappaient.

Elle n'était jamais là. Elle n'avait plus de temps pour moi.

À partir de la fin mars, Tiziana Sella commença à l'emmener à tous les congrès : Milan, Turin, Paris, en lui payant les vols et l'hôtel. Mais elle fit plus. Elle s'occupa de la partie pratique : ordinateur dernier modèle, photographes, contacts. Elles s'appelaient, s'envoyaient des textos à n'importe quelle heure du jour et de la nuit, et Bea réprimait des petits rires quand j'étais dans les parages, mettait la main devant sa bouche pour que je n'entende pas ou ne lise pas sur ses lèvres. Elles jouaient au gourou et à son disciple, à Pygmalion et Aphrodite. Cette sorcière s'était emparée du rôle de manager qui aurait dû être le mien.

Puis la chose arriva : les grands, les mythiques débuts. Pas la préhistoire que j'ai racontée jusqu'ici, mais l'Histoire, celle que tout le monde connaît. Enfermée dans sa petite chambre, Beatrice Rossetti, en une nuit de la fin avril, fit disparaître *Le Journal secret d'une lycéenne*, de la même façon que *Bea&Eli*, comme s'ils n'avaient jamais existé, et ouvrit le blog archi-célèbre, celui qui atteint des chiffres dont le *New York Times* rêverait, et quand elle fait la publicité pour, mettons, du rouge à lèvres, il est épuisé en vingt-quatre heures jusqu'au fin fond de la Chine.

Arrivée là, je dois admettre que mes souvenirs deviennent flous. Je revois un passage de Beatrice à minuit, un lundi, tandis que je révise dans la cuisine, m'adressant à peine un salut avant d'aller s'enfermer dans la salle de bains. Un autre flash de Bea s'encadrant dans la porte de la grande chambre : « Excuse-moi, tu n'aurais pas un tampon ? » Elle était toujours pressée. De plus en plus belle. Et je ne comprenais pas. Je continuais de snober Internet. J'en étais restée aux bouquins. Voilà que je les accuse, maintenant. On commençait à parler de Beatrice sur le Net, mais pour l'Ancien Monde, elle restait une inconnue : ma meilleure amie, qui habitait avec nous via Mascarella.

Je n'arrive pas à la distinguer nettement, tandis qu'elle s'éloigne.

14

9 juillet 2006

Voici le chapitre le pire.

Celui où, non par choix mais par contrainte, je suis devenue moi.

D'après mon ancienne psychanalyste, le docteur De Angelis, je voulais revenir dans le ventre de ma mère, et d'une certaine façon, m'enkyster en Beatrice : me glisser entre les viscères et le cœur, et rester là, en sécurité, bercée par le travail des organes, les battements du sang, m'enfoncer dans sa chair sans jamais naître. Parce que la vraie vie, selon elle, ne commence que « lorsqu'on trahit ceux qu'on aime pour ne pas se trahir soi-même, lorsqu'on s'en va pour devenir qui on est. Mais cette scission vous a toujours terrorisée, Elisa. Aujourd'hui encore vous ressentez un immense vertige face à votre liberté. »

C'est vrai, je n'ai jamais raconté le 9 juillet 2006 au docteur De Angelis, ni à mes parents, ni surtout pas à moi-même. La *scission* fut un tel traumatisme que si les événements ne m'avaient pas obligée – treize ans, cinq mois et quinze jours plus tard – à la raconter, je m'en serais volontiers passée, laissant le trauma devenir chronique, se figer.

Je rentre ce matin – si on peut parler de matin à midi – avec quatre cents grammes de tortellinis et des bouillons cubes, et je trouve Vale en pyjama qui joue à la Nintendo, un paquet de biscuits dans lequel il pêche à intervalles réguliers, les yeux fixés sur l'écran, pensant sans doute que ce sera suffisant comme déjeuner. Je m'apprête à lui en faire le reproche quand je prends conscience de la ressemblance vertigineuse de cette scène avec tant d'autres de la via Trossi, Niccolò et moi vautrés dans le canapé, seuls. Je tiens ma langue, enlève mes chaussures et entre dans le salon en annonçant : « J'ai pris des tortellinis ! »

Il ne me regarde pas, dit seulement : « Putain, t'étais où. » Sans point d'interrogation. Mes bonnes intentions s'envolent en fumée : « Je n'aime pas que tu me parles comme ça, et je n'aime pas que tu sois toujours collé à ce truc qui te grille le cerveau. Ce qui fait du bien c'est de lire, sortir, marcher, interagir avec les autres. Pas les jeux-vidéo. Valentino, tu m'écoutes ?

– C'est le 24 décembre et on n'a même pas fait d'arbre de Noël. »

Je savais qu'il me dirait ça : les enfants sont conservateurs. En soupirant je pose mes sacs de courses sur le sol, me laisse tomber dans le fauteuil sans même ôter mon manteau. Il continue à jouer, et ça m'énerve. Il finit par m'accuser : « T'es jamais là en ce moment. »

Je ferme les yeux. « J'ai beaucoup à faire, désolée.

– T'as toujours beaucoup à faire. »

Je tente de me défendre : « Le travail c'est important, c'est fondamental » – et le pire est que je mens, je néglige mon travail à cause de cette sorcière –, « si tu n'as pas une occupation, une passion, tu n'es pas libre, tu n'as rien.

– Justement, j'ai rien. »

Un enfant bascule vite dans le drame. « Ce n'est pas vrai, tu as le foot, l'école, des tas de copains.

– Que tu ne veux pas que je voie le Jour de l'An.

– Que, le moment venu, tu verras aussi le Jour de l'An.

– Ouais, mais j'ai pas de famille. »

Là, je m'énerve : « Tu ne peux pas dire une chose pareille, tu ne vas pas faire tout un plat pour un arbre de Noël ! » Je m'échauffe, j'enlève mon manteau. « Tu as des grands-parents qui t'adorent, un oncle un peu barré mais qui t'aime, et… »

Il m'interrompt : « Maman, ça fait une semaine que t'as la tête ailleurs, t'es là jour et nuit enfermée à écrire, t'oublies tout, y a plus rien dans le frigo. »

Je reste interdite, parce qu'il a raison. Je suis nulle comme mère, je l'ai toujours été. Il a droit à une explication : il est mon fils, il a douze ans, il n'est pas idiot et ce n'est plus un enfant.

« J'écris un truc important, je dois le terminer.

– À Noël ?

– Ben, le plus tôt possible.

– C'est quoi ? Un article ? »

Cette façon qu'ont les enfants de poser toujours, avec une précision millimétrique, le doigt là où ça fait mal m'énerve au plus haut point. « Oh, tu ne t'es jamais intéressé à mon travail et tout à coup tu t'en inquiètes ? Allez, je mets l'eau à bouillir, il est une heure. »

Je le laisse reprendre la partie qu'il avait mise en pause, je vais dans la cuisine, je fais couler de l'eau dans une casserole, j'y mets un cube et par réflexe conditionné j'allume la télé. C'est le journal, mais je n'ai pas le temps de le suivre, je suis trop occupée à mettre la table et à me reprocher d'avoir passé toute la matinée en bibliothèque à chercher un livre sur les Étrusques, au lieu de faire l'arbre de Noël avec mon fils. J'en ai voulu à ma mère toute ma vie, mais je suis devenue pire.

Quand le bouillon est prêt, je verse les tortellinis et tout à coup j'entends son nom. Jailli du téléviseur: *boum!* Coup de poing à l'estomac. Je me retourne, comme si j'étais traquée. Merde, ils en parlent même au journal ! Dans un reportage, pas à la fin, après la culture et le sport, mais aux infos elles-mêmes. Je m'agrippe de toutes mes forces à la louche. Valentino se traîne dans la cuisine, les yeux rivés sur son portable, s'assied en tapotant sur les touches, relève la tête, regarde le visage de Beatrice qui occupe l'écran: « Absurde cette histoire, hein, m'man ? Ils en parlent partout, tu le savais, toi, qu'elle était de T ? »

Je me tourne à nouveau vers les fourneaux, remue les tortellinis pour vérifier la cuisson, et sens dans mon dos couler une sueur froide.

« OK, dit-il, en réponse à mon silence, je vois que tu sais même pas qui c'est, la Rossetti. En tout cas elle est de T, elle a ton âge, si ça se trouve vous vous êtes croisées quelque part. » Et il rit, à cause de l'absurdité d'une telle coïncidence.

Je ne veux pas mentir encore à mon fils, aussi je garde le silence, priant seulement pour que le reportage finisse vite. Je verse le bouillon dans les assiettes, les apporte sur la table. Quand nous commençons à manger, le journal est terminé et les publicités tournent à plein. Vale mange avec appétit: c'est son plat préféré. Je me décide et lui dis, la cuillère levée: « Donne-moi deux heures, deux heures, pas plus. Je dois vraiment finir d'écrire ce truc, c'est d'une importance vitale.

Ensuite, je te promets qu'on descend à la cave et on récupère l'arbre de Noël. »

Il me lance un regard en biais, déçu, reprend son portable et fait semblant de répondre à quelqu'un. « L'arbre, on le fait le 8 décembre, pas le 24. Mais vas-y, écris tant que tu veux. »

Je pose ma cuillère, prends une profonde inspiration ; fais un effort pour ne pas la lui balancer là, la vérité, sur la table.

Si je l'ai croisée, la Rossetti ? *Si je l'ai croisée ?*

Le 11 avril 2006, Beatrice oublia mon anniversaire. Fait remarquable, qui ne sera coiffé au poteau que par le second crime commis ce soir-là : Beatrice rompit avec Gabriele au téléphone. Le hasard voulut que moi, oubliée également par Lorenzo qui avait dû rentrer à T pour je ne sais quelle urgence, furieuse et remplie d'amertume, j'entende la totalité de cette conversation.

Les tiraillements entre eux duraient depuis des mois, peut-être même depuis septembre. Ce n'était pas le genre de couple qui résiste à la distance : à part le corps, ils n'avaient vraiment rien en commun. Et puis ils étaient très pauvres, ils avaient du mal à rassembler l'argent pour le train, ils se voyaient peu, faisaient l'amour tout de suite puis se disputaient tout le week-end. À Bologne, Gabriele se sentait perdu, Beatrice ne voulait plus mettre les pieds à T. La situation empira quand Gabriele perdit son travail et qu'elle, dans un synchronisme parfait, tomba en dépression. Avec toute la meilleure volonté, il ne pouvait pas l'aider. Personne n'aurait pu. Pour que Beatrice se relève, il fallait un Canon à trois mille euros et toute la quincaillerie qu'allait lui fournir cette maudite Tiziana Sella.

Beatrice n'était rentrée de Paris que le 10 avril et s'était jetée sur le canapé, épuisée et satisfaite : « Ah, c'était super : même pas le temps de dormir ! » chaussée d'une paire de Louboutin dorés. Et quand je lui avais demandé qui les lui avait offerts, elle avait poussé un soupir plein de sous-entendus qui m'avait porté sur les nerfs. Elle avait carrément séjourné, raconta-t-elle, à L'Hôtel, « là où est mort ton cher Oscar Wilde ». Elle avait mangé des huîtres à chaque dîner : « Cinquante euros pour six huîtres, Eli, tu te rends compte ? » La conséquence directe de ce voyage fut que le lendemain soir, après avoir oublié mon cadeau mais aussi de me souhaiter mon anniversaire, Bea prit le téléphone avec l'intention dont j'ai parlé.

Elle commença en disant qu'elle n'avait plus beaucoup de crédit et irait droit au but : elle dit à Gabriele qu'il était un boulet. Plus exactement le boulet qui l'empêchait de prendre son envol et de conquérir le monde. Elle ne voulait pas revenir dans « cet endroit pourri » où elle perdait son temps, elle ne pouvait plus se permettre de gâcher un week-end, elle qui séjournait maintenant à L'Hôtel et avait accès à des cours prestigieux à Rome, à Paris, à Zurich. Il lui fallait fréquenter des gens visionnaires, riches, sans scrupules. Alors que lui, c'était un chômeur sans ambitions, sans objectifs. Un type qui vivait dans un trou à rat, qui n'avait besoin que de quelques pétards, quelques bières et un dessin animé de Miyazaki pour être heureux. Il se transformerait en poussière sans avoir laissé une seule trace sur la terre, mais pas elle : elle, elle avait l'intention d'y laisser un cratère.

Elle le démolit. Lui interdit toute défense ou contre-attaque, avec une fureur calculée et un sang-froid tels que moi qui étais cachée derrière la porte, j'eus plusieurs fois envie de l'ouvrir pour arrêter le carnage. Gabriele était et est toujours, je crois, quelqu'un de bien, qui ne méritait pas de se prendre une telle bombe sur la tête. Mais de quel droit serais-je intervenue ? Par bonheur, ou par pitié, le crédit s'épuisa au bout de dix minutes. Alors j'entendis la chute d'un corps sur le petit lit, le grincement du sommier et de la carcasse en fer forgé, les sanglots désespérés de Beatrice, qui durèrent une nuit entière.

Là encore : combien de fois ai-je voulu frapper à sa porte ? Lui demander : Pourquoi, Bea ? C'était ton petit copain, le premier. Tu n'en es peut-être plus amoureuse mais tu tiens à lui, je le sais, tu l'aimes beaucoup, j'en suis sûre. Alors pourquoi tu as voulu le quitter, là, aujourd'hui ? Sans me fêter mon anniversaire.

Je me laissai glisser au sol, en silence, la tempe appuyée contre le chambranle, et j'écoutai longtemps sa douleur étouffée dans l'oreiller, ses larmes inconsolables. « C'est quand on trahit qui on aime qu'on devient qui on est. » Pourquoi n'ai-je pas frappé ?

Parce que je savais que l'autre boulet, c'était moi.

Mai arriva, puis juin. Le nom de Bea, à présent que les blogs s'étaient multipliés, commença à circuler et, avec les défilés et les reportages photographiques, à lui faire gagner de l'argent comme du temps de Ginevra. Ses façons d'être, sa couleur de cheveux, ses intonations, dépouillées de tout accent, étaient déjà pratiquement celles de *la Rossetti*. Il manquait encore un détail, un seul mais décisif, à l'édification finale. Pour cela, il fallait qu'elle se débarrasse de moi.

Elle passait le moins de temps possible à l'appartement : prendre une douche, changer de tenue. Elle ne me racontait plus rien, elle était toujours sortie. Et seul l'extérieur comptait : ses pensées, personne ne pouvait les voir, mais son corps oui, et ses tenues. Elle devint arrogante, je ne la reconnaissais plus. Quant à moi, je m'asseyais toute fière sous les fresques de l'Archiginnasio, suivais les cours de Philologie romane, sûre d'avoir en main la clé du futur, et une fois de plus ne voulus pas ou ne fus pas capable de voir à combien de kilomètres de distance Beatrice m'avait mise.

Un jour, elle me le dit carrément : « Pourquoi tu ne changes pas de faculté, Eli ? En 2020 plus personne ne lira, tout le monde sera sur Internet. La littérature, c'est déjà *obsolète*, comment tu fais pour ne pas le voir ? »

Mais ce n'est pas de ça que je voulais parler.

Mois de mai, mois de juin : on était presque au 9 juillet quand un soir, Bea ouvrit la porte de la salle de bains alors que j'étais sur les toilettes. Elle la referma à clé derrière elle, s'assit sur le rebord de la baignoire en face de moi qui faisais pipi, et ses yeux verts dardés sur moi me transpercèrent.

« Tu m'as trahie.

– Quoi ?

– Tu ne t'es souciée que de lui, *cette année*, jamais de moi. Dès que tu rentrais, tu courais le voir sans même me regarder. L'autre jour tu es allée acheter des lasagnes alors que tu sais que je ne peux pas en manger, et vous avez dîné devant moi.

– Bea, la coupai-je, tu n'es jamais là pour dîner, comment je pouvais savoir ?

– Tu étais ma meilleure amie, Elisa. Plus qu'une sœur, plus qu'une famille. Tu étais *moi*.

– Je le suis, je le serai toujours !

– Non, fit-elle en secouant la tête, cette cohabitation à trois c'était ton idée, une très mauvaise idée. Je ne te pardonnerai jamais. »

Je me revois encore me lever d'un bond sans même remonter ma culotte, me coller contre elle, éclater en sanglots, lui répéter encore et encore, dans une scène si pathétique que je peine à la décrire : « S'il te plaît, excuse-moi, ça n'arrivera plus, c'était une erreur, on va habiter rien que nous deux, c'est toi qui comptes. Si tu me demandes de quitter Lorenzo, je le quitte. »

Tu étais calme et très belle. Tu avais déjà décidé, n'est-ce pas ? C'était juste une mise en scène pour préparer le terrain. Mais c'est une idée qui me vient maintenant, que je n'aurais jamais eue alors. Tu avais peut-être déjà trouvé un autre endroit où habiter. Je te serrais contre moi et tu ne répondais pas à mon étreinte, tu ne pesais pas, tu n'étais pas là, je n'arrivais à sentir que les battements de ton cœur. « Si on veut devenir qui on est… »

Tu dois t'en aller.

Je crois que personne, cet été-là, ne s'attendait à ce que l'Italie remporte la Coupe du Monde. C'était une période de scandales et de désillusions : dans les bars on brocardait les dirigeants de club et les joueurs, tous des voleurs, pires que les politiques, la « Nazionale » était donnée pour morte avant même d'avoir commencé. Mais grâce à cela peut-être, libérée du poids des attentes, l'équipe fit son bout de chemin, éliminant ses adversaires match après match, et en juillet la ferveur avait commencé à monter.

Le soir de la finale nous accrochâmes nous aussi un drapeau italien à la fenêtre. Moi, la non-invitée par excellence de toutes les fêtes, je m'étais lancée à inviter mes meilleurs camarades de Lettres et me démenais à remplir un caddie de mauvais vin, bières en quantité, sachets de pop-corn, de chips, de cacahouètes. Italie-France, c'était une page d'Histoire qu'on ne pouvait pas vivre seul.

Comme Bea n'avait pas d'amis en dehors de Tiziana Sella, et que Lorenzo n'avait pas réussi à tisser des liens avec d'autres étudiants d'Ingénierie, l'appartement de via Mascarella se retrouva rempli de forts-en-thème habillés en marginaux, avec lunettes à la Gramsci et keffiehs, barbes mal taillées et expanseurs d'oreille, allergiques à tout uniforme, que Bea comme Lorenzo regardaient de travers. Mais moi, j'étais bêtement heureuse, je faisais des allées et venues de la cuisine au salon pour resservir de l'alcool, remplir les bols de cacahouètes ou de pop-corn à mesure qu'ils se vidaient. C'était en tout point une soirée magnifique. À partir de 20 h 30, dans tout Bologne et je crois dans l'Italie tout entière, on n'entendait plus une mouche voler. Même avec les fenêtres grandes ouvertes à cause de la chaleur, pas un scooter, pas une voix humaine, pas un seul pas sous les arcades : uniquement le bruit à l'unisson des téléviseurs syntonisés sur la même chaîne. Un événement aussi extraordinaire finit par adoucir Lorenzo et le pousser à faire sortir le poète clandestin enfoui en lui et, à force de vin, par amadouer Beatrice elle-même, qui, tout en crachant sur mes copines – « elles s'habillent comme les touristes allemandes qui embarquent pour l'île d'Elbe, tu vois ? » –, redevint gentille, me donna un coup de main avec les crackers et le prosecco. Au coup de sifflet d'envoi nous étions tous bien éméchés.

Pour ce qui est du match, l'histoire est connue et je ne vais pas m'étendre dessus : je ne néglige pas mon fils la veille de Noël pour raconter un match de foot. Je rappellerai seulement, pour ceux qui n'étaient pas encore nés, que Zidane marqua à la septième minute, Materazzi à la dix-neuvième, après quoi le jeu s'enlisa dans un éreintant 1 à 1, tandis que dans le salon comme dans toutes les maisons italiennes, on ne faisait que transpirer, pester et surtout boire. Cette nuit-là nous avions vingt ans, et peut-être chacun de nous projetait-il son propre futur sur le terrain de l'Olympiastadion. Je me souviens que Beatrice suivait avec attention, non plus méprisante mais à l'écart. Je comprends : elle n'était déjà plus avec nous. Lorenzo, en revanche, se serrait sur le canapé avec les autres, fraternel comme seuls les hommes peuvent l'être à travers le sport. La moins concentrée de tous, c'était moi, la seule à prendre le risque de rater un but pour aller chercher du vin. Mais si je m'arrêtais sur le seuil et les regardais, je voyais un spectacle émouvant : l'appartement était plein d'amis, je vivais à Bologne, j'avais fini les cours de première année. Qu'aurais-je pu rêver de mieux ?

Le match prit bientôt le pli que prennent les guerres : la tranchée, l'épuisement, les prolongations. Nous n'en pouvions déjà plus, cent dix minutes c'est long, quand l'impondérable arriva : Zidane envoya un coup de tête brutal à Materazzi, et les règles furent chamboulées. D'exceptionnelle, la page d'Histoire devint folle, tellement folle qu'on ne supportait plus de rester chez soi. Un appel plus profond, presque ancestral, voulait que nous sortions, que nous cherchions les autres, et quand la télé annonça qu'on allait aux tirs au but, Lorenzo bondit du canapé : « Et nous on va à piazza Maggiore. »

Nous le suivîmes sans discuter, sans réfléchir, laissant à l'intérieur nos portefeuilles, nos sacs, nos portables. À demi-nus comme des bêtes nous courûmes dans la rue, nous unissant à la nuit, remontâmes la via Zamboni, arrivâmes dans le magma qu'était la piazza Maggiore. Illuminée a giorno par un écran géant, elle était un bouillonnement de jambes, de bras, de cris.

Les tirs au but commencèrent. Je me souviens du silence effrayant de cette foule avant chaque tir, du cri strident qui suivait. Et je ne me souviens de rien d'autre, car je ne suis pas grande et je ne voyais quasiment rien au-delà d'une muraille d'épaules et de têtes. Je sentais seulement la mienne tourner, et l'odeur et la densité des autres. J'essayais de toutes mes forces de ne pas perdre Bea, Lorenzo, mes amis. J'avais forcé sur le vin et je le regrettais, je commençais presque à avoir peur. Puis Grosso marqua et se mit à courir, et on entendit, venu de l'écran géant: « Buuut ! Buuut ! Et alors disons-le tous ensemble… »

L'Italie avait gagné. C'était une chose impossible, un signe du destin ; pour nous tous qui étions là sous le ciel étoilé, présents et vivants.

« On est champions du monde, cham-pions-du-monde ! » Le premier visage que je cherchai fut celui de Beatrice. Elle aussi chercha le mien. Pendant un instant fragile et hors du temps nous nous regardâmes.

« Tombons-nous dans les bras et aimons-nous tous très fort. Aimons-nous tous très fort, hurlait le présentateur sportif, parce que nous avons tous gagné, ce soir ! »

Les yeux de Beatrice brillaient. Je le vois maintenant : ce signe était pour elle seule, sur toute la terre. J'essayais de me rapprocher d'elle pour qu'on s'embrasse, mais elle était emportée loin de moi par la furie des corps.

La ville s'écroula, s'enflamma. Nous dûmes nous retenir les uns aux autres pour ne pas tomber et être piétinés, ou blessés par les bouteilles qui se cassaient, les pétards qui explosaient. Fumigènes, sirènes. Des hommes torse nu, des femmes en soutien-gorge. Je me souviens d'un autobus arrêté via Rizzoli, et des gens qui l'escaladaient, sautaient sur le toit. Un type grimpé sur un panneau de stationnement interdit le frappait à coups de poing.

Nous eûmes beaucoup de mal à nous extraire de la piazza Maggiore, transformée en champ de bataille. En réalité, il n'y avait plus de rue dont la civilisation ne se fût pas retirée, mais sur la piazza Verdi nous découvrîmes qu'on pouvait respirer et continuer à boire dans les pubs, dans les bars. Mais avec quel argent ? Beatrice se tourna vers moi : « Eli, tu veux pas aller chercher nos portefeuilles, et mon portable : il faut absolument qu'on se fasse une photo ! »

Peut-être quelqu'un s'offrit-il pour y aller à ma place, peut-être Lorenzo, mais Bea insista pour que ce soit moi, parce que je savais où était son portable, son portefeuille, et j'irais plus vite. Je me rappelle avoir pensé : Et si tu y allais toi-même ? Mais je ne l'ai pas dit. Parce que, tragiquement, cela faisait des siècles qu'elle ne m'avait pas demandé de la prendre en photo et j'étais contente d'avoir de nouveau ce privilège.

La piazza Verdi et la via Maccarella sont éloignées de trois cent cinquante mètres, *trois cent cinquante mètres*, vous imaginez ? Un éclair, un souffle, et je m'y lançai en courant, naïve, parce que la vie attend toujours que tu sois heureux et sans défense pour te poignarder dans le dos.

Je montai à l'appartement prendre de l'argent, mon portable, je cherchai celui de Bea parmi les restes de chips, les bouteilles vides, les bouchons éparpillés dans les coins. Un instant je fus de nouveau seule entre quatre murs pendant que le monde dehors faisait la fête. Non, ai-je pensé en souriant : maintenant je ne suis plus exclue.

Je trouvai son téléphone, les portefeuilles, mis le tout dans mes poches, avalai quelques gorgées de vin d'une bouteille déjà ouverte et aussitôt après dégringolai dans la rue, euphorique. Quand j'arrivai piazza Verdi, ils étaient tous assis en rond par terre à jouer du bongo. Et au milieu de ce spectacle, il y avait eux : Beatrice et Lorenzo.

Je les vis. Et aujourd'hui encore, mon cœur s'arrête.

Beatrice lui tenait le visage entre ses mains et enfonçait sa langue, ses lèvres, son museau dans sa bouche.

Lorenzo répondait à ce baiser obscène en lui palpant les seins et les fesses.

Mon cœur cède, se brise, roule à terre.

Cèdent aussi mes poumons, mon estomac, mes nerfs.

Mes yeux se dessèchent, se fendillent, ils n'arrivent pas à se fermer sur ce baiser qui s'acharne, qui persiste en face de moi comme si je n'existais pas, n'avais jamais existé. Et puis je vois – mais ce ne fut peut-être qu'une hallucination –, pendant une fraction infinitésimale de seconde, Beatrice ouvrir grand son œil gauche, orienter sa pupille vers le point exact par où j'allais déboucher, pour s'assurer que je suis bien là, que je vois tout. L'œil vert comme l'enfer me fixe et brille avant de se fermer.

« Enferme-moi dans un baiser. »

La terre a disparu sous mes pieds. Disparus les amis, les inconnus qui jouent du bongo en rond, le Théâtre de la Ville, l'oratoire de Sainte-Cécile, la basilique de Saint-Jacques-le-Majeur, les formes, les bruits.

Je tombe, je reviens à l'état inerte de petite fille non désirée, grosse fièvre, paracétamol, emmitouflée puis jetée dans une pièce pleine de livres. Qu'ils brûlent, ces livres : à quoi m'ont-ils servi ?

Ils ne m'ont pas sauvée. Ma vue se brouille. La ville tourne autour de moi, mais sans que j'y sois. Je n'y suis pour personne : dans l'amour, le regard de personne. Ce n'est pas une panique, c'est une solitude irréparable. Je me recroqueville sur les pavés. Une pensée me traverse : Tu n'as plus quatre ans, Elisa, tu n'as plus besoin de ta mère.

Je m'oblige à respirer, calmer mon cœur. Je me relève. Je me dirige vers eux, je les rejoins, j'ouvre les bras et de toutes mes forces rassemblées je me cogne à eux. Beatrice recule, me regarde presque avec effroi l'espace d'un instant. Elle se reprend. Son visage a une expression – je le jure – indéchiffrable. Et je la hais. Comme je n'ai jamais haï personne. Je voudrais lui arracher ses vêtements, gratter son maquillage avec mes ongles jusqu'à faire apparaître ses boutons, ses veines, son sang. Tu n'es que du bluff, une médaille en toc. Ils s'en apercevront tous un jour, que tu n'es rien. Mais elle soutient mon regard, elle me défie, fait un geste qui aujourd'hui encore me déconcerte : elle plonge sa main dans ma poche, reprend son téléphone, son portefeuille. Me dit quelque chose, un seul mot, sans voix, juste avec les lèvres. Un mot que je ne comprends pas.

Et elle s'en va.

Elle se retourne, engloutie par la foule, les fumigènes, les pétards, avec calme, élégance, et je ne fais rien pour la retenir.

Lorenzo, lui, reste.

Embarrassé, pathétique, il s'excuse. Et je pense : Lâche. Il accumule les excuses : « J'ai trop bu, je ne sais pas ce qui m'a pris. » Et je pense : Faux cul, t'étais avec la moche mais c'était la belle que tu voulais. Il continue : « On a gagné la Coupe du Monde, prends pas ça trop au sérieux… » Je ne le laisse pas terminer. Je le gifle. Il me dégoûte. Je lui attrape le bras, je le tire dans la première rue latérale que je vois : largo Trombetti, et puis encore une autre au hasard, plus cachée, plus sombre, via San Sigismondo. Je l'envoie sous une arcade, un antre où personne ne peut passer. Il est tellement saoul qu'il n'oppose aucune résistance. Je le pousse et le bouscule et lui crie : « Pourquoi ? »

Pourquoi, pourquoi, pourquoi ? Et il ne trouve rien à répondre. Il regarde du côté de la rue, bafouille, cherche un prétexte pour revenir avec les autres et se débarrasser de moi. Parce que cette nuit il n'y a plus de règles et je suis la seule à ne pas l'avoir compris, la seule à venir encore lui casser les couilles.

Je prends mon portable, je le lui fourre dans la main. Je lui ordonne : « Allez, prends-moi en photo, fais-moi une vidéo. » Je commence à me déshabiller. Je suis sans armes, une fille impuissante, ou ce qu'il en reste. J'insiste : « Fais-moi une photo, allez, je la mettrai sur Internet et tout le monde me verra et postera des commentaires. » Lorenzo serre mon téléphone puis le jette contre un mur, où il se fracasse. C'est peut-être son dernier geste de pitié, ou d'amour, à mon égard.

Mais moi je suis en train de mourir, alors je m'enlace à lui, désespérée, je me salis, je salis tout. Je baisse son jean, son boxer. Je le supplie, je l'oblige à le faire debout, dans la rue, contre une colonne, comme des chiens, à venir en moi, et nous avons tellement honte après que nous ne pouvons pas nous regarder.

Lorenzo titube vers la piazza Verdi. J'arrive encore à lui crier : « Tu peux aller la retrouver, maintenant ! »

Mais il ne se retourne pas et je m'affaisse. Je me rhabille, je fonds en larmes. Je me laisse porter comme un cadavre par les courants, je rejaillis piazza Petroni, suis prise dans un tourbillon piazza Aldrovandi. Poussée hors de la place, j'erre de-ci de-là. Je ne sais pas où je suis. C'est la Palazzina Piacenza, là ? Ou le lycée Pascoli ? C'est le Mucrone ? C'est l'Elbe ? Je me retrouve dans le ghetto, via Canonica je bute dans un trottoir et je m'étale, évanouie, endormie peut-être.

Quand j'ouvre les yeux, le soleil est haut sur la ville saccagée et sale, sur les restes de bouteilles vides, les pétards, les drapeaux. Je me relève.

Ma vie est finie.

Je suis libre.

Je suis née.

15

La réalité exige qu'on dise aussi ceci : la vie continue

Quand je rouvris la porte de la via Mascarella il était neuf heures du matin, le 10 juillet. Les pièces résonnaient autour de moi, comme si un ouragan les avait traversées. Sans me laver ni prendre de petit déjeuner, encore moins me regarder dans la glace, je pris sur l'armoire ma valise la plus grande et commençai à la remplir de vêtements et de livres, méticuleuse, concentrée, comprimant les pulls, les soutiens-gorge, les culottes. Sauf quand j'arrivai à Moravia et Morante, où je perdis contrôle et les fourrai dedans avec rage. Puis je remplis une seconde valise de serviettes et de draps, une troisième de médicaments, produits de beauté, autres livres.

Si j'avais peur qu'un des deux revienne à l'improviste ? Non, je n'y pensais même pas. J'étais sûre qu'ils étaient ensemble, enlacés quelque part, libres de vivre leur amour à découvert. Je savais qu'ils n'oseraient pas se manifester, et ça me suffisait. Mais si la situation s'était présentée, je n'aurais pas cillé. Je n'aurais pas été en mesure de les voir, les reconnaître, entendre leur voix. Pour moi, ils n'existaient plus.

Les valises faites, je passai aux sacs et fourre-tout. Je ne m'arrêtai que lorsqu'il ne resta plus rien de moi, même pas un marque-page. Alors je soulevai le combiné du téléphone fixe – je n'avais plus de portable – et je laissai un message sur le répondeur du propriétaire qui, comme tous les Italiens ce matin-là, à dix heures dormait encore. Je lui annonçai que je quittais l'appartement, le jour même, à l'instant, avec deux années d'avance, et qu'il me fasse savoir combien je lui devais pour cette résignation, pardon : résiliation anticipée. Je raccrochai et traînai mes bagages sur le palier, dans les escaliers, sur un long bout d'arcade sans ressentir la fatigue, sans rien ressentir. Je fourrai tout dans le coffre de la 206, sur la banquette arrière, vérifiai que j'avais de l'essence puis, juste avant de démarrer, je regardai Bologne immobile dans une lumière parfaite.

Tu n'y es pour rien, toi. Mais je dois partir. Adieu, au revoir : je ne savais pas. L'avenir non plus n'existait pas.

Je tournai la clé, enclenchai une vitesse. Je m'enfuis entre les immeubles endormis, le long d'une via Stalingrado déserte, sur la rocade où seuls quelques camions venus de Roumanie ou de Pologne avançaient péniblement sur la voie de droite. Je les dépassai, arrivai au péage de l'A1 et me retrouvai devant une bifurcation : Milan, Florence. Autrement dit Biella ou T, la mère ou le père, là où j'étais née et là où j'avais été abandonnée. Ne me demandez pas pour quelle raison – des raisons, il n'y en avait plus – je pris la direction de T.

Je conduisais à rebours dans le temps et l'espace : Roncobilaccio, Barberino, la Fi-Pi-Li[1], Colle Salvetti,

1. L'autoroute Florence-Pise-Livourne.

abrutie par le coup reçu, sans mémoire. Je lisais les panneaux : Rosignano, Cecina, à cent trente à l'heure, sans ralentir, sans m'arrêter. Je rentrais, légère comme quelqu'un qui a tout perdu, ou plutôt n'a jamais rien possédé. Je me séparais encore une fois d'un lieu, apatride, déracinée. « Le destin, c'est revivre le même trauma, répéter les mêmes erreurs », m'expliquerait le docteur De Angelis dix ans plus tard, « à moins qu'on ne se rebelle. »

Après Cecina je pris conscience de la présence de la mer. Elle scintillait, calme, derrière une pinède. J'eus presque envie de pleurer, tellement c'était beau. Dans ma tête où ne restait plus rien surgit l'image de nous trois sur le pont Morandi : maman, Niccolò et moi dans l'Alfasud, à nous passer des joints. Je revis les carrières de marbre, Marina di S., l'acropole de Populonia et je me demandai pour la première fois ce qu'il reste des lieux que nous aimons, ce qui survit de tous ces baisers, ces aveux, cette joie, parce qu'il faut bien que notre vie reste quelque part, non ? Ce serait un tel gâchis si elle mourait avec nous.

Enfin j'arrivai à T, et T me reprit. Sans rancune et sans jugement, elle me reconduisit par des routes secondaires, des paysages restés inchangés, au 53 de la via Bovio. Je me garai sous le balcon de la cuisine, descendis de voiture, sonnai à l'interphone. Je vis le visage de mon père accouru sur le palier, incrédule, puis inquiet. Je fus incapable de lui donner une explication, je lui demandai seulement de prévenir maman que j'étais ici, et de m'aider pour les valises. Il acquiesça, remarquant mes genoux écorchés, noircis sur les trottoirs. Il descendit en savates récupérer mes bagages et n'hasarda pas de questions.

Je me jetai sous la douche, raclai sur mon corps les traces de la nuit précédente : la poussière, le placenta, la saleté, le liquide amniotique. Après, cheveux collés aux joues et gouttant encore, j'allai devant le miroir, ouvris la bouche et dévissai mon piercing au milieu de la langue. Je le tins quelques instants entre le pouce et l'index : un petit objet en acier chirurgical, vert phosphorescent, sans aucune signification. J'ouvris les doigts et le laissai partir dans le trou du lavabo.

Pendant plus de deux semaines je ne parlai pas. Ma tête s'était comme libérée de tous les mots, ne gardant que le vocabulaire essentiel : « Oui, non, je sors, je rentre plus tard, du poisson ce soir d'accord. »

Papa me regardait du coin de l'œil ranger mes livres sur les étagères, par ordre alphabétique d'auteur : Elsa Morante, Alberto Moravia, Sandro Penna, Vittorio Sereni, chacun sa niche mortuaire, je ne les ouvrirais plus. Il m'aida à m'alléger de ce que la frontière entre l'avant et l'après – muraille de barbelés infranchissable et militarisée – avait rendu gênant, superflu. Il m'apporta de grands sacs-poubelles noirs où jeter tout cela sans regarder avant de les ficeler. Il comprit que quelque chose de grave s'était passé, mais aussi qu'il valait mieux ne pas poser de questions. Il se contenta, toujours avec tact, de veiller à ce que je me lève le matin, que je pense à me peigner et rester présentable, et ce fut un peu comme les premiers temps, quand nous nous étions retrouvés à vivre ensemble, lui et moi, et que nous nous observions à distance, nous évitant, nous cherchant. Sauf que depuis nous étions devenus père et fille.

Et lui, comment allait-il ? se demandera-t-on. Eh bien, si mon départ pour Bologne l'avait remué, mon retour cet été-là contribua à le relever. Pendant les jours dont je parle, il vivait encore en pyjama, ne sortant que pour le réapprovisionnement en nourriture, eau et produits de première nécessité. Mais il avait réussi à mettre fin à sa relation avec Incoronata. Poussé par moi, j'avais eu au moins ce mérite.

Quelques mois plus tôt, je crois, lasse d'aller le trouver et ne parler qu'à son dos, voire à la porte de son bureau fermée pendant qu'il tchatait compulsivement, je l'avais affronté : « Papa, tu ne peux pas te raconter que tu aimes quelqu'un que tu n'as jamais vu, et qui en plus te met dans des états pareils.

– Depuis quand l'amour dépend-il du fait de se voir ou pas ? Tu es toujours aussi matérialiste ! C'est un dialogue entre deux âmes, un espace autre, où on peut être sincère.

– Ou mentir dans les grandes largeurs, tu veux dire. Monte dans un avion et va la voir : ça fait un an que vous communiquez par ordinateur ! De quoi tu as peur ? »

Il s'était levé aussitôt de sa chaise, prenant ses cheveux à pleines mains et lissant sa barbe. « Incoronata a cinq enfants, tous des garçons. Son mari est en prison depuis dix ans. Si je vais là-bas et que je sonne chez eux, je me fais tirer dessus ! » J'avais écarquillé les yeux, et l'expression sur mon visage avait peut-être suffi. Mais je forçai la dose : « Toi et la femme d'un mafieux, papa ? *Toi*? lui demandai-je. Ça sert à ça, Internet ? » Il était resté silencieux.

Incoronata était donc sortie de scène, heureusement, et le web, à ma grande surprise, était passé d'objet de culte à sujet de discussion. Il commençait à en vouloir à mort aux algorithmes et aux moteurs de recherche : « Ils veulent nous rendre tous pareils, Elisa, manipulables, décervelés ! Tu n'as pas idée des objectifs diaboliques qu'ils cachent, les démocraties vont disparaître ! Le web deviendra un supermarché ! » Il prophétisait, telle Cassandre, et cela ne pouvait effrayer personne en 2006. « Internet devait être la nouvelle frontière, la libération, et au lieu de ça… C'est la pire trahison de l'Histoire. »

Il se mit à relire Marx, Hegel et Platon dans le but d'entreprendre une étude monumentale sur la Trahison. Mais, aussi déçu et rebelle qu'il fût, il devait encore se désintoxiquer vraiment, si bien qu'il repartait parfois sur les tchats, et les blogs, et ce réseau social américain archi célèbre sur le point de débarquer en Italie, auquel il était incapable de résister : « L'ennemi, Elisa, il faut l'attaquer de l'intérieur. » Entre parenthèses : la seule femme normale de sa vie, Iolanda, il ne la rencontrerait pas sur Internet mais à la poissonnerie.

Quoi qu'il en soit, pendant les semaines qui suivirent le 9 juillet, je refusai d'acheter un nouveau portable, de regarder mes mails ou le courrier : je savais que ni l'un ni l'autre ne m'écrirait mais je ne voulais pas courir le risque d'aller vérifier et me confronter au vide : répété, balancé en pleine figure. D'ailleurs, je ne voulais pas qu'ils me joignent. Pour me dire quoi ? Qu'ils s'aimaient ? Cette seule pensée me coupait physiquement en deux. Je la rejetais, mon corps n'était pas en mesure de la supporter. J'évitais les livres parce qu'ils ne m'auraient pas soignée, pas à ce stade, les journaux, les films, la culture tout entière ne m'auraient servi à rien.

Je marchais. Sans but ni raison, comme autrefois j'errais sur mon Quartz. Maintenant, après le naufrage, c'était à pied. Je sortais vers cinq heures de l'après-midi, j'allais jusqu'au front de mer, je m'arrêtais pour regarder les jeunes jouer au ballon sur le sable mouillé, les filles en maillot de bain qui riaient au comptoir du bar, les familles heureuses, les enfants aimés, *les autres*, à la famille desquels je n'arrivais pas à appartenir. J'allais jusqu'à Calamoresca, à piazza A, je contemplais les îles, les nuages, les barques, et il me suffisait d'être acceptée sur la croûte terrestre, comme un corps sur le point de se noyer ramené sur le rivage par une marée violente.

Je rentrais à huit heures, plus ou moins, je dînais avec mon père, l'écoutais pester contre les intérêts économiques occultes et les pouvoirs louches. Je l'aidais à débarrasser, à remplir le lave-vaisselle, puis je m'enfermais dans ma chambre comme à quatorze ans. Je baissais le volet roulant sur le platane « vigoureux, habillé de feuilles, solitaire, seul ». Je lançais un regard dérobé, rapide, au sommet de l'armoire, dans l'angle droit du plafond. Et c'était presque doux, après, de s'écrouler sur mon lit du lycée.

Je passai encore dix-sept jours ainsi, comme une amibe.

Puis il y eut le grand virage.

Jeudi 27 juillet, précise mon journal de 2006. Sans rien ajouter d'autre parce que cette page, comme les dix-neuf précédentes et toutes les suivantes, est blanche.

Je devrai donc faire appel à ma mémoire, mais je ne crois pas y rencontrer d'obstacles : le mistral et le ciel sans tache, je m'en souviens parfaitement, et aussi de la sensation d'inutilité et de vide qui m'avait intérieurement glacée.

Cet après-midi-là, je remontais la route vers Calamoresca qui, j'ai oublié de le dire, est une anse merveilleuse de cailloux, avec un belvédère et des bancs d'où l'on peut voir l'île d'Elbe, et où les myrtes, les genévriers et les bruyères parfument le vent qui frappe la côte. Comme d'habitude j'évitais les passants, pour ne pas rencontrer d'anciens camarades de classe qui me reconnaîtraient et me demanderaient comment j'allais. Quand dans la partie la plus raide une fatigue énorme, comme je n'en avais jamais connu, me tomba dessus, telle que mes jambes se dérobaient et que je dus chercher d'urgence un banc libre de ces maudits amoureux – il y en avait partout – pour m'asseoir et contenir mon effroi.

Je regardai l'île de l'autre côté de la mer: limpide, aussi détaillée qu'une grande crèche, avec ces carrières noires d'où les Étrusques extrayaient le fer deux mille ans plus tôt, les dorsales ombreuses des monts, les minuscules grappes de maisons. Je me souviens que du bar de la plage montait une chanson: *Applausi, applausi per Fibra.* Une nuée d'enfants se préparait à sauter du plus haut rocher, en bas de la maison abandonnée. À cet instant précis, une douleur vive, inconnue me traversa le ventre. Pas l'estomac: un autre endroit, auquel je n'avais jamais prêté attention. Et même si je n'en avais aucune expérience et aucune notion, je le compris aussitôt: *aussitôt.*

« C'est pas possible », dis-je à voix haute.

Je t'en supplie, dis-je, en implorant ce Dieu qui devait bien exister, quand j'en avais besoin. Pas ça, non, s'il te plaît. Et le blister avec les deux pilules oubliées me revenait en mémoire, puis l'image de moi, idiote qui, m'en apercevant, en avais avalé trois d'un coup, certaine que ce serait pareil. Mon cerveau calcula de lui-même les semaines et les jours, tandis que je ne parvenais qu'à me raidir.

Non.

J'eus froid. Surmontant le désir de m'endormir là, sur ce banc, j'allai jusqu'à la pharmacie la plus proche, dans un tel état d'inquiétude et de tension que j'étais comme une biche prostrée dans une forêt enfouie sous la neige. Même si dans la réalité il faisait trente degrés et que les gens à côté de moi traînaient leurs claquettes, joyeux et brûlés par le soleil. Le pharmacien me donna ce que je demandais en regardant si j'avais une alliance : non, je n'en avais pas. Je sortis et repris ma déambulation le long de la côte, assommée, le cœur cognant dans ma poitrine. Je m'enfermai dans les toilettes du premier bar rencontré, après avoir avalé un verre de vin pour me préparer au résultat, ou dans l'illusion de le conjurer. Je me demandai, dans cette grotte de carrelage blanc, si on pouvait mourir une deuxième fois, à dix-neuf jours de distance, et la réponse fut : oui, apparemment oui. On peut mourir sans fin, Elisa.

Papa faisait la cuisine quand je rentrai. En entendant mes sanglots, il accourut dans le salon, s'assit sur le canapé où j'étais allée me jeter. Je parlai, enfin, mais ne prononçai que des mots décousus, incompréhensibles. Papa me prit la tête entre ses mains, m'ordonna avec douceur de me calmer, de le regarder dans les yeux, d'être adulte.

« Qu'est-ce qu'il s'est passé ?

– Une tragédie.

– Dis-moi.

– Je suis enceinte. »

Il laissa ma réponse advenir, s'émousser, se déposer au sol. Surpris plus que bouleversé car, de toutes les filles inconscientes de la planète, j'étais vraiment la moins légère et la moins écervelée. Il s'efforça de garder le contrôle, commenta : « Je n'appellerai pas vraiment ça une tragédie, même si…

– Je suis en première année d'université ! m'écriai-je. J'ai des examens à passer, et puis mon diplôme. Je veux mourir !

– Il faut réfléchir sur la vie, Elisa, tu ne peux pas toujours la prendre en pleine figure ou la laisser t'emporter. Il faut évaluer, entendre plusieurs opinions et je crois que la plus urgente, c'est celle de Lorenzo.

– Ne prononce même pas son nom ! » me révoltai-je, furieuse.

Papa comprit que la situation allait au-delà d'une bêtise de gamins.

« Alors tu veux que je téléphone à Beatrice, que je lui demande de venir ? »

Je ne répondis pas : j'eus un cri inarticulé, et une expression si effrayante que papa en resta médusé. Je commençai à délirer. Il s'aperçut que je brûlais et me mit au lit, remonta mes couvertures. Je tremblais, il en ajouta d'autres. Je le voyais flou qui s'agitait, et lui-même ne savait que faire. Puis il prit une décision : il alla dans la salle de bains se raser.

Sous les couvertures où je claquais des dents pendant que dehors les cigales s'affolaient, j'écoutai longuement le bruit du rasoir électrique. J'ignore le temps qu'il lui fallut pour débarrasser son visage de cette barbe, je sais juste qu'il enleva son pyjama, et quand il apparut sur le seuil de ma chambre, il portait un pantalon de velours côtelé, une chemise à carreaux bleu boutonnée jusqu'au col et il était de nouveau, sans l'ombre d'un doute, le professeur Cerruti.

« Ne t'inquiète pas, nous t'aiderons », dit-il pour tenter de me rassurer.

Nous ? pensai-je. Nous qui ?

Papa prit son portable, chercha un numéro dans son répertoire, colla l'appareil à son oreille et en attendant marcha de long en large dans le couloir, transpirant, ne cessant de toucher ses lunettes, ses cheveux. Quand il s'arrêta, je l'entendis distinctement dire : « Annabella, oui, Elisa est toujours là. Non, elle ne va pas bien. Elle a de la fièvre, elle dit qu'elle veut mourir. Et qu'elle est enceinte. » Un silence tomba. J'essayai de ne pas pleurer, sans succès. « Ce serait peut-être bien que tu viennes. Cette fois, je ne crois pas que je vais y arriver tout seul. Demande à ton mari s'il peut comprendre la situation. »

Non, papa, non, tu ne peux pas me faire un coup pareil. Je voulus m'asseoir. Comment une telle idée t'est passée par la tête ? Je voulus me lever pour arrêter ce délire mais je n'avais pas la force. J'imaginais combien ce coup de téléphone lui coûtait, j'entendis ses pas d'un bout à l'autre de l'appartement, et mes parents se parler de nouveau dans cette maison. L'âge adulte ne pouvait pas commencer d'une pire façon. J'avais été à un cheveu, *un seul*, de la délivrance et de la réalisation. Et maintenant ?

Papa passa toute la nuit à me poser des linges mouillés sur le front, mais pas de guérison possible. Il apporta son ordinateur dans ma chambre, pour se tenir compagnie. Comment ? Peut-être cherchait-il des remèdes pour la fièvre, pour les erreurs des filles. Moi, je restais figée piazza Verdi, paupières clouées sur ce baiser, et je ne dormais pas, je ne pouvais pas, j'avais chaud, j'avais froid.

Tu parles, elle ne viendra pas.

Le lendemain, ma mère prit les quatre trains qui reliaient les deux parties de moi et, après un voyage interminable, ouvrit la porte de ma chambre, sombre et irrespirable.

Elle alluma la lampe de chevet, s'assit par terre près de moi, avec ses longues tresses grises, un tournesol à l'oreille. J'étais si émue qu'elle soit là et me prenne la main que je plongeai le visage dans mon oreiller. Elle me fit une caresse, attendit que je me tourne vers elle pour poser ses lèvres sur mon front. « Tu as trente-neuf », conclut-elle.

Elle ne m'avait pas dit bonjour, ne me posa pas de questions. Je sentis à sa voix qu'elle avait une chose à me dire. « J'ai appris ça quand tu étais petite. Vers trois ans, je n'avais plus besoin du thermomètre, il me suffisait de te regarder : tu commençais à t'affaisser sur la chaise devant les dessins animés, tes yeux devenaient brillants, tes joues rouges. Et moi, chaque fois, j'aurais préféré me tuer plutôt qu'appeler au travail.

– S'il te plaît, maman, me raconte rien », murmurai-je.

Elle se leva, alla comploter avec mon père. Elle revint avec un demi-verre d'eau et du paracétamol, m'obligea à m'asseoir, me fourra le comprimé dans la bouche, comme autrefois.

« Si j'avais eu de l'aide, je ne sais pas, une voisine, une sœur, une cousine, je suis sûre que j'aurais été meilleure comme mère. Mais il fallait que j'appelle au travail et…

– Maman, la suppliai-je.

– Avale ce comprimé. »

Elle alla à la fenêtre, l'ouvrit, laissa entrer la lumière et l'air sain. Elle se tourna vers moi, les poings sur les hanches : la sévérité de sa pose me rappela grand-mère Tecla.

« Elisa, un enfant, c'est un sacré bazar. Mais je te jure que je te donnerai un coup de main. »

Au mot *enfant*, je recommençai à pleurer. Je ne pouvais pas l'entendre, ça m'anéantissait, ça me brisait le cœur.

« Elisa, poursuivit-elle en enlevant les couvertures, je te jure que tu ne finiras pas comme moi. » Elle s'interrompit : « Paolo, excuse-moi, cria-t-elle pour être entendue de la cuisine, c'est pas pour te critiquer, hein, mais si tu la couvres, la fièvre ne baisse pas, elle monte. »

Papa vint au seuil de ma chambre, embarrassé. Il bafouilla : « … Elle tremblait, elle avait froid… » Maman lui rendit les couvertures. « Et souviens-toi : du paracétamol, il vaut toujours mieux lui en donner. Fais pas cette tête. Tu ne le savais pas, maintenant tu le sais. »

Le mot *enfant* me faisait sentir encore plus seule et désarmée que toute la solitude, l'impuissance que j'avais ressenties dans ma vie. Il emportait avec lui le futur dont je rêvais et le passé que je ne pardonnais pas, il était sans issue, sans solution. Et puis il y avait cela aussi, qui me déchirait : papa avec la pile de couvertures sur les bras, regardant maman d'un air perdu, elle qui lui posait la main sur l'épaule : « On trouvera des solutions, tu verras. »

Maman, qui était revenue au point exact où elle m'avait larguée en octobre 2000. Ce geste ne réparait rien, ne recousait rien. Ou bien si.

Grâce au paracétamol, je m'endormis d'un coup, et je dormis pendant des heures, des jours peut-être. Puis, un matin, à onze heures, je ressuscitai. Je me levai, de nouveau en forme, avec une faim de loup. J'entrouvris la porte, entendis la voix de mes parents qui conversaient gaiement dans la cuisine, et ce fut bizarre, et *beau*. Sur la pointe des pieds, je sortis dans le couloir. Après des années, la chambre de Niccolò, puis de Beatrice, était à nouveau ouverte. J'approchai, me penchai, regardai la valise de ma mère défaite, les joggings et les pyjamas de la Liabel pliés sur le lit, et je fus attendrie.

Dans la cuisine, papa et maman étaient assis tous les deux à table, buvant du café. Ils me regardèrent, et je ne savais toujours pas quelle décision j'allais prendre, ce que c'était d'avoir un enfant. Mais ils me sourirent, et je compris ce que c'était d'en être un.

Ils me versèrent une tasse de café, poussèrent vers moi un paquet de biscottes et je m'installai au milieu d'eux, là où était mon lieu, le premier.

Je recommençai à manger, à penser. À partir de ce moment, l'un et l'autre, le professeur et l'ex-bassiste, ne me laissèrent plus seule. Ils m'accompagnèrent à chaque visite, prise de sang, échographie. Ils écoutèrent avec attention une version largement édulcorée du 9 juillet. Carmelo, qui avait accepté de bon gré de continuer seul sa tournée des foires du Biellois, téléphona tous les soirs pour prendre de mes nouvelles. Maman vint chaque après-midi se promener avec moi, souvent mon père nous rejoignait. Nous étions les seuls à être pâles et habillés sur le front de mer en plein mois d'août. Cela nous était égal. Ça ne fonctionnait entre nous que de cette façon bancale, bricolée, bizarre. *Les autres*, en tout cas, nous jetaient de drôles de regards.

Il arriva même, en cet été le plus douloureux de toute ma vie, que nous prenions la voiture pour aller à la Plage de fer, à huit heures du soir, nager ensemble au coucher du soleil, sans témoins. Puis nous poussions, encore à moitié mouillés, jusqu'à Marina di S. manger une pizza, et ensuite, sur le corso où brillaient encore à l'époque les vitrines du Scarlet Rose, nous achetions des nougats aux amandes et des brigidini[1]. Début septembre, nous retournâmes au parc naturel de San Quintino, tous les trois des jumelles au cou. Les rolliers d'Europe étaient sur le départ. Tant pis, il en restait tellement, de tout ce qui était commun et précieux, normal et important : les goélands, les roseaux, la mer, Paolo et Annabella qui, pour la première fois, peut-être, étaient des parents ensemble. Et je crois que ce fut un peu tout cela qui décida.

Adoucir, redimensionner, apprivoiser le mot *enfant*.

Je dois m'interrompre : les deux heures sont écoulées. Je ferme Word, m'extrais de ma chambre et frappe à la porte de Valentino. « Je peux ? » J'ouvre la porte doucement. Il est sur son ordinateur, soupire, agacé, mais je sais qu'il est content : j'ai tenu ma promesse.

« Allez, l'asticotai-je, on va le faire, cet arbre ? »

Il rit. Et moi, comme toujours quand je le vois rire, j'oublie toute ma fatigue, ma solitude et mon inconscience. Ce ne fut pas une sinécure de l'élever, au contraire. Mais de même que je n'arrivais pas, l'été 2006, à imaginer ma vie avec lui, maintenant que je le connais, je ne pourrais plus l'imaginer sans lui, sans le contour de ses yeux, sans son caractère joyeux et extraverti qui est le contraire du mien, sa voix qui devient peu à peu plus rauque, ses cheveux d'or brillants.

Nous descendons à la cave. L'arbre synthétique est vieux, en mauvais état, et il sent le moisi. Il a même

1. Petites gaufres toscanes parfumées à l'anis.

perdu quelques branches, mais on s'en fiche. Vale atteint les étagères du dessus, où sont rangées les boîtes des décorations, hisse notre sapin pelé sur son épaule et nous remontons. Nous transportons des tonnes de poussière dans le salon, je m'efforce de ne pas le voir, de ne pas penser au ménage : ces derniers jours, la maison est dans un état piteux. Je le laisse, lui qui a l'esprit mathématique, décider de la disposition des lumières et des décorations, me contentant de lui passer les boules dans les couleurs qu'il demande, les rubans, les petites pâtes de sel qui datent peut-être de son école maternelle. Comme bande sonore, je mets un CD d'un certain Tha Supreme, et moi qui m'intéresse toujours à Sfera Ebbasta, je jure que celui-là, je ne comprends vraiment pas ce qu'il dit. Vale chante, en tout cas, concentré, et j'accepte que son temps est venu, que ce n'est plus le mien.

Une fois décoré, l'arbre, contre tout pronostic, n'est pas mal. Nous éteignons la lumière du salon pour le regarder scintiller. « Tu avais raison, ç'aurait été dommage de le laisser à la cave. »

Vale acquiesce, il est de bonne humeur. Je me risque alors à lui demander si, parmi les rappeurs qu'il écoute, il y a aussi Fabri Fibra. Et je lui raconte qu'en 2006, quand j'étais enceinte de lui, on l'entendait partout, même à T, et que j'avais acheté son disque. Vale devient sérieux, déclare que Fibra, ça ne se discute pas : ça reste « un grand ». J'en profite pour me lancer : « Elle vous a donné quoi à lire pour les vacances, la prof d'italien ?

– *La Conscience de Zeno.*

– Quoi ? au collège ? »

J'ai envie de rire, même si d'habitude j'évite de critiquer les enseignants, mais là, quand même.

« Ils veulent vraiment les tuer dans l'œuf, les futurs lecteurs, et même avant 2020. Je vais devoir donner raison à une de mes amies…

– Alors je fais quoi ? Je le lis pas ?

– Non, non, tu le lis, bien sûr. Mais tu vas aussi prendre dans ma bibliothèque Sanguinetti, et le Groupe 63, parce que ce Tha Supreme me fait un peu penser à lui. »

Je l'attire dans mes bras et il se laisse faire. Ce n'est pas souvent : que de fois nous nous disputons et je ne sais pas comment le prendre, tellement il me fait enrager. Je goûte ce moment, sans protester contre sa rareté, je lui donne même un baiser, avant que l'interphone ne sonne.

Mais il sonne : ponctuel, inexorable.

Valentino regarde sa montre : « La barbe, c'est déjà sept heures. »

Bien que cela me torde l'estomac, je sais que c'est justice, et je réponds : « Ne te plains pas, à la fin tu t'amuses plus avec lui qu'avec moi.

– Mais c'est Noël et j'aimais mieux aller à Biella.

– La règle, c'est une année en Piémont et l'année suivante en Toscane. Ne désespère pas : le Jour de l'An auquel tu tiens tant, tu le passeras avec grand-père Paolo et moi. »

Vale lève les yeux au ciel, je vais ouvrir.

J'écoute la porte d'entrée d'en bas qui grince et se referme, j'entends ses pas dans l'escalier, je l'entends tousser : ce n'est jamais facile, jamais, de le voir apparaître sur le palier, de lui dire bonjour, lui sourire : « Salut, comment tu vas ?

– Normal, et toi ?

– Moi aussi, *normal.* »

Je m'écarte, Lorenzo entre. Il enlève son manteau, m'effleure l'épaule, ou c'est peut-être le déplacement de l'air, son écharpe. Comme toujours, il est très élégant. Je remarque la coupe de sa veste, le tissu de sa chemise nonchalamment portée par-dessus le jean et je me dis que je n'ai rien fait d'autre qu'écrire toute la journée, tous les jours. Je me penche vers le miroir en espérant que ça ne se voie pas. Je constate ce que je sais déjà : j'ai les cheveux maintenus par un élastique, les traits tirés, le vieux pull déformé que je porte à la maison et qui a même un trou, et gênée je rougis, sans raison.

Lorenzo ne fait pas attention à ma tête, mes vêtements.

« Il est où, Vale ? me demande-t-il seulement.

– Dans le salon. »

Je le suis à distance, je m'arrête sur le seuil et regarde mon fils et son père s'embrasser. Je détourne les yeux. Leur intimité ne me regarde pas. Et puis, je l'ai dit, ce n'est pas si facile. Même si des années ont passé, et je dois reconnaître qu'il a toujours été un père présent, il a téléphoné tous les soirs, envoyé de l'argent et des cadeaux, pris l'avion à chaque fête, anniversaire, long week-end, et chaque été emmené Valentino voyager à travers le monde : en Suède, à quelques kilomètres du cercle polaire arctique, dans une province rurale perdue de la Chine, et même en Sibérie visiter les prisons de Mandelstam, cet homme blond de trente-quatre ans reste celui que j'épiais autrefois du haut de l'échelle anti-incendie du lycée Pascoli. Il reste Lorenzo.

Valentino court dans sa chambre préparer son sac. Son père s'attarde dans le salon pour regarder, pensif, l'arbre de Noël. « Il est beau, quand même, finit-il par dire.

– Oui, on vient de le faire.
– La veille de Noël ? » Surpris, il me regarde.
Moi, pas mon pull, pas mes cheveux. Et même si je ne le veux pas, je me sens chancelante, mal assurée sur mes jambes. Je m'efforce de mentir.
« J'ai eu pas mal de travail.
– C'est bien, non ?
– Même aujourd'hui j'ai écrit », cela m'a échappé, et je le regrette aussitôt.
« Quoi ? » demande-t-il, intéressé.
Il continue de me regarder. Et je me demande qui il voit, quelle femme. Si c'est la mère de son fils ou la gamine empotée sous le chêne qui a vieilli depuis, ou celle qui voulait écrire comme Elsa Morante, ou encore une paumée qui ne trouvera jamais personne parce qu'elle a renoncé à chercher.
Je m'oblige à mentir mieux : « Une recherche.
– Sur ? » Il me regarde attentivement, interrogateur.
« Sur les Étrusques », dis-je, tête à claques.
Lorenzo sourit : « Ah bon, tu as changé de spécialité ? »
Et je pense tout à coup à quelque chose qui ne m'a jamais effleurée pendant tout ce temps, chimère ou peut-être illusion due à ce fichier Word que je cache : la femme que Lorenzo voit est peut-être meilleure que celle que je crois.
Valentino sort de la chambre, prêt et « vêtu de neuf », comme dans la poésie de Pascoli qui m'a suggéré son prénom. Je le tiens par le bras et, m'adressant à Lorenzo, pour échapper à cette pensée, ou à ce doute : « Allez-y, maintenant, ou vous tomberez dans la circulation. Il paraît même qu'il y aura de la neige sur l'A1. »

Ce n'est pas vrai : il fait quatorze degrés, les amandiers fleurissent déjà dans les Pouilles. Et Lorenzo, qui regarde la météo lui aussi, le sait. Il fronce les sourcils, plisse les yeux en fente : comme s'il captait que quelque chose s'est passé en moi, d'inattendu. Je baisse les yeux, cherche à l'éviter, et il me coûte de reconnaître que même si nous ne sommes plus ensemble depuis treize ans, que nous vivons depuis treize ans dans des villes différentes, il sait encore lire en moi.

Il lâche l'affaire.

« Joyeux Noël, Elisa.

– Joyeux Noël, maman, on se retrouve le 28. »

Je regarde Valentino un instant et je lui dis intérieurement : Tu es le fils d'un rêve. D'un garçon de quinze ans et d'une fille de quatorze qui avaient espéré mille fois trouver l'âme sœur dans une bibliothèque, et qui l'ont trouvée. Et même si la réalité ensuite ne s'est pas montrée à la hauteur, un rêve on ne le quitte jamais. Il fallait forcément que tu naisses.

« À bientôt, leur dis-je, envoyez-moi un message quand vous serez arrivés. »

Je ferme la porte, j'écoute en apnée la petite secousse qui saisit mon cœur chaque fois. Je fais provision d'air, j'expire. Et je réalise que je peux écrire toute la nuit, sans scrupules, sans freins.

Je peux me libérer encore de toi, Beatrice – et tu n'as pas idée de l'euphorie que je ressens, de l'adrénaline.

16

La pluie dans la pinède

Fin septembre, maman, papa et moi nous grimpâmes sur les rochers du port et nous assîmes tout en haut pour regarder les bateaux partir, eux avec des bières qu'ils buvaient au goulot, moi avec un jus de fruits.

« Qu'est-ce que tu as décidé ? » me demanda papa.

Les options dont nous discutions depuis plusieurs jours étaient trois: rester à T et fréquenter l'université voisine en faisant la navette; revenir à Biella avec maman et m'inscrire en Lettres à Turin, en faisant là aussi la navette; ou bien reprendre à Bologne, en cherchant une structure adaptée à une étudiante-mère. Dans les trois cas, je n'y arriverais pas sans aide.

J'étais là avec eux, le nez au vent, sans avoir pris un gramme malgré le troisième mois, et même plus maigre qu'avant, à cause des nausées. Nous regardions les derniers touristes embarquer pour l'Elbe et la Corse – on les reconnaissait à ce qu'ils étaient mal habillés, en sandales et en short –, et Beatrice était encore partout: dans mon regard, dans le paysage, sans cesse je devais la chasser. Je n'avais pas la moindre idée de ce qui m'attendait: les douleurs de l'accouchement, l'allaitement à la demande, les nuits blanches me paraissaient des exagérations. Je me souviens du sirocco, comment il s'abattait sur ma jeunesse, le crépuscule qui teintait d'orange la casemate des gardes-côtes, les nuées de goélands escortant un bateau pour Portoferraio, mon cœur débordant de courage : Non, Beatrice, tu ne gagneras pas.

« Je retourne à Bologne », dis-je.

Mes parents restèrent quelques instants silencieux. Maman fut la première à parler. « C'est bien, puisque c'est la ville que tu avais choisie. »

En réalité, ce n'était pas moi qui l'avais choisie mais le « camarade » Davide, ce frère de Lorenzo que je ne connaissais pas et qui était peut-être en train de se battre avec les Indios, ou bien de bivouaquer via Petronio. Ce n'était pas une décision pondérée mais un pur désir : je voulais revenir là où je m'étais sentie à ma place pour la première fois, étudier à l'Archiginnasio sous les plafonds à fresques, retraverser la piazza Verdi, me la réapproprier, ne pas me la laisser voler par ce baiser.

« On fera un roulement avec ton père, au début, poursuivit maman, ensuite on trouvera une baby-sitter et à un an tu pourras l'inscrire à la garderie. T'es d'accord, Paolo ? Tu m'écoutes ? »

Papa, pensif, buvait sa bière en regardant ailleurs. Je crus qu'il était contrarié que je ne m'inscrive pas à son université, parce que nous aurions pris le train ensemble tous les matins et il ne se serait pas retrouvé tout seul, à nouveau. Je me trompais.

Sa bière terminée, il posa la bouteille et me regarda d'un œil sévère : « Tu ne peux pas faire comme si Lorenzo ne comptait pas, comme s'il n'avait aucun rôle. Tu ne peux pas l'exclure de l'équation.

– Je ne veux pas le voir, lançai-je, aussitôt sur la défensive.

– Toi, mais l'enfant ce n'est pas toi. »

Maman intervint. « Paolo a raison, tu dois le lui dire.

– Tu te rends compte, Elisa ? On est là à décider où il va grandir, qui s'en occupera, et lui il ne sait rien, rien ! » Il y avait du ressentiment dans sa voix, comme si c'était lui le père exclu. « Tu trouves ça juste ? Lorenzo a les mêmes droits et devoirs que toi, à commencer par celui de savoir.

– Non, ce type est une merde.

– Et toi tu es inconsciente, immature.

– Si je le vois, je le tue. »

Il perdit patience. « Tu veux que ton enfant grandisse à moitié ? Qu'il ne fasse connaissance avec son père qu'à quatorze ans, comme toi ? Sérieusement, tu veux faire les mêmes erreurs que nous ? »

Je serrai les poings et restai muette. Ce que j'aurais voulu lui répondre, je l'oubliai aussitôt, tellement c'était peu convaincant. Maman soupira, alluma une cigarette : « Eli, mets-toi un peu de plomb dans la cervelle et appelle-le. On est passés par là, et on sait que la rancune ne mène nulle part. »

J'aurais aimé avoir une bière moi aussi, une bouteille de vin, un joint, et au lieu de ça je suçai la dernière goutte de mon jus de fruits, et mon cœur indocile redevint lourd, l'avenir un problème, l'éventualité de rencontrer Lorenzo, à Bologne, un cauchemar. C'était statistique. Beatrice, elle, était une *non-pensée.* Innommable, coupable à un point tel qu'elle méritait l'enfer. J'étais Valeria, avec son seau d'eau à la main et le mot « putain » au bord des lèvres. C'est drôle comme parfois nous devenons tous machistes et adoptons instantanément la version que c'est elle, Ève, la perfide ensorceleuse et l'homme, le pauvre malheureux qui s'est fait avoir. Je le haïssais, bien sûr, mais elle encore plus. Pourquoi ?

Parce que tu étais *moi.*

Tu étais *tout,* Bea : le miroir à travers lequel je m'interrogeais, la sœur plus dégourdie dont j'avais toujours rêvé, la possibilité de devenir une voleuse, de parcourir à grands pas le corso Italia un samedi, de porter un jean, à combien d'euros, déjà ? Peu importe. Tu étais l'étoile lumineuse apparue sur la plage une nuit de Ferragosto – et il m'a fallu tant d'années pour te raconter, sans te pardonner, ça non, mais peut-être *en acceptant.*

Sur le port de T, ce jour-là, la pensée que je ne pouvais pas intégrer, la peur que je ne savais pas nommer, c'était que si j'avais téléphoné, tu te serais enlacée à lui pour écouter, et tu aurais peut-être ri de moi. Vous étiez si beaux, pris séparément, alors ensemble… Comment avais-je pu ne pas voir que c'était moi l'intruse ? Alors je t'ai prise, balancée dans un trou, recouverte de terre, et j'ai cessé d'écrire. Parce que le souvenir de toi m'aurait simplement empêchée de vivre.

L'air s'était rafraîchi, le soleil bas flottait sur la mer quand je capitulai : « D'accord, je vais l'appeler. Mais quand je serai prête.

– OK, dit maman.

– Ne tarde pas trop », insista papa.

Nous restions là, sur les rochers, malgré le vent et l'obscurité qui s'étirait vers l'ouest. Aucun de nous n'avait envie de se lever. Notre été tirait sur sa fin, le mauvais temps s'annonçait entre Cerboli, l'Elbe et la pointe vaporeuse de la Corse. En vérité, nous n'avions pas envie de nous quitter, de faire venir cet enfant au monde d'une manière aussi bancale. Pourtant, malgré tout, nous nous étions guéris.

Je revins donc à Bologne en 2006, cette fois définitivement, le lundi 16 octobre, quand les cours avaient déjà commencé, n'apportant avec moi que l'essentiel : des vêtements, les six cahiers de mon journal qui contenaient notre histoire et que je n'allais pas rouvrir, et mon talisman, *Mensonge et sortilège*.

Papa, au dernier moment, avait réussi à me trouver une petite chambre au foyer étudiant Morgagni, un des seuls qui acceptent des « cas problématiques » comme les mères avec enfant. Il était à deux pas de la faculté, situé, hélas, entre la via San Sigismondo et la piazza Verdi – mais, comme je le vérifiai aussitôt, ma fenêtre ne donnait ni sur l'une ni sur l'autre. Ce n'était pas l'appartement à poutres apparentes de la via Mascarella, évidemment, mais la salle de bains était fonctionnelle, le bureau bien placé, la penderie et la bibliothèque spacieuses. Je posai mon léger bagage dans un coin, m'assis au bord du lit pour écouter les voix inconnues qui parcouraient les couloirs et les escaliers. L'idée que mon ventre allait grossir là, entouré d'étudiants, qui sait pourquoi, me rassura. M'arracha même un sourire.

Il ne mit pas longtemps en effet, mon ventre, à ressortir sous mon pull, se remarquer au milieu des étudiantes libres et insouciantes qui flirtaient avec de futurs ingénieurs ou futurs philosophes, se mettaient en couple, se bécotaient dans la salle d'étude, dans les cuisines communes, et se glissaient, la nuit, dans leur chambre. Naturellement, j'étais extérieure à tout ça. En même temps que je me transformais en ballon, tous les regards je ne dis pas d'intérêt mais de simple curiosité s'éteignaient, au foyer Morgagni ou ailleurs: à l'université, en bibliothèque. Je ne fréquentais pas les fêtes et les pubs, parce que je ne pouvais pas boire pendant ma grossesse, et que je devais étudier le plus possible pour m'avancer dans mes examens. Pas plus qu'après la naissance de Valentino, quand j'avais déjà du mal à me laver les cheveux, à ouvrir un livre, à charger les uns après les autres des lave-linge de grenouillères maculées de renvois.

L'amour resta – ou plutôt: est resté depuis – en dehors du champ des possibles. J'aimerais pouvoir utiliser le passé simple, mais la vérité est que je n'ai pas de copain ni de compagnon. J'ai eu, oui, quelques brèves relations, et même des sentiments peut-être amoureux pour un collègue, mais cette histoire est déjà terminée. Une femme avec un enfant, qui en plus travaille, n'a pas beaucoup de temps pour autre chose, quand bien même elle le voudrait. Quoi qu'en dise la Rossetti, tout n'est pas possible. La vie est faite de choix, de renoncements, et en 2006, même si je ne l'avais pas choisi, je m'étais fourrée dans de sales draps. La vie est une succession de sales draps.

En décembre, j'avais tellement de poitrine, de ventre et de hanches que pour une fois, en cours, j'étais la plus visible, je détonnais quand je me présentais à un examen et, dès mon entrée dans l'Archiginnasio, je monopolisais les regards, les grimaces de désapprobation, y compris parce que j'étais la seule dans cet état. Mes camarades, et les professeurs qui m'avaient portée au pinacle, m'accueillirent avec froideur, déçus. Une future star de l'université ne peut pas être enceinte à vingt ans: c'est vraiment le genre de stupidité qui ne se fait pas. J'en fus blessée, je me reprochai même d'avoir gardé cet enfant. Puis je sentis monter en moi la colère, en particulier lorsque je passais sur la piazza Verdi, et cette colère se convertit avec le temps en détermination : Elisa, tu dois étudier, tu dois passer ton diplôme à la fac et t'emparer toi aussi du reste des restes de bonheur.

Au foyer Morgagni, les choses étaient différentes. Il y avait là des jeunes qui arrivaient des communes les plus perdues des Pouilles, de Calabre, des Abruzzes, logés là autant pour leurs mérites que leurs revenus modestes, et qui jouaient la chance de leur vie. Je ne pouvais pas flirter avec eux, ni sortir le soir faire la fiesta, mais je partageais la même adrénaline et le même désespoir. Ils me donnèrent un sacré coup de main, tous, je dois le dire. Sans eux je ne m'en serais pas sortie. Et Valentino, peut-être, ne serait pas devenu aussi sociable.

Je me souviens que le jour où je rentrai de l'hôpital, ce fut la procession pour venir le voir. Le prendre dans ses bras, l'emmener faire un tour de landau piazza Maggiore fut la distraction que chaque étudiant du Morgagni connut un jour ou l'autre. Quand il commença à se rouler par terre puis à s'asseoir, ce fut devant un public qui l'applaudissait. Pour le sevrage, il y eut les colis envoyés par les familles : brocolis-raves de San Vito dei Normanni, melons blancs de Nardò, coppa et clémentines de Catanzaro. Quand papa et maman ne pouvaient pas venir me voir à Bologne, quand Lorenzo, accompagné de ses parents, ne venait pas – je n'ai pas envie de parler de ces visites – c'étaient mes colocataires qui, même la nuit, frappaient à ma porte quand ils l'entendaient pleurer trop fort.

Et Vale grandit dans ce brouhaha, entouré de livres mais jamais laissé seul dans une bibliothèque. Ils me le gardaient à tour de rôle quand je devais passer un examen. Ils l'emmenaient à l'étude ou dans la petite salle d'informatique pendant qu'ils révisaient la chimie ou l'histoire, et à trois ans, Valentino prononçait déjà parfaitement des mots comme « métaphysique », « impérialisme », « Caporetto » et « chlorure de sodium ». Quant à moi, en authentique et indécrottable bûcheuse, je réussis à obtenir mon diplôme tant en licence qu'en spécialisation. Pendant les cinq années où nous y vécûmes, il n'y eut jamais besoin de baby-sitter. Et quand, mes études terminées, nous fûmes obligés de quitter le foyer universitaire, Valentino pleura pendant des mois, toutes les nuits. Aujourd'hui encore, après une dispute avec son copain ou un rejet de la part d'une fille, il me demande d'aller faire un tour là-bas, même si les étudiants ne sont plus les mêmes et que nous n'y connaissons plus personne. Rien ne meurt jamais dans ces endroits.

Cependant, comme ceci n'est pas mon roman mais celui de Beatrice, je ne m'attarderai pas sur des souvenirs qui ne la concernent pas. Je parlerai en revanche du jour où, au huitième mois, contrainte par mon père, non plus par la méthode douce mais par la méthode forte, d'affronter Lorenzo – « Sinon, c'est moi qui l'appelle ! » –, je descendis dans la petite salle d'informatique la chercher, elle, sur Internet.

Je me souviens de l'effet que cela me fit de taper son nom pour la première fois dans un moteur de recherche : Beatrice, espace, Rossetti. Comme pour Jean-Jacques Rousseau, Giulio Andreotti, Sandro Botticelli ou Britney Spears. Le blog apparut à l'instant en tête des réponses, suivi de chiffres à donner le vertige, qui m'étonnèrent un peu.

C'était en février, en 2007. Avant de cliquer sur la touche petite loupe, j'avais retenu mon souffle, regardé longtemps par la fenêtre en face de moi, donnant, celle-là oui, sur la via San Sigismondo, regardé les visages des autres étudiants, concentrés sur les écrans des vieux ordinateurs lourds et gris, qui bourdonnaient comme celui de mon père autrefois. J'avais dû bien appuyer les doigts sur les touches pour les empêcher de trembler, maîtriser ma peur, me faire violence pour ouvrir ce blog déjà plébiscité et critiqué, qui m'était étranger.

Quand je vis Beatrice occuper l'écran, mon cœur s'arrêta.

La touche finale, le dernier détail, avait été ajouté.

Beatrice était frisée.

Bouclée, je veux dire, telle que vous la voyez aujourd'hui, avec cette fabuleuse masse de cheveux, sans aucun frisottis, si brillante et imposante qu'elle paraît sculptée dans le marbre. Et pourtant indomptée, sauvage.

Elle était là, Beatrice Rossetti. Libérée, comme moi, de son ultime fragilité. Elle ne se laissait plus domestiquer, n'étouffait plus sa vraie nature. Elle avait pris conscience d'elle-même et s'était réalisée. Personne ne l'arrêterait plus.

Je compris, dès la première photo, que je ne trouverais aucune trace de Bea dans ce blog. Il n'y avait qu'une brune, « La Mora », qui deviendrait La Brune par excellence, avec des bijoux et des vêtements qui ont dû faire grimacer les experts de la mode à l'époque, mais qui n'étaient pas non plus ceux qu'elle arborait en classe ou sur la piazza A.

Je dépassai le choc, l'apnée, le trou dans la poitrine. Je me retroussai les manches et rassemblai toute mon énergie, comme si je devais plonger dans un gouffre. Dans cet état d'esprit, j'examinai les centaines d'images qu'elle avait postées en mon absence. Je lus et relus les légendes pleines de citations plagiées, de phrases toutes faites, de maximes sur la vie et sur le monde d'une banalité extrême – Bea, il faut le dire, n'a jamais su écrire – et je compris, un peu en suivant le « journal », un peu à voir revenir le Duomo et le Quadrilatère de la Mode à l'arrière-plan de ses portraits, qu'elle vivait maintenant à Milan.

Tu as gagné, Gin, me dis-je. Tu y es arrivée.

Beatrice se découpait sur des panoramas de carte postale éculés, avec des sacs et des accessoires extravagants, des chaussures de prix et des manteaux vintage, presque toujours seule. J'agrandis pour fouiller les détails. Je trouvai, ici et là, quelques autres visages au second et au troisième plan. Des filles, toutes magnifiques. Quelques jeunes gens athlétiques. Je finis par découvrir une photo où elle était enlacée à un garçon qui avait l'air d'un mannequin, et je fus surprise par sa ressemblance avec Gabriele. Mais c'était le seul cas, et on ne comprenait pas si c'était de l'amitié, ou quelque chose de plus.

En tout cas, pas de Lorenzo.

Il n'apparaissait nulle part, ni sur les photos ni dans les textes ni de façon allusive. Les lieux de ces prises de vues étaient des terrasses, des clubs privés, des halls d'hôtels de luxe. Lorenzo n'était pas du genre à les fréquenter. Et puis, en quatre mois à Bologne, je ne l'avais jamais croisé. La faculté d'Ingénierie était distante de la via Zamboni, et je n'allais jamais plus loin que la faculté de Lettres. D'ailleurs il avait tout intérêt à m'éviter. Mais quand même. Où était-il ?

Je le cherchai lui aussi sur Internet. J'écrivis « Lorenzo Monteleone », mais rien d'utile ne sortit. Des Monteleone qui n'étaient de toute évidence pas lui. De rares images, sans réalité, ne donnant aucune information. Les réseaux sociaux auraient pu m'aider, pour une fois, mais ils n'existaient pas encore en Italie. Après deux heures de vaines recherches, j'enfilai mon manteau de grossesse et je sortis.

Je marchai le plus vite possible jusqu'à via Mascarella. Il me fallait savoir, de toute urgence maintenant. Mon esprit galopait, s'embrouillait, parce que s'ils n'étaient pas ensemble, alors…

Ça changerait quoi, Elisa ? Rien. Mais *peut-être* tout.

Je partis à toute vitesse vers notre ancien appartement, le souffle court, les jambes douloureuses au bout de quatre cents mètres. Un instant, je me vis sonner en bas, entendre la voix de Lorenzo, lui pardonner, effacer cet été, cet enfer, voler dans les escaliers jusqu'à lui et le prendre dans mes bras : « Marions-nous, on va avoir un enfant ! » J'étais tellement soulagée qu'ils ne soient pas ensemble que j'en oubliais de me demander pourquoi ce baiser.

De retour dans le réel, je sonnai à l'interphone. Une voix inconnue répondit. Je demandai Lorenzo Monteleone. La voix, laconique, me répondit qu'il n'y avait pas de Monteleone à cette adresse.

J'allai m'asseoir sur une marche, l'estomac noué. Pauvre idiote, me dis-je. Je pris mon portable et téléphonai à mon père. « Papa, rends-moi un service. Essaie de récupérer des informations sur Lorenzo… Pourquoi ? Qu'est-ce que ça peut te faire pourquoi ? Je veux juste en savoir *un peu plus*, sur son adresse, ce qu'il fait, où il en est. Oui, je te jure qu'après je l'appelle, mais je dois savoir avant à *quel Lorenzo* je m'adresse. »

J'attendis une bonne minute, paralysée. Papa rappela et d'un ton neutre, avec des mots sans affect, m'apprit que Lorenzo était à Paris, où il étudiait la Coopération internationale.

Paris ? Coopération internationale ? J'en eus le souffle coupé.

« Tu as un papier et un crayon ? » me demanda-t-il.

Je fouillai mes poches, bouleversée. « Oui, j'ai.

– Bon, alors note le numéro. C'est son portable français. »

Il me le dicta et je l'écrivis, faute d'autre chose, au dos d'un ticket de caisse.

« Papa, comment t'as fait ?

– J'ai ouvert l'annuaire et j'ai appelé ses parents. »

J'eus un choc.

« Maintenant tu n'as plus d'excuse. »

Je restai encore sur la marche de cette porte d'entrée – qu'heureusement personne n'ouvrit –, avec à la main le ticket de caisse d'une pizzeria à la découpe, un préfixe étranger, +33, et un petit clic dans ma tête : la nuit de la Coupe du Monde n'avait peut-être été qu'une comédie. Mais pouvais-je accepter de les avoir mis sous le boisseau une année entière ? En 2007, non. Il m'a fallu treize ans et près de quatre cents pages pour le comprendre.

Ce jour-là, en bas de via Mascarella, je savais seulement que Beatrice vivait à Milan, Lorenzo à Paris, et que nos trois destins s'étaient séparés. Et aussi que j'allais accoucher dans six semaines, et que je devais le dire à Lorenzo. Même ça c'était une histoire à terminer, un poids que je devais m'ôter. Je tapai son numéro français et comptai sur mes quatre euros de crédit – comme Beatrice quand elle avait rompu avec Gabriele – pour que la communication soit rapidement coupée.

J'attendis qu'il décroche, le cœur battant dans ma gorge, les yeux fermés, les poumons glacés, et cela dura une éternité. Valentino me donnait des coups de pied, quelqu'un ouvrit la porte de l'intérieur et demanda à passer au plus mauvais moment, quand j'entendis sa voix : « Allô ? »

Il ne pensait sans doute pas que c'était moi. Nous ne nous étions pas parlé depuis sept mois. Il n'avait jamais cherché à me joindre : pas un mail, pas une lettre. Je pris une profonde inspiration et dis : « Salut, c'est Elisa. Dans un mois et demi, si tout va bien, j'accoucherai et c'est toi le père. Je sais que c'est la merde. Mais je ne te demande rien, je t'assure. Tu es à Paris ? Reste là-bas. C'est juste parce qu'il fallait que tu le saches. »

Pendant les vingt, trente secondes de cet appel, Lorenzo n'avait pas respiré. Il me rappela aussitôt, et encore et encore mais, assise sur les cendres de mon adolescence, je fus incapable de lui répondre.

Là où j'en suis, presque à la fin, je me demande : Comment, Elisa, n'as-tu pas réussi pendant toutes ces années à oublier Beatrice ?

Lorenzo, d'accord : vous avez un fils ensemble. Mais elle ? Toutes les filles s'entichent de leur meilleure amie au lycée puis, en grandissant, la perdent de vue. C'est un passage obligé. Personne n'en fait un drame existentiel.

Évidemment, dirai-je pour ma défense, si les réseaux sociaux n'étaient pas apparus un an plus tard, si la révolution numérique n'avait pas eu lieu pendant que je devenais adulte, aurais-je pu, peut-être, oublier Beatrice. Si je ne l'avais pas eue chaque jour, à chaque moment devant les yeux, dans toute sa perfection. Mais on sait quelle direction l'Histoire a prise.

Les livres sont devenus obsolètes, Internet irrésistible.

Je suis devenue maman et elle ; célèbre.

En 2008, 2009, 2010, combien de nuits j'ai passées avec Valentino dans les bras brûlant de fièvre, à désespérer de finir mon master, d'être une nouvelle fois amoureuse, allant même jusqu'à comprendre ma mère. Où était-elle, la Rossetti ces années-là ? En business class direction Dubaï, couverte d'or, en compagnie de son énième chéri acteur ou homme d'affaires, avec qui elle se bécotait, s'immortalisait dans des décors exotiques, avec piscine et litres de champagne. Jamais une grippe, ou même un rhume, un contretemps, une faille. Mais lumières, succès et joies à profusion. Le pire pourtant, c'était que je courais après elle. Je voulais ne rien savoir, ne rien voir, mais impossible de résister. Et je passais des heures, devant ses photos, à me sentir complètement nulle.

Je ne voudrais pas, à cause de ce que j'ai raconté avant sur le foyer Morgagni, qu'on s'imagine que ce furent des années idylliques, ou même simples à vivre, car ce fut infernal. Malgré toutes ces aides, j'étais une fille de vingt ans, avec sa vie devant elle et un enfant en bas âge. Une fille qui avait fait de mauvais choix. Le soir, les autres passaient voir Valentino puis sortaient, ils allaient s'amuser, faire l'amour, et moi je restais là à lui donner le sein, en proie à ses caprices, préparant Philologie de Dante avec la boule au ventre. Ce n'était pas facile de sortir avec quelqu'un et de s'entendre dire : « Tu as un enfant, non ? » puis rentrer le moral en berne et voir Beatrice aux Maldives, Lorenzo qui en embrassait une autre. Un enfer. Parce que Lorenzo aussi, qu'est-ce que vous croyez. Qu'il ne publiait pas des photos de lui à la Sorbonne ? Couché avec une bande de copains sur la pelouse devant les Invalides ? Qu'il n'avait pas changé deux cents fois de chérie pendant toutes ces années ?

Nous étions devenus « amis » sur Internet. *Amis* : vous imaginez ? Mais puisque j'avais un faux profil avec un faux nom, de qui Lorenzo était-il l'ami ? Il n'y avait pas une once de vérité entre nous, sur ce site. On ne se disait rien, on ne se consolait pas, on ne s'agressait pas. C'était à sens unique : je me contentais de l'épier, et me heurtais à son mur de mensonges ; car que racontait-il de lui ? Qu'il avait un fils ? Un frère ? Non. Quelle sorte d'amitié serait possible derrière une vitrine ? C'est juste une compétition pour se faire du mal, en tout cas c'est mon expérience.

Je les cherchais sur Internet. Et plus je regardais leurs photos, plus je les perdais. Les moments vécus ensemble, le grand chêne vert, piazza Padella pâlissaient, comme des souvenirs sans valeur, maintenant qu'ils parcouraient chacun leur voie triomphale : l'un en fils de famille enfin assumé, l'autre devenue, comme elle me l'avait promis, *la reine du monde.*

Et moi, la seule à être revenue au point de départ, toujours asociale, j'avais ces profils factices dont je faisais un usage immodéré. Mais seulement la nuit, après avoir fini de souligner mes livres et couché Valentino. Je n'avais rien à mettre en avant : j'étudiais, je m'occupais de mon fils et je me sentais prisonnière. J'eus pourtant quelque temps l'illusion que ce moyen de communiquer ouvrait une porte. Alors, malgré ma honte et presque en me cachant de moi-même, j'allais dans la salle de bains me maquiller, trop, comme je n'aurais jamais osé le faire pour sortir. Je me déshabillais, restais en lingerie, mimais des poses aguichantes devant la glace et me prenais en photo. Je jouais à me libérer de moi, à changer d'identité, à m'échapper.

Vous n'en retrouveriez rien. Ces profils que j'ouvrais la nuit comme une voleuse, je les fermais au bout de quelques mois. Je me donnais des noms absurdes : Jessica Machiavelli, Deborah Pozzi, Sharon Morante. Des fictions derrière lesquelles je me réfugiais ou m'étourdissais, des pièges pour attraper des hommes que je n'aurais jamais rencontrés à la fac de Lettres, des exercices pour apprendre à séduire, me faire accepter, exister. Tout en sachant que ma vérité, dans ma petite chambre au deuxième étage du Morgagni, restait impubliable. Je tchatais jusqu'à l'aube, comme mon père. J'accumulais des photos osées, m'inventais des aventures transgressives que je n'avais jamais vécues. Avec la migraine, le dégoût de moi, plus vide encore qu'avant.

Je ne le fais plus. Depuis longtemps j'ai rendu les armes, et je me suis accordé la liberté de ne pas plaire.

Le visage de Beatrice s'est figé pendant ce temps sous le masque que tout le monde connaît. Son image s'est séparée d'elle, définitivement, fixée dans cette entité magique qu'on adore ou qu'on insulte. Avec ces fameuses boucles chocolat, ce rouge à lèvres, ce fard à paupières et cette inclinaison de la tête qu'on attend d'elle. Je ne saurais pas dire quelle a été son histoire pendant ces treize années, parce que nous ne nous sommes plus parlé. Mais à voir ces photos toujours identiques, je me dis qu'elle n'a plus eu d'histoire.

J'ai écrit jusqu'à six heures du matin. C'est Noël. Je suis épuisée mais je dois me mettre en route pour Biella. Je te cherche, c'est la dernière fois, je le jure.

Est-ce que je t'ai enviée ? Est-ce que tout compte fait je n'aurais pas voulu être celle qui conquérait le net, au lieu de celle qui écrivait ces poésies médiocres ? Peut-être.

Je me connecte sur mon téléphone, je me penche. Sur l'écran, entre mes mains, je te regarde et tu es à des millions d'années-lumière. À Tokyo, à Paris, avec toute une cour d'amies qui t'entoure, à ma place. Ton regard est professionnel, ton sourire indéchiffrable. À l'arrière-plan la Tour Eiffel, les Caraïbes. Jamais T ou la via dei Lecci ou le lycée Pascoli, aujourd'hui démoli. Pourtant, même si je connais chaque plus petit recoin de toi, même si je sais tout le travail qu'il y a derrière ces photos, la sélection minutieuse des épreuves, des armes, parce que mille fois je t'ai aidée à faire le tri, et que nous l'avons appris nous aussi, et nous t'imitons – rien à faire : chaque fois, je me laisse prendre par cette illusion que tu montres.

Tu ne dis rien, tu te contentes de briller. Tu as les décors et les lumières justes, tu éblouis, tu ne révèles rien. Tu es comme la poésie à laquelle j'ai consacré ma thèse de doctorat. Tu es *La pluie dans la pinède* Bea. Je peux passer des jours à relire ce poème sans m'en lasser, comme des heures à me perdre dans ta contemplation. Me laisser ensorceler par le bruit de la pluie, par toi et ton sourire. « Il pleut / des nuages épars. / Il pleut sur les tamaris / saumâtres et brûlés. » Tes cheveux qui tombent sur tes épaules. « Les genêts éclatants / de fleurs assemblées », « les genévriers couverts / d'odorantes baies. » Tes yeux verts, et quel vert ! Un bracelet de diamants, la peau sans trace de taches de rousseur ni boutons. Et plus je m'interroge, moins je comprends. Plus je te cherche, moins je te trouve. Je creuse, et il ne me reste rien dans la main. Parce que tu n'existes pas.

Tu es toujours sur la chaise de bureau de ma petite chambre de lycéenne, avec ton jogging taché de tisane, ton vernis écaillé, et cette question.

« J'ai l'air heureuse ? »

TROISIÈME PARTIE

Leçons de vide
(2019-2020)

1

L'appel téléphonique

Et nous voilà à l'essentiel : pourquoi, le 18 décembre dernier, à deux heures du matin, j'ai tiré de la poussière mes anciens journaux intimes et les ai lus jusqu'à l'aube. Pourquoi, aussitôt après, j'ai perdu le contrôle et me suis assise à mon bureau, où j'ai commencé à écrire *ceci*.

Je sais que je l'ai appelé plusieurs fois un « roman ». J'aimerais que c'en soit un, mais je ne suis pas sûre qu'on puisse l'appeler ainsi. J'ai toujours en moi ce terrible censeur qui jamais, au grand jamais, ne trouverait acceptable un tel déversoir.

Aujourd'hui c'est Noël. Ce qui veut dire que j'ai tapé quatre cents pages en une semaine. Imaginez quel poids je portais en moi, inaccessible, étouffé. Depuis cette nuit de la piazza Verdi, je n'avais plus écrit, ni poésies ni lettres, rien de *personnel*.

Je devrais y aller maintenant : je suis habillée, maquillée, ma valise est à côté de la porte, avec le sac de cadeaux, le panettone, le spumante. Niccolò et maman m'attendent dans quelques heures, et je suis encore ici, à Bologne. Ils ont appelé pour savoir si j'étais en route. Valentino aussi, au lieu de m'envoyer un simple message, m'a appelée hier, à minuit, pour me dire qu'ils étaient arrivés. Il m'a passé Lorenzo, qui a tenu à me raconter comment s'était déroulé le voyage, de quoi ils avaient parlé. Cela m'a surprise : d'habitude j'entends seulement sa voix en fond sonore qui dit : « Salue ta mère pour moi. »

Mais c'est un autre appel que je crains aujourd'hui. Je continue à lancer des regards anxieux à mon téléphone qui pourrait sonner d'un moment à l'autre : cette fois, je devrai donner une réponse. Affronter non pas le passé, mais la vie dehors.

Alors je solde les comptes : avec qui je suis, avec mon travail.

Avec ce qui s'est passé le 17 décembre.

En fait, au début – il y a deux semaines, je crois – l'information n'était qu'un entrefilet dans la rubrique Spectacles, si mince que j'aurais pu ne pas le remarquer.

« Beatrice Rossetti : aucune nouvelle depuis 48 heures. Les réseaux se mobilisent. »

Un titre en haut à gauche, page 40 ou 41 du *Corriere della Sera* : l'article disait en substance que tu n'avais rien publié depuis deux jours, pas une seule photo : du jamais vu. J'ai retenu un petit rire. Et je me suis mise à le lire à voix haute, assise au comptoir du Baraccio où je m'arrête toujours pour prendre un café et pour lire, précisément, les journaux. Alors que j'annonçais d'un ton railleur ton absence de la scène, un chœur de rires s'est élevé : « Ah, enfin ! », « Bon débarras ! ». Et j'ai conclu : « C'est ça qu'ils appellent de l'information ? »

On a tous ri de nouveau, pas seulement Davide mais les autres clients du Baraccio. Oui, c'est bien de Davide, le frère de Lorenzo, que je parle. Il est revenu s'installer à Bologne et a ouvert ce bar via Petroni, un endroit un peu spécial, rempli de livres sur l'histoire politique de l'Amérique latine et sur la lutte des partisans italiens, avec des photos encadrées de Palmiro Togliatti, Nilde Iotti et Che Guevara. Si bien qu'en rentrant on sait tout de suite de quel côté nous sommes.

Tu peux imaginer combien tous se sont moqués de toi. Les commentaires pleuvaient, du style : « Elle a dû se trouver trois boutons d'acné », « Elle a peut-être chopé la gastro, paraît qu'il y a un virus », « On pourrait pas parler d'autre chose ? », « Ouais, qu'est-ce qu'on en a à foutre de la Rossetti ? » Après quoi nous sommes passés à des sujets plus sérieux, et qui nous intéressent vraiment : la Chine qui dépasse les États-Unis, la destruction de l'Amazonie, ce dingue de Trump, et notre pauvre Italie.

Le lendemain, toujours au Baraccio – j'y passe tous les matins avant d'aller en cours, et la « revue de presse » que nous faisons, Davide et moi, est toujours un grand moment –, j'ouvre le *Corriere* avec insouciance et bien vite je t'y retrouve. Tu n'es plus à la page 41, dans la rubrique Spectacles, mais à la page 16, celle des faits divers.

« 72 heures sans photo : le mystère Rossetti s'épaissit. »

J'ai ri, moins fort cette fois, et je n'en ai pas parlé avec Davide ou avec les clients du bar. Certains sont si vieux qu'ils ne savent même pas ce que sont les réseaux sociaux, d'autres sont habillés comme mon frère et portent des dreadlocks qui leur descendent jusqu'aux fesses. On ne peut pas dire que tu sois très populaire, ici. Et puis, ça ne faisait que trois jours. Trois jours, pas trois mois. J'ai reposé le *Corriere*, je suis passée au *Foglio*, j'ai lu *La Repubblica*. Si le kiosque de la piazza Verdi existe encore, c'est sûrement grâce à nous. Ensuite je suis allée travailler, comme toujours, et je n'ai plus pensé à toi.

La fin de l'après-midi du quatrième jour, je m'en souviens parfaitement, j'ai accompagné Valentino dans un magasin de sport pour acheter ces horribles chaussures fluos qui plaisent tellement aux ados, et qui me font penser à Carmelo, au fait que depuis trois ans il n'est plus là. Et là, tout à coup, la radio parle de toi.

Assise à côté de mon fils qui essayait des chaussures, j'ai vu une des vendeuses se précipiter pour monter le volume et le magasin tout entier – clients, employés – s'arrêter et lever la tête d'un air grave, comme si on annonçait une attaque nucléaire, la fin du monde. Ils n'ont repris leur souffle, recommencé à bouger qu'en entendant le jingle de fin des infos. Et là, ils se sont senti le devoir de commenter. Une vendeuse disait que tu étais une experte en marketing et que tu réapparaîtrais avec une nouvelle paire de collants que tout le monde achèterait. Une autre, émue, qu'on avait dû te kidnapper: « Elle trahit jamais ses fans, elle ne pourrait jamais les laisser en plan. » Mais ce qui m'a le plus remuée, c'est que Valentino, après m'avoir montré les Adidas qu'il venait d'essayer – « Maman, je voudrais celles-là » –, a ajouté tout de suite après: « Tu sais, il y a un réseau chinois qui déchire de ouf en ce moment. Les images sont super, pas besoin de les retoucher comme sur la page de la Rossetti. D'ailleurs, elle aussi elle est dépassée. » À la caisse, j'ai sorti ma carte et j'ai payé sans même regarder le prix. J'étais trop secouée, ébahie: que la littérature ait fait son temps, que je sois structurellement *obsolète*, d'accord. Mais que toi, Beatrice, tu puisses le devenir, ça ne m'avait jamais effleurée.

Au cinquième jour, j'entendais parler de ta disparition où que je sois, au bureau de poste, dans unc salle d'attente, dans le bus ou même simplement en me promenant dans la rue. Hors cet îlot de bonheur qu'est le Baraccio, ton nom venait sur toutes les lèvres, dans les tchats de parents, dans les bulletins d'info. D'heure en heure, sur Internet ou sur le papier, les informations à ton sujet ne faisaient que s'amplifier.

Devant le collège Carducci, même Vale et ses copains, qui ne s'intéressent pas particulièrement à toi – tu pourrais, comme moi, être leur mère –, parlaient de « stratégie machiavélique » ou, selon les points de vue, de ton « suicide ». Habituellement, je ne m'en mêle pas, je ne trouve pas sain de jouer la maman-copine. Mais là je me suis sentie concernée, je me suis approchée et j'ai découvert que tu étais devenue *virale*, que tout en était contaminé, tu éclipsais les sorties de Trump, les manœuvres commerciales de Xi Jinping et même la nouvelle ligne de parfums des célébrissimes sœurs Kardashian. Pourtant, m'ont-ils aussi expliqué, eux qui, à douze ans, s'y connaissent plus que moi en économie numérique, si tu ne publiais plus rien tu ne vendrais plus rien, donc disparaître, c'était *à double tranchant*.

Est arrivé on le sait le sixième jour de silence. Tes pages Internet étaient prises d'assaut, bombardées de questions, de supplications, noyées sous les petits cœurs et la haine, consultées à tous moments par les abonnés de partout, avec une fièvre inédite. Pourtant, tes pages restaient inactives, silencieuses. Comme une pierre tombale.

Ce jour-là, après l'école, Michele est venu réviser chez nous. Un garçon indéniablement intelligent mais introverti qui, à la différence des autres copains de Valentino, ne se contente pas de jouer au foot et écouter du rap : il lit beaucoup, il peint, et quand je les vois ensemble, je reconnais le danger familier du conflit et de la symbiose.

À un moment donné, cet après-midi-là, ils sont sortis de la chambre pour goûter, et se sont assis dans la cuisine pour partager un paquet de biscuits et vérifier sur leurs portables ce que faisaient les autres. Ils avaient laissé la porte ouverte, je n'étais pas loin, dans le couloir, je cherchais un livre de Cesare Garboli dans la bibliothèque et j'ai entendu Michele dire : « On croyait tout savoir sur elle, et voilà qu'on ne sait même pas où la chercher. C'est absurde, c'est comme un crime, quand on fait disparaître le corps. Mais est-ce qu'elle avait seulement un corps ? À mon avis non. »

Je me suis assise sur l'escabeau, comme si ma tension était tombée d'un coup.

Oh si, il y en avait un, de corps…

Inutile de chercher le livre de Garboli, je l'avais prêté et on ne me l'avait pas rendu. Je réalisai que depuis ta disparition du web, tu étais revenue dans ma vie.

Depuis longtemps, je ne te cherchais plus sur Internet. Qu'est-ce que tu crois ? Je suis devenue adulte moi aussi. Et je m'étais un peu lassée de toi, toujours élégante, toujours parfaite, toujours heureuse. J'avais Valentino à élever, des factures à payer, une carrière à construire. J'ai toujours été passionnée par les histoires des gens, leurs contradictions, leurs chutes inévitables et leurs tentatives pour se relever, leur difficulté à changer. Toi, tu ne tombais jamais, tu ne connaissais pas les conflits, tu te contentais de briller. Mais tu n'étais plus variable. Avec le temps, tu t'es transformée en étoile fixe. De plus en plus lointaine, et pâle.

Ce jour-là, le 16 décembre, pendant que Valentino et Michele repartaient dans la chambre et que mon fils disait à son copain « Ma mère est bizarre, fais pas attention », je restai immobile sur l'escabeau, la tête appuyée sur les romans de Cassola. Je les voyais aller se cacher, s'enfermer à clé, et je nous revoyais toutes les deux la fois où tu m'avais proposé qu'on baisse notre culotte. J'ai pensé : Si c'était une stratégie pour obtenir plus d'attention, plus d'argent, plus de célébrité ? Ou si, à l'inverse, c'était *réel* ?

Je me suis vite reprise : Que vas-tu imaginer, Elisa ? Tu la connais, pourtant. Tu ne vas pas tomber toi aussi dans les pièges de Beatrice ?

J'avais enfin réussi à cesser de penser à toi, je n'allais quand même pas laisser une opération publicitaire tout remettre en question.

Va te faire foutre.

Et le lendemain est arrivé, fatidique, le coup de massue.

Je me suis levée à six heures vingt, le 17 décembre, comme d'habitude.

La cafetière sur le feu, la lessive de la nuit étendue, j'ai réveillé Valentino pour qu'il aille au collège.

Nous avons pris le petit déjeuner l'un en face de l'autre, avec Radio 3 en fond sonore, volume baissé, sinon ça le gêne. Lui, d'une humeur noire, faisait la tête, et au lieu de ses monosyllabes habituels, me répondait par des grognements. J'ai proposé d'inviter Michele dans l'après-midi et il m'a foudroyée du regard : la veille, par texto, ils s'étaient disputés. Je lui avais d'ailleurs ordonné de me donner son portable car c'était l'heure de dormir.

Nous avons fait ensemble un bout de Strada Maggiore, en silence. À l'arrêt d'autobus il a mis son casque sur ses oreilles, rabattu la capuche de son sweat et m'a saluée comme si on se connaissait à peine. J'ai continué seule sous le Portico dei Servi, triste, avec un vague sentiment d'impuissance. J'ai traversé la piazza Aldrovandi en regrettant l'époque des gastro-entérites. Arrivée à la via Petroni, je me suis réfugiée au Baraccio.

Il n'y a jamais grand monde à huit heures du matin. Dans le quartier universitaire, on se lève tard, c'est connu. Davide était derrière le comptoir, de dos, à nettoyer le percolateur. Il m'a entendue entrer et s'est tourné vers moi. Je ne sais pas comment, mais il sait toujours quand c'est moi.

« Bonjour, chère belle-sœur. » Il m'a mieux regardée. « Qu'est-ce qu'il y a ?

– Les problèmes habituels. »

Légalement, il n'y a aucun lien de parenté entre nous. Mais Davide est la seule famille que nous ayons ici, à Bologne, et la meilleure qui soit ; même s'il ne peut jamais emmener Valentino au foot, à cause du bar.

« Il a fait quoi encore, mon neveu ?

– Il est muet, grincheux, ai-je répondu en enlevant mon manteau et en m'asseyant sur un tabouret face à lui, je crois que son meilleur ami l'a blessé ou vice-versa. Je m'inquiète.

– Laisse-les vivre… »

Précisons qu'il n'a pas d'enfants.

« Il se consolera avec une fille, non ? Beau gosse comme il est ! »

Davide a toujours été maigre comme un clou et dégingandé, avec un nez qu'on appellera par délicatesse *considérable* et un buisson de cheveux noirs et crépus. Le jour de notre rencontre, il y a bien des années maintenant, il avait commencé par me serrer la main. « Enchanté, je suis le grand frère moche. Et j'en suis fier. » Nous sommes devenus tout de suite grands amis.

Ce mardi-là, après mon café habituel, il m'en a tendu un second.

« À propos, j'ai eu Lorenzo au téléphone et il m'a dit qu'il emmenait Valentino à T pour Noël.

– Oui, cette année c'est son tour. Tu y vas ?

– Tu plaisantes ? » Il a posé les mains à plat sur le comptoir. « Ça fait vingt ans que j'y mets plus les pieds, là-bas. »

Je le comprends, j'y vais le moins possible, moi aussi. La dernière fois, j'avais dit à mon père que j'irais lui faire les courses mais j'ai commencé à errer machinalement dans la ville et je me suis retrouvée à deux pas de la via dei Lecci. Les yeux écarquillés sur le passage piétons, j'avais failli avoir un infarctus en voyant traverser Beatrice : pas la star, l'adolescente.

« Vous allez bien devoir vous pardonner, un jour. » Ça m'a échappé.

« Moi et T ? Ça m'étonnerait. » Davide a regardé dehors, par-delà la vitrine. « J'ai vécu en Amazonie, à Haïti, j'en ai vu des injustices. J'ai essayé de les raconter sur les réseaux et, crois-moi ou pas, les commentaires les plus dégueulasses étaient postés par des gens de T. Ils se foutaient de moi : "Subcomandante Davide", "Viens ici donner un coup de main, en Italie aussi on a des pauvres". Ou : "C'est pratique de jouer les héros avec le fric de papa !" Le papa en question, il ne risque pas de me subventionner, vu qu'il ne veut même plus entendre parler de moi ! »

La clochette de la porte nous a interrompus. Deux profs du département de Philosophie sont entrés, qui m'ont snobée, puisque je ne suis pas titulaire. Ils ont demandé des cafés, poursuivant une discussion sur Hegel et sur le gouvernement Conte. Leur présence me bloquait : je n'avais plus envie de parler avec Davide de nos affaires. Et je me suis mise à repenser à toi.

Qui sait si elle a publié quelque chose aujourd'hui ?

J'avais été courageuse jusque-là. Je n'étais pas allée voir ta page.

J'aimais l'idée que tout le monde s'agite, lance des hypothèses, sauf moi. Mais le caquetage du web est une chose, les informations dans la presse en sont une autre.

Le cœur un peu en alerte, j'ai tendu la main vers la pile des journaux du jour, que Davide met là à la disposition de ses clients. Au lieu de commencer par le *Corriere*, j'ai pris *Il Manifesto.* Un soubresaut venu de l'adolescence, je me sentais de nouveau indomptée et courageuse, comme quand j'entrais en classe avec le journal sous le bras. Je l'ai feuilleté rapidement, en m'efforçant de me concentrer sur l'Amazonie et la guerre des droits de douane. Mais c'était toi que je cherchais.

Et tu n'y étais pas, du moins me semblait-il, à aucune page.

Alors je recommençai à respirer.

Je m'allégeais, je jubilais.

Entre-temps les philosophes sont partis. Vito est entré, l'épinglette de l'ANPI[1] à son manteau. Il s'est

1. Association nationale des Partisans d'Italie regroupant les anciens partisans, mais ouverte aujourd'hui à tous les antifascistes, dont de nombreux artistes.

assis et a écouté Davide, qui avait ouvert *La Repubblica* et égrenait à haute voix le bulletin habituel des catastrophes naturelles, des massacres aux frontières, des déclarations de politiques malmenant la syntaxe. Tout était comme d'habitude. J'ai baissé la garde.

Pris le *Corriere*.

Mon regard est tombé sur un titre énorme en première page.

J'ai dû devenir blanche.

« Non !

– Non quoi ? a demandé Davide. Bolsonaro, Trump, la Libye ?

– Une semaine… ai-je commenté tout bas en serrant les pages dans mes poings. Pas possible. En première page.

– Mais quoi ? » est intervenu Vito. Avec un mélange de désarroi, de colère, et indéniablement un début d'anxiété, j'ai dit : « Beatrice.

– Qui ?

– La Rossetti.

– Arrête, s'est étonné Davide, encore ces conneries ?

– C'est qui la Rossetti ? » a demandé Vito, qui a quatre-vingt-deux ans.

Je me suis retournée, j'ai ouvert la bouche, puis je l'ai refermée.

« C'est qui ? » Sacrée question. J'ai repris le journal malgré moi, relu le titre.

« Une semaine de silence. L'inquiétude pour Beatrice Rossetti grandit. »

Davide a jeté un coup d'œil aux autres quotidiens : « C'est à faire pitié : partout en première page, sauf dans *Il Manifesto*.

– Oui mais c'est qui ? » répétait Vito. Et comme je me taisais, Davide lui a répondu : « Une fille qui vend des sacs à main, des petites culottes… Un peu comme nous autrefois en porte à porte, sauf que là c'est sur Internet.

– Ah, a répondu Vito, sa curiosité apaisée.

– Elle ne vend pas exactement des petites culottes », ai-je rectifié d'une petite voix. Puis, plus fort, j'ai demandé à Davide : « Tu sais qu'elle est de T ?

– M'étonne pas. »

Deux autres clients sont entrés, Davide a dû se remettre au travail. Je suis restée là, pétrifiée, le *Corriere* devant moi. Sous-titre : « Appréhension parmi ses fans, qui se sont exprimés dans plus de vingt pays. »

Je ne voulais pas lire, et je lisais : « Des centaines de gens rassemblés hier dans des endroits symboliques… L'inquiétude monte… » Sautant des mots par avidité, et peur de savoir. « Après une existence tout entière offerte au regard des autres, avec mise à jour toutes les deux ou trois heures… Depuis le 9 décembre, plus rien : aucun nouveau post, aucune nouvelle photo. Pas d'explication, pas d'adieu. Tout à coup, Beatrice Rossetti a disparu. » Je revenais en arrière, relisais des bouts de phrase, mon regard s'embuait. « … Mais ce qu'on craint surtout, c'est un problème de santé. Des bruits courent… se répandent… les médias étrangers aussi… L'entourage s'enferme dans un silence impénétrable… enlèvement, suicide : simples hypothèses pour le moment… De Paris à Pékin… une absence énigmatique. »

Je me souviens d'avoir fermé le *Corriere*, le cœur défait.

Une semaine.

Ça ne te ressemble pas.

Davide m'a pris le journal des mains: « L'Australie flambe, la Méditerranée est un cimetière et nous on s'inquiète pour la Rossetti? C'est juste une énième entourloupe pour promouvoir une autre marque de petites culottes. »

Sur le moment, ça m'a agacée. J'ai eu envie de répliquer. Si ce n'était qu'une histoire de petites culottes, tu crois vraiment que les gens en parleraient, quand ça flambe partout et que la planète se déglingue? De quel droit tu juges? Tu es superficiel. Ça nous concerne aussi, non?

Mais je me suis retenue. J'ai dû reconnaître que les critiques de Davide n'étaient pas si différentes de celles que j'exprime d'habitude. Mais à les entendre dans la bouche d'un autre, elles me paraissaient injustes.

J'ai regardé l'heure: neuf heures et demie. J'avais perdu la notion du temps. J'ai sauté de mon tabouret. « À demain, Davide. Bonne journée tout le monde. » Et je suis partie au pas de course.

Dehors, un soleil oblique éclairait les arcades, l'air était tiède comme aux premiers jours d'avril. En traversant à toute allure la piazza Verdi, en grimpant quatre à quatre l'escalier d'Italianistique, j'ai eu le pressentiment d'une Apocalypse: publique et personnelle.

Je me suis dirigée vers l'amphithéâtre III, sans passer par mon bureau.

La salle débordait de têtes hirsutes, grandes mèches peignées d'un seul côté, mini queues de cheval, boucles en vagues, coupes au carré. Impossible de voir les visages, tous penchés sur leur téléphone à pianoter comme des malades, se parlant d'une voix bizarrement haute mais sans se regarder, pour ne pas se laisser distraire.

Bon, me suis-je dit. Et je suis entrée.

J'ai fermé les portes en faisant le plus de bruit possible. Mais rien : personne n'a levé les yeux, ne s'est aperçu de ma présence.

J'ai posé mon sac et mon manteau sur la chaise. Je me suis assise comme toujours sur le bureau, les jambes croisées. J'ai mis mes mains en porte-voix, pris une grande inspiration et crié : « Eh, je suis là ! »

Enfin, l'une après l'autre, les étudiantes ont relevé la tête et se sont assagies. Les étudiants aussi, c'est vrai. Quelques garçons s'inscrivent en Lettres, mais ils restent une minorité attendrissante, masquée par l'abondance des chevelures généreuses et des lèvres d'un rouge pétant.

« Excusez-moi pour ce retard. »

Et dans l'attente que les dernières voix se taisent, j'ai étudié soigneusement mon public, en tentant de prendre un air menaçant. Le message subliminal. Gare à vous si je vous reprends à pianoter.

Les filles ont presque toutes cet âge tragique que nous avions quand nous avons rompu, et je vois bien qu'elles s'efforcent de te ressembler. Elles viennent en cours avec le serre-tête que tu as remis à la mode. Elles portent des pantalons comme les tiens, à la cheville. Elles t'imitent dans tes couleurs, tes poses, ta voix rauque. Des filles de mon genre à vingt ans, il y en a, bien sûr : sweat large, rangers, piercings camouflant leur manque d'assurance. Quand je croise leurs yeux au moment des examens, je dois résister à la tentation de leur poser des questions plus faciles, pour compenser leur désavantage intérieur, que je connais bien.

Le matin du 17 décembre, j'ai observé mes trois cents étudiantes et elles, en retour, m'ont observée. Avant de commencer, nous avons gardé le silence une minute, pour nous dégager du monde extérieur et faire le vide.

Je ne suis qu'assistante de recherche, j'enseigne la littérature italienne du XXe siècle et mon traitement n'est pas mirobolant. Je ne serai peut-être jamais professeur titulaire et, même si j'y parvenais, je ne serai jamais ton égale. Mais si tu voyais cet amphithéâtre, Beatrice, comme il est majestueux avec son bois sombre, si plein de lumière et d'espoirs. Au début, chaque fois, ma voix tremble, tu sais ?

Non, parce que tu ne m'as jamais cherchée. C'est ce que j'ai pensé ce matin-là. Je parie que pendant toutes ces années, pas un seul moment de désespoir, de mélancolie ne t'a saisie. Jamais il ne t'est venu à l'esprit : « Tiens, si j'allais voir ce que devient Elisa. Quel travail elle fait. Si elle s'est mariée, si elle a des enfants. »

De toute façon, tu n'aurais rien trouvé. Juste un profil minimaliste et sans photo sur le site du Département, avec la liste des articles spécialisés et des courts essais que j'ai publiés, et les bibliographies de mes cours.

Ma voix tremble, je disais, parce qu'à chaque leçon le défi est le même : te mettre à distance. Sanguinetti, Moravia, Cassola, Caproni doivent être, au moins dans cet espace et pendant mes deux heures de cours, plus attirants, plus intéressants et plus sexy que toi. J'ai toujours tout donné, crois-moi, pour empêcher ces filles de tendre la main en cachette sous la table, attraper leur téléphone et voir où des avions t'ont emportée, quels dîners tu as faits. Je me suis toujours égosillée pour les entraîner dans quelque chose qui ait plus de sens que tes tenues de mode, et faire courir les stylos sur les pages des cahiers. Une lutte inégale et sordide, où pourtant j'ai réussi parfois à faire gagner l'invisible sur le visible, moi sur toi.

Mais si tu décides de devenir invisible toi aussi, ça devient mission impossible.

Ce matin-là, j'avais au programme une leçon sur « Le postal », la sixième partie de *Mensonge et sortilège*, où Anna Massia di Corullo, désormais adulte et usée par un mariage malheureux, par la misère des deux pièces dans lesquelles elle vit, s'écrit des lettres à elle-même la nuit, en feignant qu'elles viennent de son cousin Edoardo. Nous sommes à Palerme à la fin du XIXe siècle, c'est l'été. Devant le bureau d'Anna, la fenêtre est grande ouverte. Son mari est absent, il travaille sur les trains de nuit. Sa fille, qu'elle croit endormie, l'espionne. Anna imagine qu'Edoardo, mort du typhus, lui murmure à l'oreille des mots d'amour, et elle dénoue ses cheveux, rit, s'abandonne. Elle les écrit, ces lettres, pour les lire le lendemain à la mère d'Edoardo, qui avait refusé qu'ils soient ensemble. Par vengeance donc, par désespoir.

Mais, surtout, par plaisir.

J'ai donc commencé à parler plus précisément d'Anna. Mes étudiantes, généralement, l'adorent pour sa perversité : elle aime les bijoux, elle est belle, altière, toute extériorité. « Si sa fille et son mari ne la voyaient pas comme la créature la plus merveilleuse de la terre, ai-je dit, s'ils parlaient d'elle autrement, que serait cette femme ? »

J'ai vu aussitôt qu'elles ne m'écoutaient pas.

Même un personnage diabolique comme Anna ne parvenait pas à les détourner de toi : elles baissaient les yeux toutes les deux minutes, pour vérifier sur leur portable caché entre leurs cuisses si tu avais posté quelque chose. J'ai senti l'énervement monter. Je me suis éclairci la voix car ma gorge commençait à me piquer. C'était déjà toute une affaire, les jours précédents, de faire cours. Mais là, c'était trop.

« Si seulement ils parlaient d'elle autrement, ai-je repris patiemment, Anna serait une pauvre fille pathétique qui s'écrit des lettres à elle-même. Une prose médiocre, comme la définit la narratrice, Elisa. Elle reconnaît bien malgré elle que ce sortilège qui emportait sa mère n'était rien de plus que… – j'ai attrapé le polycopié sur le bureau – je lis textuellement : "une vingtaine de lettres, plutôt longues et verbeuses, écrites sur du papier ordinaire… L'encre est de mauvaise qualité" », j'ai agité les feuilles en l'air et j'ai crié : « La réalité est insupportable. »

Et là, elles m'ont prêté attention, et j'ai lu dans leurs yeux un intérêt soudain. C'était un début, bien faible, évanescent peut-être, mais je devais absolument m'y accrocher, l'exploiter, aller au-delà.

D'habitude j'évite les digressions, je ne m'écarte jamais de mon sujet, parce que je suis une « casse-couilles », comme disait Lorenzo, ou une anxieuse, comme je préfère dire.

Mais cette fois je dois me lancer. Trouver en moi un peu de courage. « La fiction permet à Anna de prendre une revanche sur sa vie. C'est ce que nous essayons tous constamment de faire, non ? Quand nous prenons une photo et que nous la publions avec une belle phrase toute faite. »

Je suis descendue de mon bureau, j'ai commencé à circuler dans les allées.

« Il faut que je vous dise que j'ai trois voisines : elles partagent l'appartement au-dessus du mien. Elles ont quelques années de moins que moi, elles travaillent, l'une dans un bureau, l'autre dans un supermarché, la troisième fait ses études, comme vous. Et chaque fois que je passe leur dire bonjour, je les trouve inévitablement en jogging et savates, sans maquillage et de mauvaise humeur. Elles ne sortent quasiment jamais le soir, elles sont trop fatiguées au retour du travail, ou alors elles n'ont pas d'argent à dépenser, ou bien elles ont perdu l'espoir de rencontrer quelqu'un qui mérite qu'on tombe amoureuse. Quelquefois pourtant, elles réagissent. Elles se maquillent, s'habillent bien, vont se promener en centre-ville, entrent dans un bel endroit et, en tenant bien haut leurs verres et en trinquant avec de larges sourires, elles se prennent en photo. Qui évidemment, aussitôt après, se retrouvera sur Internet: un message lancé à leurs ex, à leurs meilleures amies qui les ont trahies, aux ragots de leur province d'origine. "Vous avez vu comme on s'amuse ? Comme on a l'air heureuses ?" »

Je me suis interrompue et me suis mordu les lèvres. Si elles apprennent comment j'ai parlé d'elles, Claudia, Fabiana et Debora me tueront. Quant à moi, à la différence d'elles, je n'essaye même pas de sortir, de rencontrer quelqu'un, de changer ma vie. Tout au plus vais-je lire sur les gradins du terrain de football, et c'est là le top de ma vie sociale.

Mais mon public t'avait oubliée. Même pour cinq minutes. J'avais une partie à jouer.

« Il y a plus d'une dizaine d'années, quelqu'un m'a dit que la littérature, bientôt, aurait fait son temps. Quel intérêt, un livre, quand la vie des autres est devenue visible, à portée de main ? Des autres qui sont réels, pas imaginaires, que nous connaissons et que nous avons l'impression d'épier comme par le trou de la serrure.

Nous pouvons leur envier la collection de moments heureux qu'ils donnent à voir, nous en fabriquer une tout aussi enviable, nous enfermer dans notre chambre et nous prendre en photo. Nous écrire, à nous-mêmes, des lettres d'amour, comme Anna Massia di Corullo. Je suis sûre que la personne qui m'a dit ça avait raison, et pourtant, voyez-vous, ni elle ni aucun autre ne me convaincra jamais que ces trois photos de mes voisines publiées sur Internet sont plus intéressantes que tous ces jours, ces mois, ces années de leur vie pendant lesquels apparemment elles ne sont rien, n'essaient pas de faire partie des gagnants ou de ressembler à qui que ce soit. » J'ai pris une grande inspiration, et avalé ma salive pour éviter de m'émouvoir. « Parce que ces images, je n'arrive pas à les aimer. Mais la présence de ces trois personnes, leur vérité, si. »

Après, j'ai couru m'enfermer dans mon bureau, furieuse contre moi-même.

Tu es devenue comme la Marchi ! me reprochais-je. Une vieille fille, une ratée, une teigne, à trente ans ! Utiliser tes propres cours pour ton défoulement personnel, tu n'as pas honte ? J'ai repensé à Valentino : qui sait si Michele et lui sont encore assis sur le même banc, ou s'ils se sont séparés ?

Tout à coup, je me suis dit que je n'ai jamais été vraiment convaincue par leur relation : elle me rappelle trop la nôtre. Comme je suis déjà passée par là et que je connais les conséquences douloureuses des fausses amitiés, je voudrais les éviter à mon fils. Je me suis souvenue de la remarque de Davide : « Laisse-les vivre... » Et j'ai dû le reconnaître aussi : on ne vit pas, on ne grandit pas sans passer par une fausse amitié.

J'ai déjeuné à mon bureau de deux paquets de crackers : je n'avais pas très faim, à cause de toi. J'étais tendue vers un seul but : chasser l'article du *Corriere* de ma tête. J'ai allumé mon ordinateur, évité de me connecter à Internet et ouvert le fichier en haut à gauche, décidée à m'y mettre.

Avant de commencer à écrire notre histoire, en effet, je travaillais à un essai sur les personnages féminins dans l'œuvre d'Elsa Morante, à propos duquel j'avais quelques espérances. Le mardi, de quatorze heures à dix-sept heures trente, je reçois les étudiants, mais j'étais convaincue que personne n'aurait osé frapper à ma porte après ma sortie hystérique du cours précédent, et que j'aurais donc tout mon temps pour me réfugier dans le giron chaleureux de la littérature, laquelle, rappelons-nous, est une drogue.

Je m'y étais attelée, j'avais attaqué du bon pied mais dès treize heures cinquante-cinq la procession a commencé. Étudiantes emballées ou troublées, étudiants touchés au vif, pleins de doutes : tous à me demander des lectures et des pistes pour approfondir la différence entre réalité et représentation.

Nous avons parlé de Schopenhauer, bien sûr, et de Merleau-Ponty, du *Comte de Kevenhüller* de Caproni et de *Madame Bovary*, et même de l'*Amie prodigieuse.* Cette amie que, sans aucun doute, tu n'as pas été. Mon pauvre article est resté là, cloué sur l'écran, mais je ne m'en souciais plus : avoir réussi à toucher ces jeunes esprits, découvrir que mes conflits intérieurs étaient aussi les leurs m'avait plongée dans une sorte d'euphorie. Un garçon blond comme Lorenzo m'a même demandé s'il pourrait faire son mémoire de fin d'études sur ce sujet. « À votre avis, la littérature et les réseaux sociaux sont inconciliables ? Qui ment le plus ? » D'instinct, j'ai répondu : « Oui, ils sont inconciliables. » Puis j'ai corrigé le tir : « Peut-être y a-t-il, malgré tout, un point de rencontre caché... essayez de le découvrir. »

Ma bonne humeur était revenue, j'avais réussi à ne plus penser à toi. Mais dès qu'ils ont cessé de frapper, seule entre les quatre murs de mon bureau étroit, avec sa petite fenêtre sombre qui donne sur la via del Guasto, le curseur de Word clignotant dans le vide, j'ai été de nouveau happée par la même question.

Où es-tu, Beatrice ?

Pourquoi te caches-tu ?

Comment se fait-il que personne n'arrive à te retrouver ?

C'était comme dans ces rêves où on a l'impression de tomber sans pouvoir arrêter la chute. Je me suis souvenue alors, malgré moi, de phrases entières de l'article que j'avais lu au Baraccio, me demandant si un silence pouvait être une information, et la plus importante. Un silence, c'est un trou, non ? Une absence totale de contenus. Cela m'aurait arrangée de penser que tu bluffais, comme toujours. Et que c'était très avisé de ta part, intelligent. Je te l'aurais peut-être conseillé moi aussi : après treize années, tu ne pouvais plus continuer au rythme de six ou sept photographies par jour, uniquement de toi. Tu finirais par lasser. Mais je n'arrivais pas à me convaincre. Et je me sentais étouffer.

Basta, j'ai tout éteint. Mon manteau décroché de la patère, mes livres, polycops et mémoires reliés rassemblés, une hypothèse m'a glacée tout à coup. Et s'il t'était arrivé quelque chose ?

S'il t'était arrivé malheur ?

En fermant à clé mon bureau, en traversant le couloir, je sentais mon estomac se nouer, l'angoisse monter. Parce que disparaître, je m'y suis exercée dès l'école maternelle, avec d'assez bons résultats, mais toi, si j'en crois mes souvenirs, tu ne saurais pas par quel bout commencer.

J'ai eu peur que tu ne sois plus là.

Toi. Pas ces milliers d'images iconiques de toi, qui n'ont rien à voir. Mais toi, irracontable. Le poids et la chaleur de ta main gantée sur ma main nue, en scooter vers Marina di S.

J'ai eu envie d'appeler ton père. Je me suis retenue : Non, ça n'aurait aucun sens. D'après Internet et les journaux, vous ne vous êtes jamais réconciliés. Costanza, plutôt, avec qui tu t'es fait photographier quelquefois. Ou Ludovico : lui, c'est sûr, il sait quelque chose. J'allais sortir mon téléphone, quand je me suis raisonnée : Elisa, tu ne leur as pas parlé depuis quinze ans. Ta vie est ici. La sienne ne te concerne pas.

Je suis descendue au premier étage, de nouveau résolue à te garder loin de moi. Je suis entrée à la bibliothèque pour emprunter *Il gioco segreto*, ce recueil d'essais critiques sur Morante de Cesare Garboli que j'avais cherché en vain chez moi la veille. Sur le palier, j'ai rencontré mon collègue de Littérature comparée, assistant de recherche lui aussi, et comme d'habitude nous avons abordé la question de l'éventuel départ à la retraite de Fracci, ce mandarin parcheminé, qu'enfin il dégage et libère le poste nom de Dieu.

Je l'ai salué, avec un petit groupe d'étudiantes nous avons encore abordé la question du degré de mensonge et de sortilège qu'il y a dans l'acte même de se raconter, qu'on écrive ou qu'on fasse un selfie. Et de la douleur qu'implique ce dédoublement, le fait de se regarder de l'extérieur, et comment une objectivité, même minime, est impossible. En parlant j'ai eu la sensation de reprendre ma direction après une sortie de route, de bien défendre ma vie, peut-être nomade et morne, mais que j'ai eu du mal à construire.

À six heures et demie je suis sortie dans la via Zamboni, impatiente de revoir Valentino, de le serrer à nouveau dans mes bras. J'étais si pressée que les polycops m'ont échappé des mains. Et, comme toujours aux pires moments, mon téléphone a sonné.

Ce doit être lui, ai-je pensé. Espérons qu'il ira mieux, qu'il n'y aura pas de drame dans sa voix. Chargée comme je l'étais, j'ai peiné à ouvrir mon sac. Le téléphone continuait de sonner, obstinément. Quand enfin je l'ai trouvé, j'ai vu que ce n'était pas Valentino et je me suis calmée.

L'écran clignotait sur un numéro de portable inconnu, peut-être le technicien de la chaudière que j'avais essayé de contacter le vendredi précédent. J'ai répondu d'un ton distrait, un peu agacée : à six heures du soir en hiver, avec l'obscurité et l'humidité qui transperce les os, quand je n'avais qu'une envie, rentrer chez moi.

« Allô ?

– Elisa Cerruti ? me demanda une voix masculine.

– Oui, qui est à l'appareil ?

– Bonsoir, je suis Corrado Rebora. »

La voix s'est tue, comme s'il n'y avait rien d'autre à ajouter. Le téléphone coincé entre l'oreille et l'épaule, ramassant les feuilles par terre et souriant à un étudiant qui s'était arrêté pour m'aider, j'ai dit : « Pardon ? »

montrant ouvertement que je n'avais aucune idée de qui il était.

Alors il a détaché les syllabes : « Re-bo-ra. Corrado Rebora. Personal manager de Beatrice Rossetti. »

Tous mes polycops sont retombés, même ceux qui venaient d'être ramassés, et aussi les livres que je serrais contre moi. L'aimable garçon qui m'avait aidée a hoché la tête et s'en est allé.

Je suis restée de nouveau seule, sous le portique envahi d'étudiants.

« Vous devinez sans doute la raison de mon appel. Avant toute chose, je vous demanderais de garder cette conversation pour vous. »

J'étais glacée. Je respirais lentement, comme un animal qui s'attend à être achevé par un autre plus gros, ou par une lame, un coup de fusil. Une question me brûlait les lèvres : Est-ce qu'elle est vivante ? Mais je n'aurais pas pu, sur le moment, émettre ne serait-ce qu'une voyelle.

La voix au téléphone a repris : « La situation, comme tout le monde sait, et vous aussi je suppose, est critique. Nous parlons de centaines d'emplois menacés, d'usines qui ont subi d'énormes pertes cette dernière semaine. S'il devait s'en écouler encore une autre… »

Je l'ai interrompu : « Quel rapport avec moi ? »

Corrado Rebora est resté silencieux un instant. Peut-être pour peser ce qu'il allait me dire. J'étais une boule d'angoisse. J'ai pensé à une tumeur, comme ta mère. Les tumeurs sont héréditaires, comme les erreurs, les condamnations. Peut-être qu'elle est malade, qu'elle a perdu ses cheveux à cause des chimios et qu'elle ne veut pas qu'on la voie. On a beau vouloir embellir la situation, ça reste moche, effrayant. Peut-être qu'elle est déjà morte.

« Il y a un rapport, Elisa », m'a répondu ce Rebora, qui porte malheureusement le même nom que le poète. « Beatrice m'a chargé de vous dire qu'elle veut vous rencontrer. Et qu'elle ne reprendra pas ses activités tant qu'elle n'aura pas parlé avec vous. »

Je me suis assise.

Ou plutôt, je me suis écroulée sur les dalles en grès du portique, entourée d'une corolle de polycopiés et de mémoires. J'ai fermé les yeux et j'ai pensé : elle est vivante. J'ai bien peur d'avoir souri. Mon cœur a recommencé à battre, mon sang à circuler, transporter l'oxygène. J'ai rouvert les yeux, mon regard est tombé exactement sur l'endroit de la place où tu as embrassé Lorenzo, j'ai essayé de me rappeler ce qu'avaient dit tes lèvres, ce mot que je n'ai jamais compris. Et là, je me suis mise en colère.

« Dites-lui que ça ne m'intéresse pas. » En me relevant et en haussant le ton. « C'est bien d'elle, au bout de treize ans, de me faire appeler par son manager, mais je ne me ferai plus avoir, je n'accepte pas ça. »

En l'écrivant j'ai envie de rire, j'imagine la tête de Rebora au bout du fil. Il est passé aussitôt d'« Elisa » à « madame Cerruti » : « Excusez-moi, vous ne vous rendez peut-être pas bien compte.

– Oh si, je me rends compte, au contraire », ai-je répondu avec exaltation en rassemblant mes affaires, décidée à ne plus les faire tomber. « Au revoir.

– Écoutez-moi, m'a-t-il coupée, affolé.

– Je ne crois pas pouvoir vous être utile, franchement.

– Madame – sa voix devenait rauque – je vous assure que la situation est grave. Je vous demande au moins d'y réfléchir un ou deux jours.

– Non. » Après tout ce temps, je me sentais vivante.

« Vous pouvez enregistrer ce numéro, c'est mon portable personnel, et me rappeler à n'importe quelle heure…

– Et d'ailleurs, où voudrait-elle me rencontrer, et quand ?

– Si vous m'y autorisez, vous serez informée le plus tôt possible par un canal sûr.

– J'ai un fils, j'ai un travail, je suis obligée de m'organiser, je ne peux pas courir chez la Rossetti dès qu'elle claque des doigts. » Mais qu'est-ce que je disais ? Je lui laissais une ouverture ? « Vous pouvez communiquer à Beatrice que c'est un peu tard, trop tard maintenant.

– Réfléchissez, pesez les choses avant de prendre une décision. Ne réagissez pas sur un coup de tête, pensez-y bien. Si je n'ai pas de vos nouvelles, je vous rappellerai, disons dans une semaine.

– Dans une semaine, ce sera Noël.

– Nous travaillons trois cent cinquante jours de l'année, vingt-quatre heures par jour. Je vous supplie de n'en parler ni à la presse ni à votre famille ni à vos amis… » me demanda-t-il à nouveau.

J'ai raccroché avant la fin de la rengaine.

J'ai fourré le téléphone dans mon sac et commencé à marcher vite, serrant contre moi des piles désordonnées de feuilles et de livres empruntés. Fière, survoltée et ridicule.

Puis, devant le cloître de Saint-Jacques-le-Majeur, tout à coup, je me suis immobilisée et j'ai réalisé.

Alors tu ne m'as pas oubliée.

Tu te souviens encore de moi, Bea.

2

Une famille

Je traverse la plaine sans croiser personne sur des kilomètres, dépassant des restoroutes déserts, le dépôt d'usine fermé de Vicolungo. De l'autre côté du rail de sécurité, de petits villages avec un campanile et une école, des fermes éparpillées, des routes de terre : chaque vision est immobile, à l'exception des cheminées qui fument.

Les gens sont sûrement tous à table, me dis-je, ils ont dû échanger les cadeaux et maintenant, bien habillés pour la photo-souvenir, ils appellent leurs parents éloignés. Je n'éprouve plus de rancœur pour le Noël des autres. J'ai comme l'impression qu'ils se sont retirés pour nous laisser le monde, à toi et moi, les seules à ne pas y avoir de place.

J'essaie de deviner où tu pourrais être. Je garde mon portable allumé sur le siège passager comme si tu voyageais avec moi. Tout au fond du pare-brise je commence à les deviner, mes montagnes. Je reviens parce que c'est Noël, oui, et parce que je ne peux pas terminer cette histoire sans repasser par le point de départ.

Je sors au péage de Carisio, remonte la départementale 230 et le Mucrone surgit devant moi. À moitié enneigé, le sommet découpé avec une telle précision qu'enfant il m'évoquait un mamelon. Le regarder me fait toujours le même effet, comme quand je m'agrippais à lui depuis la fenêtre de la Palazzina Piacenza pour ne pas sombrer. L'effet d'une lettre muette, essentielle, qui précède toutes celles de l'alphabet.

Cette montagne, c'est ma mère.

Et pendant que je reviens vers elle, je t'imagine couchée sur la pierre tombale de la tienne, l'oreille sur le marbre comme pour sentir son cœur, sous un ciel identique à celui qui me surplombe au moment où je descends de voiture, car je suis arrivée via Trossi.

Je sonne à l'interphone et la porte s'ouvre aussitôt. Je comprends qu'en haut on m'attend et je me sens coupable, une angoisse me vient. Pendant que l'ascenseur monte, je me regarde dans la glace. Est-ce que c'est moi, cette femme de bientôt trente-quatre ans, avec ses mêmes cheveux roux, un soupçon de maquillage anonyme, peu d'élégance, peu de poitrine, et pourtant un ventre qui n'est plus plat et tend la jupe, des hanches – j'ouvre mon manteau pour vérifier – plus larges, les traits du visage durcis, fatigués ?

Que dit-il de moi, ce reflet ?

Que le temps a passé.

Les portes s'ouvrent et je me retourne. Sur le palier, maman en robe de chambre, appuyée à la porte, qui n'a pas fait de teinture depuis longtemps. Elle a soixante et un ans, ce qui déjà me paraît injuste, mais comme elle s'est laissée aller elle en fait dix de plus. Sa bouche est fripée, sa peau n'a plus de taches de rousseur mais des plaques grises, d'ailleurs elle continue de fumer comme une malade. En fait, je la reconnais à peine, tandis que j'avance vers elle en m'obligeant à sourire. Et je ne reconnais pas non plus mon frère, qui apparaît derrière son épaule, en jogging d'acétate et T-shirt de Rancid. Il se fait encore une crête, même s'il est poivre et sel, et porte encore un piercing à la lèvre supérieure et à un sourcil, malgré ses rides. Je les étreins tous les deux et je sens les os de maman fragiles, Niccolò bouffi de médicaments. Que ne donnerais-je pas, Bea, que ne donnerais-je pas pour revenir à quand nous étions petits, que nous étions peut-être délaissés et paumés, mais que le corps de maman était un roc et qu'elle était capable de nous soulever chacun sur un bras pour nous chatouiller.

J'entre, je pose mon manteau, mes cadeaux, j'accueille cette tristesse. « Tiens, dis-je à mon frère, mets ça dans le frigo » et je lui passe le spumante. La place des meubles, les tapis, la grande glace, tout est redevenu comme quand je rentrais de l'école. Mais le temps a fait son œuvre, il a pris soin de tout redimensionner et d'enlever leur masque à tous ces objets, y compris la boule de verre d'Oropa, avec sa neige en paillettes de plastique, sur la petite table de l'entrée. Je devrais cesser de m'adresser à toi, comme si tu étais une amie imaginaire en qui j'ai confiance. Parlons-en, de la confiance.

Je répéterai à ton manager que je n'ai pas l'intention de te voir. Et s'il insiste, je lui dirai la vérité : que tu m'as volé mon fiancé, et que j'ai dû élever Valentino toute seule. À cause de toi.

Quand nous passons à table, il est plus d'une heure et demie. Cette année, pas de charcuterie, annoncent-ils. Niccolò a pétri la pâte des agnolotti lui-même, braisé la viande et les blettes pour la farce, et maman l'a aidé à refermer les ravioles un à un. Tout fiers, ils déposent les trois assiettes sur la table. Je débouche le spumante et je remplis nos verres. Nous gardons le journal télévisé en fond sonore pour avoir l'impression de plus de fête, moins de vide, même si on ne devrait pas fêter un Noël sans enfants, et que nous sommes trois adultes plutôt dévastés, vus de l'extérieur. Je sais que nous serions balayés d'un geste : une veuve qui n'arrive pas à dépasser le deuil, une mère célibataire qui n'arrive pas à sortir avec un homme, et un ancien dealer.

Mais nous sommes aussi une histoire, ce qu'on appelle *une famille*. Je leur fais donc grand compliment du déjeuner, je fouille le visage de maman pour y trouver une preuve qu'elle va mieux. Elle soulève un agnolotto avec sa fourchette, l'examine, son œil s'éclaire : « Je me demande pourquoi je n'ai pas essayé de cuisiner avant, ça donne tellement de satisfaction. » Et aussitôt après elle replonge dans l'absence de Carmelo : « Je ne lui ai jamais préparé de toute sa vie un repas correct, comme je regrette. »

Niccolò monte le volume de la télé. Maman continue à évoquer des souvenirs : les bals, les foires, quand ils dînaient à la fin du concert et qu'il pouvait être trois heures du matin mais, sous les grandes tentes des cuisines, on leur gardait toujours deux assiettes au chaud. Elle se souvient même de grand-mère : « Elle en faisait le dimanche matin, des agnolotti comme ça, pendant que papa lisait le journal. » La cuisine se remplit de morts. Je commence à remuer sur ma chaise, comme si je voulais défaire des chaînes invisibles. Et là encore je t'en veux, parce que tu ne m'as pas assez libérée de ce lieu.

Niccolò, pour nous ramener de l'au-delà, je crois, annonce qu'il a une nouvelle chérie, une nouvelle

Marina, qu'elle est DJ. « Je lui ai dit de passer dans la soirée, comme ça je vous la présenterai. » Maman a un mouvement de gaieté. Je n'arrive pas à étouffer une pensée mesquine : tous, même mon frère, réussissent tôt ou tard à se remettre en couple. Et le téléphone sonne.

Pas le mien, celui de la maison, mais je sursaute. Maman se lève pour aller répondre, traîne des pieds jusqu'à l'entrée. « Allô ? » Niccolò et moi, comme autrefois, nous arrêtons de mâcher et nous écoutons. « Oh, salut Paolo. Comment ça va ? Joyeux Noël à toi aussi. »

Ils parlent longtemps. Le ton de maman est de plus en plus léger, presque pétillant. L'été où j'étais enceinte les a changés. Et je crois qu'être grands-parents ensemble les a ensuite rapprochés d'une façon nouvelle, lavée des incertitudes et de la frénésie. Ils n'étaient pas faits pour le mariage, mais pour d'autres formes d'affection plus anarchiques. Niccolò, en revanche, quand c'est à lui, sort des vœux polis, coupe court et me le passe. Ils n'ont jamais trouvé un moyen de s'accorder tous les deux, c'est dommage. Je pose l'oreille contre le récepteur. « Joyeux Noël, papa. Qu'est-ce que tu as fait de beau ?

– Je suis retourné chez Cesari. Comme Iolanda déjeunait avec ses enfants, j'ai voulu me faire plaisir. La même table avec vue que pour ton anniversaire. Le dix-septième ou le dix-huitième, je ne me souviens pas. J'ai mangé une assiette de linguine aux fruits de mer qui était fabuleuse.

– Ah oui ? » Je l'imagine seul au restaurant, contemplant la mer Tyrrhénienne, se fichant bien de Noël. Et je peux enfin me dire que je suis heureuse : d'être allée habiter là-bas, ce fameux été, et de toutes les fractures et les traumas qui ont suivi, parce que cela m'a permis de connaître cet homme. Mon père.

«J'irai faire un peu de birdwatching, tant qu'il y a de la lumière. Même si, sans Valentino, ça m'amuse moins.»

J'ai oublié de dire que mon fils a une passion démesurée pour les oiseaux, dont il a hérité par une de ces voies mystérieuses qui sautent une génération. Chaque fois qu'il va à T, il demande qu'on l'emmène au parc de San Quintino et commence à nettoyer ses jumelles: il comble son grand-père de ce que je n'ai pas voulu lui donner.

«Ce soir, je commence à préparer vos chambres, à Valentino et à toi, j'ai hâte que vous soyez là.

– Il reste encore deux jours, papa.»

Quand je raccroche, je m'aperçois que je n'ai donc plus que quarante-huit heures ici et que je ne peux pas les laisser filer bêtement. C'est à moi de les remplir, c'est un devoir. C'est moi qui ai fait des études et tous ces livres devraient m'aider. Je reviens dans la cuisine, je déballe le panettone, débouche un autre spumante et propose de trinquer: «À nous, et à l'avenir!»

Ça n'est pas très convaincant, mais à la deuxième bouteille nous rions déjà plus volontiers. Nous la finissons et restons là, à nous balancer sur nos chaises. Les infos n'ont pas parlé de toi, et je leur en suis reconnaissante. Un long après-midi d'ennui nous attend, nous sommes plus assommés que pompettes. Je me lève et dis: «Allez vous reposer dans le salon, je m'occupe de débarrasser.»

Ils acceptent sans protester. Je le vois bien, ils sont fatigués. Fatigués de quoi, s'ils ne travaillent plus, et qu'à jeter un coup d'œil dans les pièces, ils ne doivent pas beaucoup ranger non plus ? Fatigués de se lever, je crois, de vivre ces journées. Je secoue la nappe, fais la vaisselle et dans mon élan, je nettoie la cuisinière. Pour finir, je mets la cafetière sur le feu, pose sur le plateau trois tasses du joli service. Dès que le café est passé, je les remplis à ras bord et je traverse le couloir, confiante que ce geste pourra, au moins pour un temps, nous réparer.

Mais quand j'entre dans la pièce, je vois le petit arbre squelettique sans une seule lumière, sûrement décoré avec les anciennes boules parce que je venais. Et au pied, nos cadeaux, six paquets minuscules, au papier froissé. Eux deux vautrés sur le canapé, si négligés que pour une fois j'ai envie de restaurer les valeurs de l'apparence. Mon cœur se serre. Pour la plante d'intérieur desséchée. Pour la télé qui diffuse un de ces films désuets qui passent à Noël, du genre *Les Sept Femmes de Barberousse*. Pour le lecteur de DVD noyé sous la poussière et le magnétoscope VHS de notre enfance, qui sait s'il marche encore. Ce que je revois, en réalité, debout sur le seuil, incapable de le franchir, c'est mon reflet tout à l'heure dans l'ascenseur.

Se peut-il, que le meilleur soit déjà passé ?

Que j'aie un fils adolescent, qui suivra bientôt sa propre route, tandis que je resterai seule le soir à penser à un amour terminé depuis 2006, à une amitié perdue la même année, aux poésies et aux romans que je n'ai jamais écrits, avec cette carrière de substitution dont je ne sais pas si elle avancera un jour ?

Mon regard retombe sur le magnétoscope, et s'y arrête.

Je me réponds : Merde, non.

Je franchis le seuil et me place devant le canapé.

« Maman », dis-je en posant le plateau sur la table basse, cette fichue table basse, je sens dans mon corps des envies incendiaires, « qu'est-ce que tu dirais si j'allais chercher les cassettes des Violaneve qui sont dans le dernier tiroir de ta commode, et on les regarderait ensemble ? »

Maman pâlit. Elle m'examine en fronçant les paupières, les sourcils, le front, elle devient une boule de rides et d'effroi, comme si elle avait cent ans. « Comment tu peux savoir… ?

– J'avais rangé ta chambre, en octobre, pour le changement de saison. Tu te souviens ?

– Tu parles si c'est bien le moment de sortir ça », se défend-elle.

Niccolò roule une boulette de shit entre le pouce et l'index. Il ne comprend pas de quoi nous parlons. Et je me dis que c'est incroyable que lui, qui ne s'est jamais détaché d'elle, qui vit encore avec elle à quarante ans, ignore l'histoire des Violaneve.

« Maman jouait de la basse dans un groupe de rock quand elle était jeune, et elle a gardé les enregistrements des concerts. »

Il fait des yeux ronds. Maman se tripote les mains d'embarras.

« Laisse ça où c'est », insiste-t-elle.

Mais je n'ai pas l'intention de renoncer. « Je crois que ce serait une bonne chose », j'ai sorti le ton de voix que j'ai en cours quand ils ne veulent pas m'écouter, « si, au lieu de bâiller devant un film que nous connaissons par cœur, nous regardions quelque chose qui ait du sens.

– Non », réplique maman en croisant les bras. Je lis sur son visage les sentiments qui la traversent : la peur, le regret, la tentation. J'observe sa lutte intérieure, et ses yeux deviennent des bouts de ciel sombre avec des explosions soudaines.

Je l'encourage : « On est tes enfants, et on ne t'a jamais entendue jouer avec ce groupe. Tu trouves ça juste ? »

Elle se raidit encore plus. Puis, brusquement, elle desserre les bras.

« Bon, d'accord. » Elle se relève, le dos droit. « Mais le concert, c'est moi qui le choisis. »

La cassette a une étiquette qui se décolle aux coins, et il est écrit dessus : GATTINARA, 17 AOÛT 1978. « Je parie qu'on va rien voir », dit maman en me la tendant, et elle retourne s'asseoir sur le canapé.

J'allume le magnétoscope, je glisse dans l'ouverture la cassette, aussitôt avalée, et je prie de toutes mes forces pour qu'il marche encore.

Peu après l'écran noir devient gris, commence à bruisser. Je me tourne en souriant vers maman et Niccolò, mais ils ne trahissent ni émotion ni attente : Niccolò finit son joint, maman allume une Camel. Deux murs. Alors j'hésite, je regrette : Elisa, qu'est-ce que tu essaies de faire ? La pièce pue le shit et ça m'agace un peu, mais ça me rappelle aussi l'Alfasud qui filait sur le pont Morandi.

La lumière rouge du bouton power ne s'éteint pas, le vieil et lourd engin semble se mettre en route, accrocher les bobines, dérouler le ruban, et je tiens bon. Je me précipite pour baisser le store et faire l'obscurité. Le salon prend l'apparence d'un petit cinéma de Noël, ceux des villages, qu'on organise dans les salles polyvalentes des centres de loisirs. Je m'empare de la télécommande et viens m'asseoir à côté de maman, qui se mord maintenant la lèvre inférieure. Je perçois sa tension.

« On va rien voir », redit-elle, ou espère-t-elle.

J'appuie sur play et une tache de couleur jaune, puis rouge, apparaît, s'émiette, disparaît. Reviennent le noir, le gris. M'étais-je fait des illusions ? Émerge un son, comme un brouhaha confus. Non, c'est le bon vieux babil de l'analogique. Une masse verte pousse, s'efforce de devenir image. J'attends, je frémis : des feuilles, oui, des arbres. Je croise les doigts. Têtes de gens qui s'entassent, mal cadrées. Puis l'objectif se redresse, s'arrête et, tel un prodige, voilà la naissance, nette, de maman.

Sans ses cheveux roux et ses taches de rousseur, je ne la reconnaîtrais pas. Sur une scène avec trois autres filles, elle trafique dans les câbles et les amplis. La caméra fait un gros plan sur elles, le son s'aligne sur les formes, et je distingue les guitares qui grattent, les micros qui sifflent. Un zoom soudain, rocambolesque, et au premier plan réapparaît maman à vingt ans, sa basse en bandoulière.

Elle porte une grande jupe à rayures aux couleurs flashy, un haut sans manches très court, qui laisse nus les épaules et un large décolleté. La caméra s'attarde sur elle, la détaille, joue avec elle. Une voix hors-champ l'interpelle et dit : « Oh, Annabella, c'est quoi cette moue. Allez, souris. »

Maman, ou plutôt la vieille dame assise à côté de moi, laisse échapper un petit rire. L'autre, la fille dans la vidéo, fait une grimace tellement puérile qu'un pincement de tendresse me vient. Elle a des lèvres fuchsia, des cheveux longs jusqu'au milieu du dos ;

avec la raie au milieu, ils lui retombent de chaque côté du visage. Elle porte un bandeau lilas sur le front, des dizaines de colliers. Elle répète avec les autres Violaneve, toutes jeunes et effrontées. La voix hors-champ l'appelle encore : « Anna, envoie-moi un baiser ! » Mais elle est trop occupée à accorder sa guitare et voilà qu'elle tourne le dos. Alors, lui, peut-être son petit ami de l'époque, vexé, commence à filmer la foule réunie devant la scène. Ils ont tous la vingtaine, certains torse nu, cigarette et bière à la main, on n'est pas à Gattinara, on est à Woodstock. Pourtant, à mesure que la caméra se déplace vers le fond, on comprend que c'est juste la province de Vercelli : on voit les grandes tentes des cuisines, les longues tables en bois avec des bancs sur lesquels des enfants et des vieillards mangent ensemble de la panissa[1].

Brusquement, le petit ami de maman revient sur elle. « C'est fini ces réglages, oui ou non ? » D'autres voix lui font écho et encouragent les filles : « Viola-neve ! Viola-neve ! » Le soleil décline, et même de ce côté-ci de l'écran je sens le fourmillement de l'air saturé d'humidité et de moustiques, imprégné de l'odeur des corps, des désirs.

Les Violaneve échangent un signe d'entente. Quelques instants de cris, de rires. Puis elles commencent à jouer, et elles jouent tellement bien, avec une telle assurance, que cette scène en bois, grande mais bricolée, jetée là entre les platanes, se transfigure et devient le centre du monde.

Je me tourne prudemment vers maman et je vois qu'elle a commencé à pleurer sans bruit. Niccolò aussi

1. Risotto avec haricots, lardons et chair à saucisse, déglacé au vin rouge, typique du Piémont et originaire de la région de Vercelli.

est secoué, il allume une énième cigarette. « C'est vraiment toi ? » dit-il.

Maman ne bouge pas, ne se laisse pas distraire. Les joues mouillées, elle esquisse un sourire pour l'écran et répond d'une voix ferme : « Oui, c'est moi. »

Je dois en prendre acte : Annabella Dafne Cioni n'a pas été seulement ma mère, cette femme impulsive, inefficace, désordonnée, toujours trop triste ou trop excitée, qui nous a aimés et abandonnés un nombre incalculable de fois. Comme je ne suis pas seulement la personne que Valentino imagine, qui travaille tout le temps et vit avec lui : il ne sait rien de Beatrice, comme je ne savais rien des Violaneve.

Maman a été d'abord, et sera peut-être toujours cette fille formidable que je regarde se démener sur la scène avec énergie, libre dans le cône de lumière blanche, qui secoue la tête à un rythme sauvage, rit et a indéniablement du talent.

Et moi, qui je suis ?

D'instinct je glisse la main dans mon dos, sous le pull. Je tâte pour chercher la cicatrice, je la trouve tout de suite, je passe le bout des doigts sur toute sa longueur, et je quitte le concert de Gattinara pour revenir ici, dans ce même salon, un après-midi du printemps 1991, avec les fenêtres grandes ouvertes, maman et moi seules.

Je me souviens de tellement de choses, que je peux bien faire un effort et accepter ça aussi.

J'étais énervée ce jour-là. Insupportable, fatiguée d'être enfermée ou malade. Ce que je me rappelle, c'est que j'avais cinq ans et que je voulais ma mère. Être dans ses bras, me faire câliner, l'embrasser. Je l'empêchais de faire le ménage, de regarder la télé, de faire quoi que ce soit, elle devait rester avec moi, toujours, exclusivement, chaque seconde. Et donc je pleurnichais, je la pinçais, je l'étouffais. À ce moment-là, elle avait reçu un coup de téléphone.

Je me revois entourant une de ses jambes : « Maman, maman, maman. » Pendant qu'elle essayait de comprendre ce qu'on lui disait dans le combiné, de répondre, et apparemment c'était une conversation importante. Mais moi je tirais sur le fil du téléphone, et je continuais : « Maman, maman. » Elle avait raccroché, elle était revenue dans le salon, pâle, préoccupée. Et moi toujours après elle : « Maman, maman. » Alors elle s'était retournée. Elle m'avait regardée comme si elle ne me reconnaissait pas. Comme si elle me détestait. Je m'étais de nouveau agrippée à une partie de son corps. Et elle, en criant quelque chose de terrible que ma mémoire se refuse à restituer – comme : Crève ! Ou : Je te jette par la fenêtre ! – elle m'avait crocheté les bras, lancée violemment loin d'elle, le plus loin possible, et j'avais atterri directement sur le coin de la table basse en fer.

Il était pointu, coupant ; il avait pénétré ma chair si profondément qu'*après* il avait fallu se précipiter aux urgences pour qu'on me recouse, et plus tard jeter le tapis parce que le sang l'avait trop imprégné. Aucun détergent n'avait pu enlever la tache. Mais *avant*, quand la pointe me lacérait et que la douleur n'était pas encore arrivée, j'avais écarquillé des yeux ahuris sur le regard fixe de ma mère et j'y avais lu une fatigue abyssale, de moi et du reste, une prison insupportable, la nécessité impérieuse de se libérer, s'enfuir, se débarrasser de cette image de femme épuisée, lasse d'élever ses enfants seule, l'ouvrière usée par les horaires de travail, et la camisole de force que la vie avait cousue sur elle, au lieu de lui permettre de jouer de la musique.

Puis ses paupières s'étaient fermées et rouvertes, ses yeux avaient cillé plusieurs fois, et elle avait pris conscience du sang, de moi, de ma douleur, à ce moment-là arrivée.

« Mon Dieu, mon Dieu, avait-elle balbutié. Je voulais pas. Je te jure, je l'ai pas fait exprès. » Elle avait couru vers moi, m'avait serrée dans ses bras et soulevée en me couvrant de baisers. Répétant : « Mon amour, excuse-moi, excuse-moi », elle avait refermé ma plaie avec sa main, l'avait tamponnée avec une gaze puis, comprenant que me soigner dans la salle de bains ne servait à rien, elle m'avait habillée, installée dans la voiture et emmenée à l'hôpital, pendant que, recroquevillée sur le siège, je continuais à la regarder fixement, incrédule, tellement surprise que je sentais un vide en moi.

Ce même vide que j'essayais de fuir depuis le début de l'après-midi, de remplir avec elle, en exigeant sa présence. Ce vide avait grandi de façon démesurée, il était devenu précipice, chute libre. Sauf qu'après, aux urgences, ils nous avaient posé un tas de questions sur cet accident, demandé une infinité de fois si c'était vraiment un accident, et j'avais dit : Oui, oui, oui, parce que j'avais deviné le risque qu'ils me séparent d'elle.

Ce n'était pas ta faute, me dis-je trente ans plus tard.

Et même pas la mienne.

Ce n'était la faute de personne si nous étions tellement seules.

« Tu jouais vraiment bien », lui dis-je en cherchant sa main.

Je la prends, je la serre délicatement et ses doigts réagissent, s'enroulent dans les miens, les tiennent.

Niccolò acquiesce : « Oui, tu étais très douée. Au Babylonia ils t'auraient demandé de jouer tous les soirs. » Il y a un soupçon de regret dans sa voix. Mais maman s'empresse de répondre : « Ça n'est pas important, Nic, vraiment. On a vécu tellement de choses, ensemble. »

Nous continuons à regarder, anéantis et reconnaissants, cette vidéo amateur à moitié abîmée, que personne à part nous n'a jamais vue et ne verra jamais. Ce secret pour seule protection privée, intime, familiale. Nous sommes trois étrangers qui se sont piétinés, fait du mal, mais à présent nous sommes ici, et je me rends compte que nous n'avons rien à nous pardonner. C'est moi qui décide de ce qui compte le plus, à la fin, dans cette histoire. Et ce qui compte, c'est le bien que nous nous sommes fait.

J'écoute maman jouer de la basse : dommage qu'elle n'ait pas pu devenir ce qu'elle voulait. J'espère que la vérité de ce moment lui donne un peu de la reconnaissance qu'elle n'a pas eue, et que sa passion brûle encore en elle, quelque part dans son âme.

Je la vois sur l'écran qui s'approche du micro, et reprend à son tour le refrain.

« *How I wish, how I wish you were here,*
We're just two lost souls
Swimming in a fish bowl,
Year after year,
Running over the same old ground,
What have we found ?
The same old fears,
Wish you were here. »

Je pense à toi, Bea.

Je voudrais que tu sois là.

Quand je remonte le volet roulant, il fait sombre aussi dehors. Biella a l'air d'une petite crèche rassemblée au pied des montagnes, et je retrouve l'îlot inaccessible aux trains normaux dans lequel j'ai grandi avant de connaître T, papa et Beatrice. J'ouvre les fenêtres en grand, je fais entrer l'air. La sonnette retentit et Niccolò bondit sur ses pieds. « Ça doit être Marina », dit-il, soulagé, et il court ouvrir.

Il avait les yeux un peu rouges tout à l'heure, j'ai remarqué. Je crois qu'il a pleuré pendant la projection du petit film. J'entends la porte d'entrée s'ouvrir et je me dis que cette Marina arrive au bon moment. Je la vois s'avancer dans le salon, se présenter avec embarras, d'abord à maman puis à moi, les cheveux fuchsia, le rouge à lèvres noir, un tatouage dans le cou, cinquante ans à vue de nez. Mais je me promets que je ne jugerai plus jamais quelqu'un sur l'apparence, pas avant de connaître son histoire.

Maman lui demande si elle a envie d'un café, ou d'un amaro, et elle répond : « Un amaro, merci. » Nous buvons, nous bavardons de choses que je ne retiens pas car j'ai encore les Pink Floyd dans les oreilles, les moustiques autour de moi, l'odeur de la panissa dans les narines, et l'amaro me donne le coup de grâce. Quand Niccolò et Marina nous saluent et partent faire un tour – où, le 25 au soir, on se le demande –, je vais dans la salle de bains pour me démaquiller, je cherche dans la penderie de maman quelque chose de confortable, puis je reviens m'étendre sur le canapé, les chevilles sur ses genoux.

C'est bien d'être là toutes les deux. Je ferme les yeux et ça m'amuse de penser que nous n'avons même pas ouvert les cadeaux. Peu importe, on avait mieux à faire. Je pourrais même m'endormir. Si ce n'est que maman, sans doute sensible à cette belle intimité entre nous, se risque à me demander : « Dis-moi, j'ai entendu parler de la disparition de Beatrice... » elle hésite, « j'espère qu'il ne lui est rien arrivé. Tu sais quelque chose ? »

Nous n'avions plus jamais parlé de toi, depuis cet été. Je savais qu'elle continuait, comme papa, à te suivre avec enthousiasme sur Internet, mais elle ne m'en parlait pas, bien sûr.

Je me surprends à ne pas éprouver d'irritation, de douleur. Et même à lui répondre gaiement : « Que veux-tu qu'il lui arrive, maman ? Même un coup de canon ne la tuerait pas. Le monde pourrait exploser, s'écrouler, une météorite pourrait tomber, tu peux être sûre qu'elle sera toujours là, en pole position, invincible... »

Elle me coupe : « Tu as vu la dernière photo qu'elle a postée ?

– Pourquoi ? dis-je en riant. Elle n'était pas bouclée, élégante, parfaite, comme sur toutes les autres ? »

Maman tend le bras vers son téléphone, hoche la tête : « Eh non, ma chérie, viens voir. »

Je m'assieds, me rapproche. Maman ouvre ta page, agrandit la photo que tu as publiée le 9 décembre dernier, pose le doigt sur le détail qu'elle veut me montrer, et je fais des yeux ronds, incrédule, j'arrête de rire, de jouer. Ma respiration se bloque : comment j'ai pu ne pas m'en apercevoir ?

« Tu le reconnais ? »

Hermès, collection automne-hiver 2007. Couleur lie-de-vin. Pur feutre. Le dernier cadeau d'anniversaire que je t'aie fait, via Mascarella : évidemment que je le reconnais. Je me rappelle le choc parce que je n'avais jamais dépensé autant d'argent de toute ma vie et que tu n'avais même pas daigné le porter une seule fois.

« Je l'ai remarqué tout de suite, reprend maman, à l'instant même. Ce chapeau, et toute la commande Hermès de cet hiver-là, c'était moi qui l'avais suivi. Je m'étais occupée de chaque étape, du feutre jusqu'aux coutures. »

Je sens qu'elle m'examine pour savoir ce que je ressens, et je cache mon visage, sans détacher les yeux de la photo, de toi qui as ton sourire habituel, tellement en premier plan que tu annules tout lieu, tout décor ou paysage, et la couleur de ce chapeau troue tellement l'objectif que je ne comprends pas qu'il ne m'ait pas sauté aux yeux tout de suite. Je me demande ce que j'ai vu de toi pendant toutes ces années.

« À mon avis, c'est un message pour toi, Elisa, forcément. Elle a mis ce chapeau avant de disparaître pour te dire quelque chose. »

Je lève la tête vers ma mère, elle a raison. Je suis bouleversée, émue, comme je me serais sentie au lycée si Lorenzo avait écrit sur un mur ELISA JE T'AIME, ou s'il m'avait dédié une chanson à la radio. Même si personne au monde n'a pu voir ta déclaration, tu me l'as faite, Beatrice. Tu l'as lancée publiquement pour moi.

« Pur feutre, répète maman. Un grand, magnifique chapeau de luxe.

– C'est fait comment, le feutre ? »

Tout à coup, il me paraît important de savoir de quoi ce chapeau est fait, sa réalité objective, son matériau.

« Tu veux vraiment le savoir ? » Elle éclate de rire. « Personne ne demande jamais ça…

– Oui, dis-le-moi.

– C'est du poil de lapin compressé. »

Quand le téléphone sonne, cette fois le mien, je me lève calmement, le prends sans vérifier qui m'appelle, nul besoin, et me déplace, dans la cuisine.

Je ferme la porte derrière moi et m'arrête à la porte-fenêtre qui donne sur le balcon. Je regarde les lumières de la voie ferrée, la cour en ciment, toute mon enfance.

« Bonsoir, Rebora.

– Bonsoir, me dit-il d'un ton courtois. Qu'avez-vous décidé ? »

Je me sens sûre de moi, enfin. Je sais quoi faire. Je regarde le dernier autorail appareiller pour la plaine immobile et noire, et j'écoute ma voix prononcer une énormité : « Je suis d'accord. Mais à condition qu'elle me le demande elle-même.

– Bien, dit Rebora d'un ton poli, je transmets immédiatement. »

La ligne tombe. Je reste debout près de la porte-fenêtre, serrant le téléphone. Le ciel limpide est piqueté d'étoiles. Je me mets à les compter, je n'arrive pas à cent. Le téléphone sonne à nouveau.

Sur l'écran : « numéro inconnu ».

L'inconnue, c'est toi.

Je vois que tu n'as pas hésité.

Et je ne suis pas prête.

Pendant que j'accepte l'appel, j'approche l'appareil contre mon oreille, nullement préparée à entendre ta voix me parler.

« Salut, Eli. »

Un sanglot se plante dans ma gorge, malgré moi.

Je le retiens : « Salut, Bea.

– Écoute », poursuis-tu, et ta voix est inchangée, venue tout droit du lycée, sur le téléphone fixe de mon père. Mais tu t'arrêtes, tu marques une pause : oui, vingt ans ont passé depuis.

J'entends ta respiration, la mienne est bloquée. Je sens ta fatigue, ma fatigue, et la seule chose qui me soulage c'est que tu ne puisses pas me voir : je tremble.

« Écoute », répètes-tu, comme pour reprendre de l'altitude. Mais tu es toujours la même, tu retrouves aussitôt le cap et tu lances ta bombe : « Tu fais quoi au Jour de l'An ? »

Je devrais me défendre, mais tu me désarmes sans que j'en aie conscience. Nue, je réponds : « Je n'ai pas de projets. »

C'est vrai, d'ailleurs, à part la tombola avec papa et Valentino en attendant minuit.

« Bon, je te fais une proposition : on se retrouve le 31 et on salue l'arrivée de la nouvelle année ensemble, toi et moi. »

En un éclair, je revois tes fêtes pharaoniques de ces dernières années, à Saint-Moritz, aux Maldives, à Bervely Hills, les pages de la presse à sensation les jours suivants, commentant tes tenues, énumérant tes invités, et j'ai envie de rire. « Tu veux qu'on passe le Jour de l'An ensemble, toi et moi ? Tu plaisantes ?

– Absolument pas », me coupes-tu d'une voix irritée. Et la froideur de ta voix me remet à ma place, me rappelle la distance entre nous, et que tu es Beatrice Rossetti, la femme la plus célèbre du monde, quand je ne suis personne.

« Et ce serait où, cette fête ? » Je suis redevenue sérieuse.

« À la tanière.

– La tanière ?

– Ça n'a jamais été vendu, jamais vidé. Ils n'ont même pas enlevé les scellés. C'est resté exactement comme en 2003.

– Mais alors, tu es à T ? »

Elle élude et conclut : « À la tanière, vingt et une heures. » Puis, un instant avant de raccrocher, elle ajoute brièvement : « Je suis contente de te voir. »

Je me retrouve le téléphone à la main, le regarde et me dis : Super, Elisa, compliments. Plus de dix ans à batailler contre elle, plus de quatre cents pages de corps à corps avec son fantôme, et puis ? Tu capitules en rase campagne ?

Tu lui as dit oui : tout de suite, comme si tu n'attendais que ça. Tu ne devais pas te venger ? Lui présenter la facture ?

Je laisse mon téléphone sur la table, je n'ai pas envie de rester enfermée. Les mots « Je suis contente de te voir » fourmillent dans ma poitrine, se diffusent partout. C'est un picotement douloureux, mais beau.

Je ne peux pas le nier : je suis heureuse. Assez de faire semblant. Qui de nous deux a joué le plus la comédie, pendant ces treize ans ? Peu importe, on n'est pas dans une compétition. En tout cas, je n'ai aucune envie de mettre la table, de laver la vaisselle. Je vais à la porte du salon et je dis à maman : « On va à la Lucciola manger une pizza ? »

Elle sourit, un instant elle redevient la jeune femme qui m'emmenait petite fille le samedi soir à la pizzeria, et cette illusion me suffit. Nous nous habillons, nous maquillons, mettons des talons comme si nous allions je ne sais où. Quand nous montons en voiture, c'est moi qui conduis.

Parce que je suis grande maintenant.

3

Exercices de rapprochement

Le bras de mer qui sépare la terre ferme de l'île sur cette partie de la côte est magnifique, éblouissant, comme s'il venait d'être créé.

Le bleu de l'eau paraît sombre à cause de la profondeur, mais le soleil qui pique la surface l'inonde et le brode de lumière. Au-dessus de la mer, les promontoires de l'île d'Elbe et du continent se regardent, si proches qu'il suffirait d'un rien pour les réunir. Je me penche sur la balustrade : combien de kilomètres ? Trois, quatre ? C'est la distance, dérisoire, impossible à combler, qui sépare la vie qu'on a de celle qu'on désire.

Je suis assise piazza A, comme suspendue entre ce que j'ai écrit jusqu'ici et l'avenir. Il est neuf heures du matin, le 31 décembre, dernier jour de cette année et, semble-t-il, de mon passé. Valentino s'est réveillé tôt, il a insisté pour que nous prenions le petit déjeuner tous les trois dans un bar, « pour une fois ». Je n'ai pas pu dire non, mais je l'ai averti : « Avant, j'ai quelque chose à faire. Je vous rejoindrai plus tard, ton père et toi. » Il a enfourché son vélo pour aller chez lui, et je suis sortie à pied avec un vague sentiment de culpabilité.

Ce « quelque chose à faire », c'était simplement venir m'asseoir ici, sur un de ces bancs pour les amoureux qui m'agaçaient tant au lycée, et regarder le chenal, les bateaux qui le traversent. Rêver sur les Étrusques, Homère et les mythes que la Marchi nous expliquait pendant l'heure de poésie épique, les après-midi passés avec Beatrice sur le lit à les étudier.

Grandir, c'est trahir, oui.

Je me détache à regret de ce paysage. Je traverse la place, remonte le corso Italia. Chaque échappée sur la mer au fond d'une ruelle, chaque rideau de fer levé, chaque enseigne me rappellent ce que nous avons été. Quand j'ouvre la porte du bar Corallo, la première table sur laquelle mon regard tombe est celle, vide, où nous nous serions assises pour mener nos batailles, celles qu'anticipait une Bea fanfaronne, et pas encore célèbre, dont j'étais censée devenir la manager. C'est seulement après que je vois Lorenzo et Valentino qui m'adressent un salut et un sourire.

« Heureusement que tu ne voulais pas trop le voir, ton père », dis-je d'emblée, pour plaisanter, en m'asseyant en face d'eux. Je me penche pour faire une bise à Valentino, qui se dérobe, parce que devant Lorenzo il ne veut pas.

Lorenzo a toujours autant de classe : veste en laine, chemise velours mille-raies sur un jean ; un homme bien élevé. Il prend les devants : « Tu lui as manqué, même s'il ne l'admettra jamais. Il te l'a dit, hein, qu'on avait fait du bateau ? »

Je ne suis peut-être pas élégante, mais je suis bien élevée moi aussi : « Oui, il m'a raconté ça, il était ravi. » Je devrais nous féliciter d'être devenus tous deux des parents prudents et diplomates, sauf qu'un démon en moi pourrait tout aussi bien aller ce matin acheter une bouteille de vodka, et lui proposer d'aller la boire ensemble sous le grand chêne vert.

Valentino me regarde : « En tout cas, maman, chez nous, une semaine avant Noël, le frigo était vide, la maison était dégueulasse et tu ne faisais rien d'autre qu'écrire, écrire. Même la nuit je t'entendais taper sur le clavier. J'aurais pu aller au concert de Massimo Pericolo et rentrer à six heures du matin, tu ne t'en serais même pas aperçue.

– Ah oui ? fait Lorenzo amusé. Alors c'est bien vrai que tu nous caches quelque chose. Je l'ai compris tout de suite, ce soir-là, chez toi… »

Je me raidis. Je ne sais pas comment parer les insinuations, et je tourne la tête vers le comptoir : « Vous prenez quoi ? »

Je me lève brusquement et fuis vers la vitrine des gâteaux. Dans mon dos m'arrivent leurs commandes, entremêlées de rires et d'hypothèses sur ce qu'il y a dans mon ordinateur. Je fixe les croissants, les tartelettes. Je réentends Valentino : sans une once de reproche, il m'a quand même lancé une petite flèche : « Tu ne t'es pas occupée de moi », a-t-il dit sans trop de détours. Dire qu'il a presque treize ans, et pas cinq, et qu'il écoute un chanteur qui s'appelle Pericolo. Mais les enfants sont comme ça : eux doivent partir, s'éloigner, alors que toi tu ne peux pas, même d'un millimètre.

Le barman s'approche, je lui indique des brioches, j'ajoute deux cafés, une orange pressée. Je réalise que ces dix derniers jours, pour la première fois, je n'ai pas fait passer mon fils avant moi. J'avais autre chose à faire, oui, de plus important. Et ce *plus* me paraît monstrueux.

Je repense à la cassette des Violaneve, je les revois se déchaîner sur la scène.

Et je me demande combien de fois, sans être jamais allée jusqu'à le balancer contre un coin de table, j'ai ressenti de l'agacement, voire de la colère à l'égard de Valentino ? Parce que je me sentais étouffée, bridée ? Parce que je me sentais renoncer ? À quoi ?

J'emporte le plateau en mesurant la peur que j'ai de la réponse.

Le petit déjeuner terminé, Lorenzo suggère de faire une promenade. « La journée est trop belle, il faut en profiter. » Il me prend au dépourvu et, comme il y a quelques heures avec mon fils, je n'arrive pas à inventer de prétexte pour décliner. Je les laisse m'emmener sur le corso, marcher côte à côte comme si nous étions une vraie famille, une famille dans les règles, ce qu'à l'évidence nous ne sommes pas, avec des gens qui nous reconnaissent et nous lancent un regard en biais : c'est toujours scandaleux de ne rentrer dans aucune catégorie.

Nous pénétrons dans les ruelles. Je ralentis pour regarder les immeubles en pierre des pêcheurs qui m'avaient foudroyée à mon arrivée à T. Ces balcons où pendent des jeans, des chaussettes, des draps qui sont comme des drapeaux, les grappes d'enfants alignés là-haut sur les terrasses, à cinq sur un portable. Je traîne. Et quand mon regard se pose à nouveau sur la ruelle, Valentino et Lorenzo sont loin devant. Ils me semblent pareils.

Même blondeur, même taille, mêmes épaules larges. Je perçois l'affinité entre eux, leur complicité de garçons. Je ne me sens pas exclue. Lorenzo est son magnifique père qui vit à Paris, présent mais lointain, facile à idéaliser. Je suis sa mère casse-pieds, celle qui est là tout le temps : À vos ordres ! Qui supporte les bouderies, encaisse les gros mots, les portes claquées. Pourtant, à me voir avec ses yeux, j'ai envie de rire. Comme tu te trompes sur moi.

Et nous voilà piazza Marina. À peine en ai-je conscience que je me retourne vers le lycée Pascoli, comme si je craignais de l'avoir perdu. Mais il est toujours là : une ruine rongée par les intempéries, l'abandon. Lorenzo me le montre et éclate de rire : « Elisa, tu te rappelles ? »

Quelle question. Je réponds par une moue.

« Je vois encore ton Quartz, avec la main qui fait un doigt au-dessus du feu arrière ! »

Je mesure la désolation du parking des scooters et malgré moi, la nostalgie me prend. Valentino rit de nous, il ne sait même pas ce que c'est qu'un Quartz. Impossible pour lui d'imaginer des adolescents là-dedans. Nous n'avons guère plus de trente ans mais pour lui nous sommes des vieux croûtons du siècle dernier qui ne comprennent rien. Alors il part vers le petit port, nous laissant seuls. Je lève la tête et passe en revue une à une, pour moi-même, les fenêtres du premier étage, cherchant notre salle de classe.

Je ne peux pas m'empêcher de dire à Lorenzo : « C'est vrai, je ne suis pas devenue écrivain. Mais tu sais quoi ? » Je frissonne, consciente de prendre un risque : « *Peut-être* que j'ai écrit quelque chose.

– Quelque chose ? me demande-t-il venant plus près. Tu veux dire, le roman que tu as toujours voulu écrire ? »

Nous sommes très proches, mais je ne bouge pas. Pendant toutes ces années je me suis interdit toute intimité avec lui, j'ai toujours veillé à garder mes distances. Mais je n'en ai plus envie, ou plus besoin.

« Roman, c'est un bien grand mot. Disons que je me suis défoulée, écrire a été une libération.

– De quoi ? »

J'hésite, ce n'est pas très clair encore. Nous nous retournons pour chercher Valentino : sur un banc, il tripote des filets, cherche à engager la conversation avec un pêcheur. Je descends vers lui, Lorenzo me suit. C'est un jour férié, le dernier jour de 2019, et peu à peu le petit port se peuple de gens venus se promener au soleil, comme nous. Le pêcheur ne le renvoie pas, au contraire il le fait monter dans son bateau, lui montre comment il travaille. Je décide de ne pas le rappeler.

J'observe les gens, plutôt : comment ils marchent, calmes et légers, leur veste nouée à la taille ou pendue à l'épaule, parce que l'air est tiède, bien qu'on soit en hiver, et soudain il me semble apercevoir une silhouette familière, bronzée, très grande. Je m'arrête. À mesure qu'elle approche, je me rends compte que c'est quelqu'un que je connais. Il s'est laissé pousser la barbe, il tient une femme par la main, l'autre main conduisant une poussette avec une enfant d'environ deux ans, tandis qu'un autre, guère plus âgé, sautille à côté.

Aussitôt, je fais de grands gestes : « Gabriele ! »

Il s'arrête à son tour, plisse les yeux, puis me reconnaît et répond à mon sourire. Je ne devrais peut-être pas te le dire mais je suis heureuse de voir qu'il est toujours aussi joyeux, aussi léger que dans mon souvenir, il a fondé une famille, continué sa vie, Bea, même sans toi.

Nous nous étreignons.

« Elisa, tu n'as pas changée.

– Toi non plus. »

Nous mentons, parce qu'à l'évidence nous ne sommes plus les ados de la mansarde. Lorenzo nous rejoint et tous deux se tapent sur l'épaule. Gabriele nous présente sa femme, Gisella. Ses enfants, j'ai oublié comment ils s'appellent, mais ils lui ressemblent beaucoup. Il raconte qu'il travaille à la Coop, qu'il habite toujours dans la vieille ville « mais plus piazza Padella », en me lançant un regard appuyé. Malicieux mais sans arrière-pensées, sans accusations ni regrets.

Il a dépassé votre histoire, Bea, je l'ai vu tout de suite. Prononcer ton nom n'aurait aucun sens. Nous sommes là, dans nos vies normales, à nous dire que, bien ou mal, on s'en est tirés. On parle d'emprunts, de vacances, des enfants. Que sais-tu de tout ça, toi ? Que sait-il de tout ça le beau mannequin aux cheveux gominés qui parlait de toi l'autre jour à la télé en feignant d'avoir le cœur brisé ? Nous restons là un petit moment. De loin, je lui montre Valentino, monté entre-temps explorer un autre bateau avec d'autres pêcheurs, m'évoquant un jeune Ulysse.

À mon avis, Gabriele, c'est un signe. De toutes les fois où je suis revenue à T, jamais je ne l'ai rencontré. Et chaque fois j'ai soigneusement évité le corso et piazza Marina, parce que je n'avais pas le courage d'y croiser ton souvenir.

Je regarde autour de moi : le soleil est haut et brille sur la vieille ville perchée au-dessus de la mer, dans cette lumière le lycée Pascoli paraît presque repeint. C'est vrai : une partie de moi n'est jamais sortie d'ici. Mais je sens que ça va changer.

Plus tard, Lorenzo et moi poursuivons au milieu des bateaux où des chats somnolent sur le pont, nous marchons en silence ou nous parlons de Valentino, qui nous ignore et ne cesse d'échapper à notre vue.

Nous le laissons faire.

Je m'attarde sur les quais, même s'il est midi et que papa nous attend à déjeuner, même si c'est bizarre de se promener avec Lorenzo et que ça me met mal à l'aise. Je n'ai pas envie de rentrer. J'ai peur que le temps, dans mon ancienne chambre, ne s'arrête. Peur de tourner en rond en attendant le soir, et qu'il soit neuf heures.

J'ai la terreur, le déjeuner terminé, de l'après-midi que je vais passer devant mon armoire à chercher quoi mettre. Quelle tenue choisir pour rencontrer la reine du style ? Comment me présenter, face à elle ? En pantalon, en jupe ? Il faudrait que j'achète quelque chose au dernier moment, quelque chose d'élégant. Oui, et après elle se dira : Regarde-moi ça, elle s'est trouvé un fourreau pailleté, pas du tout son genre, elle n'a pas assez d'assurance. Ou bien, si j'y allais habillée comme d'habitude : Comment fait-elle pour porter encore ses vieux pulls d'il y a vingt ans ? Je maudis ces injonctions de la mode, mes vêtements ne me révèlent en rien, ne m'expliquent en rien. Je voudrais uniquement m'écrire, pas me vêtir.

Dans la rue au-dessus de nous passe une voiture avec la musique à fond. Elle s'arrête au feu, la vitre à moitié baissée. Je reconnais distinctement un couplet de *Sally*, qui me sort de mon angoisse.

Je regarde Lorenzo, je comprends que nous avons pensé la même chose car l'instant d'après il me demande : « Peut-être qu'après la mort on est libéré des promesses, non ?

– Quelles promesses ? » Je continue de marcher.

« Christian. Tu te souviens quand il était venu nous voir avec ta mère via Mascarella, et que je lui avais proposé de l'accompagner à Zocca voir Vasco Rossi ? »

Je m'arrête. « Bien sûr, la fois où je m'étais mise en colère. Le lendemain matin vous y êtes allés, mais maman et moi on était tellement occupées par nos conflits qu'on ne vous a pas demandé de raconter. »

Lorenzo sourit. Hélas, il est toujours aussi beau, et la beauté est un mensonge qui ne laisse aucune chance. « Tu veux savoir comment ça s'est passé ?

– Vous l'avez rencontré en vrai ?

– On a fait tout Zocca de long en large, c'est pas une métropole mais ça nous a pris quand même une heure, et Christian…

– Appelle-le Carmelo.

– Carmelo demandait partout : "Vous savez où il habite, Vasco Rossi ? Dans quel bar il va ?" C'était évident qu'on n'allait pas le trouver. Et figure-toi qu'avant de remonter en voiture et de repartir, tout à coup, je te jure, on l'a vu.

– Tu plaisantes ?

– Je ne serais pas là à te le raconter après toutes ces années. Il a surgi de je ne sais où et il a traversé le parking comme une apparition. Et je te jure, jamais je n'ai vu un homme ému à ce point-là. Carmelo l'a pris dans ses bras, lui a dit je ne sais quoi en lui serrant les mains. Je suis resté en arrière, c'était trop intime comme scène. Après, dans la voiture, il m'a dit que ç'avait été un cadeau tellement grand qu'il aurait pu mourir à l'instant même. Je crois qu'il se savait déjà malade. Et il m'a fait promettre de n'en parler à personne, parce que quelque chose d'aussi important, ça devait rester secret. »

J'ai envie d'embrasser Lorenzo, même si ce serait une folie. En tout cas, je lui prends la main. Il me regarde. Je me dis que c'est absurde, au fond. On a fait un enfant, on s'est dépucelés ensemble sous le grand chêne vert, il a voulu être dans la salle d'accouchement pour me tenir la tête. Pourtant, je retire ma main, et nous sommes embarrassés.

« Écoute, pourquoi on ne se prendrait pas un café tous les deux, un de ces jours ? Toi et moi seulement, je veux dire, et tu me raconteras ce que tu as écrit ? »

Avant, je n'aurais même pas réfléchi, j'aurais dit non. J'ai du travail, je dois emmener mon père chez le médecin. Mais là, j'y pense une demi-seconde et je lui dis : « D'accord. Mais avant, je voudrais que tu me rendes un service. »

Lorenzo acquiesce de la tête. « Tout ce que tu veux.

– Il faudrait que ce soir tu puisses être avec Valentino. Et aussi avec mon père, si ce n'est pas trop te demander, pour qu'il ne reste pas tout seul. »

Il me regarde, tellement surpris qu'il ne répond pas.

J'insiste : « Est-ce que vous pourriez passer le Jour de l'An ensemble ?

– Oui, j'ai un dîner, mais je peux me décommander, ce n'est pas un problème. Qu'est-ce que tu dois faire ? »

Je sens une charge d'adrénaline, comme si un vol, une fugue, une révolution était en jeu.

« Je ne peux pas te le dire. C'est un secret. »

4

Amies pour toujours

Nous l'avions découverte par hasard, la tanière, en nous promenant ici et là, en cachette, derrière les haies de la via dei Lecci, un après-midi où Bea n'avait pas le droit de faire du scooter – une stratégie de sa mère pour éviter qu'elle vienne chez moi.

Ce jour-là, je m'étais garée deux rues plus haut, pour qu'on ne voie pas mon Quartz, et elle avait prétexté un jogging pour se faufiler au-dehors. Nous avions dépassé les derniers pavillons achevés, avant une dizaine d'autres en construction, un rectangle vide de broussaille avec une bétonnière au milieu.

Et nous l'avions vue, à moitié cachée par le chantier, une vieille maison isolée, reliée à la via dei Lecci par un étroit chemin de terre qu'instinctivement, sans nous concerter, nous avions gravi. Là-haut, sur la pointe des pieds, nous avions regardé par-dessus la clôture le jardin transformé en jungle et la porte fermée par des scellés. Nous avons eu toutes les deux l'idée d'entrer. Notre amitié était à l'époque – fin du printemps 2002 – en pleine expansion, avide de coloniser. Sauf que Bea avait proposé ensuite d'en parler à Gabriele, et ça avait tout gâché.

Ils se voyaient moins depuis que Gin était tombée malade, et un endroit pour eux dans les environs les aurait bien arrangés. Mais je ne pouvais pas accepter que quelqu'un d'autre partage cette cachette avec *mon* amie, et j'avais fait une scène. « Laisse-le en dehors, l'avais-je avertie. Ce sera notre secret, sinon ce sera la fin irrévocable de notre amitié. » Elle avait souri, je me souviens, avec une satisfaction sadique. « Et toi, tu me donnes quoi en échange ? »

J'avais réfléchi, et répondu avec solennité : « C'est moi qui escalade la première. » Puis, plaçant la barre plus haut : « Je casse une vitre avec une pierre et j'entre par la fenêtre. Si on décide d'y habiter, avais-je ajouté in extremis, la voyant peu convaincue, c'est moi qui nettoierai tout. »

C'est seulement aujourd'hui, en éclairant pleins phares la rangée de pavillons identiques plongés dans l'obscurité, déjà vieillis bien qu'ils aient plus ou moins notre âge, que je me rends compte que pénétrer dans cette maison, avec les toiles d'araignée qui se collaient à moi, le cœur galopant dans ma poitrine au moindre petit bruit, a été l'acte d'amour le plus audacieux que j'aie jamais accompli.

Je m'engage sur le chemin, ralentissant pour éviter les ornières, j'éteins les phares parce que l'idée me vient qu'on pourrait me voir : une bizarrerie qui doit venir de l'enfance, mais j'y tiens. Je me gare devant la grille, sans avoir le courage d'éteindre le moteur.

Notre tanière est là, immobile dans le silence. Je n'arrive pas à croire qu'on te cherche dans le monde entier, et que tu es ici.

Comme le jour du jean, je me demande si c'est une blague : tu en serais bien capable. La lune est une mince faux qui n'éclaire ni la campagne ni la maison. J'examine attentivement les murs, les fenêtres, jusqu'au moment où je perçois derrière un volet des lueurs jaunes, signe qu'il y a des lampes, des bougies. Que tu es là.

Je tourne la clé et le moteur s'éteint. Je fixe le vide de l'autre côté du pare-brise et dis : « Salut, Bea. » D'un ton sérieux, funèbre. Et cette virgule souligne trop la pause, ça ne va pas. Tu ne dois pas comprendre trop vite que je suis venue pour la guerre.

Je recommence : « Salut, Bea ! » mais cette fois j'ai trop souri, et ce point d'exclamation est excessif. Je ne sais pas jouer la comédie quand il le faudrait. Je fais d'autres essais, j'ajoute la phrase que je garde soigneusement en réserve pour toi depuis trois jours, sinon des années. Mais il est déjà 20 h 57, assez de gamineries. J'allume le plafonnier, je me donne un dernier coup d'œil dans le rétroviseur : j'ai usé du mascara autant que du crayon à sourcils, et même estompé le fard à paupières à partir de l'intérieur comme tu m'avais appris. Jamais de toute ma vie je ne me suis autant maquillée.

Je descends de voiture. Un courant d'air glacé me réveille. J'ai deux sacs de courses à la main : l'un avec du spumante, le meilleur que j'aie pu trouver d'accessible à ma bourse, l'autre de la boulangerie, où j'ai pris un mélange de mini-pizzas et de petits fours salés, comme j'en commande pour les fêtes d'anniversaire de Valentino.

La grille est ouverte, je la franchis. J'écoute mes pas dans l'allée, tu les écoutes peut-être aussi. J'arrive à la porte qui nous sépare et le doute me vient que des mini-pizzas pour le dîner ça pourrait être un peu ridicule, et que le Cuvée Brut ne soit pas le top, comparé à ce que tu as l'habitude de boire.

Mentalement, je récapitule ma tenue : petit pull noir décolleté, jean collant. Je respire. Je regarde mes chaussures rouges, les seules que j'aie trouvées avec un talon correct. Pour finir, j'ai limité mes ambitions à une seule : ne pas te rappeler d'emblée la Marchi. Je fais passer mon poids d'un pied sur l'autre pour ne pas flancher. Dans l'angoisse de décevoir, de t'affronter. Brusquement, j'ai peur. De toi, de la réalité. Mais je te déteste tellement que je veux te le dire en face. Tu n'es qu'apparence, Bea, une montagne d'apparences.

Je frappe, et j'attends.

La porte est mince, je devrais te sentir arriver, percevoir un mouvement, mais rien. Je regarde autour de moi pour tromper l'attente, et ranimer dans le noir les souvenirs laissés dans ce lieu. Le mistral qui souffle dans les branches, l'odeur de garenne et de rouille fait remonter le souvenir de la dernière fois où je t'ai vue ici, en jogging et chaussures de sport, sans maquillage, un fil blanc dans tes cheveux, et marquée par la douleur de la maladie de ta mère. Mon cœur défaille.

Si tu as disparu depuis près d'un mois, il y a forcément à cela une raison dramatique : dépression, drogue, diagnostic terrible. Je me dis que je t'aime toujours, au fond. Que j'ai les outils – la Littérature, pas les paillettes – pour t'aider vraiment. Je me sens plus forte. Grave, gravissime erreur.

Le battant s'écarte d'un coup, en traître, et ce n'est pas toi qui ouvres.

C'est la Rossetti.

Pire : la personne réelle face à moi, qui me domine d'au moins vingt centimètres, irradie, ce n'est pas « une » des Rossetti mais sa version la plus éclatante, celle du Met Gala, de Cannes, des grandes occasions. Pas en photo : en vrai. Grandeur nature. Je me sens rapetisser, dépassée, nullement préparée à ces longs cils qui battent, aux contractions des muscles du visage, de la bouche qui brise la fixité du célèbre sourire pendant que ta voix me parvient : « Elisa, c'est bon de te revoir ! »

J'ai du mal à rester ferme sur mes jambes.

J'ai mes sacs en plastique à la main.

Le ton de Beatrice s'adoucit : « Viens, ne prends pas froid. »

J'entre, je referme la porte. En avançant dans la pièce qui, dans mon souvenir, était la cuisine, j'ai la sensation de me déplacer sur ces plates-formes posées sur des rouleaux dans les maisons hantées des parcs d'attractions. Je perçois une clarté diffuse, une chaleur qui ne me réchauffe pas, mais je ne peux visualiser aucun détail parce que mon regard est fixé sur elle.

Rien à voir avec le jogging et la douleur, ni même la dépression. Tu y comptais bien un peu, Elisa, non ? Et tu t'es fait avoir. Pour la énième fois.

Elle m'examine aussi. Elle a repris son vieux sourire indéchiffrable et le pointe sur moi, sur mon front, entre les deux yeux. Je devrais dire quelque chose, il me semble, trouver une astuce pour me libérer. Mais je n'y arrive pas, je suis figée. Je n'ai jamais vu de près un spectacle pareil.

Je vous dirai maintenant comment elle est habillée. Ou plutôt : camouflée. Ou révélée. Comme ces fleurs irrésistibles qui explosent au printemps. Ou ces animaux féroces qui tout à coup sortent leurs griffes, leurs canines, gonflent le poil, la queue. Et je ne sais pas distinguer entre violence et beauté.

La cascade de boucles brunes tombe sur ses épaules et sur son dos complètement nu. La Rossetti n'a jamais froid, même en plein hiver dans une maison abandonnée ; je serre mon manteau contre moi, mais elle a les bras souples, l'un le long de la hanche, l'autre appuyé au canapé, en une pose tantôt spontanée, tantôt étudiée. Une pose de diva.

Son visage est une œuvre d'art. Parler de maquillage serait réducteur. On dirait une poupée de porcelaine fine, la créature magique que par intermittences on devinait autrefois en elle. Fard à paupières doré, poussière de diamant sur les pommettes. Lèvres écarlates. Dans un contraste de fulgurances et d'ombres, de grâce et de puissance, qui me rappelle ces héroïnes de romans qui n'existent pas.

Et puis sa robe. Comment la décrire ? On la dirait faite d'écailles de sirène incendiées de soleil et d'eau, cousues sur son corps comme une seconde peau, du même terrible émeraude que ses yeux. Une fente découvre la jambe gauche de la cheville jusqu'à l'aine. Une esquisse de traîne allonge sa haute silhouette. Si nous étions sur un tapis rouge, ce serait déjà excessif. Alors, dans la tanière. Et elle porte des escarpins de cristal. Pas à la lettre, bien sûr, mais l'effet est là : en talons aiguilles trois fois plus hauts que les miens, elle est la version létale de Cendrillon au bal, tandis que moi, avec mes petits talons rouges, je suis la Dorothy du magicien d'Oz emportée par l'ouragan.

« Impressionnant, hein ? Je sais. C'est dommage de ne pas poster ça sur les réseaux, ça ferait trois ou quatre millions de like. » Son sourire est de plus en plus indéchiffrable, il me semble voir luire toutes ses dents très blanches. « Mais ce n'est pas pour les autres que je l'ai choisie, c'est pour toi. »

Je m'impose de faire un geste, un au hasard.

Je m'aperçois que je porte encore mon manteau, mes sacs des courses à la main, et je cherche un endroit où les poser. Elle me devance : « Tu peux les poser sur la table, merci. » Son ton aimable en papier de verre m'écorche.

Elle doit porter sur elle tout ce que je gagne en un an, et je n'ai pas encore décroché un mot. Tu enseignes à l'université, me dis-je, tu ne peux pas t'effondrer comme ça sans même avoir combattu. Je pose le vin sur la table, le carton avec l'assortiment de mini-pizzas qui, j'y pense maintenant, est la même idée stupide venue à mon père pour affronter notre premier, et déjà très compliqué goûter. J'enlève mon manteau et prononce lentement : « Tu es très belle, Beatrice. Mais tu sais que c'est autre chose qui compte pour moi. »

Son sourire flambe. « Pourtant tu t'es mise sur ton trente-et-un ce soir. Tu as même estompé le fard à l'intérieur de la paupière. Comme je te l'avais appris cette fois-là, tu te souviens ? Quand tu étais passée chez moi en cachette avant ton rendez-vous. »

Comment peut-elle se rappeler une chose pareille ? J'essaie de me ressaisir en prenant la mesure de la pièce, de m'orienter. Je regarde la table : le même contre-plaqué qu'en 2002, mais quelqu'un – j'ai peine à croire que ce soit la Rossetti en personne – a ajouté des chaises. Elle est dressée d'une façon qui me semble à la fois approximative et prétentieuse. Les serviettes sont en papier, mais la nappe est damassée. Des assiettes en plastique et des flûtes en cristal. Je remarque un plateau de sushis. Valentino et Lorenzo se moquent toujours de moi parce que je n'en ai jamais mangé. L'étiquette sur la bouteille dans le seau à glace annonce : *Dom Pérignon 2000 rosé.*

Cette cuisine est restée la même : des carreaux ébréchés, un canapé défoncé auquel on a ajouté des coussins, et des gravures aux murs. J'observe les lampes à pied disséminées çà et là, le radiateur électrique bouillant, je suis le parcours des fils jusqu'à un générateur d'électricité placé dans un coin près de la cuisinière.

Je tends la main vers mon spumante Cuvée ; maintenant que j'ai vu le Dom Pérignon, je voudrais le cacher. De nouveau elle lit dans mes pensées : « Tu peux le mettre au frais sur l'appui de la fenêtre. » Elle m'indique la fenêtre qu'on aperçoit dans la salle de bains, celle que j'avais cassée pour entrer la première fois. La vitre est encore rafistolée avec du scotch, mais elle donne sur la nuit, sur Vénus qui brille, à la différence de celle de la cuisine, occultée par des cartons.

« Beatrice, je demande, abasourdie, tu te caches vraiment ici, comme un mafieux en cavale ? »

Elle éclate de rire. Elle s'approche du carton que j'ai apporté, soulève un côté pour regarder. Elle soupire, comme pour dire : « C'est bien de toi, d'apporter des mini-pizzas. » Puis elle me regarde et ajoute, très tranquillement : « J'y viens seulement dans la journée. Cet endroit me détend, ça m'aide à réfléchir. Je l'ai meublé pour le rendre plus habitable, mais sans trahir l'esprit d'origine, précise-t-elle avec un clin d'œil. Sauf qu'il n'y a pas d'électricité là-haut, alors je dors chez mon père, dans mon ancienne chambre. Qui l'aurait cru ?

– Tu vis avec ton père ?

– Provisoirement. Il est malade, une tumeur. Quand Costanza me l'a dit, j'ai senti que je devais faire un armistice. » Son visage s'assombrit un instant. « De toute façon, ce n'est pas pour lui que je suis revenue.

Il y a encore dix jours j'étais dans un resort fabuleux, à Oman.

– Je suis désolée pour ton père. »

Ne sachant quoi dire d'autre, je m'éloigne, mets le spumante dans la salle de bains sur l'appui de la fenêtre. La superposition d'Oman, de la tumeur et de la tanière dans la même histoire me perturbe. Je commence à regretter d'être venue. Cette femme et moi n'avons rien à partager, nous ne nous sommes jamais rencontrées. Pourtant, après mes deux semaines d'écriture, elle me doit une explication. Je reviens dans la cuisine, résolue. Et je la trouve qui s'escrime sur le bouchon du champagne.

Elle coince le Dom Pérignon entre ses genoux pour le maintenir. La bouteille, au contact du tissu – métallique ? Qui sait de quoi ce tissu est fait –, glisse et manque de lui échapper. Avec une grimace amusée, elle souffle en l'air pour chasser une boucle de son visage.

« On devrait peut-être le garder pour minuit, dis-je sans réfléchir.

– Ne t'inquiète pas, j'en ai une autre.

– Oui, mais celui-là est millésimé 2000. »

Beatrice me regarde : « Bravo, tu sais encore remarquer les détails. »

Elle recommence à tirer sur le bouchon, mais il est évident que d'habitude on lui ouvre la bouteille. Sa maladresse pleine de grâce me rend nerveuse. Même quand elle n'arrive pas à faire quelque chose, elle est toujours aussi belle. Elle ne perd pas son calme, son ironie. Cela m'agace au point que je m'approche, j'essaie de l'aider pour mettre fin à cette comédie et pouvoir enfin boire, j'en ai besoin.

Mais j'avais sous-estimé le pouvoir de son corps. Nous nous retrouvons à nous frôler, superposer nos mains sur le col de la bouteille, entrecroiser nos doigts, et ce contact soudain est excessif, familier. Le bouchon saute, le champagne déborde, nous trempe les pieds. Mes chaussures rouges en daim sont fichues. Mais ce n'est pas pour ça que j'explose intérieurement.

Qu'est-ce que je fais ici ? Je suis venue pour que cette fille se paie ma tête ? Qu'elle me fasse bien savoir qu'elle est la plus belle du monde, la plus riche, la plus célèbre ?

« Pourquoi tu voulais me voir, Beatrice ? »

Ma voix a des accents très durs.

Je reste immobile, tendue à me briser.

Elle ne se trouble pas. Verse le champagne dans les deux flûtes, m'en tend une pleine à ras bord. Elle me montre le canapé dont la mousse est à découvert. « Elisa, c'est la nuit du Jour de l'An… Asseyons-nous et buvons *d'abord.* »

Elle me lance un coup d'œil que j'interprète : « Tu ne crois quand même pas mener le jeu ? » Et elle croise les jambes.

J'attrape une chaise – de celles en polycarbonate, transparentes, tellement à la mode – et je m'installe en face, à distance. Je suis en colère. Contre elle et contre moi-même, pour avoir accepté de la revoir, avoir négligé mon fils par sa faute, et même être parvenue, en écrivant, à la comprendre, à me souvenir d'elle avec affection. Surtout, pour l'avoir choisie, elle, comme sujet de mon premier livre.

Nous ne trinquons pas, nous buvons seulement : une longue gorgée de ce raisin qui mûrissait au moment de notre rencontre sur la plage à Ferragosto.

Beatrice lève les yeux de sa coupe : « Tu sais, je t'ai cherchée souvent pendant ces années, jamais je n'ai réussi à te trouver, même dans une photo de groupe.

– Tu m'as cherchée ! »

Surprise, je ne contrôle pas ma réaction. Et aussitôt après, je me déteste pour ma naïveté.

Beatrice hausse les épaules avec nonchalance. « De temps en temps j'essayais de voir si tu avais un site, une page. Je n'ai plus rien su de toi jusqu'au moment où tu es devenue assistante de recherche. Tu aurais quand même pu ajouter une photo d'identité à ta page sur le site de l'université. Mais j'ai pu lire la bibliographie de tes cours : ce sont les livres que tu lisais sous la table pendant les heures de physique et de maths. »

C'est peut-être le verre que je viens de finir, mais je sens mes défenses s'émietter encore : de combien la réalité est-elle éloignée de ce que j'imaginais ?

« Ensuite, poursuit-elle, quand il est passé dans la série supérieure, j'ai vu ton fils sur le site de l'équipe de foot de Bologne. Je l'ai reconnu tout de suite : c'est le portrait craché de Lore. »

Lore. Je pose mon verre. Une bouffée de colère me fige. « Qui te l'a dit, que j'ai un fils ?

– Lorenzo », répond-elle, comme si c'était évident. Je la hais pour la tranquillité avec laquelle elle prononce son prénom. « Il m'a envoyé un message quelques semaines après sa naissance. On est restés un peu en contact, au début. Puis on s'est perdus. »

Ma colère augmente, presse dans ma gorge, veut exploser. Une rancune de treize ans émerge d'un bloc et je n'ai pas l'intention de la contenir, je veux même la lui envoyer à la figure, prononcer la phrase que j'ai testée des dizaines de fois devant ma glace, et aussi tout à l'heure dans la voiture.

« Tu as ruiné ma vie, Beatrice. »

Je l'ai dit. Et mon ton sonnait faux, mes paroles avaient quelque chose de ridicule.

« Ce n'est pas vrai, tu enseignes à l'université, tu as un fils magnifique… »

Je l'interromps : « Nous aurions pu être une famille. Tu n'as absolument pas idée de ce que c'est, élever un enfant seule, tout ce à quoi il faut renoncer. Toi, dans ta vie éblouissante, avec le seul souci d'être plus, chaque jour plus, de plus en plus parfaite. Quels problèmes tu as, toi ? Si tu ne l'avais pas embrassé », me rappeler m'exaspère, « si vous ne m'aviez pas trahie tous les deux de cette façon… » Je me lève, je regarde mon manteau posé sur le dossier de la chaise, le champagne sur la table. J'attrape la bouteille et m'en sers encore un peu. « Non, je ne peux pas te pardonner. »

Beatrice se lève à son tour, me prend gentiment le Dom Pérignon et remplit elle aussi sa coupe. La bouteille se vide, elle la secoue comme si elle n'y croyait pas. Elle a un roulement théâtral des yeux. « Si tu n'as rien contre, je vais chercher la bouteille que tu as apportée. On a besoin de boire par une nuit pareille, non ? »

Elle passe devant moi, enjouée, légère, comme si je venais de lui dire une chose sans importance. Et j'ai envie de lui sauter dessus, de lui arracher les cheveux et la peau, tout ce que je n'avais pas eu le courage de faire ce soir-là, piazza Verdi.

Au lieu de cela, je me rassieds. Je bois, je continue à boire. Quand Beatrice revient de la salle de bains avec mon spumante Cuvée, elle manque de trébucher. Elle se retient à une chaise, rit. Moi pas. Je me souviens qu'à deux nous avons éclusé une bouteille l'estomac vide. Mes pensées commencent à crépiter dans ma tête.

Il faut que je mange quelque chose, que je redevienne lucide avant qu'il ne soit trop tard.

Beatrice a dû faire le même raisonnement car elle soulève le couvercle du plateau de sushis. Quand je me mets debout, ma tête tourne. Je déballe les mini-pizzas. Nous nous servons sur la table comme si nous étions à un buffet. Nous avons l'air plus gamine l'une que l'autre à remplir nos assiettes en plastique. La voir s'accorder un petit four avec une rondelle de würstel m'adoucit un peu – parce que ça me rappelle la fois où elle s'était goinfrée, chez moi. Ça n'apaise pourtant pas ma fureur : je veux des réponses.

Mais Beatrice porte une mini-pizza à sa bouche. Elle décide que son tour est venu.

« Tu étais la seule à être heureuse à Bologne », dit-elle d'une voix qui me glace. Son ton est toujours calme, avec cependant une légère tension. « Sauf que tu ne le voyais pas, tu ne nous lâchais jamais. On a essayé de te le dire de toutes les façons, moi comme Lorenzo. Que nos chemins étaient différents du tien, qu'ils étaient ailleurs, mais tu ne voulais rien écouter. » Une goutte de tomate tombe et tache sa robe. Elle n'y prête pas attention. « Ce baiser, c'était une intuition, une idée qui m'est venue sur le moment. Tout ce que je savais, c'était que je ne pouvais pas rester, je détestais cette chambre de la via Mascarella plus que tout au monde.

– Tu aurais pu m'en parler. »

Elle attrape la bouteille, la débouche avec assurance, cette fois. « Non, tu étais un mur. Dès que j'essayais de dire “Milan” ou “Rome”, tu ne m'écoutais plus. Je t'ai détestée, cette année-là. » Elle remplit nos coupes, fait une grimace puis soupire : « Est-ce que vraiment on parle de ça ? D'une histoire qui date de… Combien d'années ? Vingt ans ? »

Je connais le chiffre exact mais je me tais.

« De toute façon, conclut-elle en s'installant commodément sur le canapé et en ôtant ses escarpins, Lorenzo est un beau mec mais il n'est pas mon genre. Je ne sais pas comment tu as fait pour croire qu'on pouvait être ensemble. C'était ton amour, pas le mien. » Elle me regarde. « Le mien, c'était toi. »

J'accuse le coup. Je m'assieds. Et je bois.

« Qu'est-ce que tu as murmuré avant de t'en aller, le soir de la Coupe du Monde ? »

Elle ne comprend pas de quoi je parle.

« Juste un mot. Tu me l'as dit avant de te retourner. »

Beatrice se concentre, récupère dans sa mémoire ce qui est pour moi un détail capital, pour elle secondaire. « Adieu, j'ai dit. Parce que je savais que j'étais en train de te quitter.

– Et où es-tu allée, après ? Avec lui ?

– Encore Lorenzo ? » Elle écarquille les yeux, incrédule. « Mais enfin, puisque je ne l'ai plus jamais revu, Lorenzo ! On s'est juste écrit de temps en temps sur les réseaux… Cette nuit-là, je suis allée chez Tiziana, tu te souviens ? Tiziana Sella.

– Comment je pourrais l'oublier, cette sorcière. Je la croise même quelquefois via Zamboni.

– J'ai dormi quelques nuits chez elle. Elle m'a aidée à m'installer ailleurs, à choisir un cycle d'études plus en rapport avec ce que je voulais, à lancer mon entreprise. »

Et elle me parle de cette entreprise, de cette marche triomphale de conquête. Je regarde ma montre : il est presque onze heures. Cela fait deux heures que nous sommes ici. Qui est cette Beatrice qui me déroule des concepts d'économie numérique, à moi ? Il n'y a rien en elle qui me renvoie même un pâle reflet de mon ex-amie. Cette fille s'en fiche complètement, de notre amitié. J'ai envie de m'en aller, de clore cette histoire.

« Tu ne m'as toujours pas dit pourquoi tu voulais me voir.

– Pour la même raison qui a fait que je suis partie. »

J'insiste :

« Pourquoi ?

– Je vais te le dire, je t'assure. Mais je ne suis pas pressée. »

On commence à entendre, au loin, des feux d'artifice qui pétaradent.

« Moi si, en revanche.

– Tu en es sûre ? »

Elle se lève. Pieds nus, elle va jusqu'au buffet, ouvre un tiroir, prend quelque chose. Elle revient et le laisse tomber devant moi, sur la table.

« Parce que de nous deux, celle qui a trahi, c'est toi. »

Je me sens flancher.

Les yeux me brûlent à la regarder, cela m'étouffe.

« Tu le reconnais ? C'est l'agenda de ma mère. »

Je suis incapable de parler, de bouger.

« Tu es surprise, je vois. Bea la salope, Bea l'égoïste, la briseuse de couples qui ne pense qu'au succès et à la mode. Et pour finir, voilà que la salope, en fait, c'était toi.

– Je l'ai fait pour ton bien », je balbutie. Et même pour moi ça sonne faux.

« Laisse-moi rire. » Elle ne s'assied pas, elle reste là, debout. Elle boit un autre verre et s'acharne, impassible.

« Tu m'as pris ma mère. Et en faisant ça tu as décidé de mon avenir, tu me l'as volé. Parce que peut-être, si je l'avais lu avant, son journal… C'est moi qui ne te pardonne pas. »

Je m'entends pleurer.

Je me sens une merde.

« Je ne l'ai jamais ouvert, cet agenda. » J'ai la bouche pâteuse de larmes et de honte, ma voix est plaintive, trop perçante. « Tu dois me croire. J'ai été lâche et je te demande pardon, mais jamais je n'ai pensé que c'était son journal… » Puis un déclic se fait dans ma tête. Je me lève à mon tour. L'alcool m'ôte toute pudeur. « Bea, mais c'est quoi cet avenir que je t'aurais volé ? C'est moi, celle qui passe ses soirées dans la cuisine seule comme un chien, inexistante, penchée sur son téléphone. À te regarder au bord d'une piscine, sur un yacht amarré en Sicile, à baver devant tout ce bonheur. Tu n'as pas idée de ce qu'on ressent quand on est de l'autre côté. »

Elle ne se laisse pas distraire. Son visage est tendu. « C'est moi, à présent, qui te pose la question : pourquoi ? »

Je m'efforce de la regarder en face, de soutenir son regard. « Parce que je ne voulais pas te perdre. » Je veux qu'elle me croie. « Et parce que je ne voulais pas que tu sois seulement le rêve de ta mère. »

Beatrice attrape son verre, le vide.

Elle se fâche.

« Tu es une salope envieuse déguisée en intello, Elisa. »

Ses boucles continuent à retomber sur son visage et la gênent. Elle prend le fil de fer du bouchon et noue ses cheveux avec. Son rouge a coulé, son fard à pommettes n'est plus lumineux, des larmes de rage tremblent au bord de ses yeux. Je regarde le masque vaciller, je veux qu'il tombe et je joue le tout pour le tout.

« Il y avait aussi autre chose, en toi. Je le voyais. Quelque chose qui faisait qu'on se ressemblait. »

Elle me lance un regard furieux : « Ne me dis pas ce qui compte vraiment dans la vie, parce que je te balance une claque.

– Comment tu l'as eu ? » dis-je en montrant l'agenda.

Son visage s'éclaire un peu : « Ton père. »

Elle essuie ses larmes, qui ont fait couler le crayon autour de ses yeux. « Il l'a trouvé en déplaçant les meubles de ta chambre pour la repeindre. Il l'a ouvert, et quand il a compris ce que c'était, il a écrit à Corrado, à l'adresse qui est sur le site. » Elle rit. « Son mail était un pur chef-d'œuvre. Corrado me l'a tout de suite transféré, c'était clair que c'était personnel, et que ce Paolo Cerruti me connaissait bien. »

Je me sens reconnaissante à mon père, mais jalouse aussi.

« J'ai demandé qu'on m'envoie une voiture et je suis partie à T le soir même. C'était fin novembre. Il m'a fait une daurade au four dont je me souviens encore… » Elle cesse de sourire. « Après, j'ai lu le journal de ma mère. Et j'ai découvert des choses que j'aurais préféré ne pas savoir. Ses passes à Latina pour avoir une place dans les défilés, son mariage raté avec papa, qui l'a cocufiée dès le début. Et à un moment j'ai trouvé une description de moi, à faire peur. Pas de ce que j'étais. De ce que j'allais devenir plus tard : la couverture de *Vogue*, la robe rouge, comme celle que j'ai réellement portée pour ma première cover… »

Elle ouvre la fermeture éclair sur le côté de sa robe, qui la serre. Elle se laisse tomber sur une chaise les jambes écartées, son verre à la main.

« Elle avait tout prévu, poursuit-elle, les campagnes publicitaires, la télévision. Chaque but que j'ai atteint. Le lendemain matin, je devais tourner un spot et j'ai fait sauter le rendez-vous. C'était la première fois que j'annulais un engagement de travail. Les jours qui ont suivi, j'ai voulu honorer mes rendez-vous, revenir à ma vie normale, mais je n'y arrivais pas. Comme si tout avait changé, définitivement, je veux dire », elle essaie de rire, sans succès, « j'ai obéi à la lettre à chacun de ses désirs. "Qu'est-ce que tu veux faire plus tard ?" Elle me le demandait constamment. Comme si j'avais le choix. »

Elle s'arrête, me fixe.

« Tu me manquais, Eli. Le temps du lycée, quand on allait à la Plage de fer et qu'on faisait les folles. J'ai senti un vide ici », elle se touche le sternum, « obsédant. Alors le 9 décembre je suis descendue au sous-sol, je me suis mise à chercher dans tous les cartons du dernier déménagement le chapeau que tu m'avais offert. Et quand je l'ai trouvé, enveloppé dans de la cellophane poussiéreuse, j'ai été étonnée. Je ne me le rappelais pas aussi beau. Je l'ai mis, j'ai fait une photo, je l'ai postée. Puis j'ai appelé Corrado et je lui ai dit que je faisais une pause. »

On entend les explosions, maintenant, une succession de détonations, les cris et le tapage à tous les balcons de T, dans les ruelles, dans les jardins, et les feux d'artifice tirés de la piazza A, depuis le banc sous le phare.

Bea et moi, nous nous regardons. Nous ne sommes que toutes les deux, enfermées dans une pièce, silencieuses, dans ce qui ressemble à un abri antiatomique, ou une planque de partisans. Le monde entier fait la fête, et peut-être qu'en ce moment personne ne se demande plus ce qui est arrivé à la Rossetti, où elle est.

Nous faisons un pas l'une vers l'autre, au risque de perdre l'équilibre.

Je ne sais pas bien quoi faire, tu ne le sais peut-être pas non plus. Je me sens maladroite, hésitante. Je sais juste que je n'en peux plus de cette guerre.

Nous nous effondrons l'une contre l'autre et nous nous étreignons.

Nous échangeons un baiser, sans trop savoir sur quelle joue le faire, nous nous trompons, finissons par nous le donner sur les lèvres. Et c'est étrange, embarrassant et tendre à la fois, parce que nous ne sommes plus des gamines.

« Bonne année, Elisa.

– Bonne année à toi aussi, Bea.

– Attends... » Elle va jusqu'à une fenêtre, l'ouvre pour prendre sur le rebord la troisième bouteille : un Dom Pérignon 1986, l'année de notre naissance. « J'aime bien faire les choses en grand, y compris à la tanière.

– Ne me dis pas combien ça coûte. »

Nous trinquons, nous ne savons pas à quoi. Nous faisons seulement tinter nos verres.

« J'ai toujours détesté le Jour de l'An, me dis-tu en faisant traîner les phrases. Noël aussi, évidemment. Mais depuis que maman n'est plus là, j'évite au moins les jupes en velours et de poser devant la cheminée. Je vais faire du ski, et j'emmène un bel amoureux. Mais le Jour de l'An, rien à faire, ça me déprime. »

Nous regardons par la fenêtre les feux d'artifice qui explosent au loin et retombent dans la mer.

« Comment ça ? Tu as toujours organisé des fêtes mémorables.

– Évidemment, mais c'était une stratégie.

– Une stratégie pour quoi ?

– Pour ne pas admettre que j'avais peur.

– De quoi ? »

Tu bois une autre gorgée, tu te demandes si tu peux me le dire.

« Des changements, de l'avenir. »

J'ôte mes chaussures moi aussi, j'enlève mon gros pull et je reviens m'asseoir. Je voudrais te dire que nous avons tous peur de la nouveauté mais je serre les lèvres. Parce que moi, chaque premier janvier, j'espère que je vais changer. Et que l'avenir sera meilleur que le passé. Que je ne me ressemblerai plus.

Quand les feux d'artifice se calment, je me risque : « Qu'est-ce que tu vas faire maintenant ?

– Bonne question ! »

Tu te déshabilles, laisses tomber ta robe sur le sol comme une peau qui ne sert plus. Tu enfiles un grand T-shirt pris dans la salle de bains. La pièce est devenue une fournaise, les vitres sont embuées. Tu t'assieds sur le canapé, tu renverses la tête en arrière et tu parles. « Pendant toutes ces années, tout ce que j'ai fait, c'est de rester pareille. Jamais un kilo de plus, jamais une taille de plus ou une couleur de cheveux différente, une expression qui ne soit pas photogénique, un amoureux qui ne joue pas en série A ou ne tourne pas dans des films. Et tout ça pour quoi ? Ça pourrait s'arrêter là, Eli, en un instant. De Paris à T, il n'y a qu'une fraction de seconde. Il me resterait quoi ? »

Tu saisis mal ton verre, tu en verses la moitié sur toi.

« Tu veux savoir la vérité ? » Elle soupire. « J'en ai plein le cul de faire toujours les mêmes photos. Qu'est-ce que tu crois ? Je lis les journaux moi aussi, je sais bien qu'on court à la catastrophe, pendant que je suis là à sourire devant l'objectif… Je n'y arrive plus.

– Si le frère de Lorenzo t'entendait, il n'en croirait pas ses oreilles… » Je tente de me redresser : quelque chose m'a foudroyée tout à coup, ou bien je suis trop saoule. « Tu dois faire de la politique, Bea.

– Arrête ! » Tu es encore plus saoule que moi. « La politique, ça divise. Je ne serais plus consensuelle.

– Et alors ? Tu fais ce que tu veux ! »

Tu te tournes vers la fenêtre de la salle de bains, qui laisse apparaître une poignée d'étoiles. Variables, changeantes.

« Je te l'avais déjà demandé, tu te souviens ? Sur l'échelle anti-incendie à la récré. Quand je voulais que tu sortes de ta coquille, que tu trouves un peu de courage en toi. Tu veux quoi, toi ? Pas ce que tu crois que les autres attendent de toi, ni quelle opinion tu voudrais qu'ils aient. Toi, c'est quoi ton désir, dans la vie ? »

Tu m'observes. Ton visage est nu, et tu avoues : « Je ne le sais pas, ce que je veux. En dehors du regard de ma mère, des photos. Je ne sais pas qui je suis. »

T est redevenue silencieuse. Il doit être une heure du matin. La tanière plane dans l'obscurité comme un lieu inventé.

En chancelant, je vais jusqu'au canapé. Je m'assieds à côté de toi. Nous sommes si serrées que nous sommes obligées de coller nos hanches et nos jambes, même si nous sommes adultes et que nous ne pouvons plus ne faire qu'une.

« Tu verras ça avec le temps, non ? Qui tu es. » Les mots me viennent comme ils veulent. « Tu peux faire des essais, des erreurs, te tromper, on se trompe tous. Tu peux changer d'avis, te remettre en question. Tu crois que je le sais, moi, qui je suis ? Je suis assistante de recherche, mère, vieille fille, j'ai l'air d'une intello. Mais est-ce que c'est vrai ? »

Nous sommes à moitié dévêtues, ébouriffées, chiffonnées, et la vraie déclaration que je voudrais te faire, c'est : J'ai écrit un roman. Il parle de toi, de nous. Je voudrais te dire que sans tes critiques je n'y serais jamais arrivée, comme au lycée, pour ma lettre à Lorenzo. Je voudrais te dire que j'ai peut-être toujours été ce désir-là.

Mais tu es plus rapide. « Allez, on fait une photo. »

Tu tends le bras, inclines ton portable sans la moindre hésitation, pointes l'objectif et nous vises. C'est le geste que tu sais faire le mieux depuis longtemps, depuis qu'on a inventé les téléphones à caméra intégrée. Tu appuies, le flash m'aveugle.

Quand nous nous penchons pour regarder la photo, j'ai le visage qui grimace et toi, pour la première fois, tu sembles laide.

Tu hoches la tête. « Tu vois ? L'amitié, c'est pas photogénique. »

Nous écoutons un dernier feu d'artifice éclater au loin, buvons la dernière gorgée de ton champagne à mille euros. Pendant que tous les autres pensent à leur avenir, nous sommes là, ivres et épuisées après avoir passé la soirée à nous reprocher de vieilles histoires d'il y a treize ans.

Comment c'est possible ? me demandé-je. Est-ce que ce n'est pas ridicule ?

Tu penses peut-être la même chose, parce que tu me lances un dernier sourire : inédit, un peu amer, avant de fermer les yeux et de te recroqueviller sur le caoutchouc mousse. Je n'ai plus la force moi non plus, ni l'envie de réparer quoi que ce soit. Mais je résiste encore un instant. Pour te regarder.

Le visage renversé sur l'accoudoir, les lèvres entrouvertes, la respiration régulière, un fil de salive au coin de la bouche. Avant de céder à mon tour et poser ma tête sur l'autre accoudoir, m'encastrant tant bien que mal entre les coussins et toi, je me dis que ce que nous sommes est infiniment plus intéressant, plus émouvant, que ce que nous voudrions à tout prix paraître.

T, 2 janvier 2020

Je réfléchis sur le choix de l'article indéfini dans ce titre : *Une amitié.* C'est une hypothèse provisoire, mais il me semble que c'est important. Je ne crois pas que cette amitié entre Bea et moi ait été l'Amitié. Celle qui devrait correspondre à sa stricte définition, être cette amitié et pas une autre. Je ne crois pas non plus que nous étions par force la diva et l'intello, la gagnante et l'invisible. Je sais même maintenant qu'aucune de nous deux n'a jamais été uniquement l'une ou l'autre.

Hier, premier janvier, quand nous nous sommes réveillées à midi et qu'en guise de petit déjeuner nous avons fini les sushis et les mini-pizzas, la nuque et le dos bloqués par cette nuit passée sur le canapé, Bea a rallumé un instant son téléphone, ouvert la page de je ne sais quel journal, et commenté : « Tiens, je ne suis déjà plus dans les infos. » Elle a éclaté de rire.

« Tu n'as pas l'air de le regretter.

– Non, a-t-elle répondu en attaquant un morceau de saumon, c'était ma plus grande peur, je n'en dormais plus, en pensant que mon déclin était proche, et regarde, je suis là avec toi, et je suis toujours vivante. »

Pour la première fois, je l'ai vue différente. Nouvelle, même. Beatrice n'est plus ma meilleure amie, mais elle n'est pas non plus la Rossetti. Et moi, à cette table de contre-plaqué, sirotant le mauvais café qu'elle avait tenu à préparer et qu'elle avait fait bouillir, je me suis sentie une autre. Légère, comme venant de renaître. Ou comme quelqu'un qui a grandi et accepte les limites, les manques. Tout ce que nous avions vécu jusqu'ici était seulement une des amitiés possibles. Une déclinaison âpre, et tissée d'erreurs. Mais que nous pouvions en vivre d'autres.

Nous avons changé.

Après notre au revoir, Beatrice est restée un instant sur le seuil, rêveuse, à taquiner de son pied nu une feuille morte, et elle m'a presque semblé sourire.

Qui sait ce qu'elle fera demain.

Quant à moi, je suis dans mon ancienne chambre, assise au bureau sur lequel je révisais mon grec et mon latin, à côté de la penderie quatre-saisons blanche pour jeunes filles romantiques. Devenir adulte n'est peut-être pas une perte comme je le croyais. Mais au contraire une libération.

Du salon m'arrivent les voix de mon père et de mon fils qui jouent aux cartes, mais plus que jouer, je les entends parler de ce nouveau réseau social chinois qui en ce moment fait fureur. Valentino n'en dit que du bien, mon père lui répond que ça passera aussi, comme tout passe, sans laisser de traces. Et je suis là à frapper les touches de mon clavier même si je n'ai plus rien à écrire. La seule chose qui ait le pouvoir de rester et de durer, à la fin, ce sont les mots porteurs de sens. Il n'y a pas d'autre moyen de retenir la vie.

Je lève les yeux vers la fenêtre, vers le platane au milieu de la cour. Il est semblable à lui-même :

« solitaire », « vieux ». J'imagine qu'il me fait un clin d'œil : Regarde, depuis que tu es entrée dans le noir profond et que tu as compris que c'était seulement un cagibi, tu as réalisé ton rêve, écrire un roman.

Oui. Mais je me demande ce que je dois en faire, maintenant.

Le publier ? Parler à tous de Beatrice et moi ? Risquer que notre histoire passe de main en main, soit jugée, déformée peut-être, mise en danger ? Ou bien garder le secret, m'en contenter.

La vie a-t-elle vraiment besoin d'être racontée pour exister ?

Textes cités

9 : Jonathan Franzen, *Les Corrections*, trad. Rémy Lambrechts, L'Olivier, 2002

60 : Wislawa Szymborska, « Adieu à la vue », *Dans le fleuve d'Héraclite*, trad. Christophe Jezewski et Isabelle Macor-Filarska, Maison de la Poésie Nord-Pas-de-Calais, 1995

66 : Giovanni Pascoli, « Novembre », *Myricæ, arbustes*, revue *Po&sie* n° 95, Belin, 2001, trad. J.-C. Vegliante

88 : Sandro Penna, *Croix et délice & autres poèmes*, trad. Bernard Simeone, Ypsilon, 2018

92 : Vittorio Sereni, *Étoile variable*, trad. Philippe Renard et Bernard Simeone, édition bilingue, Verdier, 1992. Les titres immédiatement précédents sont également ceux de recueils ou poèmes de Sereni, mais non encore traduits

93 : Sandro Penna, *op. cit.*

98-99 : Homère, *Odyssée*, trad. Victor Bérard, Folio-Gallimard, 2000

111 : Vittorio Sereni, *Les Instruments humains, précédé de Journal d'Algérie*, trad. Philippe Renard et Bernard Simeone, édition bilingue, Verdier, 1991

127 : Giovanni Pascoli, « Le 10 août », *Myricae*, trad. J.-C. Vegliante, Mimésis, 2018

163, 256, 263, 505 : Elsa Morante, *Mensonge et sortilège*, trad. Michel Arnaud, Folio-Gallimard, 1987

176 : Sophocle, *Antigone*, trad. Jean Grosjean, Folio-Gallimard, 2011

221 : Thucydide, *La Guerre du Péloponnèse*, trad. J. de Romilly, Louis Bodin et Raymond Weil, Les Belles Lettres, 2019

308 : Fédor Dostoïevski, *L'Idiot*, trad. Albert Mousset, Folio-Gallimard, 1994

352 : Maurice Merleau-Ponty, *Le Visible et l'Invisible*, TEL-Gallimard, 1988

376 : Elsa Morante, *L'Île d'Arturo*, trad. Michel Arnaud, Folio-Gallimard, 1957

406 : Philip Roth, *Pastorale américaine*, trad. Josée Kamoun, Gallimard, 1999

406-407 : Jean-Paul Thuillier, *Les Étrusques, la fin d'un mystère*, Découvertes Gallimard, 2009

449 : Wislawa Szymborska, « Le cas où », *Je ne sais quelles gens*, trad. Piotr Kaminski, Fayard, 1997

468 : Giovanni Pascoli, « Valentino », *Canti di Castelvecchio*, Rizzoli, Milano, 1983

485 : Gabriele D'Annunzio, « La pluie dans la pinède », *De l'Alcyone et autres poèmes*, trad. Muriel Gallot, La Différence, 2013

Silvia Avallone, née en 1984 à Biella dans les Alpes italiennes, passe son adolescence à Piombino sur la côte toscane et poursuit des études de philosophie à Bologne, où elle vit, tout en restant, dit-elle, une provinciale. *D'acier* (2011), son premier roman, la propulse très jeune au premier plan de la scène littéraire italienne et internationale. En France, le livre remporte le Prix des lecteurs de *L'Express* et connaît un succès immédiat. Avec ses romans suivants, Silvia Avallone s'impose comme l'une des auteures importantes de la littérature italienne contemporaine et la porte-voix d'une génération.

Achevé d'imprimer sur Roto-Page en décembre 2022
par l'Imprimerie Floch à Mayenne
N° d'impression : 101670
Dépôt légal : janvier 2023

Imprimé en France